谨以此书献给我的爱妻黄凤姣和天下的有情人

璇玑图

寒冰泉 著

山西出版传媒集团　北岳文艺出版社

·太原·

图书在版编目（CIP）数据

璇玑图 / 寒冰泉著 . —太原：北岳文艺出版社，2018.7（2023.6 重印）
ISBN 978-7-5378-5431-3

Ⅰ . ①璇… Ⅱ . ①寒… Ⅲ . ①长篇小说—中国—当代Ⅳ . ① I247.5

中国版本图书馆 CIP 数据核字（2017）第 269272 号

书　名：璇玑图	出 版 人：续小强	责任编辑：高海霞
著　者：寒冰泉	特约编辑：刘文飞	封面设计：王焕发
插　图：郭良子		

出版发行：山西出版传媒集团・北岳文艺出版社
地址：山西省太原市并州南路 57 号
邮编：030012
电话：0351-5628696（发行部） 0351-5628688（总编室）
传真：0351-5628680
网址：http://www.bywy.com E-mail：bywycbs@163.com
经销商：新华书店　印刷装订：山西万佳印业有限公司

开本：890mm×1240mm 1/32 总字数：412 千字
印张：12 版次：2018 年 7 月第 1 版 印次：2023 年 6 月山西第 2 次印刷
书号：ISBN 978-7-5378-5431-3
定价：65.00 元

本书版权为本社独家所有，未经本社同意不得转载、摘编或复制

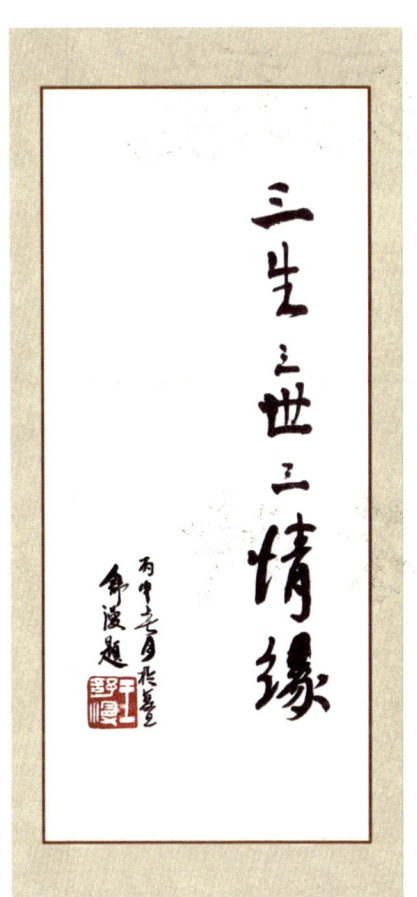 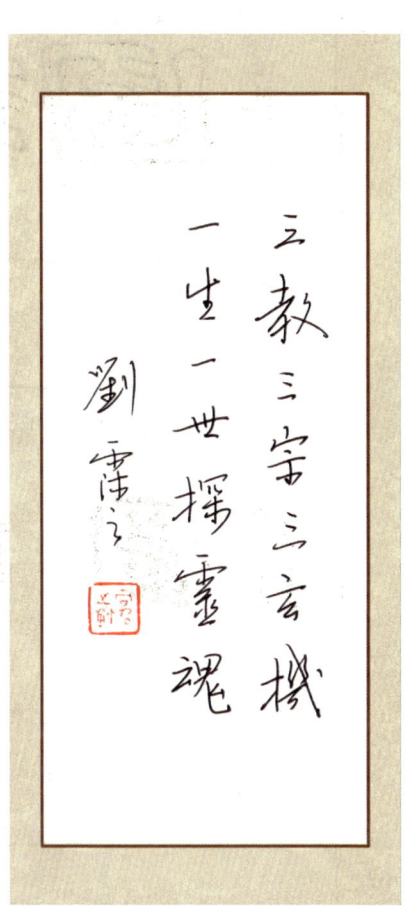

王舒漫女士题写祝语　　刘霖之先生题写祝语

璇玑图

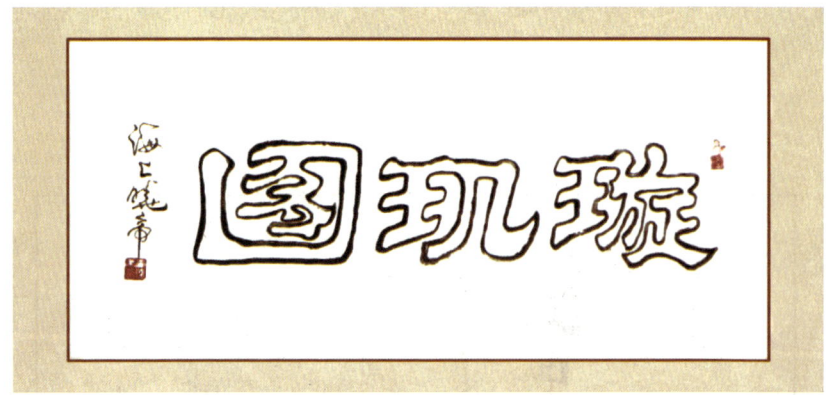

黄晓帝先生题写空心字书名

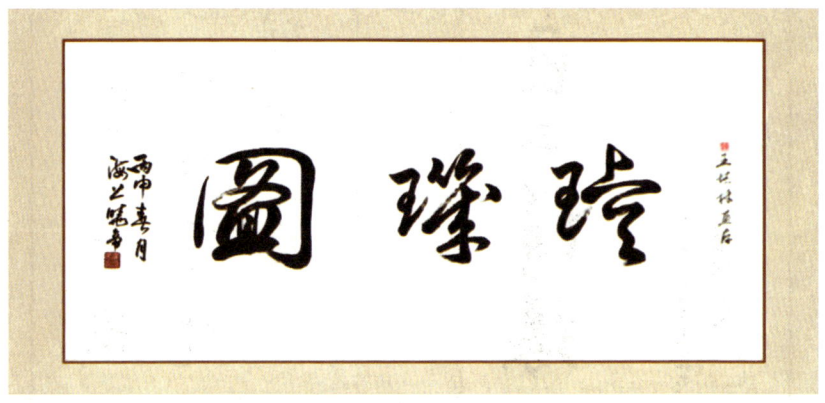

黄晓帝先生题写行书繁体书名

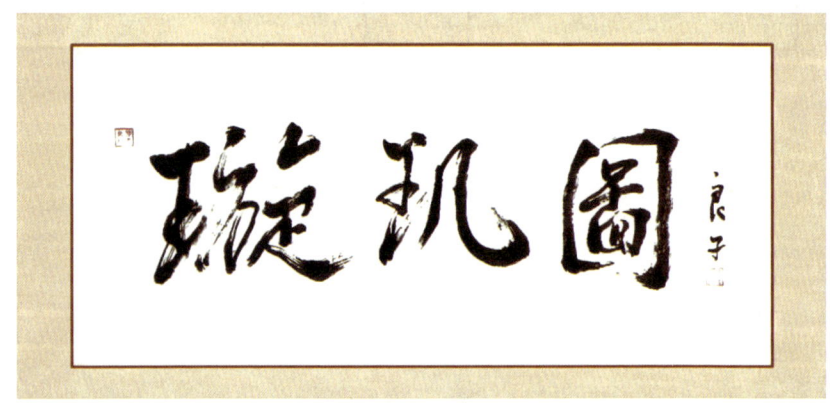

郭良子先生题写书名

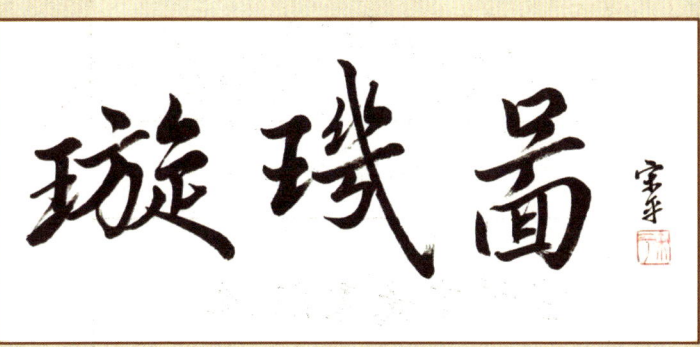

宋平先生题写书名

宋平先生题写祝语

璇玑图

一份缘血情
一程天机缘
一滴飘泊泪
　　　王子涵

王子涵先生题写祝语

言情言意意识流
　　　郭政涛

郭政涛先生题写祝语

励志·追梦上海滩
　　　徐景亮

徐景亮先生题写祝语

万言道尽奇缘情
申洋 2016年4月4日 花木

申洋先生题写祝语

04

序 言

　　文者，上禀情生，下委意存；表情达意，文章自成。情之所到，文思泉涌，酣畅淋漓，气势如虹；意之所至，下笔如神，妙笔生花，气定神闲；此皆关注生命，凝视灵魂也。

　　人生在世，肉体为形，精气为神；文章在纸，文字为形，文气为神。文以气主之，得气者生，失气者亡。气之长存，关注生命，凝视灵魂。古之圣文，皆依此理，皆以为法。

　　三坟五典，凝视灵魂；黄帝易经，阴阳相循。诗经楚辞，往下观之，民风民情，向上索之，为国招魂。上林子虚，心驰神往；建安风骨，心怀民忧。竹林七贤，形骸洒脱；五柳先生，乐享自然；太白斗酒，诗文成篇；子美怀忧，沉郁顿挫；子瞻豪放，胸怀天下；易安婉约，卿卿自诉；汉卿豌豆，伸冤昭雪；西游降魔，永葆正气；红楼写梦，女儿如水。

　　观今之世，思寻文道，文道之不传也久矣！欲世寻文也难矣！古之圣人，其出人也远矣，今之众人，其下圣人也亦远矣。《典论·论文》曰：盖文章，经国之大业，不朽之盛事。著文之事，宏图伟业，立言留世，永世长存。故著述必专，立言必谨，为文必真，为情意切，所述向善，意欲向美，关注生命，凝视灵魂。

然今之人为文者，或以利趋，或以权附。文不关己，文不关民，文不关情，文不关命，文不关神，文不关魂，文气皆失，失魂落魄，灵魂失散，有形无神，故此也。

嗟呼！为文招魂，魂兮！归来！魂兮！归来！

目录

第一卷 酉时

第一章　雪落大地了无痕　光阴似箭水自流 …………………… 02

第二章　凤凰山上金鸡啼　血光微微生命息 …………………… 09

第三章　临时家访邹家湾　关帝庙外凤凰山 …………………… 16

第四章　凤凰镇上忆码头　二水寺内悟禅道 …………………… 23

第二卷 戌时

第一章　乾陵被盗璇玑图　时空轮回幽冥山 …………………… 32

第二章　码头镇上龙虎斗　踏破千山寻洞里 …………………… 40

第三章　凤凰山上兰花香　媚娘陪葬璇玑图 …………………… 47

第四章　灵魂漂移寻三魂　七魄已落苏宅内 …………………… 54

第三卷 亥时

第一章　凤凰山涧寻前世　黄浦江畔回魂影 …………………… 62

第二章　三魂七魄山水间　幽冥鸡蛋漠峪巫 …………………… 70

| 第三章 | 若兰魂落后花园 | 河图洛书梦中现 | 77 |
| 第四章 | 灵魂出窍若兰女 | 才女初长雪夜中 | 85 |

第四卷 子时

第一章	凤凰中学梦中梦	老鼠悠然怀中抱	94
第二章	若兰七夕意思春	符融寻欢王爷府	101
第三章	二水塔影两河湾	张妈提亲苏宅中	108
第四章	若兰梦迷掉深渊	符融逼婚梦道姑	115

第五卷 丑时

第一章	语言堆积着生活	问候来自黄浦江	124
第二章	雨晴无情又无义	爷爷欠下良心债	131
第三章	若兰初遇心上人	梦落后世郎君身	138
第四章	栋材思妻题香词	雪凤梦中演故事	146

第六卷 寅时

第一章	第六病室人和谐	中医医院存温情	154
第二章	晚霞普照七里铺	若兰窦滔游八景	161
第三章	若兰观画定贞心	厚林梦回盘龙寺	169

| 第四章 | 若兰许愿三生殿 | 洞房花烛夜销魂 | 176 |

第七卷 卯时

第一章	放炮拜神迎新年	雨晴翻脸危难时	182
第二章	凤凰谷中观美景	符融设计害窦滔	190
第三章	窦滔带病赴沙场	若兰痛心送夫行	198
第四章	窦滔流沙遇阳台	若兰思夫终成疾	206

第八卷 辰时

第一章	凤凰山里姑娘笑	绿野书院璇玑舞	214
第二章	窦滔回乡阳台归	若兰悲喜伤心泪	221
第三章	雨晴潮水泛灾难	姐妹大战草场巷	229
第四章	姐妹离恨奔东西	窦滔襄阳噩梦缠	237

第九卷 巳时

第一章	盘龙寺前凤凰飞	咖啡厅内灯光闪	246
第二章	若兰思君意沉沉	梦兰劝君再续弦	254
第三章	若兰持家照老小	厚林雪凤听冷雨	262
第四章	若兰情迷璇玑成	梦蕙栋材同床眠	270

第十卷 午时

第一章　黄浦江畔发布会　厚林忆起雪凤情 …………………… 280

第二章　奋笔疾书璇玑图　雪凤一语道天机 …………………… 287

第三章　裸体模特诉衷肠　璇玑花香遍中华 …………………… 294

第四章　梦兰梦蕙侍一君　厚林雪凤结连理 …………………… 302

第十一卷 未时

第一章　窦滔仙逝符融扰　厚林寻访石库门 …………………… 312

第二章　若兰割发明心志　雪凤迷穿漠峪谷 …………………… 319

第三章　若兰故去兰花谢　魂魄进洞漂移中 …………………… 327

第四章　灵魂浮游天地间　是男是女皆因缘 …………………… 334

第十二卷 申时

第一章　辞旧迎新轮回中　睁眼闭眼已万年 …………………… 342

第二章　生命不息又一春　沧海一粟一尘埃 …………………… 349

第三章　红尘往事随风起　生死有命富贵天 …………………… 356

第四章　大道之行周天率　杯酒之间星已移 …………………… 363

后　　记 ……………………………………………………………… 370

第一卷 酉时

第一章　雪落大地了无痕　光阴似箭水自流

尘归尘，土归土。去的尽管去着，来的尽管来着，来去之间不留半点痕迹。柏树依然是那棵古柏，槐树依然是那棵古槐，黄土依然是那粒粒黄土。

我是谁？我从哪里来，要到哪里去？人为什么活着？人生的一切迷惑似乎都包含在两个字里面：时空。

西北风呼啸而过，黄土地在眯眯毛的草黄中随风飘摇。苍黄昏暗的黄土地上，远近横着几个萧索的荒村。昏黄的晚云中间时时发出爆竹炸裂的钝响，空气里弥漫着幽微的火药香。

风越来越大了，天上下起了雪。雪花像美丽的玉蝴蝶似舞如醉，像吹落的蒲公英似飘如飞，像天使赏赐的小白花忽散忽聚，飘飘悠悠，轻轻盈盈！雪花像蝴蝶一样，一会儿落在屋檐下，一会儿落在树枝上，不时飘在秦厚林的脸上、肩上、衣上。山川、田野、村庄、塬地、沟壑、流水全都笼罩在白茫茫的大雪中。

秦厚林踩着积雪向茫茫雪海中家的方向走着。

"厚林，把先人请回来没有？"母亲问。

秦厚林一边跺着脚上的雪一边拍着身上的雪花说："妈喔，先人已经请回来咧。我已经在我伯家把先人敬好咧。"身上的雪花落在房间的砖头地上，湿湿的砖头和黄土搅和在一起，散发出阴冷潮湿的暗光。

是的，秦厚林将先人请回来过年了。这是黄土地上过年时的一个习俗。在除夕的傍晚，小辈们就你一伙、我一堆地向顶峰山的二蹬地出发了。

顶峰山是这块黄土地上最高的一块黄土塬。沿着顶峰山向北是金家塬，金家塬顺着地势慢慢地向下延伸；向东是麦河沟，沟底静静地躺着一条充满神奇色彩的河流，黄土地上的人们叫它麦河，官方叫它漠峪河；向西是一道道、一蹬蹬的梯田；向南也是一蹬蹬、一道道的梯田。西南不远处流过一条闪闪的河流，官方叫它漆水河，古人叫它姬水。

二蹬地是实行家庭联产承包责任制后留下的一片坟地。自从改革开放后，从这块古老的黄土地离世的人们都静静地躺在这块土地上，守望着自己的家——二水寺村。

二水寺是一个多么奇怪的名字。二水是很好理解的，因为有麦河和漆水河从村子旁流过。可是寺是什么意思呢？改革开放后出生的娃娃们唯一记得的就是武功八景中的描述了：

姜嫄古墓小华山，教稼台封后稷官，苏武节碑龙门传，上阁钟声响九天，喀山晚照晒书卷，东桥水波花柳显，二水塔影两河湾，报本胡燕更奇观。

据《武功县志》记载：二水寺塔位于漆水河与漠峪河道交汇之塬头上，"风水古来佳，水明塔影秀"。塔为七级八面，玲珑清秀。倒影映衬在漆水河与漠峪河的流水中，可谓自然恬淡，别具一格。

夕阳洒在后院的皂角树上，映出母亲红红的温暖的身影，秦厚林牵着母亲的衣角跟在母亲身后。当母亲踩着一块一尺长、半尺宽的青砖将猪食顺着食槽倒下去的时候，秦厚林问："妈喔，你踩的这块砖是哪里来的？怎么和咱家门前二蛋家的红砖不一样呢？"

母亲回过头看着小儿子红彤彤的脸蛋说："这是'文化大革命'的时候拆的塔里的砖。咱村家家户户的后院都有几块这样的砖。二蛋家后院也有这样的砖。"

"'文化大革命'是什么？为什么要拆掉塔呢？"秦厚林追问着。母亲已经走过去铡猪草了，并没有回答秦厚林的问话。秦厚林一直想象着二水寺的古塔，二水寺的影子经常出现在他的梦中。他走进寺里和大师谈论着人生，只有古柏和古槐在风声中，笑看着红尘中的点点滴滴。

二水寺早已经消失得无影无踪了，二水村依然活灵活现地展现在眼前。顶着雪花的人们腋胳窝里夹着蜡黄的烧纸，手里拿着红色的蜡烛和粉红的烧香，去请先人回家过年。

秦厚林并没有像大家一样走向顶峰山，而是走向二水村二组的自留地。顶峰山上埋葬着改革开放后离世的人们，然而自留地与机井地里却静静地躺着秦厚林的爷爷和奶奶。爷爷和奶奶在秦厚林的记忆中和黄土地上的老人一模一样。

秦厚林的爷爷也有那古铜一样的皮肤和那被生活压弯了腰的脊梁，额头上留下岁月碾过的一道道痕迹。他的爷爷也会穿着那粗布大褂，蹬着方口布鞋，腰里缠着深蓝色的腰带，手背搭在屁股后拿着古铜色的烟杆。烟杆上的烟袋一颤一颤地跟着爷爷的节奏跳跃着，在黄土地上画下生命的痕迹。

秦厚林的奶奶也有那微微闪烁的慈祥的笑脸和那笔直的腰杆，额头上留下一道道岁月的足迹。她也会穿着一身藏青色的粗布对襟衫，蹬着圆口布鞋，坐在昏黄昏黄的土坯房子里,为一大家子纳着舒适的布鞋底、棉鞋底,把生命耗尽在黄土地的清油灯下。

秦厚林听他大说,他爷爷为了匀给家人和几个孩子粮食吃,自己饿死在了二十世纪六十年代初的饥荒中。他爷爷被埋在二水寺村通向顶峰山的那道山梁上。在"文化大革命"还没有到来的日子,他奶奶在阑尾炎的疼痛中离开了人间,也被埋在了那里。

二水寺村通向顶峰山的那道山梁早已经在平整土地的时候变成了一道道梯田。秦厚林的爷爷和奶奶的坟墓也不在那道山梁上了。他大和伯父们早已经将他爷爷、奶奶的坟迁走咧!

秦厚林在风雪中将点着的香插在雪窝中,粉红色的香在雪窝里颤抖着,湿湿的身子发出微微的火星。蜡黄的烧纸在幽幽的火光中飘飞在风雪里,秦厚林将头磕在了机井地的梯田里,叫了声:爷,回家过年。而后,秦厚林将头磕在了自留地尽头的水渠岸边,叫了声:婆,回家过年。

秦厚林只是一如既往地请着先人回家过年,却没有见过先人的面。生命在黄土地上已经化为一粒粒黄土轮回着。其实,秦厚林明白,现在祭奠的只是黄土地的灵魂。

"厚林,你帮我把蜡点一下。"母亲站在院子里喊着秦厚林。

母亲从屋子里走向前院,一路敬着神。屋子里电视柜上的财神已经被母亲敬了起来。秦厚林走出房门,母亲正在屋檐下点着香。秦厚林将燃烧的蜡烛撒在了仓宫神前的木板板上。看着跳跃的烛光,母亲继续敬神。

母亲将燃烧着的香插进了木板上用瓷杯子做的香炉里,虔诚地跪在地上叫着表。那薄如雪片的黄表纸燃起了淡淡的火焰,火苗一跳一跳的,在潮湿的空气中燃烧着。烧过的黄表纸变成了一片更加轻飘的灰片向天空中飞去。

"厚林,你去看看你大,不用你帮忙了,我一个人能行。"母亲从仓宫神的面前起身向天地神走去。秦厚林知道天地神、司命主和土地神的贡板板都不高,母亲够得着。

秦厚林走进房间,看着用被子裹起来的父亲依然看着电视。秦厚林脱了鞋爬上炕,把缩下去的父亲往上提了提,父亲又端坐在炕上看《新闻联播》了。

寒雪凤拿着手机走进了屋子。"凤儿,坐这儿。"秦厚林指着自己身旁空着的火炕。寒雪凤的眼睛清澈明亮,柳眉弯弯的,长长的睫毛微微地颤动着,白皙的皮肤透出淡淡的红润,双唇如玫瑰花瓣娇嫩欲滴。寒雪凤坐在了秦厚林身边等待着除夕的团聚。

秦厚林的哥哥去伯父家看伯父去了。秦厚林的伯父和他父亲一样,在一年前得了同样的病。不过伯父恢复得好一点,能够说话,也能够走路。秦厚林在回到黄土地的那天就已经看望过伯父了。

两个侄子走进了房间。大家看着电视,等待着母亲敬完神回来,这样就可以团团圆圆地坐在一起了。秦厚林的母亲敬完神回来坐在炕上。小侄子秦炳哲推着大侄子秦哲,秦哲并没有动。两个人不好意思地你推我,我推你,不知道谁先开始拜年为好。最终还是小侄子秦炳哲先开始了。他扭扭捏捏地走到了屋子中央,眨巴着小眼睛说:"婆喔,我给你拜年。"

母亲看着呆呆坐着的父亲对小侄子说:"你先给你爷拜年。"

"爷喔,我给你拜年。"父亲并没有回答小孙子的话。父亲自从七年前病倒后已经很少说话了。这几年几乎一句话也不说了。除非有人逼问才会蹦出几句话。

"爷喔,婆喔,我祝你们新年快乐,万事如意,身体健康!"小侄子秦炳哲向父亲拜年。

母亲将包好的压岁钱放在父亲的手上说:"娃给你拜年呢,你给娃发压岁钱。"父亲的手颤抖着向前伸了伸,红包掉在了秦炳哲的小手中。

"下来该谁了?"秦厚林看着大侄子秦哲问。

大侄子秦哲走在了屋子中央不好意思地说:"爷喔,婆喔,在新的一年里我祝你们万事如意,身体健康,福如东海,寿比南山!"

两个小侄子继续给秦厚林和寒雪凤拜年。时间正在悄悄地溜走,大家等待着春晚的开播。

"志勇得病了。"母亲沉沉的声音流露着淡淡的悲哀。二水寺村的忧愁犹如阴沉的天气沉闷不已。

秦厚林知道这几年二水寺村的人们喜悦少了,病多了,也看不起了,他惊讶地问:"志勇得的什么病?"

"听说是瞎瞎病。腊月在示范区医院住了几十天,病情没有什么进展。"母亲惋惜地说。

"怎么会这样?志勇才多大?"秦厚林不知道是在问自己还是在问母亲。

秦志勇是秦志祥的小儿子。秦厚林叫秦志祥碎爷。儿时碎爷家的家境殷实,是村里实施改革开放政策后受益的第一批农民。多少人羡慕他家的光景,方圆几十里的人家都想把闺女嫁给碎爷家。只有这样殷实的人家女儿嫁过去心里才舒坦。碎爷也是村里的大能人，承包了几亩菜地，在镇上还有生意。

碎爷有三个儿子。大儿子秦志伦在镇上的中学教书，是远近闻名的教书能手。二儿子秦志奇是队里的队长，管理着队里大大小小的事务。小儿子秦志勇高中毕业后在镇上做生意。碎爷家的日子过得别提有多美了！

还记得儿时厚林家和志勇家住着对门。"吱呀——"，碎爷家的门被推开了。母亲端着焙好的辣椒走在前面，小厚林跟在母亲身后。"碎叔，我来砸一下辣子。"母亲对晒太阳的碎爷说。

"我帮你把匠窝扫一下。"说着，碎爷进屋去取扫帚了。秦厚林好奇地摆弄着那个石头锤子上长长的木耙子。木耙子随着匠窝里的石锤在空中打着转子，秦厚林跟着木耙子奔跑在夕阳的光辉中。

晚霞静静地照在黄土地上。秦厚林看着母亲提起石头锤子，一锤一锤地冲向匠窝。辣子在夕阳中跳着跳着，慢慢地变成了一片片辣子片，慢慢地、慢慢地，辣子片变成了辣子面。当母亲一勺子一勺子地把辣子面舀在洋瓷盘子里的时候，母亲映着金黄金黄的光线像是一尊菩萨。

秦厚林想起了一年前春节回家的那个晚上，母亲对他说："你走后不久，你碎婆就没了。"

"我碎婆是什么时候没的？"秦厚林惊讶地问母亲。

"你碎爷刚不在了三年，你碎婆就没咧！"母亲叹息着。

"我碎婆怎么会突然没了呢？"秦厚林不解地问。

"其实，你碎爷还没死的时候，你碎婆就得了黄疸肝炎。你碎爷一死就没人管你碎婆咧。"母亲摇摇头，无奈地说。

"我碎婆不是有儿子吗？那么一个好光景的家怎么就一下子塌伙了？"秦厚林不相信这是真的。

"其实，在你碎爷病倒的那几年，家境就开始衰败了。你碎爷病了五年，把家里已经熬干了。再加上你碎爷一死，你碎婆的日子就更不好过了。后来几个儿子谁也不愿意单独赡养你碎婆。他们商量轮流养着你碎婆，一人三个月。"母亲淡淡地说着。

"三个月，那不是整天在搬家吗？那我碎婆怎么受得了？"秦厚林惊讶地问道。

"三年前我碎爷死了，四年前秦志奇给人拆房放墙时被埋在了墙下，丢下了媳妇和两个孩子。这一家人不知道是怎么了？即使这样，我志伦叔也应该养我碎婆呀！"秦厚林说着自己的看法。

"你志伦叔虽然是教师,可是教师的工资要养这么多人也不容易,三个孩子,一个上大学,两个上高中就够他受的了。再加上你那个婶子,就算你志伦叔愿意,你那婶子愿意吗?"母亲摇了摇头说。

秦厚林收回了思绪。"那过年了,志勇还在示范区医院过年吗?"秦厚林问母亲。

"听说回来咧。看了四十多天也没有检查出是什么具体问题。"母亲淡淡地说。

"怎么不送到市里医院去呢?"秦厚林问。

"这我也知不道咧!"母亲说。

二水寺村的人们至今还记得,二十世纪七十年代末大家还在黄土地上刨野菜根的时候,他们一家五口已经吃上白面馍咧!碎爷用自己的智慧维持着这个家的富足。一个殷实的家庭,一个人人羡慕的家庭没有因为生下三个儿子就飞黄腾达,而是慢慢散落在了黄土地上。

五口之家因为三个女人的进入充满了欢乐与幸福的氛围。三个儿子与三个女人交合着、缠绵着又产下了自己的儿女。这个五口之家一下子变成了十几口的大家庭。是该分家的时候了,是时候了。这个儿孙满堂的家庭又分成了以三个儿子为中心的三口之家和老两口自己单过的家。这个五口之家变为四个独立的家庭了。

碎爷和碎婆过着自己舒坦的日子,时间一如既往地从他们的额头划过。碎爷老了,变得颤巍巍,多病了。当秦志奇被抬回来的时候,碎爷吐血了。碎爷从此躺在病床上再也没起来。碎爷最终没有闭上眼就躺在了黄土地二蹬的那片坟地里。三年后碎婆躺在碎爷身边的时候,他们再也不用为秦志勇的瞎瞎病操心了。

只有做教师的志伦叔还健康地活着,但是谁也不知道他的精神是不是还是健康的。也许,他的精神早已经透支了,只是还在苦苦地支撑着,支撑着这个家的门面。

碎爷死了,碎婆死了,他们的后代还活着,活得那样的异样,那样的与村子格格不入。

人生就是一个谜团。一个等待着每个人解开的谜团。人应该怎样活着?没有人能够回答这个问题。秦厚林的爷爷和奶奶用自己的人生解答着这个问题,碎爷、碎婆用自己的生命解答着这个问题。每个人都在用自己的生命阐释着人应该怎样活着。

璇玑图

　　已经离世的人到了他们应该去的地方，还在活着的人继续以自己的方式活着。只有时间在一秒一秒地走着、一分一分地走着、一小时一小时地走着、一天一天地走着、一年一年地走着……没有谁可以拦得住时间的脚步。生命在时间的流逝中将自己抛洒在不同的空间里，避免着人与人相撞。

第二章　凤凰山上金鸡啼　血光微微生命息

秦厚林的眼前闪现着六年前的支教生活。夕阳静静地压了下来，金黄的凤凰山掩映着清脆的柏树和笔直的松树。山林里住着一畦畦、一凹凹、一湾湾的居民。

黄昏中一畦畦、一凹凹、一湾湾水田畔的石头屋子里冒出袅袅的炊烟。村口老黄狗摇着尾巴映着金黄的颜色向家里缓缓地走去。公鸡狠狠地啄着母鸡的脖颈把母鸡按倒在地。田间地头传来了窸窣的昆虫鸣叫声。

秦厚林沿着凤凰山的山间小路穿过一个个村落走向凤凰中学的方向。他已经把学生安全地送回家了。夜幕渐渐地将自己的衣服穿在了凤凰山上。从山下远远地望着凤凰中学，坐落在凤凰山山腰的凤凰中学似乎在荡着秋千。只有那点点的灯光还忽闪忽闪的，在风中飘摇着。

淡淡的月光照在秦厚林的脸上，他似乎感到了一股柔柔的、软软的水流流淌在自己脸上。沐浴着月光，秦厚林一边走一边听着夜色中啄木鸟啄着古柏的声音。秦厚林的心底泛起了山泉般的淡淡甘甜。

当秦厚林还沉浸在月光的甘甜中时，时间已经一步步移动着向黎明走去，准备迎接太阳的光辉。雾气沉沉的山林里传来了鸟儿咕咕的叫声。几声公鸡的鸣叫预示着大家应该起床了。

凤凰中学在晨雾中渐渐有了孩子的说话声，随着清晨冷冷的光线越来越亮，越来越暖。随着太阳缓缓升起，孩子们的声音也越来越多，越来越闹了。

秦厚林伴随着晨光走进了教学楼二层的802班教室。教室里书声琅琅："晋太元中，武陵人捕鱼为业。缘溪行，忘路之远近。忽逢桃花林，夹岸数百步，中无杂树，芳草鲜美，落英缤纷，渔人甚异之。复前行，欲穷其林。"听着孩子们的读书声，秦厚林幸福地笑了。

"秦老师，周老师找你。"一个清亮的声音传入秦厚林的耳中。秦厚林转身看到一个矮矮的小男孩对着自己，这个低年级的小男孩说完转身就准备跑掉。

"哎——哪个周老师？"秦厚林拉住小男孩的衣服问。

"就是周校长呀！"低年级学生有点惊恐不安地仰望着秦厚林说，祈求的眼神看着秦厚林，希望秦厚林放开自己。

伴随着"复行数十步，豁然开朗。土地平旷，屋舍俨然，有良田美池桑竹之属。阡陌交通，鸡犬相闻。其中往来种作，男女衣着，悉如外人。黄发垂髫，并怡然自乐……"的读书声，秦厚林从楼下校长办公室的方向走去。

凤凰中学校长办公室位于这栋教学楼底层的最南端，它同学校的会议室构成了一幅轴对称图形。晨光淡淡的伴着雾气笼罩着凤凰中学。雾气和晨光搅和着散进了校长办公室。冷冷的晨光洒在秦厚林的身上，凉凉的，他搓了搓手走进了校长办公室。周校长端坐在办公桌前看着教学资料。

"周校长，您找我？"秦厚林走进校长办公室问道。

"秦老师，你来了，坐！"周校长放下手中的资料，摘下眼镜放在桌上说。

秦厚林轻轻地坐在了周校长对面等待着周校长说话，他的心里扑腾扑腾的，不知道周校长单独叫自己来是好事还是坏事。他的手心微微有点发热，掌纹上渗出了细细的汗气。

周校长沉思了片刻，问："秦老师，你今天有几门课？"

"周校长，今天上午前两节有课，下午第一节有课。"秦厚林回答。

"这样的话，你上午上完课就到镇上的派出所去一趟。"周校长说着看了看秦厚林的表情。

秦厚林的身子颤抖了一下，担心地问："周校长，出了什么事情吗？"他不知道发生了什么事，思绪乱糟糟的。

"邹涛涛是你们班的吧？"周校长用审问的眼光看着秦厚林问。

"是的。"秦厚林点点头。

周校长低沉的声音回旋在校长办公室内："刚才镇派出所打来电话说，昨晚抓了一个盗割通讯光缆的团伙。邹家湾的邹涛涛也在其中。派出所发现他才十四岁，是个未成年人。联系不上他的家人，就把电话打到学校了。"周校长说。秦厚林悬着的心这才放了下来。哎，又是一个不懂事的孩子，凤凰山这是怎么了？

"周校长，您放心。我一定在中午放学之前把邹涛涛从镇派出所接回来。"秦厚林坚毅的目光和周校长的目光碰在了一起。周校长微微点了点头。

秦厚林伴着孩子们琅琅的读书声走出了凤凰中学。

邹涛涛跟在秦厚林身后，耷拉着脑袋，走在回凤凰山的山道上。路旁人家的烟囱里冒出了股股淡蓝色的青烟。家家户户已经忙碌着做午饭了。人们欣喜地等待着孩子上学归来,准备把最好的吃食拿给孩子们。

凤凰山依然淡淡地传来小鸟鸣叫的声音,凤凰溪流淌在山涧发出"哗哗——"的笑声。阳光洒在身上暖暖的。路边的小花一朵又一朵地开着,有淡淡的红、淡淡的蓝、淡淡的紫、淡淡的白。

当秦厚林和邹涛涛走过凤凰山的医务室门口时,传来了田医生的招呼声:"秦老师,上街了。"

秦厚林抬起头连忙答道:"嗯,田大夫,去街上了。"

"秦老师,你身后那不是邹涛涛吗?"田医生蹲在门口一边杀着鱼一边问道。

秦厚林身子一颤,顿了顿回答道:"嗯——我上街看到这孩子逃学了,就把他带了回来。"

走过凤凰山的医务室,秦厚林已经没有心思欣赏这美丽的山景了。邹涛涛耷拉着脑袋,跟在秦厚林身后。秦厚林的眼前闪现着一周前凤凰山医务室的情景。

"叮铃铃,叮铃铃——"放学的铃声从凤凰中学响起。铃声越过院墙回荡在凤凰山的角角落落。秦厚林伴随着蜂拥而出的学生走向办公室。学生们如同潮水一般涌向楼梯口,跑下楼梯,冲出校门,享受着生活的幸福。

秦厚林回寝室拍了拍手上的粉笔灰,拿起自己的搪瓷饭碗朝凤凰中学的食堂走去。凤凰中学的食堂只有几个毕业班学生、几个路远的老师和支教的秦厚林在吃饭。五六个老师加上三四个学生就是这个食堂的全部人员了。

秦厚林弯着腰走进了食堂,自己从锅里盛饭,在盆子里挖了一勺水煮萝卜,又猫着腰走出了黑乎乎的食堂。食堂外的花坛边沿蹲着几个吃饭的老师。秦厚林刚刚走过去想蹲下来就看到班里的学生刘婷急匆匆地跑了过来。

"秦老师,不好了!我们班的张二雷在校门口被人打破了头!"刘婷额头上的汗珠和眼睛里的泪水闪闪发光,显然被吓坏了。

"他们现在人在哪儿?"秦厚林端着的饭碗停在了空中,震惊地问。

"秦老师,还在外面打架呢。你赶快去看看吧,我们谁也拉不住。"刘婷急得哭了出来。

"我马上去!"秦厚林把碗放在了地上,跟着刘婷向凤凰中学的门口跑去。

凤凰中学的门口并没有打架的人群。阳光照在摇动的树叶上闪闪发光,一切都那样的平静,似乎什么事情也没有发生过。

"秦老师，他们刚才还在这儿打架呢。我是真地看到张二雷的头流血了。是不是看到我去叫老师把他们吓跑了。"刘婷迷惑了。

耀眼的阳光下有几滴刺眼的血迹散发着微微的生命气息，证实刘婷的话是真的。秦厚林和刘婷都看到了那几滴淡淡的血红。不远处，学生邹壮壮挥着胖乎乎的小手招呼着秦厚林。

"秦老师，在这边——"邹壮壮喊到。

秦厚林和刘婷跑向了邹壮壮的方向。"秦老师，张二雷在医务室。"听完邹壮壮的话，他们三人走进了凤凰山那坐落在山道边的医务室。

凤凰山的医务室里挤满了学生。秦厚林挤进医务室看到学生们惊恐的眼神就对大家说："没大家的事了，都回去吃饭吧！时间不早了，要不大家一会儿上课又要迟到了。有夏家村的同学回去给张二雷的家人捎个口信，让他的家人来医务室领人。"大部分孩子都走了，医务室里只剩下了刘婷和邹壮壮两个人在等着张二雷的结果。

"你俩也先回去吃饭吧。"秦厚林说。邹壮壮和刘婷似乎没有听到秦厚林的话，一动不动地站在那里。看到他俩不愿意走，秦厚林也就不再说什么了。秦厚林转过身看到田医生正在为张二雷缝合着伤口。

张二雷那乌黑浓密的头发被田医生剃去了一个巴掌大的圆圈。在白森森的头皮上还沾着几根剪断的头发。血已经染得头皮白一块、红一块，染着血的头发黏黏的粘在头上。田医生手中的针，一针一针地在张二雷的头皮上穿梭着。张二雷闭着眼睛没有了往日的活气，脸色如同白纸一样煞白，像一个活死人。秦厚林看着田医生的针在打着结，说明缝完了。

"田大夫，张二雷的伤要紧吗？"秦厚林担心地问。

"秦老师，这是你们班的学生？"田医生疑惑地问秦厚林，似乎秦厚林所带的班级不应该是这个样子，应该个个都是好学生。秦厚林无奈地点点头。

"田大夫，张二雷的伤怎么样？"秦厚林又问了一遍田医生。

田医生不紧不慢地说："没事的，一点皮外伤。看起来挺吓人的。秦老师，你还没有吃饭吧？你先回去吃饭吧，让他在我这里等着，等他家里人来了把他接回去就可以了。"

"不要紧的，已经有学生去通知了，人应该就快到了。"秦厚林对田医生说。

半个小时后，一位白发苍苍的老奶奶，拄着拐杖，身子颤颤巍巍的，站在了凤凰山医务室门口。"我的雷儿，你怎么了？怎么成这样了？"老奶奶一把鼻涕一把泪地哭喊着。

"秦老师，这是张二雷的奶奶。"邹壮壮对秦厚林说。

"张奶奶，没事的，二雷只是皮外伤。你把他带回去吧。"秦厚林对张奶奶说。

"我的雷儿，你怎么了？怎么成这样了？"张奶奶并没有理会秦厚林，只是一味地哭喊着。

田医生从内屋端着饭碗走出来说："张奶奶，没事的，二雷只是皮外伤。"

张奶奶听到田医生的话止住了哭声，说："没事就好，没事就好。"张奶奶不知道是在安慰自己还是在安慰别人。

"张奶奶，这是二雷的老师，秦老师。"田医生给张奶奶介绍着秦厚林。

"秦老师好，秦老师好。"张奶奶颤巍巍地说。

秦厚林看着张二雷的脸问他："二雷，现在觉得怎么样了？能走动吗？"

"秦老师，还好，走回去应该没有问题。"张二雷咬了咬牙说。

田医生接上了张二雷的话："秦老师，二雷的伤是皮外伤，没有大问题。你如果有课先回去上课，何况你还没有吃午饭呢？早点回去吧。"

秦厚林看着颤巍巍的张奶奶，再望望坐在椅子上的张二雷，说："你看张奶奶这身体，他俩回去我也不放心，二雷又是这个样子，我看这样吧，我先把二雷送回家，然后再回学校，反正课在第二节，应该来得及。"

秦厚林一手搀扶着张奶奶，一手扶着张二雷走出了医务室。田医生站在门口看着凤凰山的山道上三个人一步步走去，远远地变成了三个小黑点。

当秦厚林回过神来的时候，"叮铃铃，叮铃铃——"的放学铃声从凤凰中学的院墙内传到了院墙外，一声声地传向了凤凰山的角角落落。

"涛涛，我先送你回家吧。"秦厚林对邹涛涛说。邹涛涛没有作声，既没有点头也没有摇头。他根本不知道自己应该去哪里，只是默默地跟在秦厚林的身后。

"秦老师，去哪里呀？"身后传来了一个银铃般的声音，回过头是毕业班的几位女学生从身边走过。

"放学了，我把邹涛涛送回家去。"秦厚林回答着，看着学生们从身边闪过。他知道这些学生要以最快的速度回到家里去匆匆吃完饭，再匆匆赶回来。因为他们的家在另一个山头。近一点的学生也是那样的匆忙。匆忙回家，得自己做饭照顾弟弟妹妹。

璇玑图

  走过那条长长的山路，秦厚林和邹涛涛来到了邹家湾的村子口。邹涛涛停了下来，不再往前走了。

  "秦老师，你回去吧。"邹涛涛一脸为难地对秦厚林说。

  秦厚林知道邹涛涛怕自己到了他家，家里人知道了他做的坏事会一顿暴打。但是，秦厚林真的想看看邹涛涛是生活在一个怎样的家庭里，就问道："涛涛，你是怕老师去你家吃饭吧？"

  "不是——"邹涛涛斩钉截铁地打断了秦厚林的话。

  "那你是怕老师在你家长面前告状了？"秦厚林追问着邹涛涛。

  "不是——"邹涛涛依然斩钉截铁地打断了秦厚林的话。

  "那是为什么呢？"秦厚林疑惑地问。

  "不为什么！反正就是不能去！"邹涛涛站在原地，脚上踢着石子坚定地说。

  秦厚林想不出来邹涛涛有什么理由不让自己去他家。越是这样，秦厚林就越是好奇地想知道这里面到底藏着什么秘密。"涛涛，那好吧。老师回学校了，你也早点回去吧。"邹涛涛这才点了点头。

  秦厚林走在返回凤凰中学的山路上。走出了老远，回过头一看，邹涛涛还站在邹家湾的村子口看着他，生怕他还去他的家。秦厚林加快了上山的脚步，心想：我早一点消失，涛涛也能早一点回家吃口热乎乎的饭菜了。

  这个下午邹涛涛没有来学校上课。秦厚林不禁又想起了邹涛涛坚决的眼神和自己回头时他还站在邹家湾看着自己的背影。涛涛家究竟发生了什么事情呢？秦厚林实在想不出个所以然来。

  西斜的太阳行走在凤凰山脚下的田野里，一片片水田如同一面面银镜子般铺陈在大地上。水牛在水田里悠闲地摇着尾巴扇着身上的蚊子。秦厚林和学生舒丹丹、舒兰花、邹亮亮行走在金色的夕阳中。

  "秦老师，你去邹涛涛家有什么事吗？"扎着歪辫子的舒丹丹走在凤凰山的山道上问秦厚林。

  秦厚林看着前方远远的邹家湾淡淡地说："没有什么重要的事，就是去家访，了解了解我们凤凰山的风土人情。再看看大家的家庭状况和学习环境。要不是你们三个带路，我可是找不到邹涛涛的家呀！"

  "秦老师，您去完了邹涛涛家也去我家坐坐好吗？"舒兰花睁着圆溜溜的大眼睛问。

  "那要看时间了。如果时间早的话我就去你们的家里都看一看，就算是家访了。"秦厚林笑着说。

秦厚林看着一直没有说话的邹亮亮问道:"亮亮,你是不是怕老师去你家家访?"

"秦老师,不是,不是。"邹亮亮的脸一下子红到了脖颈,连忙摇着头回答道。

"那你怎么不说话呢?好像不高兴呀!"秦厚林问邹亮亮。

"秦老师,你不用理他。他一直就话少。本性吧!"舒丹丹的歪辫子一翘一翘地闪在夕阳中。

第三章　临时家访邹家湾　关帝庙外凤凰山

　　一路上大家说说笑笑，来到了邹家湾的村口。秦厚林又想起了他和邹涛涛站在这里的情景。这个谜团就要揭开了，秦厚林的心七上八下的，他不知道这次家访会看到一个怎样的邹涛涛，会看到一个怎样的家庭。不过一切担心就要结束了，一切的猜测就要有答案了。

　　这是一个错落交织的村落。秦厚林看到了一些石头砌成的房子、一些红砖房子、一些蓝砖房子、一些混凝土粉刷好的小洋楼……秦厚林不知道自己是回到了以前的战争年代还是来到了现代化的洋房村庄。这个村子错落地交织着不同时代的房子。

　　秦厚林和自己的三个学生一会儿走在宽阔的混凝土路面上，一会儿走在崎岖的山间小道上，一会儿走在狭窄得只能容得下一双脚的石头路上，一会儿走在泥泞的小路上……

　　秦厚林看到这里的房子一会儿一间连着一间，一会儿单家独户；一会儿同一层面，一会儿高高低低……村子里的房屋就像凤凰山上的树木一样长在自己应该有的位置上。大小高矮各自有自己的模样，各自有自己的特色。

　　"秦老师，这边走，小心摔着。"舒丹丹提醒着秦厚林。秦厚林突然有一种似乎进到山中寻找猎户的感觉。他们从一个斜坡爬上去，又要在后面溜下来，继续向邹涛涛的家走去。

　　大家站在一座用石头围成的院子外，"涛涛，秦老师来家访了。"舒丹丹向院子里喊着。院子里静悄悄的，似乎没有人在家。秦厚林看到虚掩的门示意舒丹丹不要再喊。

　　他们推开了门，院子里坐落着一间间石头房子，院里边堆着金黄色的稻草，几只鸡用爪子扒着稻草在觅食。

　　屋门是虚掩的，推开房门，堂屋正中央悬挂着一张毛主席的画像，地上两边堆满了泥花生。堂屋两边是两个厢房。右侧的门虚掩着，舒丹丹推开了门。"邹大娘，涛涛在家吗？"床上的老人没有回答舒丹丹的话，继续耷拉着眼皮在昏暗的光线里坐着，好像病得很严重。

　　秦厚林看到这幅情景，对舒丹丹说："看来涛涛不在家，让老人家好好休息，我们先回去吧，下次有机会再来看老人家。"大家有点失落地走出了厢房。

"秦老师，灶房那边有烟。"一直没有说话的邹亮亮指着灶房那边，对秦厚林说。大家轻轻地走到了灶房门口，谁也没有出声，静静地站在那里看着灶房里发生的一切。

灶台旁一个翻滚的药罐子冒着热气。一个小男孩站在小板凳上翻着铁锅里的烙饼。

秦厚林和几个学生什么都没说，迈着沉重的步子走出了邹涛涛家。走出邹涛涛家的时候，舒兰花对秦厚林说："秦老师，涛涛的父母去深圳打工了，已经有好几年没有回来了。一直是邹大娘带着涛涛。听我奶奶说邹大娘今年已经七十二岁了。"

"那涛涛的父母为什么几年都没有回来呢？"秦厚林疑惑地问。

"听说前年春节准备回来的，可是包工头出了车祸死了，没要到工钱，他们就打算再干一年。去年春节准备回来的，可在深圳火车站被小偷把工钱偷走了。应该今年春节可以回家了。"舒兰花一边走一边说。

看来是应该帮帮这孩子的。秦厚林也明白了邹涛涛身上发生的一切。"秦老师，这是我家。"舒丹丹的声音传进了秦厚林的耳朵。

这是一个红色的院落，整个院子都是用红砖一块块砌起来的。这些红砖有的横着、有的竖着，显示着自身的坚强。推开红彤彤的大铁门，一只雪白的小狗扑了出来。

"秦老师，这是小花，它很乖的，不咬人。"舒丹丹对秦厚林说完，就冲红砖垒成的二层新房喊了起来："爷爷，爷爷——秦老师来咱家了。"

房间里走出一位上身穿着白褂子、下身穿着黑裤子的精神矍铄的老人。他热情地说道："秦老师来了，屋里坐。"二层楼的堂屋里依然在中堂的位置贴着毛主席的像。看来这里的人民对毛主席有深厚的感情，秦厚林心想。

"大爷，您老身体可好？我是来邹涛涛家家访，顺便来看看。"秦厚林对老人说。

"邹涛涛，唉！他家里的生活烂包了，也不知道这孩子是造了什么孽？投胎在这样一个家庭。前一阵收庄稼，他家都没有人收，还是我帮他家收了一部分回来。这不正在帮他家剥玉米呢！我们都是斗大的字不识一个，老师可要好好教育这群孩子呀。我也多亏着身板还硬朗。"老人目光矍铄，看着秦厚林。那目光就像刀子一样一刀一刀地割在秦厚林的身上。

"大爷，身板硬朗就好。我们帮你剥一会儿玉米吧，也算是帮帮邹涛涛了。"秦厚林向舒大爷说道。

大家围坐在二层一个大囤栏前，手中的玉米粒从玉米棒上一颗颗地蹦跳着掉在囤栏里。"秦老师，你家有玉米吗？"舒兰花一边剥着玉米一边扑闪着好奇的眼睛问秦厚林。

"有，在黄土地上我们是冬种小麦，夏种玉米。一般每年中秋节前后收玉米种小麦，每年芒种前后收割小麦种玉米。就这样年复一年地种着这两样庄稼。"秦厚林说。

"秦老师，你们那是不是很缺水？"舒丹丹放下手中的玉米芯子拿起另一个玉米棒子一边剥一边问。

秦厚林没有立即回答舒丹丹，他看了看同学们才说："大家对黄土地的印象是从电影里来的吧。电影里黄土地上的故事基本上都发生在贫瘠与困难的地方，而我家在黄土地的白菜心子里。你们想十三朝古都如果缺水谁还会把都城安在那里呢？"晚霞静静地照在每一个人的身上，大家都渐渐地变成了一尊尊金色的佛像。

"秦老师，你既然家访也去我家里看看吧。"舒兰花对秦厚林说。

舒兰花的家是一座混凝土做成的有着天井的院落。刚走进舒兰花家的门就看到一位老奶奶在天井下借着天黑前的最后光线洗着蔬菜。"奶奶，奶奶——秦老师来家访了。"舒兰花对洗菜的老奶奶说。

老奶奶放下了手中的蔬菜站起了身："秦老师来了，快，快，屋里坐。"

"不了，我就和奶奶在天井下聊聊吧。"秦厚林对舒兰花的奶奶说。

"秦老师，给您凳子。"舒兰花从屋里搬了一个凳子。秦厚林坐在了天井下，学生们像卫兵一样站在他的身后听着他和奶奶的谈话。

"秦老师，你看兰花这孩子学习怎么样？要不要在八年级留一级，打好基础再上。我怕她到了高中，课程深吃不消。"舒兰花的奶奶问秦厚林。

"兰花这孩子学习还是蛮好的，而且现在不让留级。"秦厚林回答道。

"我知道兰花这孩子有点偏科。刚才她爸爸还打电话回来问她的学习。她爸爸也知道兰花上学上得早，怕她吃不消。"舒兰花的奶奶说。

"奶奶，兰花是几岁上学的？"秦厚林问道。

"五岁。"舒兰花的奶奶说。

"五岁！在农村是早了一点。"秦厚林点点头说。

"秦老师，你和孩子们坐一会儿，我去做饭。"舒兰花的奶奶站起来说。

"奶奶，时间不早了，我也该回去了。"秦厚林站了起来就准备往外走。

"秦老师，不慌，不慌，反正我们也要吃饭。"舒兰花的奶奶一把拉住秦厚林的手说。

"奶奶，真是谢谢你了！我不是这个意思。我晚上还要回去备课呢！"秦厚林坚持说。

"秦老师，留下来和我们一起吃饭吧！"舒兰花央求着秦厚林。

秦厚林还是没有留下吃饭。舒丹丹、舒兰花、邹亮亮在月光中将秦厚林送到了村口。"秦老师，我们再送送你。"舒丹丹说。

"谢谢你们！今天要不是你们，我也家访不了这么多，也就不知道大家生活在怎样的环境中。"秦厚林一边道谢一边往回走。可是他们几个还是跟着自己。

"你们几个怎么了？快回去吧！"秦厚林停了下来。大家也停了下来。"今天是怎么了？"秦厚林又说。

"秦老师，一到晚上凤凰山的雾气重，我们怕你迷了路。"舒兰花关心地说。

"谢谢大家！不会的。不用送了，我知道回学校的路。来的时候我都把路记在心里了。大家回去吧。"秦厚林对这群不放心的孩子说。

月亮轻轻地把薄纱披在了凤凰山上。远远的凤凰山在星星点点的夜空中影影绰绰。秦厚林感受着夜的宁静，回想着今天发生的一切。

人生就是一个谜团。一个等待着每个人解开的谜团。人为什么活着？没有人能够回答这个问题。每个人都在用自己的生命阐释着人为什么活着。

生命在山谷中流淌犹如小溪一样，时而奔腾，时而静流，时而歌唱，时而静默，时而跳跃，时而平静……一切就如庄子所云：朝菌不知晦朔，蟪蛄不知春秋，冥灵可活五百岁，大椿可活八千岁。生命在各自的时空里跳跃着自己的舞蹈，又各自完成自己的历程。

秦厚林回过神来，《春晚》还没有在华夏大地上拉开帷幕。母亲、父亲、凤儿、侄子静静地盯着电视寻找着自己的快乐。秦厚林的思绪还颠簸在生命的律动中。

明天得起个大早去庙里拜神，这个任务自从父亲病了以后就落在秦厚林的肩上了。村子大坡边的关帝庙显然又修过了。在砸毁了的旧庙址上如今又盖起了新庙，光彩夺目。

璇玑图

朱红的大门上绘着一青一赤两位门神，手执刀斧，眼若铜铃。白白的墙壁上写着，关帝庙再建乐助录金名单开列如下：某某某一百元，某某某一百二十元，某某某一百五十元，某某某二百元……最后的落款是二水寺村关帝庙代表委员会公布。

秦厚林的眼前闪现着儿时九月十三这一天二水寺村的关帝庙会。关帝庙周围笼罩着幽幽的火药味和淡淡的檀香味，孩子们你牵着我，我拉着你，穿梭在人群中。庙内关公脚下，一排老妇人或站或跪，全都一身青衣青裤，咧着缺了牙的嘴，站着的跪下，跪下的起立，纷纷烧香礼拜。

这关帝爷长个光滑的大红脸，阔脸方腮，右手大刀，左手捋髯，一派福相，香烟缭绕之中，显得越发威武。放烛台和香炉的供桌上垂下一幅红布，用五彩丝线绣着"保国佑民"的字样。帐幔和华盖之上，一块乌黑的横匾写着"通天显应"，边上有一行小字"二水寺村民供奉"。

二水寺村子里唯独缺少的就是一个戏台，秦厚林的思绪又飘落在凤凰山的戏楼里。

秦厚林和谭老师走进一条小巷里。巷口的屋角有块基石，刻着"泰山石"的字样。

在这条只容得人挑一担水走过的空空的小巷里，秦厚林似乎听见了那幽幽蓝色中散发着淡淡的、温温的"南方黑芝麻糊——"的叫卖声。

秦厚林和谭老师穿过巷子出来，突然面对着一片铺满稻草的晒场，空中弥漫着一股新收割的稻草甘甜的清香。晒场的尽头是一个旧戏台子，以整根的木料作为构架，台面有半人多高，也堆满了成捆的稻草。成群的孩子沿着柱子爬上去，又从上面跳到晒场里，在稻草堆里翻着筋斗。

四面通风的舞台，四根大柱子撑着个飞檐跳角的大屋顶，顶上几根横梁想必是当年用来挂旌旗、灯笼和耍把戏的绳索的，柱子和横梁都曾经有过彩绘，漆皮已经剥落。

谭老师说凤凰山的戏台演过戏，杀过人，开过会，庆过功；也有人下过跪，叩过头，到收割的时候又堆满稻草，娃娃们总爬上爬下。在历史的长河中他就是那烙饼的鏊子。

当年爬上爬下的娃儿们老的老了，死的死了，上了宗谱和没上宗谱的都弄不清楚，凭记忆拼凑的谱系又是否原样？有谱与无谱到头来也无甚差别，只要没有远走高飞，就得种田吃饭，剩下的又只有孩子和稻草。

秦厚林听着谭老师的话信步走着，连连摁着高音喇叭、装满木材的农用卡车从他们身边驶过。秦厚林想起了来到凤凰县的那天,穿县城而过的狭窄的公路上,往来的车辆都一律响起刺耳的高音喇叭声,而客车上的售票员还把手伸出窗口,使劲拍打车帮子上的铁皮。也只有这样,行人才能让道。

其实,黄土地上的县城也都是这样拥挤。路上的汽车随着人流的速度蜗牛一样地前行。只是一个在黄土地上,一个在青山绿水间。

木板的铺面排在两旁,楼下做生意,楼上晒衣服,小儿的花袄、女人的胸罩、男人的短裤、印花的床单在车辆的喧闹声与扬起的灰尘中花枝招展。

秦厚林到了一座石桥上,黄土地上没有这样的石桥。清风徐来,凉爽而惬意,石桥架在宽阔的河面上,桥上是柏油路面,两边斑驳的石柱子上刻的"凤凰河"三个字依稀可见。秦厚林倚着水泥加固了的石栏杆,俯视由石桥连接的这座县城,两岸都是黑色的瓦顶,鳞次栉比,让人总也看不尽、望不透。

两山之间是一条展开的河谷,金黄的稻田上方镶着深色的板栗林。河水蓝盈盈的,缓缓地在河床的沙滩间流淌,到了分水的青麻石桥基下,河水又变得墨绿而幽深,一过桥拱,便搅起一片哗哗的水声,湍急的漩涡上飘出白色的泡沫。石条砌的河堤总有十米高,留着一道道水渍,最新的一层灰黄的印子,当是刚过的夏天洪水留下的痕迹。

太阳就要落下去了,阳光橙红而又亮丽。秦厚林眺望两旁山谷收拢的地方,这些石头山变成了黄土地上的土山,层峦叠嶂之处,如烟如雾,将那轮通明的像在旋转的太阳,从下端边缘一点一点吞食。

落日越加殷红,越加柔和,并且将金烁烁的倒影投射到一湾河水里,幽蓝的水色同闪烁的日光连接在一起,一起波动跳跃。晚风从耳边吹过,还有驶过的汽车不断发出刺耳的喇叭声,秦厚林想,这应该离我支教的地方不远了。

穿过桥头,卖小吃的摊子撑起了黄昏的县城。秦厚林在左边吃了一碗豆腐脑,那种细嫩可口、作料齐全、走街串巷到处叫卖、一度绝迹如今又父业子传的豆腐脑使秦厚林回味起了黄土地上的豆腐脑。

吃着这没有辣椒油和蒜泥的豆腐脑,秦厚林体味到了一股软滑和香甜。秦厚林在右边又吃了两个从炉膛里现夹出来的热乎乎香喷喷的芝麻烧饼。

"秦老师,还记得你来凤凰中学住的第一晚吗?"谭老师胖乎乎的脸闪现在秦厚林眼前,打断了他的思绪。夕阳洒在谭老师身上,如同一尊笑容可掬的弥勒佛。

"那晚,望着天花板上电灯泡四周密密麻麻的斑点,我才发现那竟是无以

璇玑图

计数的蚊子，我估计它们就等电灯一灭好来吸血。我见过蚊子，没有见过如此多的蚊子。凤凰山的蚊子可真是吓人呀！可是更让我没有想到的是凤凰中学竟然不在凤凰城，也不在凤凰镇，而在凤凰山。"秦厚林说。

第四章　凤凰镇上忆码头　二水寺内悟禅道

　　秦厚林来到了凤凰镇，刚一到镇上就看到了一条铺着青石板的长长的小街，街旁边就是浅浅的、亮亮的、凉凉的凤凰溪。秦厚林走在印着一道道深深的独轮车辙的石板路上，听着皮鞋与石板撞击发出的清脆的"吧嗒，吧嗒——"声，一下子便走进了明清街的记忆，追寻着秦淮河畔的船桨声。

　　秦厚林没有看到手推的独轮车，代替那抹上豆油的枣木轴的吱呀声的是满街直响的摩托车声。摩托车在往来的行人和挑担子的人、拉板子的人和屋檐下的摊贩间穿行。"嘟嘟——"的摩托声淹没在一片叫卖讨价调笑声中，这倒也显得生机勃勃。

　　秦厚林吸着酱菜、卤菜、生皮子、松油柴、稻草和石灰混杂的气味，两边的干货、酱园、油坊、米店、药铺、时装店、鞋摊、肉案、草绳瓷器、香烛纸钱铺子一家紧挨一家。

　　照相馆门口摆放着相片，相片里的人清水出芙蓉，透出天地间的灵气。这地方还真出美人，一个个如花似玉，托着香腮，水灵灵的。秦厚林不禁想起了稻花香酒业宣传画上的那位姑娘，凤凰镇应该就是她的故乡。

　　今生从黄土堆里爬出来，也许前世我就出生在这镇上，长大、成亲，也娶上个这样的美人，早早地给我生儿育女。想到这里秦厚林就笑了，知道自己想入非非了。

　　一路走来只有热干面的香味还在嘴里打着转转，望着店面上的那些阁楼，挂着窗帘，摆着盆景或花，不由得想知道这里的人过着什么样的生活。

　　有一幢门上挂着铁锁的危楼，柱子都倾斜了，朽了的雕花的椽头和栏杆都说明当年的气派，这房主和他后代的命运就耐人寻思。

　　前面是一家米粉厂，一块空场子上钉着桩子，拉着铁丝，挂满了米粉。再往前走，有一家堆满生石灰的铺面，这就到了街的尽头。

　　屋顶上的瓦楞草，干枯的和新生的，细白的和葱绿的，都在风中微微抖动，阳光十分明朗。

　　"秦老师，我回宿舍了。有什么事喊我就行。"谭老师说完就回宿舍了，秦厚林看着凤凰中学的教师宿舍犹如一盏风中飘摇的灯笼在阵阵晚风中摇

璇玑图

晃着。

　　寒雪凤坐在炕上想起了家乡：码头镇。春风吹过码头镇，带来了一年四季的温暖。春节里寒雪凤穿着暖和的新棉鞋跟伙伴们在墙角晒着暖暖的太阳，她们一边跺脚一边唱起了童谣：月亮汤汤，骑马烧香，烧死罗大姐，气死豆三娘，三娘摘豆，豆角空，嫁济公，济公矮，嫁螃蟹，螃蟹过沟，踩着泥鳅，泥鳅告状，告着和尚，和尚念经，念着观音，观音撒尿，撒着小鬼，把得肚子疼，请个财神来跳神，跳神跳不成，白费我二百文。

　　码头镇是一个有码头的地方。公路的尽头是河边的渡口。石条砌的台阶陡直下去，有一两米高，石级下停靠着几只插着竹篙的乌篷船。对面河滩边上有一只渡船，有人上下，这边石阶上坐的人都等那船过渡。

　　码头上方，堤岸上，有个飞檐跳角的凉亭。凉亭外摆着一个个空箩筐，亭里坐着歇凉的大都是对岸赶集卖完东西的农民。

　　寒雪凤享受着家乡的乡音，看着凉亭的模样。堂下绘着龙凤图案，正面两根柱子上一副对联：歇坐须知勿论是非长短，起步登程尽赏码头秀水。

　　这已经是陈年旧事了，是小时候记忆中的码头镇了。人们早已经没有了往日凉亭的安闲与古朴，现在的码头镇石阶下停靠的可是汽艇和游轮了，再也没有手拿箩筐闲聊的人了。

　　人们都穿着时髦的韩版衣服，烫着卷卷的头发，跷着二郎腿坐在游轮上，一边欣赏码头的风光一边嗑瓜子。

　　"厚林，你的户口要转回来吗？"母亲问秦厚林。母亲的问话打断了秦厚林和寒雪凤的思绪。

　　"要转回来的，早知道要转回来当初上学就不用转出去了。"秦厚林漫不经心地说。

　　"厚林哥，你的户口转回来是农业户口还是城镇户口？"寒雪凤看着秦厚林问。

　　"既不是农业户口，也不是城镇户口。现在成了黑市户口了。"秦厚林语气低沉而无奈地说。

　　"为什么？"寒雪凤一脸惊讶地问。

　　"毕业这么多年了，户口还在毕业就业指导中心托管着，也不知道档案现在都跑到哪里去了，更不知道将户口落在哪里好。原来以为在城市工作了就可以在城市落户，可是各个城市落户的首要条件是房子，可现在的房子是富人把玩的玩具，我们玩不起。户口现在想落回家里，可家里已经禁止落回来了。只能挂在县上了。这不读书还好，一上大学把自己的户口都上没有了！这就是我们这一代人的悲哀呀！"秦厚林坐在炕上发着牢骚。

"厚林哥，那没有户口我们怎么结婚呀？"寒雪凤急得满脸通红地问。

"一九一九年一月九日，林语堂与廖翠凤结婚。结婚后，他征得廖翠凤的同意，将结婚证书烧掉了，他说：'结婚证书只有离婚才用得上。'烧掉结婚证书，表示了他们永远相爱、白头偕老的决心。古代的人没有户口还不是照样结婚？户籍制度的滞后总不能说不结婚吧！"秦厚林说。

"这倒也是。领结婚证只是法律上的保证，是人与人之间信任度下降的表现，使人更加趋近于现实和金钱，更加关注夫妻产权而淡忘了夫妻感情。社会越发展，人在社会上越独立，人情味就越少，人也就越来越远离人的自然属性了……"寒雪凤喃喃地说着，下了炕。

大家看着电视，周围又趋于平静了。秦厚林的思绪游走在黄土地上，寻找着灵魂的寄托。"一点撩上天，黄河两道湾，八字大张口，言字往里走，你一扭，我一扭；你一长，我一长，当中夹个马大王，心字底月字旁，留个钩钩挂麻糖，推个车车逛咸阳。"秦声秦韵搅拌着黄土地的风雪渗进粒粒黄土的血脉里。

秦厚林伴随着关中童谣走进二水寺已是除夕的万家灯火时，雪花掩盖了一切，一切你想见的不想见的都在黄土地的大雪中静静地睡着了。只有雪花记录着生命的点点痕迹。

雪花落在干枯的老柏树枝头，老柏树已然是一棵雪树了；雪花落在干枯的老槐树枝头，老槐树已然是一棵雪树了。可柏树依然是那棵古柏，槐树依然是那棵古槐，黄土依然是那粒粒黄土。

它们见证着时空的沧桑。时空为人的灵魂建造了一座座山峰，在这山峰里有金黄金黄的迎春花、富丽堂皇的牡丹花、空谷幽兰的兰花、姹紫嫣红的杜鹃花、细细如丝的茅草、粗粗壮壮的蒿草、飘飘荡荡的芦草、郁郁葱葱的竹草、虚壮炮大的梧桐、坚硬乌黑的野枣、千年不倒的胡杨、傲天直立的松柏、嘤嘤成韵的小鸟、嗷嗷嚎叫的虎豹、叮咚叮咚的泉水、哗哗的溪流……

二水寺三生殿内闪闪的烛光映照着银髯如雪的了元大师的脸庞，似一块红彤彤的宝玉闪闪发光。对面烛光下，道发真颜的真靖道长犹如柏树般沧桑的笑脸映衬着古柏的沧桑。横渠先生的话激起了古柏与古槐一直守候的黄土地上千年的记忆："了然大师,真靖道长此次北来不知何为?"

了然大师捋了捋银髯,红润的脸庞上跳跃着烛光的律动:"老衲只为一求:生命之根。"

真靖道长捋了捋乌黑锃亮的胡须,烛光泛在厚厚的嘴唇上:"贫道只为一求:万物之源。"

"二位大师,天下之大,为何至二水寺寻求此理?"横渠先生微微点头。

了然大师笑道:"先生已然忘记了当年黄帝在二水寺手植古柏吗?"真靖道长笑道:"先生已然忘记了当年苏蕙在二水寺手植古槐吗?"

"无忘也,无忘也!古柏、古槐可知前世、今生、来世?"横渠先生摆摆手。

了然大师笑道:"参透生命,终须黄土百年,时空千年,万年……渺渺尘埃。"

真靖道长笑道:"参透万物,终须黄土百年,时空千年,万年……渺渺尘埃。"

"二位大师直言。" 横渠先生欠了欠身子。

了然大师笑道:"略知虚空为性。"

"天地之塞,吾其体;天地之帅,吾其性。"横渠先生的声音若有若无地回旋在大殿内。

了元大师捋捋银髯笑道:"天地乃空无一切!"

"形而后有气质之性,善反之,则天地之性存焉,故气质之性,君子有弗性者焉。"横渠先生若有若无的声音依然盘旋在大殿内。

真靖道长皱了皱眉头,冷冷地说道:"无中生有。"

"太虚不能无气,气不能不聚而为万物,万物不能不散而为太虚。若谓虚能生气,则虚无穷,气有限,体用殊绝,入老氏'有生于无'自然之论,不识所谓有无混一之常。"横渠先生细细的话语如流泉般流淌在大师的佛珠上。

了元大师欠身,真靖道长低眉,"愿闻先生之道。"

"吾本是凡物,但观女娲娘娘所炼三生石得此悟性。" 朦朦胧胧的仙界烟云中,秦厚林看到横渠先生变成了自己。秦厚林若即若离的话语击中了了元大师与真靖道长的心扉。

了元大师低眉,真靖道长欠身,"愿闻先生之道。"

秦厚林的细细语丝伴随着雪花飘落在黄土地上融入粒粒黄土中:"当年女娲娘娘在补天之后,开始用泥造人,每造一人,取一粒沙作记,终而成一

三生石

硕石，女娲娘娘将其立于西天灵河畔。此石因其始于天地初开，受日月精华，灵性渐通。不知过了几载春秋，只听天际一声巨响，一石直插云霄，顶于天洞，似有破天而出之意。女娲娘娘放眼望去，大惊失色，只见此石吸收日月精华以后，头重脚轻，直立不倒，大可顶天，长相奇特，竟生出两条神纹，将石隔成三段，纵有吞噬天、地、人三界之意。女娲娘娘急施魄灵符，将石封住，心想自造人后，独缺姻缘轮回神位，便封它为三生石，赐它法力三生诀，将其三段命名为前世、今生、来世，并在其身添上一笔姻缘线，从今生一直延续到来世。为了更好地约束其魔性，女娲娘娘思虑再三，最终将其放于鬼门关忘川河边，掌管三世姻缘轮回。当此石直立后，神力大照天下，跪求姻缘轮回者更是络绎不绝。世人皆知女娲娘娘修炼的三生石可历尽前世、今生、来世三世情缘而争相顶礼膜拜。岂不知真正的秘密在三生石既可吸收日月精华也可散发日月精华。三生石将日月精华散布在天、地、人三界。此物借灵魂的胎光、爽灵、幽精即可凝思成气，以气化形，成形有韵。可知轮回三界、生死未来，解答生命的一切缘起、一切缘灭。长此以往，天魂、地魂在黄土地上经受风吹雨淋，雷电交加，不知过了几世已化入粒粒黄土中。尘归尘，土归土。又不知过了几世，粒粒雪花融入黄土，水土交融养出幽幽的兰花。幽幽的兰花在忘川河畔接收天地日月精华，在天魂、地魂忽然而至，依兰花之身成形有韵。这兰花吸收日月精华，爽灵、幽精入侵其体幻化为一位兰花似的仙子。幽谷中，兰花仙子站立于忘川河畔凝神细思，看到一块巨石头重脚轻，直立不倒，直插云霄，顶于天洞，上书'三生石'三字。兰花仙子刚刚念完这三个字，三生石神形变幻在元气中重新幻化出了一方锦帕，飘然于黄土地上。兰花仙子将锦帕捧于手中，忽然阴风阵阵，电闪雷鸣，斗转星移，锦帕变为粒粒黄土、瓣瓣雪花落入忘川河中。兰花仙子在忘川河畔种下自己的三世情缘。"

秦厚林看着夕阳淡淡地走在地平线上。西边的天空就像一面红红的镜子照在自己的身上。漠峪河与漆水河的水哗哗地流过黄土地的晚霞。水面上秦厚林看到了自己的影子随着流水缓缓地流淌在天地间。

西边的云彩是火红的火烧云。这片火烧云一会儿像一头骆驼，继而像一个女人，再看又成为长着长胡须的老者，先看是人脸，再看是一头死狗，拖着肚肠子，后来又变成一棵树，树下有个女孩，骑着一匹瘦马。

西边的火烧云变成了温暖的火炕、柔软的床。秦厚林似乎看到了自己躺在炕上、床上、黄土地上、凤凰山里、长江头、长江尾……他凝神注视着灯影的变化，发现自己逐渐脱离了自己熟识的样子，生出许多令自己诧异的面貌。他不知道那众多的面貌哪一个是自己，而且越是审视，变化就越加显著，最后就只剩下诧异。

西边的火烧云变成了桌上的身份证，自己身份证上的大头像照片，起先觉得是在做个讨人欢喜的微笑，继而觉得那眼角的笑容像是一种嘲弄，有点得意，有点冷漠，都出于自恋、自我欣赏，自以为高人一等，其实那笑容中带着一种愁苦，隐隐透出孤独，还有种闪烁不定的恐惧，并非是优胜者，而有一种苦涩，如果怀疑这种幸福，这就变得有点可怕甚至空虚，给人一种掉下去没有着落的感觉。

西边的火烧云继续变化着。秦厚林看到自己的影子走在黄土地上观察着来来往往的人。在观察别人的时候，秦厚林发现那无所不在的讨厌的自我也渗透进去了，不容有一丝干涉，这实在是非常糟糕的事。当他注视别人的时候，影子也还在注视着自己。

秦厚林找寻喜欢的相貌或是自己能接受的表情都打动不了自己的影子，影子找不到自己认同的东西，所以视而不见。不管在何处，在黄土地、在凤凰山、在候车室、在火车车厢里、在饭铺、在公园里，秦厚林总是捕捉近似于自己熟悉的面貌和身影，或是去找寻某种暗示，这能勾起潜在的记忆。

西边的火烧云继续变化着。秦厚林观察熙熙攘攘的人群的时候也总把他人作为自己内视的镜子，这种观察都取决于自己当时的心境。哪怕看一个姑娘，他也是用自己的感官来揣摩，用自我的经验加以想象，然后才做出判断，自己对于他人的了解其实又肤浅又武断，其中包括对女人。

秦厚林眼中的女人无非是他制造的幻象，再用以迷惑他自己，这也是人的悲哀。

人自恋、自残、矜持、傲慢、得意和忧愁、嫉妒和憎恨都来源于它，自我其实是人类不幸的根源。那么，这种不幸的解决又是否扼杀这个醒觉了的它？也许，空即是色，色即是空。

"厚林哥——吃饭了。厚林哥，你吃饺子还是吃面条？"一个声音惊醒了秦厚林的美梦，寒雪凤站在秦厚林的身旁，桌上书稿封面上的"璇玑图"三个行书大字悄悄地偷看着他俩的笑脸。

"凤儿，让你跟着我受苦了！辛苦你了！"秦厚林睁开迷离蒙眬的双眼说。

"厚林哥，你看烟花！好漂亮的烟花！"寒雪凤兴奋地拉着秦厚林的手看着。夜空在星星闪烁中被装扮得寒冷而温暖。

"除夕，多美的时刻！要是人世间天天都是今日那该多好！"秦厚林感叹道。

"厚林哥，你的小说什么时候定稿呀？"寒雪凤转过脸问秦厚林。

"应该快了，还记得两年前的这个时候我逃出了黄土地。要不是遇见你，我可真的就变成水中的豆芽菜了。现在有了你，我就是黄土地上那棵千年的老槐树了。我要把根深深地扎在黄土里，尽情地生长，展现生命的精彩。"随着秦厚林的眼波，寒雪凤走进了他的世界。

第二卷 戌时

第一章　乾陵被盗璇玑图　时空轮回幽冥山

"陆局长，不好了，乾镇王所长打来电话说乾陵又被盗了！"一位身穿制服的民警匆匆走进局长办公室。

局长办公室里弥漫着一股沉沉的死气，陆局长一句话也没有说，陷入了深深的沉思中：这又是一场无中生有的传闻呢？还是乾陵真的被盗了？如果乾陵真的被盗了，丢失的会是什么文物呢？

陆局长的眼前闪现着黄土地的影子。天黑风高夜行夜，幽蓝的天空下，无字碑在天空中旋转着自己的角度通向九宫山的方向。

无字碑剧烈地抖动着，似乎要倒下去，一方锦帕轻轻地落在碑顶，掩盖了天地间的一切，犹如雪花一样只留下纯情的心动。

锦帕从无字碑的顶端渗透进沙石的缝隙中，飘在了乾陵的墓道内。顺着狭长而幽暗的墓道传来轻轻的呜呜的幽鸣声……只见锦帕缓缓地落在金玉镶嵌的棺椁上，棺椁发出"吱吱，吱吱——"的响声。

警车呼啸在八百里秦川广袤的原野上，警笛声犹如芒刺刺激着黄土地的神经。十年了，十年了，这十年里屡屡有人报案称乾陵被盗，可是什么也没有发现。

陆局长的眼前闪现着十年前那次和李长吉去乾村"张家宗祠"的情景，那时他还只是一个所长。

冬日，西北风吹响在黄土地上，阳光泛着发白的光线散发着瘆人的清冷光辉。陆局长和李长吉穿着便衣从警灯闪烁的车上走下来。

村口的钻天白杨树被霜砍过后变成了一排排只有枝丫的光杆司令，树下依锄站着个面色死灰的男人，他穿着的灰土布方口布鞋已经发着白晃晃的白光了，手插在袖筒里，腋下夹着锄把，晒着太阳。

夕阳洒在疑云重重的陆局长的脸上，初冬了，地里已经没有要干的活儿了，这人拿着锄头要去干什么？李长吉递过一支烟问："大哥，请问这村叫什么名字？"

那男人挂着锄头，两眼直勾勾地望着李长吉，嘴角抽搐着，结结巴巴地说："乾……乾村——"

李长吉转身对陆局长悄悄地说:"陆所长,这家伙是盗墓的。我们是不是将他带回去?"

陆局长摇摇头,忍不住直笑。等走过了,陆局长说:"长吉,我们带他回去既无赃物,又无证据。这一代像他这样盗墓的不止他一个,难道我们都抓回去?那到时候我们所全站满也待不下。他是水银中毒,说来还是蛮可怜的!"

陆局长和李长吉进了村子。路边一只只乱跑的公鸡、母鸡在互相追逐着。公鸡骑在了母鸡的身上,尖尖的长嘴啄着母鸡的脖子。路边的屋门前老黄牛晒着太阳,不时地传来"咩咩,咩咩——"的羊叫声。

李长吉一边走一边说:"估计他盗墓时在墓道里待得太久,两人一伙,另一个中毒死了,就剩下他还活着。他祖祖辈辈就是干的这个,这行当只要祖上有人干过,洗手也难。不像抽鸦片,到头来倾家荡产,盗墓的却是无本万利。只要狠下心来,下得了手,捞着一回,世世代代跟着上瘾。"

"知道得这么详细,你对乾村有什么看法?"陆局长问。

李长吉一本正经地说:"陆所长,我查过乾村的卷宗,五代十国年间,战乱四起,民不聊生,乾村匪患盛行,特别是盗墓更加猖獗。经大宋整治,乾村已无盗匪。后崇祯年间李闯王一路北进,此地又开始匪患盛行。清康熙年间整治匪患,盗匪又销声匿迹。清乾隆后期,乾村张家出了一个捏糖人的手艺人。"

"长吉,看来乾村是一片太平盛世呀!"陆局长望着远远的乾陵说。

李长吉接上了陆局长的话:"陆所长,要是这样我们就不用跑这一趟了。这张老汉祖上只两亩薄田,农忙下田,闲时熬几斤糖稀,染上各种颜色,做成糖人,挑副担子去附近村镇上叫卖。做个蝴蝶双双飞,雌兔雄兔眼迷离,猪八戒背媳妇等等,光景还算过得去。"

"这小日子过得蛮滋润的,不是挺好的吗?"陆局长道。

李长吉继续说:"可是这张老汉生了个儿子,小名叫张三,整天游游逛逛,无心学做糖人,却开始想背媳妇那事,见妇人家就搭讪,村里人又都叫他皮漏。后来这张老汉一命呜呼,张三就拉杆子乞讨了。"

"古人云:穷则思变。这张三走投无路应该会有变化的。"陆局长接上了李长吉的话。

李长吉说:"陆所长,谁说不是呢!有一天村里来了个蛇郎中,拿着竹筒、通条和铁钩子,背着个装蛇的布口袋在坟头间乱钻。他觉得好玩,便跟上这蛇郎中，替他拿个家伙。跟了半个月下来，他也就看出了门道，这蛇郎中拿蛇是幌子，挖墓是真。这郎中也正想找个帮手，他就这样发迹了。"

陆局长看了一眼李长吉，说："原来这盗墓贼的命运也一波三折呀！"

李长吉的脸上显示出了舒展的表情说："这张三再回到村里来，头上戴顶黑缎子瓜皮帽，还缀了颗翡翠顶子。他着实神气了一番，用村里人的话说，叫势扎起来咧，跟着就有人跨进他家门槛，向他说媒。他随后讨了个小寡妇，也弄不清是那小寡妇先勾搭的他，还是他先把小寡妇弄上了手。总归，他竖起大拇指说，乾县街头那桃红灯笼的喜春堂他张三也不是没有逛过，出手就一锭白花花的银子。"

陆局长点点头，感叹道："这真是应了那句古话，人这一辈子三十年河东，三十年河西呀！没想到这张三掘尸盗墓丧尽天良，也敢在人前显摆。资料里说没说他是怎么进的墓道？"

李长吉继续说："资料上说那墓在坡东头三里一个乱坟岗上。雨后有一股水直往一个洞子里流，叫他师傅发现了。洞越捅越大，从下午到天将黑时分，挖得刚能钻进一个人，自然是他先进去。爬着爬着，他奶奶的，人就掉了下去，把他的魂都吓掉了一半。泥水中居然摸到好些坛坛罐罐，一不做二不休，他统统砸了。还有一面铜镜，是他从朽得像豆腐渣样的棺材板里摸出来的，竟乌亮得不生一点铜绿，给娘儿们梳妆那真叫棒。他说他要有半句谎话就是狗养的！可惜都叫他师傅那老家伙弄走了，只给了他一包银子。吃一回黑，长一回乖，摸出门道他自己也能干。"

陆局长和李长吉一路说话一路走来，眼前是一个破落的门楼子，门楼上四个字"张氏宗祠"，门帽上有块早先的鹤鹿松梅的石刻安在这新修的门垛上。陆局长推开虚掩的大门，立刻有个苍老的声音问："你们是做什么的？"

陆局长和李长吉四下打量了一下，陆局长说："老伯，我们来随便看看。"

廊庑下的一间房里出来一位个头不高的老者。老者说："张氏宗祠不对外人开放。先生请回吧。"说着便推陆局长和李长吉出门。

陆局长稍显尴尬，微微定了定神说："老伯，我也姓张，是这张氏宗族的后裔，多少年在外漂泊，如今回来看望故里。"老者蹙着眉头，从上到下打量着陆局长，看来这位来访者是见过世面的。

陆局长继续问："老伯，你知不知道这村里早年有个盗墓的？"

老者脸上的褶皱加深了一层，一副痛苦的表情，陆局长不知道他是搜索记忆还是在努力辨认,不好意思再看他这张变了形的老脸。老者含糊地嘟囔了一句:"不是死了吗?"

陆局长微笑着说道:"我们张家的子孙在南洋都发了横财,想回来寻根问祖,就是不知道——"老者嘴张得更大了,让开一条道,弯下腰,恭恭敬敬地领着他们来到宗祠堂下,活像一个老管家。他指着出土文物样的一块横匾,虽然这块横匾漆皮早已剥落,可上面的"光宗耀祖"四个大字却毫不含糊。横匾下方有个铁钩,是挂宗谱的地方。

转眼十年了,历史又在轮回了。眼前八百里秦川阡陌交错,屋舍俨然,一望无垠。黄河水静静地流淌在土黄的茫茫大地上,漫漫大雪从天空飘落下来,撒在壶口瀑布的滔滔水流中。

陆局长坐在警车内,只有警笛还在刺耳地"呜呜,呜呜——"地叫着。乾陵被盗就像一张阴魂不散的网罩在陆局长的头上,直到现在也解不开这个结。每次接警、出警都没有任何进展。

十年前那次放了空炮,只好去寻"张家宗祠"以了解黄土地上盗墓的历史,希望这次也是一次空炮,历史也就可以枕着黄土安安静静地长眠地下了,黄土地又变成了由一粒粒黄土组成的黄土地,自己也可以在这个职位上安稳地退休了。

他只能一遍又一遍地熟悉着历史资料。据史料记载,乾陵第一次被盗是在武则天下葬时,被盗的不是什么奇珍异宝,仅仅是一方只有几百个字的锦帕,名为璇玑图。

陆局长的眼前闪现着大唐边关的喊声、厮杀声。两个女子奔逃在黄土地上和官差们拼杀在一起。只见一红衣女子手起刀落,官差人头落地,一绿衣女子行走在硝烟弥漫的蒿草地里寻找着飘落在蒿草顶端的锦帕……她们怀里揣着《璇玑图》隐没了。

秦厚林继续修改着小说《璇玑图》。寒雪凤在一旁看着《春晚》舞蹈节目《龙凤呈祥》,她沉浸在自己的世界里。秦厚林知道她累了,不愿打扰她的美梦。

码头镇依然走在斜阳中跟着自己的节奏跳着生命的舞蹈。寒雪凤就在堤岸的凉亭上遇到了他。那是一种说不分明的期待,一种隐约的愿望,一次邂逅,一次奇遇。

"凤儿,回家吃饭了——"远远地传来了母亲叫寒雪凤回家吃饭的声音。

寒雪凤黄昏时分来到江边，麻条台阶下，棒槌清脆的捣衣声在河面上飘荡。他就站在凉亭边上，像寒雪凤一样，望着对岸苍茫的群山。

这山乡小镇上，他那么出众，那身影、那姿态、那份茫然的神情，都有别于本地人忙忙碌碌的身影。

寒雪凤的心里却惦记着他，等再转回到渡口的凉亭前，他已经不在了。夜色已暗，凉亭里亮着两点烟火，明明暗暗，有人在轻声说笑。

凉亭下的山坡上传来"咯咯，咯咯——"的笑声。寒雪凤看不清他们的面目，但从声音上大致可以辨出是两对情侣，他们无论调情还是发狠，都嗓门响亮。小伙子肆无忌惮地抚摸着姑娘，姑娘肆无忌惮地笑着，他俩的笑声回荡在码头镇的山水间，随着江水流向远方。

寒雪凤沿着江岸径直走下去，江岸上几十户人家各自做着自己的买卖。石板路便折向镇里，然后是高的院墙，右手昏黄的路灯下，漆黑的门洞里便是镇政府。里面复式阁楼的高屋大院想必是早年间镇上富豪的旧宅。

再过去是一片用残砖围住的菜园子，菜地对面有一个医院。隔一条小巷，便是近年来落成的码头娱乐城，五彩的灯光映着"她"夜色中妖娆的身段。

寒雪凤走在码头镇，觉得这里既熟悉又陌生，这还是生我养我的地方吗？她问自己。如果是，为什么我像一个游灵到了家又不肯落下呢？如果不是，我的父母、兄弟、姐妹都在这里生活啊！

街上店铺照旧开着，门前摆放着桌椅或是竹床铺板。人们当街吃饭，当街搭讪，或是望着铺子里的电视，边吃边看边聊天，楼上的窗帘则映着活动的人影。

幽幽的笛声与孩子哇哇的哭声交织着。已婚的妇女穿着背心和短裤，撩起衣襟将自己的乳头塞进孩子的嘴里。那半大不小的小子则成群结伙满街乱窜，与手钩着手的小丫头们擦肩而过。这就是生我养我的小镇——码头镇。

一切都飘忽在记忆中。突然，寒雪凤在一个水果摊前看到秦厚林在买刚上市的赣州橙子。寒雪凤便凑上前去问："你买橙子？"寒雪凤似乎就听见他"嗯"了一声，还点了点头。

寒雪凤忐忑不安，生怕碰一鼻子灰，没想到他答得这么自然。寒雪凤于是轻松了。

寒雪凤突然发现码头镇是一个歌舞升平、繁花似锦的小镇。刚才的一切都是自己儿时的记忆。码头娱乐城的歌声摇撼着她的心灵，她眼光迷离，在五彩的灯光中寻寻觅觅。

"你一个人?"

秦厚林没有回答。在码头娱乐城的尽头,寒雪凤看到了他蜡黄的似乎有重病的脸。寒雪凤看到他的脸就后悔了,自己不应该蹚这浑水。

她看到他眼睛动了一下,笑了,寒雪凤也跟着笑了。

寒雪凤同他一起走着,再没说什么。不是她不想同他亲近,而是看到他蜡黄的脸,她不知道说什么。

"我可以当你的向导。"他开口说话了,"这座城隍庙是明代的建筑,至今少说有五百年的历史。今晚没有月亮。五百年前的明代,不,哪怕就是几十年前,在这街上走个夜路,也得打上手电筒。要是不信,只要离开这条正街,进到黑咕隆咚的巷子里,不只几十年,只是几十步,你就回到了那儿时的记忆。"

寒雪凤跟着他拐进了小巷,街上的人声和灯光落在身后,小巷里没有路灯,只从人家的窗户里透出些昏黄的光亮。

出了小巷,前面一片水田,泛着微光,远处模模糊糊有几幢房舍,她知道那是码头中学,再远处隆起的是山冈,匍匐在灰蒙蒙的夜空下,星光隐约。

起风了,吹来清凉的气息,唤起一种悸动,又潜藏在这稻谷的清香里。她挨到他的臂膀,他没有挪开。

寒雪凤用手去摸他却什么也没有摸到,只有自己一个人孤零零地站在稻田的冷风里。她心里一惊,浑身的寒毛倒竖起来,她拼命地跑回家钻进了被窝,用被子蒙上了头,身子在被窝里颤抖着。

秦厚林跟随陆局长的视线,眼前依然是不远处乾陵隐隐约约的身影。乾陵如同女人雪白的乳房一样亮闪闪地裸露在女人的胸前,闪现着月缺月圆的昏黄光晕。

没有人知道这硕大的乳房里面是蕴藏着无数的珍宝,还是已经被盗掘得空空如也。世人只是自己想象着里面的一切。

一个女人用自己的一生搅动了大唐的天下,历史因为她的出现而改变,她将自己埋在了乾陵下,她为自己竖立了一座无字碑;一个女人用几百个字搅动大秦的天下,历史因为她的出现而改变,她将自己埋在了文字里,她为自己竖立了一座文字碑。

文字碑打乱了无字碑的美梦,无字碑下的女人再也睡不着了。

璇玑图

  黄土地上的女人将生命撒在黄土上，将片片洁白的雪花盖在雪白的奶子上，盖在大地母亲的躯体上。只有雪花依然静悄悄地落在黄土地上，不知是要掩盖一切还是要解说一切。黄土地依然静静地睡在千年后的警灯中。

  他们为什么要偷《璇玑图》呢？《璇玑图》里隐藏着什么秘密呢？难道《璇玑图》是一张藏宝图？难道《璇玑图》有长生不老之术？难道……陆局长苦苦思索着，没有答案。

  秦厚林已经无暇顾及陆局长的思绪了，他看到自己站在顶峰山上透过小红灯笼似的野酸枣林看着二水寺，二水寺的钟声如风似缕地飘摇在耳边。风中传来了"叮叮，叮叮——"的风铃声。这是怎么回事？他不知道。

  二水寺的塔影静静地倒映在漠峪河与漆水河的涓涓流水中。古柏的叶子在微风中"沙沙，沙沙——"地碰撞着自己的枝叶。老槐树朵朵细微的小花淡淡地撒落在二水寺的塔影里。老槐树下的三生殿里依然回旋着横渠先生、真靖道长与了然大师的论道。

  了然大师捋了捋银髯，淡淡地问："先生，何谓人生？"

  "人生是一个过程，在时间中流动，在空间中分割，是直线与线段的组合体。时常，梦也有了记忆的痕迹。"横渠先生微微皱了皱眉头，似有似无的声音回响在大殿内。

  佛光映在了然大师的脸上，他淡然地说："人走过，都是世界的过客；风吹过，不留下半点痕迹。"

  麦河沟的水静静地从月光下溜走，坐在顶峰山的山头依然能够看到太白山上的积雪。

  巍巍秦岭太白山顶在雪花的反射下发出晶莹的光芒，李太白醉倒在雪花里，金黄的酒葫芦嘴滴出一滴滴残余的酒。太白的梦中流淌着八百里秦川的阡陌交通、屋舍俨然和静静的黄河水。一位雪白长裙的女子飘入他的梦中，落在武功苏家的大院里，传来了燕子翻飞的声音。

  秦厚林又看到了那个奔跑在黄土地上的男孩。那不是自己吗？原来他就是那个奔跑在黄土地上的男孩。黄土地深处的蒿草在冬日里的雪花中飘来飘去。一枚闪闪的硬币在天空中飘飞起来。

  这个世界上已经没有什么事能够使秦厚林激动了，也没有什么事能够使他伤心流泪了。

  秦厚林后悔没有同她约定再见，后悔没有跟踪她，后悔没有勇气，没有去纠缠住她，没有那种浪漫的激情，没有妄想，也就不会有艳遇。总之，秦厚林后悔自己的失误，难得失眠，自己一夜没有睡好——为了一个自己不认识的女孩。幸亏没有莽撞。那种唐突有损他的自尊，可他又讨厌自己过于清醒。他都不会去爱，软弱得失去了男子汉的气概，他已经失去了行动的能力。后来他还是决定到河边去试试运气。

　　蒿草中一枚抛起的硬币在蓝天黄土间光影交错，黄土地上传来了童谣：

　　猴娃猴娃搬砖头，砸了猴娃脚趾头。猴娃猴娃你不哭，给你娶个花媳妇。娶下媳妇阿达睡？牛槽里睡。铺啥呀？铺簸箕。盖啥呀？盖筛子。枕啥呀？枕棒槌。棒槌滚得骨碌碌，猴娃媳妇睡得呼噜噜。

第二章　码头镇上龙虎斗　踏破千山寻洞里

秦厚林就坐在凉亭里,像那位千年前在望归亭守望儿子归来的姜嫄母亲一样,坐在亭子里看对岸的风景。

望归亭码头亭

黄土地的望归亭已然变成了码头镇的凉亭。早起,渡口十分繁忙。渡船上挤满了人,吃水线到了船帮子边上。船刚靠近码头,缆绳还没有拴住,人都抢着上岸,挑的箩筐和推着的自行车碰碰撞撞,人们叫骂着,拥向市镇。

渡船来来回回,终于把对岸沙滩上候船的人都载了过来,渡口这边才清静。只有秦厚林还坐在凉亭里,像一个傻瓜,煞有介事,等一个没有约定的约会、一个来无影去无踪的女人,像白日做梦。

他无非是活得无聊,那平庸的生活没有火花,没有激情,都烦腻了,又想重新开始生活,去再经历再体验一回。

河边不知何时又热闹起来了。这回都是女人,一个挨着一个,都在贴水边的石阶上,不是洗衣服就是洗菜淘米。一条乌篷船正要靠岸,站在船头撑篙的汉子冲石阶上的女人叫喊。

女人们叽叽喳喳,他听不清是打情骂俏还是真吵,秦厚林于是又见到了她的身影。他想这女孩会来的,会再来这凉亭边上,秦厚林好向这女孩讲述这凉亭的历史。

秦厚林说,是漆水河拄着拐杖的银发老奶奶告诉他这个渡口的历史的。她当时也坐在凤凰溪的凉亭里,干瘦得像根蒿草,两片风干了的嘴皮子,活像个幽灵。

她嗫嗫嚅嚅地说:"这古镇《黄土县志》里早有记载,眼前的渡口早年间叫作漆水渡。岸边还有块圆圆的刻石,十几个鱼状的古文字依稀可见。只因为没人认识,建桥取石才被炸掉,又因为经费筹集不足,桥也最终未能建成。这廊柱上的格联都出自古代名士之手,你来找寻的洞里,古人早已指明。

世世代代生活在这里的乡里人却不知道这里的历史,他们甚至都不知道他们自己是谁。"

《黄土县志》,不是《武功县志》吗?这又有什么要紧的呢。也许是漆水河拄着拐杖的银发老奶奶记错了,就是《武功县志》。可是这县志又是什么时候开始的呢?也许那个时候根本就没有什么《武功县志》,那个时候武功还没有建制呢?老奶奶真是神人一个,《黄土县志》,多好的一个名字!黄土地上无论哪个县都可以叫黄土县的。秦厚林不得不佩服黄土地上人们生活的智慧。

"人们已经没有了信仰,哪里还会去挖掘历史?在他们眼里,不能换钱的东西都一文不值。灵魂游走在天地间,肉体已经是一团僵尸了。"寒雪凤说着自己的观点,"比方说,码头镇那位坐在门槛上呆望的老太婆,牙全都掉光了,布满褶皱的脸皮像黄土地上的千沟万壑,活脱一具木乃伊,只有深陷的眼窝里两点散漫无光的眼珠还会动弹。可当年,她也有过水灵灵的年华,在码头镇方圆几十里,她也是数一数二的美人,谁见了不得看上两眼?现今谁又能想象她当年的模样?更别谈她做了土匪婆之后的那番风骚了。"

"要说土匪,黄土地上的土匪和江南的土匪可有的一比。"秦厚林继续说,"黄土地上的土匪是从土堆里爬出来的,充满了土气,江南的土匪是从山里和水里打出来的,充满了水气。一个厚实,一个空灵。"

"是呀,别看她坐的门槛里天井不大,可一进院子套着一进,从乌篷船上当年抬进的大洋都用箩筐来装。她这会儿呆望那些乌篷船,早先就是从这乌篷船抢下来的。"寒雪凤讲着土匪婆的故事。

"乌篷船、流水,多美的柔情,却被这无情的世道糟蹋了。"秦厚林感叹着。

寒雪凤没有停下来的意思:"那时候她也像石阶上那些长辫子捣衣的少女,也像穿街而过穿着时髦的少女一样拎着竹篮来河边洗菜,一条乌篷船就在她身边靠岸。"

"一个平静的故事就要发生了,平静的水面就要起波澜了。"秦厚林接上寒雪凤的话说。

寒雪凤点点头说:"她未曾明白过来,便被两个汉子拧住胳膊,拖进船舱;也未曾来得及呼救,一团麻线便堵住了嘴。船撑出不到五里地,她就被几个土匪轮流霸占了,在这河上漂流了几千年的乌篷船里,拉上竹篾编的篷子,光天化日之下就可以干那种勾当。第一宿,她赤条条地躺在光光的船板上,第二宿就得上船头生火做饭……"

"这就是生活。现在的人把生活过得复杂了。现在的女人欲望太强,要了房子还要车,要了上学还要出国,我看这辈子她们指不定早就想着离开地球做火星人的情人了。"秦厚林愤怒地说。

寒雪凤轻轻地说:"那时候的人不像如今的人有眼无珠,她怀里还总搁着篾匾,手上做着针线。那双养得白胖了的手指绣的不是鸳鸯戏水,便是孔雀开屏。乌黑的长辫子也挽成了发髻,插上一根镶了翡翠的金簪,画了眉毛还涂了脸,她那番风骚竟没有人敢去搭讪。"

"每个人的背后都站着一群人,你知道她的背后站着谁吗?"秦厚林问寒雪凤。

寒雪凤说:"明底细的自然知道,那匾表面上搁的五彩丝线,底下却是一对乌黑发亮的二十响,子弹全都上了膛。只要那拢岸的船里钻出来官兵,这一双绣花的巧手就能把他们一个个撂倒。"

"任何时候社会都如同一汪湖水,表面平静,实则暗流涌动。"秦厚林对寒雪凤说。

寒雪凤点点头说:"是呀,就像这女人有枪,就像这婆娘被土匪侯老六看中独占了一样,波澜总在风雨中。我们只看到了彩虹,这女人也就平静地随了嫁鸡随鸡嫁狗随狗的妇道。"

"侯老六是这场因缘的祸根,他使一个良家妇女变成了一位土匪婆。讲讲侯老六吧。"秦厚林说。

寒雪凤讲起了土匪侯老六:"这镇上就没有人告发?连兔子也懂得不吃窝边草。她就活过来了,像一个奇迹。至于有过善人美名的土匪头子侯老六,不论旱路、水路、黑道上来的朋友,谁也讨不到他的便宜,临了竟还死在这婆娘手里。又为什么?侯老六手狠,这婆娘更狠,耍狠,女人比男人狠。"

"你看,这望归亭真是阅览河川一片景致!远远的对面塬下漆水河边那片建筑是龙王庙。"秦厚林对寒雪凤说。

"龙王庙,码头镇也有。只不过现在成了瓦砾堆了。爷爷说,以前一到元宵节的夜里,站到这龙王庙的戏台上看灯最为精彩。两岸四乡的龙灯都汇集到这里,一队队清一色的包头布,红黄蓝白黑,耍什么颜色的龙就扎什么颜色的包头。锣鼓齐鸣,满街上人头攒动。沿岸的店铺,家家门口都撑出竹竿,挂着红包,或多或少都包几个赏钱,一年的生意谁不图个吉庆。"寒雪凤说着元宵花灯的风俗。

"看来各地的风俗都差不多,只是现在没有以前热闹了吧?"秦厚林问。

"爷爷说以前码头镇很热闹!"寒雪凤仰起头继续说,"通常,总是龙王庙斜对面米行钱老板的红包最大,双股五百响的炮仗从楼上一直挂下来。现在红包最大的是码头娱乐城了。耍灯的就在这噼噼啪啪火光四溅中大显身手,一条条龙灯舞得在地上转着打滚,挑头耍绣球的则最卖气力。"

"可惜了!黄土地上没有耍龙的,看不到舞龙了,只有震天的锣鼓和人山人海的社火。"秦厚林惋惜地说。

寒雪凤看了看秦厚林说:"我讲给你听,凭你的想象力也如亲眼所见一般。说着就来了两条,一条是山里谷来村的赤龙,一条是这镇上吴子林领的青龙。先说这条青龙,耍青龙的吴子林是这镇上尽人皆知的一把好手,年轻风流的媳妇们见了没有不眼热的,不是叫'子林,喝口茶吧!'就是给他端一碗米酒。"

"看来无论什么时代,女人都爱有雄风的男人。"秦厚林嘀咕了一声,示意寒雪凤继续说。

寒雪凤看着秦厚林说:"这吴子林引着青龙一路耍来,浑身早已热气蒸腾,到了龙王庙前,索性把布褂子也解了,就手扔给街上看热闹的熟人,他胸脯上刺着一条青龙,两旁的小子们不由得一阵子叫好。这时,谷来村的赤龙也从下街头到了。二十来个一扎齐的后生,一个个血气方刚,也来抢米行钱老板的头彩。"

"会像《狮王争霸》里一样为了头彩打起来吗?"秦厚林好奇地问。

"爷爷说不光打起来,还出人命了。当下各不相让,都要上起来。这一青一赤两条龙灯里都点着蜡烛,就见两条火龙在人头脚底滚动,说昂首都昂首,说摆尾都摆尾。那吴子林舞着火球,更是赤膊在石板路上打滚,惹得这青龙转成一道火圈;那赤龙也不含糊,紧紧盯住绣球,往来穿梭,像一条咬住了活物的大蜈蚣。"寒雪凤说着舞龙灯的盛况。秦厚林听得眼睛都直了,呆呆地看着寒雪凤,沉浸在舞龙的画面中。

"双股五百响的鞭炮刚放完,又有伙计炸了几个天地响。两队人马,气喘吁吁,汗津津的,都像刚出水的泥鳅,一起拥到柜台边上来抢挑在竹竿上的红包,没想到竟被谷来村一个小子跃起一把抓在手心。两队人马哪能受这委屈,当下双方的叫骂便代替了鞭炮,这一青一赤两条龙便纠缠在一起,难解难分。"寒雪凤说得眉飞色舞。

秦厚林接上了寒雪凤的话说:"旁观的也说不清谁先动的手,总归是拳头发痒,武斗往往就这样开场。惊叫的照例是小孩和妇人,站在门口凳子上看热闹的女人抱了孩子躲进门里,留下的板凳便成了格斗的凶器。武斗的结果,青龙队死了一个,赤龙队死了两个,还不算小英子他哥,看热闹却无端地被人挤倒了,当胸口踩上一脚,断了三根肋骨,幸亏贴了王麻子祖传的狗皮膏药,才捡回来一条性命。"

"你怎么知道的?"寒雪凤听秦厚林说的和自己要说的一模一样,不解地问。

秦厚林淡淡地说:"昨晚你说的梦话都告诉我了呀!"

秦厚林在黄土地的蒿草中玩着掷硬币的游戏。硬币的正面代表自己,反面代表寒雪凤。

寒雪凤一直想找到那个叫洞里的地方去看看。她手里拎着提包,站在满是花生皮和甘蔗屑子的凤凰城的停车场上,环顾着四周。

人来人往中,男的提着大包小包,女的抱着孩子。厕所边有一对年轻的女人,她们手拉着手,说个不停。虽然都地处江南,这里的女人说话却别有一番味道,寒雪凤止不住看了一眼。

那背朝寒雪凤、扎着一块蓝印花布头巾的姑娘深深地吸引着寒雪凤,夕阳下在风里飘动着的头巾分外别致。寒雪凤不知不觉地走了过去,欣赏着那对角尖尖翘起的头巾、标致的面孔和水灵灵的大眼睛。

寒雪凤自己也说不清楚为什么到这里来,她只是觉得家乡既陌生又熟悉,想出来散散心。只是偶然在旅途中听对坐的人说起这么个叫洞里的地方。寒雪凤问他到哪里去。

"洞里。"

"什么?"

"洞里,山洞的洞,里面的里。"

"那里有什么?看山水?有寺庙?还是有什么古迹?"寒雪凤问得似乎漫不经心。

"那里一切都是原生态的。"

"爱情也是原生态的吗?"

"当然,不只是爱情。还有生命,生命在那里就如同野鸡、野鸳鸯成双成对,就如虎啸山林阵阵回响,就如雪夜狼嚎嗷嗷咆哮,就如黄莺嘤嘤成韵……"

"能画张路线图吗?"寒雪凤笑着问道。他在纸上画了去洞里的路线交给寒雪凤。

北方已经入秋了，这里暑热却并未退尽。太阳在落山之前，依然很热，照在身上，脊背都有些冒汗。寒雪凤走出车站环顾了一下，对面只有一家小客栈，那是种老式的带一层楼的木板铺面，在楼上走动，楼板便"咯吱，咯吱"直响，更要命的是，那乌黑油亮的枕席似乎几百年都没有换过了。

　　离天黑还早，完全可以找个干净的旅店。寒雪凤背着旅行袋，在街上晃荡，顺便逛逛这座山城，她想找到一点提示，一块招牌、一张广告，哪怕是一个名字也好，也就是说只要能见到"洞里"这两个字，便说明没有弄错，这番长途跋涉，并没有上当。寒雪凤到处张望，竟然找不到一点迹象。

　　同寒雪凤一起下车的没有一个像她这样的游客。当然，自助游的她已经习惯了这样上路的感觉，她不是那种看热闹的游客，只是散散心，给心灵找方净土而已。

　　她不是那种爱看热闹的人，不喜欢去那人看人、人挨着人、人挤人的山阳道，不喜欢抛些瓜果皮、汽水瓶、罐头盒、面包纸和香烟屁股，她没有这种嗜好。她只想找个安静的地方静静地待着。

　　寒雪凤回到车站，进了候车室——这小山城最繁忙的地方，这时候已经空空荡荡。售票处和小件寄存的窗口被木板堵个严实，任她再敲打也纹丝不动。

　　无处可以问讯，寒雪凤只好仰头去数售票窗口上方一行行的站名：张村、河滩、坝上、龙湾、金盆、桃花山……越来越美好，可都不是要找的地方。只有一趟班车的线路终点印着"洞里"两个字，毫不显眼，像任何一个普通的地名一样，没有丝毫灵气。

　　硬币抛上蓝天，光线交错，村子里传来"*新年好，新年好，穿新衣，戴新帽，吃白馍，砸核桃*"的童谣。

　　秦厚林的眼前交错闪现着戏台上公正廉明包文正的黑脸、奸诈狡猾曹操的白脸、忠肝义胆关公的红脸、聪明灵动孙猴子的花脸……他不知道自己应该向包文正那样堂堂正正的为民办案做一位廉洁公正的公务员，还是像曹操那样运用厚黑学达到自己的政治目的，或者像关公那样一生以忠义二字作为人生的标准……

　　在这个价值模糊而混乱的年代，秦厚林在思想一片混乱与模糊中踏上了东去长安的汽车，在长安火车站川流不息的人群里踏上了南下的列车。

　　望着窗外远去的黄土地，秦厚林的心底升腾着横渠先生沧桑的声音："时空可能是生命中最神秘的东西，一种找不到答案的无知……过去与现在，现在与未来，未来与过去……每个人都想知道自己前世是谁？每个人都想知道自己未来如何？……为什么会是这样？周而复始到最后还是无知……进入时空，生命开始；走出时空，生命结束；生命开始，进入时空……这就是我们知道的一切，剩下的就是无知了……"

寒雪凤耷拉着眼皮，不知道到了哪个节目了。看来她是累了，应该休息了。

秦厚林依然在抛起的硬币的光线中追寻着人生的意义。

秦厚林、男，寒雪凤、女，贾雨晴、女；窦滔、男，苏若兰、女，赵阳台、女；梁栋材、男，柳梦兰、女，柳梦蕙、女……真好！三男六女，每个男人身边都有两个女人影响着他们生命的进程。真好！我可以写下去了……

"一起沿河岸走走？"寒雪凤和秦厚林沿着堤岸向上游走去。遇见寒雪凤的时候，秦厚林就知道：那个叫秦厚林的人需要找寻快乐，寒雪凤需要找寻痛苦。凤凰溪慢慢地延展在他们面前，寒雪凤的笑声回荡在凤凰山。

"雪凤，你来凤凰山已经半个月了！我们就要放暑假了，你该回码头镇了。"秦厚林的声音回旋在山谷间。

寒雪凤看着秦厚林坚毅的眼神说："秦老师，我知道的。人生很美！我要尽情地享用人生，再也不会轻生。"

"看来，你就不敢跳下去。"秦厚林说着，故意贴着堤岸走，陡直的堤岸下溪水滚滚。

"我如果就跳下去呢？"寒雪凤挑战似的问。

"我跟着就跳下去救你。"秦厚林笑笑回答。

"我相信你会的！那次泥石流要不是你，现在站在这里和你说话的就不是我了。可是，为什么我老向往死亡？我一直寻找死亡最美的方式。"寒雪凤疑惑的神情在阳光下弥漫着淡淡的烟雾。

秦厚林用手堵住了她红红的嘴唇说："傻孩子，不要这样想。生命可贵！"

"我有点晕眩，那是很容易跳下去的，只要闭上眼睛，这种死法痛苦最少，又令人迷醉。"寒雪凤沉醉在幻想里。

"这河里就跳下过一位同你一样年轻美貌的姑娘，比你年纪还小，也比你单纯，她从城里来。今天的人较之昨天也聪明不了许多，而昨天就在你我面前。"秦厚林试图拨开寒雪凤面前的迷雾。

"能说说那个故事吗？"寒雪凤扬起头。

第三章　凤凰山上兰花香　媚娘陪葬璇玑图

"那是个没有月亮的夜晚，河水更显得幽深。撑渡船的驼背王头的老婆后来说，她当时还推了一下王头，说她听见锁缆绳的铁链在响。她说她当时要起来看一看就好了，她后来就听见了呜咽声，以为是风。那哭声想必也很响，夜深人静，狗也不曾叫唤，才想不会是有人偷船，就又睡去了。"秦厚林的嘴唇如同佛祖念咒语一样一张一合。

"这女人真大意，怎么不去船头看一看呢？"寒雪凤有点遗憾地问。

"生活不是演电影，大多数的时候都会阴差阳错。没有多少人会像你一样幸运，被人救起的概率一般都很低。既然你不想活了，阎王爷就把你收走了。驼背王头的老婆想去看看，但是她太胆小。她说迷糊之中那呜咽声持续了好一阵子，她睡了一觉醒来还听得见，她说当时要有个人在就好了，这姑娘也不会寻短见，都怪这老鬼睡得太死。"秦厚林说着驼背王头老婆后悔的话。

"真可惜！一个生命就这样离开了人间。"寒雪凤惋惜地说。

"驼背王头的老婆说，她不明白的是这姑娘寻短见为什么要搬弄铁链子，莫非想弄船好去县里，从县城再回到城里她父母身边？她完全可以搭乘中午县里来的班车，没准儿是怕人发现？谁也说不清她死前想的是什么。天亮以后，在离这里三十里的晾娃滩，那姑娘才被人发现捞了起来。上身赤条条的，被水泡得发胀，衣服也不知在河湾被哪根树杈子挂住了。可她一双耐克鞋却端端正正地留在那块石头上。"秦厚林终于如同念咒一样说完了这个故事。

"说下去。"寒雪凤轻声说道。

"谭老师说早先那地方总是死人，死的不是小孩就是女人。小孩夏天在石头上扎猛子，扎下去不见浮起的叫找死，被前世的父母收了回去。屈死的总归是女人。有受婆婆和丈夫虐待的年轻媳妇，也有的是倩女殉情。所以乡里人把那地又叫作断魂滩，小孩去那里玩水，大人总不放心。"秦厚林应寒雪凤的要求，说着谭老师对断魂滩的评判。

"这里一定是一个幽静而神秘的地方，一定有吸引人的地方，才会有这么多人向往。"寒雪凤说着自己的判断。

"是的，有人子夜时分看见穿白衣服的女子从水底轻轻地浮上水面，那女子就静静地坐在水面上吹起了勾人魂魄的箫声。随后一位穿红衣服的女子在她面前起舞唱歌，唱着一支总也听不清唱词的歌，有点像乡里的民歌，又像是喃喃自语。在她的歌声中，雾气慢慢地升起，随着歌声的缓急，雾气会时而浓密时而疏淡。遇到的人就在这时而浓密时而疏淡的雾气里被带到阴曹地府。"秦厚林对听得入神的寒雪凤静静地讲着断魂滩的故事。

"秦老师，那断魂滩应该死的男人比死的女人多了，你说是吧？"寒雪凤根据秦厚林的说法得出自己的推论。

"断魂滩往往是女子的断魂滩，男人的观戏台。"秦厚林否定了寒雪凤的猜测。

"为什么？女鬼不是吸引男人吗？男人一个个都是色鬼！"寒雪凤不解地问。

"男人往往好美色，但又多是负心汉。女子往往钟情一生，为情而生，为情而死。男人要女人是寻快活，丈夫要妻子是持家做饭，老人要儿媳为传宗接代，都不为爱情。女人往往因为歌声感同身受，情不自禁地被吸引。所以，女人往往成为断魂滩的常客。谭老师说兰香就屈死在这河里，这里的人都知道这个故事。"秦厚林说。

"秦老师，兰香是谁？怎么屈死的？"寒雪凤好奇地问秦厚林。

"兰香就是陶兰香，凤凰中学以前的学生。陶兰香许给了人家，可婆家来领人的时候，她就不见了，跟了她的情哥哥，原来乡里的一个小伙子早就与她约定了三生情缘。"秦厚林讲述着陶兰香的故事。

"秦老师，兰香和她的情哥哥私奔了吗？"寒雪凤想知道故事的结局。

"兰香的情哥哥没钱没势，家中只两亩旱地九分水田。这地方只要人手脚勤快，倒是饿不着。兰香的情哥要娶上兰香这样标致灵巧的姑娘，那点家当就不够了。"秦厚林摇摇头说。

"秦老师，兰香这样的姑娘需要多少聘礼？"寒雪凤迫不及待地问。

秦厚林继续说："像兰香这样的姑娘的卖价，一副银手镯的定钱，八大件的聘礼，两车的嫁妆。唉！悲剧往往就在物质的纠缠中发生了。两家人就深陷在了门当户对的泥潭里不能自拔了。"

"秦老师，兰香的情哥哥怎么出得起这么重的聘礼？兰香的家人到底看重的是自家的女儿，还是这些赤裸裸的财物？真不明白这些为人父母的是怎么想的？"寒雪凤愤愤地问。

秦厚林淡淡地说："生活往往比你想象的复杂，也比你想象的杂乱无章。

你出不起，有人出得起呀！"

"秦老师，是谁？有谁出得起这样大的彩礼？"寒雪凤急切地问。

"这个世界上有钱人多的是，山里没有不等于凤凰镇没有，凤凰镇没有不等于凤凰城没有，凤凰城没有不等于魔都没有，魔都没有不等于纽约没有……只要你是为了钱财，总能找得到买主。这就是情感与物质的矛盾，这也正是许多爱情悲剧的原因之一。看你要的是什么，你的目的是什么。"秦厚林说。

"秦老师，到底是谁买走了兰香？"寒雪凤继续追问着秦厚林。

"买兰香的是现今凤凰镇照相馆后面那老房子的主人，一次兰香去照相正好碰上，他就动了心思。又碰上兰香她娘这样精明的寡妇，替女儿倒也算来算去，与其跟个穷汉种一辈子田，不如上富人家去；人是老了点，瘸了点，但有钱就行。"秦厚林说着兰香的命运。

"秦老师，兰香答应了吗？"寒雪凤问。

"经中间人往来说合，花轿算是不抬了，里外的衣裳都一一得做，说好了接人的日子，姑娘夜里却偷偷跑了。她只挎了个包袱，裹了几件衣服，半夜里敲她情哥哥的窗户，把这后生招了出来，那干柴烈火，当下便委身于他。兰香又抹着眼泪，二人便发下山盟海誓，说好投奔山里，烧山开荒为生。"秦厚林讲着兰香的故事。

"那后来呢？兰香和她的情哥哥终成眷属了吗？"寒雪凤想知道结果。

"后来，他俩来到河边渡口，望着滚滚的河水，这后生竟踌躇了，说是回家去拿把斧子，抄几样做活的家伙，不料被他爹发觉。做爹的拿起柴火就打，打这不孝之子，做娘的又心疼得不行，可也不能放儿子离乡背井。做爹的打，做娘的哭，哭哭闹闹天跟着就亮了。"秦厚林讲着后生的遭遇。

"不好，那兰香一个人在渡口等了一夜？"寒雪凤担心地问。

"早起摆渡的还说看见过一个拎包袱的女子，后来就起了大雾。天越见亮，晨雾越浓，从河面上腾腾升起。摆渡的加倍小心，碰上行船还算事小，叫放排的撞上可就遭殃了。"秦厚林继续讲着兰香的故事。

"兰香到底怎么样了？"寒雪凤焦急地问秦厚林。

秦厚林说："岸上聚集许多赶集的人，雾里传来一声喊叫，刚出声又噎了回去，水声扑腾了一下，耳尖的说还不止一下哩，人又都在讲话，就什么声音也听不清了。贫嘴的妇人说，那天早起就听见乌鸦在叫，那黑乌鸦叫着在天上盘旋，准闻到了死人的气味，人要死未死之前先发出死亡的气息，这如同晦气，你看不见，闻不到，全凭感觉。"

"秦老师，你说我带着晦气？"寒雪凤觉得秦厚林说的兰香就是自己，于是反问道。

"不要把别人的命运投射在自己身上。虽然人与人的命运有相似之处，但是每个人的命运都是不同的。你不要自己同自己过不去，你有种自残的倾向。放过自己就是放过别人。"秦厚林解说着寒雪凤的质疑。

"才不是呢，生活就是无时无处不充满了痛苦！你也就听见她叫唤。"寒雪凤反驳道。

列车驶过江南的青山绿水，秦厚林的眼前依然挥不去黄土地的身影。硬币在天空中散发着耀眼的光芒，村子里的锣鼓震天响！"厚林，明年过年再不结婚就别回来了！"姐姐的话犹如一枚坚硬的铁钉扎在自己的心窝里。

"我的好姐姐，结婚是那么容易的事情吗？女朋友在哪里呢？总不能在街上随便拉一个女孩就说'我们结婚吧'。唉！这都什么年代了。市场经济都认钱了。即使人家愿意，人家父母愿意吗？谁愿意把女儿嫁给一个没房没车的人？即使愿意，总不能一辈子租房住吧！刚还完助学贷款，就迎来恋爱问题，后面还有户口问题、房子问题、车子问题、医疗问题、教育问题……"

人这一生总被一些问题困扰着。这都是普通人都要面对的，却是普通人无法承受与完成的。如今大学生已经失去了往日的光环，在城市里只不过是一个不起眼的打工仔。

社会阶层固化了，各行各业饱和了，利益集团争夺得更加激烈了，国际依然处在战争与和平的交替中，生命依然挣扎在生命的循环中。

我们也如同花草一样露出尖尖的、嫩嫩的芽儿，经历着春雨的缠绵，沐浴着温暖的阳光，电闪雷鸣后就被打折了，再爬起来慢慢地变老，直到枯萎、死去，连根也烂掉。

唉！还是不想这些了。还有一年的时间，碰碰运气吧。如果能够在上海滩找到自己心爱的人，那也算没有白来一遭。离开凤凰山已经两年了，寒雪凤回家已经三年了，她应该也结婚了吧。中学的同学早已经结婚了，大学的同学都各奔东西了，工作中的同事也一个个远去了。

秦厚林安慰着自己破碎凌乱的心。黄土地的影子就像蛛丝网一样黏上了他，怎么也抹不去，挥不掉。

"白大夫说你大的这病是劳伤。"母亲坐在炕上说。

秦厚林的眼前闪过广播里国学堂寒先生的声音："劳者，劳于神气。伤者，伤于形容。饥饱过度则伤脾，思虑过度则伤心，色欲过度则伤肾，起居过度则伤肝，喜怒悲愁过度则伤肺。"

"我也知道你大是劳累过度，累垮的！"母亲看了看电视继续说。

"又风寒暑湿则伤于外，饥饱劳役则败于内。昼感之则病营，夜感之则病卫。营卫经行，内外交运，而各从其昼夜。"秦厚林在头脑中搜寻着父亲的病因。

"要我说，还是那次雨天后种地你大摔倒惹的祸……"母亲继续说着。

寒先生的声音依然回旋在秦厚林的脑袋里："始劳于一，一起于二，二传于三，三通于四，四干其五，五复犯一。一至于五，邪乃深，真气自失，使人肌肉消，神气弱，饮食减，行步难，及其如此，则虽有命，亦不能生。"

"你看，你大以前那么爱看电视，现在坐在那儿似乎什么也不想了。"

"调神气，戒甚微，甚涩，甚滑，甚短，甚长，甚浮，甚沉，甚紧，甚弦，甚洪，甚实，皆起于劳而生也。"秦厚林的父亲还可以调神气吗？也许他的父亲早已经学会了调神气，就闭目养神了。而所有人还在搜寻父亲调养的神方。这就是生活，生活在一团乱麻中向自己的方向前进着。

父亲的身影随着列车的奔驰飘在秦厚林的眼前。七年了，父亲依然用被子围着呆呆地坐在炕上，大家在看电视，他在打盹。七年了，父亲依然一句话也不说地坐在凳子上呆呆地等待着小儿子的媳妇走进秦家的大门。

母亲的身影随着列车的奔驰飘在秦厚林的眼前。母亲在土黄色的灶房里盛着玉米榛子已经走过了秦厚林的三十载春秋。在这七年里，母亲从一位壮实的农家女人变成了满头白发的农家老婆婆。

七年了，母亲不离不弃地照顾着父亲。七年了，母亲那一头乌黑的头发渐渐花白。七年了，秦厚林从黄土地走过长江的青山绿水，从"君住长江尾，我住长江头"里游走了一圈。青春洒在青山绿水间，换来了一无所有。

列车疾驰中，秦厚林的眼前闪现着嫂子欢天喜地地敲着锣鼓在村子里乐翻了天的场景，汽车开动时姐姐不停地挥手送别的场景。

列车奔驰过了南京长江大桥，秦厚林的心中升起了黄浦江畔东方明珠的身影。雪花纷纷扬扬地飘落在黄浦江畔，许文强围着雪白的围巾走进了和平饭店。五光十色的彩灯闪耀在南浦大桥的夜色中，秦厚林的眼前掠过玛丽莲·梦露翘起的性感嘴唇，东方不败潇洒地喝着酒，边喝边唱"今天哭，明天笑……"

只有邱莫言将那滴相思泪洒在龙门酒店的成亲宴上，厚林哥你以后做我

51

的哥哥好吗？凤凰山的寒雪凤问……一张张脸交相辉映在秦厚林的眼前，秦厚林想：我应该选一个什么样的女孩做女朋友呢？列车依然疾驰……

硬币在闪闪的阳光中下落，秦厚林心想：硬币落地，女朋友确定！春节结婚！秦厚林坐在离开家乡的列车上，雪花纷纷地飘落了下来。秦厚林进入了梦乡。

天地茫茫，混混沌沌，雾气腾腾，大地上茫茫的地气在慢慢升腾，沉沉的浊气渐渐下降。一只凤凰从黄土地飞向凤凰山，鸣叫于天地间。凤凰盘旋在天地间，青山绿水变成了茫茫黄土，黄土地变成了一幅五彩的回文织锦图。只见大地慢慢地变成了二九乘二九的五彩文字，黄土地就是一幅若隐若现的《璇玑图》。

陆局长和李长吉已经回到了局里。"陆局，你也可以在网上找找乾陵被盗的资料，肯定会找到一些蛛丝马迹的。"陆局长的脑海里浮现着李长吉的话，随手打开了面前的电脑。电脑上闪现着李白、苏轼等文豪感叹苏若兰才华的诗句和武则天为《璇玑图》做的序言。

陆局长看到李太白手提酒葫芦，临风舞剑，白衣飘飘地站在太白山上，口中吟唱着："黄云城边乌夜栖，归飞哑哑枝上啼。机中织绵秦州女，碧纱如烟隔窗语。停梭问人忆故夫，独宿空床泪如雨。"

李太白的身影在陆局长的视线中渐渐远去。陆局长的眼前闪现着长安大街一片繁荣，太平盛世人民安居乐业的景象。沿街走来，一座座巍峨的宫殿耸立在天地间。陆局长走进了大明宫，仿佛要和武媚娘同朝议事。

大明宫朝堂上传来威严肃穆的："吾皇万岁，万岁，万万岁！"的声音。

"众爱卿，你们看这是朕为苏氏若兰写的记文《窦滔妻苏氏织锦回文记》，不知怎样？"大明宫内武则天征询着群臣的意见。大明宫内朝臣传阅着武媚娘的《窦滔妻苏氏织锦回文记》。

前秦苻坚时，秦州刺史抚内窦滔妻苏氏，陈留令武公道质第三女也。名蕙，字若兰。识知精明，仪容秀丽，谦默自守，不求显物。行年十六，归于窦氏，滔甚敬之。然苏性近于急，颇伤妒忌。滔，字连波，右将军真之孙，朗之第二子也。风神秀伟，赅通经史，允文允武，时论高之。苻坚委以心膂之任，备历显职，皆有政闻，迁秦州刺史，以忤旨谪戍敦煌。会坚寇晋襄阳，虑有危逼，藉滔才略，乃拜安南将军，留镇襄阳。初，滔有宠姬赵阳台，歌舞之妙，无出其右。滔置之别所，苏氏知之，求而获焉，苦加捶辱，滔深以为憾。阳台又专伺苏氏之短，谗毁交至。滔益忿焉。苏氏时年二十一，及滔将镇襄阳，邀其同往。苏氏怨之，不与偕行，滔遂携阳台之任，断其音问。苏氏自伤，因织锦回文。五彩相宣，莹心耀目。其锦纵广八寸，题诗三十余首，计八百余言。纵横反复，皆成文章。其文点画无缺，才情之妙，超古及今，名曰《璇玑图》。然读者不能尽通，苏氏笑谓人生曰："徘徊宛转，自成文章。非我佳人，莫之能解。"遂发苍头，至襄阳焉。滔省览锦字，感其妙绝。因送阳台之关中，而具车徒如礼，邀迎苏氏，归于汉南，恩好愈重。苏氏属文词五千余言，属隋季丧乱，文字散落，追求不获，而锦字回文，盛见传写。是近代闺怨之宗旨，属文之士，咸龟鉴焉。朕听政之暇，留心坟典，散帙之次，偶见斯图，因述若兰之才，复美连波之悔过，遂制此记，聊示将来也。如意元年五月一日，大周天册金轮皇帝御制。

"启禀皇上，您乃九五之尊，才情天下无双，岂是一个民间女子所能比拟的？您的才情如同您的寿命万寿无疆！您的才情如同您的江山固若金汤！"一个谄媚的声音从大明宫的大殿内飘出，被西北风抛洒在黄土地上摔得粉碎。

"武幽思，朕还没老糊涂呢。论治国，朕自当巾帼不让须眉，乃女中豪杰第一人，但论文采情思，朕自愧不如呀！朕一代女皇，文采情思却不如区区一弱女子呀！惭愧呀！如若文采情思可以交换，朕愿以江山换她的才情。"武则天感叹道。

大明宫内鸦雀无声，众朝臣都不知武媚娘用意何在。

武则天的圣旨宣在了乾陵的无字碑上："朕百年之后将《璇玑图》与朕同葬……"武媚娘深深的叹息声落在了大唐的泥土里，生根发芽在黄土地上。

第四章　灵魂漂移寻三魂　七魄已落苏宅内

寒雪凤眼前浮现出上海滩出租房内自己和秦厚林的情景。

在那张单人床上，寒雪凤投在秦厚林的怀抱里，看着小河那边干部管理学院圆圆的屋顶，不知干部们会不会也挤在一个狭小的空间里生活呢？

小河对岸干部管理学院旁的工地上传来了"嗡嗡，嗡嗡——"的作业声，离乡的人们还在为一口饭食忙碌着。

"我要知道你的过去、你的童年，哪怕那些最细小的事情，你摇篮里的记忆，我都想知道，你的一切，你最隐秘的感情。"寒雪凤盯着秦厚林的眼睛说。

"我都已经忘记了。"秦厚林望着远处工地上的工棚说。

"我就是要帮你恢复这些记忆，我要帮你唤起你记忆中遗忘了的人和事，我要同你一起到你的记忆中去游荡，深入你的灵魂，同你一起再经历一次你的生命。"寒雪凤望着秦厚林说。

"你要占有我的灵魂？"秦厚林转过脸，惊讶地问。

"是的，我不只要占有你的身体，要占有就完全占有，我要听着你的声音，进入你的记忆里，还要参与你的想象，卷进你灵魂深处，同你一块儿玩弄你的这些想象，我还要变成你的灵魂。"寒雪凤似乎要看透秦厚林的灵魂。

"你真是个妖精！"秦厚林扑哧一声笑出了声。

"我就是个妖精，是迷倒你的狐狸精。我要变成你的神经末梢，要你用我的手指来触摸，用我的眼睛来看，同我一块儿制造幻想，一块儿起航，我要在生命的旅途中审视你整个灵魂，当然也包括你那些最幽暗的角落不能见人隐秘。就连你的罪过也不许向我隐瞒，我都要看得一清二楚。"寒雪凤的眼睛里充满了期待。

"我是不是要向你忏悔？"秦厚林挑衅地问。

"啊，不要说得这么严重，那也是你自顾的，这就是爱的力量，你说是吗？"寒雪凤轻佻的眉梢显出几分得意。

"你是不能抗拒的，从哪儿谈起？"秦厚林低下头，看着怀里的寒雪凤深情地说。

"你想说什么就说什么,只有一个条件,你得谈你自己。"寒雪凤像打了胜仗一样。

"我小的时候看过一位算命先生,我清楚地记得算命先生长着一头红发,他用黄铜的棋子把我的生辰八字摆在八卦图阵上,还转动着罗盘。他摆弄那些铜棋子的时候,弹动指甲,哔啵作响,挺吓人的,嘴里还叨念咒语,说什么'八八卡卡、卡卡八八,这孩子将来一生有很多磨难,他前世的父母想要领他回去,很难养啊,前世积债太多'。外婆问有什么法子消灾没有。他说这孩子得破相,叫冤鬼招他魂魄时辨认不清。外婆便趁母亲不在家的时候,要给我穿一个耳眼,她用一颗绿豆在我耳垂上揉搓,还抹上了一把盐,说是不疼的,揉着搓着耳垂肿大了,越来越痒。"秦厚林不知道是说的自己的小时候还是小寒雪凤的小时候。

"你在骗我,这是我说给你的我小时候的故事。这个不算,重新开始。"寒雪凤摇着秦厚林的胳膊央求他。

秦厚林看了看窗外夜空,继续说:"我也记得夏天躺在竹凉床上,数一方天井上的星星,找哪一颗是我自己的星宿。我也就记起有一年端午节的中午,母亲把我捉住,用和在酒里的雄黄涂耳朵,还在我头上写上三个字,据说夏天可以不生痱子不生疮,我嫌难看,没等母亲写完,便挣脱着跑掉了。你呢?"

"你这故事不是你的,是你学生的。不要当我是傻瓜,我可什么都知道。"寒雪凤得意地说。

"你是怎么看出来的?真厉害!看来没有什么能瞒得了你了。"秦厚林无奈地摇摇头说。

"那当然!厚林哥,你不想听听我的童年吗?"寒雪凤乌溜溜的圆眼睛闪烁在夜色里。

"当然想听了,只是怕你不说。"秦厚林说着来了精神,直直地望着寒雪凤。

"我家住在码头镇的山上。屋前有一大片瓦砾,不知是当年被日本兵炸毁的还是火灾之后遗留的,那片空场地就未曾再修建。瓦砾和断墙间长出许多狗尾草,那些残砖断瓦下时不时可以翻出蟋蟀。有种特别精灵的叫乌绫膏的,油墨乌亮的翼翅,抖动起来声音清亮。还有一种叫黄虫的,个子大而善斗,牙张得很开,我小时候在那片瓦砾场上度过许多美妙的时光。"寒雪凤窝在秦厚林的怀抱中喃喃地说。

"你家没有院子吗?"秦厚林问。

"我家有个小院子,小院子里种着金黄的菊花和紫红的鸡冠花,不知是不是这些花的缘故,这庭院里阳光总是很明亮。院子后面有个小门,开门石阶下就是湖水。中秋夜大人们把后门打开,摆上一桌的月饼、瓜果,吃着瓜子,喝着茶,对着湖水赏月。幽深的后湖上空挂着一轮明月,另一只月亮在湖水里摇晃,把光影拖得老长。"寒雪凤的胸脯在秦厚林的怀里起伏着,嘴里说着童年的小院子。

"你家真美!我想那晚我也应该参加了你们的中秋赏月会吧。"秦厚林兴奋地说。

"你别急,这个院子里还有我的故事呢。有一次夜晚,我一个人经过那里,拉开了门闩,被清寂幽黑的湖水吓住了,那美过于深幽,似乎湖水中一个白衣袅袅的女人从湖面上升了起来,那不是一个小孩子能经受住的,我撒腿就跑。以后我夜里再经过那后门边上总小心翼翼,再也不敢去碰门闩。母亲也不让我去花园里玩了。"寒雪凤遗憾地说。

"真的吗?你家有这样的院子,我想去看看。还有别的吗?童年就只有院子与湖水的记忆吗?"秦厚林问。

"还有,那时我是爷爷手中的宝。我那时生病,大部分时间得躺在床上。爷爷为我煎药,喂我喝药。爷爷是万家岭大捷的无冕将军。'文革'中被关进了牛棚。那时爷爷病得很重,爷爷就自学中医上山挖草药。后来爷爷就是我的私人医生了。我那时候还养过一对红眼睛的白兔。一只被黄鼠狼咬死在铁丝笼子里,另一只后来不见了。好多天之后,我到后院去玩,才发现它淹死在池塘里了。打那以后,我就再也没有到后院去过。那你呢?"寒雪凤淡淡地说。

"我就这样茫然漫游,从黄土地到凤凰山,从长江漂流到上海滩,从一个市城到另一个城市。我从二十岁走出了二水寺村,走出了武功城,走出了武功县,走出了黄土地。在凤凰山待了三年,我完成了我的支教生涯,在孝感城待了四年完成了我的大学生活,在上海滩与江南水乡的摇摆中度过了三年,就到了今天。在这飘摇的状态中,我有时会无端地突然烦乱。城市已经没有了童年的记忆,我的童年没有在这些城市度过。只有见到黄土地才能复活自己童年的记忆。城市只是我的一个旅馆。叶子落在黄土地上才是实实在在的、踏踏实实的。"秦厚林说。

"是呀!我细细一想所到之处,竟然没有多少童年的记忆,只有一些正在拆迁或者还没有拆迁完的垃圾堆里隐隐约约地有南方的记忆。童年的痕迹里有飘着浮萍的水塘、小市镇上的酒楼、临街的阁楼上的窗户、石头的拱桥、桥洞里进出的篷船、从人家后门下到河边的石阶、一口废置了的干涸的水井。童年往往能唤起我的忧伤。江南小镇里那些老旧的青砖瓦房和摆在人家门口歇凉喝茶的小方桌，竟然也唤起我的这种乡愁。特别是墓地，坟地上爬满了青藤和野麻叶，边上有一片田地和几棵老树，午后的那一片斜阳，他们也都染上了我的这种莫名的惆怅。在空寂的院子里我不禁怀疑我是不是还另有一个生命保留着我前世的记忆，要不，也许这里是我来世的归宿？也许，这种记忆像酒一样，也有个发酵的过程，再酿出一股醇香，又让我迷醉？"寒雪凤自我言说着这种感觉。

"前世、今生、来世都是有记忆的。《黄帝内经》里说，人有三魂七魄。这三魂胎光、爽灵、幽精就是我们的前世、今生和来世。"秦厚林淡淡地说。

"厚林哥，这是真的吗？你可别骗我。"寒雪凤不相信地瞅着秦厚林问。

"也许是吧，童年的记忆究竟是什么样子？又如何能得到证明？还是只存在于自己心里，你又何必去证实？人生就是一路的感觉而已。"秦厚林说着，似乎有点黯然神伤。

"我徒然找寻的童年其实未必有确凿的地方。而所谓故乡，不也如此？无外乎小镇人家屋瓦上飘起的蓝色炊烟、柴火灶前吟唱的火卿子，那种细腿高脚、身子米黄有点透明的小虫，山民屋里的火塘和墙上挂的泥土封住的木桶蜂箱，这些都唤起你的这种乡愁，也就成了你梦中的故乡。"寒雪凤被秦厚林的思绪感染了，感叹道。

找到一些纯然属于自己的记忆，只有在这种记忆里，你才能保证你自己不受到伤害。归根到底，这茫茫人世之中，人充其量不过是沧海一粟，渺小，又虚弱。在这个世界上，你所求不多，不必那么贪婪，你所能得到的终究只有记忆，那种源头无法确定如梦一般且并不诉诸语言的记忆。

秦厚林何尝不是在追寻自己的记忆，追寻别人的记忆，追寻历史的记忆……

陆局长静静地坐在办公桌前，手里的香烟冒着淡蓝色的烟雾，在夜里红红地向他的手指燃烧上去。这次乾陵被盗了，难道又是那个传说中的《璇玑图》？几千年了，为什么关于它的话题老是没完没了？为什么人们一直认为乾陵被盗的是《璇玑图》呢？陆局长在电脑里输入了"国家图书馆"几个字。

夜空中的银河星星点点，犹如一条镶嵌着宝石的腰带系在天空。如小船一样弯弯的月亮挂在天边，端详着人间的一切美景。银河两边，牛郎星与织女星遥遥相望，等待着一年一次的重逢。夜色中，黄土地在昏黄昏黄的记忆里数着人间俗事，将一件件、一桩桩天地姻缘展现在人们面前。

黄土地的夜色中，城门上四个大字赫然闪现：武镇国泰。九街十八巷夜光闪闪，焰火纷飞，跑竹马的闪烁其间。孩子们在焰火中追逐着，欢笑着，空气中弥漫着浓浓的、悠然的火药味。一群孩子一边玩着跳房子的游戏，一边唱着童谣："七月七，乞巧来。七姑娘，请早来。教娃心儿灵，教娃手儿能。绣个满天星，送你回天宫。"

武功城的苏家大院中，窗外的苏道质神色紧张，焦急地踱着步子。

苏道质搓着双手不停地从门缝往屋里张望。

苏道质在门前焦急地自言自语："怎么还没生？怎么还没生？求老天保佑夫人平安无事，求菩萨保佑我儿平安出世……"

突然，银河边的织女星如流星一样从天空中滑过，降落到苏家宅院。突然传来"哇哇，哇哇——"的哭声，掩映着跳动的烛光，一个喜悦的声音从屋子里传了出来："老爷，生了！老爷，夫人生了！"门被打开了，稳婆喜悦地跑出来说。

苏道质冲进屋内，看着床上虚弱的妻子，即使担心妻子但也掩映不住他心中的喜悦："夫人辛苦了！夫人辛苦了！"苏夫人微微地点点头。

苏道质从仆人手中抱过孩子，亲着孩子的小额头。

"她爹，给娃取个啥名？"苏氏问。

苏道质的目光思索着，寻觅着，随后他的目光落在了窗边露出嫩芽的兰花上。"有了，就叫蕙儿吧！蕙者，慧也，愿她月月增慧，岁岁成人。看那兰花点点，空谷幽兰，就取字若兰吧……"

"苏蕙——苏蕙，谐"慧"音，聪明贤惠；若兰——若兰，犹若兰花……"苏夫人默默念叨着，点了点头。

两个小女孩跑了进来喊着："娘，爹……"

阳光懒懒地照在黄土地上，暖暖的微风摇摇摆摆地行走在姬水两岸。柔柔的柳叶随风飘落在水流里。苏宅里苏夫人抱着若兰在屋子里走动着，正准备放下打着瞌睡的若兰，突然她被惊醒了，先睁开的可不是眼睛，是嘴巴，"哇哇，哇哇——"的哭声还带有声调的变化，估计也只有这样几个月大的婴孩发得出来吧，一会儿她眼睛睁开了，水汪汪的，里面含着泪水，叫人心疼，在母亲不住地爱抚和呢喃下,小若兰总算安静下来,那阳光一样的微笑又挂在脸上了。

苏道质走进了屋子,看着苏夫人怀里的若兰:她的眼睛微微地闭着,一双小手却不时地在身前抖动一下,懒懒地睡着。

苏道质说道:"夫人,我来抱抱。"苏夫人将小若兰递到了苏道质手里。

"她爹,你看这孩子像谁?"苏夫人坐在床边问苏道质。

苏道质沉思了片刻说:"夫人,我看若兰长得像你。"

"哪里像我?"苏夫人问道。

苏道质说:"夫人,你看若兰这眼睛长得尤其像。白眼珠鸭蛋清,黑眼珠棋子黑,定神时如清水,闪动时像星星。浑身上下,头是头,脚是脚,头发滑溜溜的。夫人你说是不是?"

"相公,我看若兰像你。你看若兰的脸方方的、红红的,真有一副缇萦的相貌。"苏夫人说。

若兰在光影中睡得很甜,两只眼闭得紧紧的,两根眉毛像两个弯弯的新月,小嘴巴一动一动的,好像在吃奶。

若兰在梦中微微地笑了,露出了两排碎玉似的洁白牙齿。苏夫人静静地看着光影中若兰的样子。

她的耳朵白里透红,耳轮分明,外圈和里圈很匀称,像是一件雕刻出来的艺术品。她的脸上有一双带着稚气的、被长长的睫毛装饰起来的美丽的眼睛,就像两颗水晶葡萄。她那红嘟嘟的脸蛋闪着光亮,像九月里熟透的苹果一样。她那张小嘴巴蕴藏着丰富的表情:高兴时,撇撇嘴,扮个鬼脸;生气时,噘起的小嘴能挂住一把小油壶。

苏道质看着熟睡的若兰。烛光中若兰露出了一口排列整齐的好像珍珠一般的牙齿,粉嫩的小脸蛋,半眯缝的眼睛,时而傻呵呵地笑着,时而吮吸着自己的小手指。

随着苏道质的脚步声,若兰喃喃地笑了。突然,若兰"哇哇,哇哇——"地哭了。

"她娘,孩子是不是饿了?"苏道质问苏夫人。

"应该不会的,刚吃了不到一个时辰。"苏夫人说。

"那是不是生病了?"苏道质又问。

"不会吧!让我来摸摸。"说着,苏夫人抚摸着若兰的额头,再把手放在自己的额头上,微微地笑了。"相公,兰儿还好,没有发烧。"但是若兰的哭声并没有停止。

"这是怎么了？还是我来抱抱吧。"苏道质对苏夫人说。

苏夫人将若兰递到了苏道质手上。若兰片刻就止住了哭声。

"夫人，你看这孩子还真认人呢。我一来就不要你抱了，还是我的闺女和我亲呀！"苏道质说着，脸上乐开了花。

管家急匆匆地走了进来说："老爷，王老爷前来求见。"

"哪个王老爷？"苏道质问管家。

管家道："老爷，就是南门外做皮货生意的土老爷。"

苏道质将若兰递到了苏夫人手中，若兰又"哇哇，哇哇——"地哭了起来。苏夫人在屋子内抱着若兰踱着步子。苏夫人将若兰放到了右胳膊上，可是还是止不住若兰的哭声；又将若兰放到了左胳膊上，依旧止不住若兰的哭声。

苏夫人只好解开了衣襟，那对滚圆滚圆的奶子吸引了若兰的目光。若兰的樱桃小嘴再一次吮吸着苏夫人火红火红的乳头。

呀！陆局长的手抖动了一下，燃烧的香烟已经烧到了尽头，红红的烟头亲吻着陆局长的手指。陆局长轻轻一弹，烟头落到了桌上的烟灰缸里。

第三卷　亥时

第一章　凤凰山涧寻前世　黄浦江畔回魂影

　　时针已经指向了晚上十点整，父亲看着春节联欢晚会从靠着的被子上溜了下去，歪在了一边。母亲上眼皮打着下眼皮，开始打盹了。秦厚林的思绪翻腾在两年前上海滩的那个夏夜。

　　夜色中，东方明珠的身影倒映在黄浦江的江面上，宛若一位东方的睡美人，随着流水静静地、软软地流淌在夜色中。和平饭店外五光十色的灯光映照着外滩马路上川流不息的车流，映现着这座都市的繁华。

　　南浦大桥如同一座彩虹，静静地卧在黄浦江上，身上的车流如同梭子一样穿过来又穿过去，彩灯从桥的这头闪闪地亮向那头，又从那头亮向这头。

　　夜色变成了彩虹，装饰着这座城市的繁华，斜斜地洒在城市的角角落落。陆家嘴金融中心周围耸立着钻入云霄的摩天大楼。

　　城市的快节奏使生活快速地旋转着，摇滚乐随着忽明忽暗的光线飘摇在城市的上空。天空中传来了"你总是问个不休，你何时跟我走？你总是笑我，一无所有……"的歌声，好像是在嘲笑秦厚林一般。

　　蜂巢似的摩天大楼中，老板办公室的气氛沉闷而压抑。空调已经压制不住闷热。秦厚林的汗从脊背上渗了出来，头上的汗水已经打湿了眼睛。

　　对面办公桌前，西装革履的田主任脸色阴沉得如同霜打了一样。田主任像南瓜一样阴沉赤红的脸在一双眯眯眼的衬托下射出了眼镜蛇般的毒液，喷洒得办公室到处都是。

　　田主任恶狠狠地对秦厚林怒吼道："秦厚林，昨天公司的电话你怎么不接？"

　　"田主任，昨天我的一位朋友病了我去看他，想着公司的事情我走的时候已经都处理好了，应该没有什么大事情。并且昨天是星期天，是您的私人电话，我在休假呀！"秦厚林向田主任解释着昨天发生的情况。

　　田主任的眼睛里冒着愤怒的火焰："秦厚林，你可知道公司的电话多重要！要是跑了单怎么办？是你负责，还是我负责？我看你是吃了熊心豹子胆。"

　　"田主任，那昨天到底发生了什么事？"秦厚林想弄明白这无故的火是从田主任的脸色一下子变得煞白，支支吾吾了半天，突然话题一转："秦厚林，要是……你看你又不是没有丢过单，你的皮肤有疤痕，你有脚臭，你长得丑陋……"

秦厚林的脑袋像被马蜂蜇了几千下似的嗡嗡作响。昨天根本没有什么事，这不就是无缘无故地找茬吗？可是谁叫人家是主任呢？谁叫人家是领导呢？秦厚林说："田主任，可是，可是——昨天我休假是您批的呀！"

田主任拍着桌子吼道："星期天！星期天怎么了？星期天也不行，无论什么时间，无论什么地点，只要是公司的电话都必须接，除非你不是公司的员工！"

秦厚林只觉得一股气流冲上脑门，呆呆地站在田主任的办公室里，不知道怎么办才好。呆滞的眼神中闪现着耀眼的火花，刚想说话，头一阵阵地痛，就觉得双腿发软，只听咚的一声，秦厚林栽倒在田主任的办公桌前！

秦厚林摇摇晃晃地走过公司的大门，脑海中还闪现着刚才和田主任的对话："田主任，我从八月十七日进公司就住在了公司，到今天十月十七号已经整整六十天了，我还没休过一天假，每天都是早上七点开门，晚上大家都走了才关门。田主任，我的身体真的吃不消了。我前几天就对您说我想休息一天，是您答应我昨天休息一天的，您忘了？现在来到公司就害怕，感觉公司就是一个无底洞……"

田主任恼羞成怒："吃不消，吃不消就辞职，我们这不养吃闲饭的！"

秦厚林走出公司，站在十字路口看着交通灯，大脑在急速地转动着：胖客户笑得那样怪异，瘦客户笑得那样阴险，高客户笑得那样压抑，矮客户笑得那样谄媚，女客户笑得那样妖艳，男客户笑得那样诡异……一个个客户似幽灵般闪现在他的眼前，五光十色的摩天大楼，七彩的旋转灯……在这个烈日炎炎的夏天，他的身体打着冷战，哆嗦着，如同烈日中的冰块吱吱作响。

秦厚林抬起头，看着稿纸上的故事。窗外依然响着"噼啪、噼啪——"的爆竹爆炸的声音。寒雪凤还在静静地看电视。这个女人走进他的生活是在凤凰山还是在上海滩？秦厚林思索着和寒雪凤交往的点点滴滴。

"秦老师，这个村子有你的学生吗？"寒雪凤扑闪着水灵灵的大眼睛问走在山道上的秦厚林。

秦厚林看着凤凰山上的这个从来没有来过的村落说:"这儿应该没有我的学生。去年我几乎每个学生的家里都去过了。眼前这个村还是第一次来呢。看来凤凰山真大呀!"

阳光下河边、梯田旁、山冈下,星星点点、错落有致地分布着一户户人家。村前有一股溪水,一块条石平平地驾在溪流上。秦厚林看见一条青石板铺成的山路通向村里,山上就如邹家湾一样布满了各式各样、不同风格的房子。

"雪凤,我怎么又听见了青石板上传来的车辘辘的声音,还有脚踏石板的嗒嗒声。"秦厚林问走在身边的寒雪凤。

寒雪凤想了想,嘴唇在阳光中一张一合,犹如蝴蝶的两片翅膀:"秦老师,你前世肯定在这儿待过。"

"前世,我想也是,要不然我怎么老觉得凤凰山、凤凰镇和凤凰城似乎都一样,都是青石板,都是青砖黑瓦,都是小桥流水人家。看来我的心被江南收走了。"秦厚林自言自语地说。

从石板路穿村而过,家家门口都有一个五六级的石阶通往屋前的溪水中,可以用水,可以刷洗,柔柔的流水唱着欢快的歌一路快乐地奔去,只留下几片菜叶子飘过,道出了农家午后的温情。

大门后院子里传来了鸡啄食争斗的扑打声。村巷里传来孩子嬉戏的声音和狗叫声。屋角上射来的阳光照着一面抹了石灰的封火墙,十分耀眼,巷子里却很阴凉。

一家的门楣上晃着一面镜片,镜片周围画着八卦。门楼飞檐上断残的瓦片、砖墙上的裂缝、八卦镜上的反光和被小孩们的屁股蹭得光亮的石头门槛在阳光中闪闪发光。

秦厚林的眼睛有点朦胧。这是我的家乡吗?我的家乡在黄土地。可是,我为什么老是走进江南的乡村呢?是因为我来到凤凰山支教的缘故,还是因为寒雪凤的家乡就在江南水乡?

也许真像寒雪凤说的那样,是我前世的灵魂来过这片土地。朦胧中,远远地传来了欢快的笑声。秦厚林想看清楚是不是自己和寒雪凤,可是怎么也看不清楚。

"你讲的都是野蛮可怕的故事,我不要听。"一个犹如黄莺般的声音在山间回响着,顺流而下。

流水中传来一个憨憨厚厚的声音:"那你要听什么?我给你讲别的吧。"

"讲些美的人和美的事,讲些普通人和普通事。"山涧又响起了那只黄莺的鸣叫,回旋在树林间。

风儿踩着树梢带着浑厚的声音飘过来:"钱丽雪的故事,漂亮的少妇,一个普通女人的传奇故事,你想听吗?"

"我不要听那种风花雪月的故事。我要听普通人的普通生活。"黄莺发出了拒绝的信号。

沉重而浑厚的声音将黄莺的鸣叫击沉了。"钱丽雪可是又妖娆,又善良,还是一个普通人。"

出了村口沿溪涧而上,巨大的石头被山水冲得浑圆光滑。朦胧中秦厚林看到一个女人穿着皮鞋走在潮湿的长着苔藓的石头上。女人的身后跟着一个男人。秦厚林想看清楚他俩的脸,却怎么也看不清楚。他俩的身影在山涧远远地飘着,只听到他们独特的声音飘荡在山谷间。

"当心脚下,小心摔倒了。"随着男人的声音,女人拉住了男人的手:"拉着你的手就不怕摔跤了。"

阳光照在石头上,脚下的石头暖暖的,这种温暖从脚底传到小腿,从小腿传到大腿,从大腿传到腰间,从腰间传到心底,这股暖流充满了全身。女人脚下一滑,倒在了男人的怀抱里。

"我不是故意的。"随着男人的声音,女人淡淡地说了句:"你真坏!"

阳光下,女人皱着眉头,嘴角却挂着笑容,抿住的嘴唇绷得很紧。男人的心中升起了玫瑰花般的娇嫩,羞答答的玫瑰静悄悄地开。

男人的嘴唇轻轻地贴在了女人粉嫩嫩的嘴唇上,她双唇即刻松弛了,绵软得又让男人不禁打了个冷战。

男人将女人紧紧地搂抱

凤凰谷

在怀里，女人闭上眼睛靠在男人的怀里。女人靠在男人宽广的胸前听着他"咚，咚——"的心跳，身体里充满了奔涌的暖流，两腿间奔涌的暖流冲击着她的下体。

男人的胸挤压着女人柔软的乳房，如同压在了一团软软的、暖暖的棉花上，尽情地享受着女人的温香。

"你说呀。"女人的倒影漂流在清清的流水中，催促道。

"说什么？"男人问。阳光照在男人的脸上，泛着山涧水流的光芒。

"说钱丽雪。你听到过的故事。"阳光洒在女人的脸上，女人傻傻地笑着，等待男人给她讲一个普通人的故事。

"她就端坐在望归亭的石凳上，望归亭建造在山道当中，山道从望归亭里两条石凳中穿过。你只要走这山道，没法不经过她身边。一位年纪轻轻的黄土地女人，穿着件大红的对襟褂子，腰间肋下都有布锁的纽扣，领子和袖口滚的火红火红的边。你不由得放慢脚步，在她对面的石凳上故意歇下。她若无其事扫你一眼，并不扭过头去，抿着薄薄的艳红的嘴唇，那乌黑的眉眼也都描画过。"男人描画着钱丽雪的美貌。

女人在他的怀里哈哈地笑了，眉毛上挑，挑逗地问："这样的女人以前多的是，这不是土匪吗？码头镇就有这样的女人。凤凰山肯定也有这样的女人。你看我像钱丽雪吗？"

"你比钱丽雪美！这样的女人虽然是普通人，但是也只能是一个山头一个，一个镇一个。她是普通人，但又在普通人之上。她是当地上承仙气、下接地气的人，她深知自己的磁力，毫不掩饰，眼里闪烁着挑逗的目光。往往男人首先不安，起身要走，在这前后无人的山阴道上，立刻被她迷了心窍。男人们知道这风流俊俏的白雪只能爱三分，敬七分，只能相思，不敢造次。"男人一边说着，一边抚摸着女人的身体，阳光将他俩融化在自己的温情里。

秦厚林的身子一颤，手中的笔滑落在地上，一瞬间低下的头又抬了起来，他赶紧捡起掉在地上的笔。秦厚林知道自己刚才打盹了，他紧握钢笔，迷离的双眼继续盯在稿子上，做着修改的梦。

坐在温暖的鹅卵石上，秦厚林继续说："这都是谭老师告诉我的。那是我在凤凰山过第一个夜的时候，谭老师请我喝酒时讲的。那夜我和谭老师喝了一夜的酒，谈了一夜的女人。谭老师说钱丽雪家是中医世家，会点穴，导引、按、跷样样精通。她手指上的功夫可是世代相传，一双巧手专治男人治不了的疑难杂症，从小儿惊风到半身不遂，从婚丧喜事到男女阴私，又都靠她一张巧嘴调配排解。山里碰到这种野花只看得，采不得。"

"钱丽雪这么厉害，就没有人能治得了她？"寒雪凤坐在对面的鹅卵石上，小脚拨弄着清凉的溪水问。

流水哗哗中，寒雪凤分辨着秦厚林的声音："唉！女人的命再坚强也难逃命运的捉弄。谭老师说有一回钱丽雪在山道上碰到了三个土匪。三人一哄而上，把钱丽雪硬拖到山洞里。转眼间，钱丽雪如同雪人一样显出了自己的胴体，这三个土匪都呆住了，一个个垂涎三尺，眼露淫光。"

"土匪——该死的土匪把钱丽雪怎么样了？"寒雪凤紧张地问。

秦厚林不紧不慢地说："老大挥舞着两只熊一样的爪子朝钱丽雪的胸抓去，老二伸出箍桶一样的大手去抱钱丽雪的腰，老三伸出铁钳一样的双臂搬钱丽雪的腿。"

"唉！这下钱丽雪死定了。一朵鲜花就这样被糟蹋了。"寒雪凤丧气地低下了头，看着缓缓的流水发呆。

秦厚林一扬手，一颗石子漂在水面上打出了几个水花，继续说："哪有那么不幸！只见钱丽雪使出移步换影之术，穿梭在三个土匪之间，瞬间三个土匪都被钱丽雪点了穴道。转瞬间，钱丽雪又恢复了原貌。只见三个土匪似乎中了邪一样，一个个狠命地扒着自己的衣服，把自己扒得一丝不挂。"

"太好了，谁叫他们起了歹心，谁叫他们癞蛤蟆想吃天鹅肉呢？后来呢？"寒雪凤拍手叫好，追问道。

"后来，三个土匪挥舞着手臂就跑出了山洞。跑进村里，村里人吓坏了。只见三个土匪用石片在自己的身上左一下、右一下地划过来又划过去，最后把自己的下体划得稀巴烂。三个土匪狂奔着跳进村里的池塘淹死了。村里人被钱丽雪的点穴术震住了，从此再也没有人敢靠近钱丽雪。"秦厚林说着自己听来的故事，夕阳照在脸上酱红酱红的。

秦厚林迷离的双眼更加迷离了。朦胧中远远地又传来了欢快的笑声——还是那黄莺般的声音和那沉重浑厚的声音。秦厚林想分辨清楚那两个人是谁，还是和先前一样难以分辨。秦厚林觉得那男人如果不是自己，就一定是自己的梦和自己的影子，那女人如果不是寒雪凤就一定是寒雪凤的影子和寒雪凤的梦。

男人回头看见女人鬓角插着一朵红艳艳的山花。女人眉梢和唇角都闪亮了一下，像一道闪电把整个阴凉的河谷突然照亮。河谷阴森森的冷气中，一股山泉如同地壳中的岩浆一样在暗暗地涌动，寻找脆弱的位置迸发出来。男人心头如同烈火一样燃烧着，跟着他的下体剧烈地跳动着，直直地竖了起来。

他立刻明白他碰到了另一位钱丽雪。女人活生生地端坐在那里，火红的布褂子下耸起结实的胸脯，手臂还挽着个竹篮，篮子上盖条崭新的花毛巾，脚上穿的是双蓝布贴花的新鞋。

"你过来呀！"女人向男人招呼。

女人坐在石头上，一手拎着高跟鞋一只赤脚在滚圆的卵石上小心试探，清亮的溪水里洁白的脚趾蠕动着，像几只清清的竹笋。女人不明白事情是怎么开始的，他突然把她的头按倒在水边的绿油油的草地上。

她挺直了腰身，男人解开了她脊背上胸罩的搭扣，浑圆的乳房在正午的阳光下白得透亮。他看见那一颗粉红挺突的乳头，乳晕下细小的青筋都看得清清楚楚。

女人轻轻叫了一声，双脚滑进水里。一只震动着翅膀的红蜻蜓就站在溪涧当中一块像乳房一样浑圆雪白的鹅卵石上，石头边缘映着溪水，显出泛泛光晕。他们都滑进了水里。

"我的裙子湿了！"女人惊叫道，润湿的眼睛像溪水中的阳光，闪闪烁烁。

她刚走近，红蜻蜓就起飞了，贴着溪流，在前面不远的随风飘摇的芦苇絮上停下，依然转过身来，冲着他们翩翩起舞。等你走近了再飞起，并不远去，依然在前面等你。这红色的精灵，那就是她。

谁？

她的灵魂。

她又是谁？

钱丽雪。

钱丽雪是谁？

你。

秦厚林的身子一颤，一瞬间低下的头又抬了起来。他知道自己刚才又打盹了。这不争气的神思，怎么老打盹呢？他狠狠地掐了掐自己的大腿，神志一下子清醒了许多，似乎一下子掉进了自己的世界。

上海滩出租屋里狭窄而压抑。房间内闪烁着充电器的红绿光点。不到五平方米的房间内横七竖八地放着一张单人折叠床、一张三合板做的掉了边的电脑桌、一个掉了边的衣柜。地上凌乱地放着几双皱巴巴的皮鞋，一双半露半收的拖鞋在床底下若隐若现。

秦厚林一动不动地躺在狭小而单薄的折叠单人床上，周围被充电器的红绿光点包围着。他的身子如同滚烫的热水在沸腾着，耳边响起门外大厅里房客们下班后杂乱无章的说话声和隔间三合板被摩擦的咚咚声。

秦厚林一个人躺在床上已经没有力气和他们说话了，如同死去的人一样。他突然有一种强烈的意识：如今我已经是一个死人了，成了一具躺在黄土中的死尸。

他在梦中又走进了那个雪花飘落的黄土地。黄土地上的二水寺成了一位雪花装扮的雪姑娘。

古柏和古槐依然耸立在黄土地的二水塔影中。横渠先生、了然大师、真靖道长依然谈论着生命的音符，将他们的思想随着雪花深深地埋藏在黄土地里。一粒粒黄土镌刻着三位大师生命的张力，如弹力球一样蹦跳在天地间。

秦厚林站在三生殿大殿中央，如同走进了"天龙八部"的生死迷局，他迷茫地问："先生，我有魂魄吗？"

"随神往来者谓之魂，并精出入者谓之魄。附形之灵为魄，附气之神为魂。魂为天气，魄为地气；即魂为阳气、精神，魄为阴气、形骸。若人死，则魂升天、魄归地。"横渠先生的声音如同黄土地上吹过秦厚林的脸庞留下的粒粒尘土。

真靖道长将手中的拂尘往后一甩，接上了话茬："其魂有三，三魂呈红色，人形。一名胎光，太清阳和之气，属于天；二名爽灵，阴气之变，属于五行；三名幽精，阴气之杂，属于地。"

秦厚林似有所悟地点点头，又心生疑惑地问道："道长，天魂、地魂、命魂与道长之魂何异？"

"异名同质而已。"真靖道长捋了捋乌黑的胡须淡然回道。

秦厚林恭恭敬敬地施礼说道："道长，小生愿闻其详。"

"胎光主生命，久居人身则可使人神清气爽，益寿延年；源于母体。爽灵主财禄，能使明气制阳，使人机谋万物，劳役百神，生祸若害；决定智慧、能力，源于父。幽精主灾衰，使人好色嗜欲，溺于秽乱之思，耗损精华，神气缺少，肾气不足，脾胃五脉不通，且夕形若尸卧。控制人体性腺，性取向。"真靖道长的声音依旧回响着。

秦厚林迷糊地摇晃着脑袋似有所悟，拱手问道："道长，三魂乃本我、自我、超我之异名也。"

第二章　三魂七魄山水间　幽冥鸡蛋漠峪巫

了然大师轻轻地捋了捋银髯点了点头说："于阿赖耶识开为三魂。胎光业魂神识、幽精转魂神识、相灵现魂神识。《十王经》认为这三魂与如来之法、报、应三身不二而二。"

"大师，三魂也就是天魂、音魂、色魂了。天魂是人在天上的原始信息了，色魂是在肉身上的一部分灵魂信息，音魂是随着起心动念而飘游于体外的一部分灵魂信息。音魂可以有千万亿分身。不知弟子所悟对否？"秦厚林似乎打通了任督二脉，心气一下子顺畅了许多。

横渠先生、了然大师、真靖道长微微点头称是："小施主有所悟，然也。"

秦厚林继续深施一礼问道："道长，其魄何解？"

真靖道长用手指在空中比画着人的形骸，淡淡地说："其魄有七，七魄呈黑色，动物形。分别为尸狗、伏矢、雀阴、吞贼、非毒、除秽、臭肺。七魄为人身中之浊鬼，每每于月朔、月望、月晦之夕在人身中流荡游走，招邪致恶。"

秦厚林似乎有所悟地点点头，又心生疑惑地问道："道长，天冲、灵慧、为气、为力、中枢、为精、为英与道长之魄何异？"

"异名同质而已。"真靖道长依然捋了捋乌黑的胡须淡然答道。

秦厚林再次施礼，恭恭敬敬地说："道长，小生愿闻其详。"

"吞贼，主夜间消除身体有害物质；尸狗，主人体睡眠时候的警觉性；除秽，主清除身体代谢物；臭肺，主呼吸调节；雀阴，主生殖功能的调节；非毒，主散邪气淤积，如肿瘤等；伏矢，主分散身体毒素。"真靖道长的声音回旋在二水寺的雪花里。

了然大师补充着秦厚林的问题："阿赖耶识所变现的七转识就是七魄，雀阴魄神舌识、吞贼魄耳识、非毒魄眼识、尸狗魄身识、臭肺魄鼻识、除秽魄意识、伏矢魄末那识。"

秦厚林心中闪现着两个金光闪闪的字"德行"，他对了然大师说："大师，我知道了七魄就是：和魄、义魄、智魄、德魄、力魄、气魄和恶魄。和魄代表平衡之力，义魄代表生死之义，智魄代表智慧，德魄代表品行，力魄代表力量，气魄代表正义，恶魄代表邪恶。"

了然大师的胡须飘动在晚风里，淡淡地说："七魄乃佛光中的七轮也。天冲魄在顶轮；灵慧魄在眉心轮；气魄在喉轮；力魄在心轮上，并同时与双手心和双脚心相连；中枢魄在脐轮；精魄在生殖轮；英魄在海底轮。"

　　二水寺三生殿的大殿内，秦厚林问："先生，魂魄可分阴阳？"

　　"魂为阴，魄为阳。其中三魂和七魄当中，又各另分阴阳。三魂之中，天魂为阳，地魂为阴，命魂又为阳。七魄中，天冲、灵慧二魄为阴为天魄，气魄、力魄、中枢魄为阳为人魄，精、英二魄为阳为地魄。"横渠先生的话淡淡地飘落在二水寺的古柏上，流淌在千年的黄土地里。

　　秦厚林似乎有问不完的问题，继续问道："先生，魂魄可都依附于体？"

　　"三魂当中，天、地二魂常在外，唯有命魂独住身。天、地、命三魂并不常相聚首。七魄中两个天魄、两个地魄和三个人魄，阴阳相应，从不分开，并常附于人体之上。人体的七魄同由命魂所掌。命魂又称为人魂，或者色魂。生命就是从此命魂住胎而产生的。命魂住胎之后，将能量分布于人体中脉的七个脉轮之上，而形成人的七魄。魄为人的肉身所独有，人死之后，七魄随之消散，而命魂也自离去，生命即以此告终。"

　　秦厚林心想这是最后一个问题了，一定要问："先生，魂魄生成是否生命终止？"

　　"盖阳气方升，未能化神，先化其魂，阳气全升，则魂变而为神。魂者，神之初气，故随神而往来。阴气方降，未能生精，先生其魄，阴气全降，则魄变而为精。魄者，精之始基，故并精而出入也。"横渠先生淡淡的声音回旋在千年之后的上海滩。

　　秦厚林昏昏沉沉地躺在床上，梦一个接着一个闪过却怎么也醒不过来。额头烫烫的，手脚黏黏的，汗水在被子上画下一道道梦的痕迹。淡淡的迷糊的梦继续着秦厚林的问话。

　　秦厚林呆呆地站在二水寺的三生殿内，继续问道："先生，做梦是人的魂魄飞散了吗？"

　　"正邪从外袭内，而未有定舍，反淫于藏，不得定处，与营卫俱行，而与魂魄飞扬，使人卧不得安而喜梦。"横渠先生和颜正色地回答道。

　　秦厚林接上横渠先生的话继续问道："先生，梦可以控制吗？"

　　"志意者，所以御精神，收魂魄，适寒温，和喜怒者也。"横渠先生脸上的烛光停止了跳动。

　　秦厚林用意志控制着自己的魂魄问道："先生，魂魄藏于何物？"

"魂昼寓目，魄夜舍肝。寓目能见，舍肝能梦。梦多者，魄制魂；觉多者，魂胜魄。盖因魄有精，因精有魂，因魂有神，因神有意，因意有魄。五者运行不已，所以我之伪心流转造化几亿万岁未有穷极。然核芽相生不知其几万株。天地虽大，不能芽空中之核；雌卵相生，不知其几万禽，阴阳虽妙，不能卵无雄之雌。是以圣人，万物之来，对之以性，而不对之以心。性者，心未萌也，无心则无意，无意则无魄，无魄则不受生，而轮回永息矣。"横渠先生脸上的烛光犹如生命的节拍忽闪忽闪地跳动了起来。

秦厚林的脸转向了真靖道长问道："道长，人有命运吗？"

"人的命魂，透过七魄中的天冲灵慧魄主思想，主智慧。透过气、力二魄和中枢魄主行动，通过精、英二魄主身体主强健。唯中枢一魄，乃为七魄的中心。人的命魂就依附于七个脉轮之上。"真靖道长放下了手中的拂尘说道。

秦厚林的脸转向了横渠先生继续问道："先生，可否细言？"

"运主虚空，命主实相。凡人命运的好坏，在于人的命与运是否生合或者相制约。若是运强过了命，不去生扶自己的命，并反而压制命，则人身七魄的天魄地魄人魄也必不相生。此人必表现为命薄和体弱。若得命强过运，而能使得运不得不去生扶自己的命，则人身七魄之天魄地魄人魄必得相生合。人就会表现得身强命旺，人的根基必深而厚。"横渠先生的话回荡在二水寺三生殿的上空。

秦厚林捕捉着横渠先生的声音继续问道："先生，生病时可有魂魄相依？"

"生病时就是魂和魄散了，所以要用药物去阻止它散发。如果和魄和力魄散了就容易鬼上身。对肝所生病有飧泻，遗尿闭癃，肝藏魂，肝气和则魂魄宁，以上之津液为病自平矣。"横渠先生的话飘摇在古槐和古柏的树梢间。

秦厚林昏昏沉沉地躺在床上。他一直驱赶着这个关于自己有没有灵魂的梦，却怎么也赶不走。忽然，秦厚林看到了七爷的脸。秦厚林的思想活跃了起来。他安详地躺在床上，知道自己可以用意志控制病情了。

真气运行在体内，充满了五脏六腑。秦厚林的眼前闪现着七爷那紫红色的额头和慈祥可亲的紫红色脸庞，那带着微笑的脸庞温暖着他的心！秦厚林带着浑身的滚烫进入了梦乡。

黄土地上父老乡亲们握着锄头一锄一锄地翻着金黄金黄的黄土。黄土在阳光中泛着金黄的光芒。医生说秦厚林没有任何病体征兆，检查的结果是他没有病。可是当时他已经没有力气站起来了，只能躺在炕上等待着死神的降临，就像现在一样。

母亲请来了漠峪巫。母亲和漠峪巫在屋子里谈着他的病情。他躺在炕上一动不动，似乎进入了另一个世界。在这个世界里，所有的东西都是静止的，都是静悄悄的，他知道这是漠峪巫的世界。

阳光从窗户透了进来，一炷点燃的香烟在光柱中冉冉上升。漠峪巫从香案下面的格档里取出一扎黄表纸包着的线香，母亲立即塞给她一元钱，接过香来，在她用火柴点燃的纸媒子上再把香烧着，双手握住，跪到香案前的蒲团上，着实拜了三拜。巫婆朝母亲抿了一下嘴，表明赞许她的这份虔诚，接过香去，分成三束，插进香炉里。

漠峪巫向母亲问秦厚林的生辰八字，然后她双手放在膝盖上闭目静坐。一会儿，漠峪巫哽咽了一声，神灵附体了。她不断打噎，她止不住噎，越打越频繁，全身开始抽搐。她浑身颤抖着，手指突然指向空中。可她眼睛依然紧闭，十指张开，十指中的两个食指又都分明冲着秦厚林。她叽咕叽咕不断出声，语义含糊地念着咒语，说的大概是王母娘娘天地君亲神灵的灵筒屋里一棵松足踏天轮地轮牛鬼蛇神统统打杀百无禁忌，她越说越快，越来越急促。

跳动的火光映照着她瘦削的面颊、高高的鼻梁和颧骨，她念着一串又一串的咒语，不像唱歌时那样悠缓从容，但都喃喃讷讷，十分急促。手里的鸡蛋在火光中跳动着，旋转着，突然鸡蛋随着火光的跳动站立在了她的手心。秦厚林的病就奇迹般好起来了。直到现在他也没有弄清楚是怎么回事。

秦厚林在高烧中说着自己的梦话，他不知道自己是说给自己听的还是说给梦听的，或者是说给影子听的。可是他分明看到了寒雪凤，那个三年前在凤凰山遇到的姑娘。梦中和秦厚林说话的不再是自己的影子，也不再是自己的梦，而是那个雷雨后的夜晚床上的寒雪凤。

"我小时候听外婆说有一种法术叫鬼打墙，人在山里走夜路，走着走着，眼面前会出现一道墙、一座峭壁，或是一条深深的河，怎么也走不过去。破不了这法，脚就是迈不出这一步，就不断走回头路。于是，到天亮才发现不过是在原地转圈。这还算好的，更糟的还能把人引向绝境，那就是死亡。"秦厚林的话闪在五彩的充电器灯光里。

"我真想去死，那是很容易的。我站在高高的河堤上，只要眼睛一闭，纵身跳下去！如果只跳到岸边的石阶上，我不敢想象脑袋迸裂、脑浆四溅的那惨死的景象。这样的画面太丑恶了。要死也应该死得很美，让人们都同情，让人们都惋惜，让人们都为我哭泣。"寒雪凤已经被谭老师和秦厚林救回来了,躺在凤凰中学的宿舍里了。

雷雨早已经悄悄散去了,夜晚如同老情人一样又降临在了凤凰山上。雷雨过后的整个凤凰山舒展了很多。谭老师已经回房睡觉了。房间里就剩下秦厚林,照顾着这个刚刚被救起的人。

夜光闪映在秦厚林的脸上,寒雪凤的嘴唇静静地一张一合:"是我错了。我应该顺河岸向上游走去,找到个河滩,从堤岸下到河滩上去。不能让任何人看见,也不会有人知道,我将在夜里走进黑黝黝的河水中去,连鞋子也不脱,不要留下痕迹,就穿着鞋向水中走去,一步涉水,到齐腰深处,还不等水没到胸口呼吸难受的时候,河水湍急,一下子就把我卷进急流中去,卷入河心,再也漂浮不出水面,身不由己,就是挣扎,那本能求生的欲望也无济于事。最多手脚挣扎两下,那也很快,没有痛苦,还来不及痛苦人就完了。多美的死亡方式啊!"

"你不怕呛着水?死亡哪有不痛苦的?你不会叫喊吗?"秦厚林看着寒雪凤苍白的脸问。

寒雪凤微微开启的嘴唇一张一合:"我不会喊叫。完全绝望,而且即使喊叫也即刻呛水,人们根本听不见我的叫喊,因为我根本就不打算喊,不打算活。我这多余的生命就这样无影无踪地从这个世界上消失了。既然无法摆脱这种痛苦,只好以死来解脱,一了百了,干干净净,死得也清白,要是真能死得这样清清白白就好了。"

"你为什么会想到去死呢?正青春年少,活着多好!"夜光映在秦厚林的脸上。

"没有选择这样的死法我是有顾虑的。死了之后,尸体如果搁浅在下游某个沙滩上,被水泡胀的尸体,太阳晒过后就开始腐烂,一群苍蝇就会去叮,我又不由得一阵子恶心。没有比死更恶心的了。我怎么都摆脱不了,摆脱不了这种恶心。"寒雪凤没有回答秦厚林的问题,自顾自地说着。

"于是你就选择了泥石流,真是太不可思议了。"窗外送来了阵阵清风,秦厚林的心被吹得懒洋洋的。

"不是我选的,是泥石流来了我没法躲避。不过这样也好,也可入土为安了。没有人能认出我来,没有人知道我的姓名。我家里没有任何人能找得到我,谁也想象不到我会跑到这儿来,我倒是想象得出我父母的样子。"寒雪凤的话随着吹来的晚风将死亡的气息散落在凤凰山的天地间。

"为什么要让父母受苦呢?他们不疼爱你吗?"幽蓝的夜色中秦厚林不明

白地问着。

"我在家里是个累赘,母亲不爱我,她只爱儿子。她整天忙碌着,只为了赚钱。我想和她说话,她总是说她很忙。我死了对她来说是一件高兴的事情,我就再也不会打扰她赚钱了。"寒雪凤寒冷的心颤抖在凤凰山的山头。

"你的父亲不疼爱你吗?你就真的认为家人都不关心你吗?"秦厚林问寒雪凤,他想知道她生活在一个什么样的家庭里,以至于她这样地仇恨这个家。

"父亲不爱我,他只爱他的儿子。在这个家里我感受不到任何的温暖。所有人的脑子里只有一个字:钱。人人都是为了赚钱而赚钱。"寒雪凤寒冷的心继续颤抖在凤凰山的山头。

"我不相信你家里就没有人愿意听你说话,毕竟大家是一家人嘛!"秦厚林还是不大相信地问。

"有,家里也有人愿意听我说话。"寒雪凤轻轻地说,语气里充满了温暖。

"是谁?"秦厚林赶紧问,希望能够唤回她冰冷的心。

"是爷爷,我是爷爷手中的一块宝。"寒雪凤的眼神露出了温馨的光芒。

"那你可以多和爷爷聊聊天呀!千万不要这样不珍惜自己的生命。爷爷要是知道了,那该有多么的伤心呀!"秦厚林像抓住了一根救命稻草一样看到了希望的光芒。

"爷爷没了,已经好几年了。"寒雪凤的声音又陷入了冰冷的世界,犹如厉鬼一样恐怖。

秦厚林陷入了不知所措的境地,他第一次感觉到语言衰竭、无话可说的尴尬。随着窗外一阵暖风,秦厚林找到了话题:"那你可以去工作呀!也可以成立自己的小家庭,将日子过得红红火火!"

"我不愿意待在医院里,那里总有股消毒水的气味。一天到晚,白的床单、白的大褂、白的蚊帐、白的口罩,只有眉毛底下的眼睛才是自己的。酒精、钳子、镊子、剪子和手术刀的碰撞声,一遍又一遍地洗手,整个手臂都浸在消毒液中,直到皮肤浸得发白,先失去光泽,再失去血色。长年下来,手上的皮肤如同白蜡,有一天我也会只剩下一双失去血色的手,搁在河滩上,爬满苍蝇,我又感到恶心了。"寒雪凤的话语被稀释在工作的琐碎里。

"不喜欢这份工作,可以换一份。人这一生谁都不知道自己未来会做什么工作。"秦厚林的话依然无力地飘着。

"我讨厌我的工作、我的家,也包括我的父亲。家人们都成了赚钱的机器,大家都为了钱而活着,家人之间没有了亲情,没有了温暖,没有了安全感……我这一辈子都不想见到他们！"寒雪凤讲着家庭的不幸，眼眶湿润了。

语言又将他们拖进了家庭的话题。秦厚林静静地倾听着寒雪凤诉说自己不幸的经历："我没有一个令人羡慕的家庭，没有一个温暖人心的家庭。我早就想离开这个家，一直盼望着有个自己的小家。可小家也让人没有安全感，也那么恶心，也让我有了奔向死亡的勇气。"

"你成家了？这样不是挺好的吗？将自己的小家打造成一个温暖舒心的窝，多好！"秦厚林似乎看到了希望。

寒雪凤点点头又摇摇头："是的，我成家了。我本以为我摆脱了那个只认识钱的家庭，成立我自己的小家庭后我会很幸福，很温暖。然而，我错了！我是真的错了！"

"发生了什么事？是他伤害你了吗？"秦厚林试探性地问寒雪凤。

寒雪凤愤恨地说："我为他定期吃药，从来没让他操过心。我不能说我们是一见钟情。可他是我遇到的第一个对我好的男人。他吻了我，我开始想他，我和他约会。他要我，我也给了他。我就像他手里的一只绵羊迷迷糊糊，心直跳，又害怕，还义心甘情愿。这一切都自然而然，幸福的，美好的，羞涩的，也是无邪的。因为我知道我先要爱他也被他爱，然后会做他的妻子，将来也会做母亲，一个小母亲。"

"这样不是挺好的吗？你们拥有爱情，你们的小日子就要建立起来了。你只需要走下去就行了，多么简单的一件事情，现在怎么变得如此复杂呢？"秦厚林不解地问。

"现在我已经不相信爱情了，爱情都是美丽的谎言和一个又一个的骗局。他就是一个骗子，一个感情骗子，一个不负责任的骗子……这个世界上男人都是骗子！"寒雪凤激动地骂道。

"这个世界上男人都是骗子吗？"秦厚林自言自语地看看月光下的自己。

寒雪凤连忙解释说："我不是说你。我那天下了班，没有回宿舍，也没吃一口东西，我男朋友就赶到了医院。他刚进更衣室就开始吻我，就撩起了我的裙子。他说要享受青春，享受爱，我就在他怀里也都答应，我只要有他这辈子就知足了。我们就这样疯狂着，无止境，永远永远……"

第三章 若兰魂落后花园 河图洛书梦中现

"这样下去挺好的。"秦厚林随着寒雪凤的话说。

"如果一直这样下去是挺好的。可是,同他做爱之后,我从他脱下的裤子的口袋里摸到了女人的内裤,上面还残留着淫水的味道,那不是我的,他不让我翻,我还是翻出来了,我便吐了。我脑子里就只剩下恶心。我止不住地恶心,苦胆水都翻出来了,后来就哭了,歇斯底里,我诅咒男人!可我爱他,爱过他,不过都已经过去了。"寒雪凤的泪水顺着脸颊流了下来。

"一切都过去了,想开点。人生的路还很长,在哪里跌倒了,从哪里爬起来,你就是好样的!这种人不值得你爱,天下的男人也不至于都是他那种德行⋯⋯"秦厚林还在一遍又一遍地开导着寒雪凤。

"人在哪里跌倒就在哪里躺下是最安全、最不受伤害的做法。我希望我躺下不要再起来。"寒雪凤心灰意冷地说。

秦厚林看着窗外,凤凰山的月亮穿梭在淡淡的山雾中,时而清晰明亮,时而朦朦胧胧。

"厚林哥,能使鸡蛋倒竖起来的漠峪巫还活着吗?我好想见到她。"寒雪凤打断了秦厚林的思路,看着电视的她突然转过头来问游走在自己思绪里的秦厚林。

"你又没有得病,找她干什么?怎么突然想起问这个了?"秦厚林被坐在炕上看电视的寒雪凤惊醒了。

寒雪凤用手分了分自己的刘海儿说:"拜师学艺呀!我也要做一个女巫。我做女巫一定比春晚上的魔术师强。到时候我也可以上春晚了。那咱们可就出名了。"电视里魔术师正在表演着隔桌取硬币的游戏。

"早就死了。难道你忘了那句俗语吗?人怕出名,猪怕壮。出名可不是什么好事。"秦厚林不禁为寒雪凤的想法感到吃惊。这个女人怎么了,疯了不成?

"那她后人还在吗?她有没有徒弟?我们找她的徒弟也行。"寒雪凤追问道。

"记得母亲把她请回家为我驱鬼时就她一个人。母亲说她一个人过了一辈子。"秦厚林回答着寒雪凤的问话。

"也没有老伴儿?"寒雪凤还是不愿放弃地问。

"她就一个人住在漠峪沟里,从山沟里进去,高处独家独户,一个人,一间屋。屋里墙上画满了各种符号。那间屋子时而狂风大作,时而雷电交加,时而风和日丽,时而虫蛇满屋……"秦厚林描述着那个神奇的屋子。

"那屋后来还在吗?我们能不能抽出时间去看一看呢?"寒雪凤问秦厚林。

"土坯做的,说来也奇怪,老巫婆在世的时候土坯房一直好好的,老巫婆一死那土坯房就倒了,没了。"秦厚林说。

"漠峪巫是不是被豺狼虎豹叼走了?"寒雪凤好奇地问。

"人们都说老巫婆死的那天,看到了一团金光闪闪的亮光从漠峪巫的土坯房里飞上了天。"秦厚林淡淡地说。

陆局长坐在电脑前寻找着打开《璇玑图》的钥匙,他想起了制作《璇玑图》的那个人。

嫩嫩的、绿绿的榆钱挂满了榆树的枝头。油菜花金黄金黄的,给黄土地披上了一层黄金甲。柿子坡上的洋槐树挂满了雪白雪白的洋槐花,小蜜蜂们在洋槐花和油菜花的花蕊间跳跃着,轻盈欢快的舞姿将甜甜蜜蜜抛洒在黄土地上。田野里绿油油的麦苗随着春风起伏在大地母亲的怀抱里。

春风从当代吹到了千年前的黄土地上,武功苏家宅院内屋舍俨然,杨柳依依,春花烂漫。后花园内春暖花开,蜂蝶纷飞,孩子们在庭院里追逐嬉戏的笑声传到黄土地上,那声音一蹦一跳,像土行孙一样钻进了黄土地里,与黄土融为一体。

"大姐,抓住你了!抓住你了!"苏道质的二女儿从背后抓住了大女儿的衣角高兴地跳着叫道。

"二妹,还有灵儿和若兰呢?我们把她俩也逮出来。"大姐转过头对大家说。

"杜鹃花呀红艳艳!漫山遍野红灿灿——"一个声音从花园的杜鹃花丛里传了出来,大家看到灵儿从杜鹃花丛中露出了半张脸。

"灵儿在杜鹃花丛中——"二姐眼尖地看到了灵儿,大家一齐拥向了杜鹃花。

"灵儿，若兰呢？我们去找若兰吧！我一定会抓住她的！"二姐一边问灵儿一边对大家说。

伙伴们绕着牡丹花丛寻找着藏起来的若兰。

"大姐，你喜欢什么花？"二姐问。

"你们看这牡丹花雍容华贵、富丽大方。我最喜欢的就是牡丹花了。"大姐回应道。

"我最喜欢海棠花了，你看这海棠树多么沧桑俊伟。"二姐由衷地赞叹道。

"小姐你们看，那边的芍药花真好看，还有丁香花……"灵儿指引着大家看过去。大家你一朵我一朵地摘下芍药花编织成花环，摘下丁香花戴在头上。

"三小姐在那儿！"灵儿指着不远处幽幽的兰花丛里春意绵绵的若兰说。

若兰甜甜地睡在兰花丛中，粉红的桃花随风瓣瓣地落下，轻盈地亲吻着若兰粉红的小脸蛋。几只蝴蝶落在若兰的嘴唇上休息着。一只花蝴蝶盘旋着静静地落在若兰的鼻尖晒着暖暖的阳光。

"嘘——"二姐的手指放在嘴唇边示意大家不要惊动若兰的美梦，她继续悄声说道："我们慢慢地过去，不要打扰她。我们给她一个惊喜。"

若兰的手指在微微地动着，嘴角流出了淡淡的、甜甜的微笑。灵儿将一瓣花凑到若兰的鼻尖捉弄着若兰。若兰的手微微地动了一下，身子在温暖的春日里动了动就又睡去了。灵儿继续拨弄着若兰的脸颊，大家哈哈的笑声惊醒了若兰的美梦。

"呀！"在惊疑中若兰从春日的睡梦中醒了过来。"讨厌！人家正在做梦呢。大姐、二姐、灵儿，你们在干什么？"若兰抱怨大家打扰了她的美梦。

"咦，这就奇怪了，我们大家刚才不是说好了捉迷藏吗？你怎么睡在了这里独自做起美梦来了？你把我们大家都给忘记了，是吧？"大姐和二姐逼问着若兰。

"我，我——反正我刚才在做梦。你们打扰了我的梦就是不对。真想再回到梦中！"若兰不依不饶地说。

"好好，就算是我们打扰了你的美梦。是什么梦呀？让我们的苏小姐这么舍不得！"大姐问着若兰，还用小拇指轻轻地摁了摁若兰的额头。

"不告诉你们，谁让你们打扰了我的梦呢！"若兰故作姿态地说。

"好妹妹，我的好妹妹，你就说说吧！你就当是可怜可怜我们这群没有梦的孩子好了。"大姐拉着若兰的胳膊装出可怜的样子说。

"刚才我梦见女娲娘娘在天地间修炼了一块晶莹剔透的石头。这块玉石由小变大，由大变小，可神奇了！石头上有两条裂纹。女娲娘娘给石头取名三生石。我捡起了三生石……"若兰说着停了下来。

"快说，快说，后来呢？"二姐迫不及待地问。

"女娲娘娘将三生石竖在了忘川河畔，伏羲氏在忘川河畔的三生石下仰观天地星象。不知为什么忘川河就变成了黄河，他在黄河岸边拿起石子一会儿把石子摆成一头奔跑的狮子，一会儿把石子摆成扑食的老虎，一会儿把石子摆成富贵的牡丹，一会儿把石子摆成桀骜的菊花……'你这是摆的什么呀？'我指着伏羲摆的一只乌龟问。伏羲说是河图……"若兰对大家说着自己的梦。大家都像听天书一样眼睛直勾勾地看着若兰，不知道她在说什么。

"大姐、二姐，还有灵儿，你们是怎么找到我的？我以为我藏起来你们就找不到我了，都大半天了。躲在这无聊，看着这春意浓浓的阳光，我就睡在了花丛中……"若兰讲起了自己灵动的故事。

"好了，好了，时候不早了。我们该去吃饭了！"大姐说着就引领大家去吃饭了。

"哇，麦饭菜！"几个孩子看到桌上用面粉和黄土地上的植物蒸出来的吃食乐坏了。

桌上还有榆钱饭，望着那嫩嫩的榆钱和面粉蒸出来的热气腾腾的榆钱饭，大姐的口水都流出来了，一筷子、一筷子地把做好的菜夹在自己的碗里，把碗堆得满满的，一口接着一口狼吞虎咽地吃着榆钱蒸出的麦饭菜。

二姐盯着桌上那芥菜和面粉蒸出来的麦饭菜眼睛都直了，说："娘真好！娘真疼我！知道我最喜欢吃芥菜了就特意蒸出了芥菜麦饭菜。"二姐一边吃一边评头论足地讲着自己的看法。

若兰看着洋槐花做的麦饭菜又走进了自己的世界。一串串晶莹透亮的洋槐花开在暖暖的春光里，一只只小蜜蜂从一串串洋槐花中飞到另一串洋槐花中。若兰似乎看到了晶莹的洋槐花变成了一串串挂在树枝上的宝石。若兰躺在黄土地的青青草地上，一串晶莹的洋槐花掉在了她的脸上。真香！

寒雪凤一边看着电视上的春晚一边走在自己的记忆中。"讲讲你之前的故事吧？"寒雪凤对秦厚林说。

那是支教的第二个暑假，我一个人去金盆水库玩，在我走到一个村子的尽头时，我看到一位中年女人蹲在门前的溪水边，正用刀子刮一条污腻腻、灰溜溜的鱼。溪水边上燃着松明，跳动的火光映着明晃晃的刀子。

再往前去便是越见昏暗的山影，只见山顶上还剩一抹余霞，也不再见到人家。我折了回来，也许就是那松明子吸引了我，我上前去打听可否在她这里留宿一晚。

"这里常有人来歇脚。"中年女人似乎看透了我的心思，望了望我说。她放下刀在围裙上擦了擦手进屋里去了。

我跟在她身后，楼板在脚下"咯吱，咯吱——"作响。楼上有一股新鲜的刚收割的稻草的清香，清香中夹杂着泥土的黏黏的味道。她点亮了堂屋里的油灯，没想到凤凰山的金盘水库还有这种没有电灯的地方。

"这楼上都是空的，你就住这吧。我抱被子去，这山里一到夜间就冷。"她把油灯留在窗台上，下楼去了。

我顺着她说的方向望去，满地的稻草，我才知道我是要和稻草一起过夜了。我踢了踢堆在楼板上的稻草，发出"刺啦，刺啦——"干瘪的声音，我随手抓起稻草给自己铺了一个很厚实、很暖和的窝。

黄昏中，山间的山石散发着淡淡的、温温的味道。黄昏给山里带来了温暖的家的味道。这家人唯一的那盏油灯已留在我房里了。在灶房里的灶火前，我见到了女主人。

那张面无表情的脸被灶膛里的火光映照得柔和了，柴草毕剥作响，我闻到了饭香。不知为什么那是我第一次也是这一生中唯一一次深深地体会到米饭香的时候。灶台上淡淡的蒸汽在黄昏中弥漫在整个灶房里，暖暖的。

我的身子在饭香中颤动了一下，端了个木盆出门准备下到溪涧里去洗澡。山巅上最后一抹霞光也消失了，暮色迷蒙，掀翻的水纹中有几处光亮，头顶上的星星显露出来，四下有几只蛙鸣。

对面深深的山影里，我听见了孩子们的笑声，隔着溪水，那边是一片稻田。山影里像是有一块打谷场，孩子们兴许就在打谷场上玩捉迷藏。

我想起了黄土地上的场地，不是打谷场而是儿时的碾麦场。儿童节的气息还没有散尽，我们放麦忙假了。大家提着自家的篮子走在大人的身后一把一把、一粒一粒、一撮一撮地拾麦穗。捡拾好满满的一篮子麦穗，大家就飞奔似的回到碾麦场倒在自家的小麦垛子里。

碾麦场上堆满了还没有碾的麦子和已经碾过的麦子。在已经碾过的麦草垛中我们打着狗洞，从这边钻到那边。只有夕阳的余晖映照在孩子们稚嫩的脸颊上。

这浓黑的山影里，隔着那片稻田。一个女孩呵呵的笑声就弥漫在打谷场上，也是在碾麦场上，那便是你，也是我，是我们童年的美好回忆。我们的童年都随着孩子们的笑声飘荡在黄土地和凤凰山上。

那调皮的尖叫着的嘎小子的声音，那双在打谷场上留下的光脚板的潮湿印迹，那双在碾麦场上的黄土上光脚板留下的黄土印迹，都荡在我的心底如同风铃声清脆而又让人难以忘怀。

我听见赤脚拍打青石板的声音，也听见赤脚拍打黄土地的声音，一个"梆梆——"，一个"啪啪——"，每一声都充满着温暖的回忆。

一个孩子在水塘边拿着奶奶的针线板当拖船，我想起了儿时自己坑纸船的童年。奶奶叫了声，他转身拔脚就跑，石板上只留下他赤脚拍打的声音，清脆地回旋在暮色中。

夜色朦胧，水光交映中，我看到了江南水乡的身影。一位挑水的姑娘走在幽幽的夜色中，拖着一条乌黑的长辫子，水花沾在小巷的石板上。

她挑着一担水踩着碎步走在石板路上，水桶压在她瘦削的肩上，显得她的身腰弯弯的。

我的眼前闪现着黄土地上儿时自己在黄土地上肩挑水桶晃荡在夕阳中的身影。水滴轻轻地洒落在虚虚的黄土上，溅起土黄色的金华。

她桶里的水荡漾着，溅到青石板上，回过头来，我看着她就那么笑了一下。她细碎的脚上穿着一双紫红色的布鞋走在夕阳中。

是的，寒雪凤接上了秦厚林的话说，一棵小酸枣树枝条上的刺扯破了母亲的布褂子，露出浑圆的胳膊，我就趴在母亲怀里。我喜欢偎在母亲怀里，因为她有一双晃晃的大奶。

我养的一对白毛兔子在夜色中眼睛红炯炯的。我只知道那个时候我踮起脚尖刚好够得到树干上的一个洞，我曾经往那树洞里扔过石片。他们说树也会成精，成精的树妖同人一样也都怕痒，我只要用棍子去凿那树洞，整棵树就全身会笑，像你搔了我的胳肢窝，我立刻缩着肩膀，笑得喘不过气来。

还记得豁豁牙的故事，我总记得他掉了一颗牙，所以我们都叫他豁豁牙。我一喊"豁豁牙"，他生气地扭头就走，再也不理我了。

孩子们的声音还在打谷场上响着，追逐打闹声回旋在夜色的余温里。可是，我们再也没有童年了，面对的只是黑暗的山影……

寒雪凤收回了和秦厚林碰撞的思绪，转过头问："厚林哥，今年能修改完《璇玑图》吗？"

秦厚林低头看看手腕上的手表说："今年是没有什么希望了。再过几十分钟就到明年了。我争取在今年与明年的这十二个时辰内修改完咱俩的小说。将你我生命中的每分每秒都走得扎扎实实。相信我这个黄土地走出的汉子与你这位江南水乡走出的姑娘一定会将自己的血脉融化在华夏大地的血脉中。"

电脑前陆局长继续翻阅着百度页面,一页页地看着关于《璇玑图》的资料。陆局长的心里为《璇玑图》画着一张属于自己的轮廓图。在这张图里他看到了千年前黄土地上武功苏宅的春夏秋冬。

春风暖暖,柳絮飘摇,黄土地上已经有了夏日的阵阵热风。黄土地上唱响着孩子们攀上柳树折柳条的声音。

"灵儿,你也帮我做一个哨子吧。"春光里灵儿将折下的柳条叶子一片片摘掉,用手转动着柳条的皮,从中间一抽柳条就只剩下了皮,光溜溜的、白滑滑的柳枝从手上滑落。

黄土地上传来了柳哨的声音,高高低低。有的像黄牛在"哞哞——",有的像绵羊在"咩咩——",有的像肥猪在"哼哼——",有的像母鸡在"咕咕——",有的像白鹅在"嘎嘎——",总之,黄土地成了一片动物鸣叫的海洋。

柳哨声飘落在苏家大院内,春风中飘来苏宅《高山流水》的淡淡琴韵。苏道质陪着夫人在苏宅后花园赏花。阳光在柳絮中飘来飘去,清风拂过大姐的厢房,只见大姐脚踩织机,梭子在大姐的手中穿梭着犹如鱼一样滑溜爽快。苏氏夫妇点了点头走过去继续欣赏人间美景。

凉亭内琴声飘扬,苏氏夫妇指着一池春水笑声朗朗。二姐在望归亭内悠然地弹着古琴。光影斑斑,竹林翠翠,微风拂面,光影下若兰在书房的窗下习字。苏氏夫妇一边走一边看着一个个孩子,不住地连连点头。

"爹,娘,你们看孩儿的字有没有长进?"若兰看到父亲和母亲从外面走进来急忙叫道。

苏道质接过字拿给苏氏看:"她娘,你看这是兰儿写的字。真是一品风流字间流呀!不过……"

"不过……不过什么?怎么了?"苏夫人不知道发生了什么事,急忙问。

"她娘,还记得冷先生的话吗?"苏道质问着苏夫人。苏夫人的眼前闪现着冷先生的脸。

"冷先生,兰儿的病——"苏夫人焦急地问诊完病的冷先生。

冷先生站起身语调温和地说:"夫人放心,小姐无大碍。只是——"冷先生停了下来。

"先生直说无妨。"苏道质深施一礼说道。

冷先生依然平和地说:"小姐只是气痹而已。"

"气痹?若兰小小年纪怎么会气痹?"苏氏夫妇疑惑地问。

"夫人,病者不在年岁。俗语云:黄泉路上无老少。这得病也是一样的道理。"冷先生淡淡地说。

"还请先生细说。"苏道质恭恭敬敬地对冷先生说。

"气痹者,愁思喜怒过则气结于上。久而不消则伤肺,伤肺则生气渐衰,而邪气愈胜。留于上则胸腹痹而不能食,注于下则脚肿重而不能行,攻于左则左不遂,冲于右则右不仁,贯于舌则不能言,遗于肠则不能溺,壅而不散则痛,流而不聚则麻,真经既损,难以医治。"冷先生不紧不慢地说。

"先生,兰儿这病不可治愈了吗?"苏夫人焦急地垂下泪来。

"邪气不胜,易为痊愈。宜节忧思以养气,慎怒以全真,最为良矣。"冷先生说着,坐了下来。

"先生,怎么可以除此疾病?"苏道质继续问冷先生。

第四章　灵魂出窍若兰女　才女初长雪夜中

"此病治愈有二，一在小姐，一在世兄。"冷先生拿起笔来淡淡地说。

"先生可否详解？"苏道质追问道。

冷先生依然平淡地说："世兄可知痹从何来？"苏氏夫妇都摇摇头等待着冷先生继续说。

冷先生一边写着药方一边说："痹者闭也，五脏六腑，感于邪气，乱于真气，闭而不仁也。小姐气痹入于肺易治也。小姐避受风寒暑湿之气，能解幽思，此病就易治也。"冷先生述说着气痹的缘由。

"多谢冷先生！日后一定重谢先生！"苏氏夫妇连忙施礼道谢。

"不忙，不忙，还烦请世兄关注病情，不可令其加重。"冷先生抬起头继续说。

"请先生直言。"苏道质继续问道。

冷先生一边递上药方一边说："还请世兄多多注意，提醒小姐不可凝思过度，以免伤神、伤身。"

苏夫人回过神来，听到苏道质低沉地说："若兰的字里蕴含着一股淡淡的、哀哀的兰花气。"

"他爹，孩子还小，哪懂这个！使她们姐妹多多玩耍，不易过度开智便是。"苏夫人给苏道质建议到。

"希望如此，兰儿这孩子不错！字沉稳有力，后劲很足。应该无大碍。"苏道质陷入了沉思。

黄土地上的小麦已经笑盈盈地躺在了黄土地上，等待着人们把他们一粒粒地装进口袋送回家。苏宅内上下散发着清香的气息。门上插着绿中泛白的艾叶。

苏夫人手里拿着刚烙出来的坨坨馍，有凤凰图案的，有牡丹图案的，有实心的，有空心的。灵儿两只手腕上各带了两个坨坨馍在院子里来回地跑着。

"你看我绣的香包漂亮吗？"大姐边问二姐边分享着自己手里的香包。

"大姐，不过我还是觉得若兰绣的那对鸳鸯香包更好看！"二姐一边看大姐绣的香包一边说。

"我看不是鸳鸯好看吧！是心里痒痒了吧！"大姐对二姐做了个鬼脸笑着说。

"娘，你看大姐，大姐真坏！我不和你说了。"二姐说着将头埋在了母亲的怀里。

"你大姐也是和你说着玩的。来，都过来。这是你俩的，五月五你们带上自己绣的香包可以驱邪避灾，五月五也是要吃粽子的！"母亲说。

"若兰呢？怎么没有看到若兰？"母亲回过头问着大姐。

"三小姐在绣房里绣花呢！"灵儿手里拿着自己的香包一边往脖子上挂一边答道。

母亲穿过偏房走进内房，若兰正在屋内绣着一幅秋菊图。"兰儿，吃粽子了——"母亲对着专注的若兰说。

"娘——"若兰应了一声起身迎了上来。端午在苏氏的安排下平安地度过了。这个晚上若兰却做了一场似懂非懂的梦。在梦中，灵儿是自己唯一的伙伴，也是自己唯一信赖和依靠的人。

梦里，细雨不断，而且越加集密了，从天而降的细雨构成一层薄幕，把山梁都笼罩住，山谷和沟壑就更显朦胧了。灵儿在细雨中走向漠峪河，若兰跟了过去。

雷声滚动在黄土地上，沉闷的似乎要憋破人的脑袋。若兰突然发觉漠峪河的河水不停地向自己涌来，总也不停息，总在咆哮。灵儿被这湍急的水流淹没了，若兰奋力地去拉她。

她们行走在一座大山里。青山绿水中间掩映着一户人家。他们推开虚掩的门，里面没有一个人。走上小阁楼时，天色已经完全黑了，若兰和灵儿在小阁楼的地板上铺了一层厚厚的稻草，干燥的稻草飘来阵阵呛人的泥土味。

"小姐，我发现隔壁的板壁缝里透着一丝微弱的光，你过来看看。"灵儿趴在墙壁上一动不动地对若兰说。

若兰在梦里看到她和灵儿对着头躺着，房子与外面只隔了一层木板，这层木板没有延伸到屋顶。若兰站在房间边上伸手可以摸到倾斜的屋顶上的屋瓦。

"一丝光亮分明在板壁缝的那头颤动着，我可以肯定板壁后面还有个房间。"灵儿摸索着说，不知什么时候灵儿已经从稻草里钻了出来摸向那个透着光亮的地方，似乎有了若兰她什么也不害怕了。

"灵儿，看见什么了？"若兰轻声问摸过去的灵儿。

灵儿一边查看一边说:"小姐,什么也看不见,一整块门板,没有缝隙,噢,还上了把锁。"

"灵儿,真叫人害怕,你快说,看见什么了?"若兰继续问灵儿,她想知道透着光亮的地方到底有什么。

"小姐,看见了一盏放在一个小神龛里的油灯,神龛就钉在山墙上,里面还供着块牌位。"灵儿说着自己的发现,"小姐,这房子的主人肯定是个巫婆,她在这里召唤亡魂,摄人魂魄,借活人的嘴来说话。"

"房主是个巫婆,你那么肯定?你是怎么知道的?"若兰问灵儿。

"奶奶说山墙上的神龛供着牌位的多半是巫婆、巫师。因为他们的灵魂在天地间游走需要歇歇脚。"灵儿说。

若兰想知道巫婆的故事就问灵儿:"灵儿,那你讲讲巫婆的故事吧!就是奶奶给你讲的那个故事。"

"她年轻时像所有女人一样,也需要男人的疼爱,不料丈夫却被砸死了。"灵儿面无表情地说。

"灵儿,巫婆的丈夫是怎么死的?快说来听听。"若兰好奇地低声问。

"他同村里的人夜里去偷砍邻村山林里的香樟树,树倒的时候,他脚底下被树根绊了一下,转错了方向,本该赶紧往外跑,他却往里去了,没来得及叫喊就被砸成了肉饼。"灵儿述说着巫婆男人的死因。

"太可怜了!这个男人太可怜了!这个女人也太可怜了!"若兰同情着这个女人的命运。

"村里人吓得不知都跑到哪里去了,也没敢来报丧。她是见山里挑炭的人的扁担尖上挂了双麻鞋,沿途叫人认尸。她亲手打的麻鞋那大脚丫子间和后跟上都编着红线绳,她一下就认出来了,当时就晕倒在地!"灵儿说。

"这女人真可怜!那她怎么变成巫婆的?"若兰不解地问灵儿。

"所有的男人都找她搭讪,她恨男人,她勾引他们,再把他们甩掉。后来她干脆抹上粉脸,设上香案,公然装神弄鬼,弄得没有人不惧怕她。"灵儿道出了事情的真相。

"她为什么要这样做?难道一个人就不能好好过日子吗?"若兰不解地问。

"她没有我们命好,六岁被指腹为婚,她丈夫当时还在她婆婆的肚子里,她十二岁就当了童养媳,丈夫当时还拖着鼻涕。她从小到大没人疼,没人爱。"灵儿同情地说着巫婆的遭遇。

"童养媳？穷人的孩子命苦真！女人什么时候才能够摆脱这样的命运呢？"若兰感叹道。

灵儿没有回答她的问题，只是述说着巫婆的悲惨命运："有一回，就在这楼板上，这稻草堆里，她被她公公霸占了，那时她才十四岁，每次屋里只剩下公公和她，她心口就止不住地发慌。"

"就在这楼板上？我们怎么会住在这里？"若兰惊恐地叫了起来。

"再后来，她就摇她的小丈夫，那孩子只会使劲咬她的奶头，好不容易熬到丈夫也能挑担，也能砍柴，也会扶犁，终于长大成人也知道心疼她的时候，却被活活砸死了。而老的已经老了，田里屋里的活计又都得靠她，她公婆也不敢管束，只要她不改嫁。"灵儿还是面无表情冷冷地说。

"这哪里是嫁人，真是做牛做马当长工呀！"若兰愤愤不平地说。

"如今她公婆全都死了，她也真心相信她直通神灵，她的祝愿能给人带来福气，她的诅咒能给人招来祸害，收点香火钱也就理所当然了，尤其神奇的是，她如今竟能当场作法叫一个十来岁的小姑娘当即不省人事，打嗓子眼里说出来她未曾见过的早已去世了的她老奶奶的话，在场的人无不毛骨悚然！"灵儿的话飘落在若兰的梦中。

若兰汗淋淋的身体在床上颤抖着，忽然猛地醒了过来才发现原来是一场梦。窗外圆月依然挂在天边看着黄土地。

黄土地上依然飘着淡淡的麦茬香，人们已经开始用锄头、犁铧翻起黄土，等待着龙王爷布撒甘霖。苏宅内，灵儿躺在床上忽然坐起打了个喷嚏，清清的鼻涕流了下来。

若兰看着灵儿的样子问："灵儿，你病了？"

"小姐，我没事的。过一阵子就好了。"灵儿回复着若兰。

夜幕笼罩在黄土地上，天空中零星地挂着几颗星星。若兰卧室内，她和灵儿都睡下了。卧室内闪着幽蓝的夜光。灵儿喊道："不要杀我，不是我干的！"蹭地从床上坐了起来。

若兰惊醒过来，看着受到惊吓的灵儿，就把她紧紧地搂在了怀里。"灵儿，天一亮还是请冷先生来看一下吧。"

晨光中，冷先生坐在灵儿床前的椅子上，轻轻地按着灵儿的脉搏。眼前闪过师傅的声音："其脉浮而毛曰平，脉来毛而中央坚，两旁虚者曰太过，病在外。脉来毛微曰不及，病在内。太过则令人气逆，胸满背痛。不及则令人喘呼而咳上气，见血不闻声音。"

冷先生诊完脉向桌旁走去，若兰急忙问："先生，灵儿得的什么病？"

冷先生看着苏道质夫妇和灵儿说："不打紧，是肺病。"

"先生可否细细说来。"苏道质施礼问道。

冷先生说："肺者魄之舍，生气之源，乃五脏之华盖也。外养皮毛，内荣肠胃，与大肠为表里，手太阴阳明是其经也。气通则能知其香味，有病则喜咳，实则鼻流清涕。虚实寒热，皆使人喘咳。实则梦刀兵，喘息胸满。虚则寒生咳息利下，少气力，多悲感。王于秋。"

"此话怎讲？请先生细言。"苏道质问道。

冷先生淡淡地说："肺病使人心寒，寒甚则发热，寒热往来，休作不定，多惊咳喘，如有所见者是也。又乍寒乍热，鼻塞颐赤白，皆肺病之候也。"

若兰施礼道："多谢先生！"

"小姐，客气了！病者，在人不在医。灵儿这病一在咳，二在涕，三在梦，皆肺之实也。几服药下去就无大碍。"冷先生一边说着一边提着药箱准备回去。

田地里的玉米叶在风中轻轻地摇摆着自己的身姿，小麻雀们在田地间快乐地玩耍。天空中一轮圆月当空挥洒着夜的清辉。苏宅内一家老小纷纷向后花园的凉亭走去。凉亭内红扑扑圆圆的大苹果在夜色中显得更加空明，金黄的鸭梨映衬着月色的光辉像黄金一样闪闪发光。

苏道质坐在主位感叹道："如此良辰美景，正是吟诗之景，再来一点丝竹之音就更妙了！"

二姐拉拉若兰的衣服，一起坐下："孩儿愿为父亲大人和母亲大人抚琴一曲。"柔情似水的月光流淌在若兰的古琴上。古琴的根根琴弦在月光中丝丝颤动，奏出悦耳的音符。

大家沉浸在山清水秀的河山中，时而声震林木，时而出谷黄莺，时而繁弦急管，时而珠落玉盘，时而余音绕梁，时而天籁之音，时而若即若离，时而虚无缥缈。

清风徐来，二姐的笛子配着若兰的古琴，时而一唱三叹，时而铿锵有力，时而荡气回肠，时而震耳欲聋，时而不绝如缕，时而丝丝缕缕。

伴随着古琴和笛子的乐音，月光下，若兰嘴唇张合有度地吟诵着自己的志向：贞物知始终，颜衰改华容，仁贤别行士，寒岁识凋松。

"她娘，看来若兰的诗有所长进。这首诗表面写的是松，其实表达的是一种如松一样的志向，如松一样的志气。这种气势比兰花的幽香好多了。看来我儿心中必有大志!"父亲说着自己的看法。

黛色的苍穹散下片片花瓣,茫茫黄土地上雪花飘落,天地被渲染成白茫茫的一片。白雪皑皑,银装素裹,飞珠溅玉,天地一色。苏宅银装素裹地屹立在苍茫的黄土地上。

若兰端坐在闺房内,身边火盆里的火苗一蹿一蹿的,她的手上拿着一个刺绣的花捧,纤细的小手在花捧上一针一针地从上面刺下去,从下面穿上来。

"小姐,您看这雪还没有停的意思。真好!雪盖三层被,来年枕着馒头睡。"灵儿提着手炉放到了若兰的身旁说。

若兰看看窗外纷纷扬扬的雪花叹道:"是呀,凭窗眺望,大地万物犹如脉脉含情的女子,妩媚娴静,楚楚动人。"

"小姐,你看,转眼间古柏苍松都变成了琼枝玉树。枫林也褪去了火红的长裙。"灵儿走到窗边一边整理着衣柜一边说,"仰望苍穹,飞雪飘飘,如棉絮,似鹅毛,朦胧一片。风劲吹,雪漫舞。银色世界,玉洁冰清,透着几分神秘,透着几分静谧。"

若兰低下头继续一针一针地绣着图案,锦绣花捧里显现着龙凤的淡淡痕迹。

门外传来了姐姐们的声音,大姐和二姐微笑着走进了若兰的房间。"外面好大的雪,二位姐姐怎么来了?"

"一个人在屋里闷得慌,我就约了你二姐和我一起来看看你。"大姐一边说着一边抖着身上雪花。

"这么美的雪景独自欣赏岂不浪费了大好时光。欣赏美景也得佳人相伴呀!"二姐用手拍拍发髻上的雪花说。

"这倒也是,难得二位姐姐有如此雅兴。二位姐姐坐。"若兰一边请姐姐们坐一边看着窗外的冰天雪地说,"片刻间,大地万物顿时冰清玉洁,素雅美丽,自有千般妩媚,万种风情,一种脱胎换骨似的清新雅韵扑面而来。"

大家不由得将视线拉向了窗外茫茫的白雪。屋内的气氛也慢慢地被雪景感染了,似乎变得如雪一样冷冷的,大姐回头看了大家一眼提议道:"如此美景,我们做点别的怎么样?"

大家将注意力集中在大姐身上,二姐问:"大姐,你说我们做什么好呢?"

大姐的眼珠滴溜溜地转了一圈说:"我们不如猜谜语吧。"

"好,我们就猜谜语。我猜谜语最拿手了。"灵儿在一旁高兴地说。

大家都点点头认可大姐的提议。苏宅屋内炉火闪闪。大姐、二姐、若兰和灵儿围在火炉前烤着暖暖的火苗。

大姐说："既然大家都没有意见，那我坐庄就先出题目了，谁要是猜不中可是要受罚的哟！黑瘦黑瘦，上树不溜，杀了没血，吃了没肉。你们猜猜是什么？"

二姐凝眉细想，若兰看着跳动的炭火思索着，灵儿大声说："我知道了，我知道了，是蚂蚁。"

二姐和若兰看着大姐问："大姐，灵儿说得对吗？"

大姐点点头，二姐和若兰的头上被大姐轻轻地弹了一下。大姐看着大家说："风水轮流转，这次灵儿算是猜对了。下来该谁出谜语了？"

若兰看着二姐催促道："二姐，该你了。该你出谜语了。"众人都盯着二姐看，希望她出一个难一点谜语。

二姐眨巴眨巴眼睛，得意地说："一个娃娃一身签，不靠墙儿立不端。你们猜猜是什么？保准你们猜不出来。"

大姐手指一扬，胸有成竹地说："二妹，我知道了，是筷子。你说对不对？"

二姐看着大姐得意地摇了摇头，并连连摆手说："大姐，不对，不对。你再猜猜。"

大姐皱着眉头还在苦思冥想，灵儿思索中目光盯在了旁边的扫把上轻轻地说："二姐，我猜是扫帚吧。"

二姐点点头，大姐和若兰的头上被二姐轻轻地弹了一下。二姐说："这回灵儿又猜对了。"

"唉！我怎么成了老被罚的对象？我一定要出一个难一点的，让你们大家都猜不到。"若兰感叹地说。

大姐的手伸在炭火上一边烤火一边不服气地说："灵儿，怎么都被你猜中了？若兰你来出几道谜语考考她。我就不信她什么都能猜出来。"

大家看着若兰凝眉细想，不一会儿若兰说："一座庙，两头尖，能卧下牛，插不下锨。你们猜猜是什么？"

大姐连忙接上说："我知道，我知道，是寺庙。"她生怕自己又被罚。

若兰摆摆手说："不对，不对。我提示一下，是一种食物。"

二姐点点头说："我知道了，是馒头，对不对？"她也怕自己被罚。

若兰依旧摆摆手说："不对，不对。我提示一下，是一种粮食。"

大姐和二姐的目光同时转向了灵儿说："这是什么呢？灵儿，这回可要看你的了。"

灵儿自言自语地说:"什么粮食两头尖,还能卧下牛?"灵儿摇摇头,"大小姐,二小姐,我也猜不出来。"

若兰淡淡地说:"我们天天都会吃到的一种粮食:小麦。看来这回你们三个都要被我弹额头了。"她们三人怯怯地将自己的头伸在若兰的手边生怕被弹中了。只听若兰接着说:"算了,庄家今天心情好,且饶你们一回。"

大家赶紧把头缩了回来,大姐、二姐和若兰看着灵儿说:"灵儿,该你出题目了。"

灵儿的大眼珠在眼眶里转了两圈说:"红箱子,绿锁子,里面放着干果子。你们猜猜是什么?"

若兰抢先一步说:"是辣椒。"大姐和二姐无奈地又被灵儿弹了额头。大姐和二姐已经没有谜语了,只能灵儿继续出题了。灵儿点点头继续说:"一个娃娃一身虮,不靠墙儿立不起。你们猜猜是什么?"

若兰抢着说:"是秤。"

灵儿看到自己出的谜语个个被若兰猜中有点不服气地说:"我就不信,我的谜语小姐都猜得到。'一个娃娃一尺高,立到坟顶打呼哨。'小姐猜猜是什么?"

大家大眼瞪小眼都猜不出来,齐声问:"灵儿,你说说是什么?"

灵儿得意地说:"是黄鼠狼。"

窗外的天色依然是白茫茫的一片,外面传来了打更的声音。大姐说:"时候也不早了,已经三更天了,若兰出最后一个谜语,我们今天就玩到这里好不好?"大家都点头同意。

若兰淡淡地说:"十亩地八亩宽,里头坐一个女儿倌,脚一踏手一扳,噼里啪啦全动弹。大家猜猜是什么?"雪花落在黄土地上掩盖了若兰的谜语,将这个谜留给了千年后的秦厚林。

第四卷 子时

第一章　凤凰中学梦中梦　老鼠悠然怀中抱

"厚林哥,该睡了。"寒雪凤对正在思索的秦厚林说。秦厚林抬起头,看看对面父母屋子里的灯已经关了,他知道父亲已经睡了,母亲也已经睡了。秦厚林又转过脸,看着从被窝里伸出脑袋的寒雪凤说:"凤儿,你先睡。我一会儿睡。"寒雪凤的头又缩了回去。

秦厚林抬眼看看窗外依然散落着的雪花,夜色已经进入新年的天空中。秦厚林的思绪落在了凤凰山。

夜色中,凤凰中学的教学楼里毕业班的孩子们还在上着晚自习,远远地传来了《茅屋为秋风所破歌》的琅琅诵诗声:"八月秋高风怒号,卷我屋上三重茅……"

刚走出凤凰中学,秦厚林立刻陷入了黑暗中,山泉在不远处哗哗地响着。他走出几步后再回头,看到山坳里灯光隐约,灰蓝的云雾在山巅环绕。深涧里传来青蛙的叫声,泉声时起时伏,而风声在幽暗的溪涧中穿行。

山谷中弥漫着一层潮湿的雾气,远处被灯光照的粗大的杉木树干的侧影在雾气中变得柔和了。山影逐渐显现,秦厚林落在凤凰山的怀抱中。

黝黑的山影背后泛出幽光,秦厚林的周围是一片浓密的黑暗,黑暗在渐渐收缩,黑暗变成了拔地而起的黑影。凤凰山像一位静静地躺在大地上的母亲,突起的两个巨大的峰尖犹如女人的两个硕大的乳房,哺育着山间的一切。

秦厚林回过头,背后的树影间透出一点微乎其微的灯光,迷迷糊糊的像一团团糨糊。四下的黑暗浓重而漫无边际,连秋虫断断续续的嘶鸣也渐渐远去了。在这静谧的黑暗里,秦厚林的思想游走在凤凰山的山头,随着潮湿的露水一滴滴凝结,一滴滴滚落,一滴滴延展,一滴滴浸润,一滴滴开花,一滴滴结果。

林间一条栅栏样的微弱的光带在秦厚林前面显示了一下,随后又消失了。秦厚林发现自己已到了凤凰山的脚下。"我这是要去哪里?"他这才意识到自己只是出来走走,该回去了,上山的路轻便了许多,但雾更加地浓重了。

远远的山峦里升起一团迷迷蒙蒙的雾露,又像一条垂落在地上的带状的烟雾,其间灯光闪烁。

远处的山峦露出灰白的胸脯，连绵起伏的横卧在大地上。山峦赤裸的脊背上有一条可以感觉到的脊椎槽。她双腿跪着双手合掌，肘部和上身分开，那赤裸的身腰就更分明了；她散开的头发垂在左肩和手臂上，正面的身腰就更加分明。

　　她依然跪着，跪坐在自己腿上，低垂着头，像一位少女。她随时都在变幻着，一会儿是合掌祈求的女人，一会儿是山间行走的少女，一会儿是风韵红润的少妇，一会儿是守护山神的女巫……

　　走进凤凰中学的校门黑暗全消失了，幻象全消失了。凤凰中学孤零零地坐落在凤凰山顶。春暖花开，漫山遍野映满了红灿灿的野花。野花将凤凰山装点得血红。

　　"南村群童欺我老无力，忍能对面为盗贼。公然抱茅入竹去，唇焦口燥呼不得，归来倚杖自叹息。"凤凰中学依然回荡着杜甫《茅屋为秋风所破歌》的琅琅读书声。

　　秦厚林的思绪漂浮在没有季节的时空里。这里一会儿是春天，一会儿是秋天。他突然想起：上古之人，春秋皆度百岁。在幽幽的思绪中秦厚林笑了。五六层的教学楼窗明几净，破碎的玻璃在春风中笑开了花。雪白色的墙体上流淌着雨水的眼泪，淡绿色的围裙装点着孩子们追逐的脚印。

　　秦厚林手里拿着扫把，静静地打扫着校园的角落，扫把飘落在一层层木质的破旧不堪的楼梯上。

　　秦厚林的手似乎被输入了程序一样，一下一下地挥舞着自己的手臂打扫着周而复始的楼梯，追寻着生活的意义，追逐着生命的意义。

　　秦厚林已经扫到了四楼。"秦老师，我来帮你扫地吧！"一个男孩的声音传来，这个声音明明是自己的，秦厚林不禁身体颤抖了一下。随着他的声音一群男孩子出现在了楼梯间，他们都要帮助秦厚林打扫楼梯间的卫生。

　　秦厚林握着扫把说："谢谢！谢谢你们！不用了，我自己还能扫。"他的眼前浮现着唐僧和孙悟空扫黑塔的画面。"师傅，慢一点！师傅，您歇歇，我来扫！让徒儿来扫……"孙悟空的声音回响在秦厚林的耳旁。

　　在思绪翻飞中秦厚林已经扫到了三楼，秦厚林说："休息吧！休息一下。"秦厚林的两手拄着扫把向窗外望去。窗外，土黄色的天空下，土黄色的宅子，土黄色的后院……木窗棂上窗花泛着土黄色的光芒。

　　"布衾多年冷似铁，娇儿恶卧踏里裂。床头屋漏无干处，雨脚如麻未断绝。"带着学生们琅琅的读书声，秦厚林已经不知道自己是在凤凰山上的凤凰中学还是在二水寺的古柏下。

　　秦厚林的耳边传来了女学生的声音："秦老师，我们一起打扫吧……"随着她的声音一群学生出现在了楼梯间。秦厚林走向窗口，望向后院的土黄色。对面窗棂下的女孩发现了他。

　　秦厚林打了个冷战，对面窗棂下的姑娘不是寒雪凤吗？秦厚林回想着黄土地里的事情。他又穿行在黄澄澄的刚割倒小麦的麦茬地里。

　　"厚林哥，喝口水！歇一会儿再割麦子吧！"寒雪凤把黑瓷罐子递到秦厚林面前。

　　秦厚林"咕咚，咕咚——"地喝着黑瓷罐子里的水，一屁股坐在黄澄澄的麦茬地里歇息了。秦厚林淡淡地说："凤儿，我给你唱首歌吧。"

　　寒雪凤拍着手高兴地说："好呀，好呀！厚林哥唱歌了！厚林哥为我唱歌了！"

　　一阵热风飘过来，麦浪一浪又一浪地亲吻着秦厚林和寒雪凤的脸颊。麦浪中飘来了秦厚林混合着黄土味的憨憨的歌声："一二三上渭南，渭南有个毛老汉，吃你饭砸你锅，把你吓得钻鸡窝，鸡放屁你着气，鸡拉胡胡你唱戏。"

　　随着秦厚林的歌声，寒雪凤舞动着轻盈的身躯，阳光下形成了她美丽的倩影。她也随口唱道："咱俩好，咱俩好，咱俩关关买手表，你掏钱我戴表，你没媳妇我给你找。"他俩沉醉在黄土地上的麦地里，身边飘来浓浓的麦秸香。

　　二水寺村的大娘、大妈、伯母们三五成群的在漠峪河谷纺着线。青衣布褂的大娘们右手轻快地摇着纺车的把子，左手前后左右来回一松一紧地拉着手中的线条，空气中传来"嗡嗡——"的纺线声。

　　青衣布褂的大妈们坐在漠峪河谷的平地上，一头两个人，河谷这头的大妈们双手搬动着那圆圆滚滚的布架子一厘米、一厘米地将经线缠绕在滚轴上。

　　那边的大妈们则忙着一刷子、一刷子把经线刷得平平整整，黄土地的太阳看到了他们额头上晶莹的汗珠……秦厚林一边走在漠峪河谷里一边看着亲爱的乡亲们劳动的样子，心里充满了温暖。

　　漠峪河谷在春日的阳光里变成了一面银光闪闪的镜子。秦厚林牵着寒雪凤的手看着镜子上的绿野书院。

　　金黄的油菜花在黄土坡上一起一浮地和阳光里的小蜜蜂互相亲吻。绿野书院中的古柏发出沙沙——的声音，古老的槐树还在怀念着自己的梦。古柏与古槐依然耸立在黄土地的二水塔影中。横渠先生依然谈论着生命的音符，他将自己的思想随着春风飘洒在黄土里。

秦厚林和同伴们坐在绿野书院的古柏下聆听着横渠先生的教导。秦厚林迷茫地问："先生，人来自何方？"

"人者，上禀天，下委地，阳以辅之，阴以佐之。天地顺则人气泰，天地逆则人气否。天地有四时五行，寒暄动静。其变也，喜为雨，怒为风，结为霜，张为虹；人体有四肢五脏，呼吸寤寐，精气流散，行为营，张为气，发为声，阳施于形，阴慎于精，天地之同也。"横渠先生的声音一字一句地扎在黄土地里生根发芽。

秦厚林静静地聆听着横渠先生的高论，犹如沐浴在春风里。秦厚林的心微微一动，回过头看看大家，大家还沉浸在横渠先生的暖风中，秦厚林问："先生，人以气成，气散人归何处？"

"失其守则蒸热发，否而寒生，结作瘿瘤，陷作痈疽，盛而为喘，减而为枯，彰于面部，见于肢体，天地通塞，一如此矣。故五纬盈亏，星辰差忒，日月交蚀，彗孛飞走，天地之灾怪也；寒暄不时，天地之蒸否也；土起石立，天地之痛疽也；暴风疾雨，天地之喘乏也；江河竭耗，天地之枯焦也。"横渠先生将声音洒在黄土地上，这声音扶着绿野书院的古柏散发着沧桑的音符。

秦厚林心头一震，他不免还是为人的生存担忧，不觉失色问道："先生，天无气，地无气，人岂不能为人也？"

"莫慌，莫急。明于其故者，则决之以药，济之以针，化之以道，佐之以事，故形体有可救之病，天地有可去之灾。人之危厄生死，禀于天地。阴之病，来亦缓而去亦缓；阳之病，来亦速而去亦速。阳生于热，热则舒缓；阴生于寒，寒则蜷急。寒邪中于下，热邪中于上，饮食之邪中于中。"横渠先生将声音洒在黄土地上，这声音扶着绿野书院的古槐怀念着黄土地的温存。

秦厚林一拍脑门，似有所悟地说："看来饮食决定了肉体的存亡呀！"

"人之动止，本乎天地，知人者有验于天，知天者亦有验于人，人法于天，观天地逆从，则知人衰盛。"横渠先生的声音随着春风洒在黄土地上。

秦厚林又听到了凤凰中学里孩子们的诵诗声，诵诗声从凤凰山飘向黄土地，在黄土上打着旋儿扎根了。"自经丧乱少睡眠，长夜沾湿何由彻！安得广厦千万间，大庇天下寒士俱欢颜，风雨不动安如山！"

秦厚林静静地看着寒雪凤，他在静静地舒展着自己的灵魂犹如梳头的少女把头发梳得顺顺的，直直的。秦厚林看到了她的灵魂，她看到了自己的灵魂舒展在那个凤凰中学的小木屋里。

夜色中小木屋闪烁着幽暗的灯光，寒雪凤端坐在秦厚林的对面说："秦老师，这里有老鼠吗？我害怕老鼠，我害怕老鼠从楼板上跑过去的声音。吱吱的叫声挺吓人的。"

"人是生灵，老鼠也是生灵。没有什么可怕的。记得去年在我睡的屋子，我正在批改作业，就听见头顶老鼠咚咚、吱吱地在篷布上跑过来又跑过去的声音。忽然，一只小老鼠从篷布上掉了下来。"秦厚林静静地说着那只老鼠。

"然后呢？"寒雪凤问。

"我没有理它，依然批改面前的作业。小老鼠就静静地盯着我，看着我批改作业。它犹如一位站岗的哨兵守卫着地盘。从此，那只小老鼠就每天晚上光顾我的办公桌。"秦厚林平静地说着和老鼠的故事。

"就这样一直下去吗？你就没有赶它走吗？"寒雪凤不解地问。

"有一次我想这是不是上天派下的一只老鼠精看我独自一人孤独寂寞来逗逗我，或者真是一只老鼠精来和我成就一段美好的姻缘。它也许前世是我的情人，干了对不起我的事情，后来投胎成了一只老鼠。就这样一直下去，可是不知道为什么这几日那只老鼠没有来？是不是出什么事了？"秦厚林不免担忧地皱起了眉头。

寒雪凤没有回答秦厚林的疑问，只是静静地听着，脸上泛起了微微的红晕。

"我相信无论是前世、今生、来世，我们肯定是有过一段故事的，只是我不记得罢了。我想有一天我的魂魄出窍一定会再遇到它的。"秦厚林的故事就像一个谜团，寒雪凤猜不透。

"秦老师，那我是不是那只小老鼠

凤凰校

呢？我是不是老鼠精？"寒雪凤好奇地问秦厚林。

秦厚林看着窗外的月色，月亮圆圆地挂在凤凰山的天空。清清冷冷的光辉映照在寒雪凤的脸上，时光在此刻似乎凝固了，就凝固在了寒雪凤的脸上。秦厚林淡淡地说："人又不是老鼠，怎么一下就变成老鼠精了。"

"我多么希望我是那只小老鼠，更是你想象中的老鼠精。那该有多美！"寒雪凤将自己幻想成了一只小老鼠。

秦厚林不解地问："做人难道不好吗？你非要做一只老鼠吗？而且还成了精？"

"做人很难！做老鼠想来就来，想走就走了。我害怕孤独。秦老师，你的声音让我宽心，我想靠在你的胳膊上。"寒雪凤说着自己的想法，有点走神了。

秦厚林看着她走神的样子说："每个人活在这个世界上都是孤独的，正因为这样，我们才需要做事情来消除孤独，也正因为这样，我们才需要找到自己心爱的人，将自己的心思寄托起来，这样就不觉得孤独了。"

"秦老师，你有没有让别的女孩靠过你的肩膀？我知道你就是有过也不会告诉我。"寒雪凤说完，有点失落。

秦厚林脸上泛起了淡淡的幸福："有过，不过那是在每年春运的火车上。拥挤的车厢像插满了葱一样，一个人挨着一个人，座位上、地板上、过道里都坐满了、躺满了、站满了人，动也没法动一下。晚上困了就你靠着我，我靠着你闭上了眼睛。谁也不认识谁，就这样你靠着我，我靠着你，一起度过列车上的这段时光。人们在睡梦中被火车载向各自的目的地。第二天谁也记不起谁靠着谁睡着了。生命在这里汇合又在这里分流了。"

"秦老师，那你能不能抱抱我，也像春运的火车上一样。我知道我是自愿来的，我不要求别的，此刻只要求你理解我，关心我，爱护我。"寒雪凤的眼里含着泪水。

秦厚林傻傻地站着，不知道怎样做才好。只有月光依然淡淡地散在身上。寒雪凤扎进了秦厚林的怀抱。秦厚林觉得血压渐渐地升高了，体温渐渐地升高了，体内有一股暖流在来回地撞击着自己的身体。

寒雪凤像一团棉花倒在秦厚林的怀里，月光流淌在她的脸上，她继续说："厚林哥，我不想长大，可又想长大，我希望被人爱，希望有人能注意到我，可又畏惧男人的那种眼光。我觉得男人的眼光都挺肮脏，他们看人的时候并不是看人的相貌，看的是别的什么东西。"

秦厚林的身子一颤："你叫我什么？我什么时候成你哥了？"

"厚林哥，不要介意我这样叫你。和你在一起我有一种如释重负的感觉，我似乎在和自己的家人聊天，你就像爷爷一样有种温暖的吸引力。你让我放心，我愿意在你怀里。你的一切都这样亲切，我现在才知道什么叫生活。可我有时候特别恐惧，觉得生活就像无底洞。我觉得谁也不是真正爱我，没有人爱我，活在这世界上还有什么意义？"寒雪凤的话随着凤凰山的溪水流下山去。

秦厚林看着窗外淡淡的月光说："天意让阴阳两块磨盘合在一起，这便是人的本性。"

"只要这一切都来得这么自然，来了，就全身心接受。啊，我想唱歌。唱我同你，你抚摸我。你吻我……我也爱你的身体，你身上的一切都不再可怕，你要我做什么我就做什么，哦，我想看见你进入我的身体。"寒雪凤像一条无骨的蛇缠绵在秦厚林身上。秦厚林忽然意识到自己是真的遇到老鼠精了，不应该是狐狸精。

"这是我第一次放纵自己，第一次用自己的身体来爱一个男人。没有呕吐，我感激你，感激你给了我这种快感。我就要这样报复我那个男朋友，我要告诉他，我也和别的男人睡觉了。"寒雪凤继续着自己的述说。

秦厚林喃喃地问："你的心里充满了仇恨！会不会有一天你也会这样报复我呢？"

"厚林哥，不会的。你让我成了一个真正的女人，一个被男人占有了的女人。我从来没有这样享受过，我感觉自己就像在一条船上飘来飘去，不知要飘到哪里。"寒雪凤描述着自己的感觉。

"看来，你还是缺乏安全感。对于前途看不清，看不透。只是用一种思维定势、一种直觉活着。这样可不是什么好事情。"秦厚林说。

寒雪凤并没有听进去秦厚林的话，她依然游走在自己的世界里："漆黑的海面上只有我和你，其实只有我自己。我并不是真的害怕，只是觉得特别空虚。在死亡的诱惑里，我想落到海里，让蔚蓝的海水把我淹没，头顶盘旋着鸣叫的海燕。"

"看来，你体内的寒气还是很重。到时找个时机我会为你排除体内的寒气，打通你的奇经八脉，体质从寒转暖你就不这样想了。"秦厚林从横渠先生传承的理论了解到了寒雪凤的病根。

第二章 若兰七夕意思春 符融寻欢王爷府

"我需要你的体温,你的压迫,这也是一种安慰,你知道吗?我特别需要!需要男人!我需要男人的爱,我渴望被男人占有。我想放纵自己然后把什么都忘记,包括我自己。"寒雪凤释放着自己压抑的内心,她的灵魂停靠在了凤凰山的月光里随着夜色静静地流淌。

"第一次的时候我有些慌张,是的,我说我要,我知道我要,可我慌张极了,不知道怎么办才好,我想哭,想喊叫,想在荒野里让风暴把我卷走,把我剥得光光的,让树枝条把我抽打得皮开肉裂,痛苦而不能自拔,让野兽来把我撕碎!但当你温暖的大手放在我的乳房上我的灵魂就已飞走了……"寒雪凤依然沉浸在自说自话中,已然忘记了秦厚林。

秦厚林听着寒雪凤在凤凰山的第一次和码头镇的第一次:"男朋友第一次粗暴地解开我的衣服时,我当时完全是被动的,一点要求也没有,一点也不激动。他匆匆忙忙地撩起我的裙子,我一只脚始终撑在床沿上。他如同一头公猪一样趴在我的身上蠕动着。他弄得我很疼很不舒服。我忍受着疼痛就像完成一个任务,为的是好让他爱我,娶我。"

"你的目的太直接了,你既然不爱他,又何必和他做爱呢?这样不是折磨自己吗?又何必强迫自己爱他呢?你不觉得你自己很矛盾吗?强迫自己爱一个人得到的结果是什么?"秦厚林不解地问。

"强迫我爱他,但当我看到他流在我腿上的精液时,我就吐了。以后我每次只要闻到那气味,就止不住要吐。我纯粹是他泄欲的工具,我只要沾上他那东西,我对我的肉体就感到恶心。"寒雪凤剖析着自己欲望的灵魂。

寒雪凤嘴角微微地抖动了一下,她依然睡得很香。秦厚林看看稿纸上的《璇玑图》。陆局长在国家图书馆的页面搜索着方志、陕西、《武功县志》。

月光静静地洒在黄土地上,苏宅在寂静中沉沉地睡去。西厢房的夜空下若兰仰望星空,弯弯的月亮冷冷地挂在西边的天空。银河依然带着自己镶嵌宝石的腰带闪现在夜空中。银河两岸牛郎织女星发出耀眼的光芒。夜色中,若兰出落得明眸皓齿,举止娴雅,沉鱼落雁,闭月羞花。灵儿在一旁铺着被褥。

灵儿抬头望着窗外的夜空说："小姐，今天是七夕节。你看那星星闪闪的，真好看！"

烛光映着若兰羞羞的脸颊，她轻声应答道："是呀，要是时间能够停止，那该多好呀！"

一颗流星从天空划过，灵儿兴奋而急迫地对若兰说："流星！流星——小姐快闭上眼睛许个愿吧！"

若兰对着星空吟诵道：幽幽兰花香草里，默默相思使人愁。何日能见心上君？只有兰花扑鼻香！

灵儿点着香薰，屋子里飘散着淡淡的兰花香。灵儿说："小姐你的春天到了，小姐思春了，小姐想念他了。"若兰羞红的脸和兰花交相辉映。

若兰隐隐睡去，恍恍惚惚中走进梦中。

若兰追逐着灵儿的身影又来到了忘川河畔，这回没有看到三生石，却看到忘川河清清的流水流过黄土地。那不是黄河吗？若兰心中惊叫道。可是黄河的水没有这么清澈呀，噢——是姬水。

雾气蒙蒙中传来了灵儿百灵般的声音："月明夜，亮晃晃，开城门，洗衣裳。洗得干干净净的，捶得邦邦硬硬的，打发哥哥穿整齐，提上馍笼走亲戚。"

若兰寻着灵儿的声音，灵儿消失在黄土地的蒿草中。"月明夜，亮晃晃，金大锣，银海棠。舀清水，洗衣裳，洗得净，捶得光。送哥哥，上考场。去呀骑的枣红马，回来坐的八抬轿。脚蹬靴，红缨帽，一对喇叭一对号，你看荣耀不荣耀。"若兰边唱边漫步在姬水河畔。

迷雾渐渐散去，若兰走过晚霞中的姬水河畔，来到了麦河沟。清清的流水在龙王庙前汇合了。清清的流水中倒映着二水寺的晚霞，霞光中，塔影随着水流流淌在黄土地上。

塔影中一束兰花在幽蓝的氛围中变成了一位美丽的仙女，口中吟诵道：同林偏栖三鸟，比目不止双鱼。蕙非兰，兰非蕙，未始还魂，两人原合不上去；妹即姐，姐即妹，若论恩谊，三人不分开。天生彩凤难为匹，哪知匹有二匹；必产文鸾使与偕，谁料偕不一偕。半锦已亡，且喜失而又得；佳人可遇，何幸去而复来。新欢方足，既看双玉种蓝田；旧好重联，又见一珠还合浦。

"小姐，你刚才吟诵的是什么诗呀？"睡在若兰身旁的灵儿问。

睡眼蒙眬的若兰睁开眼睛迷糊而惊慌地说："没有呀，难道我刚才做梦了？"

"是呀，小姐你刚才说梦话了。不过你的梦话说得真好，就像是一首诗。在梦中作诗真了不起！"灵儿羡慕地看着若兰，月光淡淡地洒在若兰脸颊上，显得更加迷人了。

若兰转过头问灵儿："那你说来我听听，我刚才作了首什么诗？不过好像你刚才在我的梦中唱歌了。"

"唉！可是我一句也没有记住呀！我要是能都记下来就好了。我刚才在你的梦中唱了什么歌？小姐还记得吗？"灵儿看着若兰温润的脸庞问。

"好像是……噢——我想起来了，是'月明夜，亮晃晃，开城门，洗衣裳。洗得干干净净的，捶得邦邦硬硬的，打发哥哥穿整齐，提上馍笼走亲戚'。"若兰回想着刚才的梦。

"唉！羞死人了。小姐，都三更天了，我们赶紧睡吧。"灵儿打着哈欠为若兰盖好凌乱的被子就睡下了。

若兰转过身仰面躺在床上，回想着刚才的梦，双眼渐渐地迷离在了忘川河畔。若兰走在雾气中，三步之外就只能看到淡淡的人影。若兰吹口气，周围白色的雾气袅绕着来填充吹开的空隙。

若兰独自一人听着哗哗的河水，走在青青的草地上。淡淡的雾气笼罩着崇山峻岭，河畔开满了粉红的桃花和雪白的梨花。若兰奔跑在花海里享受着自然的乐趣。若兰在花海中寻着流水的声音来到了山脚下。若兰看到了一块巨石头重脚轻，直立不倒，直插云霄，顶于天洞，上书"三生石"三字。

若兰刚刚念完这三个字，三生石便身形抖动地动山摇。一条山谷出现在眼前，山谷里开满了盛开的兰花，阳光下兰花散发着幽微的香气。

一只只白色的、红色的、黑色的、蓝色的、紫色的蝴蝶在兰花丛中飞舞着、追逐着，如生命的律动。山谷中一朵兰花隐隐约约向自己走来。若兰定睛观看，原来是一位美若天仙的女子站在面前。

若兰定了定神，问道："请问，你是谁？"

"我是你的前世，忘川河畔的兰花仙子。"兰花仙子细语如丝地说道。

她的话犹如一缕青烟弥漫在若兰的心中，若兰身子一颤，清醒了许多，定睛观看，眼前自称兰花仙子的人和自己长得一模一样。若兰问道："兰花仙子，你是我的前世，那我的来世呢？"

兰花仙子气若兰花，淡淡地说："若兰，我是你的前世兰花仙子。你今世的使命是《璇玑图》。"

若兰瞪大眼睛好奇地问道："《璇玑图》？什么《璇玑图》？"若兰已经云里

雾里不知道兰花仙子在说什么了。

"《璇玑图》是生命的密码，万事万物的秘密都隐藏在里面。"兰花仙子神秘地说道。

"兰花仙子，你还是没有告诉我，我的来世是谁？来世会怎么样？"若兰焦急地问。

兰花仙子轻轻地点了点头说："每个人都想知道自己未来是个什么样子，都想知道自己来世会生在什么样的人家，有什么样的命运……人生正是因为不知道未来是什么样子，来世会生在什么样的人家才变得有意义……你说是吗？你的来世也许是胎光与幽精结合的柳梦蕙，也许是爽灵与幽精结合的柳梦兰。"

"柳梦蕙是谁？柳梦兰是谁？"若兰焦急地想知道一切。兰花仙子已经淡淡地隐去了。

"不要走，兰花仙子，不要走——"若兰踢翻了被子喊道。

"小姐，快醒醒，小姐，你怎么了？"灵儿将满头大汗的若兰抱在怀里，紧张地问。

窗外，月影已经移到一边斜斜地睡去了。夜色中若兰回顾着前面的梦。分明月光如水，梦中却是雨星点点。夜雨下个不停，火苗看着变小，缩成如豆一般大小，豆花明亮的底端，有那么一星蓝莹莹的芽儿，芽儿又伸展开来，豆花就越见收缩，颜色渐次变深，从浅黄到橙红，突跳在灯芯上。

若兰听雨点打在树叶上发出"哗哗，啦啦——"的声音，山风在峡谷里"呼呼，呜呜——"地沉吟着。

滚滚长江东逝水，世事成败转头空。一座古庙里须发银髯的老和尚讲着武功城龙王庙五千年前和五百年后的故事。

"五千年前龙王庙尚无踪无影，只有一间草庐矗立在漆水河畔，一日，太上老君仙游此处看到晚霞初照，沙鸥翔集，锦鳞游泳，于是隐遁于此。每天清晨，太上老君面朝东方吐纳引导，吸紫微之精尔后引颈长啸，空谷里清音回荡，虎啸猿鸣。偶尔有知己往来以茶当酒，或布局博弈，或月夜清谈，老之将至也不以为然，过往樵夫，遥遥相望，指为奇谈，这就是龙王庙的来历。"老和尚的须眉颤动，银髯在晚霞中散发着淡淡的温馨。

若兰拱手施礼问道："大师，那五百年后龙王庙将是什么命运呢？"

"五百年后龙王庙将成为一位节度使的宅院，却在一场火灾中只剩下断壁残垣。节度使大婚时在宅院摆了百桌酒席，借此向人们显示自己的排场和拥有的权势。方圆百里众乡绅中有头有脸的人都前来道贺,亲朋满座恭贺新婚。正当众人恭请之际,却来了一位僧人,破衣烂衫,生了一头癞皮癣,管家赏他碗饭吃,竟打发不走,硬要进厅堂上主宾席给新郎官道喜。节度使大发雷霆,令手下将其打出去。哪知此癞头和尚正是太上老君所化,夜深人静,节度使正酣然好梦,宅院四下起火,将个龙王庙的老宅烧了大半。"

若兰依然行走在自己的梦中,她没有生在五千年前,看不到太上老君,不知道龙王庙和自己有什么联系;她也没有经历五百年后,见不到节度使,不知道节度使是一个什么官职,统领多少人马,更不知道龙王庙和节度使有什么联系。

秦厚林抬起头,黄土地上不时地响着"咚——啪——砰——"的爆竹声。秦厚林的思绪掠过前秦长安城符王府的门口偷偷地向府内瞧去。

符王府里,侍女们急匆匆地来回穿梭在回廊与庭院中。屋内,符融正搂着一歌姬把酒言欢,醉生梦死。

"王爷,您现在可是皇上跟前的红人了。再说您又是皇上的弟弟,奴才们以后可就全依仗您了……"一个温柔似水的声音回旋在歌舞的乐曲里。

烛光闪烁的屋内只见一个满脸胡须、虎目圆睁的彪形大汉一只手端着酒杯,一只手搂着歌女在屋内大笑,满口飞沫、酒气冲天地说道:"小乖乖,只要你伺候好老爷,老爷是不会亏待你们的!"

歌女们旋即轻歌曼舞起来,似乎符王府都要飘起来了。符融一会儿搂着这个歌女说:"来,来——陪本王喝一杯。"一会搂着那个歌女说道:"只要你们今晚伺候好了本王爷,以后有你们享不完的荣华富贵!"

"唱得真好!来,本王也跳一个!"说着,符融已经混进了歌舞的人群,摇动着自己肥大的肚子扭起了屁股。

"王爷慢点,王爷小心——"歌女和奴才们小心地扶着符融。符融左三倒右三倒地跳着自己的舞蹈。

"哎呀——王爷当心!"家奴在一旁照应着。

忽然,只听"啪——"的一声,符融摔倒在了地板上。家奴们赶紧搀扶起符融,歌女们吓得退在一旁浑身直哆嗦。符王府一下子像掉进了冰窟窿一般凝固成了冰天雪地的雪人。

符融的酒醒了几分,感觉浑身冰凉,他伸手摸了摸额头,有湿湿的黏汗,挥挥手说道:"都下去吧。"歌女们怯怯地退下。家奴站在一旁两腿直打哆嗦。

符融重新回到座位上，醉眼蒙眬地说："你们瞧瞧，这些歌女有几个是好货色。要身段没身段，要歌喉没歌喉，要舞姿没舞姿，都快把本王闷死了。跳个舞，唱个歌也得自己来才高兴得起来，真是一群酒囊饭袋。"

项管家和家奴战战兢兢地站在一边连连附和道："王爷说的是，王爷说的是……"

符融旋即转过脸，面带淫笑地向四周的家奴问："最近有没有给本王物色到貌美如花的女子！你们看看现在王府里的这群货色有几个拿得出手的，服侍人都不会！"

项管家哆哆嗦嗦地走上前轻轻地说："王爷，息怒。王爷，您忘了温御医说的话了？"

"肉痹者，饮食不节，膏粱肥美之所为也。脾者肉之本，气以食，则肉不荣，皮肤不泽，则纹理疏。凡风寒暑湿之邪易为入，故久不治则为肉痹也。"温御医的话回荡在符融的耳畔，"肉痹之状，其先能食，而不能充悦，四肢缓而不收持者也。其右关脉按举皆无力，而往来涩也。宜节饮食以调其脏，常起居以安其脾，然后根据经补泻，以求其愈也。"

符融怒目圆睁地抓住项管家的衣领恶狠狠地说："姓项的，你别哪壶不开提哪壶！老子管那么多就不是符王爷了。本王在外连年征战，杀人无数，怕过谁？一个小小御医的话就把本王吓住了？我就不信我一个堂堂王爷的命就让一个小小的御医给说没了！我再给你三天时间，你在这三天还没什么进展的话，我就剥了你的皮。"

项管家颤抖而谄媚地说："王爷，不是没有，只是小人怕说了，我们也没有能力办到。"

"放你娘的狗屁，天下还有我符融办不到的事？给我说！"符融怒吼道。

项管家只好耐着脸皮说："王爷，听说武功陈留苏道质第三女姿色过人。武功乡里传说她出生那年织女星掉落黄土地正好落入苏家，是织女星下凡。这女子吟的一手好诗，弹的一手好琴，织的一手好锦，武功一带在她的教授下织锦成为风气……就连我们京城的妇女们都纷纷去拜访学艺了……人称织女仙子。"

符融拍着项管家的脑袋说："有这样的奇事？有这样的好事，怎么不早说？此话当真？"

项管家露出了谄媚的笑，仰着脸坚定地说："王爷，此事千真万确。小人已经打听了好几个月了。"

"都几个月了！怎么才说，你该不是想留着自己享用不成？老实说——"符融抓着项管家的衣领将他提在了半空中。

"王爷饶命！王爷饶命！小人是想给王爷一个惊喜。"项管家如同一只被提起的鸡扑腾着翅膀连忙哀求。

"惊喜，很好！那你今天就给我把这个苏道质第三女抓回来。"符融的唾沫溅在项管家脸上。

"我的王爷，好我的王爷，武功距离京城少说也有一百来里地。我们就是不吃不喝骑着千里马也回不来呀！何况这苏若兰是良家女子，我们贸然去抓于理于法都不通呀！"项管家的头如同公鸡啄食一样不停地点着，忙于解释。

"那可咋办？急煞俺了！"符融放下了项管家，急得在大厅踱起了方步。

项管家贼溜溜的眼珠一转，凑到符融耳边低声说："王爷，您看这样，这般……行不行？"

"好！就照你的意思去做。"符融拍着项管家的肩膀说。

符融的眼前闪现着黄土地上武功县城万人空巷学织锦的场面，几千架织布机在黄土地上一字排开，若兰在天地间像将军一样指挥着人们织锦。想不到这天下除了排兵布阵还可以织锦布阵，真是不可思议！符融的淫笑凝固在了脸上。

秦厚林抬起干涩的眼睛用手揉了揉，看着寒雪凤熟睡的样子，回想起她说她寻找洞里的情景。

早晨澄黄的阳光里，山色明净，空气清鲜。寒雪凤顺着山路到了坡上，没想到这里竟是一片平坝，一层一层的梯田，十分开阔。田地间还立着两根石柱子，估计早年是一座石门。

石柱边上还有残缺的石狮子和石鼓，这里曾经有一个显赫的家族。从石头的牌坊下进去是一间套一间的院落，这家宅地长达足足一里，不过如今都成了稻田。

走出稻田，村落里的人家都门户紧闭。最后一户人家门口坐个老太婆，手里拿根棒槌在匠窝里直捣。一只黄狗在周围嗅来嗅去，老太婆举起棒槌，狠狠骂道："辣死你，滚一边儿去！"黄狗乖乖地夹着尾巴逃走了。

寒雪凤背着旅行包上前去问："老人家，砸辣椒呢？"老太婆没有说话，瞪了她一眼，又埋头用棒槌直捣匠窝里的鲜辣椒。鲜辣椒的辣椒水化作水蒸气弥漫在村落的尽头，寒雪凤不禁连打了几个喷嚏。

第三章　二水塔影两河湾　张妈提亲苏宅中

等平静下来，寒雪凤的鼻涕和眼泪已经止不住地流了下来。她用餐巾纸擦去了眼泪和鼻涕后，拱拱手继续问："大娘，请问，这里可有个叫洞里的去处？底下村子里的人说洞里就在前头。"

老太婆这才停下手中的活计，上下仔细地打量着寒雪凤。她在阳光中已然变成了一尊女菩萨。老太婆问她："姑娘，你可是来求子的？"

寒雪凤被问得愣在了那里，回过神来才问："老人家，这洞里同求子有什么关系？"

"怎么没关系？"老太婆扯高嗓门，"那都是妇人家去的地方，只有想生娃娃的才去烧香磕头的！姑娘，看你年纪轻轻的，应该还没有嫁人吧？也来求子？"老太婆干瘪的嘴在阳光中显出时光的倒影。

"大娘，我是旅游的，随处走走看看。"寒雪凤恍然醒悟，连忙解释道。

"乡里有什么好旅游的？前些日子也是，几对城市来的男男女女，把整个村折腾得鸡飞狗跳！人到过的地方就是一场灾难！造孽呀！"老太婆说着摇了摇头。

"城里人和村里人的生活方式不同，他们可能还没有做到入乡随俗。他们干什么来着？"寒雪凤追问着老太婆。

"和你一样，他们也是来旅游的，不过姑娘还是蛮通情理的。不知道现在城里的人是中了什么邪？好好的福分不享，非要到山里来受罪。唉！看来世道要变了！也不知道会是个什么光景？"老太婆自言自语。

"他们也是来旅游的。真是太好了！"寒雪凤越发有兴致了。

"有什么好旅游的，不就一个破山洞嘛！女人求子烧香的地方。不过姑娘你也拜一拜，求子烧香准灵验。即使没有男朋友，拜完后缘分也会来。"老太婆一边砸着辣椒一边说。夕阳洒在她的脸上，印着一道金色的光芒，好像观音菩萨正在为唐三藏指点迷津似的。

二水寺的黄土坡上现在已经是一片长满野草的废墟，凌厉的西北风刮过，在人们脸上留下一道道刀刮过的血痕，断残的塔洞到处都是灰黄的黄土和半人高的野草，一只壁虎从半截塔洞的墙壁上爬过。据村里人说当年武功八景形成"二水塔影两河湾"时，二水寺的香烟缭绕与上阁寺的暮鼓晨钟遥相辉映。

姬水两岸晨雾蒙蒙，晚霞辉煌，屋舍俨然，鸡鸣狗叫，黄牛摆尾，男耕女织，炕头谈笑，指点江山，整个情景如同仙境一般。二水寺千间僧房有九百九十九个挂单的和尚，都在企盼二水寺的住持方丈举行盛大法会的时刻。

温暖的和风吹过黄土地，清清的河水流过漠峪河和漆水河，二水寺里升起了袅袅香烟，方圆数百里的香客们闻风而来，争相目睹老和尚坐化升天的一幕，通往这佛地的大小道路上挤满了赶来朝拜的善男信女。

二水寺里唱经声浑然一片，直飘到黄土地的九天之外，大小殿堂里的蒲团上坐满了前来朝拜的信徒，后来的便就地跪拜，再晚来的则待在殿堂之外，进不来佛门的人排队排到了很远的地方，那真是一次空前的盛会。

住持方丈在三生殿左侧藏经楼下讲着生命中最宏大的一次佛法。经堂前的庭院里有一株盛开的千年古槐和一株千年古柏，一株干枯一株苍翠散发出阵阵幽香，蒲团从经堂一直铺至庭院，僧人们盘坐在院子里暖暖的阳光下心地清净，静候住持方丈最后一次宣讲佛法。

住持方丈闭目盘坐在乌檀木雕的莲花法坛上，肩披一件宽大的缀满补丁的木棉袈裟，坛前立式镂空的铜香炉里燃着檀香木片，经堂内清香弥漫，他两位大弟子一左一右地站立两旁，受他亲自剃度的十多位法师全恭候在坛下，他左手捻一串佛珠右手持一枚法铃，只见指缝间夹着的一根钢签轻轻一碰，盈盈铃声便像一缕游丝悬游于堂上垂挂的经幡之间。

众僧人于是听见他甘柔的声音："观自在菩萨，行深般若波罗蜜多时。照见五蕴皆空，度一切苦厄。舍利子，色不异空，空不异色，色即是空，空即是色，受想行识，亦复如是。舍利子，是诸法空相，不生不灭，不垢不净，不增不减。是故空中无色，无受想行识，无眼耳鼻舌身意，无色声香味触法，无眼界，乃至无意识界。"

《心经》从住持方丈的口中传出，如同一颗颗金黄的麦穗闪耀在众人的面前。那一粒粒金黄的麦子散发着黄土的芬芳，沁进人们的心脾。人们似乎体味到了黄土的味道，涩涩的、滑滑的、黏黏的、腻腻的……

佛光环绕在住持方丈身上，他如同金人一样变成了一座菩萨，嘴里继续念着："无无明，亦无无明尽，乃至无老死，亦无老死尽。无苦集灭道，无智亦无得。以无所得故，菩提萨埵，依般若波罗蜜多故，心无挂碍。无挂碍故，无有恐怖，远离颠倒梦想，究竟涅槃。三世诸佛，依般若波罗蜜多故，得阿耨多罗三藐三菩提。"

　　人们沉浸在住持方丈的《心经》里，领悟着黄土的厚重与芬芳。他左右两位护法大弟子在方丈身边已守候了七天七夜。只见二水寺在春花烂漫中一砖一瓦地建立，在秋风山洪中冲毁；在夏日荷叶飘飘中香烟缭绕，在冬日漫天大雪中被土匪烧毁。眼前忽然一片繁华又忽然空无一切，如此几番。寺庙几度繁华，几度毁败；人世几度繁荣，几度毁败。

　　《心经》如同黄土地的黄土一粒粒散在大地上，无影无踪，无影无形。"故知般若波罗蜜多，是大神咒，是大明咒，是无上咒，是无等等咒，能除一切苦，真实不虚。故说般若波罗蜜多咒，即说咒曰：揭谛揭谛，波罗揭谛，波罗僧揭谛，菩提萨婆诃。"

　　香炉上用以计时的最后一根线香眼看要烧到香柄，住持方丈微微睁开眼睛问他的弟子们还要问什么，大弟子与二弟子抬头环顾身后问住持方丈离开二水寺衣钵是否有个交代。

　　住持方丈点头，从怀中取出他的僧钵刚说了句拿钵去，那炷线香已经烧到尽头，烟香冉冉上升，抖动一下，化作个未了的圆圈跟着消散了，三生殿里的铁钟也响了起来，鼓声隆隆，经堂里众法师赶紧将木鱼铜箸一一敲起，一片南无阿弥陀佛，经声便腾空而上。

　　只见主持方丈嘴皮动了一下，那钵竟悄然粉碎，钵体如同灰烬一样灰灰的，如同黄土一样细细的，如同雪花一样轻轻的，一阵微风吹来，这钵的灰尘飘旋在大殿内，起舞在黄土地上，散落在黄土地上。

　　两人心中一惊，明白是师父心迹又不敢言说，不忍再看，便合眼屏息端坐在莲花座上，双手叠印，凝神命门，默默用意念结束了自己的性命。

　　经堂内外钟鼓声大作，堂内僧人齐声诵经，诵经声传至庭院，庭院内众和尚跟着唱诵，随即诵经声又扩散到前后三大殿和两厢佛堂，再荡漾到庙外堵满轿子、驴马和香客的前场，那进不得山门的善男信女岂甘落后，也都放声高诵南无阿弥陀佛，用尽气力朝山门里冲！

　　办公室里陆局长依然寻找着苏若兰的资料。陆局长点燃了一根香烟，右手指轻轻地弹了弹烟灰，左手敲击着键盘，在百度里点击着：苏蕙的故事。眼前呈现出前秦的一片天地。

　　黄土地上秋风阵阵，一股股秋风刮过来，冷冷的。一阵秋风一阵凉。武功苏宅的院子不少人进进出出，各种彩礼箱子摆了一院子。唢呐声混合着黄土地的昏黄色调吹来了黄土地昏昏沉沉的晚霞。

苏家花厅内张妈妈正在用三寸不烂之舌游说苏老爷和苏夫人,灵儿在花厅一边倒茶一边细细地听着他们的谈话,心里像针扎一样,不知该怎么办。

大厅里,夕阳映衬在张妈妈的脸上,张妈妈满脸堆笑,谄媚地说:"苏老爷,苏夫人,我今天受符融符大公子委托,特地来向您家提亲。符家可是官高位鲜,绝对配得上你们苏家!我给符大公子打了保票,这事就包在我身上了!"

苏夫人微笑着说:"张妈妈,您的好意我们心领了,在这里谢过张妈妈!您为了我儿若兰之事大老远跑一趟辛苦了!不过,儿女都大了也要听听孩子自己的想法。儿女的终身大事也要她自己满意才是呀!"

张妈妈的眼睛眯成了一道缝,嘴唇一张一合地说:"满意,满意,一定满意!符王爷可是皇帝的二弟。人家可是王爷呀!这俗话说:朝中有人好做官,您二老说是不是这个理?这门亲事要成了,您二老这下可就飞黄腾达了,您二老今后可就是皇亲国戚了!我得叫您二老老国公、老国母了,以后还要沾您二老的光!这下苏家的面子可大了……"

苏道质微微欠了欠身施礼说:"多谢张妈妈的美言,张妈妈想得如此周全,苏家感激不尽!托张妈妈的吉言,我们也希望女儿有一个好的归宿。不过,我也与夫人的意见一致,儿女的终身大事须征求儿女的意见才好。"

张妈妈侧过身子满口飞沫地继续说:"俗话说:父母之命,媒妁之言。孩子还小,她们不懂世事。您二老可要给拿个主意呀!这和符家结了亲,不但您老可以进入士族谱系,而且您一家人以后有享不尽的荣华富贵!只要您老答应了,一切都不是问题!一切都好商量!相信贵府小姐也会答应的。"

苏道质拱了拱手说:"劳张妈妈您费心了,儿女婚姻乃终身大事,必须讲求你情我愿,日后才能夫妻和好,百年好合。婚姻贵在和谐!若两个你情我不愿,即便是父母硬做主张配合了,到底不能十分和顺。男子还可别选佳丽,更置侧室,那女子却是误了终身!我儿终身大事也要征求她的同意。"

张妈妈的脸映出了异样的神色:"您二老说的是,相信您家小姐一定会同意的。"灵儿侍立在旁,不禁打了个冷战,茶水洒在了桌子上。灵儿从后庭退了出去,直奔若兰的闺房。

若兰脚步匆匆地从内房跑向花厅,头脑中闪现着灵儿和自己的对话。方才灵儿慌张地跑进若兰的闺房对若兰说:"小姐,不好了!出大事了!张妈妈来提亲了。"

若兰不紧不慢地放下手中正在织的锦帕微笑着说:"灵儿,你这是怎么了?张妈妈来提亲,你慌什么?又不是给你提亲,看把你吓的!慌成那样,羞不羞呀!"

灵儿急得直跺脚,急忙说:"哎呀!小姐你怎么就不明白呀?我是为你着急!"

若兰惊讶地问:"为我着急,你这是说的哪里话?大姐和二姐还没有出嫁呢?哪里轮得到我呀?"

灵儿急得眼泪都出来了:"哎呀!小姐,张妈妈是给你提亲的。"

若兰呆呆地站在闺房,不相信灵儿的话,问道:"灵儿,你说什么?你该不会在逗我玩吧?该不会在骗我吧?"

灵儿喝了一口茶让自己平静下来,对若兰说:"小姐,是真的,我刚才在前厅侍奉茶水,亲耳听到张妈妈对老爷和夫人说是给您来提亲的。没有错,我就赶紧来通知你了。"

若兰急得一直在撕衣角,不知所措地问:"灵儿,张妈妈说没说是谁家的公子?"

灵儿回忆着挠了挠头说:"好像是,好像是——"

若兰拉着灵儿的手急切地问:"好像是,好像是什么呀!灵儿你快说呀!急死我了!"

灵儿一拍脑门:"小姐,好像是,我想起来了,是符家的符公子,好像还是个什么王爷来着。"

若兰的脸色一下子刷白刷白的,自语道:"就是那个整天不务正业、花天酒地的符融。我不嫁!我不嫁!我苏若兰嫁鸡嫁狗也不嫁给他!"

灵儿和若兰在屏风后偷听着张妈妈和父亲的谈话。屏风后若兰急得直跺脚,她的头似乎要爆炸了似的。灵儿扯着若兰的衣角轻声说:"小姐,老爷在前面!有外人在!"

"小姐,慢点,前面有人。"灵儿说。

"我想听得仔细一点,清楚一点。不要紧的。灵儿你放心。"若兰说。

只听,"哧"的一声,若兰的衣服被扯了一道口子。苏道质、苏夫人、张妈妈都起身望向屏风。

苏道质看到若兰跑出去的背影,大声喊道:"若兰——,兰儿——"

黄土地上月黑风高,苏宅若兰闺房内透出弱弱的烛光,卧室内的兰花渐渐地枯萎了,蔫蔫的,无精打采。苏夫人抱着若兰,若兰毫无气息地躺在母亲的怀里，似乎死去了一般。

"冷先生，兰儿的病？"苏夫人急切地问。

冷先生示意苏夫人放下若兰。灵儿守在若兰身边，苏道质和苏夫人走到客厅，冷先生说："骤风暴热，云物飞扬，晨晦暮晴，夜炎昼冷，应寒不寒，当雨不雨，水竭土坏，时岁大旱，草木枯悴，江河乏涸，此天地之阳厥也。"

"冷先生，您是说若兰她患了阳厥之症。"苏道质不觉惊讶地问道。

冷先生微微点了点头。苏夫人的脸色煞白，似死灰般一点血丝都没有。苏道质呆若木鸡，站在厅中央，仰望青天一声长叹。冷先生继续说："小姐，双睛似火，一身如烧，实似阳厥。"

"先生细言。"苏道质缓过神来俯下身子问冷先生。

冷先生继续如温火一般地说："暴壅塞，忽喘促，四肢不收，二腑不利，耳聋目盲，咽干口焦，唇舌生疮，鼻流清涕，颊赤心烦，头昏脑重，双睛似火，一身如烧，素不能者乍能，素不欲者乍欲。"

"看来兰儿有救了。"苏道质眼里露出了惊喜的光芒，苏夫人也凑上前来想听个明白。

冷先生摆了摆手，沉思了片刻说："怕就怕，明日……"冷先生说着停了下来。

"先生直言无妨。"苏道质和苏夫人的心七上八下。

冷先生压低了嗓门继续说："怕就怕明日小姐登高歌笑，弃衣奔走，狂言妄语，不辨亲疏，发躁无度，饮水不休，胸膈膨胀，腹与胁满闷，背疽肉烂，烦愤溃中，食不入胃，水不穿肠，骤肿暴满，叫呼昏冒，不省人事，疼痛不知去处，此人之阳厥也。"

"我的儿，你怎么这么命苦！"苏夫人已经泣不成声。

苏道质擦着眼中的泪水问："先生，可否有医治之法？"

冷先生继续说："阳厥之脉，举按有力者生，绝者死。小姐之脉举按有力，应无大碍。"

月亮穿过一道道云层在云朵的空隙中露出半边脸来。室内的兰花渐渐地舒展着腰肢。苏夫人紧紧地抱着若兰，若兰微微地动了动，苏夫人感到若兰的手微微地颤动了一下，赶紧看看若兰的脸庞，若兰有了一丝生命的神色。

"兰儿，兰儿——"苏夫人呼唤着若兰，若兰渐渐地苏醒了过来。

若兰泪水涟涟地在苏夫人的怀里哭着说："娘，您和爹爹也知道符融是个什么样的人。您二老难道要眼睁睁地看着女儿往火坑里跳……"那丝弱弱的兰花透出一股坚强的气息。

苏夫人搂着若兰长叹了一口气说:"唉!我儿不哭,娘和你爹也知道符融是个有名的花花公子,不学无术,可是他是皇帝的弟弟,我们一个小小的县令家怎么能和皇家抗衡呢?"

"娘,如果您二老答应了这门亲事,女儿也只能以死报答您和爹的养育之恩了!"若兰的神色在夜色中显得坚硬如铁。若兰的眼睛里无一丝生命的气息,似乎整个天已经塌下来似的。

苏夫人安慰着若兰说:"容娘和你爹再想想办法,这也要看你爹的胆略和勇气了。"

若兰渐渐地安静了下来,苏夫人走出了若兰的卧室,心事重重地走向自己的卧室,想着白天张妈妈的话和刚才若兰的话。推开房门,苏道质在室内踱着方步,思索着怎么应对这突如其来的提亲。

"她爹,您看这事怎么办呀?"苏夫人一边铺床一边问。

苏道质无奈地摇了摇头说:"夫人,我也没有好办法。这也许是天意吧!我们只能祈求奇迹出现了。"

"她爹,若兰这孩子从小就很懂事,有主见。她不愿意这门亲事。她的脾气你也是知道的。她以死相争,你看怎么办?"苏夫人坐在床边,不放心地问。

"唉!老天你开开眼吧!可怜可怜我这苦命的孩子!我下辈子为您做牛做马都行!"苏道质长叹一声。他走到苏夫人身旁说:"夫人,有些事天意难为呀!此事还得从长计议,时间不早了,还是早点睡吧!"

苏夫人默默地走到菩萨面前,点燃了香烛祈求道:"求老天保佑苏家平平安安,化险为夷,到时我给菩萨烧香还愿!"苏夫人拜完菩萨,坐在床上呆呆地望着窗外,苏道质躺在床上望着夜空,月亮露出了半个脑袋。

第四章　若兰梦迷掉深渊　符融逼婚梦道姑

月光照在若兰的窗前，若兰在这深秋寒冷的夜晚身体哆嗦着，整个人在被窝里颤抖着，深厚浓重的黑暗将她的心包裹了。

她分不清天和地、树和草，更看不见道路，思维包围着一片原始的混沌。她伸出双臂摸索着，摸索这稠密的暗夜，若兰只能在原地挪不开脚步。

黑暗犹如风一样在若兰的周围流动着，黑暗将若兰的心紧紧地围困在了无人的荒岛上。若兰想跑却怎么也动不了，她想喊却怎么也喊不出来……她在深渊一直无力地挣扎着。

若兰整个人融化在这混沌之中，只意识到自己有过一个身体的轮廓，而这轮廓在自己的意念中也渐趋消融，有一股光亮从她体内升起，幽冥冥的像昏暗中举起的一支火把，只有光亮没有温暖的火焰，一种冰冷的光充盈在她的身体里，超越她身体的轮廓，不分上下左右。

若兰双臂收拢，努力地守护着这团幽幽的烛光，冰凉而透明的意识通过烛光映衬在心底。若兰需要这种感觉，似乎看到了摆脱黑暗的希望。

她的面前出现了一片丛林，叶子尚未完全脱落的树木在风中摇摆着，杨树的枝条互相拍打着，枣树的芒刺互相钉刺着，赤红的乌桕互相碰撞着，所有的树木都像一团团烟雾，清晰而模糊，色彩丰富，从暗红到赤红，从橙黄到鹅黄，从墨绿到灰褐……若兰迷失在这种感觉里，怎么也走不出来。

若兰琢磨不透，这些颜色又顿然失色，变成深浅不一的灰黑白，还有许多不同的调子，像一张褪色的画，与其说在一片土地上，不如说在另一个空间里。

若兰的呼吸急促起来，渐渐地，她的手在被子里胡乱地撕抓着。她想醒过来可是怎么也醒不过来，就像走在黑暗中迷失了方向一样。她奔跑在黑暗里，恐惧地睁着大大的眼睛。

"你看见了吗？"一个忽隐忽现的声音问。

若兰不由自主地问道："看见什么了？"

"看见有一只小船在你身边吗？"那个声音继续出现在若兰的耳边。

若兰的心渐渐平静了下来："小船！我的面前是一片树林，变换着不同的颜色。"若兰听见了那人急促的呼吸，伸手摸到了他。一堵墙一样的身躯停靠在她的面前。

他握住若兰的手腕，将她拉拢过来，她也就转身，偎依在他的胸前，他闻到若兰头发上温暖的气息，找寻她的嘴唇，她躲闪扭动，她那温暖活泼的躯体呼吸急促，心在他手掌下突突跳着。

这个温暖博大的躯体起身离去，若兰喊道："不要走，不要走——"

"小姐，你醒醒，小姐，你怎么了？是不是又做梦了？"灵儿抱着若兰坐在床上心疼地问。

若兰哭着说："灵儿，我害怕坠入这黑色的深渊，害怕就此无止境地飘荡下去。我看见黑乎乎的潮水缓缓上涨，从不可知的深处直涌上来，幽黑的潮汐正把我吞没，来得特别缓慢，一旦来了，就无法阻挡。我不知道我怎么变得这么命苦，被一个我不爱的人看上，可是我深爱的人又在哪里呢？我要的是爱，需要全身心去感受，哪怕跟他下地狱。可是，我似乎奔跑在无人的荒漠中，这天地间寻找不到我的目标。"

"小姐，一切都会好起来的。吉人自有天相！你看你都出汗了。"灵儿将若兰拥入怀中，就像一个男人一样守护着她。灵儿用手摸了摸若兰的额头，刚才冒着热气的额头已经渐渐变得正常。灵儿知道若兰出了汗，现在也平静了，她的病已经好了大半，只需要按时服药就行了。

血色的夕阳照在昏黄的黄土地上，武功苏家宅院外马褂銮铃，尘土飞扬。黑压压的队伍包围了苏家宅院。带头的是一位骑着高头大马横眉竖目的彪形大汉。

"禀告王爷，已经准备好了，就等您一声令下，我们就可以把这个苏宅夷为平地，看他苏老头还有多硬！抢也要把苏若兰抢回家！"项管家急匆匆地跑过来，满面尘土地对符融回禀道。

"点火把——"随着符融一声令下，苏宅被一片火海包围在当中。月黑风高杀人夜，西北风刮过荒凉的黄土地，直渗进人的骨髓。火把将苏宅里三层外三层的团团围住。火苗扑闪扑闪的映照着符融的脸，他的脸如同阎王的脸七棱八竖地出现在黄土地上。

符融怒火中烧，吼道："我都来三次了，我堂堂一个王爷她还不愿嫁！她想嫁什么样的人家？谁要是娶她就是和我符王爷作对！这次，苏老头再不答应就火烧苏宅！"

火柴棍似的项管家带领一队人马闯进苏宅大呼小叫："苏老头，苏老头——给我滚出来！大家前门后门看好了，一个也不要跑了！今天苏家如果不嫁女儿，就把他全家给灭了！"

苏宅院内，苏家大大小小几十口被团团围在院子当中。项管家走上前抓住苏道质的衣领怒吼道："苏老头，给你脸不要脸，我家王爷哪一点配不上你家闺女？我家王爷要身材有身材，要肌肉有肌肉，要权势有权势，要金钱有金钱，你倒说说呀，哪一点配不上你闺女？"

苏道质拨了拨项管家的手，项管家的手就滑落了下来。苏道质解释道："项管家，别失了风度，让手下人笑话。还恳请你对王爷实情回禀，小老儿之女若兰卧病在床，实有不便呀！"

项管家犹如狐狸的眼珠在眼眶子里打着转儿，说："苏老头，你该不会是骗我吧？"

苏道质喃喃地说道："项管家，小老儿不敢欺瞒王爷，小女确实是因近日张妈妈来提亲之事得了阳厥之症。此事冷先生最为清楚，小女现在还昏迷不醒，还请项管家实情回禀，也请王爷高抬贵手。"

项管家露出了凶狠的目光说："今天给你最后一次机会。如若不答应，我们就放火烧了你们苏宅。"

苏道质愤怒地斥责道："项管家做人不要欺人太甚！欺人太甚会有报应的！我大秦的王法何在？"

项管家嘴角流露出一丝阴险，在黄土地上唾沫横飞："苏老头，我看你是给脸不要脸。大秦就是符家的天下，王法就是符家的王法。我劝你不要敬酒不吃吃罚酒，赶快把苏若兰交出来！否则——"

苏道质如同关公一样，通红的脸上依然洋溢着正直的气息，轻蔑地斜看着项管家正言道："项管家，做人要行得端，坐得正。亲事也要你情我愿。就凭你这态度，我也坚决不能答应你。"

项管家的鼻子都气歪了，满口飞沫地吼道："张妈妈好说歹说你不听，我好说歹说你不听，这回倒好，我们王爷来了，你跟他说去。我看你是活得不耐烦了！走，上前见我们符王爷去。"

苏道质整了整衣冠，大踏步上前说："做人不是耀武扬威，要讲一个理字，一个顺字。就是到阴曹地府也有一个说理的地方。强逼是做不成大事的。"

符融坐在马上脸色铁青，气得浑身发抖，正准备发怒，只听门外马蹄声声。"圣旨到——"一个阴阳声从大家的身后传了出来。原来是曹公公手捧圣旨走了过来。

"圣旨到，符融接旨！"曹公公的声音为紧张的气氛吹来了一丝微弱的凉风。

"臣接旨！"符融恭恭敬敬地跪拜在地，头贴着黄土地感到了黄土地的温暖。

"奉天承运，皇帝招曰：因敦煌特使进贡两名歌妓，皇恩浩荡，朕今赏赐给符王爷。钦此。"

"吾皇万岁万岁，万万岁！谢主隆恩！"符融和大家跪拜在黄土地上。

符融接旨完毕，骑上高头大马正准备扬鞭回去，忽然，符融"哎呀"一声翻滚在地，抽搐着。项管家赶紧命人把符融抬起扶上马。谁知符融刚上马就又跌倒在地。项管家和众奴仆都慌了神。

"快，快把王爷抬进苏宅。快请冷先生来——"苏道质对不知所措的项管家说道。

项管家凝眉疑虑，心里嘀咕道：要是在回长安的路途中符王爷死了怎么办，岂不是我的责任？这样也好，如果符王爷死了，死在苏家也与我没有关系。

"苏老头，不，不，苏大人——那就先劳驾您将王爷抬回您家。赶快给王爷治病，治好之后重重有赏。"项管家说着便吩咐人将符融抬进了苏宅。

苏宅厢房内符融痛苦地号叫着，缩成了一团，犹如一只刺猬在床上翻滚着。冷先生背着药箱匆匆地来到符融的病床前。冷先生看着符融的样子就走了出来直接开药方。

"你这位先生，还没看王爷的病呢！你就坐在那儿写方子了，你会不会看病？如果王爷有个三长两短我让你吃不了兜着走！"项管家气急败坏地说。

"大人，耽误了给王爷治病是你负责还是我负责？你是成心不让王爷的病好了？"冷先生反问道。

"先生，王爷的病——"苏道质深施一礼问。

"筋痹也，由怒叫无时，行步奔急，淫邪伤肝，肝失其气，因而寒热所客，久而不去，流入筋会，则使人筋急而不能舒缓也，故名曰筋痹。"冷先生一边开药方一边说。

项管家安静了下来，恭恭敬敬地问道："先生，王爷的病可否有药医治？"

"宜活血以补肝，温气以养肾。然后服饵汤圆，治得其理，合自瘳矣。不然则害人，其脉左关中弦急而数，浮沉而有力也。"冷先生冷冷地对项管家说。

第二日，晨光升起。苏宅外，符融和奴仆策马扬鞭绝尘而去。身后只留下了项管家一句话飘荡在黄土地上："这次便宜你们了，如果还有下次，你们就没有那么幸运了！"

符府夜色浓浓，烛光掩映着窗户闪闪影动，打更的声回响在夜空。符融卧室内，帐幕垂下，两个光滑的肉体交织在一起，互相扭打着，纠缠着，抚摸着。帐幕内传来了符融和女子的声音。

一番厮杀搏斗之后，符融的喊声渐渐地响起，女子甜甜地睡在他的身旁，享受着生命的律动。

幽兰的夜色中符融的魂魄渐渐升起，隐隐约约中符融感觉自己起身走向客厅。夜幕中一位头戴金盔、身披战袍的将军走进来。"符王爷别来无恙。"符融向来人拱手施礼，也连忙拱手相迎："大司马，请坐。"

"不知大司马前来……"还没等符融的话问完，大司马答道："符王爷，我来只是给王爷讲个故事而已。"说着哈哈大笑起来。符融的眼前展现着大司马的故事。

"前日，兄弟府前来了位道姑找我化缘。门口照例通报主事，主事赏了一吊制钱，这道姑却拒不肯收，声称要见施主。主事只好报告总管，总管令家僮托出一锭白银，借此打发了事。谁知这道姑仍然不收，非要见大司马本人不可，说是将军有难，她特地前来化解。总管只得如实禀报，兄弟便命总管将她领进前厅。"大司马静静地述说着故事。

"如果是一位美人，大司马见见也无妨，这道姑长得标致吗？"符融脸露淫笑地问。

"兄弟见这道姑虽然面容土灰，倒也眉目清秀，不像装神弄鬼淫邪之辈，问她究竟有何所求。这道姑上前合掌礼拜，退而答道，久闻将军慈悲心重，自远方特意前来为将军老母亡灵作七七四十九天斋戒，一并祈求菩萨，为将军本人降福消灾。"大司马娓娓道来，看不出有什么大的端倪。

"既然不是美人，打发了事就是了。这等人就是骗取钱财的。你可不要答应哟！"符融兴致大减。

"王爷不要心急，好事在后面呢。"大司马看符融兴致不高，说道。

"你答应了，是否有蹊跷之处？"符融兴致大增地问大司马。

"蹊跷倒没有，你听兄弟细细道来。兄弟令总管在内庭开了一间厢房，又叫家僮在堂上设下香案。自此，宅内木鱼声从早到晚不绝于耳，一连数日，兄弟心里倒也越趋平和，对她日益敬待。"大司马一本正经地说。

"这不没有什么事情发生吗？不听了，不听了。"符融有点不耐烦地说，准备离座。

"王爷，不急。蹊跷的事情在后面。只是这道姑每日午后更香之前，必先沐浴一番，每每长达一个时辰，而且天天如此。兄弟心想出家人原本髡首，不比通常妇人，免不了梳妆打扮，沐浴不过是净心更香的一项仪式，何以每日花费这么多时间？况且沐浴时水声响动不已，莫非她总搅水不停？兄弟心中多少犯疑。"大司马说道。

"这里面肯定有蹊跷。你就没有细细地查看查看？"符融好奇地问。

"一日，兄弟在庭内踱步，木鱼声断然终止。片刻，又闻水响，知道这道姑将要更香，便上厅堂恭候。水声越来越响，良久不息。兄弟疑心顿起，不觉走下台阶，经过厢房门前，见门缝并未合严，索性到了跟前，朝里探望。"大司马讲述着自己的所见所闻。

"正合吾的心意，兄台早就应该看看了，说不定还能鸳鸯戏水……"符融火急火燎地说。

"这不看到不打紧，一看却让兄弟一生难安。"大司马心里不安地说。

"此话怎讲？人生难得鸳鸯戏水，成人之美，好事一桩，何来不安？"符融不解地问道。

"却见这道姑竟然面朝房门，袒露无遗，裸身盘坐盆中，双手合掌，捧水洗面，一改平时土灰面色，红颜皓齿，粉腮玉项，肩滑臀圆，活脱一个玉人。兄弟赶紧走开，回到堂上，收拢心思。"大司马心神不宁地说道。

"兄台有如此美人，你可享尽人间美色。真乃千年奇遇呀！有如此美人何不带到本王府上来？"符融不知是在赞叹还是在埋怨。

"唉！"大司马长叹一声继续说道，"王爷，你且细细听完，后面更加离奇。厢房里水声依然响动不已，诱我一心想看个分明，便沿着庑廊蹑手蹑脚地又到了门前。不看则罢，一看兄弟……"

"到底看到了什么？怎么样了？你倒是快说呀！"符融猴急似的抓耳搔腮。

"兄弟屏息凝神，贴住门缝，只见那纤纤十指舒展开来，揉搓一双丰乳，洁白似雪，两点樱花，含苞欲放，点缀其间。肌肤润泽，微微起伏，更有一线生机自脐而下，兄弟就势膝盖着地起不来了。又见一双素手从盆中操起一把剪刀，并拢双刃，使劲插入腹中，顿时鲜血殷红自脐下涌出。兄弟惊骇不已又不敢妄动，只好闭目不忍再看。"大司马说到惊恐处，不再往下说了。

"难道那美人要自杀不成？真是天大的憾事呀！"符融疑惑地连忙问道。

大司马继续说道："移时，水声复响，兄弟睁眼定睛，见这髡首道姑血污淋漓，双手尚不停搅动，竟将脏腑和盘掏出，置放盆内！兄弟毕竟将门世家，身经百战，尚不致昏厥，只倒吸一口凉气，眉头紧蹙，决心看个明白。"

"那这道姑必死无疑，那还有什么命可活？"符融说着自己的判断。

"道姑此刻面无血色，眼帘下垂，睫毛龛合，嘴唇青白，微微颤抖，似在呻吟，细听又无声息，唯有水声渐渐。她一双血手，拎起柔肠一段，指尖揉捏，寸寸洗理，渐次盘放腕肘，如此良久。随后，终于洗涤完毕，将脏腑整理妥帖，一并捧起，塞入腹内。又取一勺，将手臂、胸腹、股沟、腿足，乃至于脚趾一一刷洗干净，竟完好如初。"大司马直直地说给符融听。

"世上竟有这等奇人！"符融目瞪口呆。

"兄弟连忙起身，登上厅堂，伫立恭候。片刻，门扇洞开，这道姑手持念珠，和衣移步来至堂上，炉中线香恰巧燃尽。香根上一缕青烟杳然消逝之际，她不慌不忙正好换上一炷。兄弟如梦初醒，尚困惑不解，只得以实相问。道姑却不动声色，回答道："君若问色，便形同这般。"大司马说道。

　符融听罢大惊失色！正准备再问下去，大司马已经杳无踪影。情急中符融从床上坐起，一摸额头，冷汗淋淋……

第五卷　丑时

第一章　语言堆积着生活　问候来自黄浦江

　　秦厚林看着寒雪凤熟睡的身影，那嘴角的微笑还在淡淡地散发着夜晚的温馨。母亲和父亲屋的灯早已经熄灭了，只有父亲那时粗时细的鼾声从对门传了过来。灯光下，秦厚林看着寒雪凤熟睡的样子幸福地笑了。窗外的雪花依然覆盖着大地，为冬日的黄土地盖上一层厚厚的棉被。

　　这座建于一九八八年的二层小楼如今还是原来的模样，红砖裸露着自己的身躯，整整二十五年过去了，家里并没有什么大的变化。给哥盖的那一个院子已经是在一里开外的南城蛮了。伴着父亲忽强忽弱的鼾声，秦厚林的眼前又闪现着那个炎热的夏天。

　　满头大汗的秦厚林背着一背篓韭菜走进了门道，"妈喔，帮我落一下背篓。"母亲放下了手里的活计帮着秦厚林落下了背篓。秦厚林将韭菜一丛又一丛地从背篓里取出来。

　　这座有着二十五年历史的老宅的门道里弥漫着韭菜的味道，酸酸的、辣辣的。闷热的夏日，一丝风都没有，只有树上的蝉在吱吱地鸣叫着。

　　村子里传来了悠长的唢呐声。这唢呐声从村子里一步步走向顶峰山去迎接一个亡灵回家。

　　"妈喔，谁家今天有事吹唢呐去顶峰山？"秦厚林一边摘着韭菜一边问。

　　母亲边捡韭菜边说："秦晖他爸今天三周年。"

　　"这么快就三年了。我怎么没有见过秦晖他妈呢？"秦厚林问。

　　母亲叹了口气说："唉！'文化大革命'的时候被打死了，那个时候你还没出生呢。"

　　"'文化大革命'，咱们村闹得很凶吗？咱们村有没有红卫兵？"秦厚林想知道村里过去发生的一切。

　　"'文化大革命'时，咱们村有红卫兵，秦晖他娘就是红卫兵的头头。她当年可风光了，曾经参加过民兵训练，批斗过自己的老师，还代表咱们公社去北京见过毛主席，在这片黄土地上赫赫有名。"母亲边说边将拣好的韭菜捆了起来。

　　秦厚林疑惑地问："既然她这么风光，怎么会死得那么早呢？"

"人生就是一场戏，你方唱罢我登场。月满则亏呀！风云变幻，岁月无情，只可惜武斗的时候送了命。文斗她是出了名的，可是武斗她就不是对手了。武斗中她跟另外几个红卫兵被抓住了，她们几个被剥了个精光，精神受了刺激，又在山上冻了一夜就得了风寒，没过多久病死了。"母亲说。

秦厚林静静地听着母亲的述说，"秦晖她娘死后，就丢下了一儿一女，秦晖他父亲将两个孩子拉扯大。可是，谁承想自己老了，儿女却没人愿意照顾，前几年得了老年痴呆症，一不小心掉到沟里死了。"

秦厚林将语言如同积木一样轻轻地堆起来，将黄土地上的生活堆成一堆黄土。黄土如积木一样又被轻轻地拆开，语言又如同一粒粒黄土散落一地。

积木只能搭固定的图像，结构的种种可能已经包含在积木之中，再怎样变换也玩不出新鲜的东西。不如继续迷恋那众生相，在欲海中沉沦，在黄土中堆积一个个故事。

秦厚林至今也忘不了从凤凰城到凤凰镇的公路上那辆险些让大家丧命的汽车。汽车在狭窄的山道上颠簸地行进着。汽车上的人们似乎坐在了弹簧上，一上一下地弹上去又压下来。这筛糠一样的行程把人颠得散了架，肉体如同进入了绞肉机的漩涡。

"买票了，没买票的乘客买一下票。"售票员粗粗的声音响彻在不大的车厢内。

"在车站买过票了。"人们一个个掏出了自己的票给售票员看。

"这位同志，把你的车票拿出来让我看一下。"售票员望着一位托着几个装有垃圾瓶的蛇皮袋子穿着破烂的老人。老人乌黑粗糙的右手伸进口袋掏出了自己的车票。

"你这几袋垃圾也要加收十元钱的。"随着售票员的声音，人们这才注意到老人腿边放着几个捡破烂的袋子。

"同志，你看我这麻袋里也没有多少东西，不怎么占地方，就免了吧。"老人赔着笑脸对售票员说。

"不买票就下车，现在车上的地方和地皮一样可是寸土寸金呀！"售票员坚持着自己的观点。

"同志，那能不能少点。我身上只有五块钱了。"老人央求着从身上破烂不堪的衣服口袋里摸出了钱。

"少点，那你坐下一趟看能不能少点。"售票员眉梢轻轻一挑的说。

老人家把口袋翻遍了也没能拿出十元钱。汽车停了下来，售票员将老人和麻袋掀下了车，嘴里嘟囔着："没钱坐什么车，乡巴佬！"大家都惊异地看着这个一身粗布衣烫着卷发头的售票员。

客车在一个长秃了的老槐树岔道前被一辆路政面包车截住了，上来了一男一女，两人都戴着大盖帽，上面还有一枚国徽。人只要一戴大盖帽头顶国徽就有一种特殊的身份，为国家办事，名正言顺，气势汹汹。

那男的一五一十地数着车上的人头，朝司机钩钩手指："下来，下来！"司机乖乖下了车。那女人填写了一张单子，罚了她二百元。这真是一物降一物。

"同志，我这也是没有办法。我也不想超载。可是在路上这么多人拦车，我也不好意思不停车。您看能不能少罚一点，您这一张口我这一天就白干了。"秦厚林这才意识到这辆本来可以坐二十来人的车，过道上也挤满了乘客，一个挨着一个密密麻麻的。

也许是秦厚林已经习惯了这种超载，他起初并没有意识到有什么不对。现在的汽车超载、火车超载、卡车超载，几乎没有什么车不超载的。

不知是由于司机的收入超过路政人员，还是为了显示大盖帽与国徽的威严，或者这里面的油水太多，他们毫不通融，一分钱罚款也不少。司机大吵大闹之后又做出一副可怜相，苦苦央求。

车外的山路散发着烈日烘烤的味道，男人们的汗水从额头渗了出来，老人们窒息地仰着头翻着白眼，小孩子的哭声从少妇汗渍斑斑的前胸传了出来，女人雪白的乳房在阳光下散发着腻腻的奶腥味。车内汗水味与嘈杂的争论声、谩骂声一分一秒地催生着车厢的温度。

无论是罚款的还是被罚的都忘了这一车在烈日下蒸烤陪罚的乘客。众人对司机的反感又愈益变成对大盖帽的憎恨，全都敲窗子叫喊抗议，大盖帽头顶国徽的女人这才明白他们已成为众矢之的，赶紧扯下罚款单，朝司机手里一塞。另一位扬了一下手中的一面小旗，检查车开了过来，他们这才上车，留下一阵灰尘，扬长而去。

司机骂骂咧咧地踩着油门，车在山路上颤抖得更加厉害了。人们的心脏随着车的一上一下起伏着。忽然司机一个急刹车，一车人在下坡的拐弯处随着汽车做着惯性运动向前倾倒了。

汽车的前轮胎在山崖边拐了一个弯将后轮胎悬在了空中。汽车油门的轰鸣声将这一惊一乍的险情抛在了脑后。司机头上的冷汗显示了他的镇静。汽车在沉闷的山道上寻找着进山的公路，人们再也不说话了，眼睛关注着前方山路的状况，希望早点到家。

语言就是一个江湖，秦厚林走在自己的语言江湖里追寻着生命的密码。他希望通过《璇玑图》去摸索自己的灵魂。可是往往在身边人的故事中摸索到的是别人的灵魂而不是自己的灵魂。

这些灵魂无非是镜中的映像，水中的倒影；我走不进镜子里面，也打不破水面，只能徒然顾影自怜，或者就孤影自怜。

思绪继续漂浮在作品中的两年前的那个烈日炎炎的日子里。月光中，秦厚林站在凤凰山的凤凰潭边看着天上的月亮渐渐地从天边升起，望着凤凰潭里自己的影子，秦厚林想起了黄土地。

"寒先生说我是气脚。"秦厚林对月光下自己的影子说。

"什么是气脚？"水中的影子泛起道道波澜张嘴问。

"寒先生说风寒暑湿邪毒之气从外而入于脚膝者，名气脚也。以邪夺其正，使人病形。"秦厚林装着寒先生的样子一边踱着步子一边说。

"我一直以为你是脚气呢？"影子在水面吐了个泡沫淡淡地说。

"寒先生说邪毒从内而注入脚者，名曰脚气。以邪夺其正，使人病形。"秦厚林解释着什么是脚气。

"那你到底是气脚还是脚气呢？"影子摇晃着水中的身体划出条条鱼尾纹问。

"我觉得都有点，特别是遇到贾雨晴以后似乎更严重了。寒先生说若不察其理，无由致其瘳也。又喜怒忧思寒热毒邪之气，流入肢节，或注于膝脚，其状类诸风、历节、偏枯、痛肿之证，但入并脚膝者谓之气脚。若从外入足入脏者，谓之脚气。"秦厚林摇晃着脑袋说。

"寒先生有没有说怎么治疗？"影子焦急地在凤凰潭打了个水漂问。

"寒先生说脚气者，先治外而次治内，实者利之，虚者益之。气脚者反之。"秦厚林将话语洒落在水面上。

"那为什么脚气的人多于气脚的人？"影子跳跃着不解地问。

"谓人之心肺二经起于手，脾肾肝三经起于足，手则清邪中之，足则浊邪中之，人身之苦者手足耳，而足则最重艰苦，故风寒暑湿之气，多中于足，以此脚气病多也。"秦厚林将水面抚摸得平平的。

语言如同一团糨糊，挑断的只有句子。剩下的全都在混沌中一团模糊。于是他想叫喊，如同周树人当年叫喊后写成了自己的第一本小说集《呐喊》一样。

女娲娘娘造人的时候就造就了他的痛苦。女娲娘娘的肠子变成的人在女人的血水中诞生，总也洗不清。人不认可才叫喊，叫喊的也都还没有领会。人就是这么个东西，难缠而自寻烦恼。

梦中秦厚林游走在陆家嘴金融中心的摩天大楼里，忽然摩天大楼变成了倾斜的东方明珠，秦厚林在黄浦江中拾起了她那婀娜多姿的倒影。倒影和人们游览着中共一大会址，将自己的记忆镶嵌在九十年的历史中。

秦厚林躺在五平方米的出租屋内，在床上打着冷战，头烧得厉害，痛得厉害，想坐起来却怎么也起不来。床头的手机铃声响起，秦厚林伸手在枕头下摸出了手机，侧着身子吃力地接听着电话。

"喂，请问你是哪位——"秦厚林托着发烫的身体，迷迷糊糊地接听着电话，将自己发烫的声音传了出去。

手机那边传来了银铃般的笑声："秦老师，怎么连我的声音都听不出来了，我是贾雨晴呀。"

"哦，是晴晴呀，该打该打，你看我连你的声音都没听出来。谁的声音没听出来都没关系，你的声音没听出来真的该打！"秦厚林连连道歉，冷风从背后呼呼地渗了进来，心里冰凉冰凉的。

贾雨晴依旧笑着说："没事的，你以后可要把你女朋友放在心上哟，不要又没听出来就行了。不要花心哟，要是让我知道你还藏着其他女人，那我可不会轻饶你的！"

"知道了，以后再也不敢了，我亲爱的晴晴！"秦厚林神经绷得紧紧的，他的手心冒汗了。

贾雨晴说："我们不是说好了今天去逛街的吗？人家等了你一小时了都没有等到你的电话，也没有看到你的人影，你跑到哪里潇洒去了，快老老实实地招来。否则——"

"我，我——"还没等秦厚林来得及说，贾雨晴撒娇地说："人家还等着你为我买那件真皮大衣呢！你今天在忙什么呢？急死人了。"

"呀！真不好意思，我今天是真的给忘了。下次一定帮你买。"秦厚林语气温和地连连道歉。

贾雨晴柔和而疑惑地问："这次就算了，下次一定可要记得哟！咦？我怎么听你声音有点不对劲。是不是酒喝多了，劲酒再好，可不能贪杯哟！"

"没什么！就是有点头疼，可能是感冒了。你不用担心我，你要照顾好自己！"秦厚林回答道。

贾雨晴冷冰冰地说："我才不会像你那么不中用呢。怎么搞的？都这么大的人了，还照顾不好自己。那可要抓紧看呀，要不要我过去看你？你告诉我你的地址。"

"不用，不用麻烦你了。我会照顾好自己的。我们的晴晴累坏了我会心疼的。一点小毛病没什么大不了的。"秦厚林连忙摇头说。秦厚林的眼前不禁浮现出那次和贾雨晴在外偶遇的情景。

夜店的灯光闪烁在贾雨晴的脸上，她的脸忽明忽暗。一头紫色的中长发随意地披在肩上，斜斜的刘海刚好从眼皮上划过，长长的睫毛眨巴着，泛着水的眼睛仿佛在说话，小巧的鼻子高度适中，粉色的小脸、湿润的嘴唇，让人好想咬一口。露脐的短裙衬托出丰满的臀部。她全身透露着性感。

贾雨晴举起杯子说："你也应该经常来夜店逛逛，扩大你的交际面。我真想回到童年去，那时无忧无虑。每天上学连头都是外婆给梳，再给我把辫子编好。两条长长的辫子亮光光的，不松不紧，都说我这两条长辫子真好看。外婆死了，我就再也不扎辫子了，把头发剪了，故意剪得短短的，为的就是抗议。我这一生最幸福的是留长辫子的时候，外婆像只老猫总在我身边打盹，我就特别安心。"

"有外婆真好，你外婆对你真好！我出生的时候外婆就去世了，长这么大没见过外婆。真羡慕你！"秦厚林看着贾雨晴微微涨红的脸说。

贾雨晴喝了一口啤酒淡淡地说："每个人都有被别人羡慕的时候，每个人都有被别人羡慕的地方。其实，每个人也都有自己的伤口。人在江湖混怎么能够不挨刀，只是没有让你看到罢了。"

"是呀，人生就是一个个围城，每个人都是自己的围城。"秦厚林似乎略有同感地说。

贾雨晴握着杯子的手颤抖着："我现在已经老了，是心老了，我不会为了一丁点小事就轻易激动不已。以前甚至完全不问为什么就会哭，眼泪那么充沛，打心眼里直流出来，全不费一点气力，那样特别舒服。我有个闺蜜叫甜甜，我们从小就要好。她总那么爱笑，她的笑容里总是洋溢着那个浅浅的酒窝。现在她已经做母亲了，但说话还是那个调，把尾音拖得老长，总像没睡醒似的。她还是少女的时候那叽叽喳喳的劲儿，像只麻雀，现在却多了几分少妇的腔调，同她在一起似乎总有说不完的话，聊不完的天。"

"唉！可惜青春易逝，芳华易老！来，为了我们即将逝去的青春干一杯！"秦厚林举起酒杯和贾雨晴一饮而尽。

秦厚林听着贾雨晴描绘着她的世界："有一回夏天的夜晚，我俩一起坐在湖边望着夜空。夜空那时候灰蓝灰蓝的，月亮升起来了，唉，月光从月冠上流出来，她问我见没见过那种景象？月光滚滚流淌，然后平铺开，像一片滚动而来的雾。我们还都听见月光在响，流过树梢的时候，树梢像水流中的水草，我们就都哭了。"

"你们也太多愁善感了。就一个平静的夜空也能让你们泪流满面，真是太不可思议了。"秦厚林感叹道。

贾雨晴的脸上依然交织着忽明忽暗的时高时低的光线，眼睛迷离地继续说："你不是女人，不懂女人的心。她说她特别想躺在我怀里，甜甜说她想要个孩子，我们就咯咯地笑着，互相打闹。这就是女人，一个充满了幻想的女人。"

"女人是上帝恩赐给这个世界的精灵，是一个诡异的精灵！"秦厚林说着自己对女人的看法。

五彩的灯光晃荡在贾雨晴的脸上，"谁说不是呢？我俩的眼泪如泉水一般涌了出来，像流淌的月光一样，心里特别舒服。甜甜的头发我现在还感觉得到，滑滑的、柔柔的、暖暖的，捧着她的头发就像捧着一条温暖的棉被，又不像是棉被。总之，有一种优雅的温馨。她的头发弄着我的脸，我俩就脸贴着脸，甜甜的脸也挺烫。"

"女人有好姐妹就不会孤单，男人有好兄弟就不会孤单。人生在世总得有个伴，无论是男人还是女人。你俩真的是一对好姐妹，感情真好，真的挺羡慕你俩的！"秦厚林投来了羡慕的赞叹。

贾雨晴继续沉浸在自己的思绪里说："有一种莲花，比荷花要小，比睡莲要大，就开在黑暗中，金红的花蕊，黑暗中放出幽光，粉红的花瓣油脂一样，像甜甜小时候粉红的耳朵，不过没有那么多茸毛，光亮得像她小手指上的指甲，那时候她修长的小指甲长得像贝壳，可那粉红的花瓣并不光亮，长得耳朵样厚实，颤抖着缓缓张开。"

"我也看见了，看见颤悠悠张开的花瓣，中间毛茸茸金黄的花蕊，花蕊也都在战栗。"秦厚林的话随着旋转的灯光摇晃在夜色中，在上海滩寻找着落地的脚步。

第二章　雨晴无情又无义　爷爷欠下良心债

贾雨晴用手摸着自己雪白的脖颈自恋地说:"我有种庄严感是你不明白的,那种庄严犹如圣洁的音乐。我特别喜欢圣母怀抱婴儿的样子,我也希望做母亲,怀抱着我的小宝贝,那纯洁的、温暖的、肉乎乎的生命在我胸前吸吮我的乳汁。那是种纯洁的感情,你明白吗?"

"做母亲时的女人是最快乐的,她们孕育了这个世界无数的生命。"秦厚林试图理解着贾雨晴的情思。

贾雨晴的手放在了自己随着呼吸起伏的胸口说:"厚厚的帷幕一层又一层地垂挂着,用手将墨绿色的丝绒帷幕轻轻拂开,人在其间穿过,不必见到任何人,就只是穿行在帷幕的褶皱之间,无声无息,声音都被帷幕吸收了,只有一丝音乐,一丝被帷幕吸收过滤后没有一点杂质的纯净的音乐,悠悠流淌,来自黑暗中一个发出柔和的荧光的源头,流经之处都显出幽光。"

"人是一个奇怪的动物。女人更是一个奇怪的动物。我希望认识这个奇怪的动物,有可能的话,深入了解这个奇怪的动物。"秦厚林的眼睛在五彩的灯光下散发出迷离的色彩。

贾雨晴露出了阴冷的微笑说:"是的,我一直嫉妒我的表姐!那个长得特别漂亮的表姐。当着我的面,她时常只穿个很小的乳罩和一丁点的丁字裤,摇摆着修长的身躯,扭着圆润的屁股在屋子里走来走去。我总想去摸摸她那光滑而修长的细腿,我总想去摸摸她那光洁润泽的细腰,我总想去摸摸她那坚挺而硕大的温润乳房……但是,我始终没有胆量去摸一摸她的身体。那时候我还是个干瘦的小丫头,我想我永远也不会长得和表姐一样漂亮。我表姐不停地换男朋友,经常同时收到好多玫瑰花,我时常听到他们爽朗的笑声回旋在弄堂里。"

秦厚林的身体颤抖在焦灼的高烧里,耳边隐约地传来黄土地上的童谣:软枣枣树,毛毛根,吃娘奶,跟娘亲,娶下媳妇昧良心。把娘哄到沟儿畔,踢一脚,咕噜当,打破鸡蛋流了黄,再不得见我那亲光娘。

二十分钟后,秦厚林的出租房外传来了清脆的敲门声。打开门,秦厚林呆呆地站着，不知道说什么好。

门口站着一位头戴白色鸭舌帽的姑娘，她那盘起的长发把半张脸都给遮住了。硕大的黑色墨镜使得秦厚林只看得见她嘴角的那丝完美弧度，透着一股无所不知和天下无敌的自信，黑白相间的休闲服把她衬托得既神秘又纯洁。

鹅蛋形的脸加上一双明净的眼睛，让人见后如痴如醉，神魂颠倒，仿佛被施了催眠术一般。弯弯的柳叶眉衬托着一双黑水银似的眼睛，小巧笔直的鼻子下嵌着一张圆圆的小嘴。卷曲的头发柔软地披在肩际，宛若黑色的丝绸散发着淡淡的玫瑰香。这身装扮将秦厚林带进了民国时期的上海滩。

"晴晴，你怎么来了？你不是没有来过这吗？你是怎么找到这儿的？"秦厚林惊讶地问。

贾雨晴珠光宝气地站在门口，表情凝固在脸上："我今天休息，也没什么事情做，在电话里听你说病了，这就赶过来看看。看你是病了还是在装病，你没什么事就陪我逛逛街好了。"

"晴晴，进屋坐，进屋坐。"秦厚林一边说一边收拾着凌乱的屋子。

贾雨晴神情失落地望着狭小而拥挤的屋子说："不进去了，你这里这么脏乱，没有地方坐呀！你的感冒万一传染给我怎么办？我的抵抗力可是很差的。你看医生了吗？看你嘴唇都裂了，脸那样红，一定是发烧了吧？"

"谢谢晴晴的心意！没事的，扛一扛就过去了。以前感冒发烧也是扛一扛就过去了。这回也没有什么大问题的。"秦厚林一边谢着贾雨晴来看他，一边说着自己的计划。

贾雨晴用鄙夷的眼神看了一眼秦厚林说："原来是这样，我还是劝你去医院看一看为好，身体要紧，不要耽误了。"

秦厚林摇摇头说："晴晴你不知道，上次去医院买了一点止泻药就花了几十块，在老家吃诺氧氟沙星胶囊一块钱就搞定了。上海滩的医院看病太贵了，看不起病呀！"

贾雨晴不耐烦地说："你不是有社保卡吗？可以刷卡呀！是钱重要还是命重要？"

秦厚林无奈地摇了摇头说："我还没有社保卡，公司说给我们交综合保险，听老员工说工作了一年公司才给办综合保险。进了一家不规范的公司没有办法呀！光房租已经让人喘不过气来！何况家里还要——"

贾雨晴流露出不屑的眼神："我原来还以为你是大款呢！真是红萝卜调辣椒——吃出看不出呀！看来我的真皮大衣也没有什么指望了，唉——命苦呀！"说完转身向楼下走去。

"晴晴，晴晴——"秦厚林望着贾雨晴离去的背影头脑嗡嗡的，晕倒在出租屋的门口。

秦厚林试图在文字中建立自己的图像帝国。语言如同一块砖一块瓦，秦厚林用这一砖一瓦搭建着自己的世界。也只有这样，才能在这个陌生的城市里找到一丝温暖。

人与人之间已经没有了感情，更多的是利益，更多的是利用。在这里，再也找不到向谭老师那样的朋友，再也没有谁为谁讲一些生命的故事了。这里的人只在乎你有没有车子，你有没有房子，你能给予我多少……

充电器的五彩光芒依旧闪耀在夜色中的出租屋内。秦厚林躺在那张似乎就要垮掉的单人床上，全身火辣辣地燃烧着，思维迷糊中他看到了黄土地上夕阳中的漆水河与漠峪河流淌在二水寺的塔影里。

二水寺的钟声里传来了黄土地上的童谣：压，压，压板架。西头来了一伙娃。叫大姐，开门来。大姐不开叫狗开，狗到河里捞韭菜。韭菜花，漂上来。叫你戴，你不戴，人家戴上你可（却）爱。

夕阳中漆水河与漠峪河碧绿的河水哗哗地流过，秦厚林在河畔追寻着红蜻蜓的身影跑着，跳着。"唉——抓住你了。"秦厚林手掌中有一只红蜻蜓正翩翩起舞。夕阳中翩翩起舞的红蜻蜓忽然变成了一位亭亭玉立的白衣少女。

白衣少女淡雅的双眸如水一样纯净，十分标致的鼻子下是一张樱桃小嘴，一头乌黑的秀发闪着雪白玉簪的纯洁光芒。雪白的连衣裙上点缀着一粒粒的天蓝色小点，下摆一圈雪莲似的蕾丝花边。

"你是——"秦厚林惊讶地叫了起来。

白衣少女莞尔一笑，轻轻地拉着秦厚林的手说："我是你手中的小凤凰，你忘记了，我是寒雪凤呀！"

秦厚林伸出手来想牵着寒雪凤的手，当他的手碰到寒雪凤的手时，寒雪凤消失了。秦厚林奔跑着追寻寒雪凤的身影。秦厚林看到了黄土地北山牛坡上开满了漫山遍野的洋槐花，北山牛坡二水寺村的黄土台塬上的小麦已经从青绿色渐渐变成了金黄金黄的颜色。

田野里远远地传来了"唧唧，唧唧——"的蚂蚱声。二水寺中的古柏摇摆在夏日的晚风中，古老的槐树还在怀念着自己的梦。古柏与古槐依然耸立在黄土地的二水塔影中。二水寺渐渐变成了绿野书院。晚风中丰收的麦茬香伴随着横渠先生谈论生命的音符渗入黄土地。

璇玑图

  智慧是一种奢侈的消费。在物质极度匮乏的情况下，人往往追求一种形而上的快乐来弥补内心的创伤。对于一个有文化的人来说，唯独智慧是融汇在世界万事万物中的，不需要以贫富去区分；只要你愿意，只要你用心，就会得到。如同我们面前的种种社会乱象，我们只是看看而已。

  绿野书院在视野里渐渐消失了，秦厚林的眼前又出现了上海滩的夜景。东方明珠的倩影倒立在黄浦江中随着江水缓缓地流淌。贾雨晴的身影在黄浦江的水面上浮动着，漂流着。

  黄浦江上燃起了一堆幽蓝色的火苗，这个黄山来的女子带着黄山一样的气息，将自己的身躯延展在黄浦江水面上的火苗里。贾雨晴如同鬼火一样一闪一闪地跳跃着。

  那故事如同鬼火一样一起一伏地映照在贾雨晴的脸上。贾雨晴如同巫婆一样述说着爷爷的故事，就像鬼魂附体了一般喃喃自语。秦厚林看着她的说辞呆呆地听着这个故事。

  鬼见愁的巫师差人来要爷爷做一个阎王爷的头像。来人送来了定钱，爷爷要按时做得了，就再给他一罐米酒、半片猪头，正好够他过年。爷爷当时惊凛了一下。观音菩萨主生，阎王爷主死，阎王爷是来催他性命的。鬼见愁就在黄山深处不远的地方，没有人能够逃出鬼见愁阎王爷的手掌心。

  爷爷爬到柴堆上去取晾在横梁上的那段黄杨木，这木头纹理细密，不会走形，不会开裂，已经搁了好些年了，舍不得派一般用场。爷爷爬上柴堆伸手去拿那截木头的时候，脚下跟着一滑，柴火堆全塌了，爷爷慌了神，可心里是明白的。他坐在屋场上做砍桩用的枫树疙瘩上怀里抱着那根木头。

  月光静静地流淌在爷爷的故事里，贾雨晴的身体犹如黄浦江的流水泛着碧绿的光芒。她像筛糠一样地颤抖着，从上到下的身体犹如一条脱了皮的蛇直直地立在水面上，歪歪曲曲地上下抖动着，似乎又是一条泥鳅。

  这种不大的活计，爷爷本来用斧子不加思索几下就可以把料备好，再用凿子去凿，随着刀刃下卷起的木片，吹掉木屑，眉目跟着显现，对爷爷而言，这都驾轻就熟，轻车熟路了。

  可爷爷没雕过阎王爷，便抱着木头呆坐着发愣，又觉得身上一阵阵发冷，只好放下那段木头进到屋里，在火塘边上被油烟子熏得乌黑，出来又在被屁股蹭得发亮的一段圆木上坐下。

  阎王爷说爷爷不是个好老头，不是个守本分的老头。也许爷爷自己心里明白他有多少罪孽。他勾引了那个来求子的婆娘？那是这婆娘下贱，她自己心甘情愿。这不算罪孽？可以不算。不做亏心事，不怕鬼敲门。可是，爷爷那年做了亏心事。这个晚上，在幽蓝的夜色中鬼敲门来了。

爷爷是外出做活的手艺人，长年单身在外，多少攒了些钱，手艺人找个女人跟他睡觉并不难，可他不该欺负一个哑巴姑娘。他糟蹋了她，玩弄了她，又把她甩了。

幽兰的夜色中，爷爷的眼前出现的正是这位哑巴姑娘，姑娘穿着雪白的长衫，披头散发，举着双臂露出长长的指甲，嘴里念念有词：还我命来！

贾雨晴依然抖动着自己滑溜的身体。这个蛇一样的女人披头散发地摇晃着脑袋，嘴里喃喃念叨着咒语：还我命来。一丝丝的白色泡沫从她的嘴角渐渐地渗透出来。

哑巴姑娘本来完全可以嫁一个老实的庄稼人，可以过上正常的夫妻生活，有一个可以蔽风雨的家，生儿育女，死后还能落得一口棺材。可这女孩是哑巴，没法子说，肚子也大了，被打出家门，沦落为乞丐，成了一堆人人嫌弃的烂肉。

她哭着撕扯着自己的头发。她喊叫着，可是没有人听得懂她咿咿呀呀叫喊的是什么，众人看了都笑。爷爷混在人群中跟着也笑。爷爷当时居然不知道恐惧，还自以为得意，心想这事根本没法追究到他身上。

阎王爷和哑巴姑娘出现在爷爷拨动的火苗和烟子里。他眼睛紧闭，老泪流了出来。命运会报复的！但凡受过欺负的女孩都渴望报复！她如果还活着，如果还能找到她，她会挖去爷爷的双眼，用最恶毒的话诅咒爷爷，叫魔鬼把爷爷打进十八层地狱里去，用最残酷的刑罚来折磨爷爷！

贾雨晴的身体变成了一团跳跃的火苗。这火苗一会儿突突跳起，一会儿奄奄一息，在水面上形成了水与火和谐共荣的异象。生命的所有律动都凝结在这火苗里，都凝聚在这扭曲的身体里。只有那"呜呜，呜呜——"如鬼哭一样的风声飘荡在夜色中的黄浦江上。

爷爷用像干柴一样粗糙的手挥了一把鼻涕，扑挞着鞋子到屋场上去抱起那段黄杨木，蹲在枫树根疙瘩上拿起斧头一直削砍到天黑。又把木头抱进屋里，坐在火塘边的圆木上，用长满老茧的手指摸索着，他知道这是他这一生中最后做的一个头像，生怕来不及刻完。

他要赶在天亮之前做完，他知道，天一亮他心中的映像就会消失，他手指头就会失去触觉。她的眉眼，她的嘴唇，她摇头时上唇绷得很紧，她耳垂十分柔软，而且特别饱满，还应该穿上一对大大的耳环，她肌肤紧绷而且富有弹性,她脸蛋光滑修长,鼻尖和下颌尖挺而没有棱角,他的手是从她脖颈扣紧的衣领里插下去的……

贾雨晴的身体渐渐地复原了,她的嘴还在剧烈地颤抖着,嘴唇在一张一合冒出一些咒语一样的字符。这个一丝不挂的女人犹如一枚晶莹透亮的汉白玉在黄浦江的水面上金鸡独立着。

她上眼帘下垂,似睡非睡,细长的鼻梁连接两弯修长的眉骨,让人感到她眉心微整,小而薄的嘴唇紧紧抿住,有一种蔑视人生的意味,那刚刚能察觉的黑眼珠则透出一层冷漠。她眉、眼、鼻子、嘴、脸蛋、下颌,连同细而长的颈项,无一不体现出少女的纤巧,她的脖子却被很高的对襟衣领紧紧裹住。

早起的村里人去落凤坡集市时路过爷爷的屋子喊道:"贾半仙,赶集呦。"爷爷没有答应。大门敞开,一股焦煳气味传了出来,人们进屋见爷爷倒在火塘里已经死了。有人说是中风,有人说是烧死的。

爷爷脚底下有个才刻的阎王爷的头像,头戴一圈荆冠,荆冠边上有四个小洞,每个洞伸出一只竖头的乌龟,又像是蹲坐在洞里向外探望的兽头。这阎王爷后来就这样供奉在鬼见愁巫师的祭坛上。

"你为什么要给我讲这些?"秦厚林忽然问贾雨晴。这时秦厚林才意识到自己已经坐在了贾雨晴对面。两个人赤裸裸地坐在黄浦江静静的水面上讨论着这些似乎无关紧要的问题。

贾雨晴瞟了一眼秦厚林说:"我以为我说的你都明白,原来你也不明白呀。我一直以为自己就是那个哑巴女孩。"

"为什么?那个哑巴女孩和你有什么关系呢?"秦厚林还是不明白。

贾雨晴死死地盯着秦厚林的眼睛说:"你没看刚才鬼魂附体了,我就是那个哑巴女孩。我的前世就是她。"

"可是你活在今世呀!今世你不是活得好好的吗?"秦厚林并不明白贾雨晴说的是什么意思。

贾雨晴的泪珠在眼眶里忍不住打转说:"你不觉得我叔叔就是爷爷的翻版吗?你不觉得我在公司里很恐惧吗?"

"难道你叔叔做了对不起你的事情?难道田主任做了对不起你的事?他可是你的亲叔叔呀!"秦厚林反问道,他不知道在贾雨晴的身上发生了什么事情。

贾雨晴的泪珠滚落下来,点了点头说:"我现在就是我叔叔的一只破鞋,穿了就扔掉的破鞋。"秦厚林的脑袋嗡嗡的,如同注入了满满一脑袋的水,沉沉的，重重的。他不知道是该同情贾雨晴？还是该愤怒地斥责田主任？

"那你为什么不报警？雨晴，我们报警吧。"秦厚林缓过劲来劝说着贾雨晴。

贾雨晴擦了擦脸上的泪痕说："他是我叔叔，我能眼睁睁地看他坐牢吗？即使我报了警，以后谁还敢娶我。"

是呀，人生经常焦灼在情感与道德，道德与法律中。秦厚林的眼前迷雾茫茫，黄浦江变成了断魂滩。黄浦江装满了贾雨晴的怨恨与泪水。在这个物是人非的人肉战场上，也只有黄浦江才能容得下这样的委屈与泪水。

黄浦江随着贾雨晴的泪痕消失了，秦厚林的眼前依然是黄土地上的绿野书院。秦厚林依然走在千年的轮回里，古柏与古槐回应着秦厚林与横渠先生谈论阴阳的话："先生，天为阳，地为阴。人体可有阴阳？"

"天者，阳之宗，地者，阴之属。阳者生之本，阴者死之基，立于天地之间，而受阴阳之辅佐者人也。得其阳者生，得其阴者死。"横渠先生手摇着蒲扇，清风淡淡划过。

一只蚊子"嗡嗡"地萦绕在秦厚林眼前，秦厚林用蒲扇轻轻地扇着眼前的蚊子问："先生，人体阴阳可否有量？"

"阳中之阳为高真，阴中之阴为幽鬼。故钟于阳者长，钟于阴者短。多热者阳之主，多寒者阴之根。阳务其上，阴务其下；阳行也速，阴行也缓；阳之体轻，阴之体重。"横渠先生摇摇蒲扇将眼前的蚊子轻轻地赶走说。

秦厚林一挥手，"啪"的一声，一只蚊子被拍死在秦厚林的胳膊上，他继续问道："先生，阴阳可以平衡吗？"

"阴阳平则天地和而人气宁，阴阳逆则天地否而人气厥。故天地得其阳则炎炽，得其阴则寒凛。阳始于子前，末于午后；阴始于午后，末于子前，阴阳盛衰，各在其时，更始更末，无有休息，人能从之，是曰大智。"横渠先生翻转着蒲扇，一边扇着风一边说。

秦厚林放下蒲扇一边清理胳膊上的蚊子血迹，一边问："先生，人怎样从天地之阴阳？"

"这不难，顺其天地，自可平衡。金匮曰：'秋首养阳，春首养阴；阳勿外闭，阴勿外侵；火出于木，水生于金，水火通济，上下相寻。人能循此，永不湮沉，此之谓也。'凡愚不知是理，举止失宜，自致其罹。外以风寒暑湿，内以饥饱劳役为败，欺残正体，消亡正神，缚绊其身，生死告陈。"横渠先生看看秦厚林淡淡地说。

第三章　若兰初遇心上人　梦落后世郎君身

"先生，看来阴阳平衡注意养生就可以了。"秦厚林似有所获地拿起蒲扇，继续扇着风说。

横渠先生摇摇头放下手中的蒲扇说："非也，非也。殊不知脉有五死，气有五生，阴家脉重，阳家脉轻。阳病阴脉则不永，阴病阳脉则不成。阳候多语，阴症无声。多语者易济，无声者难荣。阳病则旦静，阴病则夜宁。"

"阴阳之病与日夜也有关系。"秦厚林手中摇摆的扇子停在了空中。

横渠先生端起案头的茶杯，点点头说："是的，阴阳运动，得时而行。阳虚则暮乱，阴虚则朝争，朝暮交错。其气厥横，死生致理，阴阳中明。阴气下而不上曰断络，阳气上而不下曰断经。"

"断络，断经！"秦厚林惊讶地叫道，手中的扇子掉落在了地上。

横渠先生喝了口茶继续说："阴中之邪曰浊，阳中之邪曰清。火来坎户，水到离扃，阴阳相应，方乃和平。阴不足则济之以水母，阳不足则助之以火精，阴阳济等，各自攀陵。上通三寸，曰阳之神路，下通三寸，曰阴之鬼程。阴常宜损，阳常宜盈，居之中者，阴阳匀停。是以阳中之阳，天仙赐号；阴中之阴，下鬼持名；顺阴者多消灭，顺阳者多长生，逢斯妙趣，无所不灵。"

"这下好了，阴阳平衡也可顺畅了。"秦厚林捡起扇子说。

横渠先生继续摇着蒲扇幽幽地说："非也，非也。阴阳者，天地之枢机；五行者，阴阳之终始；非阴阳不能为天地，非五行不能为阴阳。故人者成于天地，败于阴阳，由五行从逆而生焉。"

"五行？先生，五行也与生命相关吗？"秦厚林用扇子轻轻地扇着风问。

横渠先生点点头说："天地有阴阳五行，人有血脉五脏；五行者，金循环不穷，肺生肾，肾生肝，肝生心，心生脾，脾生肺，上下荣养，无有休息。故心生血，血为肉之母；脾生肉，肉为血之舍；肺属气，气为骨之基；肾应骨，骨为筋之本；肝系筋，筋为血之原。五脏五行，相成相生，昼夜流转，无有始终；从之则吉，逆之则凶。天地阴阳，五行之道，中合于人，人得之可以出阴阳之数，夺天地之机，悦五行之要，无终无始，神仙不死矣。"

秦厚林收回了流淌在绿野书院的视线，和寒雪凤站在二水寺的黄土台塬上看着漆水河与麦河在晚霞中流过武功大地。寒雪凤指着远方说:"厚林哥,漆水河和麦河在二水寺分流了,为什么在龙王庙汇合呢?"

秦厚林忽然感觉到了寒雪凤的心在想什么。原来他俩想的一模一样,秦厚林和寒雪凤心中坚信:这条绿色的河流一定在前方不远的地方分流,在不远的地方汇合。秦厚林和寒雪凤看到了贾雨晴跟在身后。

他们来到了一条绿色的崾面边,这是一条沟梁纵横的陡崖。

"贾雨晴,这不是麦河沟吗?"寒雪凤问。

贾雨晴说:"是的,这是麦河沟。我们可以爬上去的!"

三人手里抓着一条青色的长藤往顶上爬去。

"哎呀!不好——"秦厚林大叫一声,他的手上扎了一些绿色的荆棘草刺。寒雪凤一根一根地帮秦厚林拔除了手上的绿刺。秦厚林的心中一阵接着一阵翻滚……

秦厚林带着寒雪凤的温暖爬在最前面,爬在最上面。面前的绿叶变成了一条柔软的绿色井绳。秦厚林一把抓住了它向上爬去……三人相互扶持着,爬上了崖顶。

秦厚林拉着寒雪凤和贾雨晴的手沿着绿河的边缘散步,他们看到黄河从壶口瀑布一直流到了长江三峡大坝,橙黄的黄河水与碧绿的长江水拧成了一股长长的井绳在中华大地忽隐忽现,漂流远去。

他们又踏进了千年前的绿野书院。大家的耳边回响着绿野书院内横渠先生的话:"黄帝在姬水河畔创建了华夏文明,姬水分为漆水河和麦河,在武功二水寺村分流,而在龙王庙汇合。这条河一定也在不远处分流,在不远处汇合。人生就是两条河流,时而是平行线,时而是相交线;人生就是分久必合,合久必分的分分合合的过程。"

陆局长依然守候在电脑前看着《璇玑图》的故事,若兰的命运一直牵动着他的心,他想应该能在苏若兰的故事里找到《璇玑图》丢失的蛛丝马迹。

开春的冰封洒在黄土地的沉默中,迎春花黄黄的嫩芽露出了尖尖的小口。春日里武功县城人山人海,你挤着我,我挤着你,有将孩子架在脖子上的父亲,有抱着女儿的母亲,大家的目光齐齐地望向那爆竹声声、锣鼓喧天的地方。嘈杂的声音淹没在震天的锣鼓声里,街道两边的店铺随着锣鼓有节律地颤抖着。

大头娃娃向人们挥手致意,穿着高跷的柳木腿行走在街上,牛车上的空

璇玑图

中飞人正在表演着空中腾空的游戏,马车上的"牛头鬼面"动作夸张……耍社火的队伍向二水寺的方向延伸。苏家老小看着社火,走向二水寺去进香。

春日的阳光暖暖地照在黄土地上,黄土地也成了土黄色。二水寺远远地传来了"南无阿弥陀佛……"的念经声。淡淡的檀香幽幽地飘散在黄土地上,与春日的蜂蝶一起飞舞在漫山遍野黄澄澄的油菜花里。

庙门前的黄土坡淹没在一片"冰糖葫芦——""剃头磨剪子——""豆腐脑啊——"的叫卖声里。

二水寺内,檀香在巨大的香炉里燃烧着,灰烬播散在香炉里。只有那檀香头红红的火焰闪着幽冥幽暗的火光。寺内来自东南西北的虔诚的香客参拜着自己心目中的神灵。大殿内的老佛爷眯着眼微微地笑了。

"娘,我和姐姐们去那边看看!"若兰对走向三生殿还愿的母亲说。

"兰儿,不要走远了,就在旁边玩玩。我还完愿叫你们。"母亲说着,跨进了三生殿的门槛。

"娘,知道了。您放心!我们就在旁边,不会走远的。"若兰应着母亲。

"小姐,那边有好多人。我们过去看看。"灵儿指着大殿西边的池塘向若兰建议道。姐妹三人和灵儿走了过去。

二水寺西池塘边围观了很多人。只听"嗖"的一声,弦响箭出,一只老鹰应声落地。若兰寻声望去,一男子身材伟岸,仪容俊美,眉目疏朗,甚有威重。

少年接着又俯身射水,箭穿池鱼,一条中箭的鲤鱼漂浮出水面。围观的人们拍着手阵阵喝彩:"好,好箭法!再来一个,再来一个。"

"老天爷呀!你睁睁眼看看,看看我这孤老头子!……这叫我一个孤老头子怎么活呀!"突然一个悲苦而苍老的声音传入大家的耳中。

只见几个官兵推搡着一位衣衫褴褛被捆绑起来的男子前行,背后追着一位哭天抢地的白发老人。老人衣衫破旧,蓬头散发,皱纹满面,老泪纵横。

"官爷,你们不能抓走我的儿子……你们不能抓我的儿子!我家就这一个孩子。几代单传呀!求求你们,求求你们放了我的孩子吧!小老儿就和他相依为命度过此生了,你们带走了他,我可怎么活呀?"一位带头的官兵大手一挥将老人推得跟跟跄跄,飞起一脚将老人踢倒在地,飞扬跋扈的皮鞭向空中挥去。

少年将皮鞭拦截在了空中,质问道:"你们这些畜生连老人都打。这天下还有没有王法?"

官兵横眉倒竖,怒眼圆睁,大吼道:"吆喝,王法?有人敢跟老子提王法，我看他是活腻味了。老爷的鞭子就是王法！今天老爷就让你见识见识什么是王法。王法就长老子这个样子！"

少年将鞭子轻轻一按，鞭子断成了两段，怒斥道："我大秦国君仁厚，以孝治国。尔等这等官差对老人非但不尊敬，动不动就以皮鞭相加。岂不有辱我大秦孝道，岂不有辱我大秦国威？"

官兵摩拳擦掌拉开架势骂道："吆喝，你小子小小年纪还教训起老子来了。看来老子不给你点颜色瞧瞧，你不知道马王爷是三只眼！"

少年不动声色地问："尔等这般欺人，是欺圣上？还是欺百姓？"

官兵青筋暴起，挛着胳膊，挽着袖子大吼道："吆喝，来了一个不要命的！大爷就要看看是你的骨头硬！还是我的皮鞭硬！兄弟们给我上——"

少年被激怒了，三拳两脚就将那几个兵卒打倒在地。老人和儿子跪在地上连连磕头。

少年俯身对老人说："老丈，请起。小侄受不起如此大礼！这里有几两银子，你们拿着逃命去吧！"老人千恩万谢地作揖离去。

夕阳中若兰呆呆地望着少年远去的背影。

苏道质进香完毕，从大雄宝殿走了出来，四下张望着寻找家人。苏夫人也从三生殿走了出来，寻找着苏家姐妹。

"夫人还完愿了？"苏道质问苏夫人。

"老爷，是的。我们是不是该回去了？"苏夫人点点头问苏道质。

"是的，夫人。"苏道质回答着苏夫人的问话，看到了若兰就喊道："兰儿，我们回家了。"

灵儿拉了拉若兰的衣服说："小姐，老爷和夫人进完香了。老爷叫我们回去。"

二水寺外夕阳就要掉进山窝，夕阳已经隐去了丝丝缕缕的温情，晚霞将黄土地染成了一片火红，一片金黄散发着家的温馨。若兰依依不舍地随家人告别了二水寺白天的热闹。

黄土地的夜色中，苏宅大厅内家人围坐在一起吃晚饭，灵儿在一旁站立伺候着用餐。若兰轻轻地凑到母亲的身旁问："娘，你可知道今天在二水寺救了老人的少年是谁吗？"

苏夫人微笑着说："我的儿，你问问你爹，娘整天也是大门不出，二门不迈呀！只有这回是为了还愿才和你爹带着你们出门的。这方圆百里的人事为娘也知之甚少。"

若兰转过脸轻声问:"爹爹,那位救出老人的公子怎么有那么大的胆子?可以打官兵。他不怕坐牢吗?"

苏道质回过头淡淡地说道:"我的儿,你有所不知,他是右将军窦真之孙窦滔。窦家在当朝也是赫赫有名的家族。士族谱系,论出身他们位高官大,曾几次救过国君的命!几个士兵他当然不放在眼里了……"

苏道质继续问道:"她娘,今天去寺里还愿,你觉得还有什么不妥的地方吗?"

苏夫人回道:"老爷,没有什么不妥的。多亏了菩萨保佑,苏家才可安安心心地为兰儿找一个好的归宿。"

苏夫人一边转向她的孩子们一边说:"兰儿,我和你爹商量送你们几个去书院读书,也好长长见识。"

若兰一愣,不好意思地低下了头,细声细语地说:"娘,女子无才便是德。您二老这是?"

苏夫人接着说道:"咱家不信这个!不数人头,不涂脂抹粉!也不想攀什么门阀士族、王孙贵族的亲。只要过好自己的一生就够了。让你大姐和二姐也在绿野书院读书,你们姐妹到时去了也有个照应。你爹说我儿有才思,做父母的应加以培养,我儿以后应加倍的努力学习,才会有更大的造化!生活才会更加的顺畅。我儿开心,生活幸福就行了——"母亲温暖的笑声回响在若兰的心底。

"娘,干吗要去书院读书,在家里读书不是挺好的吗?我不去!我吃饱了。"大姐一甩筷子就往外跑去。

"回来,你看你这成何体统?女孩家的大大咧咧,也没个女孩的样子!等大家吃完了再走也不迟呀!"母亲数落着大姐。大姐吐了吐舌头,坐回了原位子。

"娘,干吗要去书院读书,大姐不去,我也不去。我也吃饱了。"二姐放下碗对苏夫人说。

苏道质和苏夫人还在不紧不慢地用着晚宴。若兰暗含微笑,她什么也没有听进去……兰花气息中,睡意绵绵。

陆局长行走在若兰的梦中,若兰的梦行走在陆局长的影子里。

公安局内李长吉和陆局长聊着锦帕的事情。李长吉说:"陆局长,我查了所有的资料。在唐代曾出现过《璇玑图》,后来《璇玑图》落在了武则天的手里,当年武则天一得到《璇玑图》就爱不释手,命人日后将《璇玑图》与自己合葬，乾陵完好无损，现在应该没有人能够盗走真正的《璇玑图》。"

陆局长深深地吸了一口气说："事情并没有你我想象的这么简单。据说《璇玑图》里蕴藏着打开乾陵的秘密。而且乾陵被盗过，说明《璇玑图》已经流落在了民间。"

李长吉淡淡地说："陆局长，是的，在唐代《璇玑图》曾经被分为两份流落民间。"

若兰看到厅内的兰花升起一缕缕青烟，自己走进了忘川河畔梦幻中。若兰又遇到了那个奇怪的梦，又看到了那位兰花仙子。

若兰迫不及待地问："仙子，你能告诉我，我是谁吗？我从什么地方来，要到什么地方去？"

兰花仙子说道："兰花具有空谷幽兰的气质，兰花是孤独的，你的前世就是那忘川河畔的兰花，今世你将是创造《璇玑图》的人，你将在忘川河畔的柳府看到自己的来世。"

忘川河畔烟气缭绕，河水清清，鸟语花香。长长的瀑布下，一座府宅若隐若现。若兰缓缓地向府宅走去，这条道路似有若无。若兰来到府宅下，两个大字赫然悬挂在门前：柳府。

若兰如入无人之境，柳府门前没有奴仆，顺着府宅的道路缓缓走进去，偌大的一座宅子竟然没有一个人。只有屋内闪闪的烛光预示着夜幕已经降临。

一童子引一公子入房中，只见那房中铺设整齐，瓶里花芬芳袭人，案上炉烟袅袅，甚是清幽可爱。童子添香送茶毕，自出外

忘川河

去了。公子独坐房中自想：我梁栋材怎能混成这样？才华有什么用？我的妻子魂归何处？想起往事不觉潸然泪下，不觉吟起哀词一阕，调名《高阳台》，词曰：

彩凤云中，玉箫声里，秦楼曾其明月。何意芳兰？顿遭风雨摧折。
追思半幅璇玑字，痛人琴，一旦同灭。想花容，除非入梦，再能相接。

梁栋材，若兰的心里一惊，我怎么知道他的名字？我们相识吗？随后若兰摇摇头，梦魇，梦魇。若兰的梦被陆局长看出了端倪。

书中暗表，这梁栋材乃唐僖宗乾符年间，楚中襄州人。幼有神童之名，父以半块回文锦许之。与礼部侍郎桑求之女——桑梦兰以合锦回文唱和诗文相会，后结良缘。但因桑梦兰之父遭奸人杨复恭排挤，左迁襄州太守，途中病故。夫妻二人失散，后桑梦兰幸得殿中侍御史柳玭相救，认其为义父，改名柳梦兰。后在柳梦兰撮合之下，梁栋材与柳梦蕙在梦中唱和以诗文相会，后结良缘。柳家二姐妹共侍一夫梁栋材。

梁栋材吟罢，凄其欲绝，自想：此来本欲查问柳梦兰骸骨下落，今据柳公说来，竟无可踪迹，难道前日梦中仙女之言就不准了？愈想愈闷，不能就寝。因起身散步，秉着灯光，遍看壁间所贴诗画。看到一幅花笺上，有绝句二首，后书"柳梦蕙题"。

其 一
谁云锦字世无双，大雅于今上未亡。
移得琼枝依玉树，欲将蕙质续兰香。

其 二
娥皇有妹别名英，凤起宁无凰继鸣。
若使阳台才似锦，肯将伉俪让苏卿。

梁栋材看毕，想道：适间柳公说这梦蕙文才与柳梦兰相似，今观此二诗，词意清新，字画又甚妩媚，果然才藻不让柳梦兰。但我既立意不再娶，虽有如云，匪我思存矣。前日在均州时曾闻有一流寓女子桑梦蕙，不意今日这里又有个柳梦蕙，却又不是柳玭亲女，说他本姓刘。

梁栋材长叹道：梦蕙非柳公亲女，是表侄女，柳梦兰不过是柳公的义女，所以，柳公今日略无悲死悼亡之意，一见了我便劝我续弦，且又故意将梦蕙题诗置于此处。诗中之语分明有挑逗我的意思，待我如今也题词一首，以明我誓不续弦之心。灯光之下，梁栋材展纸挥毫题《减字木兰花》词一首。其词云：

寻寻觅觅，吁嗟路风今无迹。冷冷清清，除却巫山岂有云。
莺莺燕燕，纵逢佳丽非吾愿。暮暮朝朝，唯染啼痕积翠稍。

梁栋材题毕，勉强就寝。

第二日鸡鸣报晓，梁栋材起身梳洗罢，只见柳玭入来，笑问道："贤婿，昨夜曾见梦蕙小女所题诗否？"

书中暗表，这柳玭乃唐僖宗乾符年间殿中侍御史，长安华州柳玭绰之后。因受宦官杨复恭排挤左迁襄州太守，遇桑梦兰，认为义女。后重做殿中侍御史，撮合梁栋材、柳梦兰、柳梦蕙喜结良缘。

梁栋材忙起身应答道："曾见来。"

柳玭兴致盎然地走近一步问道："其才比柳梦兰何如？"

梁栋材低下眉头答道："与柳梦兰之才实相伯仲。"

柳玭庄重地问道："足见老夫昨日所言不谬，贤婿今肯允我续弦之请否？"

梁栋材敛容正色道："小婿一言已定，誓不更移。昔日岳父假云柳梦兰为杨栋娶去，便说有令侄女欲以相配。小婿尔时即以不得柳梦兰，情愿终身不娶。况今柳梦兰已配而死，岂忍反负前言？"

柳玭微微笑道："前日所言侄女本属子虚，不过戏言耳。今这梦蕙小女千真万确。况诗词已蒙见赏，何必过辞。"

梁栋材施礼答道："昔柳梦兰错认小婿，便愿终身不字，誓不再嫁。是柳梦兰昔日不负小婿之生，小婿今日何忽反负柳梦兰之死？"因取出昨夜所题词笺，呈与柳玭道："小婿亦有拙咏在此，岳父试一观之，便知小婿之志矣。"

柳玭看了叹道："贤婿诚有情人也，但贤婿若别缔丝萝，或疑于负心，今依旧做老夫女婿，仍是柳梦兰面上的瓜葛，死者如果有知，必然欣慰。如死者而无知，贤婿思之亦复何益？"说罢，自往外厢去了。

梁栋材十分悲恸，想道：柳梦兰生前何等聪明，何等巧慧，难道死后便无知了？他痴痴地想了一日。

第四章　栋材思妻题香词　雪凤梦中演故事

梁栋材是夜朦胧伏枕，恍惚见柳梦兰走近身边叫道："郎君别来无恙？"

梁栋材忙向前执了她的手，问道："你原来不曾死，一向在那里？"正问时，却被檐前铁马"叮当"一声猛然惊醒，原来捏着个被角在手里。梁栋材歔欷叹息。

天明起来题《卜算子》一首以志感叹。词曰：

执笔想芳容，欲画难相似。昨夜如何入梦来？携手分明是。
却恨去匆匆，觉后浑无味。安得幽灵真可通，通向醒时会。

梁栋材题罢，想道：可惜我不善丹青，画不出柳梦兰的真容，若画得个真容在此，当效昔人百日唤真的故事，唤她下来。今虽无真容可唤，我于风清月白之夜，望空叫她，她若一灵不泯，芳魂可接，与她觌面，徘徊半晌，却不强似梦中恍惚。

兰花仙子手捧兰花，兰花幻化成三段空灵的鲜花。三段似连非连，似断非断。只听兰花仙子说道："兰花之体犹如人之身体，都是灵魂附着之地。人有前世、今生、来世，花有上、中、下三段姻缘。"

若兰连忙施礼问道："仙子，花之三段可有对应人之身体部位。"

兰花仙子道："花之三段一体对应人之上、中、下三焦。"

若兰随声应和了一声："三焦？"若兰的眼前闪现着那日冷先生的话。

冷先生曰："三焦者，人之三元之气也，号曰中清之腑，总领五脏六腑，营卫经络，内外左右上下之气也。三焦通则内外左右上下皆通，其于用身灌体，和内调外，荣左养右，导上宣下，莫大于此也。"

若兰给冷先生倒上一杯茶问："先生，小女子不解其意，能否详解？"

冷先生转睛看看窗下的兰花曰："三焦又名玉海，水道上则曰三管，中则曰霍乱，下则曰走哺，名虽三而归一，有其名而无其形也。亦号曰孤独之腑，而卫出于上，营出于下。上者络脉之系，中者经脉之系，下者人气之系也。"

若兰似有所悟地继续问道："先生，三焦与兰花之命似为相似，三焦可有脏腑所依存?"

冷先生用手指指兰花的花盆曰:"亦又属膀胱之宗,始主通阴阳,调虚实呼吸,有病则苦腹胀气满,小腹坚,溺不得便而窘迫也。溢则作水,留则为胀,手少阳是其经也。"

若兰将茶递予冷先生继续问:"可有症状之表现?"

冷先生指着兰花的叶面曰:"上焦实热,则额汗出,能食而气不利,舌干口焦,咽闭之类,腹胀胁肋痛。寒则不入食,吐酸水,胸背引痛,噎干,津不纳也。"

若兰摸摸兰花的叶子继续问:"三焦可有虚实之分?"

冷先生指着兰花的茎曰:"实则食已虚,虚则还出,膨胀而不纳。虚则不能制下,遗便溺头面肿也。中焦实热则上下不通,腹胀喘咳,下气不上,上气不下,关格而不通也。寒则下痢不止,食欲不消。中满虚则肠鸣膨胀也。下焦实热,则小便不通,大便难,若重痛也。虚寒则大小便泄下不止。"

若兰点点头似有所悟地说:"三焦统一体。"

冷先生看看窗外的阳光曰:"三焦之气,和则内外和,逆则内外逆,故以三焦为人之三元气,不亦宜乎。"

苏夫人看到若兰趴在桌上懒意浓浓的样子唤道:"兰儿,兰儿——该回房睡觉了!"若兰并没有听见,也没有动。苏道质转过脸看着若兰憨憨的样子不免笑了。

灵儿连忙拉了拉若兰的衣角说:"小姐,小姐——我们该回房睡觉了。"

若兰还在喃喃自语道:"柳梦兰,梦蕙;苏蕙,苏若兰……与我有什么关系呢?"大家茫茫然,不知她在说什么。

秦厚林抬起头看见寒雪凤还睡在自己的梦里,徘徊在码头镇的凉亭之中。寒雪凤和秦厚林手牵着手,阳光暖暖的,斜斜地照在他俩的身上,他俩从码头镇的码头上岸。一种温暖的气息从寒雪凤的头顶横贯到了脚底。

清风拂过,码头一片繁忙。寒雪凤笑着走在码头镇上,秦厚林问她笑什么,寒雪凤说她很快活,人生的一切烦恼一笑就可泯恩仇了。穿梭在码头镇的寒雪凤对秦厚林讲述着自己的故事。

寒雪凤说:有一次自己在码头镇的大街上走,看见一个人追赶一辆刚开走的公共汽车,跟着一只脚一边跑一边跳,拼命叫喊,原来是那人的一只鞋下车时卡在车门上了。秦厚林走出了寒雪凤的笑话却怎么也走不出寒雪凤的下一个故事。

从小老师就教导我们不许嘲笑别人，嘲笑别人是没有修养的表现。长大了，母亲又告诫我不许当男人的面傻笑，可我还是忍不住笑出声来。我这么笑的时候人们总盯住我看，我后来才知道我这么笑时竟挺招人，特别是居心不良的男人便会认为我风骚，男人看女人总用另一种眼光，你不要也误会了。

那是个中午，食堂里吃完饭的人都回宿舍了。我最初就这样给了个并不爱的男人，却是我一生中最尊敬的人。他是我老师，我是他学生，照理我们之间不应该发生这种事情。

他请我到他房里吃午饭。我去了，还喝了杯酒，有点高兴，就这样笑了起来。我并不完全怪他，我当时只是想看看究竟会发生什么，因此把他给我的大半杯酒一口干了。

我不知道这酒这么厉害，山里人自家酿制的白酒口味纯正，威力无穷。我感觉自己的脸在发烧，开始傻笑，他便开始吻我，他把我推倒在床上，我没有抗拒，我知道他撩起了我的裙子。他趴在我身上得到了我的第一次。他问我为什么哭。我说不是因为忍受不了疼痛，只是我怜惜自己。

在梦中，寒雪凤打量着秦厚林，她迷醉在自己的故事里。她多么希望这个故事是真的，就那样发生了。她一直试图用自己的方式去接近自己心中敬重的人，特别是老师。如果能和老师发生关系，对她来说是莫大的满足和欣慰。

他替我擦着眼泪，但我的泪水又不是为他流的，我推开了他，自己扣上衬衣，对着镜子理顺凌乱的头发。我听见房间外面走廊上来去的脚步声和人们的说话声，那种环境下，这一切举动像做贼一样，我觉得可耻极了，"动物，动物。"我心里对自己说。后来我打开房门走了出去，挺起胸脯，头尽量抬得高高的。

刚到楼梯口，突然有人叫了一声我的名字，我当时脸唰地一下子红了，像裙子被撩起，里面什么都没穿一样，幸亏楼梯口光线很暗，没有人发现我的异样。原来是同班的一个女同学正从外面进来要我陪她去找这位老师谈周末组织全班同学爬山的事情，我推说还有事情要处理，时间来不及了，就匆匆逃走。

"这个故事里的我是你自己本人吗？我觉得这个女孩是个狐狸精，这位老师是头禽兽。看来不只是男人才有欲望，女人对于肉体的欲望有时比男人更加强烈。狐狸精也没什么不好。"寒雪凤梦中的秦厚林继续评价着这个寒雪凤臆想出来的故事,"这个狐狸精和谭老师讲的那个故事很相似。女人的丈夫死了还没满七。凤凰山的人死了得守灵七七四十九天。七是个不吉利的数字,七是鬼魂的良辰吉日。"

"不要讲鬼魂,我就是鬼魂。"寒雪凤看到自己阻止着秦厚林的故事,跟着她就又哈哈大笑起来。笑自己怎么这么的胆小怕事。秦厚林的声音并没有因为自己的阻止而消失。

她鞋帮子上钉的白布条子还未去掉,就像凤凰镇上春满楼的婊子一样,动不动倚在门口,手叉着腰,一只脚还悠悠跟着,见人来了,便摇首弄姿,这是招汉子呢!

"你在骂女人?"寒雪凤参与到了秦厚林的故事里。秦厚林的眼前闪现着谭老师胖嘟嘟的脸,嘴唇在一张一合。

不,女人们也都看不过去,赶紧从她身边走开。只有孙二娘那个泼妇,当着她面吐了口唾沫。可男人们走过还不都是一个个眼馋,都一个劲回头,连五十好几的傻子也歪着头直瞅。

她隔壁老陆的老婆刚吃完晚饭坐到门口纳鞋底时把这一幕全看在眼里了,就说:"傻子,你脚下踩狗屎了?咋带着膻膻的味道。"那大热天每每村里人当街吃夜饭的时候,总见她担着一副空水桶,扭着屁股,从一家家屋门口路过。毛子他娘拿筷子戳了一下她男人,夜里招来了她男人一顿臭打,疼得嗷嗷直叫。

村里凡有丈夫的女人没有不想上去给那骚狐狸精两记耳光的。怪不得毛子他娘得把她扒光揪住头发往粪桶里按。这事先是叫她隔壁老陆的老婆发现了,这村里讨不上老婆的朱老大总往她家瓜棚里钻,说是帮她浇粪,倒真浇的是地方。要不是事情闹到孙二娘这老娘头上,也不至于弄得那么惨。

凤凰山的故事总是那样的吸引人,每个人来到凤凰山都会留下自己的故事。寒雪凤希望自己的故事也留在凤凰山上,成为人们世世代代传说的一部分。于是才有了和老师发生关系的臆想。秦厚林的嘴唇在夕阳中划出了一道闪闪的金光。寒雪凤静静地听着秦厚林在讲从谭老师那里听来的故事。

孙四天不亮就说自己早起进山里去打柴了,扛着根扁担,在村巷里拐了个弯,转身爬进这婆娘的院墙里去了。孙二娘本来就留着心眼,不等他男人出来,就拿起扁担打门。这女人一边扣着衣裙腰上的纽扣,一边竟若无其事地开了门。

那孙二娘哪能放过她,立刻扑了过去,两人顿时扭打起来,又哭又喊地把人都吸引来了。女人家当然都向着孙二娘,男人们却默默观战。这女人扯破了衣服,脸也被抓伤了,孙二娘后来说,要的就是叫她破相。她双手捂住脸,像条扭动的肉虫子,嘤嘤地哭。这当然有伤风化,可毕竟是女人家之间的事,六叔公同村长在一边站着也只好干咳嗽。

女人是这个世界上可以通天地之气的人,人类的最高智慧分子就是女巫。凤凰山上的这个女人就要变成女巫了。寒雪凤看到秦厚林的脑海里闪现着谭老师和这个女人的身影。她的身子不禁打了一个冷战,她不知道是谭老师霸占了秦厚林的灵魂,还是这个女人霸占了秦厚林的灵魂。

这个世界上还真是最毒妇人心,女人们决定惩治她。她们在她去打柴的山路上,几个手大、脚粗的女人上去就把她扒个精光捆绑起来,用一根杠子抬着,她直叫救命。她相好的就是闻声赶来,见这一伙气势汹汹连人皮都能扒了的女人也不敢露面。

她们把她往山里那桃花冲里抬去,早先开满桃花的那条山冲里就因为出了这种淫荡的女人成了麻风村。她们将她连同抬她的杠子一起扔在这冲里唯一的出路上,吐着唾沫跺着脚,诅咒一番回村去了。

秦厚林在寒雪凤的梦里讲着这个女人的不幸遭遇,她突然觉得这些女人十分的可恶,为什么对自己的姐妹这样的残忍呢?难道这些人没有自己的姐妹吗?他们除了男人就没有其他的追求了吗?唉这些可悲、可怜的女人!

后来天就下雨了,一连下了几天几夜,总算停了。晌午有人见她穿着一条漏肉的破裤子,赤身裹着件蓑衣,嘴唇苍白得没一点血色地回到了村里。屋檐下在玩的孩子见她就跑,一家家大门赶紧关上。没几天她从屋里再出来的时候竟缓过气来了,甚至比原来更妖艳了,两片嘴皮子红得透亮,面颊上也总是两片桃红,活脱是个妖精。

可她再也不敢在村里招摇了,只在早晨天还没大亮,或者天黑之后才到溪边挑水洗衣,来去也总是低着头匆匆贴着墙根走。要是被小孩们看见老远就喊:"麻风女,麻风女,先烂鼻子后烂嘴。"喊完后小孩们就四散逃走了。而后人们也就忘记她了,家家忙着割稻打谷。

这些女人也在用自己的罪孽制造着新的罪孽。谭老师的嘴如同佛祖的咒语,发出一个个金色的咒符贴在秦厚林的脑海里。秦厚林又将这佛祖的道道符语化成了一道道金光撒在了凤凰山上。

等早稻收割晚稻栽插都忙停当了,众人才察觉这女人家田里的活计都没做,人也好久不见。众人便议论得派个人去她家里看看。大家推来推去,临了还是由她隔壁老陆的老婆去探个究竟。

她出来就说:"这妖精总算得了报应,起了一脸的水泡,怪不得连门都不出哩!"女人们听了都松了口气,再也不必为她们自家的男人操心了。

割完晚稻,打完最后一块田里的谷子,也就霜降了。村里人开始置备年货,磨米粉时,毛子他妈就发现她丈夫推磨时光着的脊背上起了水泡,她没敢同别人说,只告诉了她小姑。不料这话同她小姑刚说过的第二天,她小姑早起,见她老公怎么胸前也生了疱疹子。

佛说:一切皆有因缘。看来报应正在接二连三地显现在凤凰山这个悲剧的故事里。大家都成了这个故事的牺牲品。

秦厚林并没有理会寒雪凤的结论而是继续平静地讲着这个寒雪凤梦里的故事。

事情就怕串联,女人家一串连就没有保守住的秘密,连孙四腿上也长了浓泡在流水。那个年过得挺阴沉,家家的婆娘都有心事,婆娘的男人们不是包头就是包脸,正赶上冬天,还不太抢眼。

又到开春犁地了,再包住头脸就很不合适。男人们本不注意脸蛋,这会人人不是脱皮掉头发就是长水泡,连六叔公的鼻头上都生了个疹子。

彼此彼此,也就没得可说,照样耙田。把秧都栽下去,人们又得了点空闲,便想起那妖精不知是死是活,可都说是这麻风病人坐过的椅子旁人坐了屁股上也会生疮,也就再也没人敢去沾那妖精的家门。

"活该,这些臭男人。"她说。寒雪凤应和着秦厚林的话,他俩的观点终于在梦中达成了一致。

"活该,这些臭女人。"他说。秦厚林应和着寒雪凤的话,他俩的观点终于在梦中达成了一致。

可第一个在脸上扎个手巾下田割草的是孙二娘。老人们都说:"造孽啊,现世的报应。"可有什么法子呢?连老陆的老婆也没逃脱,生了奶疮,全都溃烂了,只有还没出阁的丫头和小儿,他们如果不远走他乡,也难逃厄运。

寒雪凤看到梦里秦厚林给自己讲的故事突然觉得身上冷冷的,这个世界上可怕的是人!人心最歹毒!你只要熟悉自然,它就同你亲近,可人这东西已经到了有智无慧的境界。

特别是科技的发展正在将人类积累的所有文明加速摧毁。人什么都能制造出来,从谣言到试管婴儿。人也什么都能毁灭,从肉体到灵魂。

秦厚林并没有看见寒雪凤的梦,也不知道寒雪凤在想些什么,她梦到的一切东西只与自己有关，与他人无关。秦厚林看着深沉的夜色，还在修改着自己的作品。

桌上淡淡的清茶吐着<u>丝丝缕缕</u>的热气，屋子里弥漫着茉莉花的清香。文字在秦厚林的笔下一个个地跳跃着，舞动着自己的青春，用自己的组合方式告诉着人们他们的喜怒哀乐。

秦厚林看到田主任戴着一副面具坐在办公桌前。这是一个木雕的人面兽头面具，头顶上突出两只角，两角的边上还有一对更小的尖角，那一脸魔怪气息凶悍恐怖，眼眶只是两个圆圆的空洞，眼圈突出。眉骨下有一道深槽，额头尖挺，眉心和眉骨向上挑起，这使眼眶更为突出，双目便威慑住对方，兽与人对峙时正是这样。

那突出的眼眶的空洞里闪烁着兽性的幽光。眼眶的下沿显出两道月牙形黑槽，尖尖挑起两角，使面目更加狰狞。秦厚林看到田主任变成了项管家，鼻子、嘴、颧骨和下颌都造型精确，一个瘪嘴的项管家，皮肉干瘪，骨骼分明。这个面具继续变化着，这时似乎是符融的骨骼，两边紧绷的嘴角露出一对尖锐的獠牙，一直挑到耳鼻两侧，鼻翼张开。绷紧的嘴角边还有两个小洞，这张极为精明的人脸同时又充满着兽性的野蛮。

在这个世界上，人人都戴着一张面具生活在世上。这个面具不再是木头做的，也不再是塑料做的，而是人皮做的。人的这张脸就是人的面具。这张脸一会儿是父亲，一会儿是母亲，一会儿是丈夫，一会儿是妻子，一会儿是儿子，一会儿是女儿，一会儿是媳妇，一会儿是女婿，一会儿是叔叔，一会儿是阿姨，一会儿是哥哥，一会儿是姐姐，一会儿是弟弟，一会儿是妹妹，一会儿是病人，一会儿是医生，一会是下属，一会儿是上司……

人无法摆脱掉这张面具，它是人肉体和灵魂的投射。

人从自己脸面上再也揭不下这已经长得如同皮肉一样的面具，便总处在惊讶之中，仿佛不相信这就是他自己，可这又确实是他自己。他无法揭除这副面具，因此又痛苦不堪。

其实，这个世界最难背的是人皮。人皮作为人的面具，一经显现，便再也抹不去了。因为人依附于人皮，人皮并没有自己的意志，或者说徒有意志而无法谋求实现，倒不如没有意志，它就给他留下了这么一副在惊讶中审视着自己的永恒的面具。

第六卷 寅时

第一章　第六病室人和谐　中医医院存温情

　　黄土地在一段喧闹之后终于走上了宁静的道路。远远的顶峰山上传来了猫头鹰"呱，呱——"的叫声。寒雪凤已经沉沉睡去，走在自己的梦中。不远处，雪地里传来了漠峪谷里"嗷，嗷——"的狼叫声。

　　秦厚林再次走进了自己的作品。五平方米的出租屋内依然闪烁着充电器的光芒。秦厚林还没有从发烧的高温中清醒过来，他走在梦中的记忆里回顾着秦省中医医院的温情。

　　秦省中医医院里槐树飘香，第六病室有六张床位，从门口到窗户分两排，一边三张床位，分别是从25床到30床。白医生来查房了，他站在25床前嘱咐着秦厚林照看好父亲。

　　白大夫弯下腰微笑着说："秦老先生，明天就可以出院了。回家之后要多和周围的人聊天，像在医院里一样，每天坚持锻炼两次，有事就和我们联系……"父亲只是微笑着，一直看着白大夫点头却一句话也说不出来。

　　白大夫转向秦厚林说："出院后照顾好秦老先生。我让护士去给你拿《康复指南》了。回去之后按照《康复指南》上的指导用药。饮食上也要注意，俗话说：三分药，七分养。饮食方面在《康复指南》上也有指导说明，记得将秦老先生照顾得细心一点。"

　　秦厚林感谢地说："白大夫，我们一定会按照《康复指南》上的指导照顾好我父亲的。谢谢白大夫！"

　　蒋敏小护士甜甜地微笑着："这是我们医院的《康复指南》，发给你们一本。回家后要坚持锻炼身体，多吃水果和蔬菜，少吃盐和脂类食品。有什么事和我们科室联系。科室电话和每个大夫的电话上面都有……"

　　秦厚林恭恭敬敬地说："谢谢你！"转过脸问白大夫，"白大夫我们还要注意什么吗？"

　　白大夫嘱咐秦厚林："回去之后还是要秦老先生多锻炼，坚持做康复性训练。"

　　秦厚林神情坚定地说："这个我们一定会坚持的，白大夫您放心。"

　　白大夫继续嘱咐道："回去后，每一个月都要给秦老先生做一次全面检查,再调整一下药物以巩固治疗效果。因为你家离咸阳远,我让护士准备了几支试管,你带回去。到了时间,你在你们镇医院给秦老先生取了血样标本再及时送回中医医院就行了,秦老先生行动不太方便,省的秦老先生来回折腾。"

秦厚林感激地说:"太感谢白大夫了,真的谢谢您!"

白大夫停顿了一下说:"我差点忘了,你们出院之前去护士站那拿两个月的药。"

秦厚林疑惑地问:"拿药!这么多?"

白大夫解释道:"不多,都是中成药,怕你家远,为了买药整天来回奔波。这个药是治疗脑血管疾病临床试验第三期的药,药效稳定安全,很适合秦老先生的病情。是免费送给你们的。在护士那里填个单子就可以了。"

秦厚林激动地流下了泪水:"谢谢白大夫!"

秦厚林搀扶着父亲走出第六病室,走过开满槐花的秦中中医医院。西边的天空夕阳别样红,身后留下了第六病室的几十个日日夜夜。在这里,人们已经忘记了病痛是怎么回事,各自表现着自己的性格特征。

第六病室有六张床,六张床住着六位病人。黄土地上八月的天气已经不那么燥热了,只是有点闷。

"外公,你先躺下,医生来了。"26床的小外孙说着就揭开了躺下去的老人的衣服,原来是护士来给老人做电疗了。

"外公洗洗脚!"做完电疗,小男孩打来了热水给外公洗脚。

老人躺在床上做着电疗对小男孩抱怨道:"你妈怎么还不来?我给你妈说了让你外婆别来,她身体不好。"

"大喔,我刚才去主治医师办公室问了一下,医生说这一疗程的药吊完您就可以出院了。"老人的话音刚落,一位青年妇女走进第六病室吵醒了老人的美梦。

"小石头很乖,你带他出去买一点好吃的。"老人从床上坐了起来对自己的女儿说。

"这是你家的孩子?"陈老太太盘腿坐在中间的29床问青年妇女。

26床的女儿点了点头说:"老太太,是的,是我的儿子。这几天我有点急事要处理,就让他在这里照看他外公。"

"这孩子可真懂事!我要是有这样的小孙子就好了!"老太太坐在对面羡慕地赞叹道。

"老太太,哪有您说的那么好!您也应该是儿孙满堂,幸福着呢!"青年妇女谦虚地笑着说。

"我不洗,你把水端出去!"窗口传来了愤怒的吼叫声。第六病室的空气凝固了,大家都把目光转向了窗口。晚霞中黑瘦的年轻人情绪很糟糕。

"你不洗拉倒!"花白头发的老教授把水端走了。满脸横肉的中年妇女来和老教授换班了,她已经站在了门口。

"你这是干什么?他是孩子呀!"说着27床的母亲已经从门口三步并做两步地走了进来。

"孩子不洗脚就算了。你非要让他洗,他是病人。"送饭来的妇女站在夕阳下的窗户边维护着儿子那颗脆弱的心。

"都是你惯的!"老教授愤愤不平地说。

"怎么是我惯的?他不是你儿子吗?从小你就不管他。"听着她的话,老教授不作声了。

"今晚我来陪他,你回家去吧。"这位母亲对老教授温和地说。

老教授从她们母子俩身边默默地走了过去,头上的白发昭示着他再也不是当年那个年轻力壮的小伙子了。

"哎,别忘了晚上早点睡觉。不要在没命的工作了。"她叮嘱着已经走出第六病室的老教授。

晚霞将西边的天空烧得通红,夜幕缓缓地降临在第六病室的走廊里。大家都休息了,昏黄的光线里传来了小伙子母亲的声音:"你也知道你爸的脾气。那人就是一个倔脾气,死爱面子——"昏黄的灯光下年轻人听着母亲的唠叨。"何况,你爸是一个长辈。你不洗脚,给他说清楚就行了。何必叫他下不了台呢?"母亲给他削着苹果继续说:"你爸这一辈子为了这个家不容易呀!为了你们姐弟几个可没少操心。毕竟他年纪大了!"

"大喔,您想吃什么?我下去给你买。"清晨的阳光撒在第六病室,秦厚林坐在床边问父亲。父亲没有回答他。

"一会儿卖饭的就来了,我先扶着你在楼道里走几圈吧。"秦厚林对父亲说。他搀扶着父亲的胳膊下床了,走出第六病室来到了楼道,楼道里到处都是来来往往的行人。秦厚林牵着父亲的衣角来回地走在楼道里并不住地提示父亲:"脚尖抬起来,脚后跟踏下去,脚板放平……抬头,挺腰,收腹……"楼道中的父子成了一道靓丽的风景线。

"大喔,你看——你的脚已经能够踩在地上了!脚尖不点的那么高了!比昨天进步多了!"秦厚林兴奋地说。

"25床,回病房发药了。"护士推着发药的车子走进了第六病室。

"开饭了,开饭了——"走廊内传来了送饭的声音。

"大喔,您坐好!我去买饭了。"秦厚林让父亲坐在床边,自己拿了两只碧绿色的洋瓷碗走出了第六病室。

"给我打两碗稀饭,一份胡萝卜豆芽菜,两块钱的包子。"秦厚林对打饭的人说。

"28床的人呢?"秦厚林端着饭回来的时候护士问第六病室的人们。但是没人知道他去了那里。当早晨第一缕阳光射进第六病室时,28床已经是空空如也。

"妈——,您今天觉得怎么样?"一位戴着金丝边眼镜的年轻女人问中间的陈老太太。

"我就没病,不住医院。你们非要我来花这个冤枉钱!我想回家。"老太太对在国税局上班的女儿说。

"妈——,看您说的。那天您晕倒在灶房,您忘了?还说没事!幸亏我们发现的及时,要不然……医生说做完这个疗程就可以出院了。您就好好养着!您老身体好就是我们儿女的福气!您要是闷得慌,我给医生说一声,今天晚上把你接回家住一晚上,明天早上再把您送过来。"老太太听着这话眉毛都笑弯了。

"28床回来了。"老太太的女儿对护士说。

"28床,药放在你的桌子上了,记着按时吃药呦。"护士叮嘱道。

"谢谢你!我早上出去吸了一点新鲜空气。顺便跑了几圈,并且去七里铺吃了个早饭。外面的空气真新鲜!人就适合在外面运动,做一只快快乐乐的动物,享受惬意的阳光和自然的美景。"28床手里拿着两根油条一边吃一边说。

太阳好似长了脚一样行走在第六病室的地板上。九点的时候第六病室的六位病人有的坐着,有的躺着,有的侧身卧着在自己的床上开始输液了。

第六病室涌进了一群穿着讲究的人。他们一起走到了29床前,有的手拿鲜花,有的手提水果,有的拿着礼品,所有人都争抢着向老人问好,29床望着大家不知道回答哪个好。

"你好!你好!你好!大家好!大家坐!"老太太指着自己身边的床说。

戴眼镜的女儿介绍道:"妈,我们单位的领导来看您来了。这位是我们局的王局长，这位是我们局的李书记，这位是我们所的张所长……"

第六病室里瘦得皮包骨头的30床的高老太太的心脏在虚弱地跳动着，监视器的红色箭头画着波浪线发出"嘟，嘟——"的响声。这位来自农村的老太太在监视器的照看下维持着自己脆弱的生命。

雨后的空气湿漉漉的，父亲的腿似乎没有前几天灵便了。秦厚林一边想着一边看着坐在床上挂着吊瓶的父亲。秦厚林在注视着父亲的掉水瓶上的标签，想弄明白父亲用的是什么药。

"大喔，我来喂你吃饭吧。"午饭时秦厚林对父亲说。父亲摇了摇他那只没扎吊针的左手，意思是不让给他喂饭。

秦厚林望了望刚换上去的一瓶吊水，还是满满的，又瞧一瞧桌上两碗热气腾腾的西红柿豆芽麻食，转过脸对父亲说："大喔，吊完水就到下午三四点了。到那时饭就都僵成一块了，而且饭也冷了，就不好吃了。您的肚子也就饿得咕咕叫了。"望着父亲挂吊针的右手，秦厚林端起了洋瓷碗给父亲喂饭了。

"护士，你赶快把白大夫叫过来！看我妈的心脏怎么了？"对面30床的家属焦急而不知所措地注视着心脏监控器上的波浪线变成了平行线。

白大夫急匆匆地赶来了，第六病室的空气凝固了。"是谁给病人把心脏起搏器取了？那样就无法控制监控了。"虚惊一场的大家都笑了。

父亲的手用力地拉了拉秦厚林的衣服。秦厚林坐了起来，给父亲穿好衣服，他搀扶着父亲在昏黄的灯光下向厕所走去。回来时，走廊里静悄悄的，没一个人。原来秦厚林才意识到现在是深夜两点半。

26床的病人紧紧地握着父亲的手说："老大哥你再住几天，我今天要出院了。"他的小外孙跟在他的身后提着一大堆东西，他女儿去办出院手续了。父亲紧紧地握着他的手不肯放下。

第二天，30床的病人被儿女们接走了。空气中只留下了白大夫语重心长的话："老太太，你的病情刚稳定，回家要安心调养。心脏不好，千万不能生气！要心平气和！俗话说：三分药，七分养。你老回家后读一读佛经这类调养心性的书。"

父亲忧郁的心情如同阴云密布一样，这层乌云久久不能散去。父亲整天坐着不说一句话。第六病室的夕阳下秦厚林为父亲洗完了脚坐在父亲身旁聊着天。

"大喔，你看一下对面的老太太。人家今年已经七十有四了，还是那样的精神！她整天有说有笑的，看得很开，跟没事的人似的。第六病室的病人有几个心情不好的？你看26床和你一样，人家心情开朗早就出院了。白大夫对你说什么了？你这病不是什么大病。关键是心态要好，心情舒畅。要多说话，多和人沟通与交流。30床走的时候白大夫说什么了？三分药，七分养。只要心情好，我们很快就可以出院了……"秦厚林盘腿坐在父亲对面和他聊着天。可是，父亲还是和来的时候一样，一句话也没说。

秦厚林继续说道："过几天，天气晴了。我们去楼下面去锻炼。吸吸新鲜空气，调节好心情……"父亲还是没说话。

"大喔，你看这是几颗药？"秦厚林问。

父亲伸出了五个手指。

"用嘴说。"秦厚林要求道。

"五——"父亲终于说出了一个字。

"你用手指数一下它。"秦厚林说。

父亲的手指在秦厚林的手掌中边颤抖着边晃晃悠悠地数着："一，二……一，二，三……一，二……"父亲的眼睛不是很清楚地看着这几颗药。

"好，先拿三颗放到自己嘴里。"秦厚林说。

父亲颤抖的手指抓住了两颗药放到了嘴里。

"水""赶快咽，快咽……"父亲吃药的历史已经有两个年头了，但是咽药对于父亲来说仍是一个不小的困难。

"脖子一仰，咕噜一下就咽了。好！仰脖子……喝水。"只听"咕噜"一下，水下去了，药还在嘴里。"再喝一口水，再咽一下。要尽快咽下去。要不胶囊见水就沾在喉咙上赖着不走了。"秦厚林比画着，父亲终于咽下去了。

"好，还有最后三颗……"大约二十分钟后，五颗药终于送进了父亲的身体里。

"好，很好！大喔，今天比昨天进步了一分钟。如果我们每天快一分钟，进步一分钟，那么，我们在出院的时候你喝药时间长的问题就自己解决了。加油噢！"秦厚林将拳头在空中挥舞着兴奋地说。

30床来了位新病人。"爸，我走了，你照顾好自己！"年轻一点的说。

年长的说："我送你出去吧！"原来他俩是父子！

"你哪里能走呢？"儿子看了一眼父亲的吊瓶说。父亲提起了吊瓶就往外走。

"你们继续玩，不要太晚了，以免影响休息！"陆大夫来查房了，她对几个打牌的人说。27床黑脸青年的情绪慢慢地好了起来。他同大家打着牌，唠着家常。一个晚上脸已经由黑变青，由青变白了。谁也没想到，第二天早晨起来，他的脸上已经有血色了。老教授那颗悬浮的心也放了下来。看来白大夫的心理疗法起作用了。真是：三分药，七分养呀！

第六病室昏黄的灯光下，老教授的妻子和陈老太太聊着天。"他爸那人脾气直。吃苦的人从不低三下四，低声下气，不认输，是一个典型的犟脾气。你要是顺着他的脾气来，你要鞋他连袜子都给你。但是有时也让人受不了。那次我在洗澡，'啪——'的一声摔倒在了浴室里，怎么也起不来。他在客厅里看电视听到响声起来转了一圈听没动静就继续看电视了。他也不问一声，后来还振振有词地说我'你为什么那么不小心？'他也不问你摔在了哪里？摔得重不重，到底怎么样了？不过和他生活了几十年，他的脾气早就摸透了，顺着他的脾气来就行了……"

陈老太太说："我这几个儿女都孝顺。你看白天有儿子陪，晚上有女儿陪。这几天好多了！我说：'你们都忙，有工作就别来了。我自己能行。晚上也不用来陪我了。我们这些病友都挺好的。'我也是一辈子忙惯了的人，这一闲下来还真不自在。"

陈老太太停下来的时候，27床的母亲问："您老今年高寿？"

"我姓陈，今年七十有四了。"陈老太太继续说道："我和二儿子过。别的孩子们条件都好，就他家的条件紧张一点。我经常对儿子和儿媳妇说：'你们安心上班，我来做饭。'我每天要擀五六个人的面，因为我觉得干活能让人精神，就是那天正在擀面时觉得眼前一黑，就晕倒了。"

"你们那个年代的人，是闲不住的一代人。"老教授的妻子对陈老太太继续说："不过，我觉得什么山珍海味都没有面条养人。我的孩子们小的时候总是挑食。不吃这，不吃那。我妈把孩子放在她那里。过了一周我去看他们，一个个吃得圆圆的、胖胖的。我说：'妈，你给他们吃什么了？有什么秘方？'我妈笑着说：'秘方是面粉和水，吃面条！'我们黄土地上的人就是一个面袋子，面肚子！"27床的孩子微笑着听自己的母亲讲他们小时候的故事。

"妈，还在和阿姨聊天呢。"陈老太太的女儿来了。

"我再和你阿姨聊一会儿。不是说不来了嘛，怎么又来了？"陈老太太问。

"我不放心！反正在家里是睡觉，在这里也是睡觉，都一样呀！"她把眼镜往上扶了扶说。在第六病室的夜色中，她依然晚上起来了三四次为母亲盖好了歪了的被子。

第二章　晚霞普照七里铺　若兰窦滔游八景

秦厚林醒来依旧是第六病室的清晨。

"大喔，慢一点走。要注意脚下踏平，抬头，挺胸，收腹……"秦厚林和父亲刚转出一楼电梯，就听见有人说："你们下楼活动了！"二人一看，原来是陆大夫。

从清晨走向夕阳，他们散步在医院外的中华广场上，又走进住院部的后院，坐在长藤条垂下的后院石凳上听着手机里的音乐。父亲笑了，他的笑容留在了中华广场的狭长小道上，他的笑容挥洒在后院的常春藤下。

秦厚林陪着父亲走出了后院的大门，走过那条安静的马路，来到了七里铺。晚霞中的七里铺人头攒动，是小吃的天堂。放学后的学生穿梭在人群中，这里多了几分热闹与生气。

秦厚林挽着父亲的胳膊走在七里铺的人群中。走过烧饼店，走过包子房，走过米粉铺，最后来到豆腐脑的小摊前。两碗豆腐脑和两个馒头成了他和父亲最顺滑最舒适的晚餐。

吃过晚饭后秦厚林和父亲回到了医院，当他们走出住院部七楼电梯门时秦厚林心里一动，七楼怎么会有这么漂亮的姑娘！她冲着秦厚林和父亲点头笑了笑。

"你们没领口服药吧！"飘来的声音使秦厚林认出她是老家江苏从小长在伊犁的医院实习护士蒋萍。

"还是我帮你们领吧！"她扔下了同伴跑了回来说。

"是谁？"父亲问。秦厚林心里一惊！父亲说话了。

"是发药的小护士！换了衣服就不认识了。她们现在下班了。"秦厚林说。的确，穿上白大褂，戴上口罩，护士和医生一个样——白衣天使。

走过配药房，她已经飞到了我们身边。

"你们等我一会儿。"她轻轻地走了进去，又走了出来。"你们的药已经装在纸袋子里送到病房了。"可爱的小护士说。

"谢谢你！"秦厚林说。认识她已经是几天前的事情了。

"你叫张峰，现在打针了。"小护士对躺在28床上的病人说。她用标准的普通话亲切地称呼着每一位病人。

"护士,这药是治疗什么的?"几天后,28床的新主人问她。

"这个——"她看了一下吊瓶说:"我问一下老师再告诉你。"她甜甜地笑了一下说。

30床的个体老板和她聊了起来:"护士,你能告诉我打点滴为什么把瓶子挂起来呢?"

"因为瓶子挂起来,要高过头顶。这样点滴的压强大于人体的压强。点滴才能输入到人体内。一般点滴架的高度都高于一米七。"蒋萍甜甜地说。

"不错,很专业!"30床的病人赞叹道。她一如既往地发药、打针,干自己的工作,不时引来病友赞许的目光。

这几天,30床的病人话有一点多。"这位护士,我住进来这么多天怎么没见过你?"

护士一边换吊瓶一边冷冷地说:"没见过我,不会吧。我可是天天来第六病室换药。不信可以去药房收集一下你的吊瓶。我可是天天在你的药瓶上签下我的名字。我还知道你叫曹键。"30床的病人落了一个关公脸。

"那是因为人家戴着口罩,你没认出来。"陈老太太给曹老板解了围。

26床住进了一位女病人,她叫嚷着:"你爸那人只想到他自己,哪里管我的死活,给你爸打个电话。"

"没人接。"儿子一边拿着电话一边说。

"你看我都病了半个月了,他连问也不问一下。这叫什么人?"她在旁边抱怨道。

儿子不耐烦地望着她说:"妈,你别说了好不好。这儿这么多人!"

"我偏要说,我就要说。不说,这气出不来!"大家奇怪地看着他们母子俩。

"26床的人呢?"晚上十点钟,医生问身旁的秦厚林。

"不知道,她晚上出去了就没回来。"秦厚林搜寻着自己的记忆说。

"你昨晚跑到哪里去了?"当太阳升起的时候,医生质问26床的病人,"我们可是什么都准备好了,就是找不到你。"

"袁医生,你别见怪,我是怕呀!一听灌肠我是浑身发抖。不过昨天喝了阎大夫的中药,我今天早上起来就大解了。多亏昨晚没灌肠。"她笑眯眯地说。

"今天第几天了?"袁医生问。

"第七天了。"她回答道。

"以后可不能这样了!"袁医生说。

"知道了,你放心,以后不会了!"她向袁医生保证道。

"妈,你看这是啥?"儿子提出了两个金黄色的小铜壶。

"儿子,你淘到宝贝了。这下我们可发财了!"她兴奋地从床上坐了起来,"你在哪儿买的?"

"在古玩市场!"儿子兴奋地说。

"我让你去看丝路花城的花园洋房,你看得怎么样了?"她问儿子。

"买房还不如买车呢!我们看中的那套五十万。"儿子说。

"有钱我一定搞定它!"她一拍大腿继续说:"儿子,陪妈下午去逛街。"

阳光下,28床新来的石油工人盘腿坐在床上和斜对面的秦厚林说:"你要是报石油专业就好了。作为农民的孩子,家里无权又无钱,报石油学校是最好的。石油专业出来就像我一样:工作半年,休息半年。又是高工资、高福利,多好!你们从学校出来的都是技术员和管理人员,我们石油工人去打钻,干上几年混一个工程师,然后再混一个高级工程师,这一辈子吃香的喝辣的,这样就高枕无忧了。"

"有没有打不出来油的井?"秦厚林问。

"有,但是很少!打一口井是几千万的投资,搞勘探的允许打枯井,但是生产井必须打出油来。"他激动地说。

"听说你们去的都是荒无人烟的地方。娱乐活动很少!"秦厚林说。

"打井用石沙下罐防止塌方,是以吨为计算单位的。住的是车拉的钢铁房子。就像你说的,那里唯一的缺点就是女人少。只有看发电机的、卫生员和送饭的是女的,其余的都是大老爷们。不过现在好多了!每到一处先安家!用混凝土弄个水泥场地踢足球。完了再到附近的城里玩。年轻人都耐不住寂寞,打井的都是老工人,技术熟练,不用你操心。"他已经说得手舞足蹈了。

挂着吊瓶的陈老太太的行为把大家惊呆了。她竟然一只手就把吊瓶架的杆子放到了自己床头。

"老太太,您快放着。我来,我来!"护士从惊讶中回过头来连忙说。

秦厚林收回了飘在第六病室的思绪。作品中依然流淌着生活的情趣,秦厚林信步走去,细雨迷蒙。好久没有走在蒙蒙细雨中了,路边的小镇清寂无人,林子里不时传来清脆的鸟叫声,似远似近的溪水声随着飘忽不定的风姑娘时而萦绕在身旁,时而钻进耳膜,时而洗涤心灵,时而沐浴肉体。

肉体与心灵自由自在地放松在天地间，不必想什么，让思绪漫游开去，也不必做什么，让心灵舒展开。满目苍翠，正是春天。

走过绿色的草坎，看到的是一片古朴而沧桑的青木色树林。古老的槐树与柏树在武功的小华山上已经蔓延得郁郁葱葱，随着夜风发出"沙沙，沙沙——"的响声。

树林深处是一片青灰色的、青蓝色的、土黄色的青砖大瓦房。秦厚林似乎又看到了横渠先生。横渠先生对寒雪凤和秦厚林说："那是绿野书院，我讲关学的地方。"

"厚林哥，我看这绿野书院分明是清北大学。你说是吗？"寒雪凤转过脸对秦厚林说。

秦厚林看着寒雪凤嘴角升腾的蒸汽说："从绿野书院到清北大学只是人生的一段经历而已，这也许就是轮回吧。"

"厚林哥，你相信轮回吗？"寒雪凤看着秦厚林若有若无的表情问。

秦厚林沉浸在幽兰色的夜空中感受着书院的气息如老夫子一样地说："我相信，冷箭竹从开花到结籽，从枯死到种子再发芽，从成长再到开花，整整六十年，一个甲子，正好一劫。人生每六十年是一个甲子，也同样是一种轮回。"

绿野书院里的青砖大瓦房一字排开，房前瓦后是青绿色的核桃树，窗户里透出昏黄的灯光。

核桃树下一女子手拿《回文锦》，琅琅的读书声穿过了青砖大瓦房回响在黄土地上的蒿草中，随雪花飘在天空中。

那不是若兰吗？秦厚林心中不禁一颤。转眼望去，青砖瓦房前有一少年正在练功。那不是我自己吗？我怎么会在这里？这是什么地方？秦厚林心中有无数的问号。这不正是清北大学吗？清北大学，怎么会有这样的想法？这分明是绿野中学呀！他的母校呀！他要醒来，可是秦厚林却怎么也醒不过来。

寒雪凤疑云重重地问："厚林哥，这是清北大学吗？"

秦厚林呼吸着书院的气息回答道："凤儿，是的！这肯定是清北大学！这一定是清北大学！苏若兰读书的绿野书院，也是我俩读书的地方。前世，今生，来世……"

横渠先生看着他俩的样子，随后变成了古代的琴师……琴音穿透山巅，回荡在蓝天白云、青山绿水之间。寒雪凤拉着秦厚林的手，耳畔回响着"心悦君兮，君不知"的《越人歌》。落日的余晖映在绿野书院，一片赤红。

秦厚林看到自编自导的电影运行在梦幻中。镜头随后出了城门，武镇国泰的小华山上琅琅的书声回旋在绿野书院的上空。

书院内柏树林立，松柏下院士教导："教之于教，学之于学，教与学在于生活。清明时节，游山玩水，愉悦心情。游于武功，欣赏美景，陶冶情操，启迪心智……"若兰和窦滔静静地坐在山林中听着院士的讲解。风声从大家的心中飘过。远远的山林里飘出了《高山流水》的琴声。

姜嫄墓旁，琴师讲着心法："五音乃发自心、肝、脾、肺、肾，五行具备，声在心中，自心而发的琴声，才是绝妙之音。每一琴声都是因心动而发……哪位同学愿为大家弹奏一曲？"

若兰从人群中走出，拱手一拜说道："恩师，学生不才，愿为大家弹奏一曲，以解雅音……"

若兰旁若无人的琴声在人群中流淌……忘情中若兰绣的凤凰帕掉在了地上。

窦滔静静地陶醉在夕阳中聆听着若兰的音符，在秋风中眉目含情地望着若兰，俯身捡起了掉在地上的凤凰帕。

灵儿在晚霞中对若兰说："小姐，我们拜谒了姜嫄圣母，还应该去拜谒神农始祖后稷。我们该去教稼台拜谒了。"

教嫁台黄土台上，黄土凝重，台下无数人围观。武师沉醉在夕阳中摇头晃脑："武者，舞之也。既究形体规范，又求精神传意。内外合一，天人合一。内者，心、神、意等心志活动和气总的运行；外者，手、眼、身、步等形体活动。内与外、形与神合二为一。谁能为大家举一个例子？"

窦滔从人群中走出，拱手一拜说道："恩师，弟子愿意和大家一起分享。如前代五禽操就是一种模仿虎、鹿、熊、猿、鸟五种动物的奇妙功夫。其精髓就是：外动内静、动中求静、动静兼备、有刚有柔、刚柔并济、练内练外、内外兼练，内练精气神，外练筋骨皮。以心行气，以气运身。内三合，外三合。精、力、气、骨、神内外兼修。心动形随，形断意连，势断气连。达到手、眼、身、法、步，精神气力功。"教嫁台上窦滔演武的身影飘落在黄昏的风中，片片落叶成了窦滔的伴舞随风飘扬。

窦滔脑中闪现着自己在土堆上对书童讲学的那一幕：夕有后稷教稼流千古，今有窦滔武艺甲天下……

光影移动，若兰在台下看着，心里甚是欢喜。若兰回想起窦滔站在土堆上对书童讲学的那一幕：夕有后稷教稼流千古，今有我窦滔一世武艺保家国……

"停，这一场就拍到这里。下一场清明祭祖。准备，开拍！"秦厚林看到自己指挥着剧组在拍《璇玑图》。

清明时节，姬水河畔绿油油的麦苗已经直起了腰杆。黄土地上祭祀的鼓乐齐鸣，姬水河畔苏武故园内人们忙着摆放祭品。

苏道质手拿香烛在前，众人跟在身后一字排开，苏道质深深的鞠躬，大家跟着鞠躬；苏道质磕头，大家跟着磕头；几万人一起鞠躬，几万人一起磕头，这场面蔚为壮观。

祭拜完毕，若兰来到大殿内。在苏武塑像的面前拜了拜，回过头走在大殿内看着周围墙上苏武牧羊的故事。若兰走到第一幅图前，眼前浮现着儿时父亲在书房里给自己讲苏武坚贞不屈、忠义爱国的画面。

"爹爹，这画上的人是谁？"若兰指着书案上的几幅画问苏道质。

苏道质看着画上的人抚摸着若兰的头说："兰儿，他是我们苏家的骄傲！做人就应该做像他这样的人，精忠报国，忠义为先！"

"爹爹，画上的人到底是谁呀？"若兰摇着苏道质的胳膊继续追问。

苏道质指着这幅图对若兰说："兰儿，这幅图名叫《思汉怀乡》。画上的人是苏武，我们苏家人的骄傲。"

"爹爹，您能给孩儿讲讲苏武的故事吗？"若兰扑闪着好奇的眼睛问。

苏道质一脸严肃地说："苏武的故事讲上三天三夜都讲不完。只要我儿愿意听，爹爹就讲给你听。"

"好呀，好呀，爹爹今天就讲。"若兰拍着小手，拉着苏道质的手央求道。

苏道质坐到书桌前把若兰放在自己的腿上讲道："几百年前，那个时候还是大汉的天下。大汉和匈奴经常打仗，尸横遍野，民不聊生。那年大汉天子派出卫青、霍去病打败匈奴以后，匈奴的单于一次次派使者来求和，可是汉朝的使者到匈奴去回访，有的却被他们扣留了。于是，大汉也扣留了一些匈奴使者。"

"爹爹，人们为什么要打仗呢？不打仗多好！"若兰一边听苏道质讲苏武的故事一边问。

苏道质摸摸若兰的头说："傻丫头，你长大以后就知道了。汉朝时，汉武帝正想出兵攻打匈奴，匈奴派使者来求和了，还把汉朝的使者都放回来。汉武帝为了答复匈奴的善意，派中郎将苏武拿着旌节，带着副手张胜和随员常惠，出使匈奴。苏武到了匈奴，送回扣留的使者，送上礼物。苏武正等单于写个回信让他回去，没想到就在这个时候出了一件倒霉的事儿。"

"爹爹，出了一件什么倒霉的事儿？这与苏武有什么关系吗？"若兰眨巴着眼睛迫不及待地问父亲。

若兰走到第二幅图前，眼前依然回旋着父亲的声音和脸庞。父亲指着桌上一幅空旷凄凉、清冷凄楚的画面说："这幅图画的是苏武精忠报国的事。"

苏道质喝了一口茶将若兰搂到怀里继续说："苏武没到匈奴之前，有一个生长在汉朝的匈奴人叫卫律，他在出使匈奴后投靠了匈奴。单于特别重用他，封他为王。卫律有一个部下叫作虞常，对卫律很不满意。他跟苏武的副手张胜原来是朋友，就暗地跟张胜商量，想杀了卫律，劫持单于的母亲，逃回大汉。"

"爹爹，张胜同意了吗？"若兰紧张地问。

苏道质看看若兰说："张胜同意了。"

"爹爹，那后来呢？"若兰追问着苏道质。

苏道质对若兰说："没想到虞常的计划没成功，反而被匈奴人逮住了。单于大怒，叫卫律审问虞常，还要查问出同谋的人来。苏武本来不知道这件事。到了这时候，张胜怕受到牵连才告诉苏武。苏武说：'事情已经到这个地步，一定会牵连到我。如果让人家审问以后再死，不是更给朝廷丢脸吗？'说罢，就拔出刀来要自杀。"

"爹爹，苏武为什么要自杀呢？苏武自杀了吗？"若兰紧张而后怕地望着父亲。

苏道质俯下身子搂着若兰摇摇头说："兰儿不怕，苏武自杀没有成功。张胜和随员常惠眼快夺去了他手里的刀并把他劝住了。虞常受尽种种刑罚只承认跟张胜是朋友，拼死也不承认跟苏武是同谋。卫律向单于报告。单于大怒，想杀死苏武，被大臣劝阻了，单于又叫卫律去逼迫苏武投降。"

"爹爹，本来苏武就不是同谋，单于为什么要杀死苏武？苏武投降了吗？"若兰不解地问。

苏道质继续说道："单于是想找个借口杀了苏武，显示自己的威风。苏武一听卫律叫他投降，就说：'我是汉朝的使者，如果违背了使命，丧失了气节，活下去还有什么脸见人。'又拔出刀来向脖子抹去。"

"爹爹，苏武这次肯定死了。好人就这样白白地死了！"若兰惋惜地说。

苏道质摇了摇头说："傻孩子，苏武这么快就死了，那还怎么精忠报国呢？卫律慌忙把他抱住，苏武的脖子已受了重伤，昏了过去。卫律赶快叫人抢救，苏武才慢慢苏醒过来。单于觉得苏武是个有气节的好汉，十分钦佩他。等苏武伤痊愈了，单于又想逼苏武投降。"

"爹爹，单于是个坏人！单于真坏！"若兰愤愤不平地说道。

第三章　若兰观画定贞心　厚林梦回盘龙寺

苏道质继续说："是呀，单于是个坏人！单于派卫律审问虞常，让苏武在旁边听着。卫律先把虞常定了死罪，杀了；接着，又举剑威胁张胜，张胜贪生怕死，投降了。卫律对苏武说：'你的副手有罪，你也得连坐。'苏武说：'我既没有跟他同谋，又不是他的亲属，为什么要连坐？'卫律又举起剑威胁苏武，苏武不动声色。卫律没法，只好把举起的剑放下来，劝苏武说：'我也是不得已才投降匈奴的，单于待我好，封我为王，给我几万名的部下和满山的牛羊，享尽富贵荣华。先生如果能够投降匈奴，明天也跟我一样，何必白白送掉性命呢？'"

"爹爹，卫律也是个坏人，他比单于还要坏！那苏武屈服了吗？"若兰扬起头问父亲。

苏道质摸摸若兰的头说："当然没有屈服呀！"

"爹爹，苏武真是好样的！他是怎么表现的？"若兰追问着苏武的故事。

苏道质正气凛然地说："苏武怒气冲冲地站起来说：'卫律！你是汉人的儿子，做了汉朝的臣下。你忘恩负义背叛了父母，背叛了朝廷，厚颜无耻，还有什么脸来和我说话。我决不会投降，怎么逼我也没有用。'卫律碰了一鼻子灰回去向单于报告。单于把苏武关在地窖里，不给他吃的喝的，想用长期折磨的办法，逼他屈服。"

"爹爹，我们也要向苏武一样不屈服。做一个苏武那样的人。"若兰对父亲说。

苏道质坚毅地说："是呀！不是正义的我们不要，不合情理的我们不要。我们不屈服于淫威，我们也不屈服于荣华富贵。君子爱财，取之有道，君子崇尚保家卫国！"

"爹爹，那苏武在匈奴过着怎样的生活？"若兰问父亲。

苏道质同情地说："这时候正是入冬天气，外面下着鹅毛大雪。苏武忍饥挨饿，渴了，就捧了一把雪止渴；饿了，扯了一些皮带、羊皮片啃着充饥。过了几天，居然没有饿死。"

"爹爹，苏武真可怜！要是我在场一定会给苏武一件大衣穿的。"若兰心疼地说。

若兰走到第三幅图前。寒风阵阵，苏武牧羊的画面在头脑中闪现：苏武在风雪中昂然挺立，北风阵阵，寒冷刺骨，一切都打不到他的气节。"兰儿，这幅图画的是苏武风雪孤忠的故事。"苏道质说道。

苏道质继续说："单于见折磨他没用，就把他送到北海边去放羊，跟他的部下常惠分隔开来，不许他们通消息，还对苏武说：'等公羊生了小羊，才放你回去。'公羊怎么会生小羊呢？苏武到了北海，那里什么人都没有，唯一和他做伴的是那根代表朝廷的旌节。匈奴不给口粮，他就掘野鼠洞里的草根充饥。日子一久，旌节上的穗子全掉了。"

"爹爹，苏武真可怜！苏武真顽强！苏武能坚持到最后吗？"若兰心疼地说。

若兰看着最后一幅画问。眼前依然闪现着父亲给自己讲故事的情景。"兰儿，这最后一幅图画的是苏武执节荣归的事情。后来苏武回到长安封侯拜相。"父亲讲着苏武的故事说。若兰的心情时而欢快跳跃，时而平静舒展，苏武终于可以回国了，希望他不要再遇到困难和阻力。

苏道质继续说："一直到了后来，老单于死了，匈奴发生内乱分成了三个国家。新单于没有力量再跟汉朝打仗，又打发使者去求和。那时候汉武帝已经死去了，他的儿子汉昭帝即位。"

"爹爹，这回苏武可以回国了！"若兰兴奋地说。

苏道质叹了口气说："唉！哪有那么好，要是那么好也就好了。汉昭帝派使者到匈奴去，要求单于放回苏武，匈奴谎说苏武已经死了。使者信以为真，就没有再提。第二次汉使者又到匈奴去，当时苏武的随从常惠还在匈奴。他买通匈奴人私下和汉使者见面，把苏武在北海牧羊的情况告诉了使者。使者见了单于，严厉责备他说：'匈奴既然存心同汉朝和好，就不应该欺骗汉朝。我们皇上在御花园射下一只大雁，雁脚上拴着一条绸子，上面写着苏武还活着，你怎么说他死了呢？'单于听了吓了一大跳。他还以为真的是苏武的忠义感动了飞鸟，连大雁也替他送消息呢！他向使者道歉说：'苏武确实是活着，我们把他放回去就是了。'"

"爹爹，苏武这回回到大汉了吧？"若兰问父亲。

苏道质点点头说："是呀，好事多磨。苏武出使的时候，才四十岁。在匈奴受了十九年的折磨，胡须、头发全白了。回到长安的那天，长安的人民都出来迎接他。他们瞧见白胡须、白头发的苏武手里拿着光杆子的旌节，没有一个不受感动的,说他真是个有气节的大丈夫。"

"爹爹,苏武终于和家人团聚了!真是好人有好报呀!"若兰长长地舒了一口气,从父亲的怀中跳了下来。苏道质坚定的眼神像远方的一座丰碑。

随着清明祭祀的春风吹来,若兰口里吟咏道:红颜弹指老,刹那芳华……结发为夫妻,恩爱两不疑。欢娱在今夕,嫌婉及良时。征夫怀远路,起视夜何其。参辰皆已没,去去从此辞。行役在战场,相见未有期。握手一长叹,泪为生别滋。努力爱春华,莫忘欢乐时。生当复来归,死当长相思。

此时,黄土地上传来了悠扬的埙声,窦滔在春风中随着埙声高歌:苏武留胡节不辱,雪地又冰天,穷愁十九年,渴饮雪,饥吞毡,牧羊北海边。心存汉社稷,旄落犹未还。历尽难中难,心如铁石坚,夜在塞上时有笳声,入声痛心酸。转眼北风吹,雁群汉关飞。 白发娘,望儿归,红妆守空帏,三更同入梦,两地谁梦谁?任海枯石烂,大节不稍亏,终教匈奴心惊胆碎,拱服汉德威。

若兰与窦滔的歌声回旋在苏武陵园内,撞击着人们的心灵。歌声带着他俩的情思悠悠地飘过麦河,飘过漆水河,飘落在黄土地的角角落落。

秦厚林抬起头来,寒雪凤那双丹凤眼在微弱的灯光下显得迷人而美丽。秦厚林摇摇头笑了,心里想着:我又在做白日梦了,导演是做不了了,还是写自己的小说吧!

秦厚林的眼前闪现着那天寒雪凤在凤凰溪问自己的情景。"厚林哥,谭老师是个什么人?"当寒雪凤问自己的时候,秦厚林愣住了。对于秦厚林来说,他还真没有想过谭老师是一个什么样的人。

秦厚林第一次进谭老师的房间时,他的桌上和窗台上摆着几张油画速写,他的胡子和头发很久都没有梳理了,也许这正是他的打扮。

"谭老师,这些都是你画的吗?"秦厚林一边问一边继续说,"谭老师,你画得真好!"

"你画的都是凤凰山的姑娘吗?薄薄的粉红色嘴唇,清澈明亮的大眼睛,两条乌黑的辫子搭在胸前,真美!"秦厚林一边欣赏着谭老师的画一边问。

谭老师遗憾地说:"可惜呀!美而不纯。山里的姑娘已经沾染了城市的气息,不纯了。无处不在的商业气息已经渗透到人们的骨髓里了。再也没有清水出芙蓉、超凡脱俗的仙女般的模特了。"

"你如果用凤凰山的孩子做模特就好了,可是你用的都是凤凰城的姑娘,当然她们沾染了太多的商业气息。你相信无邪的淫荡吗?"秦厚林一边说着自己的看法一边问。

谭老师淡淡地说:"我也想用凤凰山的孩子,但是每当我想用的时候还是放弃了,她们还是孩子。没有女人是不淫荡的,但她们总给你一种美好的感觉,艺术就需要这个。"

"那你不认为也有无邪的美吗?山不在高,有仙则名;水不在深,有龙则灵。"秦厚林反问道。

谭老师决绝地说:"那是人们自己欺骗自己,现在哪有在大山里长一辈子的姑娘。初中没上完就辍学了,出去打几年工回来,洋不洋,土不土,已经没有纯情了。"

"我俩出去走走,看看凤凰山的夜景?"秦厚林岔开了话题向谭老师提议道。

秦厚林和谭老师走到院子里,从溪涧升起的几棵巨大的白果树将楼前路灯的灯光截住,叶子在灯光下变得惨白。回转身,背后的山崖和天空都消失在灯光映照得灰蒙蒙的夜雾中,只看得到灯光照着的屋檐。

月亮静静地洒在凤凰山上,一层淡淡的、凉凉的感觉笼罩在全身,似乎穿了一层轻飘飘的纱。

"谭老师,你为什么不到城里去发展你的事业呢?"月光下秦厚林的嘴角蠕动着。

谭老师凝视着远处的苍山说:"城市没有艺术的生命力,艺术的生命力都扎根在泥土里。那里充满了商业的气息与金钱的味道。没有一方纯净的土地。只有在山水之间偶尔才能找出一丝灵感的光芒。艺术在城市里挣扎,艺术家的心灵在城市里煎熬,艺术家死后,却是商人拿着艺术家的作品发财,作品与艺术家何干?既然这样还不如求的心灵的宁静,既享受了山水自然之乐,又感悟了生命的厚度与长度,何乐不为呢?至于作品,留给后人评说吧。"

"这么说山里和乡村是艺术的天堂了?"秦厚林接上谭老师的话说。

谭老师摇了摇头继续说:"也未必都是如此。其实更多的是生活给予我们创作的灵感,这其中关键是要沉下心,也许是农村与山里更容易使灵魂宁静吧。现在这个世界想找到'窗外童子耍,内外人口安'的境界已经很困难了。"

"谭老师,你在凤凰山待了十几年,对这里民风应该是相当的熟悉了。听说凤凰山的民歌很多,您能不能唱上几句。"秦厚林的目光转向了谭老师。

夜色静静地泻在两个人的身上。谭老师的歌声如同山风一样来回在山峦间乱窜。这歌声时而登临山尖，时而回响在树梢，时而随风飘扬，时而沉入谷底，随着溪水哗哗流淌："出月亮的夜晚，走路不要打火把，要是走路打火把，月亮就伤心了。菜花开放的季节，不要提起箩筐去掏菜，要是背起箩筐去掏菜，菜花就伤心了。你和真爱的姑娘好，不要三心二意。要是三心二意，姑娘就伤心了。"

歌声忧伤婉转，秦厚林看到月亮上的嫦娥正在数落着这一粒粒的歌声："斑鸠和鸡在一起找食吃，鸡是有主人的、斑鸠没有主人，鸡的主人来把鸡找回去，留下班鸠就孤单了。姑娘和小伙子一起玩，姑娘是有主人的，小伙子没有主人，姑娘的主人把姑娘找回去，留下小伙子就孤单了。"秦厚林入神地听着歌声，忽然歌声止住了。

秦厚林赞叹道："谭老师，这些民歌真美！"

"美好的东西都在民间。这是彝族人民的歌曲。那年参加彝族的歌会学的。昨晚在周校长家吃饭还习惯吗？"谭老师一边说着歌曲的来历一边问。

"还习惯。"秦厚林一边回答着一边想起了在凤凰山第一次谭老师带自己去周校长家吃饭的那个晚上。

凤凰山披上了晚霞的盛装，秦厚林和谭老师走上了一条村道。两边都是快要散架的老房子，屋檐伸到了草丛里，越走越窄，两边的房檐都快要接上了，并且做出就要散架的样子。

村里男孩子抽的陀螺在金色的阳光中飞快地旋转着，这让秦厚林好生羡慕。走过那快要散架的和已经散了架的茅草丛，远远的一座水泥院子在眼前展现出来。

天色渐渐地暗淡了下来。院子里传来咿咿呀呀的人声，秦厚林有点纳闷，走近一看，才发觉沿着墙根坐满了人，弯腰凑近细看又全都是老人，前前后后足有几百人。他们不是说笑就是在唱，一把声音沙哑的胡琴五音不正，在人腿上拉着，那腿上还垫了块布，这琴师更像是钉掌子的鞋匠。

墙根一位老者靠在墙上在唱一种叫"五更天"的小调，从入夜数落到天明，唱的是痴情的女子怎样盼望负心的情郎，两旁的老人都出神地听着。妙就妙在不光是老头，还有老太婆，都抽肩缩背，像一个个影子，只是咳嗽的声音挺响，可那咳出的声音也像来自幽灵谷。

有人在低声说话，"喁喁——"的如同梦呓，似乎在自己说给自己听。窃窃说笑的就更多了。我听不清他们说些什么，他们在乐呵什么，他们稀疏的牙齿间嘶嘶透出的风声只有他们相互间才能领会。

要不是谭老师告诉秦厚林周校长的爱人在敬老院为老人们做饭，秦厚林真不敢想象这就是传说中的凤凰山敬老院。

"其实，凤凰山不是什么名山大川。但是凤凰山确实有一些奇人异士。"谭老师听完秦厚林的述说接上话茬。

"谭老师，说来听听。"秦厚林听谭老师这么说，一下子来了兴致。

淡淡的月光洒在谭老师的脸上，他淡淡地说，盘龙寺经常有一些奇人异士造访，就看你有没有机缘了。还记得五年前的那个月夜。那晚的月亮和今晚的月亮一样圆。月光淡淡地洒在盘龙寺的院子内，大家看着江湖人士的表演。一直在场上检场的穿着红绸衣裤的少女跃上方桌，桌上又架起两条板凳，板凳上再加一张，她人便高高突出在漆黑的山影里，被雪亮的灯光照得一身艳红，夜空中挂的一轮满月霎时暗淡，变得橙黄。

她先金鸡独立，将腿轻轻抱住，直举过头，众人鼓掌。再正面两腿横开劈叉，稳坐在条凳上，纹丝不动，人又叫好。继而叉开两腿，后仰折腰，瘦小的髀间挺突出阴阜，众人都屏住了气息。

又见她头从胯下缓缓伸出，便怪异了，再收紧两腿，夹住这颗拖着长辫子的少女的头，倒睁两颗圆黑的眼睛，透出一股流水潺潺的笑脸，将自己的幸福洒落在凤凰山的角角落落。凤凰山的月夜因为她的笑脸显得更加迷人了。

人们沉浸在幸福中与月夜沉醉了。在这清明澄澈的月光之下，有人刚要鼓掌即刻又止住了。她改用手撑住身体，抬起下垂的两腿，再单手旋转起来，红绸衣里两粒乳头绑得分明，听不见一丝喘息。

一个小伙子刚要说什么，被抱着他的女人"嘘——"了一声轻轻打了一巴掌。这红衣女孩小腹微微起伏，脸上亮着润湿的光泽，两片薄薄的嘴唇和一双乌亮的眼睛显出幸福的微笑，背后是幽深的山影。

"谭老师，什么时候也带我去盘龙寺逛逛。"秦厚林对谭老师说。

谭老师的脸在月光下笑了，说："等我们空闲一点了就带你去盘龙寺看看。有山有水的地方就有神灵。"

秦厚林跳出了寒雪凤自己的问题，审视着自己。我的下一步是什么呢？不能在等待无谓的、自己无法完成的电影。这个美好的梦想也只能是一个梦想，将故事留在自己的梦中吧。先把小说写完，为自己和别人留下一个美丽的故事。亲厚林依然走在苏若兰的故事里，希望看到人生的美好，为世人留下美好的回忆。

漆水河和漠峪河清清的流水从二水寺旁流过。若兰和灵儿在二水寺的晨光中走在寺塔旁。她俩拜完神准备在三生殿旁种下自己的人生。若兰的身影随着太阳的影子一步步地挪动着。灵儿从三生殿里拿出了一颗小小的树苗。

若兰的身影躬在阳光中,一抔一抔地翻着黄土,身子在塔影中做着鬼脸。"小姐,您看这棵树苗行不行?"灵儿兴奋地挥动着手中的一棵柏树苗问若兰,她自己在阳光中乐开了花。

"灵儿,这棵太小了。还有别的吗?"若兰抬起微微出汗的头看到灵儿手中那棵如同麦秆一样的树苗问灵儿。

"小姐,我去看一看。"说完灵儿跑进了二水寺的三生殿,很快又跑了出来,手里拿着一棵树苗问:"小姐,这棵?"

"这棵正好!不大不小。就这棵小槐树吧。"若兰一边欣喜地说一边把小树苗放在了树坑里。

"小姐,旁边那棵柏树是什么时候栽种的?怎么那么粗?要我俩合围才抱得住。"灵儿一边问若兰一边跑向自己对面的那棵沧桑的柏树,用手环抱了一下,她的一抱围在了树干不到三分之一的树围上。

看着灵儿跑了过去,若兰抹了一把头上的汗水,望着那棵千年的柏树生出了神异的色彩说:"听大师说,这棵柏树是当年黄帝在姬水生活时栽的。应该有几千年的历史了吧。"

"唉!小姐,我们的槐树什么时候也能长成这样粗壮的参天大树,到时候就可以遮阴避阳了。"灵儿感叹地说。

若兰抬起满是汗水的头说:"灵儿,至少也应该得千年之后吧。到时这棵小槐树也应该有这么粗了。"

"那太好了,到时候我们的槐树就和柏树一样粗了。"灵儿兴奋地对若兰说。

"傻灵儿,千年之后柏树比槐树还是多长了几千年,怎么可能一样粗呢?"若兰反问道。说着若兰已经把槐树根用脚踩得严严实实。太阳沿着二水寺的塔影移动到了宝塔的根底。

栽完树的若兰和灵儿坐在二水寺宝塔旁的凉亭观看西边的太阳。漆水河畔的武功城沐浴在金色的阳光中,集镇与河畔的人家忙着各自的农活,河面上倒映着火红火红的太阳,整个河面散发着温暖的红色光芒,晚渡的人们牵着老黄牛从河边走过,人们的身后还跟着自己的小花狗摇着尾巴跑前跑后。从金黄的村寨里,不时地传来几声狗吠鸡鸣,这声音穿透了时空的界限,仿佛是一个遥远朦胧的梦。

第四章　若兰许愿三生殿　洞房花烛夜销魂

窦滔缓缓地走过夕阳下的老槐树,槐花飘满衣肩,他坐在夕阳中吹起了埙。悠悠的埙声飘进了凉亭,飘在二水寺的夕阳中,飘在金黄色的黄土地上。若兰和灵儿寻着埙声的方向望去。

"小姐,你看那不是那天进香时打抱不平的窦滔吗?"灵儿兴奋地指着远处夕阳下的窦滔对若兰说。

若兰激动地站起来朝灵儿手指引的方向望去:"这声音就是清明祭祀时的埙声。一点也不错!是他,就是他!"

"太好了!小姐。你在这等一下,我去请他过来。"灵儿兴奋地说。若兰抬手想阻止,灵儿已经冲了出去。

"窦相公,我家小姐请您过去。"灵儿走下凉亭,待窦滔埙声止息时对窦滔说。

窦滔上下打量了一番灵儿,看自己是否认识这位姑娘,迟疑了一下说:"姑娘,我们素不相识,这不太方便吧。"

"唉,窦相公,此言差矣。俗话说:不打不相识吗?呸,呸——您看我这嘴说什么打呀打的。应该是古人曰:有朋自远方来,不亦乐乎。窦相公,不会这么不赏脸吧?"灵儿快言快语地说。

窦滔看到灵儿是一个快言快语之人,其中并无恶意,问道:"请问姑娘,你怎么知道我姓窦呢?"

"窦相公,上次您在寺里抱打不平的事已被世人传为美谈了!武功城没有不知道您的人,只是您还没有注意到罢了。也正是冲着这一点,我家小姐才请您过去。"灵儿彬彬有礼地微笑着说。

"哦,没想到我的举手之劳能给大家带来这么大的影响。想来我窦滔也算是做了一件善事。"窦滔对灵儿说着自己的想法,点了点头。窦滔随灵儿一路走来。在凉亭外他俩停了下来。

灵儿指着若兰向窦滔介绍道:"窦相公,这是我家小姐。你们两个不是已经认识了吗?"

窦滔施礼说道:"见过小姐!幸会,幸会!"

若兰轻声说道:"窦相公,请坐,不要拘礼。"

大家分宾主落座,夕阳下,三人欣赏着傍晚武功城的美景。太阳就要落窝了,从黄土坡上看去一家家瓦顶披连,阡陌交通,屋舍俨然。河湾里披散着晚霞的光芒,有的田里黄土泥翻起,已经犁过。农人从田埂走过,挽着裤脚,一腿肚子泥巴。牧童骑在牛背上一步步向村社走来,望着下方这片屋顶上腾起的炊烟,若兰和灵儿的心中升起一片和平。一切复归于自然。

"小姐,窦相公,夕阳真漂亮!"灵儿看着远处的夕阳一边赞叹一边对若兰和窦滔说。

窦滔随声附和道:"是呀,看来二水塔影不是浪得虚名呀!真是二水塔影两河湾呀!"

在夕阳美景中若兰施礼问道:"敢问相公是本地人士吗?"

窦滔施礼答道:"小姐,我姓窦,名滔,字连波。"

"窦相公,我们家小姐是问你,可是本地人士?"灵儿快言快语,打断了窦滔的话。

窦滔施礼答道:"小生姓窦,名滔,字连波,祖籍扶风有家门。世代为官重忠义,战场屡屡立奇功。游罢尚阁转二水,夕阳西下遇佳人。不知二位名和姓?为何要到二水寺?三生有幸来相识,良辰美景观一程。"

若兰微微点点头回道:"原来是这样呀?怪不得公子胆识过人,原来是出自名门之后、将门之家呀。"

"小姐,人家窦相公向你问话呢!"灵儿快言快语,打断了若兰的话。

若兰从自我沉醉中清醒了过来,疑惑地抬起头问灵儿:"啊?向我问话?窦公子向我问话?"

"是呀,小姐,人家窦相公都表完家门了,你也该说说你的身世啊!"灵儿连忙解释道。

若兰转过脸对灵儿说:"这——灵儿,你是我的好姐妹,那你就替我说好了。"

灵儿转过脸对若兰和窦滔说:"好!窦相公,你听好了:我家小姐姓苏,名蕙,字若兰,家居武功苏家宅。老爷在世为文曲,驰骋官场有名声。小姐生来多聪明,琴棋书画样样精。她待灵儿如姊妹,天涯海角觅知音。春花灿烂兴致高,游遍故园来二水。眼观夕阳美景时,刚巧碰到窦相公。"

窦滔拱手施礼说:"原来是苏府上的千金,失礼了!"

若兰微微笑道:"相公何必太谦呢?我们萍水相逢,不甚搅扰,真不知该如何感谢相公呢?"

窦滔拱手施礼说:"小生不敢!是小生的埙声打扰了二位欣赏美景的雅兴。"

"小姐,窦相公,瞧你俩个这股客气劲儿!这样会没完没了的。"灵儿快言快语地打断了若兰和窦滔的话。三人相视而笑,也就不再那样拘束了。

窦滔羡慕地说:"那日,听君琴声如山水潺潺、花鸟幽明。真是心声如水流一般舒缓淡雅。"

若兰恭谦说:"抒发性灵,有感而作而已。那日,古寺进香见君抱打不平,真是男儿铁骨铮铮!"

窦滔恭谦说:"小生武夫一个,不懂什么是情?请小姐赐教。"

若兰淡定说:"动人心者,必先动其情;情动而心动耶!《文心雕龙》中说:登山则情满于山,观海则意满于海!只因为是作者的情之所动矣!只是武者,难懂?武镇何意?何时而来?"

"小姐,我们去三生殿去求个签,许个愿吧。"灵儿提议道。

晚霞中苏若兰和窦滔的身影漂流在二水寺塔下的流水里。这真是:二水塔影两河湾,留下人间姻缘情。

走到三生殿前,若兰刚种下的小槐树在夕阳中随风起伏。

"这是谁种的槐树?"窦滔看到那棵风中的槐树问。

"窦相公,这是刚才我家小姐栽种的一棵小槐树。她将自己的希望和生命寄托在天地间,为灵魂安一个家。希望将来也能长成参天大树哦。"灵儿指指那棵黄帝栽种的千年柏树对窦滔说。

"看来我也得栽种一棵小槐树了,也不枉我们此次相遇。"窦滔说。窦滔挥舞着铁锹三下五除二就挖了一个大坑。若兰轻轻地将小槐树苗放在坑里,窦滔填上土,浇上水,夕阳已经落山了。小槐树在黄昏的暮色中飘摇在黄土地上。

走进三生殿,他们三人在佛祖脚下跪拜。若兰和灵儿虔诚地三拜九叩,闭上眼睛许着自己的心愿。窦滔学着她俩的样子也拜着佛,磕着头,许着愿。窦滔偷偷地瞧着若兰,真是美人的容貌,仙女的身段。

窦滔等许愿完成跨出大殿问:"不知姑娘许的是什么愿?"若兰没有回答他,只是笑了笑。

若兰低着头脸颊绯红地说:"许了的愿是不能说出来的⋯⋯"此时钟声响起。

"那日听你吟诗于苏武墓前，我不禁——"窦滔露出羡慕的神情望着若兰说。

若兰害羞地说："天色不早了，我该回家了。"

"那日你在姜嫄墓旁弹奏古琴，音律和谐，淡雅清新。"窦滔倾慕地说。

若兰也倾慕地说："那日你在苏武墓边独自吹埙，似乎让人又回北国，风雪绵绵……"

若兰的眼前闪现着清明祭祖时窦滔的歌声："苏武留胡节不辱，雪地又冰天，穷愁十九年，渴饮雪，饥吞毡，牧羊北海边。心存汉社稷，旄落犹未还。历尽难中难，心如铁石坚，夜在塞上时有笳声，入声痛心酸。转眼北风吹，雁群汉关飞。白发娘，望儿归，红妆守空帏，三更同入梦，两地谁梦谁？任海枯石烂，大节不稍亏，终教匈奴心惊胆碎，拱服汉德威。"

窦滔的眼前闪现着清明祭祖时窦滔的歌声："红颜弹指老，刹那芳华……结发为夫妻，恩爱两不疑。欢娱在今夕，嬿婉及良时。征夫怀远路，起视夜何其。参辰皆已没，去去从此辞。行役在战场，相见未有期。握手一长叹，泪为生别滋。努力爱春华，莫忘欢乐时。生当复来归，死当长相思。"

武功城在姬水的映照下水色天光。屋顶在黄昏时变成了如同黄土地一样的颜色。暖和的泥土，牛喷出的鼻息，从房前屋后传来吵架样的说话声，还有晚风，头顶上飒飒抖动的树叶，麦草和牛栏里的气味，水井上木轴转动的声音，叽叽喳喳的鸟叫声，女人和小孩子的叫唤声，黄土的气味和飞鸣的虫子，一切都在霞光中变成了金黄色，散发着幸福的气息。

窦滔依依不舍地从怀中掏出埙对若兰说："这是爷爷送我的埙，今天于君相送。人生得一知己，足矣！"

若兰脸色羞红地推让着说："窦相公，这怎么好意思！我却无他物赠予君。"

窦滔掏出了凤凰帕说："心中有我就够了。就像我心中有你一样。"

灵儿感叹道："共赏美景情意深，一声道别欲断魂。相逢恨晚分别早，离愁萦绕二水寺。"

塔影依依，落在漆水河和漠谷河的水中央。

黄土地上传来了前秦建元十四年高高低低的唢呐声。这喜庆的唢呐声沿着眯眯毛的小脸颊一路上洋洋洒洒，融入黄土地的怀抱。黄土地上洒下了一溜烟地黄土飞扬，黄土凝结成了《抬花轿》的唢呐声。在轿夫们抬轿、掂轿的喜庆中，若兰眼前闪过母亲送自己出门的情景，不禁眼角有了泪花。

在一颤一颤的花轿内,若兰被上下颠簸着,眼前闪现着苏宅的后花园内的笑声,书房里毛笔在纸上嬉戏地划着,凉亭里回荡着的《高山流水》的琴声……生命在一颠一簸中呈现出了异样的色调。

黄土地中的眯眯毛逗着风雪的脸颊,飘落在窦府的门前。窦府内外人来人往,大家在等待着迎亲队伍的到来。黄土地上传来了"一拜天地,二拜高堂,夫妻对拜……"的喜庆声,伴着《百鸟朝凤》的唢呐声,喜堂前围满了黄土地上的乡亲们。若兰在乡亲们幸福的笑容里被窦滔抱进了洞房。

洞房中兰花绽放,舒展着柔弱的腰肢。红烛淡淡的泪珠随着自己燃烧的身躯洒落下来。一个生命和另一个生命孕育着新的生命。洞房的窗户上是剪成的鲜红的纸凤凰。

晨曦微微地打湿了窗户上的纸凤凰,若兰依偎在窦滔的怀里,晨光宁静地洒在她的脸上。

梦泛舟

窦滔搂着若兰静静地享受着阳光的抚摸:"兰儿,我做了个梦。我梦见你睡在我身上你就像一条泥鳅一样的滑溜。"

"是的,我还同你说话来着,你好像并未完全入睡,就在你做梦的时候我依偎在你的怀里,也感觉到了你跳动的脉搏和激流勇进的热血。"若兰粉红的脸颊显出淡淡的红晕。

窦滔温柔的话语如同和煦的春光散在若兰身上:"一刹那都那么清楚,我感到你温暖的体香、你温柔的身体、你光滑细腻的皮肤、你跳动的心脏、你腹部的呼吸。我似乎完全融化在你的肉体里。"

第七卷 卯时

第一章　放炮拜神迎新年　雨晴翻脸危难时

　　雪光映照着黄土地，黄土地似乎穿上了银光闪闪的盔甲。黎明的到来与雪光混合成银白的世界。人们也不知道是沉睡在黎明的黑暗里还是沉睡在黎明的光明里。

　　当寒雪凤睁开眼睛时，秦厚林的身影还在灯光中修改着小说《璇玑图》。寒雪凤依偎在暖暖的被窝里，浑身充满了温暖、温馨的气息。随着窗外的一声鸡鸣，寒雪凤的意识清醒了许多。

　　看着秦厚林的身影，寒雪凤回味着自己的梦。

　　寒雪凤感到鼓鼓的胸脯似乎要从胸罩里翻滚出来。她用手摸了摸自己软软的温暖的胸脯，心里一惊。她的手触到了那个从来也没有竖起来过的东西，自己的左乳头高高地翘了起来。她把手伸向右边的乳房，那边的乳山山脉上也竖立着一座尖尖的山峰。寒雪凤感到自己的两腿间湿湿的，她的手摸了过去，是滑软软的黏腻腻的水流。她的脸上泛起了彩云般的红晕。

　　"凤儿，不用起这么早。我们过一会儿才去关帝庙。"秦厚林对正在穿衣服的寒雪凤说。

　　寒雪凤套上了她那高领的天蓝色羊毛衫说："厚林哥，你一夜都没有睡吗？"

　　"没事的，争取在二十四小时内修改完小说。我刚才在修改的过程中和作品中的人物小睡了一会儿。"秦厚林看着寒雪凤穿上牛仔裤说。寒雪凤拉开了屋门，走出房间去灶房打水了。

　　寒雪凤把装着热水的脸盆放在房间的地上，一只冰冷的手塞进了秦厚林温暖的脖颈里。

　　"外面很冷吧？"秦厚林回过头看着寒雪凤被冻得通红的脸蛋问。

　　"厚林哥，外面下了好大的雪。好美呀！我从来没有见过这么大的雪。雪竟然不会化，还是一粒一粒的，像珍珠。真是太美了！真是太漂亮了！似乎这场雪要掩盖这个世界的一切丑陋和黑暗。一会儿我也跟你一起去关帝庙吧！"寒雪凤抑制不住自己激动的心情，看着秦厚林温暖的脸说。

　　"凤儿，下了这么大的雪你就不用去了，外面路滑不好走，去关帝庙的路更不好走,你去会摔跤的,你还是别去了吧!"秦厚林对蹲在地上洗脸的寒雪凤说。

寒雪凤站了起来一边梳理着自己的头发一边说:"为什么不去?昨天不是说好了带我去的吗?我一定要去。我要看看在雪地里拜神是什么感觉。在黄土地上拜神是什么感觉。厚林哥,我洗完了,你也来洗脸吧。"

秦厚林放下了手中的笔正准备蹲下来洗脸,寒雪凤一把从腰后抱住了秦厚林,一股淡淡的体香从寒雪凤的身上飘向秦厚林。这淡淡的香味伴随着秦厚林的身体搅和成了一股温暖的味道弥漫在小小的屋子里。

"厚林哥,告诉你一件事。"寒雪凤的声音像一条游蛇一样从秦厚林背后蹿到了他的面前。

秦厚林感受着寒雪凤的温情问:"凤儿,什么事?这么神秘,你说吧。"

"厚林哥,你摸摸。"随着寒雪凤的声音秦厚林的手被寒雪凤拉住,她已经游移到了秦厚林的怀里。秦厚林的手触到了寒雪凤软软的如同棉花一样的胸。"厚林哥,你摸到了吗?"寒雪凤温情地问。

秦厚林感受着寒雪凤的体温突然脸上露出了兴奋的笑容:"凤儿,长了!你不是说是遗传吗?你们寒家的女人都不长吗?真是太神奇了!真是太好了!"

"是呀!妈妈说我们姊妹们都没有,外婆那辈人也没有,大家都认为是遗传。我们都是吃动物奶长大的。表姊妹们的孩子也是吃动物奶长大的。我一直坚信我们寒家的女人都是不长的。"寒雪凤说着家族的历史。

秦厚林紧紧地把寒雪凤搂在怀里幸福地说:"真是太好了,老天开眼了。"寒雪凤的眼里含着激动的泪水。秦厚林用手为寒雪凤擦着脸上的泪水说:"好了,一会去给关老爷多磕几个头。"寒雪凤认真地点点头。

对面母亲房间的灯也亮了。秦厚林洗完脸和寒雪凤来到了母亲房间里。父亲的鼾声还此起彼伏地响在房间里。母亲已经开始从屋子里向院子里一个一个的敬神了。犹如昨天晚上一样恭恭敬敬地表达着对皇天后土的虔诚。

秦厚林取出昨晚放好的大炮和鞭炮。院子里已经被母亲扫出了一条可以走人的道路。秦厚林取出五个大炮依次排开,蹲在院子的灯光下。白蒙蒙的院子冷冷的,秦厚林双手持着双份的香在天地爷面前的蜡烛上将香头烧得红红的。红红的香头在碰到第一个大炮时,就以迅雷不及掩耳之势燃烧着自己的捻子,"轰——"的一声炸响在了黄土地上,带来新年的第一声巨响。

接着第二个、第三个、第四以同样的速度爆炸了。院子里立马弥漫着火药味，原来冷冷的院子一下子暖烘烘的。只有第五个大炮似乎不愿意这么快就响起来，燃烧的香在风中努力地发出他最后的一束红光也没有引燃捻子。秦厚林在天地爷的神位面前将香又烧了一遍。这一次红红的香头刚和炮捻子亲上嘴，还没来得及回味亲嘴的香甜就在一声巨响中结束了自己光荣的使命。

一阵噼里啪啦的响声把鞭炮的吵闹留在了新年第一天的院子里。天地爷看着秦厚林和寒雪凤弥漫在淡蓝色烟雾中的身影淡淡地笑了。黄土地还挣扎在黎明前的模糊中。只有雪映照在天空中有丝丝微微的亮光。

财神爷面前的香已经燃烧了一半，秦厚林从母亲敬好的财神旁边的纸盒子里拿出几张黄表，几根香，提着塑料袋里的爆竹牵着寒雪凤的手去村子里的关帝庙拜神了。

"厚林哥——"听到叫声，秦厚林刚回过头，一团冰冰的雪团就打在了他的脸上。雪团在他的脸上散开了花，纷纷从脸上落到了脖颈里，脖子周围传来一丝丝冰凉。不远处传来了寒雪凤"咯咯，咯咯——"的笑声。秦厚林只好躲避着下一个雪球的到来，生怕把香弄坏了，把黄表弄湿了。

黎明时，眼前的黄土地在雪光中散发着银白色的亮光。秦厚林和寒雪凤踩着棉花包子一样的雪穿过村子来到大坡口崖边的老槐树下，从这里就能看到黄土坡口的关帝庙。

关帝庙的门开着，里面有一位青衣老太太正在俯身磕头。"大妈，您来得这么早。"秦厚林问候着伯母。"人老了，睡不着就早点起来敬敬神了。"伯母回过头，幽微的烛光映在她那岁月的车痕碾过的绛紫色脸上，伯母的笑容在新年的喜气中绽放着悠悠然的花朵。

寒雪凤帮着秦厚林在关老爷面前燃起了一根蜡烛。秦厚林将香点着，站在关老爷面前三作揖把香插在了香炉里，又跪在关老爷面前磕了三个头，站起身又是三作揖。寒雪凤也跟在秦厚林的身后学着秦厚林的样子三作揖、三磕头。

拜完关老爷，寒雪凤和秦厚林将那五个大炮一字排开放在关老爷的庙门前。只听一声巨响庙门内外落下层层尘土，关老爷打了一个喷嚏。接着第二声、第三声接连爆炸在黄土地的雪地上，黄土地开出了晶莹剔透的雪花。秦厚林将那条长长的鞭炮挂在庙前的石碑上。黄土地立刻笼罩在一阵蓝色烟雾里。

寒雪凤和秦厚林走在回家的路上，天已经麻麻亮了。熹微的晨光照出人们淡淡的身影，路上稀稀拉拉地走着几个来拜祭关老爷的人。雪地里，寒雪凤和秦厚林的脚下发出"咯吱,咯吱——"的雪花的笑声。

房间里,母亲正在为父亲穿着衣服。寒雪凤回到屋子里脱了鞋坐在了温暖的炕上等待着新年第一天的天空进一步亮起来,等待着哥哥一家四口的到来,然后下饺子吃。秦厚林坐在书桌前继续修改着小说。

秦厚林的眼前依然是那二十四小时滚烫的身躯颤抖在上海滩的冷风中。秦厚林躺在出租屋的床上抽动着身子,像是要拧成麻花一般。黄土地上的雪花变成了秦厚林梦中飘落的梨花。在雪白的梨花中,秦厚林一会儿躺在床上看着寒先生为自己诊脉,一会儿看到自己哀求贾雨晴的痛苦身影。

朦胧中寒先生坐在方桌前对前来问诊的秦厚林说:"心居五脏之首,有帝王之称,与小肠为表里,神之所舍。又生血,属于火。又其人语声前宽而后急,后语不接前声,其声浊恶,其口不正,冒喜笑,此风入心也。又心伤则心坏,为水所乘,身体手足不遂,背节解舒,缓不自由,下利无休,急宜治之,不治十日死。"

"寒先生,我可有心病?"秦厚林身体颤抖了一下,回过神来问寒先生。

寒先生面无表情冷冷地答道:"这个世界上每个人都会有心病。有的心病吃药就好,有的心病睹物就愈,也不知道你的心病会是哪一种?但终须一句话:心病还得心药医。"

"晴晴,你不要抛下我不管,我爱你!"秦厚林用祈求的眼神望着站在出租屋门口的贾雨晴祈求道。

贾雨晴怒目而视愤怒地质问道:"秦厚林,我如果和你在一起,你能给我什么?我的要求不高,一间属于自己的房子,一辆属于自己的车子,你能给吗?穷光蛋一个,还想要本姑娘做你的女朋友,没门——"

秦厚林突然觉得贾雨晴再也不是自己以前认识的那个温柔善良的女孩了,简直就是一只发疯的野兽。

"晴晴,给我时间。我一定努力,我们一切都会有的!"秦厚林拉着贾雨晴的手,盯着贾雨晴说。

贾雨晴一扬手甩开了秦厚林的手,眉毛轻轻一挑,不屑一顾地问:"时间?给你时间,你能等,我能等吗?时间就是金钱,你没有钱,我给你时间有什么用?本小姐现在的时间是用来寻找猎物的。谁和你一个穷光蛋浪费时间!"

"晴晴,为了你,我可以牺牲一切。给我一次机会吧?就一次!"秦厚林摇晃着身体重重地摔倒在地,苦苦哀求。

贾雨晴轻蔑地笑了笑说:"给你机会就会失掉我下一次恋爱的机会。我就迟一年得到我想要的生活。机会还是留给我自己吧!机会还是留给能给我想要的生活的人吧!和你在一起就是浪费我的时间,浪费我的机会,我不会再浪费我的时间了。"贾雨晴的笑声犹如日本的军刀扎进秦厚林的心窝一样,一滴血也不流。

"晴晴,你要什么?我会给你一切你想要的东西!相信我,相信我一定能做到!"秦厚林依然不死心,继续哀求。

尖酸刻薄的贾雨晴轻蔑地问道:"我想要房子,你有吗?在上海滩我看你一辈子都买不起房子!我想要车子,你有吗?我看你一辈子都买不起车子!要房子没房子,要车子没车子!你有什么?就一个字:穷!我鄙视你!"

"晴晴,你不就是要房子、车子吗?我能给你,你相信我。不就几百万吗?"秦厚林突然不在乎地说。

贾雨晴将信将疑地看着秦厚林问:"是真的吗?那现在就拿给我。"说完贾雨晴伸出了纤细修长的手。

"拿什么?"秦厚林疑惑地问。

"把存折拿来,没有存折,支票也可以。"贾雨晴看着秦厚林的脸坚定地说。

秦厚林转身就往外走,"你去哪?"贾雨晴问。"去抢银行!"秦厚林决绝地说。

贾雨晴一把拉住了秦厚林的胳膊说:"算了,看来你还是没有呀!何况你给的都不是我想要的。"

"为了你,我什么都敢做。只要我们能在一起。"秦厚林坚定地说。

贾雨晴冰冷地说:"看来你并不是真正地了解我。你给的都不是我想要的。我想要的是别墅,是林肯。你给不了。还是不要再浪费我们的青春了。我去找我的白马王子去了。"

秦厚林看到贾雨晴的嘴如同包租婆的嘴一样在一张一合中念出了无数的咒语。每一个咒语都如同一枚炸弹炸在自己的身上。秦厚林觉得自己的肉就像一个个爆米花一样炸开了。这些爆米花一样的肉在自己的身体上蔓延着,犹如游蛇一样游遍了全身。

秦厚林绝望地挣扎着:"晴晴,你不要走——"

秦厚林从梦中惊醒,满身的冷汗弄湿了床单和被子,头上颗颗汗珠滚落下来。秦厚林觉得自己的病似乎轻松了一点。可能是出汗的缘故吧。终于自己的病情有好转的迹象。秦厚林不禁微微地笑了，笑得那样的凄凉。

贾雨晴已经离开了秦厚林的出租屋。"唉！这可咋办？"秦厚林的眼前闪现着这几个月和贾雨晴在一起的情景。

上海滩已经被窗外的夜色笼罩了，东方明珠的倩影倒影在黄浦江的水流里，五彩的灯光散发着骄人的光彩，她如睡美人一样静静地躺在江流里。

教学点内依然是学生们补课的声音。秦厚林刚上完一对一辅导课，时针已经指向了晚上八点，此时，他正等待着为另一位同学辅导下一节课。

"秦厚林，你今天上了几节课？"身后飘过了公司教育顾问贾雨晴柔软而甜美的声音。

"今天五节课，就中午吃饭时休息了一下。"秦厚林回答着贾雨晴的问话。

"那不错呀！你一天可以赚到七八百块了？"贾雨晴那勾魂的眼睛盯着秦厚林，似乎要把他的魂勾走似的。

"哪有那么多呀！你真是抬举我了。"秦厚林有点不知道说什么好。

"一个月满八天，八八六十四，你一个月至少赚六千四，再加上周一到周五的晚上上课。收入可观呀。"贾雨晴计算着秦厚林的工资。她哪里知道公司给秦厚林开的是五十元一小时。基本周一到周末都不排年轻人的课。他们要出去发宣传单为招生做宣传。

"厚林哥，看来你们的收入比我们招生的高多了。"贾雨晴突然改了口气，并且称呼秦厚林为厚林哥。

秦厚林的身体颤抖了一下："不要这样称呼我。大家听到就不好了。"秦厚林的脸一下子红了，他这一生中最怕的就是人家称呼自己"哥"。"哥"这个称呼对于他来说就是一枚定时炸弹，随时都有可能引爆他的情感堤坝。

"怕什么！厚林哥，我刚和男朋友分手，没事的。你也没有女朋友，叫叫无妨。"贾雨晴兴奋得手舞足蹈。

"可是，我有女朋友呀！"秦厚林坚定地说。他死死地守护着自己的情感堤坝，不使自己陷入情感纠纷之中。

"厚林哥，就你那女朋友。一个在长江头，一个在长江尾；一个在上海滩，一个在凤凰山。别傻了，这年头还有谁会相信异地恋。你俩怎么可能会在一起。人家是逗你玩的。只有在一起才是真真切切的。再说了，农村女孩在怎么也比不上我们城里人的修养和气质……"贾雨晴的话像滔滔不绝的江水泼洒在秦厚林面前。

"雨晴，你在说谁的气质和修养好？"田主任闻声从办公室走了出来问。

璇玑图

"叔叔，我是说我自己呀！气质和修养都好。从今天起，我宣布我和秦厚林正式恋爱了。"贾雨晴自豪地扬起眉毛对叔叔田主任说。秦厚林就这样被绑架在了公司的情感树上。

秦厚林醒过来的时候，上海滩还在过着自己的夜生活，只有"夜上海，夜上海……"的旋律还飘扬在上海滩的大街小巷。秦厚林挣扎着却怎么也起不来，身体还是昏昏沉沉的，意识依然行走在梦中。

黄土地上远远的飘来了童谣声："光光爷，开白花，要下大女给谁家？给到县里王魁家。王魁爱戴缨缨帽，媳妇爱戴满头花，圪拧圪拧走娘家。娘家门外花狗娃，咬一口，可走价。"

秦厚林牵着寒雪凤的手来到了二水寺的老槐树下，寒雪凤问："厚林哥，我们要拜佛吗？"

"我一定要看到《璇玑图》，用他解开生命的奥秘，用它解开爱情的密码。"老槐树看着秦厚林的誓言笑了。

寒雪凤牵着秦厚林的手来到了一座木屋的门前，这是一座木色的寺庙木环大门。跨进没有门槛的木色木门，秦厚林叩拜在地。他拉着寒雪凤的手，寒雪凤却站在那里一动不动。只是寺庙后昏暗的只有香火的点点光痕映照在老方丈的脸上。

当秦厚林"咣、咣、咣"叩完三个头，心中有了佛的时候，寒雪凤却似乎像雪花一样化在了手心……

了然大师银白的眉毛闪现在跳跃的烛光里，他的声音随着烛光舞动着："施主，这里有三样东西，只要你能够辨认出哪一样是'血光'，你的朋友自然会回来。"了然大师的声音回旋在黄土地上。

秦厚林的面前是一方木色的方形的土黄色木盘。木盘里装有三个木碟：一个木碟里盛着柔软而光亮的嫩豆腐，一个木碟里盛着一颗颗红润的花生米，一个木碟里盛着黑乎乎、油腻腻的红烧肉。

秦厚林用手试探了一下，迅速地放了下去。秦厚林的直觉认为：豆腐就是血光！

豆腐被秦厚林的手压扁了，压糊了；秦厚林的心里还是坚信自己的信念：豆腐就是血光！

"豆腐——猴脑——人脑——"秦厚林念叨着，突然停住了："我成功了！"他兴奋地跳了起来，摸到了寒雪凤的心……

豆腐变成了瓣瓣雪花，雪花变成了一只美丽的雪凤凰长鸣一声，在空中盘旋了几圈飞走了。

第二章　凤凰谷中观美景　符融设计害窦滔

寒雪凤蜷缩着的身子舒展开了，站在了秦厚林的面前。秦厚林微微地笑了。雪花也笑了。

寒雪凤依然香甜地睡在黄土地的炕上，等待着哥哥和嫂子的到来。凤凰山对于寒雪凤来说是灵魂解脱的地方，也是灵魂回家的地方。

虽然寒雪凤在凤凰山只逗留了一周的时间，可是在这一周里，她的灵魂踏踏实实地着地了，从码头镇飘到了凤凰山，用凤凰山的山水中和黄土地的泥土和成了泥巴，将生命糊在了一起。

凤凰山对于秦厚林来说就是一个民风淳朴、山清水秀的地方；凤凰山对于寒雪凤来说就是一座神山，因为这里有她想要找的洞里。

凤凰山的雾气穿梭在凤凰山的凤凰谷里。雾气一会儿聚成了一团旋转的圆球，一会儿聚成了一片七彩的云朵，一会儿聚成了一叶海上的孤舟，一会儿散成了点点露水，一会儿围绕着道道紫烟散在阳光里。

一道金黄的光线从天空中撒落下来。沉沉的灰蒙蒙的雾气被击成了几片条状的带子在凤凰谷里飘散着。这儿一块，那儿一块。

凤凰谷这儿一块五光十色的霞光，那儿一块薄薄的雾气。光线在阴晴交织中洒在湿漉漉的峡谷里，小草们像刚洗完澡的小姑娘一样光滑润洁。薄蒙蒙的雾气在人的眼前一晃一晃地聚散着。

凤凰谷沿溪行的山路越发得崎岖蜿蜒了。湍急的溪水打着漩涡，前面是一片幽深的河湾。溪水在河湾回环成为墨绿的深渊，水面平静得连波纹都消失了，只有淡淡的泛白的泡沫在阳光下化成一个个七彩的水泡随着激流形成又破灭。

道路变得越来越窄，寒雪凤呆呆地站在凤凰谷里，看着眼前的雾气萦绕在自己身边，不想往前走了。寒雪凤的心里突然升腾起一丝恐惧，她似乎看到了生命如同水中的泡沫一样，一会儿形成，一会儿破灭。

"秦老师，我要回去，我怕你把我推下河里。"寒雪凤对走在前面的秦厚林说。

秦厚林转过脸，阳光洒在他的脸上，泛着金黄的光辉。秦厚林问："雪凤，你说笑了。我走在你前面，怎么能将你推下河里？要推也是你把我推下河里。你不是让我带你来找洞里吗？凤凰山的居民说洞里在凤凰谷呀！我们才到谷口你就不想去了。我们要知难而退还是知难而进呢？"

"同你在一起，我突然觉得心里空虚，一片荒凉。我知道，你陪我寻找洞里，不过是想找个机会好推我下去，淹死我还不露痕迹。"寒雪凤的身体在微风中微微地颤抖着，她想尽量保持身体的平衡，可还是被微风吹得晃动了一下。

秦厚林盯着寒雪凤滴溜溜地大眼睛问："你怎么会有这么奇怪的想法？我和你前世无怨、今世无仇，怎么可能要推你下去呢？你心里似乎有一团无名火。这无名火会要了你的命的。"

"人心就是这样狠毒，你其实根本不爱，不爱就算了，为什么还引诱我？把我骗到这深渊跟前？分明是要我的命。你是一个阴险狠毒的人！"寒雪凤似乎变成了另外一个人，她的眼睛里充满了恐惧，似乎有一个鬼魂附在了她的灵魂里。

秦厚林静静地靠近她，想上前去安慰她，他看到了凤凰谷溪水里漂浮着寒雪凤如游丝一般的思绪，软软的、轻飘飘的，似乎是银丝又似乎是绿绿的水草，在水中随波摆动。

"不！不！你不要靠近我！你再靠近我，我就跳进这哗哗的溪流中，让你看到一朵花的凋零和水面的宁静。不要接近我！求求你走开，放我一条生路。我望着这无底的深渊，心里发慌，似乎这儿就是我曾经到过的地狱。"寒雪凤心中的无名火剧烈地燃烧着，这团无名火将寒雪凤吞噬了，也烧到了秦厚林的身边。

"周校长曾经给我们解过一个字：淡。人心是一团火，两个火在一起就是熊熊燃烧的大火，就是：炎。于是古人在造字的时候就在火的旁边放了三桶水。当火旺的时候就浇一浇。人心才能淡泊下来。"秦厚林对寒雪凤说。

"是呀，我要赶紧回去，回到原来的生活之中，我完全错怪了我的男友。我们要在一起过平平淡淡的生活。"寒雪凤的眼神迷离在凤凰谷的溪水里，被阳光照得晶莹剔透。她在溪水中看清了自己的内心，自己的内心原来是一张织起来的网。

"这样就是最好了，能够看到自己内心的人是有慧根的人。有慧根的人是幸福的人。相信你一定会过得幸福。生活就是平平淡淡，平平淡淡才是真。"秦厚林劝说着寒雪凤回归到生活中去。

"我现在才发现被你这魔鬼带到这荒无人烟的绝境。我要回到我的男友身边去,回到他那个小房间,哪怕他撩起我的裙子时是那样的急躁,我也要喜欢他,我也能原谅他。"寒雪凤似乎同意了秦厚林的观点。

"我现在才明白他正是因为爱我才那么冲动,他那赤裸裸的欲念中有一种激情,我再也受不了你这种冷淡,他比你真诚,你对我其实早已厌倦,只是不说罢了,你折磨我的灵魂比他折磨我的肉体还要残酷。"寒雪凤似乎中了邪似的,一个人喃喃自语。她的嘴巴就像是漠峪巫的嘴巴正念出道道咒语,喷出条条火光。

这事怎么又牵扯到了我?秦厚林问着自己的内心,不知道怎么可以阻止她被鬼魂附身,也不知道用什么办法可以使她的神志清醒过来。秦厚林想到了火,想到了桃木,想到了掐人中穴……可是现在从哪里能弄到火呢?眼前也没有桃树呀?他的脑袋在高速地旋转着。

寒雪凤的声音伴随着溪水哗哗地流淌着,如同山涧的涓涓的泉水不断涌出:"我想他,我不应该任性离开他。我知道我离开了他,他就会找其他的女孩继续撩起人家的裙子。可是我还是很想他,在他那里,我毕竟无拘无束。"

秦厚林听着寒雪凤的自白知道她在怪自己没有给她承诺:"我需要一个可以栖身的家,只想成为一个主妇。他说过要娶我,我相信他说的话是真心的。而你却从未说要娶我。他和别的女人在一起只是为了激起我对他的热情,我这才发现我还是很爱他,正因为爱才神经紧张,有些变态。我出走是叫他也受点折磨,而我折磨他也已经折磨够了。我已经报复了,也已经报复得过分了。他知道了准会发疯,就是知道,他也还会要我,对我也还会宽容。"

"我好想回到家乡。离开家乡的日子就像是一只没有脚的小鸟,飞呀飞,飞呀飞,却不知道在什么地方落下。我成了一颗飘在水中的豆芽菜,没有了根。"秦厚林突然想转移话题以达到使她摆脱语言惯性的目的。

"我也想家!我父亲肯定也在四处找我,父亲年纪大了弄不好会急出病的。我也想我的那些同事。她们尽管琐碎、小气,相互妒忌,可哪天谁要买了件时兴的衣服,都会脱下来让大伙试试。我也想那些总给我带来享受的舞会,穿上新买的鞋,擦上香水,那音乐和灯光都撩人心弦。"寒雪凤沉浸在在对城市生活的回忆中,她终于找到了心灵的温暖,她已经无法忍受乡村的寂静,无法忍受乡村的寂寞。

"就连那手术室都十分洁净,有条不紊,每个药瓶都有固定的格子,信手可以拿到，那一切都熟悉，一切都亲切。我必须离开这个鬼地方，什么洞里，我再也不相信旅途中那些人的鬼话了。"寒雪凤似乎清醒了许多，似乎还在自己的世界里行走。

总之，吐露了心声之后情绪就会缓解。把自己的心思说给青山绿水是一件多么好的事情。一切思绪随着青山淹没，一切思绪随着流水哗哗流去，生活就又复归平静了。

"既然不再追寻，那我们回去吧！山里还有一群孩子在等待着我们。"秦厚林终于松了一口气，知道她的神志清醒了。秦厚林知道眼前的这个来自码头镇的孩子是凤凰中学中自己遇到的最大的一个孩子了。

"那群孩子是你的孩子，不是我的孩子。我要生一个自己的孩子，静静地把他养大。他如果不听我的话，我就悄悄地把他掐死，悄悄地把他埋葬。"寒雪凤的嘴角微微上翘着动了动，脸上露出了阴冷的笑容。

"你的心里充满了强烈的占有欲，你的双眼已经迷失在大山里了。看来你是'不识庐山真面目，只缘身在此山中'啊！每个生命都是一个独立的个体。当你的孩子来到这个世界上，在他幼小的时候你只是帮助上帝照看他一下而已，他长大了应该有自己的生活。这个世界上没有什么东西是自己的，只有你自己！在你的灵魂和肉体不能统一的时候，上帝也会收回你的肉体。你将是一个孤魂野鬼在世间飘荡。"秦厚林的声音混合着水杉树在风中摇摆。

"爱情不过是一种幻影，是人用来欺骗自己的。我压根儿就不相信有什么真的爱情，不是男人占有女人，就是女人倒过来占有男人，还偏要去制造种种美丽的童话，让人脆弱的灵魂有个寄托。那看似平静的水湾幽深无底，我不能同你再往这深渊里走了，你只要动手，我就紧紧扯住你不放，把你一起拖下去，随着旋转的水流被漩涡吞没。我们的身体在水流中慢慢地下沉，我感觉到了那水流滑滑的从我的肌肤滑过，从你的头顶划过。我们俩成了融合在一起的礁石，任凭水流冲击着。直到我们的肉体一点一点地腐烂，只剩下两幅白骨泠泠的骨架紧紧地黏合在一起。你不觉得很美吗？"寒雪凤死死地盯着秦厚林的眼睛，将自己的目光和他的目光紧紧地交织在一起。两条目光在一起扭打着，拼杀着，摇晃在溪水中。

"你不相信爱情，是因为你不懂得什么是爱情。你不相信爱情，是因为你没有遇到真正爱你的人。你不相信爱情，是因为你还没有遇到你真正爱的人。你不相信爱情，是因为你的灵魂还没有找到落脚的家。"秦厚林的话依然如水一样，带着淡淡的甘甜、丝丝的清香、缕缕的温馨。

"我什么也抓不住,灵魂依然如同孤魂野鬼一样飘荡在这个世界上。我这样就能回到他身边,回到那间小屋,回到手术室,回到我的家,恢复同母亲的关系。我生来平庸,就回到平庸中去,像平庸的人一样,同平庸的他结婚,只要个平庸的小窝。我要把这一切统统忘掉。我谢谢你救了我的肉体并且陪我走过这一程。可是,你为什么要把我救回来呢?现在的我只是更加孤独,再这样孤独下去我就要崩溃了。"寒雪凤说完转身向凤凰谷的谷口走去。

　　沿着湿漉漉的河岸,秦厚林晒着暖暖的太阳向凤凰中学走回去,到了一处拐弯秦厚林还是忍不住回头,寒雪凤早已经消失在一片茫茫的林海之中。

　　只有青山绿水依然是青山绿水,青山依然淹没在青山里,绿水依然哗哗地流淌在山涧。凤凰谷的空明在心底如一面镜子平缓地舒展着。秦厚林的灵魂似乎要被这幽静的环境所吞噬。

　　秦厚林的心里突然感到一阵空旷,若有所失,又像是得到了某种解脱。秦厚林坐在一块光滑的鹅卵石上似乎在等寒雪凤回来。

　　他想着他与寒雪风的过往。不错,我引诱了她,而她也同样诱惑了我,女人的伎俩和男人的贪欲,又何必去分清谁有多少责任?我同她在凤凰山萍水相逢,我出于无聊,她出于苦闷。我们的相遇就如流水擦过石头,在时间中一闪而过。

　　我对她并不了解,她的编造又同我的臆想混合在一起,无法分清。她对于我同样一无所知,只因为她是女人,我是男人,只因为那泥石流边的一个拥抱,只因为那大雨中的拉扯,只因为那月光下的交流。如梦一般在他乡飘摇。

　　秦厚林呆呆地看着闪闪流动的溪水,阳光在一波一波的水花中闪现着耀眼的光芒,每一个水珠上闪现的都是寒雪凤的影子。

　　一滴晶莹的泪水滴在了秦厚林的脸颊上,顺着脸慢慢地流淌下来,流进了嘴里,嘴里充满了淡淡的咸味。秦厚林抬起头发现寒雪凤正直勾勾地望着自己,泪水充盈,手臂像柳条一样缠绕着自己。

　　秦厚林瘫倒在寒雪凤怀里,带着濡湿的泪水,寒雪凤抚摸着秦厚林的脸,寒雪凤紧紧地将秦厚林搂在怀里说着含情脉脉的话。

　　公安局的灯光依然亮着,时针已经指向了 6:00。窗外传来了"喔喔,喔喔——"的公鸡的叫鸣声。陆局长抬起睡意沉沉的头看到满是烟头的烟灰缸,他坐在办公桌前静静地思索着苏若兰的一生。

苏若兰嫁给了一个什么样的人？苏若兰为什么会织出《璇玑图》？《璇玑图》里到底有没有传说中藏宝图的秘密？《璇玑图》能解答人生的奥秘吗？

时光穿梭在前秦的天空中，黄土地上传来歌谣声："长安大街，杨槐葱茏；下驰华车，上栖鸾凤；英才云集，诲我百姓。"

清晨，长安城内金碧辉煌的宫殿耸立在晨光中，散发着湿湿的味道。一间间宫殿如同一座座巨石盘踞在长安城的土地上，是那样地稳稳当当。

朝堂大殿内文武百官分列两旁，丞相王猛站在左侧，王爷符融站在右侧。朝堂内鸦雀无声。龙位上端坐着皇帝符坚，只见符坚姿貌魁杰，臂垂过膝，目有紫光。

一个娘娘腔的声音从大殿内传了出来："皇上有旨，有事议事，无事退朝。"

"启奏陛下，臣有事要回禀。"御史大夫手持笏板出列回禀道。

"爱卿请讲。"符坚注视着御史大夫说。

御史大夫双手紧持护板鞠身回禀道："启奏陛下，秦州刺史窦滔在任秦州刺史期间百姓安居乐业，夜不闭户，道不拾遗，公正廉明，才略过人，屡立战功。按大秦律例应予以加官晋爵。"

"爱卿，依大秦律例应给秦州刺史窦滔加官几级？加俸多少？"符坚身子前倾，问御史大夫。

御史大夫鞠身回禀道："启奏陛下，按大秦律例窦滔可官进一品，俸禄加一百石。"

"符王爷，你认为如何？"符坚将脸转向站在朝臣首位右侧的符融问道。

符融上前一步，手持笏板说道："启奏陛下，窦滔在任秦州刺史期间公正廉明，才略过人，屡立战功，本应嘉奖。但臣闻秦州刺史窦滔反对陛下攻打东晋，似对我主有二心，有谋反之嫌。另据军中传报窦滔在秦州与河西、代国等藩国交往密切，并与东晋藕断丝连。此时贸然加官晋爵会更加助长窦滔的气焰，对我边疆守卫不利。请陛下三思。"

"嘉奖秦州刺史窦滔一事暂且不议。先议攻打东晋一事。诸位爱卿，此时攻打东晋，时机是否成熟？"符坚看着大殿下的满朝文武官员问道。

众朝臣忽然乱作一团，议论纷纷。朝堂上就像有一群蜜蜂在嗡嗡地飞舞着。

"丞相意下如何？"符坚将脸转向站在朝臣左侧的丞相王猛问道。

王猛上前一步，双手紧持护板鞠身回禀道："启奏陛下，东晋统一江南多年，民心思安，军纪严明。如果此时我军贸然进兵东晋，恐对我大秦不利。况东晋以谢安为相，此人乃是治世之能臣，乱世之枭雄。有当年曹孟德之才干，此时我朝用兵，乃兵家大忌。请陛下三思。"

"符王爷，你的意思呢？"符坚将脸转向站在朝臣右侧的符融问道。

"启奏陛下，前燕已经俯首称臣，仇池已经被我朝歼灭，我大秦已经收回了梁州与益州。现在北方就剩下了前凉、河西和代国。我大秦统一北方指日可待。此时攻打东晋，恐前凉、河西和代国在后骚扰对我大秦不利。我大秦应更待时日，先一举歼灭前梁、河西和代国，再集中兵力横扫东晋。"符融讲述着自己的战略构思。

"江北区区几个小毛贼不足挂齿，符王爷你多虑了。然而东晋一统江南已经多年，势必对我大秦统一华夏构成严重威胁。东晋乃我前秦心腹大患也。东晋不除，早晚会有一场恶战要打。"符坚分析着前秦的战局。

众朝臣议论纷纷，不知符坚意欲何指。符坚看到大家都没有什么好的主意，咳嗽了两声，大殿内立刻安静了下来。

"还记得二十二年前东晋桓温率领大军攻我大秦，要不是皇始景明帝采用坚壁清野战术，我朝才得以保存下来。他东晋大军杀我朝平民百姓无数，掳掠我朝财物、美女无数。谁能咽下这口恶气？众爱卿能咽下这口恶气吗？我朝百姓能咽下这口恶气吗？"符坚撩拨着大家心头的仇恨，希望找到支持自己的人。

"不能咽下这口恶气！讨伐暴政！讨伐暴晋！"随着符融的呼声，众朝臣跟着呼应了起来。朝堂大殿上回旋着大家激愤不满的情绪。这个情绪如同蛛网一样笼罩在前秦境内。

"启奏陛下，江北连年战乱，百姓民不聊生。幸有我大秦一扫群雄。陛下诛暴君，承大统。整顿吏治，惩处不法豪强，平息内乱，今天下初定，正休养生息之时。况我朝正在礼治建设，此时应强我内政，富我国民。待我朝兵强马壮之时攻打东晋让他血债血还也为时不晚。还请陛下三思。"丞相王猛苦苦哀求道。

"我军趁东晋未站稳脚跟之际，突然袭击，争取将东晋一网打尽，实现天下大一统，百姓再也无战事之劳苦，这难道有错吗？"符坚质问着众朝臣。众朝臣鸦雀无声，面面相觑。

符融眼珠一转，忽然手持笏板说道："启奏陛下，臣有一计，即可以测出窦滔是否对我主有二心，又可以解决攻打前秦的先锋问题。不知陛下愿不愿意听臣一言？"

"爱卿有何妙计？快快说来。依爱卿之意——"符坚迫不及待地侧身问道。

符融跨前一步说道："臣以为不如令秦州刺史窦滔为前部正营先锋官攻打东晋，他如愿意带兵攻打，说明他对我大秦忠心耿耿，他如果不愿攻打，则表明对我主有二心呀！同时也可刺探东晋兵力虚实，不知陛下意下如何？"

"启奏陛下，此事万万不可！江北连年战乱，百姓民不聊生。今天下初定，正休养生息之时。此时应强我内政，富我国民。待我朝兵强马壮之时再攻打东晋也为时不晚。还请陛下三思。"丞相王猛手持笏板上前劝阻道。

"爱卿不必多言，朕自有定夺。符王爷此计果然是妙计。来人，传朕口谕：擢秦州刺史窦滔为前部正营先锋官，率兵十万攻打东晋。"符坚驳回了丞相王猛的劝阻，传下旨意。

第三章 窦滔带病赴沙场 若兰痛心送夫行

陆局长点燃了一支烟继续翻阅着这些资料。他的眼前依然闪现着这个发生在千年之前黄土地上的故事。

黄土地漫漫黄沙飘飞,一阵阴风吹来,黄沙如铜镜一样平展展地铺在人们面前。秦州城内马褂銮铃,货郎叫卖声不绝于耳。窦府笼罩在阴冷的氛围中,进进出出的家人和丫鬟都耷拉着脑袋,露出一脸的苦相。

灵儿急匆匆地从外面走了进来向若兰回禀道:"夫人,冷先生来了。"

"快请冷先生进来。"若兰说着就要迎出去。冷先生急匆匆地出现在若兰的面前。若兰正想说话,冷先生摆了摆手径自走到窦滔床前。

床上窦滔面目干黄浮肿,昏昏沉沉,已经没有了说话的力气。冷先生看了看窦滔的脸色,手指轻轻地翻了翻窦滔的眼皮,拿来手枕将窦滔的手腕放了上去。冷先生的手轻轻地搭在窦滔的手腕上闭上了眼睛。

冷先生诊完脉,收好手枕,撩起衣襟站了起来,径直向厅里走去,若兰也跟了出去,强忍着悲痛问:"先生,相公的病——"

冷先生回过头恭敬地对若兰说:"夫人,人生百病,最难者莫出于水。水者,肾之制也。肾者,人之本也。肾气壮则水还于肾,虚则水散于皮。又三焦壅塞,营卫闭格,血气不从,虚实交变,水随气流,故为水病。"

"先生是说我家相公生的是水病?不知我家相公是哪种水病?"若兰疑惑地看着冷先生问。

冷先生随着若兰的问话已经坐在了方桌前,一边写着方子一边点点头对若兰说:"夫人,水病有肿于头目,与肿于腰脚,肿于四肢,肿于双目者。窦将军肿于四肢。"

"先生,我家相公因何得此病?"若兰继续问着冷先生,希望在相公的日常起居上有所注意。

冷先生一边写方子一边说:"夫人,水病有因嗽而得者,有因劳而生者,有因凝滞而起者,有因虚而成者,有因五脏而出者,有因六腑而来者,类皆多种,状各不同,所以难治。窦相公之病应是因劳而生者。"

"先生,我家相公此病可有性命之忧?"若兰还是问着冷先生窦滔的病情。

冷先生将方子折起来说:"夫人,由此百状,人虽晓达,纵晓其端,则又人以骄恣,不循理法,冒犯禁忌,弗能备矣。故人中水疾,死者多矣。"

"先生,求求你,一定要救救我家相公。来世做牛做马我也要报答您的恩情!"若兰泪水涟涟地哀求道。

冷先生一边拿起方子交到若兰手上一边说:"夫人不必过虑,水有十名:一曰青水,二曰赤水,三曰黄水,四曰白水,五曰黑水,六曰玄水,七曰风水,八曰石水,九曰暴水,十曰气水。只要对症即可保命。"

"愿闻先生详言。"若兰手里拿着单子恭恭敬敬地听着冷先生讲水病。

冷先生一边收拾着药箱一边说:"青水者其根起于肝,其状先从面肿,而渐行于一身。赤水者其根起于心,其状先从胸肿起,黄水者其根起于脾,其状先从腹肿起。白水者其根起于肺,先从脚肿而上气喘嗽。黑水者其根起于肾,其状先从足跗肿。玄水者其根在胆,其状先从面肿至足者是也。风水者其根在胃,其状先从四肢肿起。石水者其根在膀胱,其状小腹肿大是也。暴水者其根在小肠,其状先从腹胀而四肢不肿,渐渐而肿也。气水者其根在肠,乍来乍去,乍衰乍盛者是也。"

"先生,那我家相公属于什么水症?"若兰还是不明白窦滔的病,正焦急地问。

冷先生起身背起药箱说:"夫人,从表征来看,窦相公是白水与暴水交替所致。"

"先生,我家相公之病因何而起?"若兰追问道。

冷先生拱拱手说:"夫人,良由上下不通,关窍不利,气血痞格,阴阳不调而致。令人患水气,临时发散归五脏六腑,则主为病也。消渴者因冒风冲热,饥饱失常,饮酒过量,嗜欲伤频,或服药石久而积成,使之然也。夫人按着单子为大人服药,假以时日将早的病自然就会消减。夫人告辞!"

送走了冷先生,若兰刚坐下来就看到王管家急匆匆地跑进来,回禀道:"启禀夫人,曹公公在外面等候。"

若兰正了正神色说:"王总管,你先让曹公公在大厅等候,我安顿好相公,马上就出去见他。"

"是,夫人。"王管家拱手回禀后退下。

曹公公四下打量着窦府的厅堂,接起杯盖用口轻轻地吹了吹水面的茶叶,轻轻地抿了一口,若兰迎了出来,躬身施礼说:"妇人苏氏若兰见过曹公公,让曹公公久等了,还请公公见谅!"

"窦夫人,不敢当。咱家奉皇上之命前来宣旨,还请窦将军出来接旨。"曹公公对天拱拱手一脸威严地说道。

若兰上前微微施礼道:"公公,您有所不知,我家相公重病,卧床不起,不易接客,冷先生刚走。还请公公谅解!"

"窦将军病了?不知窦将军得的什么病?"曹公公关切地问道。心里寻思:这窦滔该不会知道了皇上要封他为前部正营先锋官率兵攻打东晋,他不愿意,这么快就装起病来了?好你个窦滔,消息这么灵通,本公公人还没有到你就已经知道消息了。这还了得,老夫一定要杀杀你的威风。

若兰听到曹公公问话,施礼道:"承蒙公公厚爱,刚才冷先生说相公得的是水病,不适宜见客。"

好你个窦滔,真的不愿接旨,好大的胆子!曹公公想到这,厉声说道:"窦夫人,不知窦将军病情如何?老夫可否一探?还请窦夫人赏脸。老夫再定夺这圣旨怎样一个接法?"

若兰看到曹公公执意要见窦滔,就将曹公公领到卧房,曹公公看到窦滔昏迷中肿胀的脸知道病得不轻。"窦夫人,既然窦将军病得这么严重,那你就替窦将军接旨吧。只要有人接旨就行。"

若兰施礼谢道:"多谢公公厚爱!"

曹公公站在窦滔病床前,手拿圣旨扬声宣道:"奉天承运,皇帝诏曰:今命秦州刺史窦滔为前部正营先锋官,率兵十万攻打东晋。钦此。"

若兰率领众人连磕三头口中三呼:"谢主隆恩!万岁,万岁,万万岁!"

接旨完毕,若兰和曹公公说话间已经让王管家备下了银两。若兰从王管家手中接过银两递给曹公公说道:"望公公能在皇上面前美言几句。这是点小意思,不成敬意。权当给公公买酒喝……"

曹公公接过银两笑道:"窦夫人放心,咱家会在皇上面前如实回禀窦将军的病情。圣上皇恩浩大,一定会体恤民情。这次出征应该就此作罢了。夫人照顾好窦将军,祝愿窦将军早日康复,窦将军也好早日为国尽忠。"

睡了一觉的寒雪凤醒了过来,她揉揉蒙眬的眼睛问:"厚林哥,哥哥和嫂子过来了没有?我去烧火煮饺子。"

"还没有过来,他们也要敬完神,放完炮才能过来。你再睡一会儿,不急。"秦厚林说。秦厚林回想起了那个夕阳西下的傍晚,秦厚林、谭老师和寒雪凤坐在凤凰山的山头谈论着人生。

"秦老师，谭老师说你会看手相，是真的吗？"寒雪凤坐在凤凰山的草地上看着西边火红火红的落日问。

秦厚林看着谭老师问："是你告诉她的？"谭老师认真地点点头，他那胖乎乎的脸颊被晚霞打成了粉红色，着实一副弥勒佛的架势。

"秦老师，你能给我看看手相吗？"寒雪凤继续追问着秦厚林。秦厚林的目光落在了远处的河谷里。远处波光粼粼的河面上，几只鸭子在水面上悠闲自在地滑动着脚掌，身旁不时有水鸟翩飞、盘旋。雪白的水鸟滑翔在水面上，打着旋儿向高空飞去。不远处的芦苇丛中，几只鸳鸯闪动着彩色的羽毛成双成对地晒着暖暖的阳光。

寒雪凤的手掌伸了过来，秦厚林仔细地端详着她的右手的指端。这是一双柔软的小手，一双小巧的手。只是手掌的纹路有些杂乱无章，无论是生命线、感情线，或者是智慧线，都是那种似乎断掉又似乎连接着的线条，总有一种若隐若现、若即若离的感觉。

秦厚林看着寒雪凤的手掌说："你性格随和，是一个非常温顺的姑娘。"寒雪凤认可地点点头。谭老师呆呆地看着夕阳和远处的河面，并不怎么在意他俩的谈话，只是一个人沉醉。

"秦老师，我是家里最听话的孩子，而且我从来不知道怎么和人发脾气，怎么和人吵架。因此，总是受到别人的欺负。我觉得我有点懦弱，可是我不知道怎么克服我的性格缺点。"寒雪凤沉浸在自我的评判中微微地笑了。

秦厚林打断了寒雪凤的自我陶醉继续说："从你的手相看，你是一个多愁善感的人。你总是有很多的情感，你的情感总是处在剪不断理还乱的无序状态。你想得到幸福又不愿意承担痛苦。"寒雪凤甜蜜地笑了，这次她没有插话。

秦厚林继续为寒雪凤看着手相："你表面上温柔，似乎是一只温顺的小猫咪，可是你内心火热，有一种焦虑总是纠缠在情感中不能自拔。你渴望爱情！可是你把自己夹杂在爱情和婚姻中不能自拔。你要得太多，不懂得放弃，所以你过得很累。你的新感情总是纠结在旧感情之中。"寒雪凤蹙着眉头陷入了沉思。"要我继续说下去吗？"

"秦老师，你说吧，我想知道别人对我的评价。"寒雪凤的话随着微风散落在凤凰山上。谭老师静静地听着水面上欢快的生命扑打着水面的声音，静静地听着秦厚林和寒雪凤的谈话。

"你的焦虑在于你渴望爱情，可又很难找到一个可以寄托的人。你太精细了，很难得到满足。你是一个要求十全十美的人，可是这个世界上根本就没有什么十全十美，就连你自己也不是十全十美的，你怎么可能要求别人十全十美呢？"寒雪凤撇了一下嘴做了个鬼脸。

"你一次又一次被欺骗，也一次又一次欺骗别人；你手上的纹路非常紊乱，总同时牵扯着好几个人。你恋着一个又想另一个，和前者的关系并未断绝，又有新的情人。你有时是自觉的，有时又不自觉。你在爱情上注定是不专注的。我看的不只是掌上的纹路，还看骨相。只要捏住这细软的小手，任何男人都能够把她牵走。"秦厚林捏着寒雪凤的骨相抬起眼睛说。寒雪凤回避着秦厚林的眼光，秦厚林知道这回击中了寒雪凤的要害，就不再往下说了。

"秦老师，你牵牵看！"寒雪凤抽回手，望着秦厚林，似狐狸那般狡黠的眼珠在眼眶里滴溜溜地转动着。

秦厚林没有牵寒雪凤的手继续说："这手注定是痛苦的。"

"我就想专心爱一个人。难道爱一个人都这么难吗？"寒雪凤不知道是在问自己还是在问秦厚林。

秦厚林回答着她的问话："你是想专爱一个人，问题是你做不到。这小手太纤细太柔软，太叫人琢磨不定。"

"唉，继续说下去。"寒雪凤叹了口气对秦厚林说。

秦厚林笑着说："再说下去你就会不高兴的。你已经生气了。"

"我没有生气，请你看手相怎么会生气呢。说的准就信命，说不准就当是瞎扯胡聊了。"寒雪凤看似洒脱地说。

秦厚林的话刺激着寒雪凤的心，她的心如同一颗被挖出来放在试验台上的心，被自己和别人看得清清楚楚。"你甚至不知道爱什么？你自己也不知道你爱的是什么。"秦厚林继续说。

"我当然知道，爱一个人，一个特别出色的人！能叫我一见倾心，我就可以把心都掏给他，跟他随便去哪里，哪怕是天涯海角。"寒雪凤否认着秦厚林的观点。

秦厚林依然细致地观察着这颗跳动的心："这是一时浪漫的激情，冷静下来就做不到了。但还是冷静下来，就又有了别的考虑。你可知道这个世界上最持久的爱情是什么？就是爱到视对方为亲人！"

"我只要爱上了就不会冷静。"寒雪凤辩解着。

秦厚林淡淡地说："那就是说你还没有爱上。不知道你究竟是爱还是不爱，因为你太爱你自己了。把自己包裹得严严实实，就像一个刺猬，浑身长满了坚硬的刺。"

"不要这样说!"寒雪凤终于忍不住叫了起来。谭老师转过头微微地笑了,他知道秦厚林说中了寒雪凤的本质。

秦厚林静静地闭上了眼睛,享受着晚霞的温暖:"这都是因为你长得太美,便总注意你给别人的印象。你不知道这其实是你的一种天性。只因为你太迷人,那么多人爱你,才正是你的灾难。"

"不说爱情了,秦老师,你帮我看看事业吧?你就简单说说我事业上能不能成功。"谭老师把自己胖乎乎的手伸在了秦厚林和寒雪凤的面前。

寒雪凤看到秦厚林的嘴唇在晚霞中一张一合地说着,她似乎看到秦厚林变成了一尊霞光中的佛祖,散发着满身的佛光。秦厚林说:"这是一只有事业的手,有事业并不一定等于成功。有事业也可以是一种寄托。我的意思是说你没有野心。"

"是的,我一直想过一种平平淡淡的日子、无风无浪的日子。"谭老师松了口气,僵硬的手指也跟着松弛了。

秦厚林继续对谭老师说:"你是个倔强的人,你不想支配别人,没有野心。事业往往同野心又分不开,对一个男人来说,说他有野心就是说他是个有事业的人,野心是事业的基础,野心无非要出人头地。事业的成功总少不了竞争,可你心地善良。由于你过分善良往往被对手击得落花流水,自然也不会有出人头地的意义上的成功。"

"我知道,这个上次你给我看手相的时候说过了。说说别的也行。"谭老师建议秦厚林换个话题。

秦厚林顺着事业说到了生活态度:"不过正因为这样,你是幸福的。幸福和事业的成功没有必然联系。人的欲望是无穷无尽的。只要你的爱人愿意和你在一起生活,无论过什么样的日子你都是幸福的。人生是由事业和家庭组成的,只有你的事业和家庭达到了平衡,你才是幸福的。只要有一个和你同甘共苦的人守着你一辈子,你就是幸福的。其实,有一个人偷偷爱你,可你并不重视,甚至都没有想到。"

谭老师呆呆地看着自己的手相问:"你怎么上次没有说这个呢?"

"秦老师,看看我有钱还是没钱?我才不管什么爱情和事业,我只要一个丈夫,一个有钱的丈夫。"寒雪凤把自己的左手伸了过来。秦厚林放开了谭老师的手,重新拾起寒雪凤的手帮她看手相。

秦厚林看着寒雪凤的手说:"这只手透露着性感,这手招来许多人求爱,弄得都难以选择，不知如何是好。"

"有很多人爱这倒不坏，可钱呢？"她嘟囔着嘴问。谭老师插嘴说道："男左女右，你伸出左手问什么呀？不灵的。我们还是回去吧？"远处的太阳已经落山了。

三个黑影从凤凰山顶向凤凰中学走去，一路上三个身影跌落在"不求钱而求爱的却没有爱情，追求钱的没钱却有的是人爱，这就是所谓命运"的话语中。

黄土地上吹来的一股倒春寒的寒气将黄土地带入了冰冷的世界。窦府内若兰和久病初愈的窦滔散步在后花园，院内随风飘落着红红的花瓣。

窦滔心疼地看着若兰说："兰儿，这一段时间让你受苦了！都是我这不争气的身体。"

"相公何出此言？你我夫妻恩爱，定当同甘共苦。夫君有心，只要明白贱妾一片心意就行！希望我们夫妻能够像百合花一样百年好合！白头到老！"若兰指着眼前的百合花说。

窦滔掐了一朵百合花戴在了若兰的头上说："兰儿，糟糠之妻不下堂，我们一定会百年好合，白头到老的！"窦滔把若兰紧紧地搂在怀里，春风淡淡地吹在若兰身上，若兰感到丝丝的温暖。

王管家从外面急匆匆地进来回禀道："启禀将军、夫人，曹公公到！"

窦府门外马挂鸾铃。"圣旨到——"屋外传来了曹公公的声音。

窦滔带领家眷跪在院子当中，只听曹公公宣旨道："圣旨到，窦滔接旨。因秦州刺史窦滔与东晋国藕断丝连，即日起将窦滔革职，发配流沙。钦此！"

"臣冤枉，皇上，臣冤枉，臣冤枉……曹公公，请您转告皇上我是冤枉的，我是冤枉的！不是臣不愿意攻打东晋，是臣大病无法启程呀……"窦滔直言喊冤，家人听到圣旨痛哭流涕。

"窦将军，咱家已经据实禀明圣上。可是圣上金口玉言。既然已经错了，就将错就错了。只是委屈了将军。将军还要自重，保重身体。日后定会有用武之地。"曹公公同情地说。

芦苇在阴风中飘动飞扬。若兰率领众家人在二水寺西的池塘边送别窦滔，若兰看到满池春水寒光粼粼，落叶飘零，往事涌上心头，凄然歌曰：银箭昔日穿红线，何故今朝断丝弦？送君池边千秋泪，漠漠流沙几时还？

窦滔伸手轻轻抹去若兰脸颊上的泪痕，柔声安慰道："阳春飞鸟戏鱼时，

命如沙

边关壮士自回还。"

若兰望着芦苇凄凄的原野,一只失群孤雁悲鸣南飞,凄然吟道:瑟瑟秋风孤雁鸣,古道西望泪湿巾;野日惨惨照荒草,佳音不知几度春。

窦滔强忍内心的无尽悲伤,劝慰道:"秋去冬尽春日暖,自有鸿雁送佳音。"

"夫人,时候不早了。相公该启程了。"灵儿提醒着若兰。若兰这才从伤心的离别中回过神来。夕阳中,窦滔已经远远地离去了,若兰在灵儿的搀扶下淡淡地消失在漫漫的薜草中。

第四章　窦滔流沙遇阳台　若兰思夫终成疾

"流沙——"陆局长抬起眼,他想到自己祖上曾在流沙生活过。还记得那个时候的流沙可是一片又一片密林啊!流沙也不叫流沙,流沙叫凤凰山。只是千年的轮回、千年的战争,一片片林海变成了五湖十国的流沙。

陆局长至今还记得父亲给他讲过的祖上的故事。这个故事不知道传了多少代才传到了他这里。陆局长的视线模糊在凤凰山的风雨里。

山里的雨说来就来了。刚才还晴空万里,一会儿就乌云密布、雨声滴答了。凤凰山沉浸在雨雾中滋滋地吸食着上天的养分。灰蒙蒙的天带来一阵又一阵的雨声。

此刻,秦厚林刚从凤凰镇买菜回来,浑身都被雨水淋湿了。寒雪凤拿来一身干净的衣裳给秦厚林换上,秦厚林顿时觉得身子清清爽爽,坐在火塘前的竹靠椅上,手里捧着一碗热茶,对着屋檐下绵绵细雨同寒雪凤讲述着谭老师的故事,寒雪凤就像这孤寂的山中人家的一个乖巧的小女孩,坐在他膝头依偎着秦厚林。

"秦老师,你去过谭老师的老家吗?"寒雪凤坐在屋檐下看着滋溜溜的雨从屋檐上滚落下来问。

秦厚林的脸上泛着微微的白光说:"在凤凰山支教已经两年了。我去过四次谭老师的老家。有两次是清明节跟着他去祭奠他的祖先的。谭老师给我讲了他祖上和火神的故事。"秦厚林的眼前闪现着谭老师的身影。陆局长的眼前闪现着祖祖辈辈流传的关于爷爷和太爷爷在凤凰山与火神的故事。

火神是一个赤条条的血红血红的人参娃娃,他就喜欢恶作剧,总出现在砍倒的树林里,故意把厚厚的干树叶子弄得哗哗响,光个屁股,在砍倒的树枝间爬上爬下。太爷爷就是在看到火神后去世的。

那是个很远久的故事,爷爷说太爷爷亲眼看见过血红血红的人参娃娃。太爷爷当时一根一围粗的檀木还扛在肩上,正从坡上下来,就看见这火神爬上了山茶树干,他一时刹不住脚,也不敢多看,回到家门口放倒树干,还没进屋就说"不好了!"家里人问他怎么了。太爷爷说他看见血红血红的人参娃娃了,就是那火神祝融,以后的好日子完啦!

灾难后来果真一桩接一桩。太爷爷那时背已经驼了,年轻时他可是无人能及的好猎手,就在他看见了血红血红的人参娃娃之后,没两天工夫,叫人给打死了。

天还未大亮,奶奶早起去喂猪,先是脚下绊了一下,然后就大叫一声晕死过去了。太爷爷躺在屋门口一滩血迹里,只要伸手就够得到门槛。院子边的那棵老樟树根上残留着紫黑的血块,原来太爷爷是扒着树根爬回来的,爬到快看见家门槛时才断了气。

爷爷说太爷爷是叫人暗算了,从后脑勺吃的闷棍,后脑勺留下了紫黑色的血块。在太爷爷刚死没多久,山林就起火了,那一片林火足足烧了七七四十九天,好几个火头同时蹿起,没法子救,火光冲天,整个山林像一座蜿蜒的火蛇在天地间游动着。太爷吃黑枪的时候正是山林起火的时候。

这火神祝融正是这凤凰山的神。那呼日峰下,原先的一座火神庙年久失修,人们忘了祭祖,酒肉都只顾自己享用。被人遗忘了的火神一怒之下,便发作了。

山林里蹿出一道火光,明晃晃悠悠游动在漆黑的山影之中。风吹来了一股胜似一股的焦臭味,人们在睡梦中都感到窒息,纷纷起来,也都看见了林火,却只呆呆望着。

到了白天,烟雾弥漫过来,别说去救,躲都躲不及。野兽也惊恐万状,被熊熊火势追赶,老虎、豹子、野猪、豺狗统统蹿进了河里,只有河水汹涌的深涧才能阻挡火势蔓延。

隔岸观火的众人只见对面火光之中,一只赤红的大鸟飞腾起来,长着九个脑袋,都吐出火舌,拖起长长的金色的尾巴,带着呼啸,又像女婴的啼哭,凌空而上。千百年的巨树腾地弹起,像一根根羽毛,还发出炸裂声,然后又轻轻飘落进火海里……

陆局长并不清楚祖祖辈辈流传的这个故事中太爷爷是因为看见火神遇到不幸死的,还是被人暗害死的,就像这乾陵里的《璇玑图》是被盗了,还是依然静静地躺在乾陵里,他都不清楚,他清楚的是自己的使命是追查这个久远的故事。

流沙是一个黄沙漫天飞舞的地方。黄色的风卷着黄沙拍打着流沙城。"窦将军,您放心!虽说您是流配流沙。但朝廷里关照,您不用充军,让派个闲差给您做。这里倒有一个闲差,不行你来做吧,也为边关做点事情。"管城的牢头说。

"多谢管城大哥！以后还需管城大哥多多关照。"窦滔说着拱拱手并将一包银两塞在管城差拨手里。

茫茫大雪弥漫了流沙的天空，窦滔站在屋外，望着茫茫的雪原，想起若兰，眼里充满了迷茫。远远的一个人影提着酒葫芦缓缓而来。走近一看，是管城冒着风雪走来。

"管城大哥，您这是上哪里去？这么大风雪。"窦滔远远地喊住了管城的牢头问。

管城举起手上的酒葫芦摇了摇说："窦将军，我去打酒，再弄几个下酒菜，一会儿我们哥俩喝几口。"

"好的，管城大哥，我先生起火来。一会儿您记得过来烤烤火。"窦滔朝管城的牢头喊道。

屋内窦滔和管城的牢头围坐在火盆前，火苗向上一蹿一蹿的，屋外呼呼的风声似乎要把大地撕裂了。

"在这漫天黄沙的地方竟然会下雪，这也算是奇迹了。管城大哥，我们这里能捎家书吗？"窦滔拱手问管城。

"窦将军，您看这流沙城，就是流沙一片。不瞒您说，我已经二十年没有回家了。哪里还有什么人能回去的。自从这些人来到这里就再也没有回去过。你被流放流沙几年了。"管城一边撩拨着火盆里的炭火一边喝口酒问。

"管城大哥，不瞒你说，来到流沙这么长时间这是第一次下雪，应该还不到一年吧。"窦滔一边夹了口菜一边说。

管城看着火苗夹了一口菜说："好我的窦将军，这流沙是我来这里这么多年第一次下雪。也算是罕见呀！我替你算了算至少也有四年了。这流沙一年四季就像是秋天，每天都黄沙滚滚。天天都是这个样。为了不让自己也忘了时间，我专门在墙上做了记号。每隔三十天就打一个叉，自从你来流沙我已经打了五十个叉，我自己已经打了二百四十多个叉了。"

"管城大哥，那我们什么时候才能回去呀？"窦滔一边问管城牢头一边喝了口酒。窦滔心里突然不安起来，这样的日子什么时候才能熬到头呀。看来皇上是非要我在这里寂寞而死呀！

"窦将军，我看你就在这里安心待着，除非哪天皇上心头一热大赦天下。"管城牢头一边拨着火盆一边说。火苗在寒风中剧烈地跳动着，屋外冷风依然呼呼地刮着，似乎要将这个无底的世界吞没掉。

窦滔走过管城牢头的住所，土黄色的墙上又多了一些黑炭叉叉，这都是管城牢头画的。窦滔知道时间又过去了一些。窦滔走上前看到管城牢头地上的水盆不禁身子颤抖了一下,水中映着一个影子,这是自己吗?

窦滔不相信地问自己。这是我吗?水盆中一个满脸沧桑、面如尘土、眼窝塌陷、鼻梁干瘪、嘴唇干裂、头发干枯、白发丝丝的老者映在水面上。窦滔不觉心中一股悲凉,满脸凄然地走出了管城牢头的屋子。

窦滔失魂落魄地行走在流沙的黄沙中,仿佛要将自己也变成一粒黄沙。远远地,管城牢头从地平线上走来,他随着太阳的节奏一漂一漂地向窦滔招着手。

"窦将军,窦将军——喜讯!喜讯!"管城牢头老远就向窦滔喊道。

"管城大哥,别开玩笑了,这辈子恐怕是回不去了,还有什么喜事?"窦滔从屋里走了出来说道。

"窦将军,圣旨来了。"管城牢头兴奋地说道。窦滔呆呆地愣在了那里,不知道是福还是祸。

"奉天承运,皇帝诏曰:天朝国恩,因窦滔流放流沙期限已满。特赦窦滔,并恢复窦滔秦州刺史的职位。即日上任。钦此。"漫漫黄沙中回荡着曹公公阴阴阳阳的声音。

"吾皇万岁,万岁,万万岁!"窦滔的头贴在黄沙中,慢慢地抬了起来。

"曹公公,我能先回家看看我那苦命的妻子若兰,再去上任吗?"窦滔试探着问曹公公。

"窦将军,即日上任。你忘了上回的教训,何况您是待罪上任。如若被皇上知道了,恐怕——"曹公公说。

窦滔骑着马从漫漫黄沙中走向了一片生机勃勃的绿洲。在这绿洲中秦州城已经不是几年前的秦州了。这里也多了些许风沙,多了些许塞北疯狂而干裂的气质。

窦滔眼前浮现起了曾经秦州城的绿柳排排,水道莹莹。窦滔走过晚霞中的秦州春风楼,春风楼的姑娘们站在楼内向过往的行人搔首弄姿。

窦滔的眼前闪现着四年前春风楼内歌舞声声,赵阳台跳着妩媚的舞蹈,用暧昧的眼神看着自己时的情景。

窦滔醉眼蒙胧地说:"小甜甜,今生遇到你是我一生的幸福。"

赵阳台倒在窦滔的怀里媚态百生地望着他说:"真的吗?那家里夫人不是你的幸福吗?"赵阳台娇滴滴的声音弄湿了窦滔的心。

"夫人怎么可以和你相比。你是天上的仙女!她黄脸婆一个。今生只要有你一个就够了。人常说：马无夜草不肥，人无横财不富。我无阳台怎知什么是幸福？"

窦滔呆呆地站在晚风中，身后送来了温柔的晚风声："窦将军，窦将军——"窦滔转过身来，一个悠悠然犹若黄莺般的声音沁透了他的心脾。一位亭亭玉立的女子站在春风楼的晚风中。窦滔的心剧烈地颤动着。

"阳台——"窦滔激动地呼唤着赵阳台的名字。这想谁，谁就出现在我的面前。窦滔如同做梦一般飘飘然。

"窦将军，这些年您去了哪里？我找了您好多年却怎么也找不到。"赵阳台急切地问。

"唉——阳台，一言难尽呀！"窦滔长叹一声，垂下了头，不知从何说起。

赵阳台看着窦滔的脸问："窦将军那您还打算回去吗？"

"窦滔戴罪立功，罪人之身怎么还能回去呢？家又在哪里。说不定夫人早已改嫁。今生今世就陪在你身边，不回去了。过些日子就接你进窦府。"窦滔坚定地对赵阳台说。

秦州城赵阳台被花轿抬进了窦府。卧房内赵阳台和窦滔说着知心话。"窦将军……"赵阳台的话刚出口就被窦滔打断了。"唉——叫相公。"

"相公，贱妾谢谢您救贱妾于水深火热之中！来，相公，这杯是我敬您的！"说完赵阳台一饮而尽。

烛光映衬着窦滔红红的脸："小甜甜，谢字不用再提。你我萍水相逢却是患难知音。今生有我窦滔一口饭吃就有你小甜甜一口饭吃。从今往后你我还要同甘共苦，共同进退。"

"相公，放心！贱妾今生今世，生是相公的人，死是相公的鬼。谁也别想再把我和相公分开。"赵阳台说着仰头一口干了杯中的酒。

卧房内窦滔和赵阳台推杯换盏。"相公，再来一杯。"窦滔看到赵阳台头发松松，大红袄子半掩半开，露着葱绿抹胸，一痕雪脯。桌上零花铜镜映出阳台醉红红的脸颊。

窦滔的手轻轻地搭在赵阳台的胸前，手指轻轻地滑动着。"阳台，你还是那么的肌肤如雪，美丽动人。"赵阳台随势倒在了窦滔的怀里，一股香香的奶气浸透了窦滔的全身。

赵阳台火一样的嘴唇贴在了窦滔的双唇上。窦滔只觉得一双薄薄的单唇如同两片穿梭的金鱼在自己的嘴里游动着。那薄薄的单唇轻轻地贴在他的双唇间，瞬间就融化了，如同包含着一块薄冰，很快就融化成了一片纸片。

赵阳台的舌头如同游蛇一样吐着芯子,不停地接触着窦滔的舌头,那一次又一次的颤抖的感觉从窦滔的舌尖传到心脏,从心脏传到脚尖,从脚尖传到大脑。

月缺月圆,赵阳台天天晚上躺在窦滔的怀抱里,继续着生命的涌动。月亮渐渐地隐没在阴云里,窦滔一如既往地搅动着金箍棒,赵阳台一如既往地收缩着大峡谷。整个晚上,窦滔再也没有从金箍棒里射出洪流。

太阳渐渐升起的时候,窦滔的肚子慢慢地变大了,如同怀了孕的妇人。月光下,赵阳台摸着窦滔鼓鼓的肚子,请来了大夫。大夫轻轻地按着窦滔的脉搏,若有所思地点了点头。

花厅内的烛光下,百草堂的白大夫开着药方。赵阳台轻轻地问:"白大夫,我家相公得的是什么病?"

白大夫缓缓地停下笔说:"夫人,将军乃诸淋与小便不利者耶。"

"白大夫,此病缘何而起?"赵阳台焦急地询问着窦滔的病因。白大夫欲言又止,"白大夫,但说无妨。"赵阳台还是想知道窦滔的病因。

白大夫起身递过药方说:"夫人,诸淋与小便不利者皆因五脏不通,六腑不和,三焦痞涩,营卫耗失,冒热饮酒,过醉入房,竭散精神,劳伤血气。尤以过醉入房行云雨之事为甚。"

赵阳台听到这里,脸上白一块、红一块,不知怎么说才好。她还是咬咬牙问:"白大夫,此病是何症状?"

白大夫背起药箱说:"夫人,状候变异者,名亦不同,则有冷、热、气、劳、膏、砂、虚、实之种耳。将军乃砂者也,砂者脐腹隐痛小便难,其痛不可须臾忍,小便中有砂石,有大如皂角子,色泽赤或白不定,此由肾气强,贪于女色,闭而不泄,泄而不止,虚伤真气,邪热渐弱,结聚成砂。又如煮盐,火大水小,盐渐成石之类。"

"白大夫,相公之病关乎命乎?"赵阳台紧张地问。

白大夫嘱咐道:"八淋之中,唯此最为危矣。其脉盛大而实者可治,虚小而湿者不可治。虚者肾与膀胱俱虚,精滑梦泄,小便不禁。实者谓经络闭塞,水道不利,茎痛腿酸也。又诸淋之病与脉相从者活,反者死凶。"

时光冉冉,斗转星移。自从窦滔发配流沙后,若兰就从秦州窦府搬回了武功苏宅,照顾着二老双亲和幼小的儿女。

武镇苏宅庭院内散发着桂花的气息,园子里开满了各式各样、各种颜色的花。地上彩叶草和地肤草静悄悄地爬满了园子的草地,草丛中闪烁着朵朵仙客来、蝴蝶兰、文心兰……若兰依偎在栏杆旁呆呆地望着兰花，心中忐忑不安：相公呀！相公。你何时归来？相公呀！相公。我何时才能见到你？

"夫人，吃晚饭了。我已经把饭热了三遍了。"灵儿在一旁说。

月亮偷偷地爬上了天空，若兰依然孤坐在园子里凝视着兰花，花开花落已经七次了。弯弯的月亮在天边似小船一般，若兰看到自己坐在了小船上来到了窦滔身边。

"夫人。"若兰从灵儿的再次催促中回过神来，只有天边的点点星辰还在闪现着调皮的眼睛，一闪一闪地逗着人们玩耍。

若兰自思道：月缺尚有再圆时，难道夫君一去不复归么？连封报平安的家书也未接到，是漠漠风沙断了鸿雁的翅膀，还是……她的寸心被思念的泪水浸透了，情思滚滚，跃然笔端。

灵儿在烛光中看到若兰的手影挥舞在书桌上："夫人，您写诗了。"

"灵儿，相公被发配到流沙几年了？"若兰回过头问灵儿，泪水在眼眶里打转。

"夫人，屋里的兰花已经开了七次，落了七次了。"灵儿伤感地回答着若兰的问话。

"七年了，不知道相公怎么样了？七年了，一封家书也没有。"若兰淡淡地说着心思，泪水不知不不觉地流了下来。粉面被泪水冲刷出了道道泪痕。

"夫人，老爷吉人自有天相，一定没事的。夫人您放心。"灵儿扶着若兰颤巍巍的身躯安慰着若兰。

"秦老师，这个世界上每个人都有故事，你想不想听听我的故事。"寒雪凤忽然问秦厚林。

雨继续滴滴答答地落着，外面的天色渐渐地暗了下来。秦厚林静静地听着寒雪凤的述说。

"我根本不是什么小护士，一直以来编造的全是谎话。说的也不是我朋友的故事，这些故事里面有我的影子，也有她人的影子。你讲谭老师的故事也是一样的，有自己的影子，也有他人的影子。我只要真真实实地活着，不再相信什么爱情。我已经厌倦了，男人都一样好色，女人都一样下贱。我什么都看透了，活着都腻味，我不要那么多痛苦，只求瞬间的快乐。秦老师，你会要我吗？"寒雪凤的声音随着雨水柔柔地洒在凤凰山上。

第八卷 辰时

第一章　凤凰山里姑娘笑　绿野书院璇玑舞

新年的晨光洒在黄土地上泛着银闪闪的光芒，太阳还没有从云层中爬出来就被掀了回去，只有雪光和晨色依然闪现着天亮了的色彩。

屋外传来了两个小侄子嬉戏的声音，我知道哥哥和嫂子也到了。一家人的团聚就在今年雪光的晨辉中开始了。

灶房里传来了"扑哧，啪塌，啪蹋，扑哧——"的时短时长的风箱声。灶房里的热气随着母亲掀开锅盖向暖壶里灌水所冒出的热气飘散到了院子里。院子里因为有了刚出锅的热气似乎也暖和了许多。

门外传来了"噼，啪——"的响声，那是村子里刚起床的人们在迎接新年的到来，小侄子们也放着从院子外捡回来的鞭炮。

寒雪凤早已经从床上翻了下来，她和母亲在灶房里下着饺子。锅里的饺子在水中翻腾着，好像跳着圆舞曲，迎接着新年的祝福。秦厚林依然修改着自己的作品，只有饺子翻腾的香味被灶房里的水蒸气带着飘进了他的鼻孔。

人们在为自己安排着时间，在黄土地的广阔空间里，乡亲们生活了一年又一年，生活了一辈又一辈。我们在黄土地上没有重合，那是因为一辈一辈的人离我们而去了，我们也在出生的时候渐渐地远离，走向人生的尽头。

时间的长河将我们等分在同一空间里。这就是时间的不可逆性和空间的重复性。这也是我们存在的唯一理由。就在这相同的空间里上演着历史的一幕幕悲剧，一幕幕喜剧，一幕幕正剧。

于是我们看到了五千年前的黄帝生活在姬水边，我们看到了千年前苏若兰织锦在姬水边，我们看到了千年前梁栋材和柳梦兰、柳梦蕙因为《璇玑图》相遇在姬水边，我们看到了千年前横渠先生、了元大师和真靖道长在黄土地上探讨着生与死的话题。

这一切的一切都因为黄土地的存在才存在，这一切的一切都因为时间的消失而消失，这一切的一切都因为记忆的存在而承载延续。

生命只是瞬间的一粒尘埃、一抔黄土、一缕元气，姻缘因为相聚而形成肉体，姻缘因为消失而消散殆尽，元气继续追寻着自己依附的对象在时间的长河中将自己变成历史的记忆。

"厚林哥,吃饺子了。"秦厚林望着桌上热气腾腾的饺子继续转悠在自己的时间里。秦厚林看着寒雪凤的样子,想起了自己没有去过的码头镇,那个伴随着寒雪凤走完了童年,走过少年的地方。

因为那里也有一座山叫凤凰山,而秦厚林就支教在凤凰山。只不过一个是码头镇的凤凰山,一个是凤凰镇的凤凰山。

码头镇是北缘西隅,是一个东临赤湖、西接幕阜、南眺匡庐、北饮长江的古镇。秦厚林似乎又看到了那个凤凰山上挑着猪草的姑娘。他不知道她是不是寒雪凤,但是他就把她当成了寒雪凤。

吃过午饭,秦厚林从盘龙寺走了出来,他不知道盘龙寺和回龙寺有什么区别。他只知道盘龙寺在凤凰山,回龙寺也在凤凰山;只不过一个在支教的凤凰山,一个在码头镇的凤凰山。

秦厚林把盘龙寺当成了回龙寺,因为它们都在凤凰山上。回龙寺的钟声还在身后的山上,还穿梭在凤凰山的树荫里。

秋日的太阳照在身上如芒刺一样扎扎的、燥燥的。那姑娘穿着花布单衣和花布裤子挑着两大捆猪草走在凤凰山的山道上。她的身影在前面悠悠地走着,只留下那红底黑花的圆口布鞋在山道上踏出轻盈的步子。

她的衣服贴在脊椎的那道沟槽上,汗水渗透在花布衣服上,印出了斑斑点点的汗渍。挺直的脊背被沉沉的扁担压了下去,只有腰肢在阳光中和谐地扭动着,屁股在一鼓一鼓地向前挺进着。

这是山里人常有的活计,这是山里姑娘常有的活计,这也是山里人最普通、最平常的一天。

秦厚林紧跟在她后面,想从她身旁过去。她听见了身后的脚步声,于是就把扁担转了个角度好让他过去,可扁担还是把狭窄的山道挡住了。

秦厚林说:"不要紧,你走你的,我不着急赶路。"

一路走着,来到了小溪边,秦厚林知道这是凤凰溪,是那条从凤凰谷流出来的凤凰溪。她把担子歇下来。秦厚林看见她红扑扑的腮帮子上贴着被汗浸湿的鬓发,厚厚的嘴唇、小巧玲珑的鼻子真可爱,一双黑溜溜的眼睛扑闪着,映照出了溪水的色彩,身上散发着秋日里汗水的蒸汽。她的双手随着溪水"哗啦啦"的响声浸透出一片冰凉的世界。

"你多大了?"秦厚林问歇下来的小姑娘。

"十五了。"姑娘一边洗着汗湿了的手帕,一边回答。

秦厚林继续问:"你一个人走这山路不害怕吗?这前后都没人,也望不到

215

村庄。"

她望了望插在猪草里带铁尖的镰刀说:"一个人走山路的时候,带一把镰刀、一根扁担就够了,用来赶狼。我家不远,就在山洼那边的凤凰谷。"

凤凰谷,秦厚林的身子颤抖了一下,又到了那个似梦非梦的地方。秦厚林一边将溪水撩拨在自己的脸上享受着山泉的清凉一边问:"你在哪里上学,我似乎没有见过你呀?"

"不上了,我上过小学。现在弟弟上小学,我们一家就都围绕着他转。希望他能有一个好前程。"她说着已经洗完了手帕,把手帕搭在胳膊上。阳光下一个清凉透亮的姑娘在溪水边咯咯地笑着。

秦厚林的声音随着哗哗的流水声若隐若现:"你家里为什么不让你继续读书?家里真的供不起吗?"

"真的供不起,山里人的收入少。一般只能供得起一个孩子读书。就这个一般供到高中也就供不起了。活着是第一位的,读书只是活着的另一种途径而已。"说完她就准备担起扁担启程了。

"你和我凤凰山的学生家境一样,还好你家就你们姐弟二人,我的学生大多数家里都有三四个兄弟姐妹,一个个没怎么上学就成了全劳力,山里人供孩子不容易呀!这一担很重吧?"秦厚林说着也站了起来随她而走。

她没有接着秦厚林感叹山里孩子的命运,看了看秦厚林问:"你是老师?你走在前面,我好走一点。"

秦厚林点点头,在两人的谈话中一路上也不那么闷了。很快他们翻过山冈,就看见路边一幢孤零零的瓦屋坐落在山坡边。

"瞧,那门前种了棵板栗树的就是我家,我家这板栗树特别怪,七月已经开过一回花了,秋天又开了一次,前些日子那雪白的板栗花才落尽。一颗板栗也没结。"她对秦厚林说。

秦厚林看着那树的叶子差不多落尽了,剩下的几片橙红的叶片在赤紫色的光洁的枝条上抖动。到了她家路边,秦厚林从石阶上去,在门前的磨盘上坐下。她把扁担挑到屋后去了。

"老师,进我家喝口茶吧。"秦厚林跟着她来到了这个凤凰谷的小院子。

她推开掩着的正中的大门,手里提了把陶壶从堂屋里出来给秦厚林倒了一大黑瓷碗茶。秦厚林似乎又回到了黄土地的记忆里,他的家里也是拿出大老碗来喝茶,黑瓷黑瓷的。那陶壶想必刚从灶火灰里拿出来,茶水还是滚热滚热的。

她给秦厚林倒茶的时候双手托着碗朝秦厚林微微地笑了，她的嘴张着，薄薄的嘴唇就是人们常说的樱桃小口。她依然穿着汗湿了的单褂子。

秦厚林关心地说："你这褂子都湿透了，怎么不换一件？小心感冒了。"

"那是你们城里人，我冬天还洗冷水澡呢，山里人身体结实，不碍事的。"她一边说一边将陶壶放回了原处。

秦厚林似乎对于城里人这个定位很敏感："我也不是什么城里人，我只是在城里上了几年学，现在又回农村教书了。我是农民的儿子。"是的，在秦厚林的心里，他从来没有把自己当作城里人来看，他始终认为自己是农村人。

"天色不早了，你就在这里住下吧。夏天游客多的时候我们这里也住客人。以前猎人也经常住在我们这，这些年禁止打猎了。我们这儿住的人也就少了许多。"她看到秦厚林似乎有疑虑，就说："你不用担心，我们这里不收费的。"

说完，姑娘爽朗地笑了，秦厚林也跟着笑了起来。秦厚林便跟她进屋里去，堂屋的板壁上半边贴满了彩印的绣像，像连环画人物花木兰、穆桂英。中央是一张毛主席年轻时的画像。

"你们这里和我学生的家里都挂有毛主席的画像，真不错！你喜欢看花木兰多一点还是穆桂英多一点？她俩可都是女中豪杰呀！"秦厚林看着毛主席的画像和这些绣像问她。

"是的，江南人民对毛主席很敬重！我特别喜欢听评书，这些绣像是我在镇上淘来的，花木兰和穆桂英我都喜欢，谈不上喜欢哪个多一点，我就是喜欢她们的那种豪爽与气度。"秦厚林知道她指的是广播里的评书联播。

"你要不要擦个脸？我给你打盆热水来？"她递过手中的毛巾问秦厚林。

秦厚林没有回答她，而是顺着落下的话语问："我可以到灶屋里自己打水吗？"她立刻领秦厚林到灶屋里，刚进灶屋就操起个脸盆，手脚麻利地从水缸里舀了一勺水，擦了擦脸盆，倒了，从灶锅里又舀了一瓢热水，端到秦厚林面前望着他说："你到房里去看看，都干干净净呢。"秦厚林拒绝不了她期待的目光，因此决定住下了。

"谁呀？"一个女人低沉的声音从板壁后面传了出来。

"娘，一位路过的客人。"她高声答道，又对秦厚林说："我娘病了，躺在床上，有年把了。"

秦厚林接过她递来的热毛巾，她就进房里去了。外头依旧能听见她们低声说话的声音。秦厚林擦了擦脸觉得清醒些了。

是呀！那个熟悉而陌生的梦。支教的生活已经离自己渐行渐远了，而码头镇离自己越来越近了。秦厚林从一个凤凰山来到了另一个自己还没有去过的凤凰上。

他相信自己早晚会踏上寒雪凤家的凤凰山！因为他们都叫凤凰山，那里有他生命中要遇到的人。就像自己遇到黄土地上的人们一样，这就是命。

黄土地送来了春天里槐花的芳香，二水寺里开满了槐花。秦厚林在槐花下怀念着生命的记忆与流逝，一切都显得那样平静，那样美好，犹如时光里的太阳静悄悄地照在黄土地上，照在二水寺上，照在凤凰山上，照在长江上……生命无声无息地流动着，跟着阳光的脚步走了一年又一年，一生又一生。

武功城静静地躺在黄土地上，只有她的山腰上装点着一片片古朴而沧桑的柏树林。千年的柏树林在黄土地上散发着千年的古香，将自己的身影埋没在千年的历史长河中。

柏树林中传来了绿野书院琅琅的读书声："女子七岁肾气盛，齿更发长。二七而天癸至，任脉通，太冲脉盛，月事以时下，故有子。三七肾气平均，故真牙生而长极。四七筋骨坚，发长极，身体盛壮。五七阳明脉衰，面始焦，发始堕。六七三阳脉衰于上，面皆焦，发始白。七七任脉虚，太冲脉衰少，天癸竭，地道不通，故形坏而无子也。"

柏树林里绿野书院若隐若现，那边是一片青灰色的青砖大瓦房。这青砖大瓦房一晃已经经历了自己的千年轮回。一砖一瓦上都刻下了横渠先生声声入耳的教诲。

寒雪凤指着夜色中的绿野书院坚定地对秦厚林说："厚林哥，那不是清北大学吗？咦？我什么时候在那里读书了？"

如梦令

秦厚林附和着寒雪凤的声音说:"那不是清北大学,那是横渠先生讲学的绿野书院。不过千年后也许这里会变成清北大学!那年我俩都在清北大学上的学你忘了吗?"

绿野书院中的青砖大瓦房一字排开,房前屋后是一排排青绿色的核桃树。古朴典雅的风格中,先生们长袍短褂,在绿野书院里谈经论道。他们论道的声音从那有门无框、有窗无棂的窗户里和着昏黄的灯光跳动在窗户纸上。

绿油油的核桃树下,寒雪凤朗诵着《璇玑图》,一片片树叶悠悠地落在她的身上,轻轻的、柔柔的,如同雪花抚摸着黄土地。青砖瓦房前,秦厚林在"醉里挑灯看剑。梦回吹角连营——"的自语中打着太极拳。

这只打出太极的手从身后轻轻地搂住了寒雪凤的腰,柔软的腰肢在手指尖滑动着,细腻如油脂一样的腰肢衬托出温柔似水的情怀。

只有软软的酥胸伴随着叶子的呼吸和谐地跳动着生命的韵律。一股震颤的热流流进秦厚林的心底,身子一颤,鼻血喷涌而出……

寒雪凤回过头坚定地对秦厚林说:"厚林哥,这不是清北大学!"

秦厚林坚定地说:"这是清北大学,前身是绿野书院。这是咱俩读书的地方。前世,今生,来世,咱俩都在这。"

秦厚林看到了横渠先生的书案摆在郁郁青青的山林里。天地间回旋着飘落的叶子,一片一片地飘落在横渠先生的书案前。

自己和寒雪凤盘腿端坐在山林间和同学们束发聆听。只有那轻轻的微风带来淡淡温馨,随着大家雪白的衣裙摇摆在春姑娘的怀抱里。

阵阵松涛声由远及近、由小到大,伴着孩童们琅琅的读书声飘荡在黄土地上:"丈夫八岁肾气实,发长齿更。二八肾气盛,天癸至,精气溢泻,阴阳和,故能有子。三八肾气平均,筋骨劲强,故真牙生而长极。四八筋骨隆盛,肌肉满壮。五八肾气衰,发堕齿槁。六八阳气衰竭于上,面焦,发鬓斑白。七八肝气衰,筋不能动,天癸竭,精少,肾脏衰,形体皆极。八八则齿发去。"

"厚林哥,《璇玑图》小说修改到哪里了?"寒雪凤打断了秦厚林的思绪。秦厚林突然自己微微地笑了,心想:我刚才是怎么了?怎么会想到这些奇奇怪怪的东西呢?不对呀,我不是想到了这些奇奇怪怪的东西,而是我看到了这些奇奇怪怪的东西。秦厚林的身子微微颤动着,不知道这是一件好事还是一件坏事。

"厚林哥,你怎么了?"寒雪凤看到秦厚林打了一个冷颤,问:"哥哥,没事吧?小说修改到哪里了?"

秦厚林双手按在胸前压了压自己的心神，回过头看了看桌上的稿纸说："东晋孝武帝太元三年二月，秦王苻坚率兵十万，大举侵晋，并攻克东晋属地襄阳，但不久征南大将军苻洛发动了内变，领兵进逼长安。局势危急，秦王苻坚只能重新起用秦州刺史窦滔，下诏委任窦滔为安南将军，镇守襄阳。"

寒雪凤看到了陆局长细致查看资料的身影。局长办公室的烟灰缸里堆满了横七竖八的烟头。时针已经指向了晚上八点，陆局长还在追寻《璇玑图》的秘密，他的思绪依然行走在千年前的黄土地上。

黄土地依然坚硬地挺立在前秦的春天里。武功城苏宅内，春风拂面，杨柳依依，池鱼竞跃。花厅里，幽幽的兰花在阳光下吮吸着日月精华，渐渐地舒展着自己柔弱而灵巧的腰肢。

若兰托着憔悴不堪的身体愁眉不展地看着含苞未放的幽幽兰花。人生如果能像兰花一样自由自在，那该多好！

灵儿急匆匆地从外面跑进来，上气不接下气地回禀道："夫人，夫人——好消息！好消息！"

"灵儿，不要再宽慰我了。自从相公被流放到流沙就音信全无，这些年来苏家没有任何好消息。爹爹与母亲随着岁月的风尘已经回到了灵魂皈依的乐土了。公婆的病体也不见好转，苏家还会有什么好消息，相公远在流沙，这九死一生的流放也不知道什么时候是个尽头。更不知相公是死是活，今生恐怕再也不能与相公相见了。你给我倒杯水吧。"若兰强打着精神对灵儿说，只见那张蜡黄蜡黄的脸更加的憔悴不堪了。

灵儿一边端起茶壶给若兰倒水一边说："夫人，听说老爷就要回来了。"

"相公回来了，相公在哪里？快快扶我去见相公。"若兰说完就要灵儿扶自己去见窦滔。

灵儿赶紧上前扶住若兰说："夫人，管家回来说，衙门里的人说皇上大赦天下，开恩了，老爷就要回来了。夫人，你可要养好精神等待老爷回来。而且听说老爷这次回来，还被加封为安南将军……"

"真是喜从天降！太好了！只要能够见到相公，此生也没有什么遗憾了。不知相公几时能回来？"若兰说着脸上泛起了微微的红晕。

"快，灵儿，你叫管家把苏宅上下在相公回来之前打扫一番，用新的面貌迎接相公回来。"

灵儿递过茶水说："夫人，您先喝口水。这事不急，来得及做。应该过几天老爷就会回来了。您先把身体养好。"

第二章　窦滔回乡阳台归　若兰悲喜伤心泪

　　太阳轻轻地移动着脚步，带来了春天的气息。这些年，若兰第一次感到春光原来是如此地灿烂。春天的脚步轻轻地移动着，苏宅里的兰花逐渐依次开放了。

　　幽蓝色的花瓣显示着自己修长的身段，散发出淡淡的兰花香。若兰在苏宅内欣赏着兰花，身子骨也好了许多。

　　阳光中灵儿跑进了苏宅喊着若兰："夫人，夫人——您看谁回来了？"

　　若兰顺着灵儿话音的方向望去，春日阳光下一位银盔银甲的将军屹立在晨光中。在春日阳光的抚慰下，若兰脸上泛起了温暖的红晕。俩人久久地站立在春光中，时间在这一刻凝固了。

　　灵儿只听到远远地传来了悠悠扬扬的埙声。若兰含笑而立，万千思念，都付此间，窦滔大步上前，伸手轻抚若兰的秀面，此刻之深情，尽在一笑间。

　　"兰儿——"窦滔一声深情的轻唤，若兰不禁泪流满面。窦滔轻舒猿臂将若兰揽在怀中。

　　若兰柔声说道："相公，我们终于重逢了，我们再也不分开了！"

　　窦滔跳动的心脏还在剧烈地颤抖着："兰儿，我们再也不分开了！这些年让你受苦了！"

　　"夫人，老爷刚回来。鞍马劳顿，快让老爷歇息诶！"灵儿一边倒茶一边说。

　　若兰从窦滔的怀里抽身出来一边拭泪一边说："你看，我一高兴都忘了。相公，您喝茶。"

　　若兰细细地端详着窦滔，似乎想挖掘出这些年窦滔的每一点变化。窦滔也端详着若兰，若兰的脸色渐渐地由红润变得浅白。

　　"兰儿，看你气色不大好。是不是不舒服？"窦滔仔细端详着若兰微微发白的脸一边喝茶一边问。

　　若兰轻轻地说："相公你安心，我没有什么事的。小毛病，吃几服药调理调理就好了。"

　　"夫人，还小毛病呢？您都病了几个月了。这回老爷回来了，您可得好好治一治您的病。"灵儿插话道。

窦滔关切地问:"兰儿,你病成了这样,怎么也不叫人捎个信?"窦滔充满怜爱地抚摸着若兰的额头说,心头却在想着:"阳台,你且住在这里。等我安顿好家里就接你回来……"

"相公不必担心,只是小病。只要相公回来了,我的病也就很快会好起来的。"若兰看着窦滔会心地笑着说。

"灵儿,夫人得的什么病?"窦滔转过脸问灵儿。

"回禀老爷,冷先生说是脾胃虚弱。"灵儿站立在一旁回答着窦滔的问话。

"灵儿,你细细说给我听。"窦滔放下了茶杯,郑重其事地说。

灵儿的视线落在几个月前若兰的房间里。冷先生正在聚精会神地给若兰枕着脉象。冷先生凝神细细地看着若兰的气色。若兰面色蜡黄如同那屋内柔柔弱弱的烛光飘扬在微风中。只要这风稍微吹一吹,这蜡烛就熄灭了。

灵儿紧随冷先生来到了客厅。灵儿看着冷先生问:"冷先生,我家夫人这病打紧不打紧?"

冷先生一边提笔开药方一边说:"夫人面色萎黄,舌强直是脾弱也。"

"先生,脾在医理上怎么说?"灵儿不太明白就问冷先生。

冷先生的笔落在纸上刷刷地写着药方,说道:"脾者土也,为谏议之官,主意与智。消磨五谷,寄在其中,养于四旁,王于四季,正王长夏。与胃为表里,足太阴是其经也。"

"先生,这病可有出处?"灵儿继续追问着冷先生。

冷先生的脸映在微微的烛光中一闪一闪的,说:"扁鹊云:脾病则面色萎黄,实则舌强直不嗜食,呕逆四肢缓,虚则多病,喜吞酸,痢不已。其脉来似水曰太过,病在外;如鸟之距曰不及,病在内。太过则令人四肢沉重,言语謇涩;不及则令人中满不食,乏力,手足缓弱不遂,涎引口中,四肢肿胀,溏泄不时,梦中饮食。脾脉来时缓柔,去似鸟距践地者曰平脉。来实而满稍数,似鸡举足曰病。又如鸟之队,如鸟之距,如屋之漏曰死。中风则翕翕发热,状若醉人,腹中烦满,皮肉而短气者也。王时其脉阿阿然,缓曰平。若弦急者肝克脾,真鬼相逢,大凶之兆。"

"先生,夫人的病有何症状,何时可治愈?"灵儿继续问道。

冷先生捋了捋胡须说道:"色黄体重,失便,目直视,唇反张,爪甲青,四逆吐食,百饮食不消,腹胀满,身体重,骨节痛,大便硬,小便不利,其脉微缓而长者可治。这要看夫人自身的意志和药效了。"

"先生，夫人这段时间常说梦话，呓语。不知会不会与病情有关？"灵儿补充道。

冷先生一边收拾着药箱一边说："脾胀则善哕，四肢急，体重不食，善噫。"

"此无其他办法可救了吗？"灵儿继续问冷先生。

冷先生合上了药箱说道："脾中寒或热，则皆使人腹中痛不下食。又口虽痿黄，语声啴啴者可治。脾病疟气久不去，腹中鸣痛，徐徐热汗出。出汗，消食即可。"

清晨的阳光静悄悄地洒在黄土地上，苏宅里一下充满了活泼的生机。东边的日出刚刚破晓，远处就传来了公鸡"喔喔，喔喔——"的啼叫声。

若兰躺在窦滔的怀里暖暖的，不想起来。窦滔看着窗外的晨光渐渐地变亮，渐渐地变红。他的心里七上八下，不知道怎么将赵阳台的事情告诉若兰。

若兰看着窦滔阳光中洗漱的身影说："相公，我真的好想你！我们在一起再也不分开，好不好？"

窦滔一边用毛巾擦脸一边说："兰儿，我答应你。我们今生今世都不分开。"

若兰看着阳光中的兰花开得更加幽兰了，一股淡淡的幽香随着窗外的春风飘进了若兰的心中。若兰似乎觉得这个世界就是兰花的世界。兰花淡淡的香味就洒在她淡淡的粉面上，就撒在她渐渐的鼻尖上，就洒在她淡淡的嘴唇上。

若兰的心里充满了无比的幸福与温暖。她忽然感到这个春天就是老天爷赏赐给她的最好礼物，让她尽情地享受着春天的气息。她似乎又回到了人生如若只是初见的那片天地。

"兰儿，希望你的病早点好起来。我们也可以享尽天伦之乐。"窦滔一边说一边含情脉脉地看着若兰。

"相公回来了，我的病就好了一大半！你看我今天的气色怎么样？"若兰深情地望着窦滔问。

只见若兰脸色红润，如同刚刚盛开的桃花，一瓣瓣、一片片，红红的、粉粉的；柳叶眉细细的如同春风拂面的杨柳叶，一丝丝、一缕缕，暖暖的、温温的；小巧的鼻梁如同一垄小小的燕窝，一层层、一片片，建筑得晶莹剔透。窦滔不觉地看呆了，思绪随着杨柳轻轻地拂动在春天的阳光里。

窦滔走到桌前，看到上面的纸张随手翻了一页看了看。"夫人，你还是很有雅兴！一直没有忘了写诗呀！"

"老爷、夫人开饭了。"随着声音灵儿走进了卧房，打断了窦滔的问话。

灵儿看到窦滔手上的诗说："老爷，您不知道，自从您被发配到流沙之后……呸呸，你看我这拙嘴笨腮的。是自老爷和夫人分别之后，夫人就茶不思饭不想，天天期待着您早日归来。这是夫人写给您的诗。每一首都充满了思念和牵挂。"

窦滔有点神色不宁，头脑中闪现着和赵阳台欢歌纵情的画面。窦滔忽然觉得自己的气色黯淡了下来。

"不说这些了，我们还是赶紧去吃饭吧。"若兰羞答答地藏起了自己的诗，催促着大家一起出去吃饭。

时间一晃就到了十五，若兰看着幽幽盛开的兰花问灵儿："灵儿，你知道相公去哪里了吗？不是说好了今日和我一起去庙里烧香还愿吗？怎么到现在了也没有看见相公的身影？"

"夫人，你不用着急。相公一定是有别的事情，去办事情了。我这就去找找。"灵儿说着径自向外面走去。

时间眼看到了正午，也不见窦滔回来，灵儿也没有什么消息。若兰只好自己和孩子们先吃午饭了。

天色将近黄昏，若兰站在回廊看着夕阳慢慢地垂落下来，不禁有丝丝的伤感。远远地看到灵儿回来了，若兰问道："灵儿，相公找到了没有？"灵儿无奈地摇了摇头。

闪闪的烛光跳动在苏宅的夜色中。忽然，屋门咯吱一声响起，窦滔走进了屋子。若兰起身迎上前去，为窦滔扫去身上的尘土，问："相公，今日发生了什么事？我差灵儿找了你一天也没有找到你。"

窦滔一愣，说："夫人，没有发生什么事呀。我的好夫人，怎么了？"窦滔转过身扶着若兰的肩膀同她向卧室走去。

若兰一脸的不高兴，窦滔连忙解释道："让夫人担心了，今日我和几个旧友同僚偶然相遇于街上，就在酒肆里多喝了几杯。怕夫人责罚等酒醒了才回家。"听到窦滔的解释若兰的脸舒展了许多。

"相公，你忘了今日是什么日子。"若兰轻轻的问话声似乎在责备窦滔的大意。

窦滔摸了摸脑袋想了半天，也没有想起来是什么日子，就问若兰："兰儿，今日是什么日子？好像今天既不是你我的生辰，也不是我们相识的日子……还请夫人多多指点。"

"相公，你忘了。咱们约好了今天去庙里还愿的，你忘了？"若兰提醒着窦滔。

窦滔一拍脑门儿说："夫人，你看。这是我不好，我怎么把这事给忘了，该罚，该打。"说着又向自己的脑门拍去。

若兰一把抓住了窦滔的手说："相公，不要这样，我心疼！"

"夫人还知道心疼就好，那我们就入洞房哦！"说完窦滔把若兰抱起向床边走去。

春雷滚滚，黄土地迎来了倒春寒的阴冷的风。冷风刮着地上的茅草在天空中打着旋儿。一股股冷风，一艘艘凉意。风随影移，太阳在天空中翻了个儿，被推在了云层后面，黄土地漫山遍野盛开着红灿灿的山丹丹花。

远远地传来了放牛人"兰花花，那个蓝线线……"的信天游。

苏宅院内若兰一边浇花一边看着在一旁伺候的灵儿问："灵儿，相公回来有半个月了吧，怎么这几天总是早出晚归的？相公不会有什么事瞒着我吧？"

灵儿欲说又止，不知道怎么说才不至于引起一场轩然大波，只好岔开了话题："夫人，变天了你也要加衣服，别着凉了。人常说：春捂秋冻。这倒春寒可厉害着呢。您身子骨不好，要多加衣服才好。"

"灵儿，人家是和你说相公的事。我知道加衣服的。你看我今天穿的不是挺暖的吗？我还为相公准备了新夹袄呢？你看漂亮不漂亮？"随着说话声若兰拿出了为窦滔准备的新夹袄给灵儿看。

灵儿的脸色紫一阵，白一阵的，不知道怎么应承才好，只好点头勉强答应。若兰看到灵儿的脸色不大对劲就追问道："灵儿，你是不是有什么事瞒着我？"

灵儿摇摇头说："夫人，我怎么会有什么事瞒着夫人呢？没有，没有。一定是夫人您想多了。"

灵儿越说没有，若兰的心越虚，若兰走了过来拉着灵儿的手说："灵儿，从小我俩就是好姐妹。自从嫁进窦家，我俩就更是比亲姐妹还要亲了。如今双亲已经离世，两个姐姐也不在身边。我就你这么一个好姐妹，就你这么一个亲人了，你说你不帮我谁帮我呀！我这又不能老是和你们一样跑进跑出的。知道的事情肯定没有你们多。灵儿，看在姐妹情谊一场，求求你，就告诉我吧。"若兰像小孩一样拉着灵儿的胳膊说。

"我也知道夫人从小就把我当自己的姐妹看。可是我怕说了会伤夫人的心。"灵儿对若兰说。

若兰拍拍灵儿的肩膀说:"灵儿,我的好姐妹!你不说才会伤我的心呢。"

"既然夫人把我当作自家姐妹看,我就一定不会辜负夫人的一片情义。那好吧,我说了,你可要承受得住呀!如果我说了你承受不住怎么办?"灵儿看着若兰的脸问。

若兰坚定如铁地说:"灵儿,你说吧。我一定承受得住!我的内心是铁打的,钢锤的,一定没有问题。"

"夫人,那我说了,你可别哭呀!一定要挺住!"灵儿一再地为若兰打着预防针。

"灵儿,我扛得住,你说吧!再大的打击还能超过相公被贬流沙吗?"若兰恳求的目光看着灵儿说。

灵儿清了清嗓门说:"夫人,老爷在,在——草场巷。"

"原来在草场巷,这有什么不能说、不敢说的。"若兰心中的石头似乎落了地,责怪着灵儿非要保守这个秘密。

灵儿咬了咬牙,心想还是说完算了,免得夫人一人蒙在鼓里:"夫人,你知道老爷在草场巷做什么吗?"

"灵儿,老爷在草场巷做什么?你快说呀!"若兰摇着灵儿的肩膀,追问道。

"老爷在草场巷和赵阳台把酒言欢……"灵儿的话,犹如一把尖刀扎在若兰的心口。

若兰怒目圆睁,吼道:"赵阳台,赵阳台是谁?我要她知道马王爷也是有三只眼的。"

灵儿被若兰的发怒震住了,这么多年,灵儿从来没有看到若兰发过火。灵儿颤巍巍地说:"老爷在秦州遇到的歌妓。这次老爷回来也带着她,只是一直瞒着您,怕您动怒生气,气坏了身子。"

若兰不相信这是真的,自己的苦苦等待换回来的竟然是丈夫的变心。若兰痛苦地质问着自己:"既然怕我生气,怕我气坏了身子,那为什么要带回来呢?既然是歌妓,为什么要带回呢?让她回到她该回的地方去就行了!"

灵儿搂着跌坐在地的若兰,泪流满面地说:"夫人,老爷已经……已经为赵阳台赎了身,回不去了,听说……"

"听说什么?快说——"若兰用惊恐的眼神看着灵儿,等待着灵儿的下文。

"听说，听说——老爷已经纳赵阳台为妾了。就是怕夫人您伤心才安排在草场巷的落凤驿。"灵儿不知道怎么说给若兰才好，这回说出来了，她才长长地舒了一口气。

若兰那犹如兰花一样柔弱的身子随着灵儿的话音晕了过去。"夫人，夫人——您醒醒呀！快，快——来人呀！夫人晕倒了！"灵儿喊着众人。

苏宅内窦滔和灵儿守在若兰床前。冷先生按着若兰隐隐起伏的脉搏为若兰诊脉。冷先生刚起身，窦滔就迫不及待地问冷先生："先生，兰儿的病怎么样？打不打紧？"

"窦大人，夫人之病是气血攻心所致。夫人最近受了什么刺激没有？"冷先生抬起头问窦滔。

窦滔不置可否地说："应该没有吧。最近没听说有什么大的事情发生呀！灵儿，你说是吗？"

灵儿顺势点点头，冷先生已经看出了其中的难言之隐。冷先生一边拿起笔写着药方，一边思虑着这些年对脉象的总结："脉为气血之先，气血盛则脉盛，气血衰则脉衰，气血热则脉数，气血寒则脉迟，气血微则脉弱，气血平则脉缓。又长人脉长，短人脉短，性急则脉急，性缓则脉缓，反此者逆，顺此者从。又诸数为热，诸迟为寒，诸紧为痛，诸浮为风，诸滑为虚，诸伏为聚，诸长为实，诸短为虚。又短涩沉迟伏皆属阴；数滑长浮紧皆属阳。阴得阴者从，阳得阳者顺，违之者逆。"

冷先生将药方递给窦滔说："窦大人，把这药方拿去抓药。三服下肚应该可痊愈。"窦滔将冷先生送出了苏宅。

"厚林哥，窦滔为什么要找赵阳台呢？窦滔就是古代版的段小楼，是个不折不扣的忘恩负义之人。他就不能如程蝶衣一样从一而终吗？"寒雪凤问秦厚林。

秦厚林看着窗外的雪花说："这个世界上没有一个人不想从一而终。但是，又有多少人能够守身如玉的从一而终呢？这就是生活，这就是命运！"

寒雪凤听着秦厚林的观点走进了自己的世界，寻找着自己对生活的阐释，她看到了秦厚林和贾雨晴的情感纠葛。

夜店里人来人往弥漫着浑浊的光线和焦躁的味道，秦厚林寻找着贾雨晴的身影。当贾雨晴出现在秦厚林的面前时那头乌黑亮丽的卷发已经没有了。

秦厚林望着眼前这个似乎男孩子一样的女孩问:"晴晴,你怎么把头发剪了?"

"我把过去都割断了。我要和你一起过新的生活。"贾雨晴一本正经地对秦厚林说。

秦厚林不相信地问:"割得断吗?生活是条河,抽刀断水水更流,举杯消愁愁更愁。"

"割不断也得割断,我就当已经割断了。我把生活当成了一块冰,切掉一块是一块。"贾雨晴坚决地说。

"我还是觉得有些可惜,你知道那是一头多好的头发。丝丝秀发让人不舍。" 秦厚林惋惜地说,似乎有些不舍与留恋。

"秦厚林,你别总头发不头发的,讲点别的好不好?"贾雨晴不愿意秦厚林把自己的注意力都集中在她的头发上。

秦厚林望着她那张清纯的如女学生一样的脸问:"晴晴,你要点什么?来了就尽兴!"

"来一个全家筒吧。"贾雨晴看也没看就随口说,灯光照在她的脸上留下五彩的曲线。

"这里不是肯德基,也不是麦当劳。这里是夜店,夜店里有酒。"秦厚林继续问:"晴晴,那你想听点什么呢?"

"你不是说前几天你把钥匙丢了吗?你找到了没有?"贾雨晴一边问秦厚林上周的事,一边从包里拿出了全家筒。

秦厚林一边摆弄着手里的酒一边说:"在我上衣兜找到了。当然也可以这么说,丢就丢了,丢了又何必再找。"

"割断就割断了,割断了又何必回到从前呢?看似多么潇洒的话,真美!"贾雨晴似乎又回到了自己的话题。

第三章 雨晴潮水泛灾难 姐妹大战草场巷

秦厚林纠正着贾雨晴的观点:"你说的是头发,我可说的是钥匙。我俩说的是不同的话题。"

"我说的是记忆。你我真是天生的一对。"贾雨晴抿住嘴笑了,从全家桶里拿出一根鸡腿尽情地吃着。

秦厚林若有所思地说:"可总差那么一点。我也说不清楚我俩差点什么,不是物质,是心灵,是灵魂。"

"什么叫差一点?我们都一起吃全家桶了,以后就是一家人了。能生活在一起就行了。哪里还管得了心灵这么缜密、这么细微、这么私密的东西。只要有肉体的欢愉就够了。"贾雨晴抹着油腻的嘴唇说。

秦厚林似乎又看到了他和贾雨晴感情的终点,他说:"我不敢说你比我差,我是说我和每一个遇见的人总擦肩而过"

"我这会儿不是来了?而且我们在一起吃饭。那就抓住这难得的机会一起肉欲吧。"贾雨晴不假思索地回应道。

秦厚林调侃道:"没准你马上起身又走,说自己有什么重要的舞会要参加,那会儿你还会有肉欲吗?"

"我也可以留下不走,陪着你吃东西也是一种享受。同你肉欲是更大的享受。"贾雨晴将冰激凌放在了自己的嘴里。

秦厚林心情似乎平坦了许多:"那当然很好。有个美女陪在身边也是一种美。心灵总有一丝安慰。"

"你这人就是只说不做。我喜欢说做就做的人。"贾雨晴撒娇地说,一不小心将冰激凌弄到了自己的脸上。

秦厚林跟着夜店轻松的音乐轻松地问:"做什么?你想要我做什么?我们不是在聊天吗?"

"做爱呀,我知道你需要的是什么。"贾雨晴俏皮地给秦厚林做了一个鬼脸。

秦厚林盯着贾雨晴淡淡地说:"我要的是爱,一个爱我的女人。你做得到吗?"

"你需要的是女人,你需要一个女人温暖你的心。"贾雨晴的眼睛里充满了欲望的火焰。

"那么,你呢?"秦厚林盯住贾雨晴的眼睛,反问道。

"也一样,我需要一个男人。"贾雨晴的眼睛里闪着挑战的光,"一个女人和一个男人在一起的时候世界就不存在了,就只剩下了情欲,就只剩下了肉欲。"贾雨晴的眼睛里燃烧着熊熊的烈火。

秦厚林喝了一口酒说:"那么,现在正是一个男人和一个女人在一起,而且是在夜店,你说会发生什么呢?"

"那就来一次吧,我们尽情,尽兴!你说怎么样?用肉欲证明我俩还活在这个世界上。"贾雨晴迫不及待地说。

秦厚林看着迷乱的光芒,夜店的乐音已经听不见了:"就在这?不会吧!你也太把自己当动物了吧。"

"当然不是这里,跟我来,我们去一个地方,一个只有我知道的地方。"贾雨晴拉着秦厚林走出了夜店。她说:"你把窗帘拉起来,这样可以忘掉你自己,也可以忘掉我的存在。只有两只可爱的小白兔,一只爬在另一只的身上。"

秦厚林看着淡淡的夜色和缓缓的人流说:"你不是什么都忘了,还害怕你自己吗?"

"你这个人真没劲,又想又不敢。还是让我来帮助你吧。"贾雨晴说着走到他跟前。

她低头摇晃着身体,一手把秦厚林牛仔裤的拉链拉开。她看见了内裤花边绑紧的细白的肉体中的一个漩涡,她把脸贴上去,吻住了秦厚林柔软的小腹。

秦厚林按住她的手说:"不要这样性急。"

她把罩衫从头上扯下,习惯性地摆了摆头,可是已经没有了乌发波浪的痕迹。她全都褪光了,亮出同她头发一样乌黑的一丛闪着光泽蓬松的茸毛,赤裸的身体在夜色中散发着火热的欲望,她站在面前的一摊衣物之中,全身只剩下一副涨满的乳罩。她双手伸转到脊背上,皱起眉头埋怨道:"你怎么连这都不会?帮我拿掉乳罩呀!"

秦厚林被她怔住了,一时没明白过来。夜色在上海滩的车流中飞快地流转着,变成了深蓝色的夜幕。

"献点殷勤呀!摸摸我的乳房,你觉得像不像两个馒头?"贾雨晴似乎在埋怨,似乎又沉浸在自己的乐趣中。

秦厚林立刻转过她的身子,替她解开褡扣。但他并没有按照她的指示去摸她自认为如海绵般有弹性的乳房。

"好了,现在该你了。"贾雨晴舒了口气,目不转睛地望着秦厚林,嘴角透出一丝隐约的嘲笑。

秦厚林愤怒地说:"你是个女鬼!一个地地道道的女妖!我受不了了!"

"我是一个女神,一个来征服你的女神,一个来拯救你的女神,一个带给你幸福的女神。"贾雨晴赤身裸体居然显得那么庄严,一动不动。她真把自己当成了女神。

秦厚林没话可说,这个自信的女人想用自己的肉体征服秦厚林。她高耸的乳房如同夜店里的灯光闪耀着晃人的光芒,秦厚林冷冷地说:"你是个欲望很强的女人,肉欲充满了你的头脑,你是个奇怪的女人。"

"没什么可奇怪的,一切都很自然,你就需要女人的爱。我也需要男人的爱。"贾雨晴淡淡地抽了口烟说。

秦厚林看着窗外依然车水马龙的车流说:"不要同我谈女人和爱,你是不是同谁都这样?"

"只要我喜欢,又赶上我有情绪,我就会这样。男欢女爱是人类的天性,我们都是动物,都要有食色。"贾雨晴吐了个烟圈说。

秦厚林愤愤地说:"你真荡!你真的不是一个女人,就是一个魔鬼,女魔头!"

"你要的不就是这样?只不过你没有女人来得方便。女人要是看穿了,为什么不也享受享受?你还有什么可说的?你真是个可怜的大孩子……"贾雨晴的风韵飘散着夜晚的气息里同窗外的车流混同在一起。

秦厚林陷入了无比的惆怅之中,人为什么活着,难道活着就为了这些?人们就这样忙忙碌碌,终其一生。

忽然秦厚林发现自己成了迷失的羔羊,找不到生活的方向,似乎人来到这个世界上就是为了吃,为了繁衍后代,为了及时行乐,为了活着而活着。

这是一件多么可怕的事情。活着突然如此地可怕,如此地让人难以接受。

"人生就是忙这点事,你以为忙什么?你的理想、你的事业,最终都会落到一点上,就是你要吃饭,你要传宗接代。每个人是这样,每个社会是这样,每个国家也是这样。

大家都在忙碌着,大家都在交往着寻找着自己的利益。这就是生活,这就是世界。你应该学着接受这个世界,顺从这个世界,这样你才能够活下来。"贾雨晴将一缕淡淡的、薄薄的烟圈吐在秦厚林的脸上说。

"原来世人都是如此虚伪,却自以为很庄严,他们庄严地走进商店,又庄严地出来,庄严地夹一双拖鞋,庄严地掏一把零钱,庄严地买一根雪糕,吸吮得也庄严。可是庄严的背后却隐藏着动物欲,只有人抑制住了自己的动物欲,人才能够真正成为社会人,做自己的事,实现自己的理想。可是我们是普通人,在理想的道路上我们往往被肉欲与食欲所裹挟,我们如同泥石流冲毁世界的净土,毁灭一切文明。"贾雨晴的话语如同一盆凉水泼在秦厚林的头上,他陷入了自我循环的漩涡。

"店铺全都关了门,人又都匆匆忙忙往家赶。就像马路上的汽车,每个车里都坐着一个幽灵。这些幽灵聚集在这个世界上就是一堆幽灵。幽灵回家,一个多么好的话题。"贾雨晴从秦厚林的漩涡里冲了出来。

"我并不急着要去哪里,而且我也有个可回的地方,人通常称之为家。可我依然漂泊在这个城市的上空。那个五平方米的小空间只是我睡觉的地方,不是我的家。家是可以安放灵魂的。那个五平方米的地方只是人生的一个旅馆,是房东自己的家。房东为了一点吃的就出卖了自己的家,一个可以承载自己灵魂的家。原来这个世界上大家都是一群出卖灵魂的人,都是一群孤魂野鬼。"秦厚林的声音飘在风中,落在马路中穿流的车上。

"你总算有了一间房,可钥匙却找不到了,但是门不是还开着?即使门不开着,你就不能随便在哪里过夜吗?你就要像一个流浪汉一样,像一阵风,在这城市的夜里随意飘荡?随便跳上一趟火车,就由它开往哪里?你还是到我这个避风港来吧,不要一程又一程,兴致所来,想到哪里就哪里下,找那么个人,热热烈烈爱上一回!我们疯狂地精疲力竭,死了也值得。这样多好!"贾雨晴伸出了自己的手臂,她像一条树藤一样将秦厚林紧紧地缠了起来。

当陆局长翻开下一页的时候,时间已经是一周后了。若兰从病床上爬起来,走进了清晨的草场巷。

清晨草场巷在晨雾中若隐若现,只有落凤驿的招牌还浸润着露珠的柔情。巷子里偶尔有几个起早的人零星闪过。若兰摇摇晃晃地走过巷子,走进落凤驿。店里传来了清晨暖暖的茶饭气息。

"这位夫人,您是住店还是用餐?"店小二摔着毛巾搭在背上小跑过来问刚踏进店门的若兰。落凤驿里的人已经是进进出出了,赶着生意喝着茶、吃着早点了。

"找人!"若兰冷冷地说道。这一股冷冷的杀气将整个落风驿笼罩在一片阴云中。

"不知夫人您找的是哪位?"店小二依旧热情地招呼着若兰。

"赵阳台!"若兰依旧冷冷地说道。

"夫人,您稍等!我帮您查一查。"店小二依然热情大方地招呼着若兰,然后跑到柜台前查起了账簿。不一会儿,店小二说:"有了,夫人您上楼左拐,右手第二间就是赵阳台的房间。"

"多谢!"若兰还是那样的冷若冰霜。

"谁找我?小二哥。"一个如黄莺般的声音从楼梯口传了过来。顺着声音望去,一位恰似芙蓉般的女子飘飘然地从楼上走了下来。

若兰的心里不禁一动,难怪相公为她着迷。

"赵小姐,是这位夫人找您。"店小二指着身旁的若兰说。赵阳台看到店小二身旁站着一位淡雅的夫人,那夫人犹若兰花般清香宜人,举止间似弱柳扶风,转眉间似万把尖刀。似乎这位夫人的目光可以穿透自己的心。

赵阳台的心底不禁打了个冷战。赵阳台怔了怔神微微施礼开口道:"不知夫人找我有什么事?"

若兰强压住内心的怒火淡淡地说道:"凤飞旧巢鸡落窝,回首相顾是欢情。歌女不知前人痛,新人那知旧人恨……"

赵阳台不禁打了个冷战:"夫人是?"

"苏若兰!"若兰的话犹如万箭,已经穿透了赵阳台的心。

只听"呀——"的一声,赵阳台的脸色惨白地如同冬天里的寒霜。两个女人为了一个男人就这样凝固在了晨光中,化成了千年的琥珀。

落风驿辞去了夕阳的邀约,夜色迈着猫步走在沉沉的黑夜里。烛光闪闪的泪光中,赵阳台的泪水已经打湿了窦滔的衣襟。

"滔,我说不来,就在流沙待着,你偏偏不听我的话,非要我跟您回武功。苏若兰今天来过了,对我百般凌辱。你说这叫我今后怎么做人呀!"赵阳台对窦滔说。

窦滔一边为赵阳台擦拭泪水,一边安慰道:"小甜甜,武功毕竟是我的家呀!我的双亲和妻儿老小都在这边。我们这也是迫不得已呀。毕竟若兰是我的结发妻子……"

赵阳台不依不饶地哭着说:"就算是为了相公,我忍下了这口气回来也罢了,我本以为回来后相公会有什么好办法,过段日子会好起来。谁承想苏若兰尖酸刻薄,这样下去我还不被活活气死?我叫她夫人也不是,称呼她姐姐也不行。这往后的日子还长着呢。这往后的日子可怎么过呀?以后即使我们在一起了,我怎么和她和睦相处呀!"

窦滔一边抚摸着赵阳台的头一边劝慰道:"我的小甜甜,我知道你为了我受了不少的委屈,带你回来也是为了一劳永逸地解决这个问题。我知道你大人不计小人过,你就原谅若兰一回吧,她这也是在气头上,等过了这阵子就会好了。你想这事如果放在你身上你会怎么做?"

"我才没有苏若兰那么小气呢?"赵阳台抓住窦滔的小辫子不依不饶地说。

窦滔继续劝道:"小甜甜,我就知道你大人有大量。我回去再劝劝若兰,争取她早日接纳你。你说要什么?"

"我什么也不要,只要相公对我好就行了。再说要不是你,我现在也不可能是个自由身子。为了我心爱的人,我吃再大的苦也愿意。"赵阳台止住了哭声说。夜色中,赵阳台的脸在烛光下显得更加美艳动人了。

窦滔感动得流下泪来:"还是我的小甜甜好!我回去再劝劝若兰,争取尽早将你接进家门。我们一家人好团团圆圆地过日子!你说好不好?小宝贝你别生气,你看这是什么?"

"好漂亮,这是哪来的?"赵阳台惊讶地叫道。

窦滔从衣袋里掏出了一只玉镯说:"这是母亲大人的传家宝,一共有两块,今天我送给你一块。不要再闹了,你们以后要和睦相处。一个是结发妻子:一日夫妻,百日恩!一个是心肝宝贝!哪一个都是我的心头肉。"

"多谢相公!相公能把阳台当自家人看待,阳台今生没有看错人。"赵阳台蝴蝶斑的嘴唇在烛光中闪动着。

窦滔看着烛光中的赵阳台说:"小甜甜,你和夫人都是我的心头肉呀!舍弃哪一块,我心里就像少了一块肉,就像挖我的心,割我的肉呀!我只是希望今后你能和夫人和睦相处,互相照顾,共建姐妹情谊,这样我就心安了。"

赵阳台泪光点点,娇媚地说:"我是担心相公有朝一日想起旧情,忘了我!只要相公对我好,不舍弃我!我也就放心了!相公如此知道心疼人,是我和夫人的福气。以后夫人就是我的大姐,我就是她的妹妹!我俩尽心尽力伺候相公!希望夫人能够早日接纳我。相公放心,我会向这方面努力的,不让相公失望。"

"厚林哥，你觉得若兰会接纳赵阳台吗？"寒雪凤问着正在纸上划圈的秦厚林。

秦厚林抬起头看了寒雪凤一眼，问道："凤儿，你说呢？"

"我看不会的。要是我，我非把窦滔暴打一顿不可。"寒雪凤激动地说。

秦厚林淡淡地说："我看你是有家庭暴力倾向。你还是往下看吧，我想苏若兰会给你一个她自己的答案的。"

苏宅内鸟语花香，若兰和窦滔欣赏着海棠花。窦滔看着若兰淡淡的眼神，对若兰说："兰儿，我有一件事想和你商量，不知兰儿是否愿意？"

"相公有什么事就尽管说吧。我们夫妻一场，还有什么说不开的话呢？"若兰口若幽兰地说。

窦滔怔了怔身子说："兰儿，我——我想把阳台接回家住。你们以后以姐妹相称，你看行吗？"

"什么？相公，你再说一遍。"若兰呆呆地望着窦滔，等待窦滔的答复。她知道窦滔迟早会提出来的，但是她没有想到这么快窦滔就提出了这个想法。

"兰儿，我知道你是一个通情达理的人，也是一个体贴有感情的人。我是说，我是说——将阳台接回来住。她一直住在客栈也不是个办法，她回来住，你们姐妹也好有个照应。"窦滔提心吊胆地看着若兰说。

"你说什么？要接赵阳台在家里住！那我怎么办？我住到什么地方去？难道你让我住到落风驿吗？窦滔，你可给我听好了，这可是在武功，这可是苏宅，这是我的家！我愿意让谁住就让谁住，包括你在内。如果我不乐意了，你也要扫地出门！"若兰坚定而决绝地对窦滔吼道。

"我的好兰儿，你是我贤良端庄的妻子，阳台是我温柔贤惠的小妾。你二人都是我窦滔这辈子最亲、最爱的人！无论是哪一个在外受苦，我都于心不忍。将阳台接回家来住，你们以姐妹相称，以后也就不再孤单了。"窦滔解释道。

"不行，如果赵阳台住进了家里。我的脸面何在？我绝对不会让赵阳台进家门！"若兰寸步不让地说。

"兰儿，我的好兰儿。阳台也是女人，你也是女人，就给她一次机会吧。这样世人也会知道你的大度，不但不损脸面，还会长你的脸。不但阳台会记住你的大恩，世人也会传颂你的美德。"窦滔解释道。

"赵阳台进了家门，你一天天地宠着她。万一有一天她和你都反客为主，

235

要赶我出门怎么办？"若兰反问道。

"兰儿，不会的，一定不会的！我对天发誓，如果赵阳台进入苏宅，我窦滔对若兰不好，则天打雷劈——"窦滔举着手向天发誓道。

"不要——我不要你发誓，相公，我只是看不到自己的未来而已。"若兰用手拉住了窦滔的手哭了起来。

"唉！兰儿，当初我也是可怜阳台呀！阳台自小就被卖在春风楼。她连自己的生身父母是谁都不知道，更别提生身父母长什么样子了。兰儿，我们都是心地善良之人，心怀慈悲之心。你一定会同意的！"窦滔恳请着若兰。

若兰微微点了点头说："相公，这么说赵阳台也是红尘中苦命之人了。她是挺可怜的，可是我不同她一样听任命运的摆布。她进苏宅可以，她必须对我以大姐相称，最多你只能纳她为妾，以后不得再纳任何小妾。这个家里内宅我做主，我说了算。阳台如若进门，必须称我为夫人或者大姐。"若兰说着自己允许赵阳台进家门的条件。

"只要兰儿允许阳台进家门，什么条件都好说。我一定答应你，阳台也会答应的。兰儿，内宅里你是皇后，一切你说了算。"窦滔的笑容从心底浮现了出来。

第四章 姐妹离恨奔东西 窦滔襄阳噩梦缠

春天依然静悄悄地走在黄土地上。春光里，苏宅庭院内若兰正在浇花，赵阳台在花园里除草，姐妹俩和和睦睦，灵儿带着孩子们玩耍在春日的阳光里。若兰额上渗出了淡淡的汗珠，赵阳台裙子上弄得都是土。

赵阳台拍了拍身上的尘土，她看着阳光中的若兰一位金色的仙女，就对若兰说："大姐，你真美！怪不得相公对你如此痴情。"

"对我再痴情，还不是纳了你为妾吗？男人都是说一套做一套，没有一个是真心的。可是我们女人偏偏喜欢这样的男人。这也许就是命吧。"若兰若有所思地说着自己的想法。

赵阳台点点头继续说："大姐，我同意你的看法，这就是命。我和相公也是这样，都是命运的捉弄呀！"

"你和相公，不会吧？我看相公疼你比我多。"若兰放下手中的撒水壶说。

赵阳台喃喃地说："这怎么会呢？其实我知道相公是可怜我，姐姐也是可怜我，才收留了我。"

"这话怎么说？"若兰不解地问赵阳台。

"还记得那次相公来春风楼是因为办案完了之后经过我的房门，他忽然听到哭泣声才破门而入的，也就是那次我知道相公是可怜我而不是爱我。不过在这个世界上有个人可怜我也是一件幸福的事，总比一个人孤零零地活在这个世界上要好。"说着，赵阳台的眼眶湿润了，眼泪在眼眶内打着转。

"妹妹此话何意？"若兰还是不解地问。赵阳台的眼前浮现着那年春风楼的身影。

夕阳中，春风楼摇摆着自己摇曳的身姿，接待着每一位来客。二楼的右厢房内传来了一个女人的哭声，伴随着女人的哭声的是一个男人的叫骂声，这声音充斥着整个屋子。

"赵阳台，还不出去接客，难道你叫老子白养你不成？"一个尖嘴猴腮的精壮男人正在用力地撕扯着床上一个劈头散发的女人的头发。

女人一边咳嗽一边苦苦地哀求道："大爷，您就再宽限几天。这刚生完孩子的身体有谁要我？"

"孩子，都是这孩子惹的祸。"尖嘴猴腮的精壮男人走到摇篮边恶狠狠地说："赵阳台，你也知道这窑子里的规矩。和人私通的私生子你也敢留着？我看你是不要命了。"

说着他把孩子从摇篮里抱出来，双手拖过头顶恶狠狠地说："今天，我就叫他去见阎王。你立马洗漱完毕，出去接客！"尖嘴猴腮的精壮男人将孩子抛向了空中。

"我的孩子！我的孩子！"赵阳台撕心裂肺的声音回旋在屋子里。

说时迟那时快，一个人影破门而入，接住了抛在半空的孩子。

"我替赵阳台赎身，她先暂时住在这，你看这张银票可以住多久？"那人将一张银票用飞标扎在了门柱上。

"大爷饶命，大爷饶命，赵阳台今生今世在这里住下去都可以。"尖嘴猴腮的精壮男人跪地恳求道。

"那就好，直到我来接她为止，她都住在春风楼。如果她少了半根毫毛，我就要了你的小命。"那人说道。

尖嘴猴腮的精壮男人在地上"梆梆"地叩头。

"看来，你也是个苦命的女人。你就是这么把相公骗到手的？我不是傻瓜，我才不信呢！"若兰笑笑说。

黄土地上秋风阵阵，阴风森森，肃杀的萧瑟气息笼罩着大地，一阵阵悲凉的秋风撞击着武功城苏宅。一阵寒风吹进了大厅，兰花在寒风中飘摇，叶片纷纷落下。

窦滔依依不舍地望着若兰，不愿离去。他割舍不下心中的挚爱，也割舍不下心中的红颜。一阵阵撕扯的声音扯着他的心，将他的心撕扯成了两半。

管家上前催促道："启禀老爷，时辰不早了，该启程了。"

"知道了，你在外面等着。"窦滔对管家说。管家退了出来，外面整装待发的人马一字排开。

窦滔对若兰和赵阳台说："兰儿，阳台，陛下圣旨已到，今天是最后期限了。我此次去襄阳赴任，还请二位夫人鼎力协助，料理家事。希望二位娘子能摒弃前嫌，和睦相处，关系更近一步。"

若兰央求着窦滔："相公，能不能不去襄阳。我们在家多好。"

窦滔坚定地答道："兰儿，这不是闹着玩的，皇命难违，如若不去就是抗旨，按大秦律例要满门抄斩的。岂能为了我们的私情而让所有人受到牵连？

我实在是做不到。还请夫人三思。"

若兰阴沉着脸冷冷地说:"相公,既然这样,你就不必劝我了。我会照顾好自己的。公公、婆婆也不适宜长途奔波,而且他们也不习惯那儿的生活,我还是留在家里照顾二老和孩子们吧。"

赵阳台热情地对若兰说:"大姐,我们一切已经打点好了。公公、婆婆和孩子们也跟我们一起启程去襄阳。大家在一起,生活长了就习惯了。天下之大,莫非王土,天下之大,四海为家。"

若兰垂头丧气地回答道:"还是算了,我这一生难得走动。长这么大也没有走出过黄土地,还是你们自己去吧。"

赵阳台满脸歉意地对若兰说:"大姐,如果我以前有什么做得不对的,希望大姐原谅我!我们以后还要和谐相处。我真心地希望大姐能和我们在一起生活。我也真心地希望大家的生活都过得开心幸福!"

若兰坚定地对窦滔说:"你有赵阳台相陪,还要我干什么?有她就没有我。你是留下和我过,还是带走赵阳台。你自己决定!"

若兰的话突然让大家都很震惊。窦滔无奈地垂下了头,不知道说什么好。

赵阳台依依不舍地说:"姐姐,皇命难违,既然姐姐不愿意去,我们也就不勉强了。"

望着窦滔远远隐去的背影,若兰心如刀绞,隐隐作痛。秋风继续无情地扫落着树上的残枝败叶,地上若兰绣的凤凰帕在风中打着旋儿,一会儿高一会儿低,一会儿远一会儿近,一会儿大一会儿小。

"我现在也不知道赵阳台做的是对的,还是苏若兰做的是对的。我忽然发现我们的道德观、价值观、世界观、生命观都是那样的模糊不清。人生到底是为了什么?"寒雪凤迷糊地问秦厚林。

"其实,大多数人在这个世界究竟想要什么,自己也是不知道的。"秦厚林打断了寒雪凤的心情。

"不会吧!人人都想要一个幸福的生活。"寒雪凤坚定地说。

"可是幸福生活的标准是什么呢?其实,人们往往不知道自己要的是什么?因为幸福生活没有标准。在父母那个年代能吃饱饭就是幸福的,这是后来人形成的共识,可是在他们那个年代到底什么是幸福,只有他们自己知道,他们也在用自己的行动证明着自己心目中的幸福。在我们这个时代有的人认为傍大款是幸福的,有的人认为找富婆是幸福的,有的人认为有房有车是幸福的,有的人认为出国留学是幸福的,有的人认为移民国外是幸福的,有的人认为健康是幸福的，有的人认为全家能够在一起是幸福的……"秦厚林说着自己的观点。

寒雪凤接上了秦厚林的话说："哥哥，我明白了，每个人对幸福的标准是不同的。每个人都用自己的生命实现着自己认为的幸福。所以，窦滔与若兰是不是幸福，只有他们自己知道，他们也用自己的生命证明着自己心目中幸福的标准。所以陆局长在寻找《璇玑图》，苏氏在寻找《璇玑图》，武则天在寻找《璇玑图》，只有若兰在制作《璇玑图》。其实，我们每个人都在制作自己心中的《璇玑图》，用《璇玑图》阐释着自己对生命的看法，对人生的理解。"秦厚林听着寒雪凤的话，会心地点点头。

冬天的襄阳城早已经披上了雪花的盛装。古城在雪花中变成了一个银白的世界。方方正正的古城在一个又一个的缺口中展示着自己坚挺的脊梁。

城门上旌旗招展，寒风呼呼地刮过襄阳城，士兵们冷得瑟瑟发抖，手搓着手，呵出了白白的雾气，跺着脚的士兵蜷缩着等待着春天的到来。

窦府也已然披上了雪花的衣服，整个窦府在雪花中被冻得颤巍巍的。幕帐外，炭火在火盆里跳着圆舞曲。

窦滔的鼾声从幕帐中传了出来，伴随着雪花洒在襄阳城的大街小巷，守卫着这一方水土的平安。

窦府内传来了打更的梆子声，时辰已经走在了三更天。

窦滔睡意蒙眬，一股阴风吹来，他从床上坐了起来，来回踱着步子。忽然黑白无常夺门而入，将他一把扯起，便取铁索套颈，只顾向前行走。

窦滔两腿颤抖着，恐惧地问道："二位仙官，你们要带我去哪里？你们要带我去哪里？"

二人并不答话，锁着窦滔行走在阴风中。窦滔只觉得天旋地转，脑袋里一片空白。一阵阴风过后，跟在二人身后的窦滔停下抬头一看，见门楼牌额上有四个大字：幽冥地府。窦滔大惊道："罢了，我竟到阴司来了！"

只见这幽冥地府阴风扑面，冷气侵人。马面牛头一个个狰狞险恶。迎来善士，引着宝盖长幡；拿到凶人，尽是铜枷铁锁。牢狱中尽是一些披头散发、张牙舞爪的人，口中叫嚷道："还我命来，还我命来。"

窦滔被驱进城，又行了多时，来到一座殿宇之前。那殿宇金碧辉煌，极其巍然。左右侍卫盛威整肃，殿门牌匾上书五个金字：森罗第一殿。窦滔随着众青衣人走进殿中，只见殿前大柱上悬挂着两扇板，上面写道：

人负人，天不负人，是是非非终有报；

鬼畏鬼，人何畏鬼，清清白白可无忧。

青衣人高声禀道："犯人窦滔拿到！"

殿前垂着珠帘，鬼卒向帘内跪下，禀道："窦滔带到。"

殿中传呼："卷帘。"鬼卒便退立阶下伺候。

窦滔望那殿上，正中间设着个高座，左边座上坐一个戴冕旒穿衮服的大王，右边座上坐一个顶珠冠垂缨珞的夫人，两旁侍立着许多宫娥太监。窦滔的心底不禁一阵寒凉，心想，我怎么来到了这个不生之地。

大王厉声喝道："窦滔，你这畜生抬起头来，你可认得我么？"

窦滔战战兢兢，抬头仔细一看，原来那大王就是岳父苏道质，那夫人就是岳母苏夫人。窦滔吓得通身汗下，连连叩头，不住声叫："岳父、岳母，孩儿知罪了！求岳父大人、岳母大人网开一面，饶恕孩儿。孩儿定当全力以赴，报答您二老的恩情。"

苏道质横眉倒竖，骂道："窦滔，你这负心贼子，你既认得我两个，却如何对我儿若兰如此薄情！"

窦滔连连叩头，说道："孩儿早知今日，悔不当初，还望岳父开恩饶恕。请二老给孩儿一个改过自新的机会。"

苏道质怒喝道："你这禽兽，还想得到饶恕吗？盗贼可恕，负心难容！"

窦滔转向岳母，叩头哀求道："岳母大人饶恕小人，我定不负若兰恩情。"夫人也不回言，只点头嗟叹。

苏道质喝令阶下鬼卒："来人，将窦滔绑起，先打他铁鞭三百，然后再问别事。"

鬼卒得令，恰待动手，只见岳母道："窦滔这忘恩负义之人，也不只是他一个人的罪，多半是他宠妾赵阳台唆使。如今我这里不必处治他，还送他到别殿去发落罢。"

苏道质沉吟片刻道："也好，这厮本因辜负我儿若兰，第五殿大王定要治罪于他，故移文到我这先来拿问，我如今仍送他到第五殿去发落便了。"

鬼卒领命，把窦滔带出前殿，押至左廊下一个小小公署之中，见有一位官人皂袍角带，坐在那里。

鬼卒向前禀道："大人，奉大王令旨，叫判爷押送犯人窦滔到第五殿去，听候审问。"那判官看了窦滔，连声叹息，随即起身，走出殿门，唤左右备马，叫鬼卒把窦滔带在马前，一直往北而走。

那判官在马上唤着窦滔问道:"窦滔,你可晓得我是何人?"

窦滔现在已经吓得屁滚尿流,哪里敢向上抬头张望,战战兢兢地回禀道:"犯人未识认判爷,不知判爷是谁。"

那判官道语如游丝盘绕在大殿间:"我非别人,小姐的丫鬟灵儿。蒙大王亲情面上,将我充做本殿判官。"

窦滔听说便向马前双膝跪下告道:"判爷既是犯人的旧相识,万乞做个方便,救我一救。"

灵儿怒喝道:"都是你这忘恩负义的人,害的我家小姐神魂不定,颜面全无!我正怨恨着你,你反要我替你做方便么?如若你执迷不悟,定有报应。"

窦滔只是跪着哀告,连连磕头:"还请姐姐指条明路。窦滔下辈子定当做牛做马报答您的大恩大德。"

灵儿冷冷地说道:"窦滔,你休得胡缠,莫说我不肯替你做方便,就是我要做方便,可阴司法律森严,不比阳间用得人情,弄得手脚,我也方便你不得。"

窦滔连连磕头道:"姐姐可知岳父为什么在第五殿告我?"

灵儿冷冷地说道:"负心人,薄情寡义。"

窦滔泪珠连连地说道:"方才在岳父处已得幸免刑罚,不知那第五殿大王比第一殿可差不多否?"

灵儿阴森森地说道:"厉害哩!你知道那第五殿大王是谁吗?是我家小姐!定叫你这负心人要了小命不可。"

窦滔听罢,吓得心胆俱碎,跌倒在地,说道:"我今番坏了!我负心于她,有什么面目再见她!还不如让我在姐姐面前一死,一了百了,也了无遗憾,也了无牵挂了。"

灵儿愤愤地说道:"一失足成千古恨。常言道:丑媳妇少不得要见公婆,你还不快去。"

窦滔走一步抖一步,走过了三个殿门,随后又走到一座殿宇之前,那殿宇门楼牌额上写有五个大金字:森罗第五殿。灵儿将到殿门,便下了马,吩咐随来的鬼卒,只在门外伺候。自己带着窦滔,正待报名觐见。

窦滔看那殿中规模体势更是森严,左右两旁排列的鬼卒不计其数,无不狰狞可畏。殿前大柱上也挂着两扇板,上面写道:

九地法轮常转,惟升善士到天堂;

一天明镜无私，每送恶人归地狱。

窦滔心惊胆战，跪伏丹墀，偷眼看殿上时，只见那阎王狰狞鬼面忽然变成若兰。若兰巾帼不让须眉，头戴冕旒，身穿衮服，南面据案而坐。鬼判先引差官上前叩见了，将公文呈上。

判官读罢，仍将公文呈放案上，若兰提起笔来，不知写了些什么。那判官又高声传道：大王有旨，咨文内事理，即付该司议行，来差暂留公馆，候发回文。

灵儿方才转过殿阶前，跪禀道："第一殿大王差小判押送犯人窦滔在此候审。"

若兰和颜悦色地说道："灵儿，既是父亲大人差你押送窦滔到此，你可站在一边，看我审明了这宗公案，好去回父亲大人。"

只见若兰怒容可掬，喝令左右将窦滔提至几案前，指着骂道："窦滔，你这负心之人，背我和阳台厮混，枉我俩夫妻一场。负心之人该受剖心地狱之苦。"

说罢，便吩咐鬼卒："把窦滔这厮剜舌剖心，以昭负心之报。"

那些鬼卒得了大王令旨，便一拥上前，将窦滔剥了衣服绑在殿柱上。一霎时，拿铁钩的、持利刃的将其团团围住。当下，众鬼卒绑住了窦滔，剖心的要来剖心，剜舌的要来剜舌……

窦滔颤抖着，大叫道："不要杀我，不要杀我……夫人，我是真心对你好。不要杀我，不要杀我……"

赵阳台看着昏睡中的窦滔，摇着他的身体叫道："相公，醒醒……相公你怎么了？相公，醒醒……"赵阳台把窦滔紧紧地搂在怀里，泪珠滴在了他的脸上，滑落在他的眼珠里。窦滔大叫一声，蓦然惊觉，乃是南柯一梦。

烛光中大夫按着窦滔的脉搏，细细地数着他的心跳，若有所思地点了点头，走回桌子旁。一边开药，一边对赵阳阳说："夫人，窦将军这是痞格之疾。"

赵阳台急切地问道："许先生，痞格是何病症？"

许大夫一边收拾着药箱，一边缓缓地说道："阳气上而不下曰痞，阴气下而不上亦曰痞；阳气下而不上曰格，阴气上而不下亦曰格。痞格者，谓阴阳不相从也。"

赵阳台问道："许大夫，此病可伤五脏六腑？"

许大夫合上药箱说："阳奔于上，则燔脾肺，生其疽也，其色黄赤，皆起于阳极也；阴走于下，则冰肾肝，生其厥也，其色青黑，皆发于阴极也，皆由阴阳痞格不通而生焉。阳燔则治以水，阴厥则助以火，乃阴阳相济之道也。"

赵阳台继续问道："许大夫，将军可有性命之忧？"

许大夫背起药箱说："夫人放心，将军无性命之忧。只要服下这服药发汉即可。"

"多谢许大夫！"赵阳台说着将孙大夫送出了窦府。

赵阳台抱着窦滔打着盹，鸡鸣报晓，窦滔微微地睁开了眼睛，身子动了一下。赵阳台从打盹中惊醒："相公，你醒了。"

望着赵阳台红肿的眼睛，窦滔于心不忍地点点头，缓缓地说："阳台，我没事的。你也歇息歇息吧。"

赵阳台点点头，睡在了窦滔身旁。雪花映衬着东方既白的朝霞，窦滔躺在赵阳台身旁，回顾着昨晚的梦，他凝神细想：梦中所见所闻一一分明，十分警悟。叹息道：善恶到头终有报，负心人终将要受到报应！我当初每听人说，阴司果报，只道是无稽之谈，渺茫难信，直至今日，方知不爽。

第九卷 巳时

第一章 盘龙寺前凤凰飞 咖啡厅内灯光闪

灶房内，母亲在洗涮着锅碗瓢盆，大哥在案板上一块一块地切下母亲年初冻的凉冻肉。一条条长条形的凉冻躺在碟子里，亮晶晶的，闪着肉色的光芒。

秦厚林已经收起了《璇玑图》的稿子，但他的思想仍行走在黄土地的粒粒尘土中，追寻着凤凰山的山清水秀。他看到了寒雪凤，也看到了自己。

黄土地上迎来了"咯吱、咯吱"的踏雪声，每个人身上都充满了喜悦的气息。孩子们跟前跑后地在大人们的身边穿梭着，显示着自己一年里最开心的心情。花花绿绿的新衣服在雪光的映衬下显得更加鲜艳动人了。

二水寺村里洋溢着爽朗的笑声，大家你串我家、我串你家地拜着年。秦厚林和寒雪凤等待着大哥忙完手里的活，一起去拜年。

"厚林哥，还记得我们第一次相遇时的情景吗？"寒雪凤仰起头，阳光照在她白嫩嫩的脸上，问秦厚林。

秦厚林的目光落在雪花里说："当然记得了。我多么想再回到盘龙寺看看。转眼六年就过去了，也不知道那里现在变成什么样子了？在这六年里，也不知道凤凰中学现在变成什么样子了？"

"是呀，我也没有想到我们会在那里相遇，我更不会想到你会救起我……"寒雪凤的话飘落在雪花中。

"人生想不到的事情太多，我们的命运就像是事先铺好的道路，一步步走去，有无数的风景，又有无数的担忧；前面可能是日出朝霞的灿烂，也可能是深不见底的万丈深渊……人是没有可比性的。每个人都有自己独特的人生和命运。碰到了、遇见了就是缘分，缘分到了想跑也跑不掉，想躲也躲不及……"秦厚林的字句散落在雪花里。

"我小的时候身体发热都是爷爷用草药治好的。爷爷说我的性格就像那寒热病，忽冷忽热。"寒雪凤说。

秦厚林顺着寒雪凤的话说："寒热往来，是为阴阳相胜；阳不足则先寒后热，阴不足则先热后寒；又上盛则发热，下盛则发寒；皮寒而燥者阳不足，皮热而燥者阴不足；皮寒而寒者为阴盛，皮热而热者为阳盛。"

"我不懂寒热，也不懂阴阳，只是觉得自己一会儿好想说话，一会儿一个字也不想说。"寒雪凤还在自说自话。

秦厚林继续分析着寒雪凤的寒热之症："热则阴中之阴邪；寒而颊赤多言者，为阳中之阴邪；热而面青多言者，为阴中之阳邪；寒而面青多言者，为阴中之阴邪；若不言者，其病为不可治；阴中之阴者，一生九死；阳中之阳者，九生一死；阴病难治，阳病易医。那你是阴还是阳呢？"

"我觉得我一会儿是阴，一会儿是阳，似乎阴阳从来就没有平衡过。要不你帮我把把脉？"寒雪凤说着伸出了自己的胳膊。纤细的手腕从火红的袖筒里蹦了出来。

秦厚林看着这白嫩嫩的小手，摇了摇头说："凤儿，还是算了，我也是只知其一，不知其二呀！"

"如果那个雷雨交加的日子没有遇到你，也许就不存在我们今天的对话了。"寒雪凤自言自语地说，她的眼前出现了那个雷雨交加的日子。

寒雪凤带着闷雷的声响独自一人走在凤凰山的山道上。秦厚林将视线落在了那个和谭老师追寻仙境的午后。

乌云黑压压地笼罩在凤凰山的山头。凤凰山在乌云中不时地被一道道闪亮的光芒照得通身透亮，紧接着一个个闷雷就滚了过来。

凤凰山在这时而明亮、时而黑暗中闪现着自己的身影。山谷中的道路在雷雨之前蜿蜒在一闪一闪的黑暗里。一辆摩托车疾驰在河边的混凝土路面上，秦厚林和谭老师驰骋在去凤凰山的方向。

"谭老师，我们离盘龙寺还有多远？"秦厚林坐在摩托车后，问驾驶着摩托车的谭老师。

"不远了，再有十里地就到了。"谭老师依然兴奋地把握着摩托车的手柄说。

"一会儿大雨就要来了，你带着我上山真的能够看到彩虹吗？"秦厚林不大相信。

"你听我的没有错，一会儿我们在盘龙寺门口躲雨，雨过后就会看见彩虹。"谭老师继续说："山里夏天的雨一般都是来得快，去得也快。最美的就是雨后的彩虹了。要看彩虹最佳的方位就是盘龙寺的门口。因为在那里我们不仅能看到一般的雨后彩虹，还可以看到龙的影子呢！只是能享受这美景的人并不多。"

"看你说得神乎其神的！是真的吗？"秦厚林疑惑地问。

璇玑图

"当然了,我什么时候骗过你。在凤凰中学教书这几年,每到这个时节遇到这样的天气我都会来盘龙寺的门口看飞龙瀑布下的彩虹和飞龙。不过这么多年我也只看到过一次飞龙,但是每次彩虹是少不了的。所以,这次最差的运气就是我们看到彩虹没有看到飞龙。不过也没有关系,只要在你支教的三年里,一有时间我就会带你来看的。我相信总有一次机会我们会看到飞龙的。"谭老师的话回响在凤凰山的山谷。

天黑沉沉的,乌云似乎要将凤凰山的山顶压垮,黑乎乎的乌云压得凤凰山已经喘不过气来了。摩托车顺着蜿蜒的山路已经到了盘龙寺的门口。

只看到,一道闪电横劈下来,盘龙寺大门的一个山花角被震塌了,细细的红土散在了秦厚林的肩上。铜钱大的雨滴滴到了秦厚林手上,紧接着瓢泼的大雨从天上倒了下来。

凤凰山变成了雨的海洋、水的世界。雨水顺着屋檐变成了水柱,溅起的雨水很快打湿了盘龙寺的大门。整个山林漫步在雨的静默中,只听得见"哗哗,哗哗——"的雨水声拍打着树叶的声音。地面上火红的泥土携带着裸露的石头在雨水的冲击下向凤凰山下快乐地奔去。

山脚下的濮河变成了白茫茫的一片,雨水夹杂着河水漫上了河岸,漫过桥洞,冲上了混净土路面。整个凤凰山在雨水的冲击中泛着白白的光芒。

凤凰山变成了一片银白色的世界。不远处,电婆婆不时地闪露着自己洁白的身躯,在天空中画下一道道银光,雷公公不停地滚过自己的响天雷。

"轰隆隆,霹雳啪嚓——"一道闪电闪过黑压压的天空。"山路上有人!"秦厚林对谭老师喊道。谭老师顺着秦厚林手指的方向望去,一个黑色的人影走在混凝土路面上。她已经在这银白色的世界里变成了一根银白色的银条。

"这么大的雨,那个人怎么站在那儿不动? 不好,她像是走不动了!风雨阻止了她的前行。"谭老师说。

"不好,那边有泥石流——"秦厚林惊恐地喊道。只见山上的泥石流沿着山道奔涌过来。

"喂——泥石流下来了,快闪开!"谭老师的声音夹杂在雨水中失去了冲击力。

秦厚林冲进了雨中:"厚林,危险——"谭老师待在了盘龙寺门口。

两个黑影在风雨中相遇了。秦厚林将那个黑影拉到了一边,上山的那块大石头从他俩的身边划过。那人还是呆呆地站在雨中一动不动。

"厚林——危险! 泥石流来了,快躲开!"谭老师在身后喊道。

秦厚林推开了那个黑影，自己的腿陷在了泥石流的边缘。那个黑影被吓傻了！秦厚林奋力一跳，鞋被泥石流冲走了。秦厚林将那个黑影连拉带推地弄到了盘龙寺门口。秦厚林一下坐在了盘龙寺门口的雨水里不动了。

雨停了，山色更加的青翠了，霞光照在凤凰山上如同披上了一层金光闪闪的铠甲。山林在水雾中显出五光十色的格调，一道道光线如同一丝丝、一根根金线从天空射下来，树林里充满了湿湿的、散发着蒸汽的线条，树叶在树根边混着湿湿的身子望着他们。

"厚林——你看彩虹！那边有彩虹！"谭老师兴奋地叫了起来。

秦厚林顺着谭老师指向的方向望去，盘龙瀑布下一道七彩的彩桥悬挂在山涧中。

"谭老师，你看，飞龙——不，是飞凤——"他们看到凤凰山盘龙瀑布的七色彩虹中飞舞着一只金色的凤凰，这只凤凰从瀑布前的水潭中飘然地上升、上升，随着水汽中的彩虹一起消失在晚霞中，三个人都呆呆地看着，希望再次看到那只飞舞的凤凰。

"厚林哥，在想什么呢？这么入神。"寒雪凤问正在发呆的秦厚林。

"想起了我们初次相遇时盘龙瀑下的凤凰，多美！要是能再看到，那该多好呀！"秦厚林淡淡地说。

寒雪凤呆呆地站在那里，想起了昨晚的梦。她又回到了凤凰山，她已经分不清楚这是码头镇的凤凰山还是秦厚林支教的凤凰山。她唯一能记住的是梦里的盘龙寺。

凤凰谷的浅滩上河水活泼，阳光清明晶亮。沿着山道，寒雪凤缓缓地行进在凤凰山中，两边的树林和野草茂盛地生长着，葱郁得发黑，有种慑人的阴湿气息。睡梦里依稀传来一片紧迫的钟鼓声。

山道氤氲的树林中隐隐约约、似有似无地回旋着孩子们的歌谣："谁家姑娘十七八，寻个媒人说婆家。媒人没到心胡抓，躲在后院栽菊花，一窝菊花没栽了，听见门外黄狗咬。黄狗、黄狗你咬谁？我咬东家你大伯。大伯、大伯你坐下，我给你烧茶泡馍呀。"

循着钟鼓声和歌谣的方向，荒蛮的野草中矗立着一座破败的寺庙。寺庙门梁上挂着一块破匾，匾上写着：盘龙寺。

寒雪凤拉着秦厚林的手走进了盘龙寺。推开破烂的院门，鼓声已止住，钟依然一声一声的，显得更加分明。

璇玑图

  院内生满了杂草,树影下天空灰暗,钟声来自高墙后面的三生殿。转过庭院,角落里有一丝微弱的光线,光线透过一条缝隙漏了出来。绕过门后的壁障,经堂内点着几支蜡烛,香烟袅袅,香案前垂挂下一块紫红锦缎,上面绣着"佛光普照"四个字。

  寒雪凤在漆黑的走廊里摸索前行,远远地传来了敲击木鱼的声音。她见有点微光,走近看,原来是一个圆门,过了门洞是大殿,面前的大殿两翼飞檐,一边一条苍龙,守护着当中的一轮明镜,在参天古柏间透出黎明前阴郁的蓝森森的夜空。

  殿堂里烛光辉煌,宏大的钟声轰然涌出。披着袈裟的和尚推着一根当空吊起的大木柱正撞击这口巨钟,这"咣咣,咣咣——"的钟声从钟口下的地面缓缓升腾到梁柱之间,在殿堂里充盈了再回旋着涌向门外。

  随后,又听见"嘭嘭——"的两击鼓声,厚沉得令五脏六腑跟着震荡。最后一响钟声刚飘逸消散,鼓声便大作,脚底的地面跟着颤抖。

  突然的一声铃声,轻微得让人差一点以为是错觉,像寒风中一根游丝,或是深秋夜里颤禁禁的一声虫吟,那么飘忽,那么纤细,那么可怜,但在这混沌的轰响之上毕竟分明,明亮得又不容置疑。

  大殿顶上垂挂下层层帐幔,如来佛端坐其中,金光闪闪的金身散发着佛祖的光辉,将整个大殿照射得如同白昼,再也寻不到一丝阴郁的气息了。

  寒雪凤看到自己牵着秦厚林的手拜倒在如来佛祖的脚下。

  一位黑脸大汉老是插在秦厚林的前面挡住他拜佛的身影。寒雪凤的心里一颤,这不是符融吗?他怎么穿越了千年的时空进入了我的幻觉?只见秦厚林用手推着符融,想把符融推开,却怎么也推不动。

  寒雪凤上前,心里念道:符融,我们无缘,你走吧。寒雪凤轻轻一拉黑脸彪形大汉的衣角,黑脸彪形大汉定在了那里一动不动了。秦厚林和黑脸大汉都消失了,只有寒雪凤和方丈两个人了。漆黑的方形饭桌上放了很多碗,都是空空的青釉瓷碗。

  寒雪凤急得直跺脚,问方丈:"了然大师,这是怎么回事?我的朋友们怎么都不见了?我该怎么办?"

  了然大师,寒雪凤心想,我怎么会喊出他的法号?难道我们在哪里见过?可是,我是真的不认识他呀!难道盘龙寺变成了二水寺?

  寒雪凤的灵魂跳出了寺院,不对呀,这里是盘龙寺。她分明清晰地看到了门楣上的三个字:盘龙寺。

闪闪的烛光映衬在了然大师的脸上,他说道:"施主,你不用怀疑,这里就是盘龙寺,就是凤凰山上的盘龙寺。老衲就是了然,你看这些碗放在那里,这么近!怎么吃饭呢?"

寒雪凤小心翼翼地将一只只青釉瓷碗移开。青灰色的光晕将饭桌围成了一个圆圈,面向中央。寒雪凤的手颤抖了一下,她的手触动了秦厚林的手。寒雪凤一把搂住了秦厚林的腰。

金黄色的麦浪一波接着一波掀起风中的盖头。秦厚林、寒雪凤、舒丹丹、张二雷、邹涛涛、舒兰花、邹亮亮、了然大师、真靖道长和横渠先生在碧绿的波浪中忽隐忽现。

了然大师从金黄色的麦根中浮现了出来,舒丹丹、张二雷、邹涛涛、舒兰花和邹亮亮从金黄色的麦叶中浮现了出来,寒雪凤从金黄色

盘龙寺

的麦穗中浮现了出来,秦厚林从金黄色的麦芒中浮现了出来,一颗小麦苗从黄土地里长了出来,长成一颗又一颗,一片又一片……

"凤儿,在想什么呢?那么入神。"秦厚林的问话打断了寒雪凤的思绪。

"哦,想起了昨晚的梦。我梦到你了,还有什么了然大师、真靖道长和横渠先生,还有你的学生。我根本不认识他们,但是我却清楚地意识到我知道他们的名字。这真是太奇怪了!最奇怪的是,我怎么会呼喊出一个叫符融的人的名字?人的梦真是太神奇了!"寒雪凤感叹着昨晚的梦。

"凤儿,你成功了!看来你的天眼已经开启了。"秦厚林激动而惊讶地一把将寒雪凤搂在怀里说。

寒雪凤像只小兔子似的抬起头,疑惑地问秦厚林:"厚林哥,什么是天

眼?"

"天机不可泄露,以后你自然会明白的。好了,我要继续修改我的作品了。我要将你开启了天眼这件事写进作品里。"秦厚林说完,坐在桌前,又一头扎进了《璇玑图》里。

"厚林哥,你不去拜年了?"寒雪凤想起了她俩在等哥忙完了一起去拜年。

秦厚林抬起头看了看她说:"当然去了。不过哥还得一会儿。我就改几个字,来得及。"

咖啡厅里旋转着悠扬的旋律,午后的秋叶静静地飘落在窗外,暖暖的阳光射进窗户,洒在桌子上,秦厚林坐在位子上轻轻地搅动着咖啡,贾雨晴把玩着秦厚林的手机,寻找着他的秘密。

忽然,贾雨晴停下了手,不再一页一页地翻看秦厚林手机中的信息,而是回过头问:"你的手机扣怎么没了?"

秦厚林看着贾雨晴,淡淡地说:"我也不知道放到哪里了。我明明记得前几天手机扣还放在桌上,准备吃完饭再将手机扣系上去。可是,谁曾想,转身就再也找不到了,可能是学生拿去玩了吧。"

"那是一个檀木做的弥勒佛手机扣。原先有个手机扣串,链子上还挂着颗红塑料做的红辣椒。你说是一个女孩送给你的,你说那个女孩希望你一生一世都像弥勒佛一样无忧无虑,开心到老。"贾雨晴提示着手机扣的重要性。

秦厚林看了看手中的咖啡勺说:"那个手机扣已经跟了我好多年了,我好像是放在桌上的,我把桌上的书从这头倒腾到那头,就是没有找到手机扣。看来这段情就此要终结了。"

"往往是这样的,你想找的东西找不到,你不想找的东西老在你眼前冒出来。这段情接不上了,那你不打算开始一段新的感情吗?"贾雨晴投来了热情似火的目光。似乎自己可以和秦厚林好好进行一段新感情了。

秦厚林端起咖啡,细细地品味着,顿了顿嗓子说:"我必须找到弥勒佛。桌上的书、纸、檀木弥勒佛和硬币很容易分清楚的。可那檀木弥勒佛就找不到了,我又爬到桌子底下,用扫把扫出好些带灰尘的绒毛,还有一张去码头镇的火车票,除此之外,什么也没有找到。我开过抽屉,可里面都是些不值钱扔了又可惜的东西。我要保留住我们的情义。"

贾雨晴热烈地盯着秦厚林的眼睛说:"记忆未必都是珍贵的,丧失了反倒是一种解脱。空杯子才能装得下水。"

"记忆谁都有,珍贵的只有那几段。如果连最珍贵的都没有保留住,这是一生的遗憾!自从有了这弥勒佛,我就成了无忧无虑的小神仙。真的很怀念拥有弥勒佛的那段日子。"秦厚林的话随着咖啡的味道散发在咖啡厅的角角落落。

　　贾雨晴叹了口气问:"唉!看来你这个人真是太怀旧了。你在自己的口袋里掏过了吗?也许是忘在了哪个口袋里,特别是裤子的口袋,一般裤子的口袋最容易掉东西了。不是挂扣的时候就是洗衣服的时候,好好想想。"

　　"全掏过了,裤子前后的几个口袋都摸过不下五六遍,扔在床上的上衣口袋也掏过了,所有放在外面的衣服口袋都摸过了,就是没有。我真是一个没用的人!这么一点小事都办不好,以后还怎么在上海滩混啊!看来我是低估了上海滩的人心呀!"秦厚林抱怨着自己的大意,他已经没有心思喝咖啡了。

　　贾雨晴用轻佻的眼神挑逗着秦厚林敏感的神经说:"你不是说自己是一个很理性的人吗?生活一直着井井有条的,什么也乱不了吗?不是说你的房间里收拾得有多么干净,如何有条有理,知道什么东西放在什么地方吗?现在怎么会找不到呢?看来生活往往不是你认为的那种样子,也不是你想象的那种样子。"

　　"我烦恼透了,睡没睡的地方,坐没坐的地方,连立足之地都没有,我的生活就成了一堆垃圾。我不能不激愤,又只能怨自己。这怪不得别人,是我自己弄丢了弥勒佛,弄得这样狼狈不堪。我无法接受这团混乱,这种被我弄糟了的生活。我怕自己再次出去又会弄丢什么东西。但是,我又必须出去!"秦厚林矛盾的心理闪现在浓浓的咖啡里。

　　贾雨晴不解地问:"难道你要会一个女朋友?何必这么紧张。你的生活再怎么无序,是没有人知道的,当然除了我,是你告诉我的,仅此而已,无须紧张。我不会说出去的,我也不认识你的朋友,除了我们的同事。"

第二章　若兰思君意沉沉　梦兰劝君再续弦

"也许是，也许不是。我确实记不起来了，但是我必须出去，这乱糟糟的生活让我再也无法忍受。我下了台阶走上人行道，没有人知道我丢了弥勒佛，我所拥有的无非是一些从前的记忆。"秦厚林似乎要忘记过去发生的一切。

贾雨晴搅了搅杯子中的咖啡说："在这个城市有多少人认识你？又有多少人会在意你？老兄，这可是一个接近三千万人口的大都市。人们都在忙着自己的事情，为了生计，为了名利……奔波着，忙碌着……"

"是的，你说的一点没错。我就这样没有目的地在街上漫步，平时总匆匆忙忙地为生活奔波，而此时此刻什么都不为。我从来没有这样轻快过。我放慢脚步，先伸出左脚，右脚不必急于抬起，可这也不容易做到。我已经不会从容走路了，不会散步了。我被这个大都市扭曲地不成人样了。"秦厚林无奈地摇摇头说。

贾雨晴喝了口咖啡接上了秦厚林的话说："你被城市改变了，可是你不愿意承认被改变的事实。于是你的内心在剧烈地挣扎着，在剧烈地抗拒着，在剧烈地排斥着……你觉得自己变得越来越古怪，不断折磨着自己的灵魂。"

"是的，我这样走十分古怪，行人好像都在注意我。我悄悄注意迎面走来的人，却发现他们的眼睛看的也是他们自己，有时也看看商店的橱窗。我越走下去，在这条热闹的大街上越觉得寂寞。我摇摇晃晃地走在这喧闹的大街上，像是梦游。"秦厚林述说着自己的感觉。

贾雨晴放下了手中的手机说："你把自己弄丢了，你想回忆都回忆不起来，看来你太在意了。"

"不是我太在意，而是快节奏的生活已经让我行为怪异、无所适从了。我似乎有过女朋友，又分手了，已不再想她，也不愿再想。生活压的人喘不过气来，还没来得及品味，一切就消失了，只留下了回忆。有时候甚至连回忆也没有了，只剩下了快节奏的忙忙碌碌。在忙什么，我也不知道。"秦厚林淡淡地无目的说着自己的想法。

贾雨晴端起咖啡，悠闲地看着秦厚林的脸说："你生活在底层就是为了混口饭吃，满足你的生存需要，所以你为生活忙碌着，被生活拖下水。从另一面说,你挣扎着是因为你太在意她留给你的东西,你曾经爱过她。"

"我爱过谁?似乎爱过,但那也是模模糊糊的。总之,我觉得曾经同女人有过什么关系,而且不止一个女人。我这一生中总还应该有点什么美好的事情,可那似乎也很遥远,只剩下一些淡淡的印象。唯独这个弥勒佛是一个记忆的凭证。她希望我的生活里充满了快乐和笑声。"秦厚林沉浸在自己的幻想里痴痴地待在了灯光中。

贾雨晴如同探寻着宝藏一样,好奇地问:"我真羡慕她。她是怎样的一位姑娘?让你如此动心。"

"我只记得她嘴唇小巧,线条分明,她说不的时候颜色是朱红的,她说不的时候身体是顺从的……就像山泉缓缓地流淌着,她的声音如此,她的身体如此,她的一切如此……"秦厚林沉醉在自己的世界里忘记了一切。

贾雨晴似乎想起了什么问:"扯得太远了,你到底找到弥勒佛了没有?"

"找到了,在记忆的风烟里飘摇。"秦厚林的话语在咖啡厅淡淡的音乐里随风起舞。

"厚林哥,大哥叫我们一起去拜年呢?"寒雪凤叫醒了沉醉在作品里的秦厚林。

秦厚林看了看寒雪凤说:"记得戴好我们的檀木弥勒佛,可不要弄丢了。我要你一生一世都开心幸福!"

寒雪凤愣了一下,伸出手牵着秦厚林走出了房间。"我会一生一世都幸福的!因为有你!"窗外传来了大哥和侄子的声音。他们一行几人走在雪窝里发出"咯吱,咯吱——"的声音。

陆局长将自己的视线埋藏在了秦厚林的记忆里,当秦厚林牵着寒雪凤的手和大哥、侄子一起启程去拜年的时候,陆局长依然执着地阅读着《璇玑图》的故事,将自己的新年加班在大年初一的天空里。

睡了一冬的黄土地渐渐地睁开了朦胧的双眼。黄土台塬的蜿蜒小路上垂下了一条条碧绿的迎春花藤条,藤条上开满了金黄色的小黄花。这些小黄花如同黄金一样散发着耀眼的光芒,送来淡淡的、清清的花香。淡淡的花香混合着温和的黄土,在晒过暖暖的阳光后,散发出黄黄的味道。

几只淡白色的蝴蝶在小小的黄花中吮吸着晶莹的乳汁,将自己的身子萦绕在清清的花香中。黄土地上的苏宅大院内绿油油的兰花叶子随风轻轻地摇摆在温暖的阳光中。

若兰呆呆等待着幽蓝色的兰花静静地从绿叶中探出自己的小脑袋。若兰的眼前浮现着那天窦滔和赵阳台去襄阳的情景,不觉一阵心酸,泪光散落在兰花的叶子上。

"夫人——"灵儿递过了那方龙凤帕。若兰接过龙凤帕泪珠涟涟地问:"灵儿,我该怎么办?万水千山不知道相公过得好不好?我好想现在就飞到相公的身边,去看看他过得怎么样?可是一想起赵阳台,我就觉得这个世界似乎就暗淡了许多,什么精神也没有了。"

灵儿一边为若兰拭擦眼边的泪水,一边劝慰道:"夫人,您安心!老爷吉人自有天相,不会有事的。"

"唉!要是当初我不那么固执,也不会弄成今天这个样子!"若兰叹息道。

灵儿继续劝慰着若兰:"夫人,您别太伤心!保重身体!相信老爷很快就会回来了。到时候您的身体垮了,老爷会心疼的。您可别让老爷担心呀!"

"相公回来了?相公在哪?快带我去看他!"若兰连忙起身拉着灵儿的手往院子走,要去迎接窦滔归来。

灵儿一把拉住若兰的手,摇着若兰的身子说:"夫人,醒醒,您可别吓我,您要是有个三长两短我可怎么办呀!老爷没有回来!我是说如果老爷回来,你这个样子怎么见老爷呀!"

若兰听到灵儿的话这才心神安定了下来。灵儿将若兰紧紧地搂在怀里,静静地看着窗外蜂蝶飞舞,春意盎然。过了一会儿,若兰清醒了许多。

若兰看着灵儿埋怨道:"灵儿,你怎么也学会骗人了,相公没回来,你怎么说相公回来了?"

灵儿轻声地叹了口气说:"唉,夫人,早知今日,又何必当初呢?"

"灵儿,什么今日,什么当初?"若兰回过头疑惑地问灵儿。

灵儿解释道:"当初老爷劝您和他一起去襄阳,您死活不去。您看这龙凤帕——唉!"

"当初要不是和赵阳台一争高下,能会是现在这个样子吗?相公不是有赵阳台吗?"若兰不好意思地说。

灵儿看着憔悴的若兰,狠狠地说道:"赵阳台算什么?夫人您是老爷明媒正娶的妻子呀!赵阳台只是老爷的小妾!您和她怎么一般见识?再说,当初赵阳台是您允许她进家门的,她与您姐妹相称,你们在苏宅过的也蛮好的。可是,老爷去襄阳赴任,您自己不愿意去!现在——唉——"灵儿摇了摇头走开了。

若兰愣在原地，后悔当初自己的举动，说："现在——"若兰无奈地摇了摇头："可是，我现在的处境怎么和他说呢？红颜弹指老，刹那芳华——"

兰花幽幽的气息笼罩在苏宅内，若兰娇弱地望着兰花发呆，视线模糊……

陆局长静静地看着若兰走进了忘川河的梦中。若兰又梦到了忘川河畔的柳府，夜晚月明星稀。梁栋材躺在床上，孙大夫屏气凝神地为其诊脉。

孙大夫诊完脉，柳玭拱手施礼，问道："孙大夫，状元郎这病打不打紧？是何病症？"

"柳大人，状元郎此病乃虚实相搏也。"孙大夫回转身子，轻轻地说。

"孙大夫，此话怎解？"柳玭施礼问道。

孙大夫一边开着药方一边说："柳大人，诊其脉举指而活，按之而微，看在何部，以断其脏；又按之沉小弱微短涩软濡，俱为脏虚。诊其脉，举按俱盛者实也；又长浮数疾，洪紧弦大，俱曰实也。病有脏虚脏实，腑虚腑实。上虚下实，下虚上实，状各不同，宜探消息。"

"孙大夫，状元郎是实症还是虚症？"柳玭凑上前问道。

孙大夫放下手中的笔答道："柳大人，观其状肠鸣气走，足冷手寒，食不入胃，吐逆无时，皮毛憔悴，肌肉皱皴。耳目昏塞，语声破散，行步喘促，精神不收，此五脏之虚也。"

"孙大夫，状元郎是脏虚实还是腑虚实？"柳玭继续问道。

孙大夫拿起手中的药方准备递给柳玭，答道："柳大人，观其状皮肤瘙痒，肌肉胀，食饮不化，大便滑而不止，诊其脉轻按则滑，重按则平，是为腑虚，观其在何经而正其腑。"

"孙大夫，状元郎上下虚实可否告知老朽？"柳玭还是不放心地问。

孙大夫看着柳玭的脸说："柳大人，大小便难，饮食如故，腰脚沉重，如坐水中，行步艰难，气上奔冲，梦寐危险，诊其左右尺中脉，滑而涩者，下虚也。凡病患脉微涩短小，俱属下虚。"

"孙大夫，状元郎的病你一定要治好呀！我定登门道谢！"柳玭说道。

孙大夫递过药方说："柳大人，不必担忧。状元郎这病按着方子抓药，按时服下，定会药到病除。"

梁栋材在柳府养病，日日思念亡妻柳梦兰。每日梁栋材凭窗对月喃喃低吟："梦兰——梦兰——"这声音或高或低，或款款温温，或凄凄切切。直叫到月已沉西，身子困倦，方才就寝。此已惊动了众女使，前往报知柳梦兰去了。

梁栋材虽是病体已经痊愈，但是因为日日思念柳梦兰而精神不振，如梦如幻，神情恍惚。

有一日一觉醒来，日影移动，转眼柳府内月色朦胧，如同镀上了一层银漆，冷冷的月光透露出肃杀的气息。梁栋材坐在窗内叫了半晌，忽听得窗外如有人低低应声。推窗看时，月色朦胧下一女郎冉冉而来。梁栋材定睛观看不是别人，正是亡妻柳梦兰。

书中暗表，这柳梦兰乃唐僖宗乾符年间礼部侍郎桑求之女，取名锦娘，又名梦兰。桑求因受宦官杨复恭排挤左迁襄州太守，途中病故。梦兰与梁栋材以合锦回文唱和喜结良缘，后失散，后认殿中侍御史柳玭为义父，改名柳梦兰。

柳梦兰一身雪衣素白飘逸，月光下柳梦兰低声应道："郎君叫妾做甚？"

梁栋材见了，疑心是梦，缓缓走近柳梦兰并掐了掐自己的胳膊，感到疼痛难耐，知道并非梦境。走上前去仔细端详，果然是爱妻柳梦兰，梁栋材惊喜作揖说道："今夜果得夫人降临！此生无憾也！"

柳梦兰微微欠身，声如清泉，问道："郎君靠后些，妾今已是鬼了，难道你不害怕吗？"

梁栋材近前一步欣喜答道："自夫人仙逝后，我恨不从游地下，死且不惧，岂惧鬼乎？"

说罢，梁栋材携柳梦兰入室同坐，灯下仔细端详，梁栋材不禁感叹道："夫人花容比生前愈发娇艳了。"

柳梦兰微微欠身，柔情似水地说道："妾自弃世以后，魂魄游行空际，随风往来，适闻郎君频唤贱名，故特来一会儿。但幽明相判，未可久留，即当告退。"

"幸得仙踪至此，岂可便去？我正要细问夫人如何遇害，刺客是谁？"梁栋材依依不舍地问道。

柳梦兰低眉细思良久，推究说道："此皆宿世冤愆，不必提起了。妾忆生前常与郎君诗词唱和，今郎君若欲留妾少叙，或再相与唱和一番，何如？"梁栋材这才安心说道："夫人，如此甚好，就依夫人所言。"

柳梦兰看了看房内书案上文房四宝齐备，起身说道："请即以幽明感遇为题，各赋一词，郎君先唱，妾当奉和。"

梁栋材在案头取过文房四宝题《临江仙》词一首：

梦接芳魂疑与信，觉来别泪空盈。欲从醒里会卿卿。故于明月下，叫出断肠声。幸得仙踪来照证，今宵喜见三星。莫嫌彼此别幽明。饶君今是鬼，难道鬼无情！

柳梦兰见梁栋材词意心中感激，即依调和词一首：

泉下虚游环珮影，拖残半幅回文。夜台愁对月黄昏。忽闻呼小玉，密地叩君门。昔日秦楼萧已冷，多君犹忆前情。怜予形去止魂存。今看郎意重，不觉再怜爱。

梁栋材看词挥泪心想：她人形存魂去，偏卿形去魂存。我欲收卿骸骨，无处可寻，今乞明示其处。

柳梦兰对梁栋材轻轻地说道："红粉骷髅，古今同叹，妾今已脱壳而去，还问骸骨？怎的愿郎君。今后勿妾为念，早续丝萝以延宗祀。爹爹所言梦蕙姻事，可即从之。"

梁栋材看着柳梦兰的娇容说道："夫人说哪里话？我有心恋旧，无意怀新，但愿夫人弗忘旧好，时以芳魂与我相接，明去夜来，常谐鱼水之欢，吾愿足矣。"

柳梦兰心里有了底，笑着对梁栋材说道："郎君差矣，量妾岂肯以鬼迷人，误君百年大事？君勿作此痴想。"

梁栋材拉着柳梦兰的手，恳求道："若芳魂不肯常过，我即孤守终身，续弦之说，断难从命。"说罢取出前夜所题《木兰花》词与柳梦兰。

柳梦兰还是摇摇头说道："极感郎君多情，但妾意必要你续娶了梦蕙妹子，我在九泉亦得瞑目。"说罢，便取过纸笔来，也依调和成《减字木兰花》词一首道：

幽明已判，须知人鬼终非伴。暂接芳魂，难侍檀郎朝与昏。

自怜薄命，君休为妾甘孤零。莫负青年，早把鸾胶续继弦。

柳梦兰掷笔拂衣而起怒道："郎君休要执迷，须听吾言，早续梦蕙姻事，妾从此逝矣。"言讫，望着窗外便走。梁栋材忙起身挽留，只见她从黑影里闪闪地去了。

梁栋材独自思忖适间所见，莫非仍是梦里吗？若说不是梦，如何忽然而来，又忽然而去？若说是梦，现有所题词笺，难道也是虚的？若说她不是鬼，分明是云踪雾迹，全然不可捉摸；若说她是鬼，却又如何挥毫染翰，竟与生人一般无二？梁栋材一夜无寐。

梁栋材次日起来，复题《卜算子》一词，以纪其事：

璇玑图

昨夜遇仙娃，曾把银缸照。有缝衣衫影射灯，岂日魂儿杳？
留赠柳枝词，再赓生前调。若说相逢在梦中，笔墨宁虚渺？

梁栋材自语道：莫非不是柳梦兰魂魄，是花妖月魅假托来的？不然，如何问他刺客姓名与骸骨下落，都含糊不言？若是花妖月魅来迷惑我，如何不肯留此一宿，却频频劝我续弦？我看她容貌与柳梦兰生前无二，此真是柳梦兰魂魄，可惜我不曾留住她。待我今夜仍前叫唤，倘再叫得她来时，定不放她离去，必要与他细叙衷情，重谐欢好。

梁栋材踌躇再三，又于词笺后再题《减字木兰花》一词云：

重泉愿赴，英灵幸接何惊怖。云鬟如新，花比生前一样春。
来生难待，芳魂且了相思债。不久同归，化作阳台雨其飞。

第二夜，黄昏人静，梁栋材仍向灯前呼唤柳梦兰名字，只道昨夜已曾降临，今夜必闻声即至。谁想直叫到三更以后，并没有一些影响。梁栋材无可奈何，只得和衣而卧，终宵辗转。

梁栋材呆想：怎生昨夜竟叫她不应，芳魂不远，难道就不可再见了？莫非她要我续弦，故不肯复以魂魄与我相叙吗？我想继弦若可别续，岂断锦可别配，除却柳梦兰的半锦，配不得我的半锦？然则除却柳梦兰，谁也配不得我了。

梁栋材想到此处不觉望空长叹："梦兰，梦兰，你魂魄虽不来，我终不再娶，若要我再娶，除非你再还魂。"说罢，取笔向白粉壁上题《菩萨蛮》词一首道：

曾将锦字问绎，捧读遗文衫袖湿。何忍负知音，冰弦续断琴。
佳人已难再，苟令愁无奈。若欲缔新婚，除还贾女魂。

梁栋材痴情男儿形容枯槁，月夜呆坐，但斜倚窗前，沉吟默想：何日再能与爱妻梦兰相会。

黄昏以后，只见柳梦兰忽从窗外翩然而至。梁栋材惊喜道："夫人，昨夜呼而不来，今夜不呼自降，想必怜我岑寂，许缔幽欢了？"

柳梦兰直逼着梁栋材的眼睛问道："妾今此来，特欲问君续弦之意，决与不决耳？"

"夫人但观此词，即可知吾志矣。"梁栋材便指着壁上所题《菩萨蛮》说道。

柳梦兰冷冷笑道："奇哉，此词贾女还魂之句，竟成谶语。"

"夫人，如何是谶语？"梁栋材不解柳梦兰是何用意急忙问道。

柳梦兰且不回答，向案头取过笔来，也依调和同一首道：

佳人莫道难重见，何必哀伤如奉倩。别泪洒重泉，幸逢天见怜。

云华将再世，当与郎君会。若见旧姮娥，宁云新茑萝。

梁栋材看词，惊问："夫人真个要还魂了么？"

柳梦兰认真地看着梁栋材，说道："好教你欢喜，天帝怜君多情，悯妾枉死，特赐我还魂与君，再续前缘，你道好吗？"

梁栋材大喜道："若得如此，真万幸矣。"

柳梦兰嘱咐梁栋材说道："只是一件，妾骸骨已亡，魂魄无所依附，今当借体还魂。正如昔日贾云华故事。"

梁栋材急忙问柳梦兰："夫人将借何人之体？"

柳梦兰对梁栋材说道："不借别人，就借梦蕙妹子之体，三日后便有应验，郎君到此时，切不可又推辞了。"言讫，即起身欲去。梁栋材再三挽留。

柳梦兰推脱掉梁栋材的手说道："妾与君相叙之期已不远，来日以人身配合，不强似在此鬼混吗？"说罢向窗外黑影里去了。梁栋材追出屋外，柳梦兰已不见了踪影。

梁栋材失魂落魄地走进屋内自语道："柳梦兰此言果真吗？若待美人再世，至少要等十五六年。如今借体还魂，却胜似汉武帝钩弋夫人，并韦皇、玉环女子的故事了。但今梦蕙小姐好端端在那里，柳梦兰如何去借她的体？三日后，如何便有应验，可惜方才不曾问她一个明白。"猜想了一夜，并无结果。

第三章　若兰持家照老小　厚林雪凤听冷雨

若兰从梦中醒来，苏宅内春光明媚，窦夫人的卧房内散发着幽微的草药味。灵儿在一旁搀扶起了卧病在床的老夫人。

老夫人刚刚坐起，她的身子就向前倾身过来，只听"哇"的一声，整个房间里弥漫着一股恶臭味。灵儿喊道："夫人，老夫人又吐了！这可怎么办啊？"

若兰从桌上抬起头问："灵儿，冷先生为老夫人开的药煎好了没有？"

"夫人您放心，已经煎上了。"随着灵儿的答复若兰走到老夫人床前帮助灵儿把老夫人安顿好，坐在床边陪着老夫人，老夫人安详地睡着了。

"夫人，您为了照顾老夫人已经三天没合眼了，老爷也不知道什么时候回来。真是盼望老爷早点回来，也好家人团聚，这样夫人也有个照应。"灵儿一边清扫着地面一边述说着自己的心情。

若兰转过脸对灵儿说："傻灵儿，自古忠孝不能两全。相公为国尽忠，我在家理应承担起照料老人的责任。谁都有老去的时候，如果大家都不愿意照顾老人，那我们还有什么善心可言？"

"可，可——这样下去，夫人的身体会累垮的。"灵儿担心地说。

若兰娇弱中透出一股刚强的语气："我没事的，我还不至于娇贵成那样，那样没用！我们要做生活的强者！"

"不管怎样，夫人为了这个家也要保重身体！"灵儿体贴地对若兰说。

若兰转过脸对灵儿说："你去打盆水来，我为老夫人擦擦脸。我们没能照顾好老人家，让老人家受苦了。"

若兰的眼前回旋着冷先生的话："夫人，老夫人乃胃寒热虚实所致也。实属伤寒之症。"

"冷先生，老夫人应怎样调理才能痊愈？"若兰问着冷先生的良方。

冷先生附身写着方子说："胃者腑也，又名水谷之海，与脾为表里。胃气壮则五脏六腑皆壮，足阳明是其经也。观其脉象关上脉浮大，而微滑者虚也，浮而数者热也。观其症肠鸣胀满，汗出滑泄。面赤如醉人，四肢不收，夜不安眠，语狂目乱，便硬者是也。痛甚则腹胁胀满，吐呕不入食。老夫人少吃油腻，以流食为主，无大碍。"

"冷先生，老夫人这病可有什么忌讳之处？"若兰继续问着冷先生。

冷先生递过药方说："夫人要当心老夫人上下不通，恶闻食臭，嫌人语，振寒喜伸欠。胃中热则唇黑，热甚则登高而歌，弃衣而走，癫狂不定，汗出额上，衄不止。虚则四肢肿满，胸中短气，谷不化而消也。还请夫人留意晚间老夫人的症候并悉心照顾。"

"多谢冷先生指点！"若兰一边道谢一边送冷先生出门。

弯弯的月亮挂在幽幽的天空中，黄土地沉沉地睡去了。苏宅里上房透出微微的烛光，灵儿端着一盆水跨进了屋门。

清晨，凤凰山笼罩在一片白茫茫的雾气中。红红的阳光如同一把利剑射向浓雾中，在雾海里消失了。秦厚林手里拿着从凤凰中学门口买回的方便面走上了自己住的二层小楼。

"你要走了？"秦厚林问正在收拾东西的寒雪凤。

"不是早晨八点的车吗？这个时间还是你告诉我的呢，你忘了？"寒雪凤反问走进门的秦厚林。

"是的，还有一会儿。我只是觉得怎么会这么快？这几天和你在一起挺开心的！"秦厚林自言自语地说。

寒雪凤收拾着行李。这小客房里空空的，只有一张单人木床和靠窗口放着的一张小桌子，寒雪凤的东西全摊在床上。昨夜就在这房里，二人躺在床上一起看着窗户泛白。

寒雪凤是一周前在泥石流中被秦厚林救出来的。那天秦厚林和谭老师将寒雪凤接到凤凰中学，打开楼梯边上客房的门让她住了下来。秦厚林的房间就在走道尽头。

"有空可以到我的房间里坐坐。"寒雪凤对走出去的两位老师说。

几天下来寒雪凤就将这间房间收拾的充满粉脂香味，靠墙的小书架上放的一面圆镜子和好些小瓶小罐。墙壁上贴满了大大小小的电影明星的照片。还有一张从画报上剪下来的披透明轻纱赤脚跳着舞的玛丽莲·梦露。蚊帐里叠得整整齐齐的被子上坐着个黑白丝绒的小熊猫。唯有屋角里一个朱红光亮精巧的小水桶还显示出凤凰中学特有的气息。

昨天放学后，秦厚林再次踏进这个房间就为寒雪凤的布置吃了一惊。她似乎把这里当成了自己的家。

寒雪凤笑着说:"秦老师,你先洗个澡,水瓶里还有我中午打的热水,满满的两瓶,就在这屋里,什么都有。"

"真不好意思,"秦厚林说,"我还是到我房里去洗吧,可不可以借用一下澡盆?""这有什么关系?桶里就有清水。"说着,寒雪凤从床底下把一个朱红的塑料水澡盆拖了出来,她把香皂和毛巾都准备好了。"不要紧的,我出去走走。"

秦厚林洗完澡的时候,寒雪凤把菜饭都在桌上摆好了,还炖了一小锅汤。她做了许多菜,桌上还放着一瓶酒。

"你也喝酒?"秦厚林问。

"只能喝一点,我明天就要走了,说什么也得喝一杯以表心意。"寒雪凤淡淡地说。

"是呀!时间一晃就过去了。这真是岁月不饶人呀!我一直想把岁月留住,看来是留不住了,也只有在回忆里品味岁月这杯美酒了。要是谁能把岁月留住,那也是一件稀罕事了。"秦厚林的话随风飘在了凤凰山上。

月光下寒雪凤讲着自己的故事:"码头镇有个裁缝是我小学一位女同学的姐姐,人长得特别漂亮,真是少有的美人,皮肤那么白净,像个玉雕的人儿,你要看见,准保一见钟情。那姑娘就在码头镇小街上自家开的裁缝铺里做活,从街上过准能看见。可人都说她得了麻风病。真惨,弄得没有人敢娶她。都是有人故意糟蹋她,总归我不信。"

"她自己完全可以去医院检查,取得医生的证明。"秦厚林建议道。

寒雪凤似乎看透了秦厚林的心思说:"打她的鬼主意不成,人就要造她的谣,人心坏呗!证明又有什么用?我有个很要好的小姐妹,嫁给了一个税务所的,身上被打得青一块、紫一块的。"

"为什么?这是家庭暴力,可以报警,可以离婚的。"秦厚林愤愤不平地说。

"就因为新婚夜她的丈夫发现她不是处女。码头镇的人很粗野,心都狠,不像凤凰山的人。"

"你爱过谁吗?"秦厚林问了之后就后悔了。

寒雪凤流露出温情的眼神说:"有一个华师大的男同学,在学校的时候我们蛮好,毕业后还一直通信。可他最近突然结婚了,我没有料到。当然,我同他也没有确定关系,只是一种好感,还没谈到男女朋友这一步。可我收到他的信,信上说他结婚了,我哭了一场。我从小就喜欢当老师的人,老师有一种温情，温暖的温情，他们就像爷爷一样关心我，守护我。我如同一只小兔子在他们的呵护中长大。我一直喜欢做小兔子的感觉，那种被呵护的感觉，那种温暖的感觉真美！"秦厚林被包围在她那种女孩儿的温情里，她在向秦厚林撒开一张网。

"秦老师，你喝酒呀，这解乏的。讲了一天的课应该很累吧？"寒雪凤一边为秦厚林斟酒一边为他夹菜。

"还好，习惯了这种生活就不觉得累了。你平时也喝白酒？"秦厚林看到寒雪凤为自己也倒了一杯问。

寒雪凤抬起头莞尔一笑答道："偶尔也喝一点。要看心情，高兴的时候喝一点。"

"那么，干杯！"秦厚林和她举起了酒杯，寒雪凤挺爽快地一饮而尽。

窗外传来了"戚戚擦擦"的声音。雨帘将凤凰山包裹了起来。

"秦老师，下雨了？"寒雪凤问正准备夹菜给秦厚林。

秦厚林站起来看了看窗外说："幸亏放学有一段时间了，学生们也应该到家了。是的，下雨了。"

"你和我原来的一位老师一样很有爱心，很爱自己的学生。做老师真好！"寒雪凤说着自己的感觉。

寒雪凤微微一笑，脸上印出一层淡淡的红晕。窗外雨点噼噼啪啪直响，不知是这房顶上的屋瓦在响还是邻近的屋瓦在响。

"秦老师，你怎么不说话了？"寒雪凤问站在窗口的秦厚林。

"嘘——我在听雨，雨声真美！还记得余光中老先生那篇《听听那冷雨》的散文吗？"秦厚林问。

"惊蛰一过，春寒加剧。先是料料峭峭，继而雨季开始，时而淋淋漓漓，时而淅淅沥沥，天潮潮地湿湿，连在梦里，也似乎有把伞撑着。而就凭一把伞，躲过一阵潇潇的冷雨，也躲不过整个雨季。连思想也都是潮润润的。"寒雪凤的声音随着窗外的雨滴绽起片片浪花。

秦厚林情不自禁地接上了寒雪凤的节奏："听听，那冷雨。看看，那冷雨。嗅嗅闻闻，那冷雨，舔舔吧，那冷雨。雨在他的伞上这城市百万人的伞上雨衣上屋上天线上，雨下在基隆港在防波堤海峡的船上，清明这季雨。雨是女性，应该最富于感性。雨气空而迷幻，细细嗅嗅，清清爽爽新新，有一点点薄荷的香味，浓的时候，竟发出草和树林之后特有的淡淡土腥气，也许那竟是蚯蚓的蜗牛的腥气吧，毕竟是惊蛰了啊。也许地上的地下的生命也许古中国层层叠叠的记忆皆蠢蠢而蠕，也许是植物的潜意识和梦紧，那腥气。"

伴随着秦厚林的节奏，寒雪凤问："秦老师，我把窗关起来好吗？"

"当然更好，感觉更舒适，"秦厚林立刻说。

"前尘隔海。古屋不再。听听那冷雨。"随着"听听那冷雨"声音的落下，寒雪凤走到秦厚林声旁轻轻地说："厚林哥，我喜欢你！"秦厚林的身子一颤，"厚林哥"一个多么亲切的称呼。这个称呼是多么的熟悉又陌生。因为曾经也有一个女孩这样称呼自己，只是自己没有答应而已。

秦厚林突然觉得寒雪凤离自己更近了。他不知道是因为这一声"厚林哥"还是因为这奇妙的雨，真不可思议！

寒雪凤关好窗转身回到桌边的时候碰到了秦厚林的手臂，她便进入了秦厚林的怀抱里。她身体顺从，温暖而柔软。

"厚林哥，我这样称呼你，你不介意吧？"寒雪凤用期待的眼神看着秦厚林。

秦厚林慌乱地不知道怎么回答，嘴里支吾着"嗯——啊——呀"的。

"厚林哥，我真的喜欢你。这几天我一直在想怎么对你说。特别是随着时间的推移，我觉得我越来越舍不得你了，我越来越离不开你了。特别是今天，我觉得我想你的愿望更加强烈了，想你整整一天了。你去上课的时候我就盼望着你早点下课，你早点回来。每一次下课铃声都拉扯着我的心。我在做饭的时候心里期待着你回来，就像等待着爸爸妈妈回家吃饭一样。要不是父亲病了，我会和你在这里待一辈子。厚林哥，相信我！我是真心的！"寒雪凤的嘴唇在月光中一闪一闪的如同蝴蝶的翅膀扇动着。

秦厚林这才转过脸，寒雪凤找到了他霎时间张开的嘴唇，随后便把他推倒在床上。他身体躲闪扭动着，像条从水里刚甩到岸上的鱼，是那样地生动活泼。

寒雪凤冲动不可抑止，嘴里的酒气一股烟似的喷洒在秦厚林的脸上。

"别看着我，你不要看……"黑暗中寒雪凤在秦厚林耳边低声哀求。

"我什么都看不见！"只匆忙摸索她扭动的身体。

寒雪凤突然挺身握住秦厚林的手腕，将秦厚林的手搁在她鼓胀的乳罩上，她一下便瘫倒了，一声不响。寒雪凤同秦厚林一样渴望这突如其来的肉体的亲热和爱抚，是酒、是雨、是这黑暗、这蚊帐，给了她这种安全感。

她不再羞涩，松开握住秦厚林的手，静静听任他把她全部解开。他顺着她的脖子吻着她，她润湿的肢体轻易便分开了，他喃喃地告诉她："我要占有你……"

"不……你不要……"寒雪凤似乎是在叹息,却将秦厚林的身子紧紧地搂在自己的怀里。

秦厚林立即翻到了寒雪凤的身上,对身下的小绵羊说:"凤儿,我就要占有你!"

"不……你不要……我还是处女……"秦厚林听见了寒雪凤呜呜的哭泣声。

秦厚林顿时如霜打了的萝卜蔫了下来,问:"凤儿,你后悔了?"

"不,我不后悔,我是不会后悔的。我只是心疼,心疼你不会娶我。"寒雪凤摇摇头说。

秦厚林抚摸着寒雪凤的头发问:"你珍惜这个?你怎么知道我不会娶你?"

寒雪凤默默摇头:"我只想把我的第一次给我最爱的人。可是,我恨我自己没有办法让你爱上我。"

"你怕你结婚时你丈夫发现了你不是处女也打你?"秦厚林问。寒雪凤的身体颤抖着没有说话,眼泪顺着眼角静静地流了下来。"那你还肯为我付出这么大的代价?"

秦厚林摸索到寒雪凤咬住的嘴唇,这让他止不住怜惜,他捧住她的头,吻着寒雪凤湿了的脸颊和脖子,她无声地哭泣。

热血充斥在秦厚林的头脑里:我为什么不能爱上寒雪凤呢?难道是爱无能?可是我的感情就像流水,我长这么大都没有真真正正地爱过一个女人。我不能对她这样残酷,只为一时的欲望去这样享用她,让她为我付出这么大的代价。可我又止不住喜欢她,我知道这不是爱,可爱又是什么?

寒雪凤的身体新鲜而敏感,秦厚林充满欲望,什么都做了,就是越不过这最后的界限。而她期待着,清醒、乖巧、听任秦厚林摆布,没有什么比这更刺激秦厚林的。

秦厚林要记住寒雪凤身体每一处幽微的颤动,也要让她的肉体和灵魂牢牢记住自己。她总在战栗,在哭,浑身上下都浸湿了。秦厚林不知道这对寒雪凤来说是不是更加残酷。

直到半边没垂下的蚊帐外窗户上晨曦渐渐显亮,她才平息下来。秦厚林靠在床沿上,望着微弱的光线里显出的她平躺着毫不遮掩的白皙的躯体。

"你不喜欢我?"寒雪凤看着秦厚林问,秦厚林没有回答,没法回答。

寒雪凤然后起来，下床，靠在窗前，身上的阴影和窗边半侧的脸颊都令秦厚林有一种心碎的痛楚。"你为什么不把我拿去？"她声音里透着苦恼，显然还在折磨着自己。

秦厚林坐了起来，有种不必要的冲动。

"你不要过来！"她立刻愤愤制止道，穿上衣服。窗外已经有孩子们说话的声音了。那是早来的孩子在教学楼下玩耍的声音。

"我不会缠住你，今天早晨我就要回去了，回到码头镇。你再也不会见到我了。"寒雪凤对着镜子梳着头发说。

借着晨光秦厚林说："我怕你挨打，怕给你今后带来不幸，怕你万一怀孕，怕你以后不好做人。"

"你不要说话，你听我说，我知道你担心的是什么，我会很快找个人结婚的，我也不会怪你。"寒雪凤深深地叹了口气，她的话随着风声落在凤凰中学的晨光中。

"我想——"秦厚林还想说什么。

"不！你不要动！已经迟了。我知道我配不上你，你是一个好人。你心思并不在女人身上。"寒雪凤决绝地说。寒雪凤梳理停当，给秦厚林打好了洗脸水，然后坐在椅子上，静静等秦厚林梳洗完毕，天已大亮。

出门前，秦厚林拥抱了寒雪凤，她把脸侧转过去，闭上眼睛把脸颊贴在秦厚林的胸前。这里到车站是很长的一段山路，周围只有鸟叫虫鸣的声音。

寒雪凤同秦厚林隔开一段距离，她走得很快，好像两个并不相识的路人。

陆局长看到灵儿端着一盆水跨进了屋门。

"灵儿，水放在地上吧，你帮我把老夫人扶起来。"若兰对灵儿说。

灵儿放下手中的水盆，对躺在床上的老夫人说："老夫人，夫人给您洗脚。我把您扶起来。"

老夫人微微地点了点头说："若兰，还是让灵儿来吧。兰儿，你歇歇吧！为了我这不中用的身体，你都忙了好多天了。你也没有好好地歇息歇息。也不知我们窦家是修了几辈子的福分，让滔儿娶到你这样贤惠的妻子。"

"娘，你可别这么说。这俗话说：不是一家人不进一家门。进了窦家的门，我就是窦家的人。咱们一家人不说两家话。您就把我当成您的亲闺女看就行了。我不累，还是我来为您洗吧。"若兰俯下身子将手伸到了水盆里。

"娘，您觉得水烫不烫？要不要再搀点冷水？"若兰一边为老太太洗脚一边问老太太。

"兰儿,有你这样的乖孩子,娘不知道是修了几辈子的福分,才修来你这样一个儿媳妇。只是,滔儿他命薄,没有福分享受你这样的媳妇呀!偏偏看上赵阳台这样一个狐狸精。也怪这个皇帝,你派谁不好?偏偏要派我家滔儿去那么远的地方守关。也不知道我的滔儿什么时候才能回来?"老太太一把鼻涕一把泪地说。

若兰的手在水中滑动了一下说:"娘,您别难过。自古忠孝不能两全,保家卫国也需要人才。相公得到皇上的赏识是他的造化。家里这不还有我呢?您放心!前几天相公来信说过一段时间就可以回来了。娘,您别担心!"

灵儿看着若兰微微驼下去的背心里酸酸的。灵儿看到若兰似有伤心的样子就说:"夫人,您看您把老妇人调养的精神多了。您能不能给我们讲讲中医。让我们也在中国文化的长河里熏陶熏陶。"

"当然可以,灵儿,你想听什么我就给你讲什么。"若兰似乎来了兴致,高兴地对灵儿说。

灵儿随口说道:"夫人,您就随便讲讲吧。我们也长长见识,了解一点知识,重在熏陶。"

"灵儿,那我就讲讲可知生死的五色脉吧!让你们也可预知生死好不好?"若兰问灵儿。灵儿拍手称快。

"面青无右关脉,脾绝木克土;面赤无右寸脉,肺绝火克金;面白无左关脉,肝绝金克木;面黄无左尺脉,肾绝土克水;面黑无左寸脉,心绝水克火,五绝者死。凡五绝当时即死,非其时则半岁死耳。五色虽见,而五脉不见,即非死者矣。" 灵儿和老妇人入神地听着若兰讲的无色之脉。

第四章　若兰情迷璇玑成　梦蕙栋材同床眠

"脉象有这么多讲究。这是生死之脉,那有没有可以医人治病之脉呢?"灵儿瞪大了眼睛问。

"病疯人脉紧数浮沉,有汗出不止,呼吸有声者死,不然则生;病气人一身悉肿,四肢不收,喘无时,厥逆不温,脉候沉小者死,浮大者生。"若兰不紧不慢地对灵儿说。

老夫人轻轻问道:"兰儿,脉象这么复杂,有什么症状可以参考呢?"

若兰说:"母亲,病劳人脱肛,骨肉相失,声散呕血,阳事不禁,梦寐交侵,呼吸不相从,昼凉夜热者死,吐脓血者亦死;其脉不数,有根蒂者,及颊不赤者生。"

"夫人,病到肠胃会有什么后果?"灵儿问。

若兰答道:"病肠者,下脓血,病患脉急皮热,食不入腹,目瞪者死;或一身厥冷,脉沉细而不生者,亦死;食如故,脉沉浮有力而不绝者生。"

"那四肢呢?"灵儿问。

若兰答道:"病热人四肢厥,脉弱不欲见人,食不入,利下不止者死。食人四肢温,脉大语狂无睡者生。病寒人狂言不寐,身冷脉数,喘息目直者死;脉有力而不喘者生。"

"病不可久也,久了就难说了。"老夫人说。

"是呀,娘,阳病患精神颠倒,寐而不惺,言语失次,脉候浮沉有力者生;及食不入胃,不定者死。久病患脉大身瘦,食不充肠,言如不病,坐卧困顿者死;若饮食进退,脉小而有力,言语轻嘶,额无黑气,大便结涩者生。"若兰答道。

"夫人,病理医理如此通晓,一定有什么秘籍吧?"灵儿神秘地问。

若兰笑而答道:"凡阳病阴证,阴病阳证,身热大,肥人脉衰,上下交变,阴阳颠倒,冷暖相乘,皆属不吉。从者生,逆者死。治药之法,宜为详悉耳。这是当年华佗论证医论的《论脉病外内证诀》。"

烛光中,若兰看到老夫人与灵儿已经昏昏然打起了盹,她知道她们什么也没有听进去,只是听热闹罢了,也难得她们有如此的雅兴。

苏宅院子里的兰花已经开出了幽蓝幽蓝的花瓣,深蓝色的花瓣中几只蜜蜂萦绕在花丛间采着花蜜。老夫人从房间走了出来吸着新鲜的空气。

院子里的兰花香随着清风淡淡地飘进了老夫人的鼻子。"真香!"老夫人赞叹道。

晨光中苏宅院子里传来了若兰带领孩子诵读古籍的诵读声:"古之与今,所施药饵,有得有失者,盖以其宜不宜也。或草或木,或金或石,或单方得力,或群队获功,或金石毒而致死,或因以长生,其验不一者何也?基本实者,得宣通之性,必则决矣。有年少富盛之人,恃有学力,恣其酒欲,夸弄其术,暗使精神内损,药力扶持,忽然疾作,何能救疗。"

老夫人站在院子里,看着一家人和和美美地过着日子微微笑了。老夫人心中默念:我儿真有福分!窦家真有福!

书房中,若兰正在亲手指导着孩子习字。若兰手握着女儿的小手说:"我儿,你看这笔法还不到位,应该这样……这样……"

笔尖在桌上的宣纸上滑动着,若兰的眼前闪过了父亲教自己练字的情景。一晃这么多年过去了,若兰自己也开始教自己的孩子练字了。人生如同做梦一般,人生如同地里的小麦,播种、除草、施肥、拔节、灌浆、收割……

"娘,爹爹什么时候回来?"女儿抬起头来看着若兰问。若兰拉回了自己的思绪,手颤抖了一下连忙说:"我儿想爹爹了,爹爹很快会回来的。"

"娘,我也想爹爹——"儿子听到"爹爹"两个字跑过来拉着若兰的胳膊说。若兰将女儿和儿子搂在怀里说:"你们都是娘和爹的好孩子。我儿想爹就好。我儿长大成人后要以你爹为榜样精忠报国!"

儿子点点头对若兰说:"娘,您放心,我长大后一定勤学武艺,像爷爷、爹爹一样精忠报国!保护娘!"若兰看着儿子懂事的样子,欣慰地笑了。

女儿轻声问若兰:"娘,你想爹吗?"

若兰不禁心头一热,一股激流强烈地冲击着若兰的胸膛。两行热泪如同决堤的洪水从若兰的眼里喷涌而出。若兰泪光涟涟,转过身去拭擦泪水:"我儿好好读书,我们会和你们的爹爹早日团聚的。"

老夫人看到此情此景不禁落下泪来。心想:我那不争气的儿什么时候才能回来呀?忠孝真的就不能两全吗?

晨光中,若兰继续领着孩子们畅游在古籍里:"如是者岂止灾之内发,但恐药饵无功,实可叹哉!果能久明方书,熟审其宜,人药相合,效岂妄乎?假如脏不足则养其脏,腑有余则泻其腑,外实在理外,内虚则养内;上塞而引上，下塞而通下，中涩则解中；左通则治左，右病则治右。上下左右，内外虚实，各称其法，安有横夭者乎。"

晨光如同长了脚一样行走在苏宅的角角落落。书房内，若兰握着笔的手在光线中闪动着。

一篇篇、一幅幅饱蘸笔墨的字在昏黄昏黄的夕阳中散发着墨汁的淡淡芬芳。灵儿走上前问道："夫人，您又写诗了！"

"是呀！日复一日，年复一年。时光冉冉，苏宅的兰花开了，又败了，败了又开了。相公也不知何时回来。写写诗也好寄托情思。"若兰点点头说。

灵儿看着桌上满满几十摞稿纸赞叹道："夫人，这字真漂亮！我要是有夫人的一半才华就好了。"

"哪里有你说的那么好？老了，已经写不出什么风韵了，也只能自己寄托相思罢了。"若兰淡淡地说。

灵儿拿起一首诗顺口吟咏了起来："仁智怀德圣虞堂，贞志笃终誓穹苍。钦所感向妄淫荒，心忧增目怀惨伤。"

若兰看着灵儿在吟咏自己写的诗，不禁感情如泉涌一般也跟着吟诵起了另一首："嗟叹怀，所离经；遐旷路，伤中情；家无君，房帏清；华饰容，朗镜明；葩纷光，珠曜英；多思感，谁为荣？"。

若兰和灵儿吟咏起自己的诗，心里微微平静了许多。室内的兰花微微点着头。

"灵儿，我昨晚又梦到相公了！你说我该怎么办呢？"若兰羞红的脸显出了五色的云彩。

灵儿随口说道："梦相见，泪满流，诗情画意秀织锦。"

"寒岁识凋松，仁贤别行士；颜丧改华容，贞物知终始。"月光洒在若兰的脸上，她淡淡地吟诵着。

"夫人，时辰不早了，该早点休息了。"灵儿提醒着若兰。

"灵儿，你和孩子们先睡吧。今晚的月色真美！我再待一会儿，赏赏月，你们先休息吧。"若兰对灵儿说。灵儿带着孩子们先睡了。

看着淡淡的月色若兰眼前浮现起那个中秋夜和二姐弹琴赋诗的情景……

如水一样的月光洒在黄土地上，黄土地变成了一个银白色的世界。苏宅在夜色中显得更加的安静了，远处传来了几声猫头鹰的叫声。幽兰的夜色中，院子里升起了淡淡的、朦胧的雾气。

若兰坐在窗边看着朦胧的月色，手中心不在焉地把玩着一只精巧的小茶壶。无人赋诗的寂寥如同一根抽不掉的细线紧紧地缠绕在若兰的心中。

若兰的手抚摸着手中的茶壶如同摸着一张软绵绵的被子。她深情地感受着这撩人的夜色,手深深地陷在了小茶壶的凹槽里。她的身体随着月光流淌在夜的寂静里。这浅浅的凹槽变成了几个刻在壶身上的字:可以清心也。

若兰喃喃地念道:"以清心也可,清心也可以,心也可以清,也可以清心,妙呀!真是妙呀!我有数了!"

若兰兴奋地跑在自己的梦中,似乎一下子恢复了青春活力。若兰的头脑中闪回着那个梦:一兰花在幽蓝的氛围中变成一仙子,口中吟诵到:"同林偏栖三鸟,比目不止双鱼。蕙非兰,兰非蕙,未始还魂,两人原合不上去;妹即姐,姐即妹,若论恩谊,三人竟分不开来。天生彩凤难为匹,那知匹有二匹;必产文鸾使与偕,谁料偕不一偕。半锦已亡,且喜失而又得;佳人可遇,何幸去而复来。新欢方足,既看双玉种蓝田;旧好重联,又见一珠还合浦。"

若兰又来到了忘川河畔,可她怎么也找不到柳府。忘川河畔观星台上,一位披头散发的上古之人在河边的高台上仰望天空,口里念叨着什么。

若兰想听清楚他在念叨什么,却什么也听不到。若兰只看到了观星台上的那堆石子。石子一会儿变成一匹马,一会儿变成一只熊,一会儿变成一条龙,一会儿变成一条阴阳鱼……

若兰跳起来,满怀深情地摇动纺车,只听到苏宅内"嗡嗡,嗡嗡——"的纺车声回旋在黄土地上。

灵儿被"嗡嗡,嗡嗡——"的纺车声吵醒,带着朦胧的睡意心疼地说"夫人,都到子时了,快点休息吧。"

"灵儿,你先睡吧。我这边快好了,好了我就休息。"若兰转过脸看着睡眼蒙眬的灵儿又倒在了床上。

纺车声依然回旋在黄土地上,那一条条丝线在穗子之间变成了细细的、长长的线条,细细的、长长的线条在穗子之间变成了锥形的纱锭。

黄土地上的纺车声震动着若兰的心灵。她又看到了观星台上的伏羲氏,眼前又出现了那几个石子摆成的图:石子一会儿变成一匹马,一会儿变成一只熊,一会儿变成一条龙,一会儿变成一条阴阳鱼……

若兰将纺出的纱又细心染成五色彩线,再坐上织锦机,不分昼夜地织锦,她倾满腹才华,吐满腹情思,把自己思念亲人的朝朝暮暮情全部织进情丝中,不知织了多少个日日夜夜……

若兰在兰花的熏陶中进入了梦乡……

陆局长的办公室门虚掩着,陆局长依然一脸严肃地坐在电脑前看着资料。他已经忘记了时间,忘记了一切,跟随着若兰的脚步来到了前秦的黄土地上。他看到了《璇玑图》的世界,这是一个多么神奇的世界。

忘川河畔的柳府依然清晰可见,春日里清晨鸟语花香。梁栋材起来正在闲庭散步,忽然听到前面女使们议论纷纷:"梦蕙小姐昨夜忽然染恙,至今卧床未起。"梁栋材闻了这消息,暗自惊异。

梁栋材细细听女使们议论道:"听孙大夫说小姐是:心病久则传小肠,小肠咳则气咳一齐出也。小肠实则伤热,热则口疮,虚则伤寒,寒则泄脓血,或泄黑水,其根在小肠。又小肠主于舌之官也,和则能言,而机关利健,善别其味。虚则左寸口脉浮而微,软弱不禁。按病惊狂,无所守下,空空然不能语者是也。"

梁栋材正听得仔细,柳玭从回廊转身走来说:"贤婿,老夫报你一件奇事。"

"恩师,不知是甚奇事?"梁栋材惊讶地问。

柳玭连连感叹地说道:"梦蕙小女于三日前抱病卧床,朦朦胧胧不省人事,今朝顿然跃起,口中却都说柳梦兰的话,说是柳梦兰借体还魂,要与贤婿续完未了之缘。你道奇也不奇?"

梁栋材听了不觉失惊,果然有这等奇事,他便把柳梦兰魂魄曾来相会的话备细说知,并取出唱和之词与柳玭看。

柳玭佯惊道:"不想倩女兴娘之事复见于今。老夫前日明明失了一个女儿,得了一个女儿,今却暗暗地失其所得,而得其所失,真大奇事。然若非柳梦兰魂魄先来告知,贤婿今日只道老夫假托此言,赚你续弦了。"

梁栋材拱手施礼对柳玭说道:"情之所钟,遂使幽明感遇,魂既可借还,缘亦当借续。小婿愿即聘娶梦蕙小姐以续柳梦兰小姐之缘。"

柳玭开怀笑道:"贤婿如今肯续娶梦蕙了么?体虽梦蕙之体,神则柳梦兰之神。'虽云新茑萝,实系旧姮娥。'贤婿不必复致聘,老夫即当择吉与你两个重谐花烛便了。"梁栋材欣喜称谢。

柳玭为梁栋材与柳梦蕙操办着婚事。

月圆升空,柳府洞房花烛夜。梁栋材与柳梦蕙拜堂已毕,众女侍们簇拥着共入洞房。合卺之际,梁栋材见柳梦蕙姿容美丽。

书中暗表，这柳梦蕙乃唐僖宗乾符年间兴元太守刘继虚之妹，桑梦兰之表妹。后认柳玭为义父，改名柳梦蕙。与梁栋材以合锦回文唱和，以及幽冥地府考验喜结良缘。

　　梁栋材心中暗喜：柳梦兰借体还魂，我只恐他神虽是而形不及，今幸借得这般一个美貌女郎，真与柳梦兰无异了。

　　柳梦蕙偷眼窥觑梁栋材想道：见他人物风流俊爽，果然才称其貌，私心亦甚欣慰。

　　须臾合卺已罢，众女侍俱散去。梁栋材起身陪着柳梦蕙拥入罗帏，柳梦蕙十分羞涩。

　　梁栋材低声道："夫人，我和你今宵虽缔新欢，不过重谐旧好，何必如此羞涩？"

　　柳梦蕙听说，暗自好笑，却只含羞不语。梁栋材此时不能自持，更不再问，竟与她解衣松带一同就寝。

　　陆局长的身子晃动了一下，头差点碰在了桌子上。他揉了揉眼睛继续查看着眼前的资料。

　　阳光懒懒的洒在黄土地上，苏宅的院子里送来凉意。若兰缓缓地抬起趴在织布机上的头，走出了自己的梦境。她的头脑中盘旋着忘川河畔的柳府里梁栋材和柳梦蕙的婚事。"夫人，您醒了。"一个声音使若兰打了一个寒颤。人一下子清醒了许多。窗外传来了鸟儿的叫声和孩子们玩耍嬉笑的声音。

　　"灵儿，是你呀！把我吓了一跳。正在做梦呢，被你吵醒了。"若兰埋怨着灵儿惊醒了自己的梦。

　　灵儿放下手中的水盆说："夫人，醒来了就好。我还正准备给您请大夫去呢？"

　　"请大夫，灵儿，这话从何说起呢？我又没有生病。"若兰看着将水盆放在架子上的灵儿问。

　　灵儿走到若兰面前说："夫人，你已经好多天没有和我说过一句话了。这些日子一直在织锦。我是怕您闷出病来，所以给您请个大夫看看。现在终于和我说话了。我看这大夫也就不用再请了。"

　　"灵儿，桌上这锦帕是哪里来的？这上面怎么绣着我写给相公的诗呢？"若兰一边端详桌上的锦帕一边问。

　　灵儿看着锦帕对若兰说："夫人，您是真的忘记了吗？您手上拿的就是这些日子您织成的锦帕呀！"

"这是我织的锦帕吗?" 若兰看着五彩斑斓、闪闪发光的锦帕,不敢相信自己的眼睛。锦帕上密密麻麻地绣着一行行红颜色、绿颜色、黄颜色、蓝颜色、青颜色、紫颜色、橙颜色的字。

这些颜色有的呈方形,有的呈井形,有的呈十字形。这些字有的一行一个颜色,有的几个字一个颜色,有的对角一个颜色,还有一个字单独成色的,真好看!

若兰用手轻轻地数了数上面的字数,二九,横行二十九个字;二九,竖行二十九个字,总计八百四十一字。纵、横、斜、交互、正、反读或退一字、叠一字读均可成诗。若兰吟咏着上面的诗,有的组成了三言诗,有的组成了四言诗,有的组成了五言诗,有的组成了六言诗,有的组成了七言诗,有的组成了古诗,有的组成了律诗……

灵儿在若兰的询问与吟诗中点点头说:"夫人,这是您织的锦帕。要不怎么会在您的桌上?怎么会在我的手里呢?您说是吗?夫人,给它取个什么名字呢?"

若兰自言自语地说:"取个名字。叫什么呢?就叫《璇玑图》吧!"

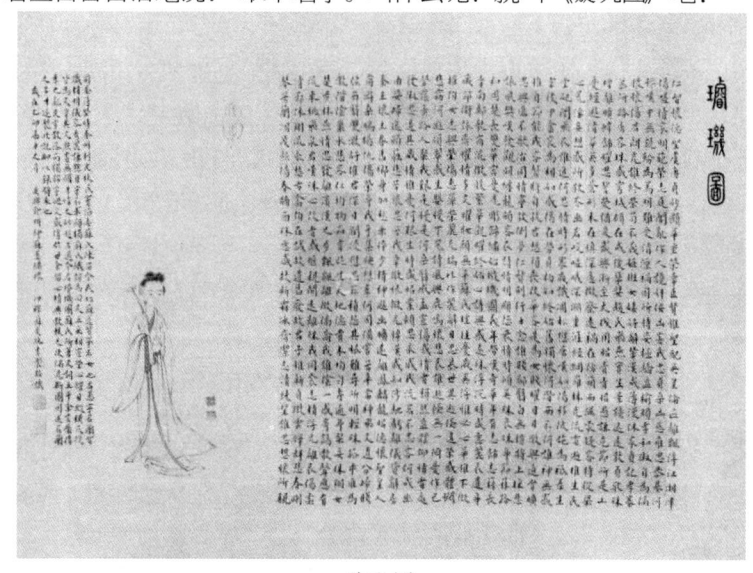

璇玑图

"夫人,为什么叫《璇玑图》呢?这有什么说辞吗?" 灵儿看着这张神奇的锦帕想知道里面的秘密就问道。

若兰神秘地笑了笑说:"非我佳人,莫之能解。"

黄土地沉浸在阳光暖暖的怀抱里,享受着春姑娘的温情。漠峪河的流水缓缓地从漠峪谷流出,漆水河映衬着春日的光辉显得格外得动人。

黄土台塬的级级梯田上开满了金灿灿的油菜花。黄土地沉浸在蜜蜂翻飞的油菜花中收获着生活的甜蜜。在这个金黄色的世界里阳光暖暖地照在身上。

苏宅内海棠花香飘散在院子内,散发着诱人的气息。厅房内飘散着淡淡的兰花香。幽兰幽兰的兰花在屋檐下笑看着苏宅的变化。

灵儿匆匆地走进内宅回禀若兰:"夫人,早膳已经备好了。请夫人用膳。"

"灵儿,不急用膳。你去把老管家叫来,我有事吩咐他。"若兰对回话的灵儿说。

灵儿回禀道:"是,夫人。我这就请老管家过来。"

不大一会儿,灵儿和老管家都走进了厅房。灵儿回禀道:"夫人,老管家已经到了。"

"老哥哥,您来了。"若兰对老管家说道。

"夫人,您找我。"老管家站立在一旁轻声地允诺道。

若兰从案头取出了昨夜织好的《璇玑图》递给老管家说道:"老哥哥,你把这方锦帕派人快马加鞭送至襄阳安南将军府交给相公。切记,不可在路上耽误时日。我在家里等待着相公归来的消息。"

"夫人,请恕灵儿直言。您这段时间织锦帕,我们都看不懂。恐怕相公未必看得懂!"灵儿担心地说。

若兰转过脸对灵儿说:"灵儿,无论这锦帕相公看得懂,还是看不懂,都不重要,重要的是我思念夫君的这片情义。我想这锦帕:非我佳人,莫之能解。如相公真是我的命中佳人,定懂得我的心意。如若不然,我也就认命了。"

"请夫人放心!老奴一定将此锦帕以最快的速度送到老爷手上,请夫人静等佳音。"老管家接过锦帕说。

若兰感激地说:"多谢老哥哥!非我佳人,莫之能解。你只管快马加鞭送给相公,相公一定看得懂的。相公如能早日回心转意,我定请大家吃酒。"

飞奔的马蹄奔驰在黄土地上,转过青山绿水来到了襄阳的安南将军府。青山绿水间长江静静地流淌在荆楚大地上。

襄阳城安南将军府内窦滔捧着《璇玑图》内心悔恨自己:悔不该贪念美色!悔不该将兰儿独自留在老家。在烛光中,窦滔进入了梦乡。

第十卷 午时

第一章　黄浦江畔发布会　厚林忆起雪凤情

黄土地再也找不到一粒黄土了。黄土地在银白的积雪中变成了一个银白色的世界。积雪闪耀着太阳的光芒散发出冷冷的、淡淡的清辉。

这个世界似乎要被冰封在这个冰冷的世界里，在这里一切都归于宁静，一切都停止了前进的脚步。只有雪花还在一粒一粒地融化着，将自己的温暖留给人间，人们却感到阵阵寒意。

秦厚林走进房间，看着正在炕上休息的寒雪凤，一股股温暖的激流涌动在心头。寒雪凤的脸红红的，充满了健康的气息。那双柳叶似的眼睫毛在紧闭的眼睛周围形成了一道弯弯的月牙，月牙在梦中绽开了幸福的笑脸。

"凤儿，吃饭了。"秦厚林轻轻地摇了摇寒雪凤盖着被子的身体。

寒雪凤睁开迷离而朦胧的双眼问："厚林哥，是叫我吗？怎么这么快就吃饭了。"

"已经过了十二点了。今天你尝尝大哥的手艺。"随着秦厚林的说话声寒雪凤已经在梳理自己的小辫子了。

对门母亲的屋子正中央摆着一张紫红色的小方桌，桌上摆满了大哥做的各种菜肴。秦厚林扶起父亲，将父亲从炕沿溜了下来。父亲僵硬地站在地面上，腰弯成了一张弓。

秦厚林搀扶着父亲一步一挪地将父亲放在了炕沿和柜盖夹角的椅子上。寒雪凤为父亲倒上热好的牛奶，为母亲、嫂子和小侄子倒上热好的可乐，为自己和哥哥倒上如雪一样的西凤酒。一家人各自坐在自己的位子上开始了这个春节正月初一的午餐。

"在新的一年里祝爸爸、妈妈身体健康！哥哥、嫂嫂事业有成！小家伙们天天快乐，开心每一天！来，我们干了这杯。"寒雪凤端起酒杯，大家端起杯子庆祝着这个合家团聚的日子。

"厚林，你的书修改完了没有？"哥哥一边夹菜一边问秦厚林。

"还有一点，估计到傍晚时分就差不多了。"秦厚林回答着哥哥的问话。

"到时候，你的小说出版了，你就是名副其实的作家了。要签名售书吗？"哥哥继续问。

签名售书，秦厚林似乎看到了那个弥漫着书香气息的书城。秦厚林的眼前闪现着上海外滩奔流不息的车流，上海书城内秦厚林的新书发售会现场人头攒动。人们将书城围得水泄不通。

　　一位穿着抹胸衣的女记者挤到了最前面，她那晃人眼球的乳沟在胸前高高低低地起伏着。她将话筒递到了秦厚林嘴边，劈头盖脸就问："秦先生，您好！今天是您小说《璇玑图》第一次发售。您对这次发售有什么样的期待？"秦厚林抬起头，眼前提问的不是别人正是贾雨晴。

　　秦厚林呆呆地愣在了那里，好一会儿才回过神来。时间似乎在这一刻停止了。这个世界你说有多大就有多大，你说有多小就有多小。秦厚林突然有一瞬间觉得自己是一个爱开玩笑的小老头。他思考了片刻说："我希望小说可以传达一种对爱情的忠贞，对生命的思考，对人生的包容……"

　　还没等秦厚林说完，一位男记者热切地提问："秦先生，您好！您能谈谈创作小说《璇玑图》背后的故事吗？"

　　秦厚林的思绪回到毕业后的这六年中，他轻轻地拿起话筒淡淡地说："小说《璇玑图》的创作经历了一个艰难曲折的过程，在这里我要感谢出版界的同仁和我的朋友对我创作的大力支持，我特别要感谢我的家人对我的支持，尤其是我老婆寒雪凤，她一直不离不弃地陪伴在我的身边，并对《璇玑图》多次提出宝贵的修改意见，因此《璇玑图》才有机会与读者见面。"

　　随着秦厚林的说话声，秦厚林的耳边回响着上海滩五方平方米出租屋的敲门声，寒风依然如刀子一样刮过屋外的河岸。

　　窗户上结起了厚厚的严霜，窗外挂着的衣服下面吊着长长的冰凌，衣服已经被寒冷的天气冻成了干木材一般，硬邦邦的，没有一点水分。地面上结着一层薄薄的冰，混合着风干的泥土味。

　　秦厚林带着形容枯槁、面目黧黑、蓬头垢面的身躯开了门。他的身体被北风吹得不知道了方向，他麻木不仁地站在冬日的冷风里傻傻地望着门口的姑娘，身体不由地颤抖了一下。

　　他不知道是因为身体的寒冷而发抖，还是因为这个姑娘的到来而激动。总之，秦厚林被一阵雷电击中了，他惊喜地问："你怎么来了？我在这里过得挺好的，不用来看我。"

　　映入眼帘的是一团火红的连衣裙，精致的花边衬出修长挺拔的双腿，玲珑的曲线完完全全地被勾勒了出来。不经意间，她抚上自己的唇角，划出捋住的发丝，指尖的轻灵仿佛精灵的活泼。发丝划过的地方还残留着淡淡的余香。她的目光仿佛秋日横波，款款深情，一颦一笑，风姿绰约，少女的楚楚动人，少妇的素雅风韵，在她身上似是天成。没有额外的装饰，发丝自然地垂落下来，划过耳际，清秀典雅。白皙红嫩的左耳，隐约可以看见带着小小的耳钉，光线忽明忽暗，她的脸庞却始终带着似有若无的微笑，明眸皓齿。任凭她怎么打扮都是这谪仙的气质。

寒雪凤手提行李站在五平方米的出租屋门外似乎是仙女下凡一般站立着："厚林哥，我不是来看你的——"秦厚林一愣，绷紧的神经松弛了下来。

他知道人生的又一个过客和自己相遇了，人生一场梦，梦中又多了一个同道中人。

"你叫我什么？我是秦老师，什么时候变成你哥了？称呼可不能随便叫的。"秦厚林赶紧纠正着寒雪凤的称谓。

寒雪凤看着秦厚林紧张而手足无措的样子说："厚林哥，五年前在凤凰山遇到你，你就是我哥了。要不是你救我，哪有我的今天。在救命恩人面前称呼一声哥，不为过吧？"

秦厚林被寒雪凤问的说不出话来，就听她继续说道："五年了，你的身影在我的心中一天一天地生长。我家里也没有给我找到合适的对象。在家乡虽然我的工厂开得轰轰烈烈，可是我的心却伤痕累累。那些对我好的男人都是为了我的钱，没有一个人真心喜欢我。我看透了世态炎凉，看透了尔虞我诈，我就来找你了。"

"那你就不怕我也是为了你的钱？到时候你不是死得更惨？"秦厚林打断了寒雪凤的话问。

寒雪凤身体颤抖了一下，清了清嗓子说："你不会的，因为我现在一无所有。厂子不开了，家乡再也没人理我了，包括我的父母，我只能来投奔你了。即使死，我也要死在我心爱的人手里，死在你手里我愿意。"

"这话严重了，天下的父母都是为了子女好。没有哪个父母是要害子女的。"秦厚林说着自己的看法。

寒雪凤看着骨瘦如柴的秦厚林继续说："我知道，我是说，父母对我的婚事没有以前上心了。以前就像催命似的天天唠叨，现在好几个月就只是偶尔提提。五年前临走的那个晚上，我就知道你是一个好人！像你这样的好人世界上再也找不到第二个了。所以，我就决定吃定你了。你是我的，想跑是跑不掉的。"

"为什么偏偏选中的是我，而不是其他人？你不怕我现在已经是有家室的人了吗?"秦厚林不解地问。

寒雪凤淡淡地说:"因为你是一个好人,我是一个坏人,这样才可以阴阳平衡。我是来和你生活的,所以,我必须叫你厚林哥。也只有这样,我们才能真正在一起。即使你现在有家室了我也要跟着你,做你的妾也行。"

"你说什么?你再说一遍。"秦厚林不敢相信自己的耳朵,不敢相信这是真的。

"厚林哥,我是来和你过日子的!我做你的小妾也愿意,只要你不嫌弃我。我相信你是不会嫌弃我的。"寒雪凤的声音回响在出租屋的上空。秦厚林傻傻地站在那里不知怎么办。

寒雪凤看到秦厚林呆呆的样子就问:"厚林哥,我这大老远来了。你是不打算请我进屋坐了。"

"不是,不是!赶快进屋坐。只是地方狭小,你不要嫌弃。"秦厚林的脸一会儿红一会儿紫地说。

寒雪凤顺势坐在了秦厚林的单人床上说:"厚林哥,我说的是真的。我是来和你过日子的。"

"这怎么行?那你自己的厂子怎么办?"秦厚林惊讶地缓过神来,寒雪凤已经躺在了那张单人折叠床上。

寒雪凤撇了撇嘴说:"谁叫我爱你呢?老爸说:爱一个人无论他富贵还是贫穷都要勇敢地去追,勇敢地去爱,和他生活在一起。世上的一切都是身外之物,生不带来,死不带去。你在大家的笑声中来到这个世界,你也将在大家的哭声中离开这个世界。人的一生很长也很短,就看你怎么把握。就是听了老爸的话,我才出现在了你的面前。"

"可是我现在什么也给不了你呀!你看看这房间——"秦厚林无奈地摇了摇头,指着狭窄的房间说。

寒雪凤爱意深沉的眼神扫过秦厚林的心底:"厚林哥,我什么也不要,只要和你在一起就够了!"

"可是——这怎么住呀!"秦厚林指着单人床和只能侧身走的过道问。

寒雪凤轻松地说:"厚林哥,这不难,我俩睡一张床,侧着身子睡就行了。何况现在是冬天,你是知道的,冬天我怕冷。你就抱着我睡,不是挺好的吗?我喜欢你抱着我睡觉的感觉。"

"可是,可是——我俩还没结婚呢,睡在一起合适吗?"秦厚林为难地说,脸上现出了愁苦的表情。

寒雪凤听到这话，眼泪哗地流了下来，哭着问道："厚林哥，你不爱我？"

"不是，不是——我是说还没结婚就同居了，这不合适吧？"秦厚林的心像被刀割一样连忙解释说。

寒雪凤眉头一皱逼问道："厚林哥，你有女朋友了？你不会真的有家室了吧？看这架势也不像有家室的人呀！"

"没有，没有。两袖清风，穷困潦倒，都到这种地步了，哪里还有人跟我呀！我是怕你跟着我受苦！到时候是吃不好，睡不好，你可别怨我噢！"秦厚林赶紧解释，窗外传来了小河对岸工地上嘈杂的施工声。

寒雪凤带着泪花的脸笑了，说道："厚林哥，只要你没有女朋友我就不怕！只要你没有成家我就不怕！我刚才说了，即使做你的小妾我也愿意。我不怕吃苦！只要能和你在一起，什么苦我都愿意吃！"

夜色为上海滩披上了淡蓝色的外衣。这里不是外滩，没有和平饭店，窗外工地上传来了"嗡嗡，嗡嗡——"的振动棒搅拌混凝土的声音。窗户的玻璃透进了夜色中工地上的灯光。工人们还在加班加点地忙碌着，将自己的生命化在时间的大海里。秦厚林和寒雪凤睡在了那张窄窄的单人床上。

秦厚林突然发现寒雪凤说得一点也没错。寒雪凤的身体如同冰雪一样在这个寒冷的夜晚散发着寒意。整个被窝更加的冰冷了。

秦厚林望着窗外淡蓝色的夜空，听着工地上的轰鸣，渐渐地闭上了模糊的眼睛，走在一个似山似水的地方。这里有山有水，是凤凰山，不像；是码头镇，不像；是凤凰山，是码头镇，是南方的山，江南的水……

远远的山雾里传来了一个忽隐忽现的声音："自古以来，这水乡就是烟花之地，你禁得了？这里的男女都浪着呢，能把他们都杀了？人就这么活过来的。"他来到了一个码头边，雾气蒙蒙中只有一条扁扁的乌篷船。

阴沉的夜空，月亮露了露脑袋，随着轻轻的晚风流进了乌云，天边闪现着几颗发光的星星，后来又昏暗了。秦厚林似乎听到了船尾"咕噜、咕噜"的摇橹声，河水时不时轻声拍打船帮子的水花声。

冷风凉飕飕的，从已经拉拢的篷子前方灌进来。秦厚林和寒雪凤挤在狭窄的船舱里。寒雪凤一只胳膊搭在秦厚林的臂膀上，女人就是这样，总需要温暖。

秦厚林在朦胧中回想起两边的河堤后面是田地，那没有堤坝的地方则是长满苇子的湖荡。我似乎来过这个地方，是那样的陌生而熟悉。

从一个又一个湾叉里进入到茂密的芦苇丛中的水道里，这里可以杀人沉尸不留痕迹。多么恐怖的想法，秦厚林不禁打了一个冷战。

寒雪凤已经转过身，她的脊背紧紧地贴在秦厚林的胸膛上，贪婪地吮吸着这个本来也在发抖的人的体温。秦厚林的大腿紧紧地贴着寒雪凤的屁股，两人形成了一道弯弯的弓形，蜷缩在单人小床上为对方供给着热量。

朦胧的梦中水乡十月正是成熟的季节，到处总看到乳房的颤动和闪烁润泽的眼神。寒雪凤身上就有一种不加矫饰的女人的性感，引诱人去亲近，去抚爱。她偎在秦厚林怀里，也肯定感到了秦厚林的体温，一只手伸过来，按在秦厚林的腿上，仿佛也给他一点安慰，说不清是轻浮还是仁慈。

接着，就听见一声吼叫，细听是一种沉吟，从船尾传来。秦厚林止不住去听。那是种凄美的情歌调子，这静夜里，在凉风飕飕的河面上，漂泊在夜空中，就是她，那摇橹的姑娘在唱，在浓雾中，船头站着一位摇橹的姑娘，她唱得那样专注，从容不迫，有一种郁积了许久终于得以释放的凄美。朦朦胧胧地，像是码头镇的十三妹……

秦厚林拍了拍寒雪凤，轻声问："凤儿，听到了吗？她唱的是什么？"

寒雪凤翻了个身，将手搭在了秦厚林的大腿上，他俩身体相互贴得更紧了。秦厚林感觉到了她的体温，是欲望或是慈爱，寒雪凤捏住秦厚林的手，也就仅此而已，谁都不愿败坏这漫漫长夜的神秘的悸动。

秦厚林感到了传播她体温的躯体的柔软，紧张正在他体内悄悄郁积，被抑制住的兴奋也正在增长，夜又恢复了那种神秘的悸动。

过了许久，秦厚林迷蒙中又听见了那凄美的情歌调子，一个美丽的灵魂在呻吟，一种欲望不能满足，又是困顿又是劳苦，燃烧过的灰烬在风中突然闪亮，跟着就又是黑暗。

只有体温和富有弹性的触觉，秦厚林和寒雪凤的手指同时捏紧了，可谁也没有再出声，没人再敢打扰，都屏住气息，听着血液中的风暴在呼号。

那凄美的声音断断续续，唱罢女人香喷喷的奶子，又唱女人酥麻麻的腿，但没有一句能听得全然真切，捕捉不到一句完整的唱词，唱得昏昏迷迷……寒雪凤躺在秦厚林的怀里睡得昏昏沉沉，如同在经历着旷日持久的迷梦。

一位穿着西装、打着领带的女记者将话筒递到了秦厚林面前："秦先生，您好！现实与梦想是每个人的人生都会遇到的选择题。一般现实都很残酷，年轻人往往在现实与梦想的二难选择中都选择放弃梦想。您能详细说说在创作《璇玑图》的过程中，您是怎样克服生活的贫苦而完成创作实现您的梦想的？"

人们已经脱掉了身上笨重的棉衣，换上了轻薄的羊毛衫，暖暖的春风吹在脸上，送来了淡淡的温香，那是春夜中一缕缕、一丝丝香甜的夜香。

时间在一眨眼的工夫已经进入到了春分的节气，时针已经指向了晚上九点，秦厚林写完稿子还在静静地等待着这个周末寒雪凤回来的身影。

手机里闪动着寒雪凤的短信：哥哥，已经到耀华路了，你下来接我。秦厚林奔出了出租屋迎接着这个周末的到来，迎接着寒雪凤下班回来的身影。地铁口秦厚林焦急地等待着寒雪凤的归来。寒雪凤跟随着下班的人流挤出了拥挤的地铁。秦厚林把寒雪凤的手提包挎在了自己肩上，他俩同人流一起走向家的方向。

"厚林哥，你吃晚饭了没有？"寒雪凤一边牵着秦厚林的手一边问。

"凤儿，还没有，我等你回来咱俩一起去吃饭，你想吃什么？我们一起去。"秦厚林牵着寒雪凤的手，询问道。

"我们去吃兰州拉面吧。吃碗拉面不但挡饱而且身体暖和。"寒雪凤提议道。

秦厚林不好意思地说："凤儿，不要为我省，这样委屈了你自己不好。我们去吃米饭吧？"

"没关系的，厚林哥，和你在一起，我什么苦都能吃。我和你在一起，即使不吃饭也是开心的。"寒雪凤兴奋地说。

"老板，两碗拉面，不要香菜。"随着寒雪凤的说话声，秦厚林和她已经走进了拉面馆。

秦厚林点点头说："不要香菜，这已经是你的习惯了。老板早已经知道你的这个习惯了。"

"厚林哥，你觉得上海滩的天气怎么样？"寒雪凤坐在秦厚林对面，扑闪着大眼睛问。

秦厚林看着寒雪凤摆弄着包里的东西，随口说："不怎么样。"

"不怎么样是什么样？说得具体一点。"寒雪凤追问着秦厚林。

秦厚林一边吃着拉面，一边和寒雪凤谈论着天气："我一直不喜欢上海的春天。这里的春天和冬天一样，除了冰冷的混凝土和灰灰的颜色，就是冷冷的、湿湿的空气。春天在这个地方是一片灰色，显得死气沉沉。小区里的植物一年四季都是绿绿的叶子，似乎它们的生命总是那样的旺盛。其实，谁也不知道他们的亚健康已经到了多么严重的程度。春天犹如冬天一样散发着湿湿的潮气，将一切染印得湿漉漉的。"

第二章 奋笔疾书旋玑图 雪凤一语道天机

"可是,我们码头镇和上海滩的天气差不多。到时你不适应该怎么办呀?"寒雪凤着急地问道。

秦厚林看着寒雪凤焦急的样子说:"只要有你的地方,我会一切都习惯的。一切因你而改变。"

五平方米的小屋才是一个自由自在的空间。收音机里继续播放着生活一片美好的报道。寒雪凤带着湿漉漉的头发从卫生间走了出来。

她一边对着镜子梳头发一边说:"厚林哥,你怎么又在听收音机了。你知道我是不喜欢听广播的。关了,我们睡觉吧。"秦厚林的眼前浮现起这些天寒雪凤来到的日子。

窗外依然透着工地里的灯光,屋子里回旋着《中国之声》的旋律。寒雪凤和秦厚林躺在单人床上望着天花板各自想着自己的心事。秦厚林沉浸在央广夜新闻中,倾听着国家大事和百姓小事。

寒雪凤转过身对秦厚林说:"厚林哥,关了收音机睡觉吧。听着收音机我睡不着。"

秦厚林不解地问:"凤儿,听听收音机可以了解天下事。"

"风声雨声读书声声声入耳,家事国事天下事事事关心。你想步东林党领袖顾宪成的后尘,是想一举成名天下知,还是一刀斩断头颅做鬼魂?莫谈国事,赚钱要紧。这些年来在外闯荡最用不着的就是新闻了。对于我们普通百姓,它不能当饭吃,也不能当水喝,只是茶余饭后的谈资罢了。睡吧,明天还要上班呢……"寒雪凤说着,独自睡去。

秦厚林望着天花板,怎么也睡不着。窗外工地上依然响着振动棒嗡嗡的声音,那边依然是灯火通明的建筑工地……加班加点的工人在建设着一座座高楼,他们将汗水凝结在一砖一瓦里,可是当拔地而起的高楼大厦被建成的时候,他们已经离开了这个曾经劳动过的地方转战他乡了。这里与他们再也没有丝毫的关系了。

后来,人们在这里做着房产生意,售楼小姐笑眯眯地想掏出百姓的钱包,开发商假仁假义地打出让利的幌子,这里与建设者没有关系。秦厚林突然觉得这里是那样的陌生，可是这里却是曾经奋斗过的地方。也许人生就是这样从一个地方转战到另一个地方，从出生到死亡只是一条抛出去的抛物线，独自在身后划下一道似有似无的轨迹而已……

清晨的微光混合着工地上的灯光洒进出租屋内，寒雪凤依然甜甜地睡在梦乡里。她太累了，是该好好休息了。秦厚林轻轻地下床去洗刷。带着清晨微微发冻的气息，小区里静悄悄的，只有柏油路上时而走过的几个早起的居民。

小区门口的包子店冒着白蒙蒙的热气，一个赶着上早班的人已经在那里买包子了；山东煎饼摊前的大姐依然熟练地从桶里舀出一勺黄黄的杂粮面糊糊倒在圆形的铁板上，她的手迅速地滑动着，用塑料板子在铁板上划出一道圆圆的弧线将煎饼摊在了铁板上，然后打上鸡蛋，撒上葱花和香菜，裹起香肠，一个香喷喷的山东煎饼就这样出炉了。秦厚林想生活就是这冒着热气的包子和这焦黄焦黄的煎饼，日复一日、年复一年地重复着。

当秦厚林提着包子和煎饼打开出租屋的小门时，寒雪凤已经起床了。寒雪凤坐在床上的被窝里正在一针一线地为秦厚林缝补着破了洞的袜子。秦厚林的心里热热的，她忽然想起了自己的母亲。以前袜子破了都是母亲缝补的，自从踏上社会后，袜子破了就自己补补。现在是凤儿补，真是难为了凤儿，她真是太有心了！原来家就是这个样子。

"凤儿，放下手中的活儿，先吃早餐吧。"秦厚林对正在缝补袜子的寒雪凤说。

寒雪凤抬起头一边补着袜子一边说："厚林哥，你先放到桌上吧，再补几针就好了。补完了我自己拿。"

那枚银针在寒雪凤的手上如同一只小鱼儿来回穿梭着。秦厚林的眼前又出现了苏若兰坐在织布机前手里来回地飞动着梭子的身影，《璇玑图》上渐渐地印出一个个饱含深意的字，这些字慢慢地组成一首首深情的诗。

寒雪凤停下了手中的活儿说："厚林哥，你看看补的怎么样？"

秦厚林没有作声，还在呆呆地想着若兰织《璇玑图》的情景。寒雪凤拿针轻轻地在秦厚林的手背上扎了一下。秦厚林看到若兰的梭子碰到了手，停下了织锦的手。秦厚林这才清醒了过来问："凤儿，你说什么？"

"厚林哥，我说你试试看袜子合适不合适？"寒雪凤对秦厚林说。

秦厚林接过袜子说："谢谢你！凤儿，我真的很幸福！"秦厚林的手中是一只纯白色的袜子。袜子上的破洞已经没有了，密密麻麻的针脚如同机器做过一样,一点也看不出痕迹。

秦厚林幸福地对寒雪凤说:"凤儿,有你做老婆真好!我觉得我是世界上最幸福的人!"

秦厚林把刚买的山东煎饼递过去:"凤儿,这是刚买的山东煎饼,你趁热吃。"

寒雪凤接过煎饼说:"厚林哥,你也吃。"说着,寒雪凤将手里的山东煎饼递到了秦厚林嘴边。秦厚林咬了一口煎饼说:"凤儿,你吃。不用这么客气。"俩人你一口我一口地吃起了煎饼。

"各位媒体朋友,记者提问就到这里,谢谢大家的积极参与和报道!按照我们的计划,下面是秦先生签名的售书环节……"主持人的声音回响在书城的上空。秦厚林拿起书,眼前浮现着那个夏天的情景。

寒雪凤走出地铁口,一股热浪迎面袭来,这股热浪随即像一口大锅一样罩在了寒雪凤的身上。从地铁口到出租屋几百米的距离似乎一下子变成了遥不可及的马拉松长跑道路。路边的法国梧桐叶子一片一片地耷拉在树上,只有树上的蝉还在不厌其烦地发出"吱吱,吱吱——"的鸣叫声。

柏油马路被阳光照射得泛着发白的刺眼光芒,走在上面软软的,似乎它已经被晒化了。小区前的道观门虚掩着,看门的老道坐在电扇下摇着蒲扇迷糊着眼睛打着盹。寒雪凤走进小区,路上一个人也没有,只听到"嗡嗡,嗡嗡"的空调声,似乎家家都想把这股热浪推出家门。整个小区笼罩在一片热浪中如同蒸笼里的热气泛着白花花的光芒。

寒雪凤推开了出租屋的门,一堵古铜色的肉墙横在了眼前。一个穿着短裤的男人坐在床头的桌前正在聚精会神地写着什么,他脊背上两片肩胛骨高高突出,和脊背凹下去的区间形成了一个典型的黄土台塬地貌。时间在这一刻似乎凝固了,寒雪凤静静地站在门口看着这个深深俯下去的身影正一笔一画写着小说,眼里不禁充满了泪花……

窗外工地上依然是躁人的振动棒发出的嗡嗡声,出租屋似乎也变成了一个工地,在这个工地里一切都是那样的平和,一切都是那样的宁静。这个工地上只有一个工人,就是那个赤裸着臂膀的汉子;这个工地上只有一台机器,就是那支发出沙沙声的笔;这个工地只有一种材料,就是那一页页稿纸。

寒雪凤突然觉得在这个世界上任何地方都可以是工地,任何地方都可以是"战场",只要你愿意,任何地方都是我们奋斗的舞台。原来生活可以这样,生活也可以那样。其实,生活有很多种样子,就看我们需要哪种样子,我们的生活就是哪种样子。

当秦厚林放下手中的笔，将两只手放在后脑勺的时候，他似乎觉得有一个黑影站在门口。秦厚林下意识地回过头去看，寒雪凤正如清风一样站在出租屋的门口送来了丝丝凉意。

"凤儿，你怎么回来了？"秦厚林惊讶地从床头起身想去迎接寒雪凤，两腿一下碰在了桌子上。

"厚林哥，没事吧？我回来了！"寒雪凤连忙扶住了秦厚林，她清风似的声音飘进了秦厚林的耳朵。

秦厚林羞红的脸泛着淡淡的红晕说："没事，没事的。"秦厚林的脸上渗出了滴滴汗水。

"厚林哥，不用那么急的。这么热的天，你怎么还有心思写东西？"寒雪凤不忍地问。

秦厚林坐在床边说："穷则思变。我们总不能一辈子待在这里呀！再说，你听听工地的声音，工人们为了生存，为了生活，在太阳底下工作。我这也仅仅是在房子里工作，比起他们，我幸福多了……"

秦厚林一边在新书《璇玑图》的首页签上自己的名字一边回想着和寒雪凤的点点滴滴。

路上法国梧桐的叶子随着秋风一片片飘落下来。人们踩在一片片发黄的树叶上将树叶随风带起。没有人知道秋天来了，只是走得那样匆匆，那样匆忙。只有树影在地上划下长长的倒影，秦厚林知道秋天真的来了。

秦厚林走在晚霞中思考着《璇玑图》的主题。晚风带着阵阵凉意吹在胳膊上，让人感觉凉飕飕的。秦厚林回想起了清晨送寒雪凤出门的情景，凤儿已经穿上了厚袜子和棉裙子，看来天真是冷了。可是我的作品怎么办呢？秦厚林没有头绪地从早晨想到了晚上也没有想出一条清晰的线索出来。

秦厚林失魂落魄地走回了出租屋。他坐在床头似乎失去了知觉。秦厚林坐在床上，透过窗户远远地望着河边的工地发呆。他的思维陷入了泥潭怎么拔也拔不出来。随着晚上工地的灯光，寒雪凤推门走了进来。寒雪凤下班回来把包挂在门后的挂钩上转过头问秦厚林："厚林哥，你坐在那儿发什么呆呀！怎么了？"

"凤儿，《璇玑图》写不下去了，这可怎么办？"秦厚林失魂落魄地一边说一边捶胸顿足。

寒雪凤一把拉住了秦厚林的手，坐到秦厚林身边，将他紧紧地搂在怀里心疼地说:"厚林哥,不要这样!一定会有办法的。一定会好起来的。我还记得你给我讲过《神医华佗》的故事。你说,华佗在走投无路的时候就鼓励自己说:天无绝人之路!车到山前必有路!"

秦厚林的情绪缓和了下来,寒雪凤继续说:"怎么写不下去了?出了什么事?你说说,我看能不能帮上忙。"

"这《璇玑图》是什么主题呢?你知道我写作从来不想主题的,生活本来就是复杂的多条线交织在一起的,我只是还原了生活的本真罢了。出版社没有了卖点,他们不愿意出书呀!"秦厚林沮丧地说。

寒雪凤看了一会儿桌上的稿子说:"厚林哥,这不有苏若兰的爱情吗?还有柳梦兰和柳梦蕙的爱情呀!爱情是人类亘古不变的话题。这就是卖点呀!"

"凤儿,你能不能详细地给我分析一下。"秦厚林似乎像抓住了一根救命稻草一样对寒雪凤说。

"在这个世界上人人都想得到爱情,可是爱情是什么呢?没有人知道,没有人知道爱情是什么。于是,人们用自己的爱情给爱情做着各种注解,每个人用自己的生命给爱情下着不同的定义。当梁山伯与祝英台为了爱情而私订终身,却没有能力通过一己之力冲破封建礼教的时候,他们的命运只能以悲剧结束,可是人们为什么要他们的故事以化蝶收场呢?因为人们内心涌动着对自由和爱情的渴望;当七仙女嫁给董郎的时候,当白娘子嫁给许仙的时候,人间和仙界,人间和魔界已经因为爱情没有了界限,为什么会是这样呢?因为人们心中涌动着对于自由和爱情的渴望。"夜色中,寒雪凤说着自己对爱情的理解,嘴唇如花瓣一样开合着。

秦厚林还是不明白寒雪凤所说的话,就问:"凤儿,我还是不明白这与《璇玑图》有什么关系呢?"

"想要得到爱情就要去追求爱情。这个世界上没有一样东西是不付出就能得到回报的。"寒雪凤对秦厚林说。

秦厚林接上话茬说:"是呀!天下没有白送的午餐,天上是不会掉馅饼的。"

"追求爱情不是追到手就结束了,这才是刚刚开始,还要懂得维护爱情,用现在时髦的话说就是:经营爱情。只有这样,人生短短的几十年才会有一个美好而完美的结局。"寒雪凤继续分析着自己对爱情的理解。"《璇玑图》中苏若兰在恋爱中是幸福的,是因为她追求到了爱情,可是在婚姻中她唯我独尊、唯我独大的思维导致了自己从优势转为劣势。在经营爱情的过程中由于任性和小气输了一局,没有关系,她通过织就《璇玑图》锦帕表达对丈夫的思念和对自己自大的悔恨,最终又赢得了爱情,在历史上留有美名。同样,柳梦兰和柳梦蕙也在精心经营着自己的爱情和处理着姐妹之间的关系。虽然她们姐妹同时爱上了梁栋材,但是因为她们的大度和谦和,二人都赢得了爱情。爱情不是你死我活的斗争,而是彼此的谦让、礼遇。她们让我们看到了爱情还可以包容大度到另一种境界。"

"是呀,《璇玑图》告诉我们爱情可以这样,也可以那样,爱情有很多种样子。不要使自己陷入死胡同,要用真心去追求爱情,要用真爱去经营爱情,这样的人生才是真正的人生。"秦厚林似有所悟地对寒雪凤说。

"厚林哥,你还有疑虑吗?"寒雪凤洒脱地问有所领悟的秦厚林。

秦厚林似乎想起了什么,问道:"可是,还有现代的故事呀,怎么将现代的故事和古代的故事串联起来呢?"

寒雪凤嘴里念叨着:"现代,古代——"她沉思了片刻突然说:"她们不都是活生生的生命吗?"

"对呀!我怎么没有想到呢?有了,对生命意义的追寻与探讨……"秦厚林一拍大腿高兴地说,"看来还是老婆好!还是老婆有才华!"秦厚林说着兴奋地在寒雪凤的脸上亲了一下。寒雪凤第一次看到秦厚林像小孩一样如此的开心。她的心里对于两个人的未来有了底。

秦厚林扶了扶架在鼻梁上的眼镜签好自己的名字将书递给了读者。他的眼前还浮现着那个寒冷的冬天。

"凤儿,给你喝豆浆。"秦厚林对正在叠被子的寒雪凤说。

寒雪凤回过头看到秦厚林推门走进了出租屋问道:"厚林哥,外面冷吗?"

"有点冷,不过还好,怎么冷也没有家里冷,家里小河已经结冰了。"秦厚林一边吃着买回来的包子一边说。

寒雪凤感叹地说:"结冰,是呀,自从长大后已经很多年没有看到河水结冰了。我小的时候码头也结冰,但现在已经看不到了。厚林哥,一会我帮你把棉衣洗一下吧。"

秦厚林正说:"这棉衣还是干净的,洗了我穿什么呢?"一股冷风吹了进来,秦厚林不禁打了个寒颤,接连"阿嚏,阿嚏——"地打了两个喷嚏。

寒雪凤把那道半米宽的玻璃门打开了。"开开门,透透气。我们这个朝北的房间见不到阳光就应该多透透气。"随着寒雪凤的声音他已经站在了巴掌大的阳台上。

清晨，寒雪凤站在出租屋外一平方米的阳台上兴奋地对秦厚林说："厚林哥，快来看！下面的河面结冰了！"

秦厚林随着寒雪凤的喊声走出出租屋，屋外刮来了一股冷冷的寒风。秦厚林禁不住打了一个喷嚏，身子颤了颤，又打了一个喷嚏。

"厚林哥，你感冒了？"寒雪凤心疼地问。

"没有，只是贼风偷袭了我一下。外面冷，你还是赶快进来吧。"秦厚林劝说着举目远眺的寒雪凤。

寒雪凤静静地站在巴掌大的阳台上说："不冷，我一点也没有觉得冷。我觉得自己更加清醒了。现在我的头脑像一面镜子平平的、展展的、光光的、滑滑的，真好玩！厚林哥，我怎么会有这样的想法呢？"

"看来你的心态平和了。你有什么样的心态就会有什么样的思想，也会有什么样的境界。"秦厚林平静地说。

寒雪凤平静地说："是这样吗？我也觉得是这样。这些年来我第一次有这样的感觉。生活已经把我击垮了，看到什么都是支离破碎的。现在好了，伤疤在阳光下愈合了，我又回到了童年。"

"厚林哥，把你棉衣拿来，我帮你洗一下吧。" 寒雪凤一边拿自己的衣服一边说。

秦厚林递过衣服对寒雪凤说："凤儿，直接放到洗衣机里洗就行了。"

"厚林哥，棉衣在洗衣机里洗不干净。你不用管了，我来洗。" 寒雪凤抱着棉衣一边向厕所走去一边说。

第三章　裸体模特诉衷肠　璇玑花香遍中华

外面的寒风还在"呼呼，呼呼——"地刮着，寒雪凤蹲在地上一刷子一刷子地刷着盆子里的棉衣。棉衣上冒出一道道肥皂泡，她的手随着衣服上泛起的泡泡泛着紫红紫红的光芒。

秦厚林对正在洗衣服的寒雪凤说："凤儿，这《璇玑图》估计明年就能出版了。"

寒雪凤激动地跳了起来："那太好了！到时候书出版了，我们得好好庆祝一下！"秦厚林和寒雪凤的脸上充满了泛着七色彩光的泡泡。

在七彩的泡泡中，秦厚林看到了那个似乎发生又好像没有发生的故事。这个故事在自己的记忆里已经慢慢远去了，只有星星点点的斑点闪烁在记忆的长廊里。

三年前一个周一的下午，秦厚林躺在单人床上昏昏欲睡，门外传来了"咚咚——"的敲门声。她没有想到，贾雨晴会突然找到自己住的地方。这是秦厚林在上海滩为了生计住的第七个地方了。她竟然找得到。

秦厚林打开房门，门外站着一位身材高挑的姑娘。细腻白皙的皮肤仿佛透明的水晶，晶莹剔透得让人不忍多看，生怕目光落实了，把她的脸蛋刺出两个洞来。小的似乎不太合身的露脐装突显了她惊人的好身材，一对呼之欲飞的翘乳，规模不太巨大，却造型优美；细到只有一握的小腰，裸露出一段动人的雪白，可爱如小红豆似的肚脐仿佛在告诉所有的人，并不是所有的女孩都有资格穿露脐装的。

秦厚林惊讶地问："你怎么知道我住这里？你看我这里乱的。要知道你来，我就好好地收拾一下屋子。"

"难道你不欢迎我？原生态最好！我喜欢原生态的感觉。没打招呼就是想看看你现在到底混成了什么样子。"贾雨晴那硕大的嘴唇闪动着，一句话噎的秦厚林不知道说什么好。

"不，正相反。请进，请进。混得不好，见笑了。"秦厚林把她让进门里问："是不是你叔叔告诉你我的地址的？"

"也可以是他，也可以是别人，你的地址也保密吗？"贾雨晴依然盛气凌人的反问，似乎秦厚林欠她很多钱似的。

秦厚林一时不知说什么好:"只是没想到你居然光临,不胜荣幸。我很高兴你来寒舍,不要嫌我这里简陋哟!"

"有模特儿来,还能不高兴?不过你这里也真的称得上寒舍了。你还是老样子,人满诚实的,确实混的不怎么好。唯独就是这间房换成了实体墙,但面积没有发生任何变化。"贾雨晴说的话让秦厚林丈二的和尚摸不着头脑。

"你是模特儿?怎么在校区里没有听人提起过你。你既然是模特儿,干吗还来校区工作?"秦厚林诧异地问。

"当过,而且是裸体的。无论是画家还是摄影家都对我的身体感兴趣!"贾雨晴傲慢地说。

秦厚林不紧不慢地说:"可惜我不是画家,也不是摄影家,更不会欣赏美女。在我这里,你这人才不就浪费了吗?"

"你这里来人都站着吗?"贾雨晴微微一笑,继续不依不饶地问。

秦厚林赶紧让贾雨晴坐下,然后从桌上拿起一本书递给贾雨晴说:"在这里就如同在你自己家里一样,随便怎样都行。只是条件差了一点,除了床就是书,你可以看看书。床随便坐,没有凳子,不好意思。"

贾雨晴沿着书桌边坐在了秦厚林的单人床上,环顾了一眼这个狭窄的卧室说:"看来这屋里需要个女主人。"

"谁愿意做这个房子的女主人呢?那真是太有眼光了!"秦厚林无可奈何地摇了摇头说。

贾雨晴接上话茬说:"我愿意呀!我愿意做这个房子的女主人。"她接过秦厚林泡的茶说了声:"谢谢!"又继续说:"说点正经的。"

秦厚林给自己的茶杯里倒满水,在床沿上坐下,转而向她问道:"说点正经的。你真是模特儿吗?画家找模特是为了艺术,可摄影家拍裸体是为了什么呢?我这也是随便问问。"

"以前上学时,在大学里为了赚生活费,在画廊里给画家当过模特儿,现在不当了。后来来到大都市生活压力就更大了,没有办法,我为了养活自己就当了模特。大城市的画家少,但大城市的摄影师却很多,而且模特在闪光灯下来钱快呀!青春就是在裸体中数票子!"贾雨晴吹了吹垂在眼前的头发。

秦厚林轻声地问道:"那为什么后来不当了,你年轻貌美,一定前途无量。"

"人家画腻了,又换别的模特了。青春稍纵即逝,在大城市里,摄影师找一个模特比随手捞起一阵风还容易。生活就是这样的无趣和残忍。"贾雨晴淡淡地说。

秦厚林看着贾雨晴强撑的体面说:"艺术创作总是需要新的事物进行刺激。画家总不能一辈子只画一个模特,摄影师也不可能一辈子就拍一个模特。"

"模特也一样,不能只为一个画家活着,不能只为一个摄影师活着。"贾雨晴轻描淡写地说。

秦厚林还是不怎么相信贾雨晴的话,就继续问:"说真的,你真的做过模特吗?"

"你觉得这问题很重要吗?"贾雨晴反问道。

秦厚林思考着怎么回答她的话:"不怎么重要,不过问问,好知道怎么跟你谈,谈点什么你我都有兴趣的话。"

"我是医生。"贾雨晴随口说。秦厚林还没来得及接上她的话,她又问:"可以抽烟吗?"

"当然可以,我不抽烟,你得拿自己的烟抽了。看不出来,你是医生。"随着秦厚林的说话声,贾雨晴点燃了一支烟,一口全吸了进去。

"所以我说职业是不重要的。你以为我说是模特儿就真是模特儿?说是医生就真是医生吗?这话你没说出口。你以为模特儿就都很轻佻吗?"贾雨晴仰头轻轻地一圈一圈地将刚才吸进去的烟圈从嘴里吐了出来问。

秦厚林看着她玩世不恭的样子说:"那不一定,模特也是个严肃的工作,袒露自己的身体,我说的是裸体模特,没什么不好,自然生成的都美,将自然的美贡献出来,只能说是一种慷慨,同轻佻全然没有关系。再说美的人体胜过于任何艺术品,艺术与自然相比总是苍白贫乏的,只有疯子才会认为艺术超越自然。"

"既然艺术在你眼里一文不值,你为什么又搞艺术呢?"贾雨晴不依不饶地问。

秦厚林解释说:"我哪里是在搞艺术呢?我只是在写作,写我自己想说的话,而且随兴致所来。用自己的笔杆子混口饭吃而已,何况还没有混到饭吃。"

"可写作也是一门艺术。你既然写作,就是在搞艺术。"贾雨晴坚定地说。

秦厚林解释着自己对写作的认识:"写作只是一门技术,就像开车一样,只要掌握了这门技术,谁都可以写作,就像谁都会开车一样。我不认为艺术就那么神圣,艺术不过是一种活法,人有不同的活法,艺术代替不了一切。"

"画家与摄影师只知道用眼睛来看,是这个世界上最笨的人。"贾雨晴评论着画家这种职业。

秦厚林对比着三种职业,对从鼻孔里冒出一股淡淡青烟的贾雨晴说:"画家有画家的感受方式,摄影师有摄影师的感受方式,他们比写作的人更重视视觉。"

"视觉能了解一个人的内在价值吗?"贾雨晴弹弹烟灰,问秦厚林。

秦厚林淡淡地说:"好像不能,就像你看到了烟灰后,你知道烟灰之前是什么状态吗?问题是什么叫价值?这因人而异,各有不同的看法,不同的价值只对于持有同样价值观的人才有意义。我不愿意恭维你长得漂亮,我也不知道你内里是否就美,可我能说的是同你交谈很愉快,人活着不就图点快活?傻瓜才去专找不痛快。"

魂梦游

"同你在一起我很愉快。再也不用想那些什么道德,什么规范,什么人言可畏之类的无形枷锁。"贾雨晴的话语掩盖不了她不愉快的内心。她说着不觉拿起桌上的手机挂件。

"这是你买的?"贾雨晴看着手机挂件上的红辣椒和弥勒佛问。

秦厚林看看弥勒佛笑眯眯的神情说:"朋友送的。"

"女朋友送的?"贾雨晴追问道,似乎自己发现了一个惊天的大秘密。

秦厚林打断了她的话说:"不是女朋友,是一位女性朋友送的。"

"看来她还是蛮在意你的,希望你做这个世界上最开心的人。"贾雨晴看那个檀木的弥勒佛说。

秦厚林不解地问:"不就一个手机挂件吗?有这么多的意思吗?"

贾雨晴没有回答秦厚林的问题,她把手机挂件放回桌上,突然站起来说:"我要走了。你自己好好休息吧。"

"你有急事吗?好不容易来一次,就这样匆匆地走了,多可惜!"秦厚林不只是说给自己听,还是说给贾雨晴听。

"有一点事。"贾雨晴说,随后又补充一句,"我已经失恋了。"

秦厚林站起来拱手说:"那恭喜你。重新成为快乐的单身女王了。这个世界上所有的未婚男人都属于你了。"

"我还会再来的。"贾雨晴淡淡地说。

秦厚林问:"什么时候来?随时欢迎你的到来。"

"得看我的心情。我不会在我不高兴的时候来,让你也不高兴;也不会在我特别高兴的时候来。"贾雨晴仰头把头发掠到肩后,诡谲地笑着,出门下楼去了。

陆局长如同挖掘文物一样在黄土地上挖掘着《璇玑图》里的故事。幽蓝的夜色笼罩着襄阳城窦府。窦滔躺在床上进入了梦乡。窦滔缓缓地走在苏宅的后花园里。

花园里百花争艳,忽然这些盛开的鲜花一朵朵、一瓣瓣地飘落下来,飞向天空,在天空中化成了一方花朵排成的锦帕。锦帕上刺绣着五颜六色的字。

窦滔随口诵读起了上面的字句:

仁智怀德圣虞堂,贞志笃终誓穹苍。钦所感向妄淫荒,心忧增目怀惨伤。

窦滔的心在剧烈地颤抖着,他的额头上渗出了滴滴汗珠。他继续诵读着下一首:

沙流颓逝异浮沉,华英翳曜潜阳林。罗网经涯重渊深,嵯峨峻岩幽岑嵚。

窦滔胡乱地蹬着被子。"相公,相公,你怎么了?"床前,赵阳台紧紧地搂着发抖的窦滔,窦滔从梦中惊醒。清晨微弱的阳光射进了屋子里。

"相公,你醒了。"赵阳台看着发抖的窦滔问。从梦中醒来,窦滔捧着《璇玑图》不觉泣下,深感若兰情深!

"相公手里拿的是什么呀?"赵阳台看着窦滔手中的锦帕问。

窦滔递过锦帕对赵阳台说:"小甜甜,你看看,这是夫人织的锦帕。"

赵阳台接过锦帕仔细端详了一会儿说:"老爷,贱妾看不明白,看不懂。"

窦滔拉着赵阳台的手说:"这是兰儿的语言,子非我,莫能解之。"

烛光撒在窦滔的脸上吟诵道:"叹怀所离经,旷路伤中情;无君房帏清,饰容朗镜明;纷先珠曜英,思感谁为荣?为难至叹嗟,离所至思多、思感至离经。"

赵阳台看着窦滔手里的锦帕问:"相公,大姐有没有说她给这锦帕取了什么名字呢?"

窦滔回过头看着赵阳台羡慕嫉妒恨的脸答道:"小甜甜,夫人说是《璇玑图》。璇玑,它就像天上的北斗星,这幅图上的文字,排列像天上的星辰一样玄妙而有致,知之者可识,不知者望之茫然。"

赵阳台看着窦滔怀念起过去和若兰生活的点点滴滴,暗暗佩服若兰的才华,对窦滔说:"难得夫人对相公一片苦心,你就原谅她吧。女人毕竟是女人,耍点小性子,闹点小情绪没什么,只要她真心对相公好。有机会我们还是早日会武功城与夫人团聚为好。"

窦滔听到赵阳台这样说,连连点头:"小甜甜说的是,还是小甜甜会疼人。"

漠峪河的流水缓缓地从漠峪谷流出,漆水河映衬着春日的光辉显得格外的动人了。黄土台塬的级级梯田上开满了金灿灿的油菜花,黄土地沉浸在蜜蜂翻飞的油菜花中收获着生活的甜蜜。

长安城内,御书房中,符坚百无聊赖地问:"曹公公,最近京城周围有什么特别的趣事没有?"

曹公公躬身弯腰道:"启奏陛下,京城倒没有什么新闻。只是听说安南将军窦滔之妻作了一篇奇文!"

符坚好奇地问:"噢——怎么个奇法?说来听听。"

曹公公侧身回禀道:"启奏陛下,坊间传闻安南将军窦滔之妻苏氏若兰在梦中织了一方锦帕。奇就奇在这方锦帕是纵二十九行、竖二十九行的文字。纵、横、斜、交互、正、反读或退一字、叠一字读均可成诗,诗有三、四、五、六、七言不等,怎么读都是一首诗。"

符坚疑惑地看着曹公公问:"这是怎么回事?我大秦真有这样的奇女子?"

曹公公侧身回禀道:"启奏陛下,真有其事。听说安南将军窦滔带着宠妾赵阳台奉旨去镇守襄阳,苏氏若兰在老家照料一家老小,与丈夫千里相隔时长,日久思念夫君,夜里成魔,在梦中所作!"

符坚惊叹道:"我大秦还有这等至情至义的人!少见呀!少见呀!何况是女子,这就更加难能可贵了。宣朕旨意:命安南将军窦滔返家与苏氏奉养双亲，官进一等，俸禄翻倍。以表我朝尊长之义，孝悌之礼！"

黄天厚土间，黄河奔腾在黄土地上，蹦跳在壶口瀑布间。黄土地上苏宅内，若兰俯身浇灌着院子里的兰花。"夫人，这兰花开得真漂亮！您看这蓝蓝的，深深的色彩真美！"灵儿从院外走进来说。

"是呀，兰花真美！"若兰说。滴滴水珠洒在淡淡开启的兰花上。

灵儿走到若兰身旁说："夫人，其实，您才是真正的兰花。"

若兰一愣，忙问道："灵儿，此话怎解？"

"夫人，你看这兰花默默地开放，默默地坚守，难道不像你对相公的感情吗？"灵儿问道。

若兰没有说话，只是静静地看着幽兰幽兰的兰花。

灵儿继续说道："兰花从来不张扬自己，独自的开放，独自的坚守，它心中有信念，有自己的信念。更难能可贵的是兰花此时无香胜有香！花中珍品，花中君子！"

若兰看着院子里一朵朵盛开的兰花沐浴在阳光里，眼前浮现出了漠峪谷的芬芳，漠峪河静静地流淌在漠峪谷。春光里漠峪谷金灿灿的，花蝴蝶和红蜻蜓正追逐嬉戏着，各种野花开在谷里的山脊上，在小路边静静地享受着生命的气息。

远远的河畔，一片幽兰幽兰的花在漠峪河边随着清风摇摆，河面闪烁着波光粼粼的光彩辉映着兰花的身姿。兰花淡蓝色的身体随着花瓣延伸到花心变成了深深的紫兰，几只坚挺地开着小骨朵的花蕊冲着天空展开了微笑的脸庞。

若兰已经忘记了这是漠峪谷还是忘川谷，只是走在河畔，这里似乎是漠峪河，又似乎是忘川谷。河畔兰花的幽香在空谷幽兰中将若兰带进了朦胧的梦中，河畔淡淡的兰花变成了柳府春光明媚的院落。

新婚后的新房散发着喜庆而火红的味道，梁栋材在妆台前看着梦蕙说："且喜夫人后身美丽无异前身，我和你两世姻缘只如一世了。"

柳梦蕙微微冷笑，似乎一道阴冷的闪电闪过梁栋材的心头。

梁栋材看着柳梦兰静静地问："夫人你前日再三劝我续娶令表妹梦蕙，今日神是夫人之神，体借梦蕙之体也算我与令表妹有缘了。"

柳梦蕙只是冷笑，更不应答。

梁栋材疑惑地问道："如何夫人只顾冷笑，并没半语？"

柳梦蕙忍耐不住笑说："我原是柳梦蕙，不是柳梦兰，郎君只顾对我说梦兰姐姐的话，教我如何答应？"

梁栋材不相信柳梦蕙说的话急忙问："夫人休要戏我，你前夜明明说借体还魂，如何今日又说不是柳梦兰？"

柳梦蕙微微笑了笑说："生者自生，何体可借？若死者果死，何魂可还？郎君休要认错了。"

梁栋材惊讶地说："这等说起来，夫人真个不是梦兰小姐，原是梦蕙小姐了？难道梦兰哄我不成？"

柳梦蕙微微笑了笑说："哄与不哄，妾总不知。"

梁栋材呆想了一会儿，跌足是了，梦兰劝我续娶梦蕙妹子，因我不从，故特把借体还魂之说来哄我，托言复还旧魂，使我更谐新好。又沉吟道：但岳父如何也是这般说？莫非梦兰也现形，去与他说通了，一同来哄我的？

柳梦蕙笑着说："郎君不必多疑，我且问你，如今可怨悔吗？"

梁栋材看着貌若天仙的柳梦蕙说："此乃令姐美意，如何敢怨？况小姐才貌与令姐一般，我今得遇小姐，亦是三生有幸，岂有怨悔之理？"

柳梦蕙看到梁栋材的态度说："郎君既不怨悔，今可还想梦兰姐姐吗？"

梁栋材不觉流泪感叹说："新欢虽美，旧人难忘，况令姐死于非命，骸骨无存，此情此恨，何日忘之？"

柳梦蕙看到梁栋材乃是多情多义之人，就说："郎君真可谓多情种子，妾虽不曾借得姐姐的魂魄，却收得姐姐的半锦在此，郎君今见此半锦，便如得见姐姐了。"

说罢，即取出那半锦来。梁栋材接过来看了，睹物伤情，泪流不止。

梁栋材伤心地问柳梦蕙："这半锦是我昔年聘令姐的，如何今却在小姐处？莫非也是令姐的魂魄来赠你的吗？"

柳梦蕙微微笑着说："魂魄如何可赠得我？且问郎君前夜所见梦兰姐姐，毕竟是鬼不是鬼？"

梁栋材反问柳梦蕙说："令姐既已亡过，如何不是鬼？"

柳梦蕙微微笑着说："若姐姐果然是鬼，只好夜间来与你相会，日里必不能来相会，待我如今于日里唤她来与郎君一会，如何？"

梁栋材问柳梦蕙："你如何唤得她来？"

柳梦蕙起身向房门外叫道："姐姐！快来！"叫声未绝，众女使簇拥着柳梦兰冉冉而来。

第四章　梦兰梦蕙侍一君　厚林雪凤结连理

梁栋材大惊，忙上前扯住夫人："你究竟是人是鬼？"

柳梦兰笑着说："你今既续娶了新人，还管我是人是鬼怎的？"

梁栋材携着柳梦兰的手说："夫人，你莫非原不曾死，快与我说明了吧。"

"相公，先说说你是怎么寻我的，为何没有寻到？"柳梦兰问。

梁栋材的眼前回想起寻找柳梦兰的日日夜夜。那些日子自己就像一行尸走肉穿行在这个世界上。

院子里梁栋材看到对面来了一个人，抓住来人的衣襟就问："夫人找到了吗？找到夫人了吗？"

"老爷，是我，是老管家。派去华州府的家人过几天就会回来了。您放心！夫人一定找得到。"老管家说。梁栋材这才失魂落魄地向房中走去。

时光匆匆过了几日后，"老爷，派往华州的家人回来了。"老管家急匆匆地跑进来回禀。

"快请进来。"梁栋材急匆匆地说。

家人禀复道："回禀老爷，小人到华州柳府门首，见门上贴着封皮，还是柳老爷钦召赴京的时节封锁在那里的。并无家眷在内。"

梁栋材惊疑道："夫人既不曾往华州，如何此时还不到襄州？"正猜想问，只见梁忠的妻子进来报道："回禀老爷，梁忠回来了。"

梁栋材急急迎出，问道："梁忠，夫人在哪里？"梁忠哭拜在地，一时间答不出。

梁栋材惊问道："老哥哥，何故？快说夫人怎么样了？夫人可安好？"

梁忠一边哭，一边回禀说："老爷，老奴不敢说，说时恐惊坏了老爷。"

梁栋材越发慌张，忙叫快说。梁忠一头哭，一头回禀说："老爷，夫人自从那日离了长安，行不过百十里路，忽然患起病来，上路不得，只得就在近京一个馆驿里歇了，延医调治。"

梁栋材惊问道："莫非夫人因这一病有甚不测吗？"

梁忠大哭回禀说："若夫人那时竟一病不起，到还得个善终，如今却断送得不好。"

梁栋材大惊道:"如今却怎么?"

梁忠哭着回禀说:"夫人病体虽沉重,多亏医人用药调理。过了几时,身子已是康健,便要起身。不想老奴也患病起来,不能随行,只有钱乳娘同柳府从人随着夫人前去。老奴在馆驿中卧病多时,直至近日方才痊愈。正待趋行回家,只听得路上往来行人纷纷传说:'梁状元的夫人被兴元遣来的刺客刺杀在商州城外武关驿里了。'老奴吃了一惊,星夜赶至商州武关驿前探问。恰好遇着老爷差往长安去的家人,也因路闻凶信,特来探听。那驿里、驿丞、驿卒俱惧罪在逃,不知去向。驿旁居民说:'兴元刺客只刺得夫人一个,劫得一包行李去,其余众人不曾杀害,只不知夫人骸骨的下落。'老奴与家人们又往四下寻访,并无踪影。"

梁栋材听罢,大哭一声,蓦然倒地。

慌得梁忠夫妇与张养娘一齐上前扶住,叫唤了半晌,方才苏醒。

梁栋材醒来,放声大哭,张养娘等再三苦劝。

梁栋材哭着说:"红颜薄命,一至于此,若使中途病故,还得个灵柩回家,今不唯生面不可得见,并死骨也无处寻求,岂不令人痛杀我。早知如此,当时便不去应举也罢,应举及第之后辞了行军祭酒的印也罢,只为状元及第,拜将封侯,到把一个夫人活活地断送了。"

梁栋材日夜悲啼,寝食俱废,恹恹成病。

张养娘回禀说:"老爷不必过伤,我想起来,既是刺客只刺得夫人,其余钱乳娘等俱未遇害,如何一个也不回来,莫非此凶信还未必真。"

梁栋材听说,沉吟说:"他们知我在兴元,必然前往兴元报信去了。但不知他们可曾收得夫人骸骨在那里?我本当即赴兴元任所,奈病体难行,今先修书报知柳玭,就探问钱乳娘等下落,便知端的。"

差往兴元的家人回报说:"钱乳娘等众人并没一个到兴元,柳老爷也直待见了老爷的书,方知夫人凶信,十分悲痛。寄语老爷休要过伤,可早到任所去吧。现有回书在此。"

梁栋材拆书观看,书曰:我二人既已为国,不能顾家。止因誓讨国贼,遂使家眷不保。老夫闻柳梦兰之死,非不五内崩裂,但念事已如此,悲伤无益。愿贤婿以国事为重,节哀顺便,善自调摄,速来任所,慰我悬望。相见在即,书不尽言。

梁栋材看罢,涕泪交流,想道:钱乳娘等众人既不至兴元,又不回襄州,都到哪里去了?柳梦兰的骸骨,教我从何处寻觅?刺客既像杨守亮所遣,现今守亮余党大半招安在兴元，我何不依着柳姬言语，早到兴元任所，那时，查出刺客姓名，缉拿究问，便知柳梦兰骸骨的下落了。

"夫人，不知你落难何处？受了多少的委屈，快于我到来。"梁栋材说完迫不及待地问柳梦兰。

柳梦兰不慌不忙，把前日路闻刺客，暂避刘家，因将半锦转聘梦蕙的事，细细说了。

柳梦兰徐徐道来："相公，那日我在近京驿馆中养病之时，正值房莹波假称梁家宅眷，匆匆出京。彼因恐杨栋差人追赶，于路不敢停留，晓夜趱行，直至商州武关驿里。约莫离京已远，方才安心歇下。驿丞闻说是梁爷宅眷，知道是梁状元的夫人，十分奉承。"

"莹波怎可冒充夫人？莹波冒充朝廷命官之妻岂不知已经犯下滔天大罪？"梁栋材愤愤地说。

柳梦兰看着梁栋材说："莹波正为连日劳顿，身子困倦，落得将差就错，借这驿里安歇几日。因想：出京时，只带得随身细软，撇下偌大家业在长安城里，如何舍得？且料丈夫将反书出首了，朝廷自然捉拿杨栋父子，我那时仍回长安，却不是好？前日在京时，闻杨复恭遣刺客往襄州界上等梁状元的夫人来行刺，我今既假冒了梁家内眷，如何敢到襄州去？不若且在此暂住，等候京师消息。"

"驿丞也是糊涂呀！怎么就没有认出来呢？"梁栋材感叹道。

柳梦兰继续说："这真是人算不如天算，到成全了相公与我今日的团聚。"

"此话怎么讲？"梁栋材疑惑地问柳梦兰。

柳梦兰拉着梁栋材的手说："相公听我细细说来。原来，驿里这些承应的驿卒，初时小心勤谨彻夜巡逻，后因莹波多住了几日，渐致怠缓。那夜三更以后，都去打号睡了。赛空儿趁此机会，怀着利刃，悄地爬入驿后短墙，径到莹波卧所。撬开房门，抢将入去，见桌上还有灯光。莹波在梦中惊醒，只叫得一声'有贼！'赛空儿手起刀落，早把莹波砍死。唉！也是可怜了你那表妹落得如此下场，连自己是怎么死的都不知道。"

"她这是自作自受，罪有应得。天作孽不可为，人作孽不可恕。那后来呢？"梁栋材说道。

柳梦兰继续说："那赛空儿摸着了床头这一包细软，料道那半幅回文锦一定在内，便提着包儿，飞步而出。惊动了几个使女，一片声喊起'有贼'啊！外面家人和驿卒们听得，忙掌起火把来看。赛空儿已腾身上屋，手中拿着明晃晃的钢刀，大声喝道：'我乃兴元杨师爷遣来的刺客，专来刺杀梁状元夫人的，你们要死的便来。'说罢，跃身往黑影里一跳。众人见他手持利刃，不敢近前，早被他从驿后旷野中一道烟走了。"

"就这样让着贼人跑了，牵连了一些无辜的好人。有道一日捉住他定当明正典刑。"梁栋材愤愤地说。

柳梦兰点点头继续说："相公真是心细，是的。到得报知驿丞，点起合驿徒夫，各执器械赶将上去，哪里赶得着？驿丞见拿不着刺客，梁状元的夫人在他驿里遇害，干系不小，慌了手脚，先自弃官而逃。众驿卒乱到天明，见驿丞先走了，便也各自逃避。那些家童女使们见莹波已死，亦各逃散。"

"夫人，大家都逃散了，这内部的事情又是怎么知晓的呢？"梁栋材问柳梦兰。

柳梦兰看着梁栋材说："相公，只剩得两个家人私自商议，主母本为避仇而归，故冒称梁家内眷，今兴元刺客认假为真，竟来刺死，此事须报官不得，不如把尸首权埋于此，且到长安报知主人，另作计较。私议已定，遂将莹波尸首秘密地藁葬于驿傍隙地，星夜入京，报与赖本初去了。"

梁栋材点点头说："我明白了，因梁忠患病，吩咐他且在驿中调理，而娘子与钱乳娘并众奴仆起身上路。正行间，听得路人纷纷传说：兴元叛师杨守亮遣刺客来，把梁状元的夫人刺杀在商州武关驿里了。你等也就改变的行程。"

"郎君说的是。也就是那日，我就与众家人另有打算。"柳梦兰眼前闪现着这一路的逃难。

柳梦兰听说此事吃了一惊，对钱妪说："反贼怪我相公与爹爹督师征讨，他故使刺客来害我们家眷，不知是那个姓梁的替我们挡了灾去。恐怕他晓得杀错了，又到襄州一路来寻访真的，如何是好？"

钱妪拱手对柳梦兰说："这等说，我们不如且莫往襄州，仍到华州柳府去吧。"

柳梦兰沉思片刻说："就到华州也不可，仍住柳府，只恐刺客还要来寻踪问迹。我想，表兄刘继虚现在华州，不如潜到他家暂避几时，等兴元贼寇平定，然后回乡。"

钱妪点头说："小姐所见极高。于路莫说是梁爷家眷，亦莫说是柳爷家眷，只说是刘继虚老爷的家眷便了。"

柳梦兰便命钱妪密谕众人，拨转车马，望华州进发。众人依命而行。柳梦兰至华州，将到刘家，先叫钱乳娘同两个家人去见了刘继虚夫妇，说知就里。

刘继虚喜出望外地说："请也难得请到此，我家梦蕙小姐自从见了你家小姐的回文章句后，日夜想慕，思得一见，今日光降，足遂她平生之愿了。便命夫人赵氏携着梦蕙小姐，同到门首迎接。"

柳梦兰入内，各相见慰问毕，即设席款待。一面打扫宅后园亭一所，请柳梦兰居住，柳家众人别有下房安顿。刘继续吩咐家人不许在外传说梁夫人在此，有人问时，只说均州来的内眷。

那日，柳玭接到梁栋材书信自想道：柳梦兰虽遇害，钱乳娘与我家奴仆俱无恙，怎并没一个来报我？我前日出师之时，一路盘诘奸细，那杨复恭遣往兴元的人也被拿住了，如何兴元的刺客偏会到商州行刺。左猜右想，惊疑不定。柳玭正在猜疑，左右传禀道：新任兴元太守刘继虚候谒。

柳玭方待出堂接见，宅门上忽传云板报说："老爷家眷到了。"

报声未绝，只见钱乳娘同着一班从人，欣欣然地前来叩见，说道："小姐已到。"

柳玭此时喜出望外，真似拾了珍宝一般。

梁栋材如醉方醒，以手加额说："原来夫人无恙，谢天谢地，这些天夫人吃了不少苦头，我真是过意不去。只是夫人如何不便与我说明，却以人装鬼，这般捉弄我？"

柳梦兰笑着说："郎君不必这么说，夫妻恩爱自有天命。这些磨难应该是老天对你我夫妻之恩的考验。此事已经过去了，就不必再提了。郎君昔日曾以男装女，难道我今独不可以人装鬼乎？"

梁栋材听说，也笑将起来。钱乳娘在旁听了，亦哑然失笑。

梁栋材指着钱乳娘笑说道："你家小姐捉弄得我好，你如何也瞒着我，不来报我知道？"

钱妪笑着回禀说："柳老爷和小姐都吩咐我，叫我不要去与状元说，我只得不来说了。"

柳梦兰笑着说："我前日不就与郎君说明，不是故意捉弄你，一来要试你念我的真情，二来也要欲成妹子的好事耳。"因即取出梦蕙所题这一首绝句，并自己和韵的诗，与梁栋材观看。

梁栋材看到"才郎难再得"之句，回顾梦蕙，说道："多蒙小姐错爱，这一段怜才盛心，使我铭感不尽。"

又看了"同调应知同一笑，三生石可坐三人"之句，复向柳梦兰谢道："多感夫人玉成好事，如此贤德，岂苏若兰所能及？才虽相匹，度实过之。"

柳梦兰笑着说："郎君今日也不可无新婚诗一章"。

梁栋材笑着说："今日不但庆贺新婚，更喜得逢旧侣，待我依着贤姊妹的原韵，和诗一首罢。"便取笔题道：

从前疑鬼又疑神，今日端详旧与新。
半幅璇玑合二美，一篇文锦会三人。

题毕，递与二位夫人看了。柳梦兰说："妹子所题壁上二绝句，郎君已曾见过，却未曾和得，今日也须一和。"梁栋材依言，即续和二首。

其一云
一兰一蕙木成双，误认从前兰已亡。
今日重逢连理秀，始知非续断头香。

其二云
欣瞻蕙蕊比兰英，彩凤又飞乐共鸣。
漫美窦家一织女，何如我遇两苏卿。

柳梦兰、梦蕙看了，大家称赞。梦蕙看着柳梦兰笑着说："前日小妹所题这二绝句，原是姐姐强我做的，今日姐姐岂可独无和乎？"柳梦兰听说，也便依原韵和成二绝。

其一云
兰英蕙蕊自双双，未许郎知兰未亡。
不是一番桃代李，怎教分得苟衣香。

其二云
当年妫汭降皇英，谁道双鸾不共鸣？
羡有文才过赵女，敢无度量胜苏卿？

梦蕙看诗，点头称叹。

梁栋材接来看了，笑着说："夫人度量果胜苏氏，令妹文才亦非阳台可比。我只道失却一凤，何期到遇双鸾，但恐福浅，消受不起耳。"

当下，三人说说笑笑，十分欢喜。遂相携出房，请柳珉出来拜谢了。梁栋材唤过张养娘与梁忠夫妇，并众家人都来参拜两位夫人。柳梦兰、梦蕙各出金帛犒赏。柳梦兰又将体己赏赐了张养娘。

柳玭大排庆喜筵席，为梁栋材称贺。

饮宴间，柳玭笑对梁栋材道："一向不是老夫故意相瞒，因见贤婿有荀奉倩之癖，未肯便续新弦，故特作此游戏耳。今梦兰既度过苏氏，梦蕙亦才过赵姬，贤婿又义过窦滔，真可称三绝矣。"

梁栋材拱手施礼说道："多谢岳父大人成全美事！前日在均州时闻有一流寓女子桑梦蕙，彼时疑即柳梦兰小姐改名，曾往访之，未得相遇。不意今日却又遇一刘梦蕙小姐。"

柳梦蕙听了，笑着说："昔日之桑梦蕙，即今日之刘梦蕙也。"

梁栋材怪问其故，柳梦蕙把前事细说了一遍，梁栋材方才省悟。

柳玭笑着说："蕙避迹均州，假称桑家女子。柳梦兰避迹华州，又假称刘家宅眷。你两个我冒你姓，你冒我姓，今日却都姓了柳了。"

梁栋材与柳梦兰、柳梦蕙亦齐称谢道："我三人姻缘，俱荷大人曲成之德，铭感五内。"

柳玭笑着说："此皆天缘前定，老夫何德之有？"

"同林偏栖三鸟，比目不止双鱼。蕙非兰，兰非蕙，未始还魂，两人原合不上去；妹即姐，姐即妹，若论恩谊，三人竟分不开来。天生彩凤难为匹，那知匹有二匹；必产文鸾使与偕，谁料偕不一偕。半锦已亡，且喜失而又得；佳人可遇，何幸去而复来。新欢方足，既看双玉种蓝田；旧好重联，又见一珠还合浦。"若兰终于明白了这首诗词的含义。若兰与兰花笑在了幽幽的梦里。

秦厚林从若兰的视线中移出，目光飘落在襄阳城窦府的院落里。寒雪凤从若兰的视线移出，目光飘落在襄阳城窦府的院落里。陆局长从若兰的视线移出，目光飘落在襄阳城窦府的院落里。

襄阳城窦府的院落里窦滔手捧老管家送来的《璇玑图》泪光点点。

窦滔同赵阳台商议道："阳台，你看夫人一片情深。当年夫人不愿同我们一起来襄阳。今日夫人之情真切。我们一家人何时才可以团聚。我想辞官归隐以圆我们家人在一起的梦。不知夫人意下如何？"

赵阳台深情地听窦滔说完，知道窦滔的心意已决，说道："贱妾早有此意。只是怕老爷不答应。现已知老爷心意，加上圣上有旨意要成全我们一家人，贱妾知道该怎么做了。"

窦滔说拉着赵阳台地手说："多谢夫人解滔之心！我有一言，不知当讲不当讲？"

赵阳台深情地看着窦滔说:"夫君有什么话就尽管说,阳台自比夫人修为还甚远。定当以养修为,修心。"

"以滔之见,我们即日启程与夫人团聚。不知夫人意下如何?"窦滔向赵阳台建议道。

赵阳台依依不舍地说:"相公,如是甚好。今生能遇相公与夫人也是我的福分!"

窦滔与赵阳台返回武功,夫妻团聚。窦滔、若兰和赵阳台坐在苏宅大厅,儿女膝旁环绕嬉闹,灵儿在一旁伺候,一家人说说笑笑,尽享人伦之乐……

秦厚林走进母亲的房间,看到父亲依然一言不发地坐在炕上,闭着眼睛昏昏欲睡,心中回想着白大夫的话:"人病中风偏枯,其脉数而面干黑黧,手足不遂,言语謇涩。治之奈何?在上则吐之,在中则泻之,在下则补之,在外则发之、温之、按之、熨之。吐谓出其涎也,泻谓通其塞也,补谓益其不足也,发谓发其汗也。温为驱其湿也,按谓散其气也,熨谓助其阳也。治各合其宜,安可一揆,在求其本。"

看来真的是成亲了。黄土地传来公元 2012 年成亲拜堂的喜庆声音:一拜天地,二拜高堂,夫妻对拜……入洞房。洞房中兰花绽放,舒展着腰肢……喜堂中的红烛将黄土地映衬成了血红的世界……

第十一卷 末时

第一章　窦滔仙逝符融扰　厚林寻访石库门

阳光散散地照在冷冷的、硬硬的积雪上，雪光散发着冰冷的光辉，严寒已经阻止了父亲走出屋子锻炼的身影。新年的第一天，父亲也算是如愿以偿，好好地过了一个年，父亲被大家搀扶着放在了炕上。

吃过午饭酒足饭饱，大家都懒懒地散去了。在阳光中黄土地披上了节日的盛装，显得更加孤冷清净了。

人们踩着清冷的雪互相邀约着打牌去了。

"该你出牌了。"雪地里传来了寒雪凤的声音。她已经融入黄土地这个大家庭中了，黄土地也已经接纳了她这个江南来的水乡姑娘。

秦厚林看着积雪折射着太阳清冷的光辉，雪粒冻结的银白色光辉散发着阵阵寒意，那道道光芒如同一把把冰冷的利剑剜在人们的心窝上。

在这清冷的光辉中传来了诸葛亮《祭灯》的秦腔："后帐里转来了诸葛孔明。有山人在茅庵苦苦修炼，修就了卧龙岗一洞神仙。恨师兄报君恩曾把亮荐，深感动刘皇爷三请茅庵。下山来我凭的神掐火箭，直烧得夏侯敦叫苦连天。"原来是母亲为父亲打开了收音机，收音机里又传来了黄土地的灵魂。

秦厚林带着"曹孟德领大兵八十三万，他一心下江南要灭孙权。孙仲谋听一言心惊胆战，宣来了江南地文武两班。江南地文要降武将怕战，一个个会事庭议论不安"的声音看到窦滔远去的身影。

黄土地依然飘飞着千年前的雪花。雪花随着风姑娘的轻抚悄悄地落在黄体地的峡、塬、沟、坎……在姬水河畔的黄土台塬上，雪花淹没了整个黄土台塬。

"夫君，你怎狠心把我一人留在人间受苦？"一个呜咽的哭声如泣如诉地回旋在缀满雪花的草棚上。草棚里若兰与赵阳台和几个孩子披麻戴孝地跪在灵位前泣不成声。

一个个身穿盔甲的将军走进灵堂，上香，祭拜。他们鞠躬弯腰的身躯隐没在司仪"一鞠躬，二鞠躬，三鞠躬"的号令里。若兰和赵阳台跪在灵堂两边泪如雨下。在盔甲的弯腰中若兰的眼前闪现着冷先生的话。

若兰心里七上八下地打着鼓，相公要是有个三长两短，这叫我和孩子们怎么活呀！苏道质和苏夫人离世的时候若兰都没有如此的心神不宁，都没有如此的慌张不安，那时只是觉得意外和无奈。这回窦滔只是因为摔了一跤就如此不安。若兰心里骂着自己：真是没用的东西。这是怎么了？难道我是年岁大了，不能承受了？

若兰走上前，定了定心神，问诊完脉的冷先生："冷先生，相公的病无大碍吧？"

"窦夫人，窦将军这是水火交替，恐难……唉！夫人准备后事吧。"冷先生捋了捋他那一尺长的银髯冷冷地说。

若兰身体在空中晃动了一下，"啪——"的一声，桌上的茶杯在若兰的慌乱中落在了地上。若兰呆若木鸡，面色如死灰一样失去了血色。

冷先生看着若兰的神情，轻轻地问了句："窦夫人，你没事吧？"

若兰在冷先生的询问中清醒了过来，还是不甘心地问："冷先生，水病是什么病？我怎么从来没有听你提起过？"

"水病，病起于六腑者，阳之系也。其发也或上或下，或内或外，或反在其中，行之极也。有能歌笑者，有能悲泣者，有能奔走者，有能呻吟者，有自委曲者，有自高贤者，有寐而不寤者，有喜其水者，以水济之；喜其冰者，以冰助之。病者之嗜好勿强予违背，亦不可强抑之，如此从随，则十生其十，百生其百，疾无不愈耳。"冷先生说着水病的起因与病症，声音回旋在苏宅。

"这么说，如果能够找到相公的喜好，相公就有救了？"若兰连忙问道。

"非也，窦夫人你听我说完。火病，病起于五脏者，阴之属也。其发也或偏枯，或痿厥，或外寒而内热，或外热而内寒，或心腹胀满，或手足挛蜷，或口眼不正，或皮肤不仁，或行步艰难，或身体强硬，或吐泻不息，或阳必不足；阳之盛也，阴必不盈。可是，窦将军现在是水火病之病同时发作。他的身体会时而焦热似火，时而寒冷如冰，阴阳交替。"冷先生说着火病的起因与病症，声音回旋在苏宅内。

"冷先生，相公的病真的就不可医治了吗？求求你救救相公！"若兰泪流满面地祈求着冷先生。

冷先生依然面无表情地说："窦夫人，生死有命，富贵在天。医者，只可因天命而延其寿，天命已尽，人力难为。夫人，本应阳不足则助之以火精，阴不足则济之以水母。可是，这阴阳都不住，实难办到。人的阳寿在天不在人。老夫已尽力了，还请夫人准备后事吧。"

当大家直起身子时，若兰抬起头望着众人。草棚里里外外站满了前来吊唁的人，他们一字排开一直隐没在黄土台塬的尽头。这些七尺男儿跪拜在灵堂前为自己的将帅送着最后一程。

黄土地上依然飘摇着诸葛孔明的忠心："孙仲谋砍去了桌案半片，那一家若言降头挂高竿。有一个小周郎奇才能干，差鲁肃过江来曾把亮搬。过江去我也曾用过舌战，三两句说叫他闭口无言。"收音机的声音在屋子里打着旋儿飘了出去。黄土地在银白色的雪粒中吮吸着这颗赤胆忠心。

秦厚林收回了自己的心。什么时候父亲的病能够彻底好起来呢？他又想起了那位老乡，那位在上海滩认识的老乡。

那是在数九寒天的夜里，刮着寒冷的西北风，马路上落叶和纸屑被风追逐得时不时腾起。秦厚林突然想去问问那位懂中医的老乡，等到风小点再走。

漆黑的石库门胡同隐没在摩天大楼的妖娆身躯下，显示着自己老上海的优雅韵味。石库门里弄红红的砖墙传递着暖暖的温暖的气息。一路走来，一家家银灰色的院门楼和漆黑色的院门在身后一个个闪过。弄堂尽头传来微微的光亮，那是他的家，只在窗上透出点光亮，微微闪动。

巷子尽头在那幽微的灯光里随风晃晃悠悠地飘过孔明的声音："为江山我也曾南征北战，为江山我也曾六出岐山。为江山买荆州立下文券，为江山气死了周瑜少年。为江山我也曾草船借箭，为江山把亮的心血劳干。"这声音随着晚风时强时弱地落在上海滩的夜色里，在异地还能听到秦声秦韵，秦厚林的心底暖暖的。

这个声音随着秦厚林的敲门声被淹没在了冬日的西北风里。原来上海滩的冬日也可以这样的冷呀！似乎把大家又带回到日上海滩风云变化的日子。

随着老乡的开门声，这个被淹没的声音一下子就窜了出来："土台围我得下失血染患，大料想亮的命难以保全。行来在中军帐用目观看，见童子身穿青站立两边。桃木弓柳木箭摆在桌案，朱砂笔五雷碗摆在中间。"

记得第一次去他那，在他的屋外遇到了他，一位穿着羊毛呢子风衣、头发整齐而蓬松、脸色金黄的中年男子站在门外。他开了房门，房顶掉下来的白炽节能小灯泡，在一个锅开的金黄色椰子壳里一边摇晃着一边散发出银白色的灯光。这个经典的石库门小屋悄悄地窝藏在巷子的尽头。

"够意思，在大上海这个国际大都市还能看到老乡，听到久违的乡音，难得，难得。"秦厚林欣赏着这一点温暖。温暖的暖气充盈着整个屋子，屋里挺暖和，懂中医的老乡脱去了羊毛呢子风衣，只穿了件羊毛衫。

"进屋坐，你是不是病了？"老乡看着门口寒风中秦厚林发抖的身体和紫白色的嘴唇问。

"没有，我只是觉得冷得厉害。"秦厚林回答道。

"随便坐，那你来找我是有事？"老乡一边招呼秦厚林一边问。

"难道没有病就不能来找你吗？难道没有事就不能找你吗？找你聊聊天可以吗？"秦厚林说。

他似乎看透了秦厚林的心思："你肯定有事，没事你不会来的。"说着，他将音箱里的喇叭声音调低了，只听得见如苍蝇一样的唱腔，让人别扭："魏延贼扇坏我命灯七盏，大料想亮的命难以保全。我有心传将令将贼问斩，事到此我何必扭地列天。"

秦厚林微微地点点头说："是的，你看，我找到了一个偏方。你也知道我父亲病了这么多年，也没有一个很见疗效的方子。我在古籍里找到了这样的一个方子，你帮我看看是否对症。"

"我就说，你找我有事。不过你可知道中医治病救人的医理吗？"他看了看秦厚林，并没有接方子而是问他。

秦厚林恭恭敬敬地说："不知，还请高人多多指点。"

"古人有，医不过三代不看病的讲究。病有宜汤、宜丸、宜散、宜下、宜吐、宜汗、宜补、宜灸、宜针、宜按摩、宜导引、宜蒸熨、宜暖洗、宜悦愉、宜和缓、宜水、宜火等之分。若非良善精博，难为取愈。庸下浅识，乱投汤丸，汗下补吐，动使交错。轻者令重，重者令死，举世皆然。你有把握吗给自己的父亲用这个方子吗？"他对秦厚林谈起了中医治病救人的原则。

秦厚林还是第一次听人讲起中医的经方、针灸、导引按跷等。原来中医不只是自己简单地认为是吃中药那么简单。秦厚林连忙问道："我这方子是在古医书上抄的，应该不会错。那你说说不同的治疗方法各有什么不同的疗效？"

"盖汤可以涤荡脏腑，开通经络，调品阴阳，祛分邪恶，润泽枯朽，悦养皮肤，养气力，助困竭，莫离于汤也。丸可以逐风冷，破坚症，消积聚，进饮食，舒营卫，定开窍，缓缓然参合，无出于丸也。散者能祛风邪暑湿之气，摅寒温湿浊之毒，发散四肢之壅滞，除剪五脏之结状，关肠和胃，行脉通经，莫过于散也。"他说起中医来，似乎进入了一个无人的世界。秦厚林似乎看到了那个以自我为中心的独孤求败。

这时老乡的声音在秦腔的背景声中继续回荡在这个石库门的小屋内，秦厚林静静地听着他的阐述："下则疏豁闭塞；补则益助虚乏；灸则起阴通阳；

针则行营行卫。导引则可以逐客邪于关节；按摩则可以驱浮淫于肌肉。蒸熨避冷；暖洗生阳；悦愉爽神；和缓安气。"

他说完之后端起茶杯喝了口茶。秦厚林才刚刚被他吸引，意犹未尽地问道："反之会有什么后果呢？"

"若实而不下，使人心腹胀满，烦乱鼓肿。若虚而不补，则使人气血消散，肌肉耗亡，精神脱失，志意昏迷。可汗而不汗，则使毛孔闭塞，关绝而终；合吐而不吐，则使结胸上喘，水食不入而死。当灸而不灸，则使人冷气重凝，阴毒内聚，厥气上冲，分队不散，以致消减；当针而不针，则使人营卫不行，经络不利；邪渐胜真，冒昧而昏。"他述说着道家对中医的理解。

"原来中医必须懂得望气，我还以为看看方子，吃吃药就可以了。"秦厚林对正在讲中医的老乡说。

"这一段还没有说完。你先静静地听着，对你是有好处的。"老乡说完，就接着刚才的话继续说道："宜导引而不导引，则使人邪侵关节，固结难通；宜按摩而不按摩，则使人淫随肌肉，久留未消。宜蒸熨而不蒸熨，则使人冷气潜伏，渐成痹厥；宜暖洗而不暖洗，则使人阳气不行，阴邪相害。"

秦厚林拍拍脑门说："看来我想得太简单了。以为得到一个方子就可以直接拿来用。还得请名师指点把脉才好。"

老乡接上了秦厚林的话说道："还没有完，治疗不当后果会更加的严重。不当下而下，则使人开肠荡胃，洞泄不禁；不当汗而汗，则令人肌肉消绝，津液枯耗；不当吐而吐，则使人心神烦乱，脏腑奔冲。不当灸而灸，则使人重伤经络，内蓄痰毒，反害于中和，致于不可救；不当针而针，则使人气血散失，机关细缩。"

在秦腔的悠悠伴奏中，老乡的声音飘回在石库门的寒风中，使人警醒："不当导引而导引，则使人真气劳败，邪气妄行；不当按摩而按摩，则使人肌肉胀，筋骨舒张。不当蒸熨而蒸熨，则使人阳气偏行，阴气内聚；不当暖洗而暖洗，则使人湿灼皮肤，热生肌体。不当悦愉而悦愉，则使人神失气消，精神不快；不当和缓而和缓，则使人气停意折，健忘伤志。"

他看秦厚林已经不说话了，就继续说道："大凡治疗，要合其宜，脉状病候，略陈于后。凡脉不紧数，则勿发其汗；脉不疾数，不可以下；心胸不闭，尺脉微弱，不可以吐；关节不急，营卫不壅，不可以针；阴气不盛，阳气不衰，勿灸；内无客邪，勿导引；外无淫气，勿按摩。皮肤勿痹勿蒸熨；肌肉不寒勿暖洗；神不凝迷勿悦愉；气不奔急勿和缓。顺此者生，逆此者死耳。"

"前帐里我摆下命灯七盏,诸孔明跪宝帐奏告苍天。念弟子离南阳学疏才浅,哀告了吾的师细听心间。在南阳教弟子神策妙算,下山来与刘主保立江山。"秦厚林帮他调高了秦腔的音调正准备离开,他听见屋子角落有凳子摩擦地板的声音,这才发现屋子一角还靠着个人。那人忍不住咳嗽了一声。

"你有客人?"秦厚林有些抱歉地说着,向那边望去。

"没关系,"他指着凳子上的人说,"你们认识的。"

秦厚林这才看清了,原来是她。贾雨晴懒洋洋地伸出手同他拉了一下,那手也有气无力,十分柔软。她垂着长头发,用嘴吹了一下垂在眼角的一缕。

秦厚林为了掩饰刚才的目中无人,半开玩笑一说:"贾雨晴,要是我没记错的话,你原先好像没这么长的头发。什么时候弄的发型?还真有型。"

"我有时扎起来,有时散开,只是你没有注意罢了。"贾雨晴抿嘴笑道。

"你们继续说你们的,我来问问中药的事,已经问完了。等风小一些,我还得赶回去。"秦厚林对他俩说。

"不,你来得正好,我们三人何不痛痛快快地喝一杯呢?我去买酒。"贾雨晴说着,拉开门向巷子口的小卖部走去。这个上海特有的石库门在寒风中坚挺地矗立着。

"应该说我来得不巧。我如果知道她在,我就不来了。"秦厚林还是有些不安地对老乡说。

老乡不等秦厚林起身,便按住他的肩膀说:"你来了正可以一起谈点别的,我俩该谈的已经谈完了。现在我们三人一边吃吃火锅一边谈谈人生,不是挺好的吗?"

"把声音调得大一点!"老乡对秦厚林说。整个屋子浸透着"甲子年有张松曾把川献,刘皇爷领人马才取西川。过巴州收来了老将严颜,收马超果算得战将魁元。下成都灭刘璋洗宫杀院,诸孔明做此事欺了苍天"的收音机的声音。火锅腾腾的蒸汽充满了整个屋子,屋子因为三个人的喧哗声一下子变得热闹起来了。他们的声音透过雾蒙蒙的玻璃穿过小巷子飘散在上海滩的夜空。

厚实的雪层已经淹没了马蹄的声音。所有的声音在雪后都变成了"咯吱,咯吱——"脚踩雪地的声音。当曹公公拨开人群站在众人面前的时候,人们才意识到皇上的圣旨来了。

谁也没有想到，窦滔的亡灵带来了皇上的问候，这样的规格在前秦还是没有的。只见曹公公随着黄土地上的音乐声在窦滔的灵堂前起伏着。当他的身子弯下去的时候，黄土台塬的天边飘来了一片乌云遮住了人们的视线。在曹公公三鞠躬起身的时候，黄土台塬已经被雾海的云彩围得水泄不通了。

曹公公站在灵堂前掏出圣旨如那阴晴不定的天气宣读着圣旨："圣旨到——"黄土地一下子变得死一般沉寂了，没有一丝的响动，没有一丝的生气。时间在这一刻凝固在了死气沉沉中。

"奉天承运，皇帝诏曰：因镇南将军窦滔为国捐躯，朕念其忠君报国，忠孝仁义，为照顾家眷，特选苏氏若兰进宫为贵妃。钦此！"

黄土地上的雪花在曹公公的声音里凝结成了一粒粒的冰雹，随着西北风狠狠地砸在大地上。这些冰雹如同一个个滚木礌石砸向曹公公的头颅，这些冰雹如同一把把锋利的匕首割在曹公公的脸上。

若兰和众家人匍匐在地不知怎样才好，这旨意是接也不是，不接也不是。大家久久地匍匐在地上，就这样任凭西北风呼呼地刮过。黄土地沉陷在了冰窖里。

"咳——"曹公公咳嗽了一声打破了这个冰天雪地的严寒继续说道："皇恩浩荡，苏氏若兰你已身为贵妃，还请节哀。即日启程，面见新圣上。"

若兰惨白的脸色更加惨白了，叩拜答谢："因夫君亡故，若兰重孝在身。望公公在圣上面前美言，若兰恕难从命。"若兰的眼前闪现着当年符融回马扬鞭从苏宅离去的身影。如今符融即位，贵为天子，我今生怎能逃出他的魔掌？

曹公公为难地说："苏氏若兰，皇上是看在你一身才华和忠孝可嘉的份上才召见你进宫。你可要想好呀！"

"公公，常言道：君为臣纲，父为子纲，夫为妻纲。夫君刚刚亡故岂能有二心。我朝历代以孝治天下。若兰以夫君为念在家是尽孝，余国是尽忠。如若若兰随公公进宫岂不为不忠不孝之人？恐有辱皇上盛誉。还请公公带若兰在皇上面前美言。"若兰气若幽兰地吐露着自己的心声。

第二章 若兰割发明心志 雪凤迷穿漠峪谷

"苏氏若兰,快快请起,咱家也同情你的遭遇,可是皇命难违呀!如不进京,就是抗旨。咱家会禀明圣上,让皇上宽限你一些时日。你可不要辜负咱家的一片苦心呀!"曹公公的话飘落在黄土地的冷风里与冰雪融为一体。

"谢公公!"若兰叩头在地,心如冰窖。

黄土地依然笼罩着氤氲的黑云。西北风呼呼地刮过,似乎要让所有人都知道他的厉害一样。黄土台塬上出殡的队伍排起了长龙。纷飞的纸钱在空中打着旋儿散发着黄土一样的颜色将自己铜钱一样的身子飘落在黄土地上。

一粒粒秦腔渗透进黄土里与雪花凝结成了土黄土黄的血脉:"葫芦峪去放火亮存短见,外烧死司马贼内除魏延。实想说一计成除却二患,半空中降猛雨就地起潭。司马贼他父子阳寿未满,将魏延又带出鬼门三关。"

窦滔灵柩旁一字排开的治丧队伍延伸到了黄土台塬的边缘。儿子在前一手扶着头顶上灰黑色的瓦罐,一手拉扯着洁白如雪的灵柩,弓着背一步一挪地前行在黄土地上为父亲送行。

若兰双手拽着灵柩,泪水依然如雨水一样流淌在黄土地上。一片片金黄金黄的纸钱随风飘散在空中,在凤姑娘的泪水里打着旋儿飘向阴曹地府。

当人们放下灵柩,黄土台塬上拱起的脊梁上出现了一个黑洞洞的墓穴,治丧的队伍开始慢慢地移动着窦滔的棺木。当棺木随着黄土滑进墓穴的时候,若兰再也控制不住自己的情绪,扑到棺木上,滚进了墓穴。治丧的人们手忙脚乱地将若兰从墓穴拉了出来,若兰在一阵哭喊中昏死在窦滔的墓穴前。

当若兰再度醒来的时候,窦滔的墓穴已经变成了一个用黄土做成的土疙瘩。在高耸的坟冢前,若兰再次伤心欲绝地哭泣着。身旁只有赵阳台陪伴着,独自掉着眼泪。阴冷的阴风依然刮过黄土地,在她们身上留下道道伤痕。

若兰哭泣着,用双手扒着窦滔的坟冢,身上、手上沾满了黄土。若兰的手已经被黄土划出了道道鲜红的口子。赵阳台拉着若兰的手痛哭地说:"姐姐,不要这样。不要这样,姐姐……夫君走了,还有我。我们还要相依为命呢!"

若兰似乎并没有听到赵阳台的话,继续用手刨挖着黄土。在泪水与血水中，若兰将窦滔送给自己的埚埋在了坟头。乌云压得越来越低了，整个黄土地被一种漆黑而阴暗的氛围笼罩着。远远地传来了马褂銮铃声，赵阳台随着声音的方向望去，传圣旨的公公们已经到了眼前。

"圣旨到!"

坚硬的黄土地在风雪中变得更加坚硬，黄土地上依然回荡着孔明的心声："转面来把伯约一声呼唤，听师父言共语细说心间。与师父戴相帽身穿袍缎，也不枉与刘主保立江山。你吩咐西蜀军辕堂立站，诸孔明托帅印五丈原前。"

若兰用剪刀剪断秀发，将丝丝秀发撒在粒粒黄土上。一阵阵阴冷的寒风吹来，黄土和秀发在黄土台塬上打着旋儿飘散在天地间。

"请公公回禀圣上，若兰生是窦家的人，死是窦家的鬼!"黄土地上下起了久违的雪花，坟头中一只洁白如雪的凤凰和一条金黄如黄土一样的飞龙腾空而起飞向天边。

秦厚林看着手中的稿子想起了昨晚的梦。当寒雪凤呼呼大睡的时候，他也在桌前歪着头进入了梦乡，时不时地摆弄着小腿，不安分地踢一踢对面的墙。那个让他不安的梦，那个他也说不清楚是什么的梦。他梦到了自己，也梦到了寒雪凤，大家都迷失在琐碎的生活里。

朦胧中，秦厚林和寒雪凤走在漠峪谷的漠峪河畔。漠峪谷两边的山崖上和谷底开满了五颜六色的小花。耳边传来了漠峪河哗哗的流水声，流水在河里伴着自由自在的鱼儿流向远方。只有水草在河里卖弄着自己的风姿。

寒雪凤牵着秦厚林的手说："厚林哥，我不知道我是幸福的还是不幸的。我该有的都有了，有丈夫，有孩子，有一个在别人看来美满的小家庭，丈夫是个公务员，你知道现今公务员有多吃香吧，他又年轻有为，人人都说他只要一直工作下去，我就是住在金山上。但是我并不觉得自己幸福。"

"凤儿，你在说什么？你有丈夫和孩子？你有一个美满和谐的家庭？"秦厚林眼前一黑差点就晕倒在地上。还好他意识到自己是在梦里，就强行将自己的意识扭了回来，继续听着寒雪凤如同咒语一样的话。

寒雪凤继续说："结婚三年了，恋爱和新婚的那股热劲都已褪去。那次我突然发现孩子竟是个累赘，最初有这念头的时候，我自己都吃了一惊，随后也就习惯了。我还是爱我的孩子，只有这小东西能给我点安慰。可我没有喂过他奶，为了保持体形。我脱了白大褂在我们研究所里的浴室冲澡的时候，那些生过孩子的女同事都羡慕不已。"

"凤儿，你在说什么？你在研究所工作？我怎么不知道？你还有多少事情瞒着我？又是一个白大褂，我讨厌白大褂！"秦厚林被寒雪凤的话语说的找不到方向。漠峪谷升起了淡淡的雾气将秦厚林吞没了。

雾气中，寒雪凤将秦厚林揽入怀中说："厚林哥，我还有很多的秘密没有告诉你。我是一个有无数秘密的人。"

"你到底是什么人？难道你是特工不成？不对，你是特工的话跟着我干什么呢？我身上又没有秘密。"秦厚林一边问自己一边说。她想从寒雪凤的身边挣脱掉，但是浓雾中他又不知道去哪里，心里一片迷茫。

寒雪凤将秦厚林搂得更紧了："厚林哥，看把你吓得。我是说我的闺蜜，她总来找我诉说她的苦闷。她说她不能同那些有孩子的女人整天只谈她们的孩子，平时一有空就为孩子和丈夫织毛衣。一个女人并不是丈夫和孩子的奴隶，毛衣她当然也为孩子织过，事情就打这开始，她说她烦恼也全来自这件毛衣。"

"这毛衣又怎么了？为家人织件毛衣不是挺好的吗？这样可以增进家人之间的感情呀！"浓雾淡淡地散去，秦厚林从寒雪凤的怀里走了出来，发表着自己的看法。

寒雪凤牵着秦厚林的手，一脚踢飞了脚下的顽石，说："厚林哥，你听我说下去，别打岔，我说到哪儿了？"

"说到你的闺蜜因为毛衣和毛衣惹来的烦恼。"秦厚林绷紧的神经舒缓了下来说。他随便坐在了一块石头上。

寒雪凤的嘴唇带着阳光的色彩，冒出一道道七彩的泡泡："不，她说她只有去寺庙里听钟声和鼓声的时候，心情才能平静一点。她有时星期天去龙华寺礼佛，让丈夫看一会儿孩子，他也该为孩子做一点事情，不能全副担子都落在她身上。她并不信佛，是她有一次路过龙华寺，打算进去自由地走走，没想到她的心就像湖水一样平静。"

"你是不是讲得太乱？为什么从毛衣讲到寺庙呢？"秦厚林还在头脑中梳理着寒雪凤要讲的内容随口问。

寒雪凤坐在对面的石头上，在阳光中俨然如一位霸道而固执的家长对孩子说话那样继续说："她说，她开始吃药，每天服安眠药。她看过大夫，医生说这属于神经衰弱，她觉得非常疲劳，总也睡不够，可不吃安眠药又睡不着。"

"安眠药是处方药，不能多吃，吃多了会有依赖性。"秦厚林看到梦中自

漠峪谷

己为寒雪凤补充着安眠药的常识。

寒雪凤瞟了他一眼说:"她当然知道吃安眠药对身体不好,可她就是不能控制自己。"

"为什么要控制自己?难道她想要的时候,她丈夫不给,她是性苦闷?"秦厚林猜测着答案。

寒雪凤白了他一眼说:"你想到哪儿去了?她不是性苦闷,她说她丈夫那个很粗很大。她丈夫每次把她弄得哇哇直叫,就像野猪一样快乐。每次她和丈夫做的时候,就把丈夫洗得干干净净,只是赤条条地躺在那儿成为一堆烂泥巴。"远处阳光下,一只雪白的野兔趴在另一只野兔的身上,下体在不停地抽插着。

"那她还有什么心烦的事?真是饱汉不知饿汉饥!真是一个没事找事的人。"秦厚林不耐烦地说。

漠峪谷里漠峪河的流水声夹杂着寒雪凤的说话声流向远方:"她有自己的工作,她是个事业心很强的人,甚至有点野心,一个女人有点野心挺可怕的,她把自己关在实验室里,夜里经常加班,在家嫌孩子吵闹。她不应该这么早有孩子,是她丈夫要的,她爱她的丈夫,就为她的丈夫生了个孩子。"

第十一卷 未时

"问题就出在孩子身上。可是,你还是没有讲毛衣呀!孩子与毛衣有什么关系呢?"秦厚林不知道问哪个问题更妥帖一点,就随便胡乱地说着。一只红蜻蜓盘旋在他的头顶,他用手试图抓住红蜻蜓,却没有抓到。

寒雪凤和秦厚林的手在阳光下摇晃着,散发出暖暖的柔情,她继续说:"事情是这样的,她说她给她儿子织了件毛衣,她自己设计的花样,比展览会上的那些儿童服装还好看,至少她这样以为。"

"终于毛衣与孩子有了联系,这才是有故事线索的故事了。接下来呢?会不会发生意想不到的事情?我想一件毛衣也未必有什么见不得人的事情发生。"秦厚林说着自己的想法。

寒雪凤不紧不慢地说:"她同她所里新调来的一位同事一起去参加一个出口时装展销会。那几天他们测试的仪器坏了,正在待修,上班的时候基本就是聊聊天,用以消磨时间,他们趁上班的时间去展销会上转了一圈,想看看有什么可买的东西。"红蜻蜓从秦厚林的头顶飞到了寒雪凤的头顶,落在了寒雪凤的发簪上。

"一个女人跟一个男人单独出去一定不会有什么好事情发生。更何况是一个内心并不怎么安分的女人。"秦厚林说着自己的判断。寒雪凤发簪上的红蜻蜓点了点头。

寒雪凤接上秦厚林的话说:"谁说不是呢?他陪她去,说给他女朋友也买点什么。他们结果什么都没有买。他倒是也说她给她儿子织的那件毛衣胜过那些展出的儿童服装,她完全能搞服装设计。"

"似乎什么都没有发生,很平静!凤儿,你的铺垫也太长了吧!"秦厚林看着寒雪凤的眼睛说。

红蜻蜓站在发簪上继续听着寒雪凤说:"别急,这么没有耐性。这次展览会之后,她开始琢磨时装设计,用一块她买来一直没去做的真丝丝绸做了一件露出曲线的旗袍,穿着上班去了。进机房更衣之前他看见了,他说她就应该穿她自己设计的衣服。这之后没两天,他弄来两张模特时装表演票,请她一起去看。"

"我怎么觉得你离题越来越远了。"秦厚林还是在提示着寒雪凤不要走得太远。

寒雪凤横眉一竖,一如反顾地不容秦厚林打断自己,继续说:"别打岔,你听我说下去,不,他说她如果穿那件真丝丝绸旗袍上台,完全能比过这些模特儿,还说她身材特别好。"

323

"一般女人都经不住三句夸奖。看来她上钩了。"秦厚林看着寒雪凤粉粉的脸淡淡地说。

寒雪凤继续沉醉在这个故事里说:"她知道自己不够丰满。他却说模特儿并不需要乳房太高,只要腿长,身上有线条,又说她身上线条特别苗条,尤其是她穿真丝丝绸旗袍的时候。"

"他不是有女朋友吗?他也不是什么本分人,看来他已经在打歪主意了。"秦厚林看着河里哗哗的流水说。

寒雪凤看着河里水中洋槐树的倒影说:"是的,她说她也喜欢穿那件旗袍上班,因为是她自己做的,可她每次穿去,他总要打量一番。有一次,她更衣出来,他又那么看她,还说请她出去吃晚饭。"

"你那闺蜜真经不住诱惑!苍蝇不叮无缝的蛋。她于是去了?"秦厚林顺着寒雪凤的话问。

寒雪凤斩钉截铁地说:"不,她拒绝了,她要去陪孩子,她不能把孩子晚上扔在家里不管。她晚上出去走动也多半带着孩子,况且不能太晚,孩子要早睡觉。当然她并不是晚上一个人没出去过,让丈夫看一会儿孩子。有一天,他又请她周末去他家吃饭,让她尝尝他烧的霸王别姬,他拿手的好菜。"

"她又拒绝了。"秦厚林不假思索地说。

寒雪凤白了一眼秦厚林说:"不,她先答应了。可他又说希望她穿那件真丝丝绸旗袍来。"

"她答应了?"秦厚林问。红蜻蜓眨巴眨巴眼睛飞走了。

寒雪凤淡淡地说:"不,她没有答应,而且她说她不一定去。但是周末,她还是穿着那件真丝丝绸旗袍去了他家。她不知道这旗袍有什么特别的地方,她只不过拼接上两块丝绸把那整块的图案裁开拼接在胸前和腰身上。她并不认为自己身上的线条怎么好,她丈夫开玩笑都说她过于扁平,缺乏性感,难道一穿上旗袍就好看?"

"看来问题不在于旗袍。她是一个被压制了欲望的女人,有虚荣心的女人。"秦厚林似有所悟地说。

寒雪凤轻轻地问:"你怎么知道她是一个被压制了欲望的女人?你怎么知道他虚荣?我知道你要说什么。"

"女人经常说些和自己内心相反的话,女人的话多半是假的,行动才是她内心真实地反映。"秦厚林辩解道。

寒雪凤看着漠峪河边淡蓝色的打碗碗花轻轻地说:"其实,无论她穿什么她丈夫都无所谓!她说她并不想引诱谁,只是想要那种被重视的感觉。"

"我可什么也没说。"秦厚林生怕自己的话把打碗碗花给打破了,急忙说。

寒雪凤看到秦厚林似乎已经猜到了下面要发生的事情就说:"厚林哥,我什么也不说了。你自己猜猜看。"

"你不是要找人谈谈?谈谈你的苦恼?你那位闺蜜的苦恼?你继续说下去。"秦厚林鼓励着寒雪凤。

寒雪凤故意说:"我不知道还说什么好?"

"说说霸王别姬,他的拿手好菜。"秦厚林的声音随着漠峪河的水流淌在漠峪谷。

寒雪凤的声音随着一股淡淡的清风又开始飘摇在漠峪谷中了:"他全都事先计划好了,他女朋友出差不在。"

"她是去吃饭的,她应该估计到他女朋友不在,只是应该加以提防。"秦厚林接上了寒雪凤的话说。

寒雪凤一本正经地说:"是这样的,越提防心理压力就越大,不提防就更加放纵欲望。人就是这样的矛盾。"

"越发控制不住自己,越发放纵自己,她才能体会到自己是个动物。"秦厚林紧跟着补充了一句。

寒雪凤柔软的声音似乎要融化掉:"她没法抗拒。她没法抗拒自己的情欲。"

"在他看她旗袍的时候,其实他看到的是她一丝不挂的躯体和她赤裸的灵魂。"秦厚林补充着下面发生的事情。

寒雪凤淡淡地闭上了眼睛说:"她只好闭上眼睛。闭上眼睛等待着情欲的喷射。"

"不愿意看见她自己这样失去理智?但她更希望自己失去理智迸发情欲。可悲的女人!"秦厚林说。

寒雪凤轻轻地点点头说:"是的,你说的一点没错。女人生来就是用感觉思考的,而不是头脑。"

"你是说女人都是没有头脑的吗?"秦厚林看着寒雪凤的眼睛问。

寒雪凤说着含混的话语似乎那个人就是她自己:"她都糊涂了,她没想到弄成这样,可当时她知道她并不爱他,无论从哪方面来说,她丈夫都比他强。她不知道自己爱的究竟是谁?"

"她其实谁都不爱！口里说出的爱，只是欺骗自己、麻痹别人的托词而已。"秦厚林看出了事情的真相。

寒雪凤连忙辩驳说："不是这样的，她说她只爱她的孩子。"

"如果她爱她的孩子，她就不会单独去同事家。其实，她只爱她自己！"秦厚林一锤定音。

寒雪凤淡淡地说："也许是，也许不是，她后来走了，再也不愿单独见到他。"

"女人的决定往往不靠谱，但还是见了？"秦厚林看着水中的倒影说。

寒雪凤不知所措地问："是的，还是见了，你是怎么知道的？"

"也还约在他家？女人都是水星来的，男人都是火星来的。我当然知道了。"秦厚林的话回响在漠峪谷里。

寒雪凤看着哗哗的流水，继续说："她说她想同他说个清楚——"

"这说不清楚。你能说你看到的鱼就是水里的鱼吗？"秦厚林看着水中的鱼说。

寒雪凤的泪水落在了漠峪河里痛恨地说："是的，不，她说她恨他，也恨她自己。"

"有这个必要吗？真是一个敢做不敢当的人。然后，又再一次疯狂？"秦厚林说着事实。

寒雪凤打断了秦厚林说："别再说了！我烦恼透了，我不知道为什么要讲这些，我只想这一切赶快结束。"

"如何结束得了？抽刀断水水更流，举杯消愁愁更愁。"秦厚林看着寒雪凤迷失在自己的心中。

梦并没因为寒雪凤的故事而停止前进的脚步，反而在寒雪凤的提问中更加的清晰了。午后的阳光照在积压的结结实实的雪层上发出冷冷的光芒。

第三章　若兰故去兰花谢　魂魄进洞漂移中

"厚林哥，若兰是变成了仙女回归天庭了，还是在人间做了符融的贵妃？"寒雪凤打断了秦厚林沉思的思绪问。

秦厚林的眼前闪现着若兰的身影，突然觉得自己也不知道若兰是回天庭做织女了，还是做了那只龙凤呈祥的雪凤凰。只是眼前又出现了那个出现在若兰眼前的忘川河。

若兰的双眼渐渐地迷离在了忘川河畔。若兰独自一人听着哗哗的河水走在青青的草地上。淡淡的雾气笼罩着崇山峻岭，河畔开满了粉红的桃花和雪白的梨花。若兰奔跑在花海里享受着自然的乐趣。

若兰在花海中寻着流水的声音来到了山脚下。若兰看到了一块巨石头重脚轻，直立不倒，直插云霄，顶于天洞，上书"三生石"三字。若兰刚刚念完这三个字，三生石便身形抖动，地动山摇。一朵兰花隐隐约约向自己走来。

若兰定睛观看，是一美若天仙的女子站在自己面前。若兰定了定神问道："你是谁？"

"我是你的前世，忘川河畔的兰花仙子。"兰花仙子细语如丝地回答道。

若兰定了定神，发现眼前自称兰花仙子的人和自己长得一模一样。若兰问道："兰花仙子，你是我的前世，那我的来世呢？"

兰花仙子淡淡地说道："若兰，我是你的前世兰花仙子。你今世完成了使命《璇玑图》，也看到了自己的来世柳梦蕙和柳梦兰，你该回来了。"

房间里的兰花渐渐地凋谢了，院子里的兰花凋谢了，兰花仙子已经隐去了。若兰闭上了眼睛，似乎一切都结束了。

天地间，一方锦帕随风而起，《璇玑图》若隐若现。黄土地变成了纵横二十九行的彩色织锦文字，天空中响起了钗环声和鼓乐声，多年不见的织女星也出现在银河岸边。

《璇玑图》落入乾陵，无字碑屹立在天地间……

"凤儿，你不是说那次在来凤凰山的路上看到了一些奇奇怪怪的事情，说来听听。"秦厚林问寒雪凤。当秦厚林问完寒雪凤之后心里一惊，我怎么会在梦里问现实中的问题呢？秦厚林纠正着自己的梦，却怎么也拽不回来。

寒雪凤回忆着那几天寻找洞里的奇遇："那天，我在爬山，将近到山顶精疲力竭的时候，总想这是最后一次。等我登到山顶片刻的兴奋平息之后，我又陷入了深深的低沉中。这种不满足随着疲劳的消失而增长，我遥望远处隐约起伏的山峰，重新生出登山的欲望。可是凡我爬过了的山，我一概失去兴趣，总以为那山后之山该会有我未曾见过的新奇，等我终于登上那峰顶，并没有我所期待的神异，一样又只有寂寞的山风。"

"你不是看了《东邪西毒》吗？你和欧阳锋一样。其实，这只是好奇心驱使你罢了。欧阳锋后来不是说：山的那边还是山吗？后来我已经不想再知道山的那面是什么了。我看你和他一样。"秦厚林说着自己的判断。

寒雪凤点点头似乎同意秦厚林的观点继续说："久而久之，我竟然适应了这种寂寞，登山成了我的一种痼疾，明知什么也找不到，但总被这盲目的念头驱使，总不断去爬。这过程之中，我当然需要得到安慰，便生出许多幻想，为自己编造出一些神话，包括体验那场暴雨。"

"你以前不是告诉过我，一个人孤独就会渐渐地爱上孤独。我看你在用自己的理论证实了自己的思想。解决这个问题的最好的办法就是早点远离这种思维定式。"秦厚林向寒雪凤建议道。

寒雪凤点点头说："是的，我现在也意识到了这一点。可是当时我没有这么做，因为没有遇到你，也没有人提醒我。我只是觉得是跟着自己的灵魂在走。走到哪儿，我也不知道。我还是把那次经历讲完吧。"

"好的，反正现在的你已经不是以前的你了。讲吧！"秦厚林摊开双手说。

寒雪凤脸上洋溢着旅行的幸福。

我在一片石灰崖底下见到一个洞穴，洞口用石块叠起，差不多封死了，我以为这就是传说中的洞里，里面一定有一些刺激的东西。

我看到了一个人，他坐在一张铺板上，木头已经朽了，一碰便掉渣。朽木屑捏在手里湿漉漉的，石屋里阴湿不堪，石头叠起的铺前甚至有一条水流，凡能下脚处全长满苔藓。

他身靠石壁，我进去的时候他的脸正朝向我，眼窝深陷，瘦得像一根芦苇。那棵有魔法的枪正挂在他头顶上方，插在石缝里的一个树楔子上，伸手就能碰到，枪身一点没锈，抹的熊油全成了乌黑的油垢。

"你来干什么？"他问。

"来看您老人家。"寒雪凤微微地笑笑说。

我做出恭敬的样子，甚至显出几分畏惧。我知道他一旦发作尽可以拿枪杀人，他要的就是你对他的畏惧。面对他那双空洞的眼眶，我连眼神都不敢稍稍抬起，生怕透露我有垂涎他那枪的意思，我干脆连枪也不看。

"看我来干什么？"他依然严肃的像一块冰。

我说不出要干什么，想要干的又不能说。山洞死寂一般的沉默，真是一个不该来的地方，我有点后悔。

"很久没有人到我这里来了。"他瓮声瓮气，声音像出自空洞里，"来这里的栈道不是都朽了吗？"

"我是从深涧底下的凤凰溪里爬上来的。"我说。

"你们都把我忘了吧？"他的态度缓和了许多。我竖起刺猬毛的心情也放松了下来。

"不，"我赶紧说，"山里人都知道您，饭后谈起您，只是不敢来看您。"其实，我并不知道他是谁，我赶紧岔开话题。

"老伯，这里离昆仑山还有多远？"寒雪凤耍着自己的小聪明。

"你怎么问起昆仑山？昆仑山是一座宝山，死后能够埋在那里是你八辈子修来的福气。我死后谁要是能把我葬在昆仑山，我就把我心爱的枪送给他。"老人指了指自己头上悬挂的猎枪继续说："啊，再往前翻过几座山脉便是昆仑山了。那可是中华的龙脉，华夏的风水宝地。"

"老人想将自己葬在龙脉之地，挺好的。中华民族的龙脉就是昆仑山和秦岭呀！"秦厚林对寒雪凤说。

寒雪凤没有理会秦厚林，继续游走在自己的思绪里展现着寻找洞里的奇遇。

"前去还有多远？"我斗胆再问。"前去——"我等他下文，偷偷望了一眼他那空洞的眼眶，见他那瘪嘴蠕动了两下，又闭上了。

我不知道他到底说了没说，还是准备要说。我想从他身边逃开，又怕他突然发作，只好眼睛直勾勾望着他，做出十分虔诚的样子，仿佛在聆听他的教导。

可他并不指示。我觉得脸上的肌肉在这种僵局中过于紧张，便悄悄把嘴角收拢，让面颊松弛下来，换成一副笑容，还是不见他反应。于是我移动一只脚，把重心移过去，整个身体不觉向前倾，我近瞅他深陷的眼窝，眼珠木然，像是假的，或许就是一具木乃伊。我突然觉得他已经石化了。我的汗毛倒竖，我刚才是在和谁说话呢？怎么会这样？背后的冷风从脊背渗出来，把我的心给寒透了。

我一步一步走近，不敢触动，生怕一碰他就倒下，只伸手去取挂在他身后石壁上涂满了熊油污垢失去光泽的那杆猎枪。谁知刚握住枪筒,它竟然像油炸的薄脆一样一捏就碎。我赶快退了出来,拿不定主意是不是还去昆仑山。

头顶上便炸开了响雷,天庭震怒了! 天兵天将用雷兽的鼓槌敲打牛皮做成的大鼓。一群群黑蝙蝠尖叫着,在崖洞里飞来飞去,山神们都惊醒了,山顶上滚下一块块巨大的顽石,石块牵动石块,山崖全部崩塌,又像是千军万马腾地而起,整座大山一片烟尘。

洞穴里突然都变成了骷髅头,我闭上了眼睛等待死神的到来。

"洞里有这么恐怖?"秦厚林禁不住问了一句。寒雪凤没有作声。秦厚林似乎看到了寒雪凤的意识飘摇在忘川河河畔。忘川河堆满了白森森的骷髅。对死亡最初的惊慌、恐惧、挣扎与躁动过去之后,继而到来的是一片迷茫。

秦厚林感觉到身体中的阴气随着寒雪凤的感觉越来越重,压在身上。寒雪凤迷失在死寂的原始森林中,徘徊在那棵枯死了只等倾倒的光秃秃的树木之下。

她围着斜指天空的这杆古怪的猎枪转了许久,不肯离开这唯一尚可辨认的标志,这标志或许也只是她模糊记忆的一部分。

寒雪凤发现自己站在森林和峡谷的边缘,又面临最后一次选择,是回到身后茫茫林海中去,还是就下到峡谷里?阴冷的山坡上有一片高山草甸,间杂稀疏灰暗的树影,乌黑峥嵘处是裸露的岩石。

不知为什么阴森的峡谷下那白湍湍的一线河水总吸引她,寒雪凤不再思索,甩开大步,止不住跑了下去。她逃出了死神注视的洞里。

凤凰山如牛魔王的牛头山一样变成了无处不在的洞里。寒雪凤知道再也不会回到有众多烦恼而又多少有点温暖的人世。她的灵魂似乎被牵引着,她无意识地大喊一声,扑向这条幽冥的忘川河,边跑边叫喊,从肺腑发出快意的吼叫,全然像一头野兽。

奇怪的是,她竟然听不见自己的声音。她张开手臂跑着、吼叫、喘息、再吼叫、再跑,都没有声息。

秦厚林看到自己变成了寒雪凤,寒雪凤变成了自己。眼前湍急的一线江水还在跳跃着,分不清哪是上游哪是下游,激流消融在烟云之中,没有轻重。

寒雪凤张开双臂得到了一种从未体验过的解脱,又有点轻微的恐惧,更多的是忧伤,她感觉自己是在滑翔,迸裂了,扩散开,失去了形体,悠悠然飘盈在深邃阴冷的峡谷中,像一缕游丝,处在不可名状的空间,上下左右都是死亡的气息,寒彻肺腑,躯体冰凉。

第十一卷 未时

寒雪凤看到秦厚林摔倒了爬起来，又吼叫着再跑。草丛越来越深，前去越加艰难。他陷入灌丛之中，用手不断分开枝条，拨乱其间，较之从山坡上直冲下来更费气力，而且需要沉静。寒雪凤突然觉得那奔跑的不是秦厚林就是她自己。她疲惫极了，站住喘息，倾听哗哗的水声。

寒雪凤知道自己已接近河边了，因为她听见漆黑的河床中灰白的泉水汹涌着，溅起的水珠像是水银一样闪闪发亮。水声并非哗哗一片，细听是无数的颗粒在纷纷撒落，听着听着居然看见了水珠在幽暗中放射出耀眼的光芒。

"你的三魂在体，看来你的地魂正在感悟灵魂的游走。"凤凰山中回旋着一个声音。秦厚林不知道是谁，似乎是横渠先生，又似乎是真靖道长，又好像是了元大师。

秦厚林依然感觉着寒雪凤的感觉，他觉得自己在河水中行走，脚下都是柔柔软软的水草。此刻一无着落的那种绝望消失了，双脚在河床底摸索着。

他看到寒雪凤用脚趾扒紧了卵石，在黑幽幽的冥河中梦游，唯有激起水花的地方有一种幽蓝的光，溅起水银般的珠子，处处闪亮。她不免有些惊异，惊异中又隐约欢欣。

寒雪凤听到了沉重的叹息，她以为是河水发出的，渐渐辨认出是河里溺水的女人，而且不止一个。她们哀怨，她们呻吟，一个个拖着长发从她身边淌过，面色蜡白，毫无一点血色。

河水中树根的空洞叫水浪拍打得咕嗜咕嗜作响的地方，有一个投水自尽的女孩，她头发随着水流的波动在水面上飘荡。

河流穿行在遮天蔽日的黑黝黝的森林里，透不出一线天空，溺水的女人都叹息着从她身边淌走，她并不想拯救她们，甚至无意拯救自己。

秦厚林意识到自己与寒雪凤漫游在阴间的冥河里，只要他俩脚下一滑，脚趾趴住的石头一经滚动，下一脚踩不到底，他俩也会像河水漂流的尸体一样淹没在冥河里。一声叹息，没有更多的意义。

他俩想着也就不必特别留心，走着就是了。静静的河流，黑死的水，低垂的树枝上的叶子扫着水面，水流一条一条的，像是在河水漂洗时被冲走的被单。

水域漫无边际，并不深，却没有岸边。眼前出现了了然大师的身影，他嘴里淡淡地念道：苦海无边，回头是岸。秦厚林觉得寒雪凤就在这无边的苦海中荡漾，自己也在这无边的苦海中漂流着。

他俩看到了一长串倒影，这倒影是自己的。倒影映在水里像诵经一样唱着一首首丧歌。这歌并不真正悲痛,听来有点滑稽,生也快活,死也快活。

"你的三魂在体,你的天魂将要感悟灵魂的游走。"凤凰山中回旋着一个声音。秦厚林不知道是谁?似乎是横渠先生,又似乎是真靖道长,又好像是了元大师。

秦厚林感到梦中的阴气慢慢地变淡了,阳气慢慢地回升上来,阳气随着寒雪凤的感觉越来越轻松。秦厚林的呼吸渐渐地平和了。他和寒雪凤继续走在梦中。走出了凤凰山,来到了漠峪谷的阳光里。

远处传来了优美的歌声。细细听来,这歌声竟来自漠峪谷谷底,厚厚的柔软的苔藓起伏波动,覆盖住泥土。秦厚林和寒雪凤走在漠峪谷中,看到了前面的密林。

树干上的苔藓、头顶上的树枝丫、树枝丫上的树叶都是一滴滴清凉的水滴。大滴的水珠晶莹透明,不慌不忙,一颗一颗落在脸上、掉进脖子里,冰凉冰凉的。

脚下踩着厚厚的绵软的毛茸茸的苔藓,一层又一层,重重叠叠,寄生在纵横倒伏的巨树的躯干上,生生死死,死死生生,每走一步,湿透了的鞋子都呱叽作响。

帽子、头发、羽绒衣、裤子,全都湿淋淋的,内衣又被汗水湿透了,贴在身上,只有小腹还感到有点热气。一只杜鹃在密林里啼鸣着,像要把人引入迷途,而且好像就在叫唤:哥哥等我!哥哥等我!

"野鸡——"寒雪凤突然指着前面不远处腾空而起的野鸡说,"要是我们能抓一只野鸡回去,那该多好呀!"

"你要抓野鸡干什么?"秦厚林望着兴奋不已的寒雪凤冷冷地问。

"吃呀!难道你不想吃野鸡肉吗?"寒雪凤反问着看着自己的秦厚林。

"大自然的生灵是用来看的,不是用来吃的。再说野鸡不就是只鸡吗?都一样。"秦厚林摇摇头说。

"兔子——"正说话间,随着寒雪凤的喊声,一只雪白的兔子从草丛里蹿了出来。野兔一边回头看看她俩一边蹲在地上似乎等着她俩将自己带回家。当寒雪凤刚挪动脚步的时候,雪兔一蹿,就消失在了密林中。

只一瞬间,空气又仿佛凝固了,刚才那只腾飞的野鸡和蹦跳的雪兔,就像根本不曾有过,让人以为是一种幻觉,眼面前,又只有一动不动的巨大的林木,我此刻经过这里,甚至我的存在,都短暂得没有意义。

秦厚林仰面望着越见疏朗的天空,然后陡直往一个坡上爬去,他伸手拉了寒雪凤一把。寒雪凤喘息着终于到了一片起伏的台地,眼前是清一色的水杉林。四周的树干一样粗壮,树与树之间距离相等,一律那么挺拔,又在同样的高度发权,也一样俊秀。没有折断的树木,朽了的树林就整个儿倒伏在地面上睡着了。

林子里的间隙较大,更为明亮,也可以看得比较远。远处有一株通体洁白的杜鹃,亭亭玉立,让人止不住心头一热,纯洁新鲜得出奇,越走近,越见高大,上下裹着一簇簇巨大的花团,较之先前见过的红杜鹃花瓣更大更厚实,那洁白润泽来不及凋谢的花瓣洒在树下,呈现出一种不加修饰的自然美。

这洁白如雪、润泽如玉的白杜鹃却总是单株的,远近前后,隐约在修长冷峻的水杉林中,像那只看不见的不知疲倦勾人魂魄的鸟儿,总引诱人不断前去。

秦厚林和寒雪凤深深吸着林中清新的气息,肺腑像洗涤过一般,气流渗透到脚心,似乎都进入了自然的大循环中,一种前所未有的舒畅与自然融为一体。

雾气飘移过来,离地面只一尺多高,在他俩面前散漫开来,他俩一边退让一边用手撩拨着云雾,分明得就像炊烟。寒雪凤和秦厚林小跑着,但是来不及了,雾气就从他们身上掠过,眼前的景象立刻模糊了,随即消失了色彩。后面再来的云雾,倒更为分明,飘移的时候还一团一团地旋转着。

秦厚林和寒雪凤一边退让,不觉也跟着云彩转了起来,到了一个山坡,刚避开它,转身突然发现脚下是很深的峡谷。一道蓝幽幽的奇雄的山脉就在对面,上端白云笼罩,浓厚的云层滚滚翻腾,山谷里则只有几缕烟云,正迅速消融。那雪白的一线,当是湍急的河水,贯穿在阴森的峡谷中间。这幽冥的峡谷里却只有黑森森的林莽和峥嵘的怪石。

阳光下对面山脉的空气竟然那般明净,云层之下的针叶林霎时间苍翠得令人心喜欲狂,像发自肺腑底蕴的歌声,而且随着光影的游动,瞬息变化着色调。灰白的云雾从身后又来了,全然不顾沟壑、凹地、倒伏的树干,寒雪凤实在无法赶到它前面,它却从容不迫追上了她,将她缭绕其中。

奇妙的幻象从秦厚林眼前消失了,只有脑子里还残留着刚才视觉的印象。就在他困惑的时刻,一线阳光又从头顶上射下来,照亮了脚下的兽踪。寒雪凤才发现这脚下竟又是个奇异的菌藻植物的世界,一样有山脉、林莽、草甸和矮的灌丛,而且都晶莹欲滴,翠绿得可爱。

第四章　灵魂浮游天地间　是男是女皆因缘

秦厚林刚蹲下，云海又来了，那无所不在的迷漫的雾，像魔术一样，瞬间又只剩下灰黑模糊的一片。寒雪凤站了起来茫然期待，喊叫了一声，却没有回音。秦厚林叫喊了一声，只听见自己沉闷颤抖的声音顿然消失了。

周围只有水杉黑乎乎的树影，而且都一个模样，凹地和坡上全都一样，他俩手牵着手奔跑，叫喊，忽而向左，忽而向右。

"我们得马上镇定下来，得先回到原来的地方，不，得先认定个方向。"秦厚林对寒雪凤说。

"可四面八方都是森然矗立的灰黑的树影，已无从辨认。"寒雪凤看着周围迷雾漫漫的环境对秦厚林说。

秦厚林拉着寒雪凤的手说："我明白这是大自然在捉弄我们，捉弄我们这些没有信仰、不知畏惧、目空一切的渺小的人类。在自然面前人类的力量是微乎其微的。人定胜天，纯粹是扯淡。"

他俩本以为山林里会有回声，可是山林里一无回响，回声在这里也被浓雾和湿度饱和了的空气吸收了，他俩于是醒悟到自己的声音是传送不出去了。只有求生的信念还使他俩手拉着手相信奇迹的出现。

灰色的天空中有一棵独特的树影，斜长着插向天空。这棵树主干上分为两枝，一样粗细，又都笔直往上长，不再分枝，也没有叶子，光秃秃的，已经死了。她俩走到了跟前，发现这竟然是森林的边缘。那么，边缘的下方的幽冥的峡谷，此刻也都在茫茫的云雾之中，那更是通往死亡的路。

"凤儿，你的故事讲完了吗？"秦厚林牵着寒雪凤的手走在漠峪河河畔，看着淡淡的兰花问。

寒雪凤点点头说："是的，我的故事讲完了。可是我有点不明白。"

"有什么不明白的？"秦厚林一边走一边问。

寒雪凤随手摘了一朵兰花说："我怎么觉得当时在凤凰山的洞里遇到的那些奇怪的经历似乎在漠峪谷里重演。就在刚才我俩还迷失在迷雾与山林里。"

"凤儿，你看那里有只雪兔。"秦厚林指着不远处一只雪白的兔子说。寒雪凤顺着秦厚林的手指过去的方向看过去，阳光下卧着一对雪白的兔子，不禁心中想起了"雄兔脚扑朔，雌兔眼迷离；双兔傍地走，安能辨我是雄雌"的诗句。

秦厚林对寒雪凤继续说道："故事是你讲的，你是讲故事的人。故事放在什么地点你是可以把控的。可以把发生在凤凰山的故事讲成是发生在漠峪谷的故事，也可以把发生在漠峪谷的故事讲成是发生在凤凰山的故事。当然，你要遵守故事发生的原地点，你就按照原地点来讲。这些都不是问题。问题是你愿不愿讲这个故事。"

"我想按照故事的原貌来讲。可是我的头脑却是混沌的，是混淆的。我也不知道故事是发生在什么地点，我的脑海里只有一个模糊的记忆闪现。所以，我似乎是做了一个梦。在梦中我去过凤凰山，也来到了漠峪谷。于是，我不知道自己到底是来到了漠峪谷，还是去过了凤凰山。"寒雪凤沉浸在自己的世界里。

"看来你已经把自己物化为一个演员了。戏子常说：人生如戏，戏如人生。无论是什么人，短短的几十年生命都是时间中的沧海一粟。在这里你体会着人间的阴晴冷暖，生活也罢，梦也罢，都是意识残留在你躯体中的痕迹。这痕迹生长在什么地方，你什么时间看到了，都是你自己的一种感觉罢了。只是记忆与遗忘撕扯着我们的思维。"秦厚林的话随着清风飘落在水花里。

寒雪凤看着漠峪谷两边的黄土台塬说："我刚才讲的故事就是发生在凤凰山。在遇到你之前，我一直追寻着那个人人向往的洞里。我现在才觉得那是一个让人经历死亡与思考的思想之洞。"

"那你为什么分不清楚凤凰山和漠峪谷呢？"秦厚林看着神采奕奕的寒雪凤问。

寒雪凤懒懒地回答道："其实，无论是凤凰山还是漠峪谷都只是灵魂寄存的场所罢了。灵魂走过的地方都会留下或浓或淡的痕迹。在哪里不重要，重要的是能够感觉到灵魂走过的痕迹。"

"凤儿，你有慧根。不说这个了，说说别的。谈灵魂是一个很沉重、很高深的话题。"秦厚林对寒雪凤说。

寒雪凤看着秦厚林问："厚林哥，那你想听什么？"

"凤儿，随便谈点什么都行。只要与你有关，我都喜欢听。"秦厚林看着寒雪凤的眼睛说。

寒雪凤抬起头望着远处的谷口说："那就说说我和贾雨晴吧。"

"你和贾雨晴？是你说吗？"秦厚林奇怪地问。在他的心目中寒雪凤怎么会知道贾雨晴的事,她俩从来没见过面。难道她俩的灵魂在天地间碰撞过?

寒雪凤看着秦厚林惊讶的表情说:"厚林哥,这没有什么大惊小怪的。我俩见过,是那次——"

"凤儿,看来是我忘记了。那你说说贾雨晴。"秦厚林很想听听这两个女人之间的故事。

寒雪凤的眼前又闪现着那个早晨。阳光懒懒的洒在小区里,寒雪凤唱着"黄玫瑰,别落泪,所有的花儿你最美。受了伤,别伤悲,别让泪珠湿花蕊,别让我看见你的伤悲。"手里提着早餐走到了楼下。

秦厚林在阳台上伸着懒腰,想起了凤凰山凤凰中学的清晨。秦厚林站在窗前一手端着炒锅一手将碗里的面水倒在锅里。炒锅在秦厚林的手上转出了一个圆圈。面水在高温中变成了薄薄的面饼。远远的窗外传来了"我会为她心碎,别问自己对不对,心中有爱就很美,即使告别了春天阳光,你依然要开放"的声音。

这个声音如同黄莺一样在耳畔回旋着,飘扬在凤凰中学的上空,随着流水流淌在凤凰山的角角落落。秦厚林知道那是寒雪凤起床的声音。

他将烙好的饼端给寒雪凤,她的门前继续回旋着"别害怕,别犯傻,别轻易剪去长发,我会站在你的身旁,给你依靠的肩膀"的轻柔旋律。

秦厚林拉回了自己的思绪,不知道凤儿和贾雨晴昨晚睡得还好吗?三个女人一台戏,现在两个女人已经一台戏了。

秦厚林哼起了"别说话,微笑吧,回头是灿烂的霞,我默默地祝福你。感觉到了吗?海角,天涯,哪里不是你的家?别怕啊,别傻啊,哪里都能开花。"的歌声。

贾雨晴正坐在梳妆台前涂着唇膏。

"雨晴,过来吃早餐了。"寒雪凤推开门走了进来,对贾雨晴说。

贾雨晴似乎没有听到寒雪凤对她说话,还是在那一边打扮一边自言自语。"你说,我是不是老了?"贾雨晴对着镜子梳洗的时候看着眼角抹不平的皱纹问,"你说脂粉怎么掩盖不了这老去的皱纹呢?"

寒雪凤放下早餐回过头说:"雨晴,过来吃早餐了。不吃早餐,你的皱纹会增加一倍的。"

贾雨晴听到寒雪凤的话,赶紧放下镜子抓起桌上的馒头就往嘴里塞。她心里明白,这镜子清清楚楚地告诉她,她这一生最美好的岁月已经浪费掉了。

每天早上她的心情就沮丧极了,一点精神都提不起来。要不是上班她真不愿起床，不愿见人。只是上班以后，工作逼在那里，还得同人打交道，她才开始说笑，忘掉自己。

"雨晴，我明白你的心情。时间是这个世界上最无情的杀手，它夺走了我们的青春，夺走了我们的美貌，最终要吞噬掉我们的生命。这是规律，不要为青春担心，不要为美貌担心，快快乐乐地过好每一天就行了。"寒雪凤说。

"不，你无法明白，女人到了这时候还没有发现真正倾心爱她的人，这种沮丧你无法明白。只有快到晚上我才有些生气，我每个晚上都想安排得满满的，得有去处，或是有人来，我不能忍受寂寞。我要赶紧生活，这种迫切感你明白吗？不，你不明白。"贾雨晴自言自语道，完全忘记了寒雪凤的存在。

"我也是女人，我怎么不明白呢？当然明白你的感受。"寒雪凤反驳着贾雨晴的话。

贾雨晴继续说："真羡慕你，三年前我也和你一样美丽、出众。可是，我嫌弃秦厚林穷，跟了一个富二代。我以为他是真心对我好，谁知一见到貌美如花的姑娘，他就拈花惹草，我也变成了明日黄花，被人一脚蹬了。"

寒雪凤不知道是同情她，还是安慰她好一些。是她自己选择的，又能怪谁呢？她想起了昨晚舞会上的她。

"只有在舞会上，我才能感到对方手的触摸，闭上眼睛，我才觉得我还活着。我知道不会有人真爱我了，我再也经不起细细端详了，我害怕眼角的皱纹，我害怕这日益憔悴的模样。我知道男人需要女人的时候甜言蜜语，等满足了，厌倦了，就又去找新欢，再见到年轻漂亮的女人，立刻就又有说有笑，可一个女人的青春又能有几年？这就是女人的命运。"这个女人用自己的青春和生命得出了这样一条人生经验。只有闪烁的灯光映在她的脸上忽明忽暗。

寒雪凤回过神来说："不谈这些了，谈谈你的工作吧。"

"以前是模特，人体模特，不知有多少男人对我垂涎三尺。后来就跟着叔叔做了我叔叔公司的教育顾问。现在在一家夜总会里混日子。不知我修了几辈子的福分，要不是你俩昨晚把醉酒的我背回家，我也不知道自己今天会葬身何处？"贾雨晴继续叙说着自己的人生。

寒雪凤看着堕落的贾雨晴说："女人除了男人，还有很多事情可以干。为什么总想着自己的相貌呢？你可以开公司，做老板，让男人们匍匐在你的石榴裙下为你做事。"

"不要跟我谈开公司，当初和叔叔在一起就是合伙开公司。我的亲叔叔是一个多么好的人！我是多么的信任他！他将我介绍给了秦厚林，秦厚林没有答应。谁承想，他骗了我的钱还骗了我的身子。表面上我是教育顾问，实际上我是公关小姐，供那些有钱有势的家长抚摸……"贾雨晴痛恨地咬牙切齿。

"怎么会这样？怎么会这样？"寒雪凤不解地问，"亲戚之间难道没有信任吗？你们之间难道没有亲情吗？"

贾雨晴没有回答寒雪凤的话，继续自说自话着："我只有在夜里，在床上，在昏暗的灯光下，我才多了几分自信。放心好了，我不是那种女人，死缠住男人不放，我也还能找到别的男人，我会自找安慰。我知道你要说什么，不要同我谈爱情，当我有一天找不到男人的时候，我自然会明白这个世界上到底有没有爱情。可我不会去管别人的闲事，替人牵线做媒啦，或是听别人往我这里倒苦水。我不会去当尼姑，你不要假笑，庙里现今的和尚也缕缕破戒。现今和尚和尼姑也照样成家，一样有家庭生活。"贾雨晴将自己放到了一个无助而孤独的角落。

"女人身上不只有女性，不只是发泄性欲的工具。一个健康的女人，当然需要性爱，但光有性爱是不够的，一个女人的本性还是做妻子，有一个正常的家庭。"寒雪凤说着自己对女人的看法。

"你找谁都免不了要依附于人，是女人就要依附在男人身上，你又有什么办法？"贾雨晴无可奈何地说。

寒雪凤从贾雨晴的眼里看出了愤怒的火焰："男人们想错了，未必能找到像我这样心疼他们的人！我就像母亲疼爱孩子一样疼爱他们，在我怀里，男人不过是个可怜的孩子。男人贪得无厌，不要以为你还强壮，你也很快会老的，你就什么都不是。你玩姑娘去呀，可最终只有我能容忍你，你的弱点我都能宽容，你还上哪里去找这样的女人？"

"男人有男人的好，男人也有男人的坏；女人有女人的好，女人也有女人的坏。其实，无论是男人还是女人，大家都一样，活着就很难。佛说：人来到世界上是来受罪的。"寒雪凤劝说着贾雨晴，希望她能够客观一点。

"我已经空了，没有感觉，已经被享用尽了，只剩下一副空洞的躯体，像落进无底的深渊，上下不着边际，一片飘飘荡荡的羽毛，缓缓地就这么堕落下去，我不悔恨，我生活过了，如此而已，也爱过，也算被爱过，剩下的像一碗无味的剩茶，泼了也就泼了，无非是一样的寂寞，再没有冲动，还有点冲动，也像尽义务，一条断残的血污的蛇肉，是你砍的，你手段够残忍的，我没什么可以悔恨，只怪我自己，谁叫我生来是女人。"贾雨晴自说自话，她的话语飘在出租屋的空间里来回地撞击着墙壁。

"你如果遇到自己心爱的男人怎么办?"寒雪凤问贾雨晴今后的打算。寒雪凤只有呆呆地听着贾雨晴的述说,希望她能从自己的梦幻里清醒过来。这也是一个可怜的女人。

贾雨晴坚定的话语继续飘落在这间出租屋里:"我再也不会半夜里发疯跑到街上,坐在路灯下一个人去傻哭,也不会歇斯底里叫喊着往雨里跑,叫急刹车再吓一身冷汗,在悬崖上也不再有死的恐惧,我身不由己,已经掉下去了,这张谁也不会再捡起的破网,剩下的日子没有色彩,就这么随风飘去,等有一天堕落到底,就乖乖死去。我的心已经先死了,女人受的伤害比你们男人多得多,被占有的第一天起,肉体和心就被你们揉搓,你还要怎样?"

贾雨晴把寒雪凤当成了伤害过自己的男人。她的思想指挥着她的嘴巴在不停地运动着,如同升降机已经启动了一样,一旦启动了就很难有再停下来,只有无休止地述说:"你要扔就扔吧!不要同我讲那些好听的话!这都安慰不了我,并不是我绝情,可恶,女人比男人更可恶,因为女人受的伤害比你们多!只有忍耐,我还能怎样报复?女人要报复起来比男人狠;我没有报复你的意思,我只有忍受,我什么都忍受了,不像你们有一点痛苦就叫喊,女人比男人更敏感。"

"女人比男人更恶,那你下辈子还做女人吗?"寒雪凤打断了贾雨晴的话问她。

贾雨晴激动地说:"当然做女人了,为什么不做女人。我并不后悔成为一个女人,女人也有女人的自尊,说不上骄傲,我总之并不后悔,来世投胎也还愿意再成为一个女人,也还愿意再去经受女人的这些苦难。"

寒雪凤随着贾雨晴的话喃喃地说:"我也还想再去体会初产的那种痛苦,第一次做母亲的那种快乐,那种撕裂后的甘甜,再去享受处女的第一次悸动,那种惶惶不可终日的紧张,那种不安定的目光,接触到男性的目光的那种慌张,那种被宰割后止不住流泪的疼痛,她都愿意再经历一次,如果还有来世的话,你记住她好了,记住她给你的爱,她知道你已经不爱了,她自己走开就是了。"

贾雨晴的眼里闪现着晶莹的泪花,这么多年她终于找到了一个懂自己、知自己的人。她张开双臂紧紧地将寒雪凤拥抱在了自己的怀里,她的内心激动地翻滚着浪花,胸膛在有节奏地起伏着。寒雪凤感到胸前有一丝丝的冰凉,低头看去是贾雨晴的泪水湿润了自己的胸襟。

寒雪凤哼唱着:"黄玫瑰,别落泪,所有的花儿你最美。受了伤,别伤悲,别让泪珠湿花蕊。你应该知道你是那样美。谁都会为你心醉,别再抱怨爱太累,真爱能有几回。即使告别了春天阳光,你依然要开放。"

贾雨晴继续说道:"我要一个人向荒野里走去,乌云与道路交接之处,路的尽头,我就向那尽头走去,明知是没有尽头的尽头。路无止境地伸延,总有天地相接的那一点,路就从那里爬过去,我无非顺着云影下那条荒凉的路信步走去。那漫长的路的尽头,等我好不容易熬到,又伸延了,我无止境地这样走下去,身心空空荡荡。我不是没产生过死的念头,也想就此结束自己,可自尽也还要有一番激情,她却连这种激情也消失殆尽。人结束生命时总还为谁,还为点什么,我如今却到了不再为谁和不为什么的时候,也就再也没有力量来结束自己,一切的屈辱和痛苦都经受过了,心也自然都已麻木。"

贾雨晴的话被淹没在"别害怕,别犯傻,别轻易剪去长发,我会站在你的身旁。给你依靠的肩膀"的歌声中。她也从自己的情绪中平复了过来,随着寒雪凤哼唱起:"别说话,微笑吧。回头是灿烂的霞,我默默地祝福你,感觉到了吗?海角,天涯。哪里不是你的家?别怕啊,别傻啊,哪里都能开花,黄玫瑰。"

秦厚林听寒雪凤讲述着贾雨晴那天早晨醒来时的诉说,不忍心打断她。秦厚林想,原来女人和女人的心是相同的。

"厚林哥,你在想什么?"寒雪凤看到秦厚林在出神地看着自己时问。

秦厚林指着漠峪谷谷口的方向说:"凤儿,你看,我们快到漠峪谷谷口了。"

"这次漠峪谷之行就如同女人一生的感觉,寻寻觅觅,在好奇中探寻,在追寻中体验。享受处女的第一次悸动,那种惶惶不可终日的紧张,体验第一次做母亲的快乐,那种撕裂后的甘甜……"寒雪凤似有所悟地说。

"厚林哥,你要不要打一盘?"秦厚林还想看看梦中自己和寒雪凤牵手的身影,身边传来了寒雪凤的问话声。

"不了。你们打。"窗外的阳光反射着雪层,冷冷的光芒硬硬地照在身上。

第十二卷 申时

第一章　辞旧迎新轮回中　睁眼闭眼已万年

秦厚林走出了《璇玑图》的世界，他不知道自己是找到了生命的密码，还是没有找到。黄土地上依然散发着春节的气息。正月初一的下午，新的一年的第一天就要结束了，人们怀揣梦想，脚踩雪花，准备新一年的启程。

在昨天的那场雪中，人们已经将过去抛在脑后，在今天的雪光中，人们憧憬着未来幸福的生活。日子就这样一天一天在人们的脚步中移动着，一天一天在自己的日子里重复着自己的节拍。

秦厚林走出屋子，天又开始阴沉了，再也见不到雪光刺眼的银白光芒了。乌乌的天空在雪光映衬下，显出了一片乌乌的色彩，天空用自己的魔咒将天空变得更加乌乌。雪光还奋力挣扎在银白的世界里。

随着西北风缓缓地吹来，阴沉的天空如同水瓮一样深不见底。在深沉的颜色中，西北风失去了等待的耐性，急匆匆的脚步变成了刮过的流云。雪花在西北风中飘落在人间，减缓了西北风的步伐。

整个黄土地在一片雾蒙蒙的世界里找不到自己的颜色。远远的天空披上了洁白的盛装，眼前乌沉沉的景色再一次变成了银白的世界。

黄土台塬上，雪花互相依偎着，等待来日的光明。黄土台塬的村落里时不时地冒出一股股淡黄色的烟雾，这是人们在为晚上睡觉做准备了。这一股股淡黄色的烟雾在空中随着西北风飘摇着散去，只有屋子里还充满着温暖的欢笑声。

黄土地上偶尔传来了"轰——轰——"的爆竹钝响的声音，这是几个不安分的人在闹着玩呢！再也没有了昨日辞旧迎新的噼里啪啦声。

秦厚林似乎走在昨日的记忆里，似乎又没有走在昨日的记忆里。他已经分不清楚自己到底是走在什么地方，走在什么时间，只是一味地走着，不是脚步，是思想；不是脚步，是灵魂。思维带着雪花的飘飞寻找着灵魂的家园。

"吱呀——"的一声，似乎是开门的声音，陆局长从桌子前抬起了沉重的头，他看到李长吉走进了办公室。

"陆局，这是我给您带的水饺。"李长吉说着，将一个用塑料袋装着的黑瓷老碗掏了出来。

陆局长看着李长吉的身影问:"长吉,你怎么来了?今天不是我值班吗?你不在家好好陪着大娘过年,到局里来干什么?害怕出什么事吗?"

"陆局,您忘了?今天是年初一,该我值班了,昨天是您值班。早上我从您办公室门口路过,看您办公室的门虚掩着,我就知道您又同去年一样不打算回去了,就没有打搅您。"李长吉回答着陆哲基的问话。

"是呀!我不值班还能去哪里呢?这个案子十年了,毫无进展,还因此失去了家⋯⋯"陆哲基对李长吉说。

"陆局,我午饭路过家门口,回家顺便看了看我娘。这是我娘让我给您带的水饺。我娘说:'自从你嫂子走了,你陆大哥每年春节都值班,这么多年一个人过着不容易,过节的时候多陪陪你陆大哥,好让他的心里暖和暖和。'这是我娘给您带的水饺,趁热吃了吧。"李长吉站在桌前对陆哲基说。

陆哲基的眼前依然闪现着大唐边关的喊声、厮杀声,两个女子奔逃在黄土地上和官差们拼杀在一起的场景。只见一红衣斑斑的女子手起刀落,官差人头落地,一绿衣女子行走在硝烟弥漫的蒿草地里寻找着前面飘落在蒿草顶端的锦帕。《璇玑图》在空中被分成了两半⋯⋯

陆哲基端起黑瓷老碗,看着热气腾腾的饺子问:"长吉,现在是什么时辰了?"

"陆局,现在已经到申时了。"李长吉说。

"申时!不好⋯⋯乾陵被盗了!"陆哲基说着就向门外冲去。

李长吉在身后喊道:"陆局,今天是大年初一。"

警车呼啸在八百里秦川的原野上,警笛声犹如刺耳的芒刺刺激着黄土地的神经。陆哲基的眼前闪现着八百里秦川阡陌交错、屋舍俨然、一望无垠的场景。

黄河水静静地流淌在土黄土黄的茫茫大地上,漫漫大雪从天空飘落下来,撒在黄河壶口瀑布的滔滔水流中。陆哲基似乎又回到了昨天出警的时间——申时。

乾陵被盗的消息从古至今已经不是第一次了,可是每次都没有发现被盗的痕迹,乾陵仍然是完整无损。

据史料记载,乾陵第一次被盗是在唐代,距今已有上千年的历史了。据说被盗的不是什么金银珠宝,仅仅是一方锦帕,一方只有几百个字的锦帕。这几百字的锦帕到底隐藏着多少秘密,到底隐含着多少故事?没有人知道。

璇玑图

"陆局长,陆局长,你醒醒,我是长吉,我是长吉呀!"李长吉摇动着陆哲基的身子喊道,陆哲基并没有醒过来。李长吉赶紧用大拇指掐着陆哲基的人中穴。桌上黑瓷老碗里冒着的热气温暖着冰冷的空气。

陆哲基渐渐睁开了眼睛,看着自己躺在地上,他明白了发生的一切,问道:"长吉,我又犯病了。"

"陆局,今天是大年初一。"李长吉点点头说。十年了,每年的大年初一申时,陆哲基就把它当成了大年三十的申时,每年的大年初一申时陆哲基就说一句话:"申时!不好……乾陵被盗了!"陆哲基说完就向门外冲去。

陆哲基的眼前又出现了那个十年前的除夕。雪花飘落在黄土地上,门外传来了匆匆的脚步声。

"陆所长,不好了,乾陵被盗了!"一位身穿制服的民警站在所长办公室对陆所长说。

推门进来报告消息的是陆哲基的妻子张丽娟。派出所里死寂一样的沉静。这又是一场无中生有的传闻呢?还是乾陵真的被盗了?如果乾陵真的被盗了,丢失的会是什么文物呢?陆所长陷入了沉思。

在那个西北风呼啸而过、漫天飘雪的日子里,陆哲基决定去探个究竟。陆哲基希望自己能解开这个千年来的谜团。

黄土地上依然刮过呼啸的西北风,依然飘着漫山遍野的雪花。一辆橘黄色的吉普车在黄土地上穿梭着,犹如一只织布的梭子在黄土地的冰天雪地里奔驰着,身后只留下两道汽车碾过雪地的车痕,车痕很快就在雪花的覆盖中消失了。茫茫的白雪将一切都掩盖了,将一切都留在了时间的记忆里。

张丽娟看着车外漫天的茫茫大雪提议道:"陆所,你看前面已经看不清道路了。风雪这么大,我们还是回去吧,等风雪小一点了我们再出警吧?"

"继续开,你忘了我们的出警原则吗?再大的雪也得二十分钟赶到现场!"陆哲基不容分辩,斩钉截铁地说。

张丽娟驾驶着这辆在所里有几十年的老旧吉普车,继续向前寻找着出警的地点。吉普车一路狂奔,从黄土塬驶进了通往乾陵的盘山路。雪花将盘山路装扮成了银白的玉带,这条银白的玉带在盘山路上一会儿粗粗的,一会儿细细的,一会儿直直的,一会儿拐个弯,盘山路在雪花中已经看不清前面的道路了。吉普车犹如蚂蚁一样艰难地移动着。

"陆所,这山路有点不好开。风雪这么大,我们还是回去吧?"张丽娟再次向陆哲基提议道。

"丽娟，我们警察的职责是什么？我们警察的使命是什么？"陆哲基问着正在开车的张丽娟。

"陆所，不知为什么，我今天心里老是发慌，总有种不祥的预感。"张丽娟向陆哲基说着自己的心情。

"丽娟，你是一名老警察了，我们遇事要镇定。不要将个人的感觉、个人的利益看得过重，我们要以人民和国家的利益为重。这样我们才是一名合格的警察……"陆哲基的话随着西北风在风雪中甩在了黄土地上。

"陆所，小心——"妻子将陆哲基推下了警车。陆哲基倒在雪窝中，亲眼看着警车如同雪球一样翻滚下了山崖。陆哲基无助地看着大雪将妻子吞没，绝望地昏死了过去。

蔚蓝的天空下，一方锦帕轻轻地落在碑顶，掩盖了天地间一切美好的、丑恶的事物，犹如雪花一样只留下情感的心动。

锦帕飘在了乾陵的墓道内，顺着狭长而幽暗的墓道传来轻轻的、呜呜地幽鸣声……

锦帕缓缓地落在金玉镶嵌的棺椁上，棺椁"吱吱，吱吱——"作响。

分为两半的《璇玑图》在陆局长的视线中合拢了，它如同一片雪花飘飞在黄土地上。陆局长看到它随着西北风打着旋儿落在了山崖下，静静地盖住了张丽娟的脸。

张丽娟在雪花中静静地躺着，她被雪花一层层地覆盖了，变成了一个雪人，随着雪花融进了黄土地的怀抱，尘归尘，土归土了。

陆局长的身影渐渐地消失在生活的长河中。秦厚林的思绪继续走在生活的长廊上，他看着自己和寒雪凤在那个即将回家的日子赤裸着身子把房间当成了天地。他不知道自己是因为这个女人而显得如此放荡，还是本来就有一颗放荡不羁的心，只是在合适的时间和适合的地点遇到这个女人罢了。

"秦厚林，我讨厌你，我觉得我越来越憎恶你！"秦厚林的耳畔响起了寒雪凤阴冷的声音。

秦厚林盯住寒雪凤手上玩着的水果刀问："为什么？这一切都是你自愿的。我也只是顺从你的意思罢了。"

"你葬送了我这一生，我从一个姑娘变成了一个女人。这个错误都是你造成的。"寒雪凤试着锋刃。

秦厚林不知道寒雪凤手拿水果刀要干什么，慌张地说："凤儿，你年纪还不算大，人生还有很长的路要走。"

"可你把我最美好的年华都败坏了，因为你，我的青春一去不复返。你可知道寸金难买寸光阴？"寒雪凤问道。

秦厚林不知道寒雪凤为什么要把这个罪过归在自己的头上，只好说："你还可以重新开始生活。"

"你可以，我已经晚了。你说得真好听，女人二十一朵花，女人三十豆腐渣。"寒雪凤冷笑着说道。

秦厚林赶紧讨好似的说："女人和男人都一样，男人也会老去，时间对每个人都是公平的。"

"我不能这样便宜了你，我要杀死你！追回我的青春。"寒雪凤把水果刀竖了起来，坐下来说。

"凤儿，杀人要偿命的。你可不要乱来。"秦厚林说着挪开了身子，提心吊胆地望着她。

寒雪凤冷冷地说："秦厚林，你的这条命已经不值得活了，它已经没有了存在的价值和意义了。"

秦厚林看寒雪凤有所缓和，就趁机问："凤儿，你原来是为我活着吗？我觉得太荣幸了！我是世界上最幸福的人！"

"为谁活也不值！活着真的没什么意思。不如我们一起死吧！"寒雪凤把刀尖冲着秦厚林晃了晃。

秦厚林提防着寒雪凤的水果刀说："凤儿，你把刀子放下！有话好好说。不要冲动！"

"你害怕死？原来你害怕死。我还以为你什么都不害怕呢！看来人人都害怕死。真没劲！"寒雪凤冷冷地笑了。

秦厚林连忙解释说："好死不如赖活着。谁都怕死，我承认我怕死。凤儿，你先放下刀子。有话好好说。"

"怕死的都是男人，我们女人才不怕死呢！我就不怕，我什么都不怕！你做得到吗？"寒雪凤质问秦厚林。

秦厚林继续劝说着寒雪凤："凤儿，犯不着这样死，死有很多种方法。还有更好的死法，比如寿终正寝。"

"你活不了那么久了，我要你今天就陪我一起去死，不求同年同月同日生，但求同年同月同日死。"寒雪凤说着，手上的水果刀闪烁着冰冷的寒光。秦厚林挪开了一点，侧身望着她，似乎有点发抖。她突然哈哈大笑。

秦厚林战战兢兢地问："凤儿，你是不是疯了？为什么会这样呢？"

"疯也是你逼的。为什么让我们相遇呢?我恨你!"寒雪凤咬牙切齿地说,恨不得把秦厚林踩进地缝。

秦厚林疑惑地问:"凤儿,怎么是我逼的?我逼你什么了?在一起是双方自愿的。如果你认为是我逼迫了你,那我们分开过吧。分开也是自愿的,我们井水不犯河水,好吗?"

"秦厚林,没那么容易。这样不是太便宜你了吗?你想不负责任地一走了之。我们应该同生共死,这才是真感情。"寒雪凤不依不饶地说。

秦厚林头脑中冒出了一个想法,赶紧说:"那就到法院里去。让法律去裁定我俩谁对谁错?"

"不去。谁对谁错你自己心里最清楚。"寒雪凤坚定地说。

秦厚林劝说着寒雪凤:"既然不去,那就好好过日子,不要再胡闹了。如果实在不行,那就双方分开,别动不动就以生死说事,这算怎么一回事呢?如果世界上的人都这样,那不就乱套了吗?"

"我不能这样便宜了你,既然你让我痛苦,我就不能让你好过。"寒雪凤说着,举起水果刀逼近秦厚林。

秦厚林站了起来,坐到寒雪凤对面。她也站了起来,裸露着上身,目光锃亮,高度兴奋。秦厚林忍受不了她这种歇斯底里,忍受不了她这样任性发作,下决心必须离开,避免再刺激她,只好转而说:"还是谈点别的吧。你的身体现在还好吗?平时要注意保养自己的身体!只有身体好,你才能得到自己想要的东西。"

"你想躲?不要转移话题。我只要你的命,别的什么都不要。"寒雪凤说得轻松自在。

秦厚林不明白她说的是什么意思:"我想躲,躲什么?我光明正大,有什么好躲的?"

"躲避死呀,我看不起你!你是一个胆小鬼!我当初怎么会看上你这么一个人?"寒雪凤自言自语地说。

秦厚林从牙缝里挤出几句话,笑着说:"看来你不光眼睛不好,现在是眼神也不好使了。你真的令我很失望。我当初怎么就会看上你这么一个不靠谱的人?我厌恶你!"

"你早就厌恶了,可你为什么不早说?非要我逼迫你,你才说出心里话呢?"寒雪凤叫了起来,她被击中了,全身都颤抖。她对生活的欲望与生活不能满足她的欲望,在她的身体中撞击着她的灵魂,她的灵魂分裂了。

秦厚林愤怒的话语，如一颗炮弹击中了寒雪凤的心："那时候还没到这种程度，那时你还没有拿着刀子要杀我。我没想到你变得这样令人后怕，这样令人胆战心惊。你就是一个女巫！"

"你早说就好了，早说就好了，我就需要你这样骂我，如果你能打我，那就更好了！我就是你的小绵羊，你就是我的大灰狼。我需要被虐待，你用鞭子抽我吧！求求你，虐待我吧！"寒雪凤哭着垂下了刀尖。

秦厚林继续发射着语言炮弹："我早就想虐待你了，你是我的小绵羊。我要用鞭子抽打你！"

寒雪凤扔下刀子叫喊："你只说这句话就好了，一切都晚了，都晚了，你为什么不早说呀？"她歇斯底里地号叫着，用拳头捶地。她大哭大闹，赤裸的身体在地上打滚，也不顾刀子就在身边。

秦厚林弯腰伸手想把水果刀拿开，寒雪凤却一把抓住刀刃。秦厚林掰开寒雪凤的手，她握得更紧了。

"会割破手的！"秦厚林朝寒雪凤大叫，一直拧她的胳膊，想让她撒手。殷红的血从她掌心流了出来。秦厚林掐住她的手腕，努力捏住她的动脉，她另一只手又抓起了刀子。秦厚林劈手给了她一巴掌，她愣住了，刀子从她手上掉了下来。

寒雪凤傻望着秦厚林，突然像一个做了错事的孩子，眼里透着绝望，泣不成声。

这到底算是什么？秦厚林一把抓起寒雪凤受伤的手，用嘴给她吸血。寒雪凤紧紧地搂住秦厚林哇哇大哭起来。寒雪凤的双臂如同钢圈一样将秦厚林越箍越紧。

秦厚林突然有一种窒息的感觉。时间似乎停止了脚步，在等待着他们放浪自己的形骸。

第二章 生命不息又一春 沧海一粟一尘埃

秦厚林趁着寒雪凤呼喊的机会向泥鳅一样从她的臂膀上滑下,气喘吁吁地说:"我不是牲口!人是高级动物!"

"你就是!你就是畜生!我是母的,你是公的。你是公猪,我是母猪。我们配种吧!"寒雪凤狂叫着,似乎着了魔一样,瞳仁里闪出异样的光彩。

秦厚林说:"好,好,好,我是公的,你是母的。但是你不是母猪,我也不是公猪。我是男人,你是女人;你是夏娃,我是亚当;我们是天造地设的一对。我们的任务就是为世界繁衍后代。"寒雪凤平静了下来。

寒雪凤啜泣着说:"我爱你,我这样任性发作也是出于爱你,我害怕你离开我。"

"我不能屈从于女人的任性,我无法生活在这种阴影里,你令我窒息。我不能成为任何人的奴才,不屈从任何权势的压力,哪怕动用任何手段。我也不屈从于任何女人,做一个女人的奴隶。我有我的肉体,我有我的灵魂。我的灵魂是自由的,他就行走在这个世界的角角落落,时而是一片雪花,时而是一粒黄土……"秦厚林说。

寒雪凤温热的手搭在秦厚林的身上说:"我给你自由,只要你还爱我,只要你不离开我,只要你还留在我身边,只要你还能满足我,只要你还要我。我的肉体是你的,我的灵魂是你的,我的一切都是你的。"

寒雪凤像树藤一样缠绕在秦厚林赤裸的身体上,疯狂地吻着秦厚林的肉体,在他脸上、身上喷吐唾液。她胜利了,秦厚林抗拒不了,陷入肉欲里不能自拔。

黄土地上的雪花并没有因为秦厚林的梦在江南水乡停下来。雪花继续飘落在黄土台塬的二水寺村。傍晚朦胧的光线在雪光的映衬下显得更加的明亮了。似乎这个新年的第一天并不想早早地离开人们的视线,只是阴云催促得太急促罢了。泛着银白色光芒的雪接纳天空中旋下来的雪花。雪花在秦厚林的眼中变成了另一个世界。

秦厚林又看到了那个奔跑在黄土地上的男孩。那不是自己吗?那不是自己,那是千百年来每一位黄土地人的缩影,那是一个灵魂引领着肉体前行,追寻生命的足迹；那是我自己，一个生长在黄土地的小男孩，一个将自己的命运和千百年来人的命运交织在一起的小男孩。

我就是那个奔跑在黄土地上的男孩。黄土地深处的蒿草在冬日里的雪花中飘来飘去。一枚闪闪的硬币从天空中落下又飘起来。秦厚林在黄土地的蒿草中玩耍掷硬币的游戏。

硬币的正面是自己，硬币的反面是寒雪凤；硬币的正面是男人，硬币的反面是女人；硬币的正面是自己，硬币的反面也是自己；硬币的正面是女人，硬币的反面是男人。

站在黄浦江边，秦厚林将硬币抛上蓝天，光线交错，传来了《海上花》的声音，那声音娇娇滴滴、凄凄楚楚，宛若阴柔的江南戏曲声。秦厚林的眼前交错闪现着黄土地上公正廉明的包拯的黑脸、奸诈狡猾的曹操的白脸、忠肝义胆关公的红脸、聪明灵动孙猴子的花脸……

秦厚林不知道自己应该像包拯那样堂堂正正地为民办案做一位廉洁公正的公务员，还是像曹操那样运用厚黑学达到自己的政治目的，或者像关公那样一生以"忠义"二字作为人生的标准……

就要离开上海滩了，秦厚林觉得自己这些年一直在追求着人生的意义。可是，人生的意义到底是什么呢？在这个价值模糊而混乱的年代，他找不到答案。

秦厚林在一片混乱与模糊中踏上了通往上海火车站的地铁，从上海火车站川流不息的人群里踏上了北回的列车。

望着窗外江南水乡远去的身影，秦厚林的心底升腾着横渠先生苍茫的声音："时空……可能是生命中最神秘的东西，一种找不到答案的无知……过去与现在，现在与未来，未来与过去……每个人都想知道自己前世是谁，每个人都想知道自己未来如何，为什么会是这样，周而复始到最后还是无知……进入时空，生命开始；走出时空，生命结束；生命开始，进入时空……这就是我们知道的一切，剩下的就是无知了……"

是呀，横渠先生告诉了我们时空是什么，他却没有告诉我们生命的意义在何方，我们将以怎样的姿态进入生命。当时光之轴在我们手中左右着我们的生命时，我们将用自己的光阴谱写一首什么样的时光之曲？没有人知道答案，只有自己知道自己的一生都做了些什么。

随着列车缓缓开启，秦厚林的眼前依然是挥之不去的黄土地，依然是顶峰山不远处乾陵隐隐约约的身影。那个巨大的如同馒头一样的陵墓闪现着月缺月圆的清冷光晕。

黄土地静静地睡着了。陆局长依然沉浸在十年前的旧梦里。黄土地用他的千年积淀向人们诉说着一切，江南水乡用她的千年积淀向人们述说着一切。

一切都在土与水的缠绵中将自己的生命展开，绵延于天地间。一切都在历史的长河中种下自己心中的答案。

秦厚林似乎看到自己站在顶峰山漫山遍野的小红灯笼似的野酸枣林里看着秋天成熟的景色，耳边回荡了然大师的话："人走过，都是世界的过客；风吹过，不留下半点痕迹。"

这个世界上已经没有什么事能够使秦厚林激动了，也没有什么事能够使他伤心流泪了。只有麦河沟的水静静地从月光下溜走，像在动，又像没有动。

秦厚林在历史的长河中看到了上古之人皆度百岁，与天地同呼吸共命运。似乎自己就走在天地间，知晓自己从天地中来，又要回到天地中去。

坐在顶峰山的山头依然能够看到太白山上的积雪。巍峨的太白山在蓝天白云中反射着雪花晶莹的光芒，李太白醉倒在雪花里，只有金黄的酒葫芦嘴滴出一滴滴残余的酒香。

李太白的梦流淌在八百里秦川的原野上，一位雪白长裙的女子飘过他的梦中，落在武功苏家的大院里，传来了燕子翻飞的声音。

苏宅随着时间的烟尘已经过了千年，千年后这座宅院已经寻觅不到一丝踪迹了。只有那个千年前的故事还时常被人提起。

千年前，若兰已经和黄土地化为一体了，将自己的形骸随着雪花洒落在黄土地上，变成了一片片飘飞的雪花和一粒粒金黄色的黄土。天地间我们依然能够感受到她灵魂的律动。这律动流淌在时光轴的长河里……

雪花跳跃在秦厚林的眼前组成了一个个活生生的画面。在这些自己经历过或别人经历过的故事里闪现着一个个初见的灵魂。

上海滩的舞厅里传来了摇滚的旋律，为了迎接贾雨晴的到来，她的叔叔田主任请校区所有的员工吃饭、跳舞了。

大家尽情地在舞曲里寻找着自己的灵魂。平时一本正经、正襟危坐的老师们在音乐的引诱下，跳着别样的舞蹈。这里再也找不到柔软的舞姿。一个个发疯似的把自己的头摇晃在旋转的七彩灯光下，似乎每个人身上都有使不完的劲，大家额头上渗出粒粒汗珠，身体带来了湿湿的、黏黏的汗臭味。

"你跳舞的时候，不要三心二意。"贾雨晴对自己面前的舞伴说。

秦厚林刚同她认识，跳第一个舞，她就这么说。

秦厚林问:"怎么啦?有什么不对的吗?"

"跳舞就是跳舞,不要故作深沉。跳舞讲的是轻巧灵活和自然洒脱。"贾雨晴继续以大小姐的姿态评说着眼前这个出道不久的毛头小伙子。

秦厚林哈哈大笑。

"严肃点,搂着我,不要踩到脚。"贾雨晴依然以老师教学生的姿态自居。秦厚林搂住了贾雨晴的腰。

她扑哧笑了。

"笑什么?"秦厚林问。

贾雨晴含情脉脉地说:"你不会搂紧点吗?我们这哪是在跳舞呀!"

秦厚林搂紧贾雨晴,他感到她富有弹性的胸脯轻轻地触到了自己的身体,又闻到了她敞领的颈脖肌肤上温暖的香味,房里灯光闪烁,映衬着大家五颜六色的脸蛋,还真有点风骚的韵味。

贾雨晴低声说:"这样就很好,再近一点。"她柔软的鬓发撩触着秦厚林的脸颊。

"你真是幸运!你头一天来公司就碰到了公司聚餐和田主任请大家跳舞。你挺讨人喜欢的。"秦厚林轻轻地说,"我喜欢你,可不是爱。"

"这样最好,爱太累得慌。如果你对我有什么不轨的企图,我叔叔是饶不了你的。"贾雨晴骄傲地说。

透过玻璃窗可以看见夜色撩人的上海滩,那些彩色的灯光用各自的方式展示着夜色中独有的风韵。无论是悬挂在大桥上的柔美曲线,还是横卧在蜂窝似的住宅里的温暖灯光都不依不饶地告诉大家,这是一座不夜城。

一对舞伴突然从背后撞了秦厚林一下,他赶紧煞住脚,扶抱住她。

"你不要以为我夸奖你舞跳得好。"贾雨晴说。

"我跳舞不是为了表演。跳舞可以使肉体尽情地放松和舒展,这样灵魂就可以随着轻飘的舞姿翩翩起舞了。我喜欢那种灵魂随着舞动的身躯飘飞的感觉。"秦厚林自说自话地沉醉在舞厅的灯光里。

"我觉得你是为了同女人亲近才跳舞的,多数男人都是为了这个目的才学习跳舞的。你应该也不例外。"贾雨晴猜测着秦厚林跳舞的动机。

"要亲近女人,我也还有更亲近的办法。佛说:相由心生。你心中想的什么,你嘴里说的就是什么。以自己的心里揣测别人的动机其实是在暴露自己的心底。"秦厚林的话淡淡地随着音乐旋转在舞厅内。

"你这张嘴也不饶人。真不愧是教书的,卖的就是一张嘴。"贾雨晴岔开了话题。

"因为你总不放过我。人活在这个世界上就是为了两件事忙碌着。"秦厚林的话说了一半不说了。

"两件什么事？说下去呀！"贾雨晴很想知道秦厚林口中的答案。

"你真的想知道吗？"秦厚林问。贾雨晴认真地点点头。

秦厚林说："食，色，性。"

贾雨晴依偎在秦厚林怀里，闭上了眼睛，同他跳舞真是一种享受。

列车奔驰过南京长江大桥，离家的方向越来越近了。离开了上海滩向久违的黄土地出发，回家过年真是一件幸福而快乐的事。

秦厚林似乎看到了长安城上旌旗迎风招展，一面面旗帜上映下黄土地上的千年历史，一面面旗帜上映下江南水乡的千年情怀，一面面旗帜上映下人们生活忙碌的背影。

秦厚林的心中升起了黄浦江畔东方明珠的身影。雪花纷纷扬扬地飘落在黄浦江畔，许文强围着雪白的围巾走进了和平饭店。五光十色的彩灯炫耀在南浦大桥的夜色中，秦厚林的眼前掠过玛丽莲·梦露翘起的嘴唇，东方不败潇洒地将酒葫芦里的酒倾倒在自己嘴里唱着：今天哭，明天笑……

江南水乡在秦厚林的眼中渐渐地远去，列车疾驰中，秦厚林的眼前闪现着嫂子在欢天喜地地敲着锣鼓，姐姐向汽车车窗挥手，秦厚林扒在飞驰的汽车后窗上看家人送别自己的场景。

邱莫言将那滴相思泪洒在龙门酒店的成亲宴上。"厚林哥，还是你好！以后做我的哥哥好吗？"凤凰山的寒雪凤问……

秦厚林的心中升起了黄土地上母亲的身影。母亲在土黄色的灶房里盛着玉米糁子已经在秦厚林的心目中走过了三十载春秋。

在这三十年里，母亲从一位壮实的农家女人变成了满头白发的农家老婆婆。父亲病在床上七年了，母亲不离不弃地照顾着父亲。七年了，母亲那一头乌黑的头发渐渐地变得苍白无力。

父亲的身影随着列车的奔驰飘在秦厚林的眼前。七年了，父亲依然被被子围着呆呆地坐在炕上，大家在看电视，自己在打盹。七年了，父亲依然一句话也不说，坐在凳子上呆呆地等待着自己小儿子的媳妇走进秦家的大门。

七年了，秦厚林从黄土地走过江南水乡的青山绿水，从凤凰山游走到了上海滩，将黄土地的厚重与江南水乡的灵动融化在了一场爱情里。

列车驶过江南的青山绿水，车上的人们依然如同插葱一样你挤着我、我挨着你在夜色中沉沉地睡去。谁也不认识谁，只是一路的同程而已。秦厚林的眼前依然挥不去黄土地的身影。

硬币在天空中散发着耀眼的光芒，村子里的锣鼓震天响！"阿林，明年过年再不结婚就别回来了！"姐姐的话犹如一枚坚硬的铁钉扎在自己的心窝里。

我的好姐姐，结婚是那么容易的事情吗？女朋友在哪里呢？总不能在街上随便拉一个女孩就说我们结婚吧。唉！这都什么年代了。市场经济都认钱了。即使人家愿意，岳父岳母愿意吗？谁愿意把女儿嫁给一个没有房、没有车的人？即使大家都愿意，总不能在自己的破屋子结婚吧！

唉！还是不想这些了，一年的期限到了。黄土地与江南水乡的影子就像蛛丝网一样黏上了他，怎么也抹不去，挥不掉。

秦厚林牵着寒雪凤的手坐在 Z92 次列车上，列车驶过窗外一排排青绿色的青山，一条条碧绿色的河流；列车驶进窗外一片片土黄色的原野，一道道沟壑纵横的土地。

寒雪凤陪着秦厚林来到了长安城。

硬币在光线中下落，秦厚林心想：硬币落地，女朋友确定！春节结婚！秦厚林坐在开往家乡的列车上，雪花纷纷飘落了下来。秦厚林淡淡地进入了梦乡。

黄土地上传来了武媚娘的读书声：前秦苻坚时，秦州刺史扶内窦滔妻苏氏，陈留令武公道质第三女也。名蕙，字若兰。识知精明，仪容秀丽，谦默自守，不求显物。行年十六，归于窦氏，滔甚敬之。然苏性近于急，颇伤妒嫉。滔，字连波，右将军真之孙，朗之第二子也。风神秀伟，赅通经史，允文允武，时论高之。苻坚委以心膂之任，备历显职，皆有政闻，迁秦州刺史，以忤旨谪戍敦煌。会坚寇晋襄阳，虑有危逼，藉滔才略，乃拜安南将军，留镇襄阳。初，滔有宠姬赵阳台，歌舞之妙，无出其右。滔置之别所，苏氏知之，求而获焉，苦加捶辱，滔深以为憾。阳台又专伺苏氏之短，谗毁交至。滔益忿焉。苏氏时年二十一，及滔将镇襄阳，邀其同往。苏氏忿之，不与偕行，滔遂携阳台之任，断其音问。苏氏自伤，因织绵回文。五彩相宣，莹心耀目。其锦纵广八寸，题诗三十余首，计八百余言。纵横反复，皆成文章。其文点画无缺，才情之妙，超古及今，名曰《璇玑图》。然读者不能尽通，苏氏笑谓人生曰："徘徊宛转，自成文章。非我佳人，莫之能解。"遂发苍头，至襄阳焉。滔省览锦字，感其妙绝。因送阳台之关中，而具车徙如礼，邀迎苏氏，归于汉南，恩好愈重。苏氏属文词五千余言，属隋季丧乱，文字散落，追求不获,而锦字回文,盛见传写。是近代闺怨之宗旨,属文之士,咸龟鉴焉。朕听政之暇,留心坟典,散帙之次,偶见斯图,因述若兰之才,复美连波之悔过,遂制此记,聊示将来也。如意元年五月一日,大周天册金轮皇帝御制。

大明宫的朝堂上传来威严肃穆的"吾皇万岁,万岁,万万岁!"的声音。

大明宫内,武则天征询着群臣的意见:"众爱卿,你们看,这是朕为苏氏若兰写的记文《窦滔妻苏氏织锦回文记》,不知怎样?"

"启禀皇上,您乃九五之尊,才情天下无双,岂是一个民间女子所能比拟的?您的才情如同您的寿命万寿无疆!您的才情如同您的江山固若金汤!"一个谄媚的声音从大明宫的大殿内飘摇而出,被西北风抛洒在黄土地上摔得粉碎。

武则天感叹苏若兰的才情的话语依然回旋在黄土地上:"武幽思,朕还没老糊涂呢!论治国朕自当巾帼不让须眉女中豪杰第一人,论文采情思朕自愧不如呀!朕一代女皇,文治武功!文采情思却不如区区一弱女子的呀!惭愧呀!如若文采情思可以交换,朕愿以江山换她的才情。"

长安城内大明宫的朝堂鸦雀无声,黑压压的一片头颅。众朝臣都不知武媚娘用意何在。

武则天的圣旨宣在了乾陵的无字碑上:"朕百年之后将《璇玑图》与朕同葬……"武媚娘深深的叹息声落在了大唐的泥土里,生根发芽在黄土地上。

第三章 红尘往事随风起 生死有命富贵天

长安城里的时间叠加了。秦厚林看到自己行走在长安城大街上,街市上传来了悠扬的叫卖声:"剃头磨剪子——""吆!客官,您来了!您是打尖还是住店?"

随着集市的远去,柳府中传来了"同林偏栖三鸟,比目不止双鱼。蕙非兰,兰非蕙,未始还魂,两人原合不上去;妹即姐,姐即妹,若论恩谊,三人竟分不开来。天生彩凤难为匹,那知匹有二匹;必产文鸾使与偕,谁料偕不一偕。半锦已亡,且喜失而又得;佳人可遇,何幸去而复来。新欢方足,既看双玉种蓝田;旧好重联,又见一珠还合浦"的歌谣声。

柳府的客厅内,大家围坐在桌前,饮宴间,柳玭微笑着对梁栋材说:"贤婿,一向不是老夫故意相瞒,因见贤婿有苟奉倩之癖,未肯便续新弦,故特作此游戏耳。今柳梦兰既度过苏氏,梦蕙亦才过赵姬,贤婿又义过窦滔,真可称三绝矣。"

梁栋材拱手谢道:"多谢岳父大人成全美事!前日在均州时闻有一流寓女子桑梦蕙,彼时疑即柳梦兰小姐改名,曾往访之,未得相遇。不意今日却又遇一刘梦蕙小姐。"

柳梦蕙听了笑着说:"昔日之桑梦蕙,即今日之刘梦蕙也。"

梁栋材怪问其故,柳梦蕙把前事细说了一遍,梁栋材方才省悟。

柳玭笑着说:"蒙蕙避迹均州,假称桑家女子。柳梦兰避迹华州,又假称刘家宅眷。你两个我冒你姓,你冒我姓,今日却大家都姓了柳了。"

梁栋材与柳梦兰、梦蕙亦齐称谢道:"我三人姻缘,俱荷大人曲成之德,铭感五内。"

柳玭道:"此皆天缘前定,老夫何德之有?"

柳梦兰的心中升起了淡淡的烟云。青山绿水间,清莲居士白衣飘飘,站在秦岭山脉太白山,眺望着北国冰封、万里雪飘的原野,口中吟唱:"黄云城边乌夜栖,归飞哑哑枝上啼。机中织锦秦州女,碧纱如烟隔窗语。停梭问人忆故夫,独宿空床泪如雨。"

天地混沌,茫茫的蒸汽在大地升腾,沉沉的浊气渐渐地下降。一只凤凰从西岐山涧飞出，鸣叫于天地间。凤凰盘旋在天空，黄土地变成了一幅五彩的回文织锦图。只见大地上黄土地慢慢地变成了二九乘二九的五彩文字，黄土地就是一幅若隐若现的《璇玑图》。

秦厚林在梦中知道自己又进入了梦中，想抽身去，却怎么也走不开。李太白似有似无的诗句还飘散在心中，柳梦兰放眼望去，一位身着雪白长裙的女子向武功苏家宅院落去，眼中巍巍的汉唐宫殿屹立在八百里秦川的漠漠平原上，天地进入了大唐盛世的朝堂间。柳梦兰也不知自己是身处大唐，还是已经来到了前秦。

弯弯的月亮挂在天边，银河闪闪发光，织女星划过夜空。黄土高原苍苍茫茫，秦岭山脉白雪皑皑。夜色中，城门上四个大字赫然闪现：武镇国泰。九街十八巷夜光闪闪，焰火纷飞，跑竹马的闪烁其间。

孩子们在焰火中追逐着，欢笑着，空气中弥漫着浓浓的、悠然的火药味。一群孩子一边玩着跳房子的游戏一边唱着童谣："七月七，乞巧来。七姑娘，请早来。教娃心儿灵，教娃手儿能。绣个满天星，送你回天宫。"

武功城的苏家大宅院中，窗外苏道质焦急地踱着步子，神色紧张。苏道质搓着双手，从门缝不停地往屋里张望。

苏道质在门前焦急地自言自语："怎么还没生？怎么还没生？求老天保佑夫人平安无事，求菩萨保佑我儿平安出世……"

突然银河边的织女星如流星一样从天空中滑过，落降到了苏家宅院。屋内红红的烛光中突然传来"呱、呱、呱——"的哭声，一个喜悦的声音从屋子里传了出来："老爷，生了！老爷，夫人生了！"门被打开了，稳婆喜悦地跑出来说。

苏道质冲进屋内看着床上虚弱的妻子，用手抚弄起妻子的头发安抚着她，掩映不住心中的喜悦道："夫人辛苦了！夫人辛苦了！"苏夫人湿湿的脸庞映衬着慈母的眼神微微地点点头。

苏道质从仆人手中抱起孩子，亲着孩子的小额头。"她爹，给娃取个啥名？"苏氏问。

苏道质的目光思索着，寻觅着，随后他的目光落在了窗边露出嫩芽的兰花上。"有了，就叫蕙儿吧！蕙者，慧也，愿她月月增慧，岁岁成人。看那兰花点点，弱弱幽香，就取字若兰吧……"

"苏蕙——苏蕙，不错，聪明贤惠；若兰——若兰，尤若兰花……"苏夫人默默念叨着点了点头，接过孩子给孩子喂奶了。两个小女孩跑了进来喊着：

璇玑图

"娘，爹……"

黄土台塬上的雪花已经从一片片变成了一粒粒。雪粒像撒珍珠一样一粒粒铺在昨天的雪花上，掩盖了雪花的痕迹。

雪粒在地面上凝结着，似乎要吸取黄土地的精魂。雪粒在凝结中渐渐地变成了天地间雪白的画面。这些雪粒在大地上组成了一个个清晰可见的文字。

这些银白色的文字和黄土地上金黄色的《璇玑图》的文字融为一体。就像生命的一道道、一个个密码。

秦厚林收回了柳梦兰的梦，秦厚林将自己的梦翻腾在黄浦江边，品味这最后的时光。夜色中，东方明珠屹立在黄浦江畔，外滩马路上车流穿梭，立交桥上车流穿梭，南浦大桥横跨在黄浦江上。各种商业的画面闪现在眼前。

七色的阳光从空中洒落下来，快速旋转的摩天大楼闪烁着七彩的摇滚光芒。天空中传来了"你总是问个不休，你何时跟我走？你总是笑我，一无所有……"的声音。蜂巢似的摩天大楼中间一个窗户内的气氛沉闷而压抑。

田主任对秦厚林吼道："公司的电话你怎么不接呢？你可知道公司的电话多重要！要是跑了单怎么办？是你负责，还是我负责？要是……你看你又不是没有丢过单，你的皮肤有疤痕，你有脚臭，你长得丑陋……"

秦厚林的脑袋像被马蜂蜇了几千下似的嗡嗡作响，战战兢兢地说："田主任，可是，可是——昨天是星期天呀！"

田主任拍着桌子吼道："星期天！星期天怎么了？星期天也不行，无论什么时间，无论什么地点，只要是公司的电话都必须接，除非你不是公司的员工！"

秦厚林只觉得一股气流冲上脑门，站在田主任的办公室里呆呆的，不知道怎么办才好。呆滞的眼神中闪现着耀眼的火花，他刚想说话，头一阵阵地痛，就觉得双腿发软，只听啪的一声，秦厚林栽倒在田主任的办公桌前。

秦厚林摇摇晃晃地走过公司的大门，眼前还闪现着刚才和田主任的对话："田主任，我从八月十七日进公司就住在了公司，到今天十月十七号，已经整整六十天了，我还没休过一天假，每天都是早上七点开门，晚上大家都走了，晚上十一点才关门。田主任，我的身体真的吃不消了。我前几天就对你说我想休息一天，您没有答应。现在来到公司就害怕。感觉公司就是一个无底洞……"

田主任愤愤地说："吃不消，吃不消就辞职，我们这不养吃闲饭的！"

秦厚林走出公司，站在十字路口看着交通灯，头脑中思维在急速地转动着：胖客户笑得那样怪异，瘦客户笑得那样阴险，高客户笑得那样压抑，矮客户笑得那样谄媚，女客户笑得那样妖艳，男客户笑得那样诡异……

一个个客户似幽灵般闪现在他的眼前，五光十色的摩天大楼，七彩的旋转灯……

在这个烈日炎炎的夏天，他的身体打着冷战，哆嗦着，如同烈日中的冰块吱吱作响。

狭窄而密闭的房间内闪烁着充电器的红绿光波。不到五平方米的房间内横七竖八地放着一张单人折叠床、一张三合板做的掉了边的电脑桌和一个掉了边的衣柜。地上凌乱地放着几双皱巴巴的皮鞋，一双半露半收的拖鞋在床底下若隐若现。

秦厚林一动不动地躺在自己狭小而单薄的单人床上，一动不动地被充电器的红绿光波包围着。他的身子如同滚烫的热水在沸腾着，耳边响起门外大厅里房客们下班后杂乱无章的说话声和隔间三合板被摩擦的咚咚声。

秦厚林已经没有力气和他们说话了，只能自己一个人躺在床上如同死去的人一样。他突然有一种强烈的意识：如今我已经是一个死人了，成了一具躺在黄土中的死尸。

他的眼前闪现着七爷那紫红色的额头和慈祥可亲的紫红色脸庞，那带着红光的微笑温暖着他的心！秦厚林看到了黄土地西边火红的火烧云和天花板上自己的影子。

黄土地的夕阳就像一面镜子照在秦厚林的身上。天地间的水面倒映着秦厚林的影子。秦厚林看着天地间的秦厚林越看越不像，就好比秦厚林躺在草地上凝视天上一片云彩，先看像一头骆驼，继而像一个女人，再看又成为长着长胡须的老者，先看是人脸，再看是一头死狗，拖着肚肠子，后来，又变成一棵树，树下有个女孩，骑着一匹瘦马。

秦厚林躺在床上望着天花板，由于灯光的投影，那洁白的天花板也会生出许多变化，秦厚林只是凝神注视着自己，秦厚林发现这个秦厚林正逐渐脱离秦厚林熟识的样子，繁衍滋生出许多令秦厚林诧异的面貌。

所以，要秦厚林概要表述一下秦厚林自己，秦厚林只能惶恐不已。秦厚林不知道那众多的面貌哪一个更代表秦厚林，而且越是审视，变化就越加显著，最后就只剩下诧异。

秦厚林也可以等待。但秦厚林的经验使它长着长着，往往并不按照你的愿望去变，而且多半相反，成为个怪胎，让秦厚林无法接受，而它毕竟又还是从那个秦厚林上脱胎出来的，还不能不接受。

秦厚林又一次注意到秦厚林扔在桌上的身份证的照片，起先觉得是在做个讨人欢喜的微笑，继而觉得那眼角的笑容不如说是一种嘲弄。

这照片有点得意，有点冷漠，都出于自恋、自我欣赏。其实有一种愁苦，隐隐透出十分的孤独，还有种闪烁不定的恐惧，并非是优胜者，而有一种苦涩，当然就不可能有出自无心的幸福的那种通常的微笑，而是怀疑这种幸福，这就变得有点可怕，甚至空虚，有那么一种掉下去没有着落的感觉，秦厚林也就不愿意再看这张照片了。

秦厚林然后去观察别人，在秦厚林观察别人的时候，秦厚林发现那无所不在的讨厌的秦厚林也渗透进去，没有一副面貌不受到干涉，这实在是非常糟糕的事，当秦厚林注视别人的时候，也还在注视秦厚林自己。

秦厚林找寻喜欢的相貌，或是秦厚林能接受的表情，那打动不了秦厚林，秦厚林找不到认同的众人从秦厚林面前过去。

秦厚林找寻喜欢的相貌，却将自己的心弄丢了。秦厚林不管在何处总是视而不见。在候车室、火车车厢里或轮船的甲板上是他喜欢的；在饭铺和公园里，乃至于在街上散步看到了他喜欢的；他总是视而不见，不敢接近，不敢接受，缺乏勇气。他总是捕捉近似于自己熟悉的面貌和身影，或是去找寻某种暗示，能勾引起潜在的记忆。

秦厚林观察别人的时候，也总把他人作为秦厚林内视自己的镜子，这种观察都取决于秦厚林当时的心境。哪怕看一个姑娘，也是用秦厚林的感官来揣摩，用秦厚林的经验加以想象，然后才作出判断，秦厚林对于他人的了解其实又肤浅又武断，也包括对于女人。

秦厚林眼中的女人无非是秦厚林自己制造的幻象，再用以迷惑秦厚林自己，这就是秦厚林的悲哀。因此，秦厚林同女人的关系最终总以失败而告终。反之，这个秦厚林如果是女人，同男人相处，也同样烦恼。问题就出在内心里这个自秦厚林的醒觉，这个折磨得秦厚林不安宁的怪物。

人的自恋、自残、矜持、傲慢、得意和忧愁、嫉妒和憎恨都来源于自我，自我其实是人类不幸的根源。那么，这种不幸的解决又是否得扼杀这个醒觉了的他？秦厚林找不到答案。

雪花继续飘落在黄土地上，雪花夹杂着雪粒在冷冷的西北风里变成了冰冷的雪球儿，一颗颗砸在老槐树的枝干上。老槐树埋下了颗颗酒窝，记录着生命的点点痕迹。

二水寺的大殿内闪闪的烛光映照着银髯如雪的了元大师的脸庞，似一块红彤彤的宝玉闪闪发光。对面烛光下鹤发童颜的真靖道长犹如柏树般沧桑的笑脸映衬着古柏的沧桑。秦厚林的话反射在古柏与老槐树间，回首遥望着黄土地上千年的记忆："了然大师、真靖道长、横渠先生，可否一论生死？"

　　了然大师和真靖道长看了看横渠先生说："先生请。"

　　"那老朽恭敬不如从命了。"横渠先生在案前打坐，放下了手中的杯盏，撩起长衫继续说："生者自生，道德超越，天人合一；死者自死，苦在德业之未能竟。"

　　秦厚林深深施一礼说："愿听先生细言。"其实，秦厚林根本就听不懂横渠先生说的是什么。

　　横渠先生的话语夹杂着雪花，出现在二水寺的大殿内："人死曰鬼，鬼，归也。魂属阳，属气，归于天，魄属阴，属形，归于地，人的生命就这样化解。"横渠先生捋了捋乌黑的胡须说。

　　"鬼——先生，这个世界上真的有鬼吗？"秦厚林听到"鬼"这个字一下子来了兴致，似乎在炎热的沙漠遇到了一片清新的绿洲，自己一下子跳了进去，全身冰凉、透彻，身心一下子舒展在了生命的空间里。

　　"人死，魂归天，魄归地。妙哉！妙哉！先生，鬼之魂魄有何记载？"了然大师喝了口茶，一股淡然归去的感觉从心底升起，看着横渠先生的目光转向自己轻轻地问。

　　横渠先生对着众人继续说道："大师，段玉裁在《说文解字注》中说：魂魄不离形质，而非形质也，形质亡而魂魄存，是人所归也，故从鬼。人的生命本由天地和合而成，最终又归于天地本源。《礼记·祭法》中记载：生于天地之间者皆曰命。万物都在此规则中。"秦厚林睁大了眼睛听着横渠先生讲解生死与命运的关系。

　　真靖道长脸上升起了一团疑云，问道："先生，照《礼记·祭法》所说生于天地之间皆曰命，那么他是否否定了死亡对于人生的意义？人生下来就为命运所左右的话，那么我们什么事情都可以不干了，就等着命运的安排了。"

　　横渠先生笑了笑解释着了然大师的疑虑："大师，孔子并没有就此否定死亡于人生之意义。招魂与祭祀是人类的尽爱之道。人们扶柩而哭，披麻戴孝，袒衣散发，都是人类爱心及敬神的体现。他一方面教导人们厚葬尸体，让人的肉身在土地本源中得到深深的慰藉，另一方面，又鼓励人们用思念和灵牌来保佑那逝去的灵魂归于正途，永远不要迷失于这来去之路。魂兮归来，永

璇玑图

远不要忘了,你的生命曾在这里驻足。就这样,在日常生活中,活人与死人相安无事,彼此为对方在各自的世界里点亮了一盏互相安慰的灯……最典型的例子就是屈原,他将一生的感情和心血都留给了楚国。我们可以在《招魂》中看到他的那颗苦心。"

秦厚林在横渠先生的话语中似乎梳理出了一点关于生死的头绪,似乎什么也没有,就像淡淡的烟雾看得见却抓不住,还是一脸茫然地问:"先生,儒家生死的基本观点是什么?"

横渠先生看着一脸茫然的秦厚林笑了笑说:"小伙子,看来我说的复杂了。简单地说,儒家生死观的基本观点是:死生由命,富贵在天。因此,它重视的是生前,而非死后,孔子说:未知生,焉知死。朝闻道,夕死可矣。生时应尽自己的责任,以努力追求实现天下有道的社会理想。人虽是生活在现实社会中的有限之个体,但却能通过道德学问之修养即修道讲学而超越有限之自我,以体现天道之流行,天行健,君子以自强不息。"

第四章　大道之行周天率　杯酒之间星已移

秦厚林的眼前飘过雾气蒙蒙的凤凰山，山上传来了琅琅的读书声："大道之行也，与三代之英，丘未之逮也，而有志焉。大道之行也，天下为公。选贤与能，讲信修睦。故人不独亲其亲，不独子其子。使老有所终，壮有所用，幼有所长，鳏寡孤独废疾者皆有所养。男有分，女有归。货，恶其弃于地也，而不必藏于己；力，恶其不出于身也，而不必为己。是故谋闭而不兴，盗窃乱贼而不作。故外户而不闭。是谓大同。"秦厚林走在山间小道上，四周鸟语花香。

秦厚林走进凤凰中学的教室里，听着孩子们继续诵读："今大道既隐，天下为家。各亲其亲，各子其子。货、力为己。大人世及以为礼，城郭沟池以为固，礼义以为纪；以正君臣、以睦兄弟，以和夫妇，发设制度，以立田里，以贤勇智，以功为己。故谋用是作，而兵由此起，禹、汤、文、武、成王、周公由此其选也。"

秦厚林走出了凤凰山，眼前东方明珠依然闪现在黄浦江的婀娜身姿中，耳畔留下"此六君子者，未有不谨于礼者也。以著其义，以考其信。著有过，刑仁讲让，示民有常。如有不由此者，在执者去，众以为殃。是谓小康"的声音。

"先生，孟子有没有关于生死的论述呢？"秦厚林从自己沉沉的意识中醒过来继续问。

横渠先生依然耐心地论述着儒家的生死："孟子说：存其心，养其性，所以事天，夭寿不贰，修身以俟之，所以立命也。意思是说不必过于关注和计较寿命之长短，只需致力于一己之修身立命。尽其道而死者，正命也；桎梏而死者，非正命也。主张为自己的道德理念和信念而死，而不应因逆道非道而死。一个人如果能保存自己的本心，修养自己的善性，以实现天道的要求，短命和长寿都无所谓，但一定要修养自己的道德与学问，这样就是安身立命了，就可以达到天人合一的境界。这种天人合一的境界是人生的不朽。"

"人生的不朽，人可以不朽吗？"秦厚林自言自语道，似乎不相信横渠先生的话。

"小伙子，儒家认为，虽然人的生命有限，但其精神可以超越有限以达到永存而不朽，所以有三不朽之说：太上有立德，其次有立功，其次有立言，虽久不废，此之谓不朽。圣贤不同于一般人，只在于他生前能在道德、事功和学问上为社会有所建树，虽死，其精神可与天地并久，日月并明。这种不朽只是精神上的，它只有社会、道德上的意义，而和自己个体的生死没有直接联系。"横渠先生看着秦厚林继续说："我认为：存，吾顺世；没，吾宁也。"

秦厚林似有所悟地自言自语道："照儒家看，从个人说，如果德之未修，学之未讲是个人的痛苦，而更大的痛苦是来自其社会理想之未能实现，南宋的文学家陆游在他临终前写了一首诗留给他的儿子：死去元知万事空，但悲不见九州同。王师北定中原日，家祭无忘告乃翁。陆游在死前的痛苦不是为其将死，而是没有能看到宋王朝的统一。文天祥在他临刑时的衣带上写着：孔曰成仁，孟曰取义，唯其尽义，所以至仁，读圣贤书，所学何事，而今而何，庶几无愧。因此，对于儒家说，痛苦不在于如何死，而在于是否能做到杀身成仁、舍生取义。"

雪依然飘在黄土地上，一粒粒、一片片地覆盖在昨日的雪层上，增加着自己的厚度和重量。傍晚的雪色迎接着夜幕的降临，大地上静悄悄的，只留下雪花"簌簌——"飘落的声音。

二水寺已经燃起了红火的烛光。了然大师和真靖道长坐在桌前，小沙弥为油灯添置灯油，大家继续畅谈在黄昏的雪光中。

"真靖道长可否一论生死?"秦厚林将目光转向了真靖道长问。

真靖道长看了看了然大师和横渠先生，两位大师点点头伸出手臂，同时说："大师请。"

"那贫道恭敬不如从命了。"真靖道长撩起长袖继续说："顺应自然，与道同体，苦在自然之未能顺。"

秦厚林深深施一礼说："愿听大师细言。"

"道家生死观的基本观念是：生死气化，顺应自然。生和死无非都是一种自然现象。"真靖道长超然物外地说。

了然大师微微地坐直了身子问："大师，贵派中可有论述?"

"老子曰：后其身而身先，外其身而身存。兵强则灭，木强则折。处众人之所恶。人之生，动之于死地亦十有三。夫何故，以其生生之厚。夫唯无以生为者，是贤于贵生。养生贵在于啬。死而不亡者寿。长生久视。"真靖道长引用着老子的话。

秦厚林不清楚真靖道长说的是什么意思，便拱手向真靖道长问道："大师，能否解释一下含义。"

"老子认为如果人不太重视自己的生命，反而可以较好保存自己。道是超越的永恒存在，而人的身体的存在是暂时的，如果人能顺应自然而同于道，那么得道的人就可以超越有限而达到与道同体的境界，所以老子说：从事于道者，同于道。同于道即是与道同体，老子思想体系的最高原则是：道法自然。老子说：天地不仁，以万物为刍狗；圣人不仁，以百姓为刍狗。故飘风不终朝，骤雨不终日。孰为此者？天地。天地尚不能久，而况于人乎？"真靖道长的话混合着一片片雪花和一粒粒黄土冰洁在了黄土地上。

"多谢大师指点！那么，庄子对于生死有没有论述呢？"秦厚林一边道谢一边问。

真靖道长继续向秦厚林解释着庄子的生死观："庄子在《大宗师》中说：夫大块载我以形，劳我以生，佚我以老，息我以死，故善吾生者，乃所以善吾死也。"

"请大师详解？"了然大师说。

"生、老、死都是自然而然的，死不过是安息。进而庄子认为生死无非是气之聚与散，所以在《知北游》中说：人之生，气之聚也；聚则为生，散则为死，若死生为徒，吾又何患？"真靖道长解释着《大宗师》中的话语。

"天地皆因气而生，因气而成型，此正是天地的本源。"横渠先生点点头，补充道。

"如果死和生是相连属的，我对之有什么忧患呢？庄子曰：古之真人，得之也生，失之也死；得之也死，失之也生。可见，以生观死，则死为死；但以死观生，生者也是死。即生死是相对的。"真靖道长说。

大道行

"以生观死，则死为死；但以死观生，生者也是死。如此运动循环起来岂不是世间的因果轮回？"了然大师说。

横渠先生和秦厚林点点头似乎同意了然大师的观点。真靖道长继续说："庄子在《至乐》中说：生者，假借也；假之而生，生者尘垢也。死生为昼夜。"

"大师，这句实在是难懂。可否解释？"秦厚林粗枝大叶的思想难以接纳这么缜密玄而又玄的思辨就问道。

真靖道长微微点头说："庄子主张齐生死。无论生死，都要顺其自然。不以生为喜，不以死为悲，人生不过是从无气到有气，从无形之气到有形之气，从无生之形到有生之形这样一个生命的有序过程，而死亡则是这种演化的回归。生死齐一，方生方死，方死方生。"

"气的聚散本身不减不增，气散入于无形本非有减，气的聚为有象本非有增。有如海中升起的无量数泡沫，生出于海，消失于海！由水所生，也还原为水，不自离于海水，也不增减海水！生死亦如此。"横渠先生说。

"不以生为喜，不以死为悲。岂不是深深影响了范仲淹老先生的思想：不以物喜，不以己悲。"秦厚林似乎顿悟，"大师，贵派后来还有没有谁发展了生死的论断？"

真靖道长端起茶杯吹了吹水面上的茶叶抿了一口继续说："郭象说：夫死生之变，犹春秋冬夏四时行耳，故生死之状虽异，其于各安所遇一也。今生者方自谓生为生，而死者方自谓生者为死，则无生矣。生者方自谓死为死，而死者方自谓死为生，则无死矣。这就是说，生和死只有相对意义，故应：生时安生，死时安死，这样就可以在顺应自然中得到超生死，而与道同体了。"

"大师，真是太奇妙了！儒家关于生死的思想有国家政权和礼教结合的而形式传递了千年之久。那么，道家的生死观念是怎么传承下来的呢？"秦厚林问真靖道长。

"道家思想的传承是在个体的养生中传承的。道家认为人们只要善于养生，则可以成仙，从而长生不老。《抱朴子·内篇·至理》说：夫人在气中，气在人中，自天地以至万物，无不须气以生者。形者，神之宅也。故譬之于堤，堤坏则水不留矣；方之于烛，烛糜则火不居矣。身劳则神散，气竭则命终。所以要保养身体，这样才能保存精神。形神同质，都是由"气"构成的。追求长生不老是人类自古以前就没有停歇的步伐。最有名的是秦始皇派徐福向东去求仙药，接下来在南北朝时候出现了大量的著名炼丹家。青山绿水，休养生息，颐养天年。"真靖道长说。

"大师，真的有神仙境界吗？"秦厚林问。

"仙境的有无在人心，心境的澄明自可观体内气血之运动，这也是中医的来源。"真靖道长说。

"大师，是不是可以这样理解：在道家的观念中死亡只是生命流程上有待突破的一个关键点，不是生命的某种极限。魂与魄由含有鬼气的缥缈之物变为有所作为的形与神，由虚化神、神化气、气化精、精化形，形成人这个万物生成程序，推衍出一个怡神守形、养形炼精、炼精化气、炼气合神、炼神还虚这样一个逆修返源之道。在洞府仙境之中，时空开始变得富于弹性，可以逆转或回流，生死则有了成仙的意义。"秦厚林大胆的推测着并问真靖道长。

真靖道长点点头头说："可以这么理解。这也就是把人由生的存在延伸到了死的存在，肉体与精神得以延续。"

"那么道家在生死问题上以什么为苦呢？"秦厚林似乎有问不完的问题要问。

"苦在自然之未能顺。在《应帝王》中有这样一个故事：南海之帝为儵，北海之帝为忽，中央之帝为混沌。儵与忽时相与遇于混沌之地，混沌待之甚善，儵与忽谋报混沌之德，曰：人皆有七窍，以视听食息，此独无有，尝试凿之。日凿一窍，七日而混沌死。"真靖道长的话飘飞在黄土地上，融入粒粒的雪粒中，凝结成了颗颗闪闪发光的冰珠，等待着冰冻千年后的释然。

黄土地上的万家灯火点亮了浓浓的暖意。雪光映衬着夜色更加的淡然。二水寺内千年前的蜡烛依然燃在秦厚林的心中。古槐与古柏依然一步步走在历史的天空里怀念着历史留存的记忆。

秦厚林将目光转向了了然大师问道："了然大师可否一论生死？"

了然大师看了看真靖道长和横渠先生，他俩点了点头说："大师请。"

"那老衲恭敬不如从命了。"了然大师捋了捋银髯继续说："明心见性，见性成佛，苦在无明之未能除。"

秦厚林深深施一礼说："愿听大师细言。"

"轮回，不死的灵魂可以迁往另一肉体不断再生，而'业'就是决定再生的出现和性质的法则，更确切地说，并没有可以转生的灵魂，除业以外，一无所有。当佛陀默察生死轮回之时看到了四圣谛。"了然大师对大家说。

"何谓四圣谛？"秦厚林不解地问了然大师。

"四圣谛是：苦、集、灭、道。第一谛为苦，生存包含有痛苦，而最令人痛苦的则是生命的无常。"看着了然大师微微颤动的嘴唇闪现在烛光中，秦厚林的眼前划过了碎爷、碎婆、邹涛涛、舒兰花等人的身影。

了然大师继续说："第二谛集为苦的根源，痛苦源于生命的贪欲、贪欲又由感受而生、感受因触觉而生，依次类推，便是十二因缘"，由此可知我们生到这世界中来，是由于我们前世的无明，以及我们临终时有再生的愿望，一切咎由自取。"秦厚林心想：是呀，人性的自私和贪婪千百年来在这个世界上就从未改变过。要想拥有权力和财富，自私和贪婪是必经之路。

了然大师的话继续回旋在秦厚林的耳畔："第三谛为灭，是十二因缘法的否定形式，完全无贪欲，则无明灭，无明灭则行灭，行灭则识灭……第四谛为道，即是痛苦消灭的道路：八正道：正见、正思维、正语、正业、正命、正精进、正念、正定。这是唯一的解脱之道，是不朽的法则。"

"大师，八正和儒家的修身、齐家、治国、平天下是殊途同归呀！"横渠先生点点头补充道。

了然大师点点头说："先生说的是，人世间是一大苦海，人生有不能逃避的八苦，即生、老、病、死、爱离别、怨憎会、求不得、五蕴聚。人之所以不能逃避这种种苦难，是由于不觉悟引起的。"了然大师说。

"大师，那么怎样才可以觉悟呢？"秦厚林问。

了然大师继续说道："明心见性、见性成佛是佛教生死观的基本观念。佛性就是人的本心，明了人之本心，即洞见佛性，汝等诸人，各信自心是佛，此心即是佛心。"

"用什么方法达到这种超越生死成佛的境界呢？"秦厚林继续问了然大师。

"修行法门是：以无念为宗，所谓无念，并不是百物不思，念尽除却，不是对任何事物都不想，而是在接触事物时心不受外境的任何影响，不于境上生心。因此，人并不需要离开现实生活，也不需要坐禅、读经、拜佛等等形式的东西，在日常生活中照样可以达到超越生死的成佛境界，这种达到超越生死成佛境界，全在自己一念之悟。自性迷，佛即众生；自性悟，众生即佛。"了然大师的话如同般若花一样撒在黄土地上。

真靖道长接上了然大师的话说："只要自己不以生、老、病、死等苦为苦，那就超越了苦，而苦海也就变成了极乐世界。因此，人应该自自然然地生活，春有百花秋有月，夏有凉风冬有雪，若无闲事挂心头，便是人间好时节。"

横渠先生接上真靖道长的话说："一切听任自然，无执无著，便日日是好日，夜夜是良宵。超生死得佛道，并不要求在平常生活之外有什么特殊的生活，如有此觉悟，内在的平常心即成为超脱生死的道心。"

秦厚林在三生殿内坐禅，他的体内气流在依着自己的循环而流动着，丹田的气息向身体的四肢扩散着，四肢的气息向丹田集中着，他们并没有因为相向而行阻止了对方的去路。秦厚林忽然明白了什么是营气与卫气。

"三位大师，儒家以德之不修，学之不讲为苦，即以不能实现其道德理想为苦；道家以苦心劳形，以危其真为苦，即以不能顺应自然为苦；禅宗以于外著境，自性不明为苦，即以执着外在的东西，而不能除去无明为苦。儒道佛都不以生死为苦，而以其追求的目标未能达到为苦。用有生度无生，则生生不息。"秦厚林似有所悟地说。

雪花依然飘落在黄土地上，时辰已经进入了昨天的时辰，时间却依然健步如飞地奔走在今天的天空下。

秦厚林走出了二水寺，走在黄土地上。生命如同那一片片、一粒粒的雪花紧紧地依偎在黄土地的怀抱里。

凤凰溪静静地流淌在凤凰山中，山脚的拐角处水面如同镜子一样铺在天地间。凤凰山的苍苍茫茫倒映在水面上，溪水缓缓地向东流去。

月光如同天上的仙女轻轻地将自己的薄纱披在大地上，山林间似雾非雾的倩影迎面徐徐驶来。

秦厚林和寒雪凤乘着一叶扁舟欣赏着江天一色无纤尘、皎皎空中孤月轮的景致。远远的江面上传来了牧人的歌谣："敕勒川，阴山下，天似穹庐，笼盖四野。天苍苍，野茫茫，风吹草低见牛羊。"

星星点点的星星在夜空中眨巴着调皮的眼睛。弯弯的月亮挂在天边预示着又一个七巧节的明月。

小舟里秦厚林举杯说道："人生无根蒂，飘如陌上尘。分散逐风转，此已非常身。落地为兄弟，何必骨肉亲。"

寒雪凤举杯接上说："得欢当作乐，斗酒聚比邻。盛年不重来，一日难再晨。及时当勉励，岁月不待人。来，厚林哥，干了这杯。"秦厚林和寒雪凤望着银河边织女星向牵牛星移去，牵牛星向织女星移来。

2012 年 3—5 月初稿写于上海浦东图书馆
2013 年 1—2 月二稿改于上海浦东图书馆
2014 年 3—5 月终稿定于上海中星海兰苑

后 记

当我给人们说，我写了一部长篇小说。很多人都问我：你的小说是什么类型？这本小说讲了一个什么故事？这是一本什么样的书？

这个时候我就懵了，因为我也不知道《璇玑图》是什么类型？是一本什么样的书？

你会说，你这不是开玩笑吧？自己写的书自己不知道是什么类型，自己不知道自己写的是什么？你想表达什么，你自己不知道吗？作家写书之前不是有写作大纲吗？老师不是教我们写一篇文章要先立意吗？主题思想是什么，在动笔之前就确定好了。

也许，这就是我与大家的区别。我当时只是想写一本书。我在赌一口气，一口什么气？在写这本书之前我写了一个电影剧本叫《璇玑图》，那已经是2012年的事了。

当时，我通过朋友把电影剧本投给了一家影视机构，这家影视机构说你拉到两千万资金，我们出两千万，咱们共同完成这部作品。当时我想，如果我有两千万，还来找你吗？

我就不信了，这个电影剧本就这样夭折了吗？我还是把她改成长篇小说吧。于是长篇小说《璇玑图》诞生了。一气之下小说是出来了，可是我写的究竟是什么呢？

我说不上来。虽然在网易云阅读上发表了，却没有对应的类型；说是网络小说吧，却有对灵魂、生死观与传统文化的探讨；说是纯文学吧，却有穿越的成分。

一次，我将苦闷说给朋友听，朋友说，没有类型，就是新类型。可是新类型叫什么名字呢？朋友说，你管他叫什么名字呢？这是评论家的事。当年凡·高也不知道自己的画叫印象派。以后给人介绍就说是新类型，你寒冰泉的类型。你把故事讲给我听，我看能不能听懂。

《璇玑图》讲述了作家秦厚林在魔都创作长篇小说《璇玑图》，书中主人公前秦国的苏蕙因为爱情创作了八百四十一字的回文诗《璇玑图》以及她的一生，同时她在梦中看到了自己在唐代分身化作柳梦兰与柳梦蕙姐妹，她们因《璇玑图》演绎的一段爱情故事。

我知道了，有点像电影《神话》。朋友的话让我心中一动，有点类似，但也不完全是，我倒觉得他是：时空的游弋梦幻，意识的量子共振，生命的精神游丝；也可以类比为：《大话西游》的时空轮回，《花样年华》的光影摇曳，《东邪西毒》的爱情幻化……

前几天去图书馆翻看2017年第6期《世界电影》杂志，无意中看到了荷兰著名编剧、导演保罗·范霍文2016年冬接受美国《电影人》杂志专访他的电影《她》的创作心路历程时的一篇文章《留待观众去决断——保罗·范霍文访谈》。

他在文章中说："《她》不应该被划入类型的影片，你可以说它属于十种不同的类型，或者没有类型。现实生活中并没有类型，你放眼望去所有人都过着自己的生活,所有事同事发生。"当看到这里时我的心头一震,我对《璇玑图》有了新的认识与定义,它必将是一部具有世界视野的文学作品,也必将是一部视觉文化背景下的文学空间化趋向的中国文学作品,更必将是更具开放性、更具广阔性的文学文本。

最后,感谢北岳文艺的刘文飞先生选中本书,并为本书出版付出的努力!感谢北岳文艺的高海霞女士对本书的欣赏与编辑!感谢北岳文艺出版社全体同仁对本书出版的大力支持!

生活没有标准答案,生活可以是这样,也可以是那样;写作也没有标准模式,你可以这样写作,也可以那样写作;你可以有类型,也可以没有类型……

希望,大家赋予《璇玑图》以类型,大家赋予《璇玑图》以意义!

借用著名导演保罗·范霍文的话:留待读者去决断——

谢谢!